STAMMBAUM
Langbein

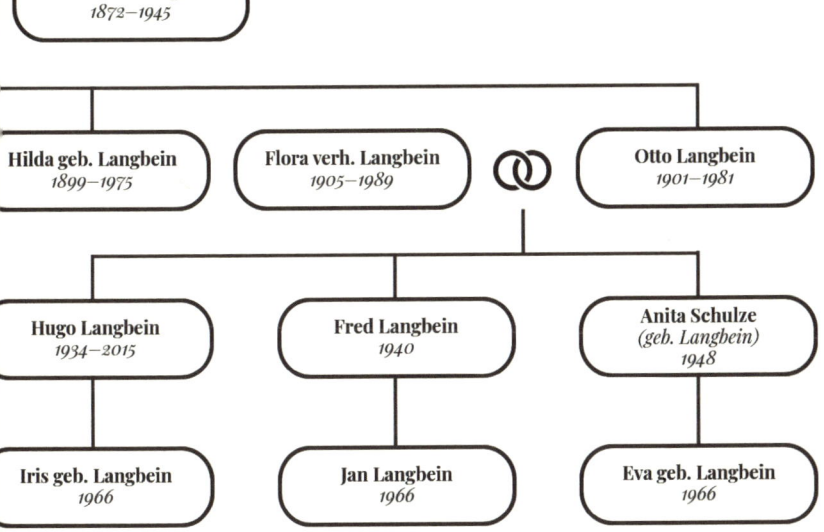

Kati Naumann

Wo wir Kinder waren

Roman

HarperCollins

Sämtliche Personen sind frei erfunden.
Nicht alle Details entsprechen
den jeweiligen örtlichen Gegebenheiten.

3. Auflage 2021
Originalausgabe
Copyright © 2021 by HarperCollins
in der HarperCollins Germany GmbH, Hamburg
Gesetzt aus der Stempel Garamond
von GGP Media GmbH, Pößneck
Druck und Bindung von CPI books GmbH, Leck
Printed in Germany
ISBN 978-3-7499-0000-8
www.harpercollins.de

1

Die Spielzeugtesterin

Eva musste wach bleiben. Sie nippte an ihrem Kaffee, der längst bitter schmeckte, und sah auf die Uhr. Halb zwei Uhr nachts. Gleich war es so weit. Die nervöse Vorfreude, die ihren Atem beschleunigte, rief eine verschüttete Erinnerung wach.

Die aufregendste Tätigkeit, die sie jemals ausgeübt hatte, war die einer Spielzeugtesterin gewesen. Ihre Karriere begann, als sie fünf Jahre alt war, und endete mit ungefähr dreizehn. Obwohl das über vier Jahrzehnte her war, konnte sie sich plötzlich wieder überdeutlich an dieses berauschende Gefühl erinnern. Sie hatte es immer in dem winzigen Moment gespürt, der zwischen dem Abstellen des gefüllten Dederonbeutels auf den Tisch und dem Herausholen des zu testenden Gegenstands lag. Nie hatte sie vorher gewusst, was der Beutel verbarg. Nie war sie enttäuscht worden.

Wieder sah Eva auf die Uhr. Sie trat an das weit geöffnete Fenster und lauschte in die Dunkelheit. Das Plätschern in der Nähe ließ sich nur erahnen. Der Fluss führte Niedrigwasser. Ein leichter Wind war aufgekommen und trieb Feuchtigkeit aus dem Wald herunter. Obwohl in der Schwärze der Nacht nichts zu sehen war, fühlte sie vor sich den Stadtberg und hinter sich den Schlossberg aufsteigen. Die Altstadt von Sonneberg schlängelte sich durch das enge Tal der Röthen. Die Häuser lagen darin wie in einem sicheren Schoß.

Eva war hier aufgewachsen, in der Spielzeugstadt der Deutschen Demokratischen Republik, in der sich alles nur um dieses eine Thema gedreht hatte. Aus jeder Familie arbeitete damals jemand in der Spielzeugherstellung, und das seit Generationen. Eva hatte an der Sonneberger Fachschule eine Ausbildung als Spielzeuggestalterin absolviert. Direkt nach ihrem Abschluss brachte sie in aller Seelenruhe ihre beiden obligatorischen Kinder zur Welt. Sie hatte die Gewissheit, dass ein sicherer Arbeitsplatz mit Kinderbetreuung in irgendeiner Außenstelle des Spielzeugkombinats auf sie wartete. Als ihre jüngste Tochter alt genug für die Krippe war, existierten keine volkseigenen Betriebe mehr. Für Eva fühlte es sich an, als hätte sie jahrelang Schwimmen geübt, nur um dann festzustellen, dass es nirgends mehr Wasser gab.

Dabei schien es vorherbestimmt gewesen zu sein. Eva war mit Leidenschaft Spielzeugtesterin. Alles hatte sie mit großer Ernsthaftigkeit geprüft. Standmixer, Lastenkräne mit Kurbel, Puppen, die in die Windel machten, Plüschbären, die laufen konnten, Raketenträger mit abschussbereitem Projektil, Metallbaukästen mit Motoren, Fernlenkautos mit Bowdenzug. Es handelte sich um geheimes Spielzeug in der Entwicklungsphase, von denen die Kinder in den anderen Städten der Republik nichts ahnten, nicht einmal in Berlin, wo es sogar Joghurt und H-Milch gab. Die meisten Spielsachen, die Eva testete, stammten aus dem Volkseigenen Betrieb Sonni. Damals war sich Eva wichtig vorgekommen. Es hatte sich angefühlt, als würde es allein von ihr abhängen, ob es ein Spielzeug in die Läden schaffte. Dabei war sie im Grunde gar nicht geeignet gewesen. Sie behandelte ihre Sachen einfach zu vorsichtig. Kaum jemand wusste besser als sie, wie viele Arbeitsgänge und welche Sorgfalt für die Herstellung nötig gewesen waren. Evas wilder Cousin Jan hingegen schaffte es auf Anhieb, die Federn der Aufziehtiere zu überspannen oder die Achsen der Kunststoffautos zu brechen.

In die Gruppe der Tester waren die Kinder ganz automatisch gerutscht. Ihre Eltern arbeiteten in einem Betriebsteil, der zur Sonni gehörte, und deshalb gingen sie in den Betriebskindergarten. Dort bekamen die Kindergartenkinder Prototypen, um damit ausgiebig zu spielen. Am Ende der Woche wurden sie von den Erzieherinnen eingehend dazu befragt. Es mussten Berichte darüber geschrieben und Fragebögen ausgefüllt werden. Wenn das Spielzeug die größten Rabauken von Sonneberg überlebt hatte, war es reif für die Kinder der DDR und des Ostblocks, und für den Neckermann-Katalog. Das Beste an dieser Sache war, dass die Probanden die Spielsachen nach der Testphase behalten durften.

Nicht ein einziges Stück besaß Eva noch davon. Ihre Mutter hatte alles weggeworfen, ohne sie zu fragen. Nicht um sie zu kränken, sondern aus praktischen Gründen. Sie war in eine kleine Neubauwohnung umgezogen, und das Haus hatte nur ein Flachdach besessen.

Seit Neuestem spürte Eva merkwürdige Anflüge von Sentimentalität, und sie hatte es sich in den Kopf gesetzt, diese Dinge wieder aufzutreiben. Manche schwatzte sie Bekannten ab, andere fand sie auf Flohmärkten, und einige entdeckte sie, heruntergekommen und abgespielt, im Internet. Oft zahlte sie einen vielfachen Preis dessen, was es damals brandneu gekostet hatte. Das war ein Luxus, den sie sich eigentlich nicht leisten konnte. Nie wieder war Eva für eine Arbeit so großzügig vergütet worden wie für das Spielzeugtesten.

Sie rückte vom dunklen Fenster ab. Nirgendwo brannte Licht, ihre Nachbarn schliefen längst. Aber in den USA war jetzt die beste Zeit für das Ende einer Internetauktion.

Eigentlich hatte Eva nach einem bestimmten Filztier gesucht, einem Schweinchen im Matrosenanzug, das sie einmal besessen hatte. Stattdessen war sie auf eine Langbein-Puppe gestoßen. Seitdem kontrollierte sie mehrmals stündlich diese Auktion. Sie setzte darauf, ohne Konkurrenz zu bleiben. Langbein-Puppen waren selten, aber weder wertvoll noch sonderlich begehrt.

Eva betrachtete die Fotos der Auktion. Die Puppe hatte einen schmalgliedrigen Körper aus Ziegenbalg, war fest mit Holzfasern ausgestopft, und die Beine besaßen erstaunlich intakte Kniegelenke. In den Augenhöhlen des Porzellankopfs saßen dunkle Schlafaugen. Evas Blick folgte dem Schwung der aufgemalten Augenbrauen. Die linke war ein wenig nach oben verrutscht und verlieh dem kleinen Gesicht etwas Überraschtes. Das Entscheidende aber war die Markung im Nacken. 1910 – A. L., wie Albert Langbein. Eva war eine geborene Langbein. Aber schon als Kind hatte sie diesen traditionsreichen Namen verloren. Sie durfte gar nicht daran denken, wofür ihre Mutter den eingetauscht hatte.

Aus dem Augenwinkel bemerkte sie, wie sich das Feld mit dem aktuellen Preis veränderte und eine höhere Summe anzeigte. Ohne nachzudenken, tippte Eva ein neues Gebot ein und wurde sofort wieder übertrumpft. Sie glaubte zu wissen, wer sich diese Unverschämtheit erlaubte. Es gab nur einen Menschen, der sich einbildete, ein Vorrecht auf die Familiengeschichte zu haben, weil er noch immer den Namen Langbein trug.

Nur zehn Minuten blieben bis zum Ende der Auktion. Ohne zu zögern griff Eva nach dem Telefon. Es schien eine Ewigkeit zu dauern, bis sich jemand meldete.

»Bist du noch gescheit? Weißt du, wie spät es ist?«, erklang die verschlafene Stimme ihres Cousins Jan.

Eva fauchte ihn an: »Tu nicht so! Du willst mir die Puppe wegschnappen!«

»Bist du jetzt völlig verrückt? Das Einzige, was ich will, ist schlafen. Es gibt Leute, die müssen arbeiten.«

Noch immer schaffte es Jan, seine Cousine mit einer einzigen achtlosen Bemerkung zu verletzen. Und doch war es dieser kleine Nadelstich, der wieder die alte Nähe herstellte, die einmal zwischen ihnen bestanden hatte. Damals hatte Eva gewusst, wie Jans Stimme klang, wenn er log. Falls er nicht inzwischen völlig abgebrüht war, hatte sie ihn mit ihrem Anruf tatsächlich geweckt.

»Ich hab grad ganz andere Sorgen«, brummte er noch und legte auf.

Eva sah hektisch zur Uhr. Noch vier Minuten. Sie kannte eine weitere Person, die Interesse an einer Langbein-Puppe haben konnte. Aber die würde sie ganz sicher nicht anrufen.

Stattdessen gab sie eine sehr hohe Summe ein und beobachtete schadenfroh, wie der unsichtbare Bieter auf der anderen Seite mehrmals versuchte, sie zu übertrumpfen, und den Preis dadurch immer weiter in die Höhe trieb. Wenn sie die Puppe schon nicht bekam, sollte ihre Konkurrenz wenigstens so viel dafür zahlen, dass es wehtat. Im nächsten Augenblick endete die Auktion, und Eva erhielt eine automatisierte Nachricht. Ihre Summe war die höchste gewesen. Eva hatte gewonnen. Aber zu welchem Preis!

Im nächsten Moment ließ ihr Telefon ein leises Geräusch erklingen und zeigte eine Nachricht an. Sie stammte von ihrer Cousine Iris. *So was nennt man Karma, meine Liebe.*

Wieso wusste Iris immer alles? Ein ungutes Gefühl breitete sich in Eva aus. Sie glaubte nicht an Ahnungen und Vorzeichen wie ihre Cousine. Vielmehr beschäftigte sie die praktische Frage, ob man von einer Auktion zurücktreten konnte.

Sie hatten schon lange nicht mehr miteinander gesprochen. Und schon gar nicht im Guten. Dennoch beschloss sie, ihren Stolz herunterzuschlucken und Iris anzurufen.

»Ich konnte ja nicht ahnen, dass ich ausgerechnet gegen dich biete«, eröffnete Eva das Gespräch.

Auf der anderen Seite war nur ein spöttisches Lachen zu hören.

»Selbstverständlich trete ich vom Kauf zurück und lasse dir den Vortritt«, erklärte Eva und versuchte, ihrer Stimme einen großzügigen Unterton zu verleihen.

»Aber nein«, gab Iris scheinheilig zurück. »Du hast die Puppe rechtmäßig gewonnen. Ich gebe mich geschlagen.« Nach einer lauernden Pause setzte sie hinzu: »Es sei denn, du kannst sie dir nicht leisten. Dann würde ich dir natürlich aushelfen.«

Da war sie wieder, diese mit Nettigkeit übertünchte Arroganz von Iris, die Evas Puls schon immer in die Höhe getrieben hatte. Entrüstet wies sie diesen Verdacht zurück.

»Also wirklich«, stellte Iris fest. »Du kannst noch immer nicht besonders gut lügen.«

»Da hast du recht«, bemerkte Eva kühl. »Vielleicht sollte ich bei dir Unterricht nehmen.«

Ohne ein weiteres Wort legte sie auf und musste an Jan denken. Auch er konnte nicht gut lügen. Das kurze Gespräch mit ihm kam ihr wieder in den Sinn, und ihr wurde klar, dass mit ihm etwas nicht stimmte.

Jan und Eva hatten in einem Haus gewohnt, waren in denselben Kindergarten und in dieselbe Schulklasse gegangen. Jan hatte sich für sie geprügelt, wenn er es für nötig befand, und sie hatte mit verstellter Handschrift seine Hausaufgaben erledigt, weil er sich manchmal ein wenig schwerfällig anstellte. Es hatte sich damals angefühlt, als wären sie Geschwister, nur besser. Sie mussten sich weder die Eltern noch das Spielzeug teilen. Und dann kam ihre Cousine Iris aus dem Westen, nachdem die Passierscheinpflicht für Sonneberg aufgehoben worden war. Eva, Jan und Iris verbrachten einen endlos scheinenden Sommer in der Fabrik ihrer Großeltern. Evas Mutter behauptete zwar, drei wären einer zu viel, aber sie hatte unrecht. Iris wurde zu der Schwester, die sich Eva immer gewünscht hatte. Nachts schliefen sie auf dem Dachboden, unter sich weiche Säcke mit Schaumstoffflocken für die Plüschtiere. Eva und Jan nahmen Iris in die Mitte, damit sie beide ganz nah an diesem Duft nach Waschmittel und Apfelseife lagen, den Iris bei jeder Bewegung verströmte. Sie kauten sogar die Kaugummis weiter, die Iris ausspucken wollte und die ihnen selbst in diesem Zustand begehrenswerter erschienen als alles, was man im Konsum kaufen konnte. Als der Sommer vorbei war und Iris zurück auf die andere Seite der Mauer musste, wusste Eva, zwei waren einer zu wenig.

Eva war nicht sicher, wann sie sich voneinander entfernt hatten. War es, als Jan aus Sonneberg wegzog? Oder als Eva spürte, dass Iris auf sie herabsah? War es, als ihre Eltern die Firma in den Sand setzten? Oder lag es an dieser furchtbaren Erbengemeinschaft, in der sie alle gefangen waren? Je länger Eva darüber nachdachte, umso klarer wurde ihr, dass es schon früher gewesen sein musste. Es hatte begonnen, als das Gerede anfing.

2

Der Aufstieg

April 1910 – Otto Langbein sprang ungeduldig von einem Fuß auf den anderen. Die ungewohnten Schuhe drückten, aber er musste es aushalten. Wenn er jetzt seinen Platz verließ, würde er das Wunder verpassen.

Vor der Herzog-Georg-Schule in der unteren Stadt hatte sich eine lange Schlange von Schaulustigen gebildet, und es ging nur schleppend vorwärts. Sie waren alle gekommen, um die prächtige Figurengruppe zu bestaunen. Noch stand sie für jedermann zugänglich in der Turnhalle, aber schon in der kommenden Woche würde sie nach Brüssel zur Weltausstellung verschickt werden. Die ganze Stadt wollte sie sehen, aus Neugierde und aus Fachinteresse.

Albert Langbein strich sich den Schnauzbart glatt und wies seine Kinder zurecht. »Hört auf zu zappeln. Das ist kein Vergnügungsausflug. Stellt euch der Reihe nach auf.«

Es bedeutete, dass Fritz, als der Größte und Älteste, bei seinem Vater stehen musste, vor ihm Else, dann kam Hilda, und der Platz vorn bei der Mutter war für den kleinsten der Geschwister bestimmt, Otto. Seine Mutter Mine spuckte auf ihren Rockzipfel und wischte ihm das Gesicht sauber. Dann untersuchte sie ihn gründlich und richtete die Pflaster. Jeden Morgen klebte sie ihm damit die Segelohren an den Kopf.

Anschließend warf sie einen nervösen Blick zu der kleinen

Turmuhr über dem Schuldach. »Ich hab so eine Ahnung, dass wir die Mittagszeit versäumen«, klagte sie.

Mine lag mit ihren Ahnungen immer richtig, aber in diesem Fall musste man kein Prophet sein, um zu wissen, dass sie zur Mittagsstunde sicher noch nicht an der Reihe sein würden.

»Das hier hat Vorrang«, bestimmte Albert.

Else und Hilda tauschten einen überraschten Blick. Noch nie hatte irgendetwas in der Familie Langbein Vorrang vor der heiligen Mittagszeit gehabt.

»Wenn ihr das seht«, erklärte Albert, »dann werdet ihr verstehen, wer wir sind.«

Es ging schon auf ein Uhr zu, als sie endlich den Eingang der Turnhalle erreichten. Mine machte sich immer größere Sorgen um das Essen, wagte es aber nicht, noch einmal darauf hinzuweisen.

Die Halle lag im Dämmerlicht, und auch im Inneren ging es nur schleppend vorwärts. Schon seit zehn Minuten standen sie auf der Stelle. Die Luft war stickig und verbraucht, und die Leute unterhielten sich lauthals.

Viele von ihnen waren an diesem Wunderwerk beteiligt gewesen. Jeder, der auch nur ein Schräubchen eingedreht hatte, prahlte damit. Nach Entwürfen und Modellen des Direktors der Industrieschule hatten die Sonneberger Fabrikanten mithilfe ihrer Arbeiter und Zulieferer siebenundsechzig Figuren für die Szenerie einer thüringisch-fränkischen Kirmes gebaut.

»Das muss ja Wunder was sein«, bemerkte Else schnippisch, »wenn die Leut so lang davor stehen bleiben.«

Otto hüpfte auf Zehenspitzen herum, und Hilda nahm ihn hoch, damit er Ausschau halten sollte.

»Ich seh was!«, rief er plötzlich ganz aufgeregt. »Da sind glänzende Glasspitzen, wie vom Weihnachtsbaum! Vielleicht ist dort das Christkind!«

Aber mehr hatte er auch nicht entdecken können, und Albert, der bereits wusste, was sie erwartete, verriet seinen Kindern kein Sterbenswörtchen.

Dann endlich durften sie nach vorn rücken. Die Leute vor ihnen gingen zur Seite, und im Dämmerlicht tat sich die Schaufläche auf. Ottos Mund öffnete sich, er riss die Augen auf, und selbst der abgeklärten Else entfuhr ein Aufschrei des Glücks. Es schien, als hätte ein Zauberer die Kirchweih besucht und sie eingefroren. Vor ihnen breitete sich die Illusion eines Jahrmarkts aus, mit lebensechten Figuren, Häusern und Kulissen, die nach hinten anstiegen und sich perspektivisch verkürzten.

Die Kinder wussten gar nicht, wohin sie zuerst blicken sollten. Am Rand drehte sich ein mehrstöckiges, voll besetztes Karussell mit Lauschaer Glasschmuck auf dem Baldachin. Sie entdeckten eine Schießbude, in der man Holzfiguren gewinnen konnte. Eine Hökerfrau verkaufte Obstattrappen an staunende Besucher, ein Puppendoktor reparierte Spielzeug, in der Gastwirtschaft wurde ausgeschenkt, eine Postkutsche hielt auf dem Marktplatz, und ein Wanderzirkus traf gerade ein.

»Was ist das?«, rief Otto. »Was ist das da für ein seltsames Wesen?«

»Das ist ein Kamel«, bemerkte Else mit abgeklärtem Blick, dabei kannte sie dieses fremde Tier auch nur von Bildern. Otto erschauerte. Dieses Kamel sah so lebensecht aus, dass er jeden Moment erwartete, es könnte sich zu ihm hinüberdrehen. Auf dem Rücken des Kamels tobten zwei Äffchen in Kostümen herum. Auf einem Pony saß eine wunderschöne

Zirkustänzerin mit so ungebührlich kurzem Rock, dass Otto es kaum wagte hinzusehen. Ein Dompteur mit einem Fez auf dem schwarzen Haar führte einen Bären herum. Es gab Clowns und Hunde, aber das Aufregendste war ein afrikanischer Trommler mit Schmuck aus Gold und Muscheln. Otto wartete auf den Klang des Instruments, aber der Schlegel verharrte kurz vor dem Resonanzfell.

Bis ins kleinste Detail war alles lebensecht ausgeführt. Otto entdeckte einen Ausrufer in Uniform, der eine Glocke in der Hand hielt. Fast meinte er, das Pulsieren des Blutes unter der faltigen Haut zu sehen.

»Da!«, rief Albert plötzlich, und in der Stimme des stets gelassenen Fabrikanten war ein Zittern zu hören. »Seht doch! Dort ist unsere Puppe!«

Sie saß in der obersten Etage des Karussells, und immer, wenn Otto glaubte, sie entdeckt zu haben, war sie schon wieder vorbeigehuscht.

»Seht es euch gründlich an«, sagte Albert feierlich. »Genau darum ist Sonneberg die größte Spielzeugmetropole. Und wir sind ein Teil davon. Unsere Puppe wird nach Brüssel reisen und der Welt zeigen, was die Langbeins können.«

Otto starrte auf die prächtige Szenerie und fühlte plötzlich eine Ergriffenheit, die er bisher nicht gekannt hatte. Zum ersten Mal glaubte er, die Begeisterung seines Vaters für das Spielzeughandwerk zu verstehen. Es ging ja gar nicht um Zahlen und Aufträge. In Wahrheit ging es doch um Schönheit und Freude!

Die Kinder konnten sich gar nicht losreißen. Immer wieder entdeckten sie neue Details, Glassterne am Dach des Karussells, Hampelmänner in der Schießbude, einen Dackel, einen Mops, einen Pudel, und über allem flatterten Fahnen in Rot und Weiß.

Dann aber drängten die Leute hinter ihnen so stürmisch, dass sie doch weitergehen mussten. Völlig benommen taumelten sie aus der Turnhalle und blinzelten erstaunt ins milchig trübe Tageslicht. Von all der Pracht und dem Glanz blieb hier draußen nichts übrig.

Die Figurengruppe der Sonneberger auf der Weltausstellung in Brüssel blieb nicht nur Stadtgespräch. Auch auf der Leipziger Messe im Mai wurde davon geschwärmt. Als die neue Saison der Spielzeughersteller begann, waren die Auftragsbücher der Firma Albert Langbein bestens gefüllt.

Die erste Arbeitswoche nach der Winterpause neigte sich dem Ende zu. Über die schlammigen Straßen schlurften Liefermädchen mit voll beladenen Huckelkörben. Sie hatten weite Wege hinter sich, brachten Ware aus Heinersdorf, Neustadt, Lauscha und dem ganzen westlichen Hinterland und holten Material und Teile für die Weiterverarbeitung ab. Ihre Körbe mit den riesigen, hochaufgebundenen Aufbauten verbargen mechanisches Blechspielzeug, Lärminstrumente, Kastenteufel, hölzerne Schiffe und Eisenbahnen, mit Fell überzogene Tiere, bewegliches Spielzeug, das von einem Uhrwerk angetrieben wurde, Handpuppen und Einzelteile für die Puppenherstellung. Sie eilten in die Werkstätten, lieferten Ware beim Verleger ab, holten neues Material und trugen Tratsch weiter.

Es war Floras allererster Arbeitstag als Liefermädchen, und ihr Lohn dafür sollte ein Bonbon sein. Davon angespornt führte sie den nahezu blinden Rottweiler, der den Korbwagen mit der Lieferung zog, die Steinersgasse entlang. Am Hang wurden sie beide von der schweren Last nahezu hinuntergeschoben. Flora kam von oben aus Richtung Neufang. Das letzte Stück des Wegs führte sie an den schiefen, unregelmäßigen Häusern vorbei, die sich an den Stadtberg quetschten. Als sie das kleine Straßendreieck erreichte, an dem die Gasse in die Obere Marktstraße mündete, erschien ihr die Welt so weit und großzügig. Die Hochdruckwetterlage hielt den Rauch der Feuerungen am Boden, sodass die Sonne über den Fachwerkhäusern nur als ein verschwommener heller Fleck zu ahnen war. Geheizt wurde hier zu jeder Jahreszeit, damit die Puppenglieder aus feuchter, stinkender Papiermasse trocknen konnten.

In nahezu allen Häusern in der Gegend wurde für die Puppenherstellung gearbeitet, und die Hauswerkstätten hatten sich alle auf einen bestimmten Arbeitsgang spezialisiert. Es gab Augeneinsetzer, Perückenmacher, Puppenfriseure, Hutmacher, Schuhmacher, Gelenkmacher, Stimmenmacher, Kleidernäherinnen. Floras Vater war Drücker. Er drückte aus Papiermasse Puppenbeine. Und diese Beinchen sollte Flora nun immer zum Ende der Woche ausliefern.

Flora hielt vor dem Haus des Puppenfabrikanten Langbein. Sie kannte die Familie, Mine Langbein war ihre Patentante. Flora legte den Kopf zurück und blickte sehnlich zu den Fenstern über ihr. Sie hielt Ausschau nach Otto. Flora liebte Otto, mit der ganzen Hingabe ihrer vier Jahre. Otto hingegen sah über Flora hinweg, denn er war schon neun und damit nahezu erwachsen.

Ihre Väter waren beide Gesellen beim Metzger Müller in der Breiten Straße, und sie besserten ihren schmalen Lohn mit Heimarbeit auf. Doch während Floras Vater den Zusatzverdienst in die Bierstube trug, legte Albert Langbein das Geld an und investierte gleich wieder. Viele Sonneberger Fabrikanten gaben das Spielzeug, das sie in den heimischen Werkstätten herstellten, an die großen Verleger, damit es überall auf der Welt verkauft wurde. Aber Albert Langbein wollte sich von keinem abhängig machen. Er exportierte lieber selbst.

Deshalb hing an der Fassade des Hauses ein neuer Schriftzug, aus dem der ganze Stolz eines jungen Unternehmers sprach: *Puppenfabrikant Albert Langbein.* Dabei war das Haus keine prächtige Villa, wie die des Verlegers Lindner, der in seinem ganzen Leben nicht eine Puppe produziert hatte und doch durch sie reich geworden war. Die sogenannte Fabrik der Langbeins war Werkstätte und Wohnhaus in einem.

Flora band ihren Hund an dem kleinen Eisenzaun fest, der den Vorgarten von der Straße trennte. Aus dem verfilzten Fell stieg Hitze auf, und Flora wärmte sich kurz. Es wollte in diesem Jahr nicht so recht Frühling werden. Sie zerrte den Saum ihrer Kleiderschürze nach unten. Im letzten halben Jahr war sie schneller in die Höhe geschossen, als ihre nächstgrößere Schwester die Kleider verwachsen konnte.

Flora trug die mit Tüchern überspannten Schanzen hinein. Das waren große, aus Holzspänen geflochtene Tabletts, auf denen die grauen Puppenbeine säuberlich aufgeschichtet lagen.

Sie lief am verschlossenen Musterzimmer vorbei zum Treppenaufgang und stieg die Holztreppe nach oben. Im ersten Stock befand sich die Werkstatt, die gleichzeitig Küche war. Als Flora die Tür öffnete, quoll ihr Hitze entgegen. Auf den eisernen Platten des Ofens kochten Knochenleim und eine saure Gemüsesuppe. Überall standen Bretter mit Stöcken, auf die Puppenglieder zum Trocknen gesteckt worden waren. In Körben lagen Schichten von Mohairperücken, Puppenkleidern und Schuhen. Hier war der Ort, an dem die ganzen Einzelteile aus den verschiedenen Werkstätten zusammenkamen und sich in wirkliche Puppen verwandelten.

Floras Patentante Mine zählte die Beinlieferung ab und notierte die Stückzahlen. Floras Vater würde sich am Abend ausbezahlen lassen.

Mine befragte ihr Patenkind nach Neuigkeiten: »Ich hab geträumt, dass der Klapperstorch heut Nacht dein neues Geschwisterchen aus dem Scherfenteich gebracht hat?«

Flora nickte wenig begeistert und berichtete, es sei ein Junge geworden. »Da gratulier ich recht herzlich!«, sagte Mine, der es gefiel, dass sie wieder einmal recht gehabt hatte mit ihrer Ahnung. »Du freust dich bestimmt sehr über dein neues Brüderchen?«

Flora zuckte mit den Schultern. »Ach, Gott nää. Bei andern Leuten sterben die Kinder. Bloß wir kriegen immer mehr.«

Flora hatte eine ganze Reihe von Geschwistern, und die meisten halfen mit bei der Herstellung der Puppenbeine. Das Kinderschutzgesetz untersagte es zwar, aber keiner konnte es sich leisten, auf diese lebenswichtige Hilfe zu verzichten.

Mine holte ein kleines Tütchen aus einem der Küchenschubfächer und drückte es Flora in die Hand. »Gib das deinen Eltern, Flora. Und richt ihnen meine Gratulation aus.«

Flora linste in die Tüte. Es steckten ein frommer Spruch darin und ein Fünfmarkstück. Sie schob den Schatz rasch in ihre Schürzentasche und presste die Hand darauf. Flora war stolz, dass ihr ein so wichtiger Botendienst übergeben wurde. Den eigenen Töchtern konnte die Patentante sicher kein Geld anvertrauen. Die würden sich gleich beim Kaufmann Zuckerzeug dafür holen. Aber Flora wollte ihre Patin nicht enttäuschen. Sie wusste, dass sie fleißiger, ordentlicher und bescheidener als die Langbein-Kinder sein musste, wenn die Patin ihr gewogen bleiben sollte.

Mine wandte sich wieder ihrer Arbeit zu. Flora stand verlegen herum und wartete darauf, dass jemand sie auffordern würde, sich zu setzen. Es roch so gut nach Gemüse und Essig, bei ihr zu Hause würde es nur wieder dünne Mehlsuppe geben. Aber alle waren beschäftigt, niemand beachtete sie mehr.

Der große niedrige Arbeitstisch nahm den ganzen Raum ein. Vorn hockte Fritz auf einem Holzschemel, und Flora musste aufpassen, dass sie ihm nicht in die Quere kam. Mit einer genau dosierten Mischung aus roher Gewalt und Behutsamkeit stopfte er die Bälge aus Ziegenleder mit Flachs-Acheln, so lange, bis sie straff gefüllt waren und die Form eines kleinen Wanstes besaßen. Am anderen Ende hockte Otto und tauchte graue Rohlinge aus Pappmasse in rosa Farbe. Er murmelte dabei Zahlen vor sich hin, denn der Vater hatte ihnen Stückmengen vorgeschrieben. Erst wenn sie die fertig hatten, durften sie hinter dem Haus spielen. Ihre Mutter Mine nähte Tressen aus Mohair und klebte die fertigen Perücken mit Knochenleim auf. Die Gesichter auf den teuren Porzellanköpfen aus der Fabrik von Armand Marseille bemalte Albert Langbein immer höchstpersönlich in den Abendstunden. Die Töchter kleideten die fertigen Puppen, frisierten sie, banden Schleifen und nähten sie zum Schluss mit ein paar Stichen in Kartons ein, damit sie auf ihrer Reise gut geschützt wurden.

Flora besaß selbst keine Puppe. Sie kannte bisher nur die Einzelteile, die bei ihnen zu Hause gedrückt wurden. Entzückt betrachtete sie das fertige Spielzeug und klatschte vor Freude darüber in die Hände.

Nun erst bemerkte Mine, dass die Kleine immer noch in der Küche herumstand.

»Hock dich doch her«, schlug sie vor. »Du kannst zum Essen bleiben.«

Flora gehorchte, setzte sich neben Otto und starrte auf seine geschickten Finger, die blitzschnell winzige Fußnägelchen aufmalten.

Jeden Mittag, wenn die Glocke von der alten Schule zwölf Uhr schlug, kam Albert Langbein aus der Fleischerei in der Breiten Straße herauf, um mit ihnen zu essen.

Die Frauen sortierten vorsorglich die Teller und Löffel und kümmerten sich um die Suppe.

Die Jungen schoben die Werkzeuge beiseite und räumten einen Teil des Arbeitstisches frei. Flora saß neben Otto und betrachtete die kostbaren Porzellanköpfe, die in einer Kiste auf der Bank lagen. Ein Teil von ihnen war schon bemalt, andere warteten noch darauf, ein Lächeln zu bekommen.

Flora frage Otto: »Kannst du so schöne Gesichter malen?«

Otto wusste, dass er es konnte. Und schließlich hatte sie nicht gefragt, ob er es durfte. Also sagte er: »Ja.«

»Zeigst du es mir?«, bat Flora.

Otto sah Flora erstaunt an. Bisher hatte er die Kleine nur als eine Art Schoßhündchen seiner Mutter betrachtet. Er stellte fest, dass sie aus der Nähe merkwürdig winzige Zähne und einen leichten Silberblick hatte. Aber das Auge, das nicht an ihm vorbeisah, strahlte ihn mit einer solchen Bewunderung an, dass er sich plötzlich für einen großen Künstler hielt.

Beflügelt von Floras Hingabe griff er nach einem Porzellankopf. Er stippte den Pinsel ins Zinnoberrot und malte mit sicheren Strichen die Lippen an. Ein wenig davon tupfte er an einen Lappen und rieb die Wangen ab, bis sie rosig glänzten. Dann wechselte er zum braunen Pinsel und zeichnete geschwungene Wimpern. Flora neben ihm sagte nichts, aber er spürte ihren aufgeregten Atem im Nacken, während sie ihm über die Schulter schaute. Dann begann er die Augenbrauen zu ziehen. In diesem Moment betrat sein Vater die Küche. Vor Schreck verrutschte Otto der Strich, und das Puppengesicht bekam einen erstaunten Ausdruck.

Albert Langbein erfasste sofort die Situation.

»Ich hab es dir verboten!«, schimpfte er erbost. »Das ist kein Spielzeug! Nicht für uns!«

Flora wurde kreidebleich. Mine versuchte, Albert zu beschwichtigen. »Er hat ja nur helfen wollen. Und so schlecht ist es nicht geworden.«

»Aber ich hab es verboten«, beharrte Albert verärgert. »Und wer Verbote übertritt, der endet in der Fronfestung.«

Otto rann ein Schauer über den Rücken. Wann immer er von der Mutter für eine Besorgung den Gerichtssteig hinaufgeschickt wurde, sauste er hastig am Gefängnis vorbei, vor lauter Angst, dass jemand einen Arm durch eins der vergitterten Fenster schieben und nach ihm greifen würde. In die Fronfestung kamen nur die schlimmsten Verbrecher, und jedes Kind in Sonneberg wusste, dass es dort sonntags eiserne Klöße mit Stecknadelsbrühe gab.

Otto begann zu schwitzen. Die Pflaster zu beiden Seiten seines Kopfes lösten sich und ließen die Segelohren vorschnellen. Da musste sein Vater lachen und konnte nicht mehr recht böse sein. Er nahm Otto lediglich das Versprechen ab, nie wieder ein Porzellangesicht zu bemalen.

Vor lauter Erleichterung begann Flora zu schluchzen. Otto sah sie verwundert an, und Albert brummte verlegen: »Na, na. So schlimm hab ich doch gar nicht geschimpft. Oder doch?«

Alle beeilten sich zu versichern, dass er ein sehr gerechter Mann sei. Mine tröstete Flora, putzte ihr das Gesicht mit dem Rockzipfel, und dann teilte sie die Suppe aus.

Zuerst an den Herrn Fabrikanten, dann an Fritz, denn das Stopfen war eine schwere Männerarbeit, anschließend nahm sie sich selbst, und als die kleineren Kinder an der Reihe waren, bekamen sie nur noch Brühe. Aber auf der schwammen ein paar Fettaugen, und es gab dazu für jeden einen Kanten Brot. Flora kaute ausgiebig darauf herum.

Während des Essens durfte nicht gesprochen werden, und wenn sich die Schwestern doch einmal etwas zuflüsterten, schlug Albert warnend den Löffel an seinen Teller. Nur die Uhr tickte, und der Ofen summte. Als Albert Langbein aufgegessen hatte, zündete er sich ein Pfeifchen an, und es konnte wieder geschwatzt werden.

Flora versuchte, die Rauchwölkchen mit dem Mund einzusaugen. Dadurch fiel Albert auf, dass sie immer noch mit am Tisch saß. »Musst du nicht längst heim?«, erkundigte er sich. »Dein Vater wartet bestimmt schon auf die neuen Formen. Schick dich!«

Erschrocken sprang Flora auf. Mit ihrem Vater war nicht zu spaßen.

Mine brachte die neuen Formen aus Schwefel und Gips. Jede bestand aus zwei ovalen Zylindern, in denen vertieft die Form der Puppenbeine eingeprägt war. Die Formen nutzten sich nach einiger Zeit ab und mussten dann ausgetauscht werden.

»Schaff die Ausrangierten auf den Dachboden«, trug Albert dem Mädchen auf.

Er wollte dort eine neue Zwischenwand für das Lager einziehen. Da kamen ihm die Formenblöcke als Baumaterial gerade recht.

Nachdem Flora gegangen war, stiegen Fritz und Otto nach oben, um Material zu holen. Albert sah gemeinsam mit Mine die Geschäftsbücher durch. Bevor er etwas dazu sagte, stand er auf und steckte einen Stöpsel in den Metalltrichter, der aus der Wand ragte. Er gehörte zu einem Sprachrohr, das zur Abstimmung mit dem Lager von oben nach unten in die Küche führte. An dem Sprachrohr hing eine Pfeife, damit Albert jemanden heranrufen konnte, und eben ein Stöpsel. Denn nicht immer wollte er, dass man oben alles hörte, was unten besprochen wurde.

»Wir hinken hinterher«, stellte er fest.

»Wenn wir die Kinder in der nächsten Woche wieder ein paar Tage zu Hause lassen, könnten wir es schaffen«, schlug Mine vor.

An diesem Morgen hatte sie dem Lehrer erzählt, dass die Kinder Bauchweh hätten und daheim bleiben müssten. In Wirklichkeit hatten sie bei der Produktion geholfen. So machten es die meisten Familien, wenn sie überleben wollten.

Mine zog die Stirn kraus. »Das sind die Puppenkleider, die uns so aufhalten.«

»Es ist eben eine rastlose Zeit heute«, sagte Albert nachdenklich. »Die modernen Mütter wollen gebrauchsfertige Waren erhalten.«

Noch vor Kurzem waren Täuflinge gewünscht gewesen. Puppen, die nur ein Taufhemd trugen und dann von feinsinnigen Müttern das gleiche Kleidchen wie die Puppenmama geschneidert bekamen. Nun aber musste Mine Puppenkleider entwerfen, und das, wo sie nicht allzu viel von Mode hielt und nur ein einziges gutes Kleid besaß.

Albert gab seiner Frau und den Töchtern einen Kuss aufs Haar. Er musste wieder hinunter zu seiner zweiten Arbeitsstelle. Bevor er ging, sagte er: »Sobald der Anbau steht, geh ich nicht mehr in die Metzgerei und kümmer mich nur noch um die Fabrik. Und ich stell Arbeiter ein. Die neuen Fabrikräume müssen ja gefüllt werden.«

»Und was ist mit uns?«, wollte Else wissen.

»Ihr müsst dann nicht mehr mitarbeiten. Ihr braucht nur noch fleißig zu lernen.«

Sein höchstes Ziel war es, dass seine Kinder eine gute Ausbildung bekamen, ein sorgenfreies Leben führten und irgendwann seinen Platz in der Fabrik einnahmen.

Am Abend, als die Langbein-Kinder ihre Stückzahlen geschafft hatten, durften sie hinaus zum Spielen. Else und Hilda warfen sich tuschelnd ins Gras und blätterten in einer alten Ausgabe der illustrierten Gartenlaube. Fritz und Otto dagegen beobachteten interessiert die Bauarbeiten.

Neben dem Haus wuchs die rote Backsteinwand des Anbaus in die Höhe. Bald würde die neue Mauer das Stammhaus überragen. Nach der Fertigstellung sollte die gesamte Puppenproduktion dorthin verlagert werden.

Als die Mädchen zur Schaukel im hinteren Teil des Gartens schlenderten, machten sich Otto und Fritz über die Illustrierte her. Sie falteten aus den großen Seiten Helme und suchten sich Stöcke, die sie zu Gewehren umfunktionierten. Den Rest des Abends spielten sie Soldaten und schossen Luftkugeln auf einen Zilpzalp, der unsichtbar über ihnen im Baum sang.

Mit der Dämmerung stieg Feuchtigkeit von den Wiesen auf. Wie eine weiße Wand stand sie zwischen den Bäumen und versperrte die Sicht auf den Oberen Graben.

Mine rief die Kinder ins Haus: »Rein mit euch! Sonst fressen euch die Nachtraben!«

Flora stand zu dieser Zeit in ihrer Küche oben in Neufang und wickelte ihren Bruder. Den Inhalt seiner Windel schüttelte sie in das Plumpsklo draußen, dann wusch sie die Rückstände in einer Schüssel aus.

Als der Vater heimkehrte, fiel Flora wieder das Tütchen ein, das sie von ihrer Patentante Mine bekommen hatte. Sie holte es aus der Schürzentasche und richtete die Glückwünsche aus.

Erfreut untersuchte ihr Vater das Geschenk und sagte zu Flora: »Jetzt pass einmal auf, wie ich aus einem Geldstück zwei mach!«

Er warf die fünf Mark in die Luft, fing sie geschickt auf und lief damit in die Wirtschaft. Flora wartete gespannt und voller Vorfreude auf seine Rückkehr.

Als der Vater wiederkam, war er übellaunig und einsilbig. Er hatte die fünf Mark beim Kartenspiel auf wundersame Weise vermehren wollen und verloren.

Und so bekam Floras neuer Bruder nur einen frommen Spruch.

3

Die Heimkehr

Eva erwachte mit einem unangenehmen Gefühl. Es war nicht nur der überteuerte Kauf, der ihr einen schweren Kopf bescherte. Dieser Unterton, den sie in Jans Stimme gehört hatte, beunruhigte sie. Sie beschloss, sich noch einmal bei ihm zu melden, unter dem Vorwand, sich für den nächtlichen Anruf zu entschuldigen.

Diesmal ging er zügig ans Telefon, strahlte aber dieselbe abweisende Laune aus.

»Stör ich dich bei der Arbeit?«, fragte Eva verunsichert.

»Nein«, antwortete Jan knapp.

»Ich wollte mich entschuldigen«, begann sie, wurde aber unterbrochen.

»Musst du nicht. Ich hab wirklich keine Zeit für so was.«

»Kann ich irgendwie helfen?«, wollte Eva wissen. »Soll ich bei dir vorbeikommen? Ich war schon lang nicht mehr in Gera.«

»Ich bin nebenan. In Sonneberg«, gab er zurück. »Ich hab mir eine Woche freigenommen. Ich muss das Haus meiner Eltern ausräumen.«

Eva schluckte die Bemerkung hinunter, dass es auch das Haus ihrer Mutter war, und sagte stattdessen sachlich: »Eine Woche? Da brauchst du ein Jahr und bist immer noch nicht fertig.«

Sie dachte an das schlichte Fachwerkhaus, in das sie nicht mehr hineingehen wollte. Es war bescheidener als die prächtigen Fabrikantenvillen am Schönberg, aber nicht weniger geräumig. Es besaß mehrere zweckdienliche Anbauten und war vom Keller bis zum Dachboden voll Gerümpel. Das Haus war immer nur notdürftig geflickt worden und mittlerweile in einem erbarmungswürdigen Zustand. Zuerst hatte es am sozialistischen Wohnungswesen gelegen und später an der gesamtdeutschen Erbengemeinschaft, die jeden Versuch, etwas zu retten, im Keim erstickte.

In diesem Haus waren Dinge geschehen, die Eva nicht vergessen hatte. Die Atmosphäre darin schien am Ende vergiftet zu sein, und dann gab es diesen alles verändernden Streit. In Anbetracht der vorangegangenen war er nur der letzte Tropfen gewesen, der das Fass zum Überlaufen brachte. Von einem Tag auf den anderen waren sie alle ausgezogen. Nur Jans Eltern blieben, wie Sieger, als hätten sie ein größeres Recht auf das Haus.

Eva fand eine Wohnung in der Nähe, ihre Mutter mietete sich ein Stück weiter stadtabwärts ein. Iris ging zurück nach Coburg, und auch Jan verließ Sonneberg ganz.

Inzwischen war Jans Vater verwitwet und lebte seit einiger Zeit in einem Pflegeheim am Wolkenrasen. Bisher hatte Eva ihn nicht ein einziges Mal dort besucht.

»Die Nürnberger wollen, dass die Wohnung vom Vater wieder vermietet wird«, erzählte Jan.

»Das ist nicht dein Ernst«, gab Eva zurück.

»Ich werd einen Container bestellen und alles reinschmeißen«, erklärte er.

»Das kannst du nicht machen!«, empörte sich Eva. »Das ist das ganze Zeug von unseren Großeltern.«

Jan schnaufte abwehrend. »Räumst du das Haus aus? Nein. Also kein Mitspracherecht.«

Eva warf sich eine Jacke über und eilte die Straße hinunter. Erleichtert stellte sie fest, dass kein Container auf dem kleinen gepflasterten Dreieck stand. Unschlüssig legte sie den Kopf in den Nacken und sah an der Fassade des alten Fachwerkhauses hinauf. Obwohl die Buchstaben schon vor einem halben Jahrhundert abgenommen worden waren, zeichnete sich noch immer der Schatten der Schrift ab. *Puppenfabrikant Albert Langbein.*

Der niedrige Eisenzaun, der den Vorgarten begrenzte, lehnte sich kraftlos zur Seite, Rost bröselte herunter. Dahinter wuchs Gestrüpp, von der Sonne verbrannt.

Eva legte ihre Hand auf die gusseiserne Klinke und drückte sie herunter. Die Haustür stand unter Spannung und sprang mit einem Knacken auf. Ein merkwürdiger Dunst schlug ihr entgegen, eine Mischung aus feuchtem Keller, Bohnerwachs, Leder und Leim. Es war der Geruch ihrer Kindheit.

Bevor sie eintreten konnte, preschte ein alter Golf die Straße herauf, stoppte, setzte ein paarmal unschlüssig vor und zurück, bis er endgültig hielt und Iris ausstieg.

Überrascht sah Eva zu ihr hinüber.

»Jan hat mir Bescheid gesagt«, behauptete Iris.

Eva fragte sich, ob das vor oder nach ihrem Anruf bei ihm gewesen war, und ärgerte sich im gleichen Moment über sich selbst. Sie würde doch nicht eifersüchtig werden?

»Ich hab in der Kammer noch einen Koffer stehen«, erklärte Iris. »Von damals. Den soll ich holen, bevor hier alles aus dem Fenster fliegt. Da wird unser Cousin noch viel Spaß haben. Was bin ich froh, dass ich das schon hinter mir hab.«

Eva fand, dass man die kleine Wohnung, die ihr Onkel drüben in Coburg bewohnt hatte, kaum mit dem großen Fabrikanten-Stammhaus in Sonneberg vergleichen konnte.

»Ich denke, wir sollten ihm helfen«, überlegte sie.

»Wer wir?« Iris blickte sie irritiert an.

»Wir beide«, erklärte Eva. Im selben Moment fiel ihr auf, dass es zwischen ihnen schon seit Ewigkeiten kein Wir mehr gegeben hatte. »Jan ist überfordert. Er wirft sonst alles weg.«

»Ja und? Das ist mir egal«, gab Iris kühl zurück.

»Es ist dir nicht egal«, widersprach Eva sanft. »Sonst würdest du die Langbein-Puppe nicht haben wollen.«

Iris schwieg einen Moment, dann sagte sie: »Wir streiten uns bloß wieder. Wir streiten uns jedes Mal, wenn wir aufeinandertreffen. Nicht, dass es mir was ausmacht ...«

»Wir müssen uns gar nicht in die Quere kommen. Jeder nimmt sich einen Raum vor. Und wir reden nicht über die wunden Punkte.«

Iris schien nachzudenken, dann sagte sie: »Also gut. Vielleicht finden wir ja ein paar Wertsachen. Außerdem will ich die Puppe.«

Eva schlug vor: »Wir könnten uns den Kaufpreis teilen. Und die Puppe dann natürlich auch.«

Skeptisch zog Iris die Augenbrauen nach oben. »Wie soll das funktionieren? Wie bei einem Scheidungskind?«

Während sie sich unterhielten, gingen sie den dunklen Flur entlang und auf die Treppe zu. In dem Moment, als sie das Geländer berührte, merkte Eva überrascht, wie die Erinnerung an die letzten Jahre verdrängt wurde durch weiter zurückliegende Bilder. Sie fühlte unter ihren Fingerkuppen die vertrauten Unebenheiten des Holzes. Oben hörte sie etwas klappern, und für einen trügerischen Moment glaubte sie, es wäre ihre Großmutter Flora, die in der Küche am Herd hantierte.

»Jan?«, rief Iris.

»Hier! In der hinteren Schlafstube. Erster Stock«, kam seine Antwort aus der Tiefe des Hauses. Er klang verzweifelt.

Sie stiegen die knackende Treppe nach oben. Das Haus beherbergte ein Labyrinth aus Räumen. Iris folgte Eva, die sich besser auskannte. Auf beiden Etagen gab es eine Wohnung, die im Kreis um das Treppenhaus angeordnet war. Die untere war halbherzig modernisiert, in der oberen waren nur die nötigsten Veränderungen vorgenommen worden. Man gelangte von einem Raum in den nächsten, vom sogenannten Blumenzimmer ging es in die Küche, die führte wiederum in das Schlafzimmer, dahinter kam eine abgedunkelte Kammer, von dort gelangte man in das Kinderzimmer, danach in die gute Stube, und dann ging es wieder ins Blumenzimmer und hinaus zur Treppe.

Das Schlafzimmer war ein kalter, spartanisch eingerichteter Raum, mit einem breiten Bett aus Nussbaum und einem hohen Kleiderschrank, auf dem ein knorriger Zweig mit ausgestopften Singvögeln stand. Ihr Gefieder war blassrot, mottenzerfressen und verstaubt. Zwischen den Fenstern befand sich ein Waschtisch mit Marmorplatte, und darüber hing ein Hochzeitsbild. In diesem Zimmer hatten früher ihre Großeltern geschlafen, Flora und Otto.

Jan hatte auf den Holzdielen mehrere Haufen und Stapel mit Bettwäsche und Tischtüchern aufgeschichtet und betrachtete sie hilflos. Als seine Cousinen das Zimmer betraten, ließ er sofort alles fallen, was er in den Händen hielt.

Eva musste lachen. Wenn sie auftauchte, hatte Jan schon immer sämtliche Arbeiten eingestellt und sich auf sie verlassen.

»Ich habe keine Ahnung, wie man hier Ordnung reinkriegen soll«, erklärte er. »Guckt euch das an.«

Er angelte die ausgestopften Vögel vom Schrank. Der Ast rutschte ihm aus der Hand und fegte beim Herunterfallen eine Vase mit, die Eva geistesgegenwärtig auffing. Eine Staubwolke erhob sich.

»Damit wäre dieser Fall schon mal geklärt«, bemerkte Iris.

Eva stellte die gerettete Vase zurück und sagte: »Besser die Zuckerdose als das Leben.«

»Diesen Spruch hab ich nie verstanden.«

»Keiner von uns«, versicherte Jan. »Und trotzdem sag ich das auch immer, wenn es hätte schlimmer kommen können.«

»Wir müssen planmäßig vorgehen«, schlug Eva vor. »Wir fangen auf dem Boden an und arbeiten uns bis zum Keller vor.«

Iris nickte. »Wir sortieren in zwei Kategorien. Kann weg. Wird verkauft.«

»Nein«, widersprach Eva. »Wir brauchen noch eine dritte Gruppe. Für die Sachen, die wir aufheben wollen.«

Jan sah sich um und stöhnte. »Gott, bin ich froh, dass ihr da seid. Ich muss erst mal Pause machen. Ich räume schon den ganzen Tag.«

Eva warf einen Blick auf die Uhr. Es war kurz vor zehn Uhr am Vormittag.

»Ich mach uns Kaffee!«, rief Iris erleichtert.

Eva sah den beiden nach, die von einem Zimmer zum nächsten eilten, um in die Küche zu gelangen.

»Übrigens«, hörte sie Jan noch fragen. »Was sollte der Quatsch von wegen Karma? Deine SMS meine ich, von heut Nacht?«

Sofort ärgerte sich Eva über ihre Leichtgläubigkeit. Iris tat immer so, als hätte sie eine Gabe. Sie hielt sich für die Reinkarnation von Urgroßmutter Mine. Die hatte vorher gewusst, wie das Duell zwischen ihrem Verlobten und seinem Freund ausgehen würde, und den großen Brand der Porzellanfabrik in Köppelsdorf hatte sie auch vorausgeahnt. Iris dagegen riet einfach nur und traf manchmal zufällig ins Schwarze.

Sie lief den beiden nach und forderte: »Jetzt wird nicht gleich Pause gemacht, lasst uns doch wenigstens anfangen.«

»Du kannst ja schon mal auf den Boden vorgehen«, schlug Iris vor. »Wir kommen mit dem Kaffee nach.«

Jan versicherte: »Bei der trockenen Luft da oben werden wir was zu trinken brauchen.« Er war schon immer gut darin gewesen, Ausreden zu erfinden.

Eva griff sich ein paar Müllsäcke und stieg die Treppe hinauf, wobei sie demonstrativ kräftig auftrat.

Die Tür zum Dachboden war nur mit einem Haken verschlossen. Eva schob sie auf. Der Luftzug ließ Millionen Staubpartikel in einem Lichtstrahl tanzen, der durch die Bodenluke hereinfiel. Es roch nach chemischen Rückständen und Nitrolack. Hier oben war das Lager gewesen. In kleinen, durch halbhohe Wände voneinander getrennten Abteilen stapelten sich Dosen und Fässer, Berge mit Füllmaterial, Sackleinen, riesige Stoffballen, Säcke mit Plastikgranulat und Holzwolle, Kisten mit Knöpfen, Stimmen und Gelenken. Eva bückte sich und befühlte ein graues Stück Kunstpelz. Das war der Stoff für die Esel und Nilpferde gewesen.

Der Klang von Lachen und klapperndem Geschirr wurde lauter. Iris kam zuerst die Stiege herauf und balancierte ein voll beladenes Tablett auf ihrem Kopf.

»Wo soll ich das abstellen?«, fragte sie.

Eva deutete auf einen hölzernen Arbeitstisch, der an einer Trennwand lehnte.

»Was habt ihr hier eigentlich für merkwürdige Ziegel?«, wollte Iris wissen.

Die Trennwände bestanden aus weißen, zylindrischen Steinen, die mit Lehm verbunden waren. Eva strich mit der Hand über die glatte Oberfläche. Auf ihren Fingerkuppen zeigte sich weißer Abrieb.

Jan zuckte mit den Schultern. »Ist nichts Besonderes. Alle Zwischenwände im Haus sind daraus gebaut.«

Iris griff nach einem Sprachrohr, das aus der tragenden Wand ragte. »Der Trichter ist ja immer noch da«, sagte sie erfreut und pustete hinein. Staub wirbelte auf.

Jan winkte ab. »Der endet im Nichts. Mein Vater hat die Leitung unterbrochen.«

Eva begann einzuschenken. Iris zog sich einen Sack mit Füllwatte heran, faltete geschickt die Beine und ließ sich im Lotossitz darauf nieder. Dann kredenzte sie Jan seinen Kaffee, indem sie die Tasse über das Handgelenk hinweg einmal um sich selbst drehte. Sie war in der Lage, die kleinsten Handreichungen so theatralisch zu verkaufen, dass es sich anfühlte, als hätte sie ein außerordentliches Kunststück vollbracht.

»Ich hab nur Malzkaffee gefunden«, erklärte sie dabei vorwurfsvoll und brachte Eva dazu, sich dafür zu entschuldigen.

»Wer braucht Zucker? Wer will Salz?«, wollte Iris wissen. In jeder Hand hielt sie eine kleine silberne Streudose wie Opfergaben in die Höhe.

Überrascht sahen Eva und Jan sie an.

»Oh«, machte Iris und ließ den Salzstreuer mit der gleichen schlangenartigen Bewegung zurück auf das Tablett gleiten. »Ich dachte, ihr trinkt hier alle den Kaffee so.«

Eva musste lachen. »Nein, das war nur der Opa. Er hatte ja so einige Marotten. Bei ihm war immer alles versalzen. Das lag vermutlich am Krieg.«

»Und ich hab immer geglaubt, es lag am Osten«, sagte Iris verlegen. »Ich dachte, ihr habt hier nichts außer Salz.«

Jan grinste. »Wir hatten auch Schnaps. Ich denke aber eher, bei den Großeltern waren die Geschmacksnerven schon ein wenig abgestumpft. Oma Flora trank den Kaffee so süß, dass der Löffel drin stehen blieb. Und Opa Otto hat eben alles versalzen.«

»Wie Yin und Yang«, sagte Iris, und Eva wechselte einen schnellen Blick mit Jan.

»So was gibt es heute nicht mehr«, stellte er fest.

Eva murmelte: »Die beiden waren füreinander bestimmt.«

Sie schwiegen. Eva hatte das Gefühl, dass sie sich zum ersten Mal seit langer Zeit bei etwas einig waren.

Den Malzkaffee tranken sie übertrieben langsam. Er schmeckte scheußlich, und außerdem brachte jeder Schluck das Ende der Pause näher.

Als sie keine Ausrede mehr fanden, standen sie auf. Eva bemerkte, wie sich Iris unauffällig an der Tischkante aus ihrer Sitzposition nach oben zog.

Bevor sie sich an die Arbeit machten, überprüfte Eva nur schnell die Mails auf ihrem Telefon. Eine Nachricht vom Auktionshaus vermeldete, dass ihre Zahlung eingegangen wäre. Die Langbein-Puppe sei bereits verpackt und vom Spediteur abgeholt worden.

Sie war auf dem Weg nach Hause.

4

Im Paradies

September 1912 – Oben auf den Bergen, an den Rändern des Talkessels rings um die Stadt, loderten überall gewaltige Feuer und erhellten die Nacht.

Den ganzen Sedantag hatte die Jugend auf den umliegenden Höhen riesige Holzstöße und Stämme aufgeschichtet. Bei Einbruch der Dunkelheit waren sie entzündet worden, zur Feier der gewonnenen Schlacht vor über vierzig Jahren.

Es war ein schaurig-schöner Anblick. Albert und Mine Langbein standen hinter ihrem Haus und konnten den Blick nicht abwenden. Der Garten sah fremd aus mit dem neuen, hoch aufragenden Fabrikanbau, der alles verdüsterte.

Sie lauschten in die Nacht, bis die Feuer herunterbrannten. Endlich näherte sich aus der Ferne das Klappern harter Absätze. Seit die Obere Marktstraße gepflastert worden war, konnte man jeden Spaziergänger deutlich hören. Vorausgesetzt er trug Schuhe.

Atemlos kamen die jungen Langbeins angestürmt, die Gesichter erhitzt, in den Kleidern hingen Rauch und Fichtenharz.

»Ihr Rumtreiber!«, schimpfte Mine, aber Albert lächelte begütigend. »Die Jugend will nun einmal feiern!«

Mine rieb die klebrigen Stellen an den Jacken gleich mit Butter aus. Dabei beklagte sie sich über die Verschwendung: »Das hätt' eine gute Buttersupp' gegeben!«

Als sie sich kurz darauf alle anschickten, ins Bett zu gehen, mussten sie sich erst mal neu orientieren. Sämtliche Werkzeuge und Rohstoffe waren vor Kurzem aus dem Stammhaus in den Anbau geschafft worden und hatten Lücken hinterlassen. Die wurden mittlerweile von neuen Möbeln und Zwischenwänden ausgefüllt. Seit die Fabrik stand, hatte sich alles verändert.

Im Morgengrauen sammelten sich die Arbeiter hinter dem Haus, am neuen Eingang der Fabrik. Ihr Atem dampfte, die kahlen Zweige am Hang des Stadtbergs waren von Raureif umhüllt. Die Arbeit begann kurz nach Sonnenaufgang, um das Tageslicht vollständig auszunutzen.

Albert Langbein öffnete von innen. Es gab eine Verbindungstür zwischen Fabrikanbau und Wohnhaus. Siebenundzwanzig Arbeiter hatten bei ihm eine Anstellung gefunden. Albert kannte jeden von ihnen, und zwar nicht nur dem Namen nach. In Sonneberg gab es keine Geheimnisse. Mine erzählte ihm abends im Bett immer brühwarm, welche der Arbeiterinnen zum Beispiel eine Verschwenderin gewesen war, weil sie Butter an die Bratkartoffeln gegeben hatte, die ja wohl nicht ohne Grund *trockene Schnietla* hießen. Sie wusste auch, welcher Lagerarbeiter wieder seinen ganzen Wochenlohn am Biertisch in der Dachshöhle gelassen hatte. Dem würde er am Zahltag die Lohntüte als Allerletzten aushändigen, um dessen Ehefrau genug Zeit zu verschaffen, ihn am Fabriktor abzufangen.

Gleich neben dem Eingang der neuen Fabrik gab es ein Direktionsbüro, das anscheinend nur für den Panzerschrank eingerichtet worden war. Der Direktor selbst packte lieber in der Fertigung mit an. Den ganzen Tag war er zwischen den Werkbänken unterwegs, kontrollierte und besprach mit den

Arbeitern Probleme, die ihn statt Herr Direktor einfach Meister nannten.

Der Anbau war nicht so verwinkelt und dunkel wie das Haupthaus. Die Fabrik besaß eine moderne Arbeitsorganisation. Die Räume waren perfekt angeordnet in der Reihenfolge der einzelnen Fertigungsschritte, und die Arbeitsplätze befanden sich an langen Tischreihen. Im oberen Stockwerk arbeiteten die Zuschneider, die Näherinnen und die Stopfer, darunter saßen die Spielwarenmaler und die Tressiererinnen mit den Perücken. Zu ebener Erde arbeiteten die Schachtelmacher und die Packer. An der Nordseite gab es einen Stall für das Pferd. Mäxle zog die Kisten mit den fertigen Puppen hinab in die untere Stadt zum Güterbahnhof.

Wenn die Arbeiterinnen in der Mittagspause nach Hause eilten, um ein schnelles Essen für die Familie auf den Tisch zu bringen, erkannte man die Näherinnen an ihrem schaukelnden Gang. Ihre Füße schienen noch immer die Trittbretter der Maschinen in Schwung halten zu wollen.

Die Liefermädchen gaben ihre Halbfabrikate nun nicht mehr vorn im Stammhaus ab, sondern hinten an der Warenannahme der Fabrik.

Auch Flora musste die Puppenbeine dort abliefern. Sie war inzwischen sieben Jahre alt und zählte genau mit, als der Schreiber die Stückzahlen aufnahm. Seit Kurzem besuchte sie die Bürgerschule. Allerdings nur in der Theorie. In der Wirklichkeit half sie ihren Eltern in der Werkstatt.

Noch nie hatte sie sich im Inneren eines so großen Gebäudes befunden. Flora war die niedrigen Decken ihres Hauses in Neufang gewohnt, und als sie nun einen schüchternen Blick nach oben warf, wurde ihr schwindelig.

Albert kam über den Gang, bückte sich zu ihr hinunter und hob den Finger. »Hörst du das?«

Durch die Wände drang das Rattern und Klopfen der Nähmaschinen. »Die Fabrik ist das Herz«, erklärte Albert. »Vielleicht bin ich der Kopf, und ihr seid die Hände, aber die Fabrik ist das Herz, das uns alle am Leben erhält.«

Im Stockwerk über ihnen rief jemand nach dem Meister. Albert richtete sich auf und eilte davon.

Flora trödelte auf dem Gang herum, bis sich die Lagerarbeiter belästigt fühlten und sie verjagten. Draußen sah sie an der Backsteinfassade hoch. Der Blick auf das Stammhaus war versperrt. Wenn sie Otto wiedersehen wollte, musste sie auf eine Einladung ihrer Patentante hoffen.

Seit die jungen Langbeins nicht mehr an der Fabrikation beteiligt waren, hatten sie viel Zeit zum Lernen und für Vergnügungen. Otto verbrachte seine freien Nachmittage am liebsten auf dem Dachboden, der noch als Lager genutzt wurde.

Versteckt hinter einer Kiste mit Gelenken und Unterlegscheiben malte er alles, was er aus den Dachluken heraus entdecken konnte. Zur Straßenseite hin erhob sich über dem Schlossberg die Silhouette der Turmspitze mit dem wehenden Doppelstander des Kaisers. Auf der Gartenseite sah er den Stadtberg aufragen und davor die Backsteinmauern der neuen Fabrik. An dieser Stelle in der oberen Stadt gab es nur Platz für eine Straße, die sich durch das Tal wand.

Unten fuhr ein Pferdefuhrwerk entlang. Otto hörte das Klappern der Hufe, das Mahlen der Räder und vor allem das laute Geschrei des Kutschers, der die Leute verjagte. Obwohl die Obere Marktstraße inzwischen ein Trottoir besaß, liefen die Passanten wie selbstverständlich immer noch mitten auf der Straße herum.

Das Fuhrwerk entfernte sich, und es wurde still auf dem Dachboden. Nur durch das nicht mehr genutzte Sprachrohr drangen die Küchengeräusche herauf. Das verlockte Otto zu einem Streich. Er griff nach der Pfeife, die am Rohr hing, holte ordentlich Luft und pfiff kräftig in den Trichter.

Sofort setzte unten großes Gezeter ein, und Otto konnte seine Mutter schimpfen hören. »Wenn ich den Schuft erwisch'! Kinder! Sofort alle zu mir!«

Otto schlich nach unten.

Seine Mutter stand in der Küche am Grudeherd. Anklagend hielt sie ein leeres Salzfässchen in die Höhe. Den Inhalt hatte sie vor Schreck in die Krautsuppe verschüttet, die seit dem Morgen in der Glut simmerte. »Das gute Essen ist verdorben! Das teure Salz verschwendet!«

Jedes der Kinder schwor hoch und heilig, völlig unschuldig an dieser Sache zu sein. Daraufhin zitierte sie Albert aus der Fabrik herüber.

Albert verwandelte die gute Stube kurzerhand in einen Gerichtssaal. Der Raum mit den Plüschmöbeln, den schweren Gardinen und dem Sekretär aus dunklem Tropenholz durfte nur zu besonderen Anlässen betreten werden. Wenn Besuch kam, an hohen Feiertagen oder für peinliche Befragungen.

Mit gesenkten Köpfen standen die Kinder vor der Inquisition. »Der Schuldige soll hervortreten«, befahl Albert streng.

Keines der Kinder rührte sich.

»Ich warte!«

Otto spürte, wie er zu schwitzen begann und sich am linken Ohr langsam das Pflaster löste. Mit einem tiefen Seufzer schob er seinen Fuß nach vorn. Da drängte sich sein Bruder an ihm vorbei und gestand.

»Fritz! Du?«, rief Albert und setzte seinen Zwicker auf, um den Jungen genauer zu betrachten. »Das hätt ich dir net zugetraut. Wenn du einmal die Fabrik leiten willst, musst du ein anständiger Mann sein. Ein anständiger Mann darf sich nicht vor seiner Verantwortung drücken. Ich werde dich deshalb besonders streng bestrafen.«

Er entschied, dass der Übeltäter einen ganzen Teller von der Salzsuppe essen sollte.

Mit Todesverachtung schaufelte Fritz die Suppe in sich hinein. Immer wenn Otto den Mund öffnete, um den Justizirrtum aufzuklären, schüttelte Fritz den Kopf und Albert sagte: »Der Teller ist noch nicht leer.«

Das ging Mine zu weit. Sie jammerte: »Du bringst den Jungen ja noch um!«

Erst als Fritz anfing, sich zu übergeben, ließ Albert es gut sein und verbannte den Jungen in die Schlafstube.

Die Salzsuppe verschwand in den unergründlichen Tiefen des Aborts. Mine sah ihr hinterher und klagte: »Was für a Sünd'!«

Otto schlich seinem Bruder nach. Der hing quer über dem Federbett und quälte sich. »Mein Wanst! Und Durst hab ich, wie eine Ziege!«

Otto rannte in die Küche und holte ein randvolles Wasserglas, das Fritz in einem Zug leerte. Dann verlangte er nach mehr und Otto brachte den Waschkrug.

»Warum hast du das gemacht?«, fragte er seinen großen Bruder, während dieser gierig trank.

Fritz zog ein Märtyrergesicht. »Ich beschütz dich doch immer, Otto. Und außerdem dacht ich, mich bestraft der Vater bestimmt net, weil ich einen guten Stand bei ihm hab. Ich konnt ja net ahnen, dass es so ernst wird. Meinst, er schickt mich jetzt noch nach Amerika?« Seine Stimme klang heiser vom Salz.

Fritz sollte seine Ausbildung in New York machen und lernte deshalb seit einiger Zeit die englische Sprache.

»Sie müssen dich nach Amerika schicken«, versicherte Otto. »Und wenn nicht, dann gesteh ich doch noch die Wahrheit.«

Fritz angelte einen Nachttopf unter dem Bett hervor. Das viele Trinken forderte seinen Tribut. Nach ihm ergriff Otto die Gelegenheit. Auf den zugigen Abtritt draußen im Flur gingen sie nur, wenn es sich nicht vermeiden ließ.

»Meinst du, ich muss auch irgendwann das Geschäftemachen lernen?«, fragte Otto, während er auf dem Topf hockte und drückte.

Sein Bruder lachte. »Das kannst du doch schon!«

Otto verzog das Gesicht. »Das ganze Verhandeln ist mir so fremd.« Er schüttete den Inhalt des Topfs aus dem Fenster hinunter in den Fluss.

»Das Verhandeln und Rechnen übernehm ich, Otto. Da kannst du unbesorgt sein.« Fritz begann aufzustoßen. »Wir machen das später so: Ich kümmer mich um die Bücher, und du schaffst in der Modellierstube.«

»Der Vater hält nix von meinen famosen Ideen«, gestand Otto kleinlaut. »Immer heißt es nur, denk an das Fiasko mit den sprechenden Puppen bei Kämmer & Reinhardt!«

Fritz nickte. »Damit bei uns so was net passiert, setzt der Vater eben lieber auf das Gängige.«

Sobald ein Produkt der Konkurrenz gut ankam, versuchte Albert es zu kopieren, und zur nächsten Messe stand etwas Gleichwertiges im Musterzimmer der Langbeins. Er war sehr stolz darauf, dass sich seine Schöpfungen nur durch den niedrigeren Preis vom Original unterschieden.

»Aber du kannst unbesorgt sein«, versicherte Fritz. »Ich soll doch später einmal das Geschäft führen. Und dann bin ich es ja, der entscheidet.«

Otto warf sich neben Fritz auf das Bett. Die Matratze war

so weich, dass er einsank und halb auf den Bruder rutschte. Fritz stieß noch einmal auf. Diesmal so laut, dass die Schwestern im Nebenzimmer laut kreischten.

»Jetzt ist mir besser«, stellte Fritz fest.

Die Sonne tauchte die Blätter des weit ausladenden Kaiserbaums in Goldbronze. Die Schaukel zwischen den Zweigen hing reglos herab, so still stand die Luft. Das Hausmädchen deckte im offenen Pavillon den Gartentisch.

Der Garten mutete wie ein Park an und war die vollkommene Mischung aus Schönheit und Nutzen. Ein kleiner Kiesweg führte um ein Rondell herum, das von niedrig in Form geschnittenem Buchsbaum begrenzt wurde. In der Mitte wuchsen gestaffelte Stauden. Mine hatte sie so angepflanzt, dass keine die andere verdeckte und zu jeder Jahreszeit etwas blühte. Die filigranen Glöckchen der Prachtkerzen schaukelten im Windhauch, vor ihnen reckte sich Ehrenpreis in die Höhe, und unten drängte sich blaublütiger Storchschnabel. Kleine Wege führten zu den Sträuchern mit den Johannisbeeren und zum knorrigen Kirschbaum. Dahinter begannen die Gemüsebeete mit Kartoffeln, Rüben und Kohl, dann stieg der Garten zum Oberen Graben hin an, und es folgten der Holzverschlag und die Komposthaufen. Auf der nördlichen Seite wurde der Garten von der Fabrik begrenzt. Von dort konnte man das Rattern der Nähmaschinen hören.

Mine hatte Schmalzkringel und Natronplätzchen gebacken und trug sie in einer Schüssel nach draußen.

»Ja, bist du denn noch gescheit?«, rief sie plötzlich entrüstet. Sie hatte auf dem Gartentisch das gute Rosenthaler Donatello-Geschirr entdeckt. »Das können wir doch net benutzen«, erklärte sie dem Hausmädchen, das neu war und von nichts eine Ahnung hatte.

Mine trug persönlich das Porzellan mit den blaugoldenen Art-Nouveau-Ornamenten Stück für Stück wie rohe Eier zurück ins Haus. In der guten Stube ordnete sie es in der Vitrine so an, dass die einzelnen Teile nicht aneinanderstießen. Dann holte sie aus der Küche das einfache Rauensteiner Geschirr.

Als der Arbeitstag in der Fabrik endete, rief Mine die Kinder. Sie wollten noch einmal alle beisammensitzen, bevor Albert zu einer Geschäftsreise nach Amerika aufbrechen musste.

Mine hatte für diesen besonderen Anlass im Kolonialwarenladen am Unteren Markt Schokolade, Kaffee und Zucker besorgt. Auch wenn es ihnen jetzt gut ging, kaufte sie nach wie vor mit großer Bescheidenheit ein. Aus hart gewordenem Brot kochte sie Brotsuppe, und sich selbst gönnte sie gar nichts.

»Müssen die großen Reisen denn sein?«, fragte Mine und schnäuzte sich. »In Amerika geht es drunter und drüber.«

»Da gibt es Banditen!«, behauptete Otto.

»Ich hab vorsorglich eine Pistole gekauft«, versuchte Albert alle zu beschwichtigen.

Auf Drängen der Kinder holte er sie aus dem Panzerschrank der Fabrik. Es war ein siebenschüssiger Selbstlader. Albert nahm die Patronen heraus und erlaubte Otto, damit zu spielen. Der Junge zielte auf die Amseln in den Bäumen und rief: »Peng! Peng!«

»Und was ist, wenn das Schiff untergeht?«, jammerte Mine. »Denk nur an das große Schiffsunglück mit der Titanic im April!«

Tagelang hatte die Frankfurter Zeitung darüber berichtet, und seitdem sorgte sich Mine noch mehr um Albert.

»Ich fahre ja mit der Prinzess Irene«, beruhigte Albert sie. »Die geht nicht unter.«

»Ich hab gehört, in Amerika tragen sie jetzt kurzes Haar und tiefe Rückenausschnitte«, behauptete Else. Mit ihren sechzehn Jahren war sie an den neuesten Galanteriewaren interessiert. Zusammen mit ihrer Schwester Hilda besuchte sie seit Kurzem eine Privatschule für höhere Töchter, was sie bei jeder Gelegenheit durchblitzen ließ. »Das ist très chic«, bemerkte sie. »Kannst du ein paar Modezeitschriften mitbringen?«

»Für solchen Firlefanz wird euer Vater gewiss kein Geld ausgeben«, bestimmte Mine.

»Aber es ist doch nur wegen der Puppenmode!«, protestierte Else.

»Rückenausschnitte und kurzes Haar? So was wär mir für unsere Puppen net recht!«, erklärte Mine.

»Wir müssen auf die neuesten Moden eingehen, Mama«, hielt Else dagegen. »Niemand will mehr diese überladenen Kleider mit Rüschen und Schleifen haben.«

»Else hat recht«, musste der Vater ihr zustimmen. »Die Kunden in Amerika verlangen bei den Puppen nach Kinderkleidung.«

»Und wir sparen gleich noch Material mit den Reformkleidchen. Die sind auch viel einfacher zu nähen«, warf Hilda schüchtern ein. Sie war zurückhaltender und nicht annähernd so hübsch wie ihre Schwester.

Der Hinweis auf die Stoffersparnis überzeugte Mine.

»In der Industrieschule haben sie eine Käthe-Kruse-Puppe gezeigt«, erzählte Fritz. »Das ist wie eine andere Welt. Ganz lebensecht. Der Otto hat ein paar Köpfe gezeichnet, zeig die doch mal dem Vater«

Otto legte die Pistole auf den Tisch und rannte ins Haus.

»Wir müssen auch so etwas herstellen«, forderte Fritz. »In kleinen Stückzahlen. Damit jedes Mädchen sein unverwechselbares Puppenkind hat.«

Otto kam mit einer Mappe voller Zeichnungen und Studien zurück. Albert holte den Zwicker aus seiner Brusttasche, um besser sehen zu können, blätterte darin und schüttelte den Kopf. »Das funktioniert nicht. Wir müssen in großen Mengen produzieren und möglichst preiswert. Die Amerikaner wollen Dollarpuppen kaufen, keine Künstlerpuppen.«

Enttäuscht gab Otto seiner Mappe einen Stoß.

Albert sah seinen jüngsten Sohn aufmerksam an. »Hör zu, mein Junge«, sagte er. »Der Fritz besitzt Interesse für unser Geschäft. Und vielleicht wirst du später unsere Muster entwerfen. Aber ich glaube, du hast ein anderes, größeres Talent. Ich denke, du solltest einmal zur Kunstschule gehen und Malerei studieren.«

Mine zog eines der Blätter heran und betrachtete es genau.

»Das hast du wirklich schön gemalt, Otto«, fand sie. »Du könntest ja auch einmal mein Patenkind, die kleine Flora, als Modell nehmen!«

Entrüstet verzog Otto das Gesicht. »Nää! Für so was muss man ein hübsches Kind nehmen!«

Wochenlang harrte Flora geduldig aus, aber sie erhielt keine Einladung ihrer Patentante. Also beschloss sie, die Sache selbst in die Hand zu nehmen. Sie überlegte sich eine kleine Ausrede und ging, nachdem sie die Lieferung in der Fabrik abgegeben hatte, zur Wohnung der Langbeins. Wie immer klopfte sie anstandshalber kurz und öffnete dabei gleichzeitig die Tür, ohne eine Antwort abzuwarten.

Für einen winzigen Moment glaubte Flora, sie wäre gestorben und hätte das Tor zum Himmelreich aufgestoßen.

Statt der erwarteten Wohnküche lag vor ihr ein Dschungel aus blühenden Orchideen, Monstera, Dattelpalmen, Bananenstauden, Papyrusgras und Alokasien. Der süße Duft von Passionsblumen hing zwischen den Blättern. Erschrocken sprang Flora einen Schritt zurück und schlug hastig die Tür wieder zu.

Im nächsten Augenblick erschien ihr alles wieder normal und vertraut, das dunkle Treppenhaus, der beißende Gestank des Aborts und das Rauschen der Röthen hinter dem Haus.

Vorsichtig öffnete Flora noch einmal die Tür. Kühle Luft zog hinein, und aus dem Urwald drang ein empörtes Zwitschern.

Otto steckte den Kopf aus der Küchentür.

»Ist das nicht eine Pracht?«, erkundigte er sich. »Der Vater hat einen Teil von der Küche abgetrennt und ein Blumenzimmer draus gemacht. Von Übersee hat er die erstaunlichsten Pflanzen geholt! Das beeindruckt die Vertreter, hat er gesagt. Die kommen viel lieber zu uns, wenn es was zu staunen gibt. Die Mama findet es überkandidelt. Aber mir gefällt's. Hast du die Vögel gesehn? Die haben uns die Lieferanten aus dem Hinterland mitgebracht.«

Jetzt entdeckte Flora den hängenden Drahtkäfig, in dem ein leuchtend rotes Dompfaffpärchen auf einem knorrigen Ast hockte. Otto griff in seine Hosentasche und holte ein paar Bucheckern heraus. Die Vögel hüpften heran, und der Käfig begann sanft zu schaukeln.

In der Küche richtete Flora erfundene Grüße von der Mutter an ihre Patentante aus. Ottos Geschwister hoben kaum den Kopf. Fritz stellte komplizierte Berechnungen für eine Hausarbeit der Industrieschule an. Die Mädchen waren mit Handarbeiten beschäftigt. Auf einem Probestreifen aus Leinen setzten sie einen mikroskopisch kleinen Kreuzstich neben den anderen, bis sich ein verschnörkelter Buchstabe ergab.

»Es hat sich recht viel verändert bei uns«, erklärte Mine verlegen, als müsste sie sich dafür entschuldigen. »Wir haben jetzt ein Dienstmädchen und ein Küchenkanapee.«

Flora entdeckte ein rotes Sofa mit geschwungenen Lehnen.

»Auf dem Kanapee kann sich der Albert nun immer ausruhen nach dem Essen«, berichtete Mine und setzte verschämt hinzu: »Ich weiß, es ist ein wenig pompös.«

Sie suchte in einer Küchenschublade herum und gab Flora einen bunten Bogen Papier. »Möchtest du gern ein paar Reklamemarken? Wir haben welche drucken lassen.«

»Für mich?«, fragte Flora beglückt und sah auf die briefmarkengroßen Bildchen. Sie trugen die Aufschrift der Puppenfabrik Langbein und zeigten bunte Spielzeugmotive.

»Wir haben jetzt sogar eigene Zimmer!«, behauptete Otto.

Flora schüttelte ungläubig den Kopf. Sie selbst schlief im Bett ihrer Eltern, zusammen mit dem kleinen Bruder und einer Schwester. Die anderen Geschwister waren auf zwei weitere Betten verteilt. Ihre Mutter zählte vor der Nachtruhe nur kurz die Köpfe auf den Kissen durch und merkte nicht einmal, wenn ein fremder Junge mit einem ihrer Brüder den Platz getauscht hatte.

»Wie sieht denn ein Kinderzimmer aus?«, erkundigte sich Flora.

»Darf ich es einmal zeigen?«, fragte Otto, und Mine erlaubte es.

Die Kinder verließen die Küche auf der anderen Seite. Die Wohnung der Langbeins war wie ein Schneckenhaus angeordnet, und durch die gute Stube, die sich an das Blumenzimmer anschloss, durften sie nicht gehen. Die Kammern lagen hinter der Schlafstube der Eltern. Von dort ging es zuerst in das Knabenzimmer und dann in das der Mädchen. Eigentlich wäre es nach dem Mädchenzimmer wieder in die gute Stube gegangen und der Ring hätte sich geschlossen. Aber Mine hatte darauf bestanden, dass diese Tür mit einem Bücherregal zugestellt wurde.

Die Wände des Knabenzimmers waren mit einer blass gemusterten Tapete beklebt. Ein Bett aus dunklem Eichenholz stand darin, in dem beide Jungen schlafen konnten. Es gab einen Stuhl zum Ablegen der Kleider, ein Nachtschränkchen, und an der Wand hing eine Gasleuchte mit Messingschirm. Darunter war ein kleines Regal angebracht, auf dem ein paar Bücher und ein Globus standen. In der Ecke lehnte ein roter Papierdrachen, den die Brüder selbst gebaut hatten.

»So etwas Schönes hab ich noch nie gesehen!«, flüsterte Flora ergriffen.

Otto beachtete sie gar nicht mehr. Er holte Papier aus dem Nachtschränkchen und setzte sich mit angezogenen Beinen aufs Bett. Selbstvergessen begann er mit einem Kohlestück zu zeichnen.

Eine Zeit lang blieb sie neben ihm stehen und beobachtete, wie er Linien malte und sie dann mit den Fingern verwischte, um weiche Konturen herzustellen. Vor Aufregung bekam sie einen Schluckauf. Otto runzelte die Stirn. Sie versuchte, den Atem anzuhalten. Als das keine Besserung brachte, schlich sie auf Zehenspitzen hinaus, um ihn nicht zu stören.

Auf dem Heimweg presste Flora die Reklamemarken an ihr Herz und dachte immerzu an das wunderbare Haus der Langbeins. Sie wollte sich beim abendlichen Bittgebet wünschen, auch irgendwann dort wohnen zu dürfen. Schöner, da war sie sicher, konnte es im Himmel wirklich nicht sein.

Zu Hause schimpfte ihre Mutter, weil es so spät geworden war. Flora begriff, dass es diesmal kein Bonbon für den Botendienst geben würde. Sie nahm ihrer Mutter das Baby ab.

Die Luft in dem winzigen Raum war überhitzt und verdorben. Es stank nach Petroleum, mit dem die schwefelhaltigen Formen eingestrichen wurden, damit die Drückermasse nicht darin kleben blieb. Auf dem Ofen kochte ein Kessel mit Papierabfällen, Kreide, Lehm und Leimwasser.

Die Kinder kratzten die Grate von den Massebeinen ab, damit sie die Stückzahlen schafften, die der Vater vorgegeben hatte. Sie schliffen die grauen Beinchen, bis sie seidenglatt waren. Der feine, giftige Staub machte die Luft trüb. Er setzte sich auf alles, kroch überallhin und bereitete der Schwindsucht einen guten Nährboden.

Mit dem Bruder auf der Hüfte ging Flora zum Herd und fischte die Kartoffeln heraus, die seit Stunden in der Glut lagen. Etwas anderes gab es nicht. Immer nur Kartoffeln, Brot und Malzkaffee.

Beim Essen sinnierte Floras Vater: »An allen Enden der Welt ist Krieg. Der italienisch-türkische Krieg, der Balkankrieg, und in Mexiko brodelt es auch gewaltig.«

Flora stellte sich den Krieg so vor, dass Soldaten durch die Gegend stromerten und Freudenschüsse in die Luft abgaben. So wie Otto, wenn er mit einem Zeitungshut und selbst gebasteltem Holzgewehr auf Amseln zielte.

»Ich denk«, überlegte Floras Vater laut, »bei uns müsste es endlich auch einmal wieder Krieg geben. Dann würd sich was ändern.«

5

Der Dachboden

Die Fenster auf dem Dachboden waren schmal wie Schießscharten. Mit einem alten Stofffetzen wischte Eva den Schmutz von einer Scheibe, damit etwas mehr Licht hereinfiel. Sie warf einen flüchtigen Blick in die Tiefe. Von dem verwilderten Blumenrondell leuchteten lilablaue Flecken herauf.

»Hier ist noch eine Kiste mit Nieten«, verkündete Jan hinter ihr. Er schüttelte den Karton. »Ich schätze mal, es sind eine Million!«

Iris versuchte ein Foto zu schießen, dann ein weiteres mit Blitz. »Man erkennt nichts mehr«, beschwerte sie sich.

Eva beschriftete den Pappdeckel. In jeder Ecke stapelten sich Kisten, Säcke und Stoffballen. Sie hatten alles aufgelistet und fotografiert, um es im Internet verkaufen zu können.

Iris setzte sich auf eine Kiste und massierte ihre Füße. »Sind wir dann hier fertig?«

Eva schüttelte den Kopf und zeigte in eine Ecke. »Wir haben die Akten da drüben noch nicht durchgesehen.«

Jan ging zu dem Regal und stieß sich an dem tief hängenden Dachbalken.

»Früher hab ich mich hier nie gestoßen«, wunderte er sich und rieb seinen Kopf.

Eva musste lachen. »Da warst du auch noch nicht so groß. Auf unserem Jugendweihebild bist du einen Kopf kleiner als ich.«

»Höchstens einen halben«, berichtige Jan sie. Willkürlich zog er Hefter und Mappen aus dem Regal und las Jahreszahlen vor: »1971, 1953, 1947.«

»Kann alles weg. So was muss man nur zehn Jahre aufheben, wegen der Steuer«, behauptete Iris.

Im untersten Fach lagen schwere Folianten mit Lederrücken, eingebunden in marmoriertes Papier. Eva nahm einen Band heraus und schlug ihn auf. Steile Buchstaben aus blauschwarzer Tinte drängten sich in Spalten aneinander.

»Ein altes Hauptbuch«, stellte sie überrascht fest. »Von 1914. Guckt euch das an.«

Iris sah ihr über die Schulter und las vor: »American Wholesale Company, New York. Achtzehntausendfünfhundertsiebzig Goldmark im Haben. Nicht schlecht.«

»Ich meinte diese Handschrift«, sagte Eva. »Wie gestochen. Das muss der Urgroßvater geschrieben haben.«

Jan stellte das Buch zurück und stieß sich schon wieder. »Verdammte Dachschräge«, schimpfte er und schlug mit der Faust dagegen. Irritiert sah er seine Cousinen an. »Habt ihr das gemerkt?« Er hämmerte noch einmal an das Holz. »Da ist ein Hohlraum drunter.« Er begann die unsichtbare Schräge oberhalb des Balkens mit den Fingern abzutasten. »Hier ist irgendwas.«

»Lass mich sehen«, rief Iris und drängte Eva zur Seite.

»Ich kann einen Spalt fühlen.« Jan zog sein Klappmesser aus der Hosentasche. Er begann in die Furchen zu stechen und hebelte ein kleines Brett aus. Klappernd fiel es zu Boden. Iris sprang zur Seite.

Sie schoben eine Kiste heran und stiegen alle drei nacheinander darauf, um in eine schwarze Öffnung zu spähen, aus der kalte Luft hereinzog.

»Wer will reinfassen?«, fragte Jan.

Sie ließen ihm den Vortritt. Er schaltete die Lampe seines Telefons an und griff hinein.

»Ich hab so eine Ahnung, dass dich gleich eine Tarantel sticht«, prophezeite Iris.

Jan holte triumphierend ein Blechkästchen heraus. »Ich glaub, wir haben den Familienschmuck entdeckt!«

Aufgeregt liefen sie zum Fenster, um den Fund im schwindenden Licht zu betrachten. Es war eine alte Kaffeedose, groß wie ein Ziegelstein. Jan öffnete den Blechdeckel. Ein undefinierbares dunkles Pulver lag darin.

Iris klang enttäuscht. »Kein Schatz.«

Eva schnupperte daran, es roch muffig. »Warum versteckt man denn gemahlenen Kaffee?«, wunderte sie sich.

»Also ich hab mal in einer Teedose Hasch versteckt«, behauptete Iris. »Vielleicht ist noch was anderes drin?«

Jan stocherte mit seinem Taschenmesser in dem Pulver. »Du hast recht!«

Er nahm einen der alten Hefter, legte ihn auf die Dielen und schüttete den Inhalt der Dose darauf. Unter dem Kaffee kamen große, aus Gummi geschnittene Buchstaben zum Vorschein. Sie schienen auf einem Brettchen aufgeklebt gewesen zu sein, hatten sich aber gelöst.

»Immer noch kein Schatz.« Iris war überzeugt davon, die Bedeutung zu kennen. »Da hat bloß jemand Werbezettel gedruckt.«

»Und warum sollte man den Stempel dafür so gut verstecken?«, wunderte sich Eva.

Sie begannen Anagramme zu bilden, aber immer blieben Buchstaben übrig.

»Man kann *sinnlose Dummheit* damit legen«, stellte Jan fest.

»Na, damit kennst du dich ja aus«, bemerkte Iris spitz.

»Ich denke, das Wort *Schließung* kommt in dem Text vor. Wie ich schon sagte. Werbung für einen Ausverkauf.«

Eva musste Iris recht geben. »Achtet mal auf die Großbuchstaben. S und K. Und es gibt ein Ausrufezeichen. Ein Ausverkauf für Kinder? Vielleicht haben sie das Spielzeuglager geräumt?«

»Das erklärt noch nicht das Versteck«, sagte Jan nachdenklich.

Eva legte die Buchstaben zurück in das Kästchen. Jetzt erst bemerkte sie, wie dunkel es draußen geworden war.

Je weniger Eva sah, umso deutlicher unterschied sie die vertrauten Gerüche. Holzwolle, Farben, Zellleim, Nitrolack. Und dann war da noch etwas Fremdes. Ein aufdringliches Parfüm.

»Gibt es hier kein Licht?«, quengelte Iris.

Eva tastete nach dem Kippschalter und zuckte zurück, als sie Jans Finger berührte. Er klickte den kleinen Hebel ein paarmal hin und her und stellte fest: »Offensichtlich nicht.«

»Dann wenigstens Kerzen?« Iris' Tonfall hatte eine vorwurfsvolle Färbung angenommen, und Eva versicherte eilfertig: »Natürlich. Unten in der Küche.«

Iris stand auf. Jan reichte ihr sein Feuerzeug und ließ eine kleine bläuliche Flamme herausspringen.

»Nur zu«, sagte er. »Hier oben sind genug Lösungsstoffe und Zelluloidreste. So wurde bei uns schon mal ein Problem gelöst.«

»Hatten wir nicht besprochen, keine wunden Punkte zu berühren?«, fragte Eva.

»Das ist mir neu.« Jan grinste. »Sonst wird in dieser Familie immer mit Begeisterung in wunden Punkten herumgestochert.«

»Wenn wir das Haus abfackeln, musst du es jedenfalls nicht mehr ausräumen«, bemerkte Iris.

Jan lachte. »Und die ganze dämliche Erbengemeinschaft löst sich in Rauch auf.«

Eva blies die kleine Flamme aus. Lautlos glitt Iris zurück auf ihre Kiste. »Ihr ärgert euch ja nur, weil ich mehr Anteile halte.«

Jan steckte das Feuerzeug in seine Hosentasche. »Diese Schieflage wird sich auf biologischem Weg von selbst korrigieren.«

»Wir haben es ja noch leicht«, warf Eva ein. »Auf der Nürnberger Seite rechnen sie inzwischen schon mit Siebenundzwanzigsteln.«

»Wie kommt das?«, wollte Iris wissen.

»Hängt mit Tante Hilda zusammen«, erklärte Jan.

»Kenn ich die?«

»Die Schwester vom Opa«, sagte Eva. »Sie trug immer Hosenanzüge und einen weißen Pagenschnitt.«

»Sie hat unserem Opa ihren Anteil an der Fabrik hinterlassen«, erzählte Jan. »Vermutlich damit er handlungsfähig blieb. Tante Else saß ja in Nürnberg.«

Iris nickte. »Was hätte die auch mit einer Fabrik auf der anderen Seite der Mauer anfangen sollen.«

»Nein«, widersprach Eva. »Darum ging es nicht. Tante Hilda war einfach nur spinnefeind mit ihrer Schwester.«

»Warum?«

Eva zog ratlos die Schultern hoch. »Keine Ahnung. Die sprachen ja nicht miteinander.«

»Also ich kann mir schon denken warum«, sagte Jan und grinste. »Tante Else wird von der Nebenbeschäftigung ihrer kleinen Schwester erfahren haben.«

»Red nicht schlecht über Tante Hilda!«, rief Eva und schlug ihm gegen die Schulter.

»Au«, sagte Jan. »Das hast du früher schon gemacht.«

»Also ich frage mich, was sich Oma dabei gedacht hat«, überlegte Iris. »Auch noch jedem ihrer Enkel einen Anteil zu geben.«

»Sie hat ja nicht gewusst, dass es Streit verursacht«, sagte Jan. »Vermutlich wollte sie uns einfach nur etwas Liebes tun.«

Eva dachte an ihre Großmutter Flora. Sie konnte sich nicht erinnern, jemals etwas einfach nur so von ihr bekommen zu haben. Die kleinen Aufmerksamkeiten, meistens ein Stück Schokolade oder ein Stammbuchbild, mussten verdient werden. Mit guten Zensuren, mit Fleißarbeiten, manchmal genügte es auch, krank zu sein, aber nie gab es etwas grundlos. Ihre Mutter hingegen hatte sie manchmal mit Süßigkeiten überschüttet. Einfach so. Und an anderen Tagen, wenn sie Ärger im Betrieb gehabt hatte oder wenn ihre Haare nicht richtig saßen, schimpfte sie mit Eva, auch einfach so. Bei ihrer Mutter wusste Eva nie, woran sie war. Ihre Großmutter hingegen war berechenbar gewesen. Wenn sie am Morgen verkündete, dass sie Flocksuppe mit Eierstich kochen würde, dann gab es zum Mittagessen genau das und nichts anderes. Eva hatte diese Gewissheit geliebt. Wer sich vorm Abwasch drückte, durfte kein Sandmännchen gucken. So einfach war die Welt damals gewesen. Eva hatte versucht, dieses Prinzip auf die heutige Zeit zu übertragen. Aber es funktionierte nicht. Sie hielt sich an alle Regeln und bekam trotzdem am Ende keine Belohnung.

»Mir kam unsere Großmutter vor wie ein Zahlengenie«, behauptete Iris. »Ich wette mit euch, sie hat sich genau ausgerechnet, wer wie viele Anteile nach ihrem Tod kriegt.«

Eva sah nachdenklich aus. »Vielleicht wollte sie, dass wir auf die Fabrik achtgeben. Die Fabrik ist das Herz, hat sie immer gesagt.«

»Dann hat sie ja aufs richtige Pferd gesetzt«, stellte Iris fest.

»Mit deinem mickrigen Zwölftel hast du bisher jeden Verkauf platzen lassen. Vermutlich war genau das der Plan.«

Jan lachte. »Das würde ihr ähnlich sehen. Aber dafür hätte sie uns eigentlich nicht gebraucht.«

»Außer …«, Iris machte eine Dehnbewegung, und eines ihrer Gelenke knackte laut. »Außer, sie hat ihren Kindern nicht getraut.«

»Oder *einem* ihrer Kinder«, fügte Jan hinzu.

Eva atmete laut aus und stand auf. »Vielleicht sollten wir das hier beenden. Man sieht ja doch nichts mehr. Los, Iris. Komm.«

Iris blieb provokant sitzen. »Und wenn ich noch bleiben will? Oder hast du Angst, dass wir über dich herziehen, sobald du weg bist?«

Eva zögerte. »Das macht ihr auch, wenn ich dabei bin. Es ist nur so dunkel hier.«

Irgendwo ächzte ein Dachbalken.

»Hast du Angst?«, fragte Jan und verstellte seine Stimme. »Ich bin gar nicht dein Cousin … Ich bin der große böse Wolf.« Er stimmte Geheul an.

»Oh, wie ich das gehasst habe!« Eva zog ihr Telefon aus der Hosentasche und blendete Jan damit. »Lasst uns irgendwohin gehen, wo Licht ist.«

Sie stiegen die Treppen hinab. Die Glühbirne an der Wand flackerte, hielt aber durch.

Jan klatschte mit der Hand an einen Balken, der quer über ihnen verlief. Eva tat es ihm gleich. Das Holz war an der Stelle ganz abgenutzt. Schon immer hatten sie beim Runtergehen an diesen Balken geschlagen. Früher hatten sie dafür in die Höhe springen müssen. Einmal war Eva dabei abgerutscht und die gesamte Treppe hinuntergekracht. Sie hatte eine kleine Narbe am Knie davon.

»Ich hab euch immer beneidet«, sagte Iris plötzlich, die hinter Eva lief.

»Du?« Eva blieb stehen. »Du warst im goldenen Westen. Worum konntest du uns schon beneiden?«

»Um das da«, sagte Iris und tippte zaghaft an den Balken, als hätte sie kein Recht dazu.

Eva zuckte mit den Schultern. »Jan und ich. Wir waren eben wie Geschwister.«

Iris nickte und setzte schnell hinzu: »Wobei es ja manchmal von Vorteil ist, wenn man eben nicht Bruder und Schwester ist.«

Der merkwürdige Unterton bot viel Spielraum für Evas Fantasie. Dennoch tat sie so, als hätte sie ihn nicht bemerkt, und stieg weiter die Treppe nach unten.

Auch in der Küche funktionierte das Licht. Jan hatte schon das Fenster aufgerissen, da sich die Luft stickig und schwer anfühlte. Er inspizierte den Kühlschrank. Er war leer und abgeschaltet.

Iris sah auf die Uhr. »Wollen wir uns was zu essen bestellen?«, fragte sie.

»Wir könnten rüber zu mir gehen«, schlug Eva vor, »und dort ein paar Brote essen.«

»Brote? Nein. Wir bestellen lieber was«, legte Iris fest.

Sie wählten schnell etwas bei einem Lieferdienst aus und warteten auf den Boten.

»Ich such schon mal Geschirr zusammen«, verkündete Iris und stand auf.

Eva rief ihr nach: »Was willst du in der guten Stube? Das Geschirr ist hier!« Kaum war Iris draußen, sagte sie zu Jan: »Ich kann es nicht ausstehen, wenn sie in den Schränken rumstöbert.«

»Gewöhn dich dran. Bald wird hier ein Fremder wohnen.«

»Das kann ich noch weniger ausstehen. Warum kann nicht einfach alles so bleiben, wie es ist?«

Sie verstummte, weil Iris mit dem Tablett zurückkam. Darauf stand ein Service aus weißem Porzellan mit blaugoldenen geschwungenen Linien in Art nouveau.

»Hübsch, oder?«, fragte sie. »Hab ich in der Vitrine gefunden. Wird das Fertigessen aufwerten. Ich koch uns noch Tee. Gibt es hier Tee?«

Eva zerrte an dem Tablett. »Das ist das gute Kaffeegeschirr von der Oma. Das dürfen wir nicht nehmen!«

Iris hielt das Tablett fest.

»Ich wollte es nicht auffressen, bloß benutzen. Die Oma würde sich freuen, wenn wir dabei an sie denken.«

»Woher willst du wissen, was unsere Oma gut gefunden hätte«, rief Eva aufgebracht. »Glaubst du, du hast sie gekannt, bloß weil du einen einzigen Sommer lang hier warst?«

»Ich halte noch immer Kontakt zu ihr«, verkündete Iris.

Jan lachte, weil er es für einen Scherz hielt, aber Iris blieb ernst. »Das hab ich auch früher gemacht. Obwohl uns die Mauer getrennt hat, wusste ich immer, wie es ihr ging.«

Eva warf einen entnervten Blick zur Decke. Sie bemerkte die schmutzig gelben Ränder eines Flecks. Eine frühe Erinnerung streifte sie und entglitt ihr wieder. »Hör auf mit deinen angeblichen Ahnungen, Iris.«

»Außerdem hat sie mir Briefe geschrieben«, gab Iris kühl zurück. »Ich hab alle aufgehoben. Hast du Briefe von ihr?«

Eva schüttelte den Kopf. Nicht eine einzige Zeile besaß sie von ihrer Großmutter. Wozu auch. Sie waren doch immer zusammen gewesen.

Jan schaltete sich ein. »So, jetzt beruhigen wir uns alle wieder und stellen das gute Geschirr vorsichtig ab. Sonst fliegt es noch runter.«

Sie ließen das Tablett auf den Tisch zurücksinken.

»Das Service hat der Urgroßvater gekauft«, erklärte Eva. »In der goldenen Zeit, als sie mal kurz reich waren. Sie haben es nie benutzt, weil es so kostbar ist.«

Sie drehte den Teller um. Eine grünliche Porzellanmarke kam zum Vorschein. Rosenthal Donatello Bavaria. »Dann haben sie es den Großeltern zur Hochzeit geschenkt. Unsere Oma hat es auch kaum gewagt zu benutzen.«

»Ich kann mich aber erinnern, dass es immer auf dem Tisch stand, wenn wir zu euch gekommen sind«, widersprach Iris.

»Ja«, sagte Jan. »Es war für den hohen Besuch aus dem Westen reserviert.«

»Dann ist es doch perfekt für diesen Abend.« Iris grinste.

»Kommt nicht infrage«, entschied Eva. »Du wirst deine fettigen Frühlingsrollen auf keinen Fall von dem feinen Geschirr unserer Oma essen.«

»Fragen wir sie doch einfach selbst«, schlug Iris vor.

Eva und Jan sahen ihre Cousine entgeistert an.

Die erklärte: »Bei einer Séance!«

»So was Geschmackloses machen wir ganz bestimmt nicht«, wehrte Eva ab, und Jan gab ihr recht: »Ich brauch keine Geisterbeschwörung, um zu wissen, dass wir kein Fastfood von den guten Tellern essen dürfen.«

Iris spielte beleidigt an der Küchenlampe herum. Sie zog an dem kleinen Griff und ließ den Lampenschirm herunter und wieder nach oben fahren.

»Ist es noch klebrig?«, fragte Eva. »Da hat Opa früher immer die Fliegenfänger drangehängt.«

Iris ließ los, die Lampe sauste nach oben. Nachdenklich sagte sie: »Mal angenommen, ihr dürftet Oma noch mal sehen. Was würdet ihr sie fragen?«

Sie schwiegen einen Moment. Eva dachte an ihre Großmutter und merkte, dass sie nicht einmal mehr wusste, wie ihre Stimme geklungen hatte. Leise sagte sie: »Der Ehrenpreis blüht im Garten. Ich wünschte, sie könnte ihn sehen.«

»Das war keine Frage«, stellte Iris fest. »Und du, Jan?«

»Keine Ahnung«, sagte er. »Vielleicht: Wo ist die Zuckerdose?«

»So was Albernes würdest du wissen wollen?«, fragte Iris empört. »Du hättest die Chance, nach so vielen Jahren mit Oma zu sprechen, und fragst nach einer blöden Zuckerdose?«

»Na ja«, sagte Jan verlegen. »Wo sie doch aber fehlt.«

»Die hat einer fallen lassen, was sonst«, fauchte Iris ihn an. »Ihr nehmt das nicht ernst. Ich verschwende meine Gabe nicht mehr an euch.«

Die Frühlingsrollen aßen sie dann doch von dem blaugemusterten Küchengeschirr. Iris hatte beim Knobeln verloren.

Danach verließen beide Cousinen gleichzeitig das Haus. Iris stieg in ihr Auto, und Eva ging die Straße hinunter. Sie blieb kurz an der Stelle stehen, an der das kleine Kino gewesen war. Jetzt gähnte dort eine schwarze Lücke. Da, wo das Haus der Schramms gestanden hatte, parkten nun Autos. Eva drehte sich um und blickte zurück. Die Straße erschien ihr wie ein marodes, zahnlückiges Gebiss. Alles zerfiel.

6

Hoffnung auf Wunder

Januar 1914 – Aus den Fenstern hingen schwarz-weiß-rote Flaggen, Konzertinas erklangen, Trommeln dröhnten im Rhythmus. Der Kaiser hatte Geburtstag. Ein langer Festumzug führte vom Rathaus am Markt bis hinunter zum Bahnhof, vorbei an klassizistischen und neubarocken Geschäftshäusern, eins prächtiger als das andere. Verputztes Fachwerk wechselte sich mit rotem Backstein ab, darüber Mansardendächer, verschieferte Giebel und Erkertürmchen. Die bunten Stoffmarkisen der Läden waren nach oben gekurbelt worden, damit der Stab des Tambourmajors nicht darin hängen blieb.

Zusammen mit der ganzen Sonneberger Jugend marschierten die Geschwister Langbein in Sonntagskleidern der Kapelle hinterher. Berauscht schwenkten sie ihre Fahnen und jubelten im Chor: »Hoch lebe der Kaiser, der Kaiser soll leben! Vivat hoch!«

Das Jahr hatte verheißungsvoll begonnen. Die Habenspalte im Hauptbuch der Puppenfabrik Langbein verzeichnete einen kräftigen Zuwachs. Die eingeführten Neuerungen und angemeldeten Patente hatten die Kunden angelockt. Alle wollten diese Puppen mit den Gelenken, die ein Verdrehen verhinderten, und Wimpern aus echten Haaren. Kinder auf der ganzen Welt spielten damit, in London und Boston, in Washington, Chicago, New York und Paris.

Im Frühjahr kamen die Einkäufer von der *American Wholesale Company* aus New York. Sie bestellten in Göppingen Lederwaren, in Nürnberg Blechspielwaren und in Sonneberg Puppen und Spielzeug.

Albert empfing sie in der guten Stube. Mine holte das kostbare Rosenthalgeschirr aus der Vitrine und schenkte Mokka ein. Die Amerikaner bestellten Dollarpuppen in so großen Stückzahlen, dass sich Albert auf die Preisdrückerei einließ. Jede Woche verfolgte er die Umrechnungskurse. Eine Dollarpuppe brachte derzeit vier Mark und fünfundzwanzig Pfennige.

Albert besprach mit seinen Gästen, dass Fritz bei ihnen in New York eine vierjährige Ausbildung erhalten sollte. Sie besiegelten die Vereinbarung mit einem Handschlag und einem Glas Hagebuttenwein.

Albert Langbeins Leben verlief in wohlgeordneten Bahnen. Am Montag hatte er immer seinen Vereinstag. Dann flanierte er mit Spazierstock und der guten Remontoiruhr in der Jackentasche schräg über die Straße in die Gaststätte zum Röthengrund. Die Honoratioren der Stadt kegelten im Vereinshaus am Weißen Rangen. Aber Albert hing an seinem kleinen Gesangsverein.

Wenn seine Töchter lang genug bettelten, nahm er sie mit. Else hörte die Männerstimmen zu gern, besonders die vom schönen Victor Pulvermüller, der neu in den Männerchor eingetreten war. Er trug einen kleinen Schnäuzer, wie der Kronprinz, und einen weißen Panamahut, und wenn Else mitkam, hatte er nur Augen für sie.

So war es nicht verwunderlich, dass Victor Pulvermüller eines Abends bei den Langbeins vorstellig wurde.

Mine merkte schon vor seinem Eintreten, dass da ein

Auswärtiger vor der Tür stand. Er wartete nämlich nach seinem Klopfen beharrlich auf die Aufforderung, eintreten zu dürfen.

Mine fragte Else streng: »Du hast dir doch nix zuschulden kommen lassen?«

Else bekam einen roten Kopf und verneinte empört. Daraufhin wurde sie zusammen mit ihrer Schwester Hilda in die Mädchenkammer geschickt. Victor Pulvermüller musste in die gute Stube zu Albert.

Die Stimme des Vaters drang dumpf durch die Tür hinter dem Regal. Else zog schnell ein paar Bücher heraus. Weil sie immer noch nichts verstehen konnte, nahm sie ihr Wasserglas vom Nachttisch und trank es zügig leer. Dann presste sie es an das Holz der versteckten Tür und lauschte am Glasboden. Hilda verkroch sich vor Scham unter dem Deckbett. Else lachte nur darüber und gab haarklein jeden Satz wieder, der im Nebenzimmer gesprochen wurde. »Er will mit mir ausgehen!«

Hilda schlug sich vor Schreck auf den Mund und verlangte zu wissen: »Und? Willst du das auch?«

Else sagte voller Überzeugung: »Natürlich. Das wurde auch mal Zeit, dass einer fragt.« Sie war inzwischen siebzehn Jahre alt und ein wenig frühreif.

»Ach«, rief Hilda. »Heirate nur nicht so schnell, ich würde dich so vermissen!«

»Er könnte ja auch bei uns einziehen und dem Vater mit in der Fabrik helfen.«

Hildas Gesicht hellte sich auf. »Oh!«, rief sie und klatschte in die Hände. »Das würde mir gefallen.«

»Wirklich? Du magst ihn auch, nicht wahr?« Else begann vor Aufregung herumzuhüpfen.

»Aber ja!«, versicherte ihre Schwester und hüpfte mit. »Und wie. Er hat so schöne dunkle Augen.«

Albert Langbein konnten ein elegantes Aussehen und Rehaugen nicht sonderlich imponieren. Beim Abendessen stellte er klar, dass er den jungen Mann erst einmal gründlich prüfen müsse.

»Verlobt ihr euch jetzt?«, wollte Otto wissen.

»Oh, nein! Was du wieder denkst!«, rief Else verlegen und wurde rot.

»Ich verlob mich sowieso erst, wenn ich aus Amerika zurück bin«, erklärte Fritz.

Sein Ticket für den Doppelschrauben-Schnelldampfer Kaiser Wilhelm der Große war schon bestellt und bezahlt.

Der Sonneberger Bahnhof lag am unteren Ende der Stadt, dort, wo sich die engen Täler des Thüringer Schiefergebirges zu der weiten Linder Ebene öffneten.

Die Langbeins standen am Gleis, um Fritz zu verabschieden. Seine riesige Überseetruhe war in den Gepäckwagen verfrachtet worden.

Mine musste sich strecken, um ihren Ältesten zu umarmen. Er roch nach Petroleum und Haarwachs. Eine böse Ahnung überkam sie, aber Fritz lachte nur.

Als der Zug anfuhr, lief Hilda neben dem Fenster her, hinter dem Fritz saß. Erst als der Bahnsteig endete, blieb sie stehen.

Mines Befürchtungen schienen unberechtigt gewesen zu sein. Der älteste Sohn der Familie erreichte Amerika glücklich und gesund. Regelmäßig schrieb er Briefe an seine Eltern und sandte den Schwestern Modezeitschriften. Seinem Bruder schickte er bunte Karten aus dem *Metropolitan Museum of Art*, dem New Yorker Naturkundemuseum und aus dem *Bronx Zoo*. Otto bewahrte die Karten in einer leeren Zigarrenkiste des Vaters auf.

Else ging nun mit Victor Pulvermüller aus, am liebsten in den Biergarten der Erholungsgesellschaft. Die strenge Prüfung durch Albert hatte Victor aufgrund guten Zuredens von Mine bestanden. Trotzdem schickten die Eltern bei allen Unternehmungen Hilda mit, um den Anstand zu wahren.

Eines Tages erreichte Albert in der Fabrik ein privates Päckchen von Fritz. Albert erhielt sonst nur geschäftliche Postsendungen. Er war darüber so aufgeregt, dass er entschied, es nicht allein öffnen zu wollen. Am Abend nahm er das Päckchen mit hinüber in die Küche und wartete, bis alle am Tisch saßen.

»Nun mach schon auf!«, forderte Otto und wurde zappelig. »Wir wollen sehen, was darin ist.«

Albert knotete die Schnur sorgsam auf und wickelte das Papier ab. Es enthüllte eine kleine blaue Schachtel mit der Aufschrift *Waterman's Ideal Safety Fountain Pen*.

Dazu schrieb Fritz: *Mein lieber Vater! Hiermit sende ich dir einen modernen Sicherheitsfüllfederhalter, damit die Kleckserei im Hauptbuch ein Ende findet.*

Albert betrachtete das schlichte Schreibgerät aus schwarzem Bakelit. Dann las er aufmerksam die englische Gebrauchsanweisung, die der Schachtel beilag. Er schickte Otto los, ein Tintenfass zu holen. Behutsam wie ein Chirurg schraubte er den Deckel des Füllhalters ab. Zum Vorschein kam eine Röhre. Alle beugten sich darüber und versuchten hineinzusehen. Mit einer Pipette füllte Albert Tintentropfen in die Öffnung. Als nahezu nichts mehr in den Behälter passte, drehte er das untere Ende des Stifts, und plötzlich fuhr oben wie durch Zauberei eine goldene Feder heraus. Die Damen klatschten entzückt Beifall, und Otto forderte: »Ich möcht es noch einmal sehen!«

Mine eilte, um einen Briefbogen zu holen. Die goldene Feder glitt in Alberts Hand über das Papier und hinterließ eine gleichmäßige königsblaue Spur.

Von diesem Tag an schrieb Albert nur noch mit dem New Yorker Sicherheitsfüllfederhalter, wie er ihn nannte. Über Nacht wurde dieser in den Panzerschrank des Direktionsbüros eingeschlossen. Das Wunderwerk kostete immerhin einen ganzen Wochenlohn.

Wenn Otto drüben in der Fabrik war, schielte er jedes Mal sehnsüchtig nach dem Füller. Aber niemand außer Albert durfte den New Yorker Sicherheitsfüllfederhalter berühren, geschweige denn damit schreiben.

Im Juni wurden in Sarajewo der österreichische Thronfolger und seine Frau ermordet. Seitdem las Albert jeden Mittag kopfschüttelnd die Schlagzeilen der Sonneberger Zeitung. *Am Rande des Abgrunds. Deutschland umzingelt von Feinden. Angriff ist die beste Verteidigung.*

Einige Wochen später befand sich die ganze Stadt unter Hochspannung. In der Luft lag eine Stimmung wie in der Dürrezeit des Sommers, wenn ein Funke genügte, um den ganzen Fichtenwald an den Talrändern in Brand zu setzen.

Albert eilte in die untere Stadt, um die neuesten Nachrichten zu erfahren. Er musste sich durch ein Gewirr von Menschen und Karren drängen, denn es war Liefertag. In der Bahnhofstraße sah er eine Menschenansammlung vor dem Geschäftshaus der Sonneberger Zeitung. Plötzlich ertönten Jubelrufe, und die Menge stob auseinander. Ein paar Männer kamen ihm entgegengerannt und riefen: »Mobilmachung! Bravo!«, »Das einzig Richtige!« und »Hoch lebe der Kaiser!«

Albert machte sofort kehrt und ging über den Graben nach Hause, um Tumulten auszuweichen.

»Was wird aus dem Geschäft, wenn Krieg ist?«, wollte Mine von ihm wissen. »Werden die Engländer und Franzosen noch bei uns einkaufen, wenn wir nun plötzlich Feinde sind?« Sie redete sich in Rage. »Für den Kaiser ist so eine Erklärung ja leicht! Der muss auch net ins Feld ziehen!«

»Bist du gleich still?«, fuhr Albert sie aufgebracht an. »In der Zeitung steht, hier sind überall Spione.«

»Ich sag ja nur, was ich denk«, wehrte sich Mine gekränkt, die einen solchen Ton von Albert nicht gewohnt war.

»Du klingst fast wie einer von den Linken. So einen haben sie grad unten auf dem Markt verdroschen, weil er gegen den Krieg geredet hat.«

Am zweiten August war Mobilmachungstag. Victor Pulvermüller wurde gleich zu den Fahnen gerufen. Die verwegene Feldmütze und die feldgraue Uniform mit den Messingknöpfen standen ihm ausgezeichnet. Er verlobte sich noch schnell mit Else, ohne Feier, ohne Ring. Sie versprachen sich nur, aufeinander zu warten.

Eingehenkelt zogen sie die Stadt hinunter, Else links, Hilda rechts und in der Mitte der schöne Victor. Vor und hinter ihnen strömten die ganzen anderen Einberufenen und Freiwilligen in Richtung Bahnhof. Überall knatterten Fahnen im Sommerwind, wie an einem hohen Feiertag. Ganz Sonneberg war auf den Beinen. Die Straßenränder wurden von Menschen gesäumt, die den Soldaten zuwinkten. In der Stadtkirche St. Peter sicherte man sich den himmlischen Beistand für den Waffengang.

Die Soldaten stiegen in die Güterwaggons, riefen »Hurra!« und fuhren lachend davon in Richtung Front, wie in ein großes Abenteuer.

Von diesem Tag an las Albert immer nach dem Mittagessen aus der Zeitung vor. »Hier steht, dass wir die Spargelder nicht abheben sollen. Verfügbare Gelder sollen wir vielmehr der Sparkasse zuführen, weil die da am sichersten aufgehoben sind.«

Dem schenkte Mine keinen Glauben. Vielmehr brachte es sie auf die Idee, das Sparbuch aufzulösen und in Naturalien umzusetzen. Sie schrieb eine Liste von Dingen, die nicht so schnell verdarben und die man immer gebrauchen konnte: Salz, Mehl, Zucker, Schuhe, Kleider, Bettdecken.

Zusammen mit ihren Töchtern machte sie sich auf den Weg für die Besorgungen. In der unteren Stadt mussten sie feststellen, dass niemand der Beteuerung, das Geld sei auf der Bank sicher, glaubte. Es gab einen Ansturm auf die Sparkasse, und vor den Läden bildeten sich lange, dreireihige Schlangen. Die Leute hatten Kinderwagen, Lieferkiepen und Leiterwagen dabei und hamsterten alles zusammen, was sie bekamen. Bald wurden die Waren nur noch zu Wucherpreisen und begrenzt ausgegeben.

Else büßte im Kampf um ein paar Schuhe ihre Hochsteckfrisur ein. Hilda zerriss ihren Mantel bei der Eroberung eines Salzsackes.

Floras Eltern besaßen kein Konto, weder bei der Sparkasse noch bei einer Bank. Aber auch sie wollten ein paar Vorräte einkaufen. Deshalb hatte die ganze Familie nächtelang durchgearbeitet, um besonders große Stückzahlen zu erreichen.

Wie immer wurde Flora ausgeschickt, um zusammen mit dem alten Rottweiler die Waren abzuliefern.

Als sie die Stelle erreichten, an der die Steinersgasse in die Obere Marktstraße mündete, zerrte der Hund seine kleine Herrin zu einem Brunnen, um zu trinken. Bisher hatte sich

Flora kaum umgesehen, war sie doch viel zu sehr darauf konzentriert, nichts von ihrer Ladung zu verlieren. Erst jetzt fiel ihr die gespenstische Leere auf. Die Straßen wirkten wie ausgestorben, nicht ein einziges Liefermädchen eilte vorbei, kein Pferdewagen rumpelte aus Grüntal herunter.

Beunruhigt sah sich Flora um und erkundigte sich bei einer älteren Frau, die einen Eimer mit Wasser füllte, was los sei.

»Hast du das net in der Zeitung gelesen? Die Verleger nehmen den Heimarbeitern nix mehr ab.«

Flora starrte sie entsetzt an.

»Ja, glaub's nur«, versicherte die Frau. »Wir sind alle arbeitslos. Auf einen Schlag. Und ich werd mein' Scheißdreck net mehr los. Überall in meiner Küch' liegt Scheißdreck.«

Als Flora sie ratlos anguckte, erklärte sie: »Wir sind Drücker. Wir drücken Scheißdreckhäufchen.«

Diese Scherzartikel waren besonders in Amerika beliebt, aber nun hatte die Frau wohl eine ganze Wohnküche voll künstlicher Hundehaufen, und niemand wollte sie haben.

Der größte Spielwarenexporteur Sonnebergs nahm schon ab dem dritten Kriegstag keine Waren mehr an, und bald folgten alle anderen Verleger. Die Spielzeugindustrie in Sonneberg stand still, überall quollen die Lager über. In den Heimarbeiterstuben stapelten sich Puppenteile, Stimmen, Kuckuckspfeifen, Trommeln, Blechautos, Holzpferde, Stoffbären und Segelschiffchen. Selbst die Schachtelmacher blieben auf ihren Kartons sitzen. Es wurde lediglich in den Fabriken gearbeitet, die selbst exportierten und nicht auf einen Verleger angewiesen waren.

Voller Angst sah Flora hinauf zu den beiden Schornsteinen der Fabrik Langbein und bemerkte erleichtert, dass ein wenig Rauch hervorquoll.

Aber als sie ihre Lieferung im Kontor abgeben wollte, sagte der Schreiber: »Das ist zu viel. Dafür haben wir derzeit keine Verwendung.«

»Wir brauchen doch das Geld«, jammerte Flora.

Ungehalten fuhr ihr der Schreiber über den Mund: »Sei froh, dass du überhaupt noch was loskriegst.«

Und dann fiel der erste Sonneberger Kriegsheld auf dem Feld der Ehre.

Mine kannte die Mutter des jungen Mannes und suchte in den unergründlichen Taschen ihres langen Rocks nach einem Schnupftuch. »Es ist nur gut, dass der Fritz weit weg in Amerika ist. Und der Otto ist noch zu jung.«

»Ja«, stimmte Albert ihr zu. »Ich bin doch recht froh, dass ich keinen aus unserm Haus hergeben muss.«

Das musste er aber doch, denn kurze Zeit später fand auf dem Schießhausplatz die Pferdemusterung statt. Das störrische Mäxle bestand den Tauglichkeitstest und trat seinen Dienst fürs Vaterland an. Da die Exportmengen inzwischen geringer waren, zog Albert von nun an, zusammen mit Otto, selbst den Warenkarren hinunter zum Bahnhof.

Eine Woche später mussten die Brieftauben abgegeben werden, und kurze Zeit darauf zogen sie die Hunde ein. Floras alter Rottweiler wurde ausgemustert und durfte in Sonneberg bleiben.

Zwei Wochen nach Kriegsbeginn erreichte das Stammhaus der Langbeins Post von Fritz. Else öffnete den Brief und reichte ihn dann stumm an ihre Mutter weiter. Fassungslos las Mine und versuchte zu begreifen, was darin stand. Schließlich eilten die beiden Frauen hinüber zu Albert in die Fabrik.

Mine schluchzte: »Warum hat er das nur gemacht, der liebe, dumme Junge!«

Albert setzte seinen Zwicker auf, las den Brief und sagte traurig: »Weil wir ihn dazu erzogen haben. Zum Pflichtbewusstsein und zur Treue.«

Fritz hatte, gleich als er vom Beginn des Krieges erfuhr, von seinen bisher ersparten Dollars eine Schiffspassage nach Hamburg bezahlt und sich dort als Freiwilliger gemeldet. *Wenn euch meine Post erreicht*, schrieb er, *bin ich schon im Feld. Macht euch keine Sorgen und seid mir nicht bös. Wenn das Vaterland ruft, darf sich ein anständiger Mann nicht vor der Verantwortung drücken.*

»Es kann net lang dauern«, sagte Albert zuversichtlich. »Er wird gesund und munter wiederkommen.«

Aber Mine wusste es besser.

»Ach, Mama«, rief Else und umarmte ihre Mutter. »Du mit deiner Schwarzseherei. Pass auf, zu Weihnachten sind der Fritz und mein Verlobter wieder daheim. Das Eiserne Kreuz werden sie kriegen. Und dann feiern wir Hochzeit. In Uniform. Das sieht so schneidig aus.«

Der erste Schnee legte sich wie Schwefelstaub über die Spitzen der Fichten, und noch immer herrschte Krieg.

Flora lief so lange barfuß, bis die Kälte ihr in die Fußsohlen zwickte. Einmal stand auf der Wiese am Hang eine Kuh. Schnell sprang Flora in einen der frischen Kuhfladen und wärmte ihre Füße darin auf.

Später kam der Schnee in riesigen Flocken, die in Zeitlupe herabschwebten. Zuerst bildeten sie pulverige Haufen, die schon ein Windhauch den Stadtberg hinunter trieb. Dann wurde der Schnee fester und haftete aneinander. Jeden Morgen schaufelte Flora den Weg vor dem Haus frei, und immer noch schneite es unablässig. Die gewaltigen schmutzig weißen Berge, die sie anhäufte, verdeckten längst die Fenster. Die Straßen schrumpften zu schmalen Schluchten. Die Wege vom Hinterland nach Sonneberg waren längst unpassierbar geworden.

Weil man nun mit den Franzosen im Krieg war, forderte die Sonneberger Zeitung ihre Bürger auf, in der Gastwirtschaft beim Abschied nicht mehr das übliche »Adieu«, sondern »Auf Wiedersehen« zu sagen. Ein Verstoß würde mit fünf Pfennigen bestraft.

Else, die Französischkenntnisse besaß, wurde unsicher und erkundigte sich bei ihrem Vater: »Darf man jetzt auch nicht mehr Trottoir sagen? Und was ist mit Kanapee?«

Albert wusste es auch nicht und schlug vor: »Dann sag halt Schesslong. Der Gastwirt vom Röthengrund hat erzählt, dass am gestrigen Abend deswegen ganze dreiundzwanzig Mark an Strafgeld für das Rote Kreuz zusammengekommen sind.«

Im zweiten Kriegswinter wurden die Lebensmittel knapp, und der Kaiser dachte sich ständig neue Methoden aus, um die Kriegskasse zu füllen.

In der Sonneberger Zeitung erschienen immer wieder Aufrufe, dass die Bürger ihre Gold- und Silberschätze abgeben sollten. *Das Gold gehört dem Vaterland.* Mine trennte sich schweren Herzens von ihrem Tauflöffel und einer goldenen Kette, die ihrer Mutter gehört hatte.

Wenn eine der Fabrikarbeiterinnen ein Kind bekam, ging sie gleich am nächsten Tag zum Direktor Langbein und präsentierte das Neugeborene. Dann spendete Albert dem Kaiserreich ein Goldstück, und der frischgebackene Vater durfte dafür auf Fronturlaub in die Heimat fahren.

In der Handelsschule konnte man für Geld in das Hindenburgdenkmal Nägel einschlagen. Otto bekam von seinem Vater eine Mark und klopfte einen kleinen silbernen Stift in das Holz.

Albert zeichnete für jede einzelne der Kriegsanleihen. Er war allerdings besonnen und machte nur anstandshalber mit. Andere, die besonders viel investierten, waren der Zeitung eine lobende Erwähnung wert.

In der Sonneberger Zeitung erschien seit Kriegsbeginn die Thüringer Ehrentafel, in der jeden Tag neue Namen gefallener Thüringer aufgelistet wurden. Am 30. Januar war dort zu lesen: *Musketier Fritz Langbein, gefallen bei Neuville-Saint-Vaast in Flandern.*

Die Nachricht erreichte die Langbeins, als sie gemeinsam in der Küche beim Mittagessen saßen. Mines Gesicht versteinerte. Immer wieder flüsterte sie: »Ich hab es geahnt, ich hab es geahnt.«

Als sie endlich still war, sagte Albert mit farbloser Stimme: »Und ich hab ihn die Salzsuppe essen lassen.« Dann setzte er seinen Zwicker ab und begann zu schluchzen. Die Tränen tropften von seiner langen Nase, und er wischte sie nicht einmal ab.

Hilda und Else fassten einander an den Händen. Otto nahm den Salzstreuer, schraubte ihn auf, schüttete den Inhalt über seine Suppe und aß weiter. Er kaute so fest, dass sich die Muskeln unter seiner Wangenhaut abzeichneten.

Es schien, als würde es für immer Winter bleiben.

In der Schule froren die Tafellappen am Eimer fest, denn die Kohlen für Schulhaus und Altersstift waren rationiert worden. Aber die Schüler schwärmten ohnehin den ganzen

Tag in der Stadt herum. Sie wurden ausgeschickt, um Wertstoffe zu sammeln. Sie suchten Altpapier, Lumpen, Knochen, Lederabfälle, Grammophonplatten, Zelluloid, Weißblech und Altgummi. Überall in der Stadt gab es Sammelstellen. Für Wolle, für getragene Kleidung, für Glühbirnen, für Altmetalle. Aus dem Wald holten die Kinder das Laub als Ersatzfutter für die Militärpferde.

Jeden Morgen las Flora die Haare aus der Bürste, die von den Frauen der Familie gemeinsam benutzt wurde. Sie sammelte sie sorgsam in einer alten Blechdose und lieferte den Inhalt in der Schule ab. Die Frauenhaare dienten als Ersatz für das nicht mehr erhältliche Kamelhaar, das die deutsche Kriegsindustrie dringend für Riemen und Dichtungen brauchte.

In der Nacht legte sich Flora mit Kleidern ins Bett, die sie wegen der Kälte mit Holzwolle und Filzresten ausgestopft hatte. Nun war sie froh, dass sie sich mit ihren Geschwistern ein Bett teilte. Ihr kleiner Bruder hatte Fieber und strömte wohlige Hitze aus.

In schweren Barren lauerte der verharschte Schnee auf dem Dach. Sie hörte über sich die morschen Balken knacken und betete, dass sie noch diesen einen Winter halten würden.

Zum Ende der Woche wollte Flora wieder Waren in die Fabrik bringen. An der Tür fand sie einen Hinweis, dass die Produktion ins Stammhaus verlegt worden sei.

Es gab keine Kohlen mehr, um den Anbau zu heizen, und die letzten Beschäftigten waren abgezogen worden. Sie fertigten jetzt Geschosskörbe.

Als Flora das Blumenzimmer betrat, glitzerten Eiskristalle an den Wänden. In der Ecke stapelten sich Töpfe, angefüllt mit zerschnittenen Ästen und Stämmen. Der Vogelkäfig stand offen. Die letzten verbliebenen exotischen Pflanzen trugen braune Blattwedel und krümmten sich.

Flora berührte eins der Blätter. Es raschelte wie Papier.

An einer Dattelpalme entdeckte sie eine verschrumpelte gelbbraune Frucht. Sie sah schnell zur Küchentür, dann riss sie die Dattel ab und steckte sie sich in den Mund. Sie schmeckte so herb, dass sich ihr Zahnfleisch zusammenzog und taub wurde. Sorgfältig lutschte sie den Kern blank und spuckte ihn in die Hand. Er war oval und glänzte von ihrem Speichel.

In der Schule sammelten sie Kerne für die Ölherstellung. Aber diesen Kern wollte Flora nicht abgeben und steckte ihn in ihre Schürzentasche. Sie würde ihn aufbewahren, als Erinnerung an das Paradies.

Flora öffnete die Küchentür. Familie Langbein saß am großen Tisch und machte Puppen. Es war beinahe so wie an jenem Tag, an dem Flora zum ersten Mal mit einer Lieferung gekommen war. Sie wünschte einen guten Tag und sagte: »Das schöne Blumenzimmer! Wie schad.«

»Es war sowieso überkandidelt«, gab Mine mit dunkler Stimme zurück. »Ich hab von deinen beiden großen Brüdern in der Zeitung gelesen. Das tut mir von Herzen leid, Flora.«

Das Mädchen nickte und wusste nicht, was es darauf sagen sollte. Der ferne Tod ihrer Brüder fühlte sich für sie so unwirklich an. Ihre Hände und Füße begannen unangenehm zu zwicken, jetzt wo sie sich langsam wieder erwärmten.

»Komm, Mädle«, sagte Mine sanft. »Hock dich her und iss mit uns. Du siehst ganz zerfroren aus.«

Flora setzte sich gehorsam und versuchte, einen Blick in den Kessel zu erhaschen.

»Ich hab mit der Steinschleuder eine Krähe geschossen«, erklärte Otto stolz. »Die saß ganz dumm von der Kälte auf dem Weg.«

»Freut euch nur net zu früh«, bremste Mine die Begeisterung. »Das Viech kocht seit heut Morgen und ist immer noch zäh.«

Dennoch war es das erste Fleisch, das sie seit Wochen auf den Tisch bringen konnte. Alles war rationiert worden. Es gab Brotkarten, Seifenkarten, Milchkarten, Karten für Schuhe, Holz, Nähgarn, Kunsthonig, und die Zuteilungsmenge verringerte sich von Woche zu Woche. In den Zeitungen standen Empfehlungen für den Speiseplan, einmal als bürgerliche Variante und einmal als *die ganz einfache*. Während beim bürgerlichen Speisezettel immerhin noch gebratene Blutwurst vorgeschlagen wurde, bestanden die Zutaten für den *ganz einfachen* aus Steckrüben und Kartoffeln in sämtlichen Varianten. Beiden Speisezetteln war gemeinsam, dass sich fleischlos mit fettlos abwechselte.

Flora aß die fade Suppe besonders langsam, um das Ende der Mahlzeit hinauszuzögern. Sie dachte darüber nach, dass der Krieg gar nicht so schlimm war, wenn sie dadurch in der Küche der Langbeins sitzen und Krähensuppe schlürfen durfte.

Nach dem Essen steckte Albert seine kalte Pfeife in den Mund, aus reiner Gewohnheit. Es war längst nichts mehr da, was er hätte rauchen können. »Es ist nur gut, dass wir nicht auch noch mit Amerika im Krieg sind. Sonst wär es ganz aus mit dem Verkauf.« Er gab einen tiefen Seufzer von sich. »Ich denk, die Spielzeugindustrie wird sich nimmer erholen können.«

Else schüttelte den Kopf. »Das will ich nicht glauben. Ich geb die Hoffnung auf ein Wunder nicht auf. Hast du nicht eine gute Ahnung, Mama?«

Mine murmelte düster: »Den Glasaugenmachern sag ich eine große Konjunktur voraus.«

7

Die Dachkammer

In der Nacht begann es zu regnen. Erst war es nur ein leises Rauschen, dann trommelten die Tropfen auf das Fensterblech. Eva schreckte aus dem Tiefschlaf hoch. Wasser gurgelte in den Regenrinnen, es roch nach gelöschtem Staub. Der erste Gedanke, der ihr durch den Kopf schoss, war: drei Tage.

Sie setzte sich auf. Die Matratze war fester, als sie erwartet hatte, und der Lattenrost knarrte nicht.

Drei Tage hatten sie nach einem großen Regen immer warten müssen. Dann waren sie in die Pilze gegangen, und am Abend hatte es Schwammbraten gegeben. Eva und Jan waren vorher in die untere Stadt geschickt worden, um Tante Hilda zu holen. Nie hatte es ein Festessen ohne die ältliche Dame im Hosenanzug gegeben. Alle zusammen drängten sie sich dann um den großen Küchentisch. Damals hatte Eva gewusst, wo ihr Platz war. Auf dem linken äußeren Stuhl, zwischen ihrer Großmutter und Jan, damit sie schnell aufspringen konnte, wenn ihr Großvater mehr Salz brauchte.

Eva hatte ihre neue Wohnung mit Bedacht gewählt. So nah am Stammhaus der Langbeins, dass sie seine Gegenwart spüren konnte, und doch hinter einer Biegung gelegen, damit sie es nicht sah. In den letzten Jahren hatte sie immer einen der Parallelwege genommen, wenn sie hinauf in den Wald wollte, um nicht am Stammhaus vorbeigehen zu müssen. Erst aus der Ferne des Berges hatte sie sehnsüchtig nach der hohen Backsteinwand der Fabrik gesucht. Es war ihr so vorgekommen, als wäre das Haus von einem Krankheitskeim befallen gewesen. Sie musste an die Scharlachinfektion denken, die Jan als Kind gehabt hatte. Zwei Wochen lang durften sie einander nur durch eine Fensterscheibe sehen. Jan hatte ihr stolz seine Erdbeerzunge gezeigt, aber es war nicht befriedigend gewesen, weil sie die nicht hatte berühren können.

Die ferne Nähe zum Stammhaus löste ein ähnliches Gefühl in Eva aus. Wie oft hatte sie Jans Vater in Gedanken nichts Gutes gewünscht. Nun, wo er im Heim gelandet war, fühlte es sich nicht wie ein Sieg an.

Sie beschloss, jeden Tag zu Jan hinüberzugehen, ob es ihm recht war oder nicht. So lange, bis die Arbeiten abgeschlossen waren. Sie würde das Haus und alles, was darin war, beschützen.

Am Morgen rauschte das Wasser draußen noch stärker. Aber es war nur der Fluss, der zurückgekehrt war. Der Regen hatte nachgelassen. Eva kochte Kaffee und füllte ihn gerade in eine Thermoskanne, als sie eine Kurznachricht von Iris erhielt: *Ich finde es nicht in Ordnung, wenn du allein hingehst.*

Eva warf einen überraschten Blick aus dem Fenster, aber die Straße war leer. Sie antwortete knapp: *Du kannst mitmachen. Ist nicht verboten.*

Danach war eine Weile Ruhe. In dem Moment, in dem Eva ihre Wohnung verlassen wollte, schrieb Iris wieder.

Hab noch Resturlaub, der sonst verfällt. Bin in 15 Minuten bei dir. Wehe ihr frühstückt ohne mich.

Sie hatten sich für Evas Küche entschieden. Dort standen eine Kaffeemaschine und ein Kühlschrank, beides machte das Frühstück angenehmer.

Eva war diese überraschende Selbsteinladung nicht sonderlich recht gewesen. Vor Jan verspürte sie keinerlei Scham, aber bevor Iris ihre Wohnung inspizierte, hätte sie am liebsten renoviert oder wenigstens sauber gemacht. Sie hatte in der Eile das Schlimmste in Ordnung gebracht und folgte nun dem prüfenden Blick ihrer Cousine. Mit einem Mal schien ihr alles erbärmlich, die Marmeladenbrote, die Küche, ihr ganzes Leben.

»Das ist die Keksdose unserer Oma«, bemerkte Iris vorwurfsvoll und zeigte auf einen roten Blechcontainer mit der Aufschrift *Kaffee-Groß-Rösterei*.

Eva machte eine verlegene Handbewegung. Sie hatte einige Dinge bei ihrem Auszug mitgenommen. Den silbernen Tortenheber, ein paar Geschirrtücher und die Kaffeelöffel aus Alublech, von denen man Zahnschmerzen bekam.

Iris stellte fest: »Sie war übrigens auch meine Oma.«

Etwas später stiegen sie im Stammhaus die alte Holztreppe auf den Boden hinauf. Iris tippte an den Dachbalken, und Eva bemerkte: »Das machen wir nur beim Runtergehen.«

Sie lief hinter Iris her und hatte deren blau glänzende Satinhose vor der Nase. »Hast dich wohl schick gemacht fürs Räumen?«, vermutete sie.

»Man sollte sich niemals gehen lassen«, belehrte Iris ihre Cousine. »Schon gar nicht in unserem Alter.«

Die Dachkammer war mit einem rostigen Kastenschloss gesichert, die Klinke ließ sich nur schwer herunterdrücken. Hier hatte in den goldenen Zwanzigern das Dienstmädchen geschlafen.

Ein altes Eisenbett versteckte sich unter zusammengepackten Kleiderbündeln, Kartons voller Malkreiden, Tüten mit eingetrockneten Ölfarbentuben.

»Noch so eine Rumpelbude«, stellte Jan fest.

Es wirkte chaotisch, und doch steckte ein System darin. Jemand hatte all diese Dinge für wertvoll befunden und sie sorgsam verpackt und gestapelt. Eva löste ein blasses Schleifenband von einem zusammengewickelten Lappen. Zum Vorschein kamen Pinsel. Die Farben hatten sich in den Holzstiel eingefressen, aber die Dachshaare waren weich. Jemand hatte sie gründlich ausgespült.

»Der Raum hat eine dunkle Aura, ich kann das spüren«, erklärte Iris.

Eva riss das Fenster auf. »Es ist nur schlechte Luft hier.« Dort wo die Sonne hinkam, war die Tapete bis zur Unkenntlichkeit verblasst. Aber in den dunklen Ecken konnte man ein graziles Muster aus silbernen Linien erahnen.

»Ich fühle eine große Traurigkeit hier drin«, beharrte Iris.

»Die ist überall im Haus«, versicherte Eva und ärgerte sich, weil sie es ernst genommen hatte.

Iris holte aus ihrer Handtasche ein Räucherstäbchen, entzündete es und steckte es in das geöffnete Fenster.

Die Rauchfäden stiegen in Schlangenlinien auf, bevor sie nach draußen gesogen wurden.

Jan sah sich bekümmert um. Er ging zu einem Stapel Kartons, guckte in jeden einzelnen, aber es schien nicht das dabei zu sein, worauf er gehofft hatte. »Und wenn wir hier alles so lassen, wie es ist, und die Tür einfach wieder zuschließen?« Hoffnungsvoll hob er die Augenbrauen.

»Deine Faulheit ist proportional zu deinem Körper gewachsen«, stellte Eva fest. »Wir brauchen einen Abstellraum.«

»Und wofür? Es muss doch sowieso alles raus.«

Eva zog verlegen die Schultern hoch. »Für das, was weder verkauft noch weggeworfen werden soll, weil wir es eventuell brauchen. Wir sind uns ja meistens uneinig.«

»Also gut«, entschied Iris. »Dann machen wir mal Platz für Evas Eventualitäten. Ich vermute, das wird am Ende der größte Haufen werden.«

Sie schafften alte Teppiche, Koffer mit verrosteten Scharnieren und einen zerfetzten Papierdrachen nach unten in den Garten und errichteten dort einen Müllberg, der an einen Scheiterhaufen erinnerte.

Eva nahm den Uhrkasten von der Wand. Irgendetwas klapperte im Inneren. Sie öffnete das Türchen. Eine Metalldose lag darin, sie verbarg ein kleines, dunkelbraunes, längliches Ding.

»Was ist das?«, fragte Jan. »Kautabak?«

»Hasendreck!«, behauptete Iris.

Eva glaubte, es sei ein Kern, und wollte ihn später in die Erde pflanzen. »Oder hat jemand von euch Interesse daran?« Als keine Antwort kam, steckte sie die Dose in ihre Jackentasche.

Iris entdeckte ein zusammengeschnürtes Bündel. Als sie versuchte, es anzuheben, schepperte es. Sie fand, eingewickelt in einen alten Bettbezug, große Metallbuchstaben. Es war die alte Firmenschrift von der Fassade.

Jan kramte in seinen Erinnerungen. »Ich weiß noch, wie die abgeschraubt worden sind. Danach hing ein viereckiges Plastikschild neben unserer Haustür. VEB Spielwelten Sonneberg.«

Iris grinste. »Das Abnehmen der Buchstaben hätten die sich schenken können. Die Schrift kann man sogar jetzt noch ein bisschen lesen.«

Eva lächelte und musste an ihre Großmutter denken. Jedes Frühjahr war sie auf eine Leiter gestiegen und hatte die Messingschrift mit einer alten Zahnbürste und Natron poliert. Als die Buchstaben nicht mehr dort hingen, schrubbte sie einfach den Putz an diesen Stellen, sodass die Schrift wieder jedem ins Auge sprang.

Iris griff sich ein sperriges A. »Das kommt aber weg, oder? So was lässt sich nicht verkaufen.«

»Wir werden die Buchstaben natürlich wieder anbringen«, entschied Eva.

»Und wozu?«, wunderte sich Iris.

»Damit die Dinge an ihren richtigen Platz kommen«, befand Eva. »Da, wo sie hingehören.« In ihrer Stimme lag ein entschiedener Ton, der keinen Widerspruch zuließ.

Iris ließ den Buchstaben auf die anderen fallen. Eins der Metallteile schwang noch lange nach. Sie nahm den Ton auf und summte: »Guuuut ... Kommt zu den Eventualitäten. Hast du schon mal darüber nachgedacht, einen Lumpenhandel aufzumachen? Du suchst doch ein neues Betätigungsfeld.«

Eva warf ihrer Cousine einen erstaunten Blick zu. War es so offensichtlich, dass sie zu viel Zeit hatte?

Irgendwann näherten sie sich einer Ecke, in der sperrige Gegenstände gelagert wurden, und stießen auf eine riesige, eisenbeschlagene Truhe. Als Kinder hatten sie gehofft, es wäre eine Schatzkiste. Aber ihre Großmutter hatte ihnen erklärt, dass es sich um eine Überseekiste handele und darin das läge, was von Opas Bruder übrig geblieben sei. Lange Zeit waren sie davon überzeugt gewesen, dass die Knochen von Fritz Langbein dort aufbewahrt wurden.

Iris machte eine Handbewegung, als würde sie die imaginäre Büchse der Pandora öffnen. »Wir nähern uns der Dunkelheit. Spürt ihr das?«

Schon allein deshalb klappte Eva den schweren Deckel ohne Zögern auf. Die Truhe war mit rotem Filz ausgeschlagen und roch muffig.

Mit spitzen Fingern nahm Iris ein paar Sachen heraus und stopfte sie in einen Müllsack. Einen Wollmantel, in dem die

Gespinste von Kleidermotten hingen, ein paar vergilbte Hemden, ein sorgsam besticktes Taschentuch. Eva hielt ihre Hand fest. »Da hat jemand viel Liebe drauf verwendet. Seht euch den Spitzenrand an!«

Wortlos stopfte Iris das Tuch in Evas Brusttasche.

Jan nahm ein Foto heraus. Der Gelatinesilberabzug hatte ein eingeprägtes Signum des Fotostudios. Die abgelichteten Personen waren vom Fotografen wie Schaufensterpuppen drapiert worden.

Sie setzten sich zusammen auf den Truhendeckel und betrachteten das Bild. Es zeigte zwei junge Mädchen, die Langbein-Schwestern Hilda und Else, Wange an Wange, Arm in Arm.

»Ich frage mich, was mit ihnen passiert ist«, wunderte sich Eva. »Sie sehen so sanft aus und haben die gleichen Blumen im Haar. Wie konnten sich diese Schwestern so zerstreiten?«

»Wegen der Liebe«, behauptete Iris, »oder wegen Geld. Wir haben uns ja auch zerstritten.«

»Aber doch nicht so. Nicht bis in den Tod«, wandte Eva ein. »Tante Else ist nicht einmal zur Beerdigung von Tante Hilda gekommen.«

Bei der letzten Begegnung der Schwestern war es um die Frage gegangen, wer wem das Leben ruiniert hatte. Eva glaubte, die Antwort zu kennen. Sie hatte Tante Else nie leiden können. Es handelte sich um eine ererbte Abneigung, die von Hilda auf Evas Mutter übertragen worden war und anschließend auf Eva selbst. Die Feindschaft, deren Ursprung niemand mehr kannte, hatte in den Nachkommen Wurzeln geschlagen und brach bei jeder Zusammenkunft der Erben wieder aus.

Iris sprang von der Kiste herunter und klopfte auf den hölzernen Deckel. »Das ist ein Liebhaberstück. Dafür finden wir auf jeden Fall einen Käufer.«

Sie zerrten die Truhe nach draußen auf den Dachboden, zu den anderen Sachen, die sie über Kleinanzeigen verkaufen wollten.

Als sie zurückkamen, sahen sie, dass hinten in der Ecke der Dachkammer eine große, mit einem Laken verhüllte Gestalt stand. Unter dem angelehnten Dachfenster zog ein Lufthauch herein und bewegte den Stoff.

»Das meinte ich«, versicherte Iris aufgeregt. »Ich hab es die ganze Zeit gespürt. Und ihr habt mir nicht geglaubt. Dieses Ding beherrscht den Raum!«

Jan griff nach dem Tuch. »Jetzt sei nicht albern.«

»Ich hab so eine Ahnung, dass wir es bereuen werden«, prophezeite Iris.

»Du guckst zu oft Horrorfilme«, behauptete Jan. Mit einem Ruck riss er das Tuch weg, und Iris schrie auf.

»Verdammt«, sagte Eva.

Vor ihnen stand ein lebensgroßer Braunbär, halb aufgerichtet, die Pfoten drohend erhoben.

»Das ist ja widerlich«, rief Iris. »Ich fand schon die ausgestopften Vögel schrecklich.«

Jan tippte mit einem Finger das Fell an. »Ist der etwa echt?«

Eva schüttelte ungläubig den Kopf. »Hier gab es seit dreihundert Jahren keine Bären mehr. Wo soll der hergekommen sein?«

»Was weiß ich? Aus dem Zoo? Vom Jahrmarkt?«, regte sich Iris auf. »In diesem Haus tun sich Abgründe auf!«

Eva trat näher an den Bären heran und betrachtete ihn mit geübtem Blick. Ihre Finger spreizten die struppigen Haare auseinander. »Das Fell ist echt, aber es hat Nähte und ist eingefärbt. Ich denke also nicht, dass es von einem Bären stammt.«

»Das verlauste Vieh fliegt im hohen Bogen auf den Müll!«, bestimmte Iris. »Und ihr schafft es runter, ich fasse das nicht an.«

Der Bär war leichter, als sie befürchtet hatten. Das Fell fühlte sich rau an. Auf der Treppe kam Eva der Bärenschnauze ganz nah. Das Gebiss war bis ins kleinste Detail ausgearbeitet, Fangzähne, Mahlzähne. Die kunstvollen Glasaugen spiegelten die Deckenlampe wider.

Sie versuchte, ihren Cousin zu überreden, den Bären zu behalten.

»Eva! Was willst du mit dem sperrigen Ding? Weg damit auf den Scheiterhaufen!«

Jan holte Schwung und warf den Bären auf den beträchtlich angewachsenen Müllberg. Als die Figur zu Boden krachte, hörten sie metallische Geräusche. Die Pappmachéhülle zerplatzte, Metallfedern und Zahnräder quollen heraus.

»Er hatte eine Mechanik im Inneren!«, rief Eva entsetzt.

Jan zuckte mit den Schultern. »Egal. Jetzt ist sie kaputt.«

8

Die erfüllten Wünsche

Mai 1919 – Ein zitternder Streifen aus Licht berührte Floras Hals. Als die Sonne ihre Augen erreichte, erwachte sie und versuchte sich zu orientieren. Weit unter ihr rauschte der Fluss, draußen zankten sich ein paar Amseln, es duftete nach den Blüten des Kaiserbaums. Flora schoss hoch und stieß mit dem Kopf an die Schräge der Dachkammer. Ihr Blick fiel aus dem Fenster auf die Backsteinfassade der Fabrik. Erst in diesem Moment wusste sie wieder, wo sie sich befand und warum sie hier war.

Alles, was sich Flora als kleines Kind in der engen, schwefelstaubigen Hütte in Neufang gewünscht hatte, war in Erfüllung gegangen. Sie wohnte nun im prächtigen Stammhaus der Langbeins, in dem es Tapeten und elektrisches Licht gab und wo in der Küche das Wasser wie durch Zauberei direkt aus der Wand floss. Aber welchen Preis hatte sie dafür zahlen müssen! Zwei ihrer Brüder und der Vater waren im Krieg gefallen. Der jüngste Bruder war an einer Lungenentzündung gestorben. Die Mutter hatte Schwindsucht und lag in der Tuberkuloseheilstätte am Waldrand auf der Wehd. Da niemand wusste, ob sie durchkommen würde, und Floras Schwestern in Frankreich und Hamburg verheiratet waren, hatte Mine ihr Patenkind bei sich aufgenommen.

Flora war nun dreizehn Jahre alt und arbeitete wie eine Erwachsene. Zügig stand sie auf, holte einen kleinen Schlüssel vom Nachttisch, öffnete die Wanduhr und zog sie auf. Im Uhrkasten verborgen lag ein Stapel Reklamemarken. Das war Floras Schatz. Außer ihren Kleidern waren die bunten Bildchen das einzige von Wert gewesen, was es in ihrem Elternhaus in Neufang gegeben hatte.

Kurze Zeit später hörte man das Klappern von Floras Holzschuhen auf der Treppe. In der Küche entzündete sie die Holzscheite im Ofen, die sie am Abend zuvor aufgeschichtet hatte. Dann öffnete sie vorsichtig den silbernen Wasserhahn. Ehrfürchtig beobachtete sie, wie das Wasser herauslief und in den Teekessel rann.

Mine kam zur Tür herein. Flora zuckte zusammen, als hätte sie kein Recht, den kostbaren Hebel zu berühren.

»Pass auf, dass nichts daneben tropft«, warnte ihre Patentante. »Wenn man zu bequem an die Dinge kommt, neigt man zum Verschwenden.«

Sie schnitt das Brot in dünne Scheiben und strich Marmelade darauf.

Beim Frühstück saß auf Fritzens Stuhl, den sonst niemand nehmen wollte, Victor Pulvermüller. Wenigstens er war heil aus dem Krieg zurückgekehrt, und Else hatte ihre Hochzeit in Uniform bekommen.

Sie aßen schweigend. Flora hielt den Kopf gesenkt und sah durch ihre Locken, die in die Stirn fielen, hindurch, wie Otto Salz auf sein Marmeladenbrot schüttete. Hastig schlang er es hinunter, und als er damit fertig war, begann er an den Nägeln zu kauen.

Flora dachte an ihren kleinen Bruder, dem sie immer die Fingernägel hatte abknabbern müssen, weil er sich vor der großen Schere gefürchtet hatte. Es fühlte sich an, als wäre sie mit ihren selbstsüchtigen Bittgebeten schuld daran, dass er von der Welt verschwunden war. Fast schien es ihr, als hätte eine lange Kette von Ereignissen genau dort ihren Ursprung. Und nun war der Kaiser in Holland, sie hatten eine Republik, durch die Straßen taumelten versehrte Männer, und Otto würde nicht an die Kunstschule gehen, sondern den Platz seines Bruders Fritz einnehmen.

Plötzlich wurde Flora bewusst, dass alles noch viel schlimmer hätte kommen können. Bis zum Jahrgang 1900 waren die jungen Männer eingezogen worden. Die Kriegsmaschinerie war unmittelbar vor Ottos Jahrgang zum Stillstand gekommen.

»Du isst ja wieder net!« Mine zeigte vorwurfsvoll auf Floras Teller. Die anderen waren längst fertig mit dem Frühstück. Folgsam nahm Flora das Brot in die Hand, konnte sich aber nicht überwinden, hineinzubeißen. Sie glaubte, kein Brot verdient zu haben.

»Du fällst uns noch vom Fleisch«, sagte Mine besorgt.

»Wenn du nichts isst, wirst du niemals einen Busen bekommen«, behauptete Else.

Flora errötete, aber Otto hatte zum Glück nicht zugehört.

»Du musst essen, damit du arbeiten kannst«, stellte Albert mit strenger Stimme fest.

Es klang wie eine mathematische Formel. Essen ist gleich Arbeit, ist gleich Nutzen. Daran konnte sich Flora festhalten. Sie würde nicht zum Vergnügen essen. Vorsichtig biss sie in das Brot, kaute und zwang sich zu schlucken.

Zaghaft wie der Frühling kehrte die Normalität in das Haus der Langbeins zurück. Mine spülte im Fluss den Schmutz des Winters aus den Gardinen. Else kürzte ihre Röcke und zeigte Knöchel. Flora und Hilda schleppten die Teppiche in den Garten und legten sie auf die Wiese. Flora begann, den großen

Läufer aus dem Schlafzimmer zu klopfen, erst vorsichtig, dann immer kräftiger. Mit jedem Schlag spürte sie, wie sich Wut, Trauer und Schuldgefühl lösten. Sie drosch noch heftiger auf den Teppich ein, bis ein Weidenstück von dem geflochtenen Klopfer wegflog. Erst da hörte sie auf, völlig außer Atem, das Haar aufgelöst, Tränen tropften von ihrem Kinn.

Hilda hatte diesen Ausbruch entgeistert beobachtet. Nun riss sie Flora den Teppichklopfer aus der Hand und rief: »Ich will auch.«

Noch nie hatten die Langbeins so saubere Teppiche gehabt wie in diesem Frühling.

Albert hoffte, dass bald wieder Aufträge hereinkommen würden, und wollte sich einen Überblick über die Bestände verschaffen. Gemeinsam gingen sie ins Lager. Dort stapelten sich die Puppen mit Lederbälgen und Köpfen aus Biskuitporzellan.

Er wollte die Stückzahlen notieren, die ihm Mine und Flora zuriefen, aber der Füller kratzte nur blind über das Papier. Mit der Pipette versuchte er, den Tank nachzufüllen. Seine Hände zitterten, und die Tinte lief daneben, über seinen Daumen. Flora tupfte sie schnell mit ihrem Taschentuch ab.

Albert bat Otto: »Füll du doch den guten New Yorker Sicherheitsfüllfederhalter auf, mein Junge.«

»Ich?«, fragte Otto erschrocken.

Albert nickte und ging schnell nach hinten ins Lager, als könnte er es nicht mit ansehen.

Otto begann mit sorgsamen Bewegungen das Schreibgerät aufzufüllen. Floras Blick folgte den dunkelblauen Tropfen, die einer nach dem anderen in den Tank fielen. Als Otto fertig war, legte er den Füller neben das Hauptbuch und richtete ihn parallel dazu aus.

»Du kannst das gut«, sagte Flora voller Bewunderung. »Es ist nichts danebengegangen.«

Otto lachte bitter. »Ich wollte dieses Ding anfassen, seit ich es zum ersten Mal gesehen hab.« Er machte eine hilflose Handbewegung.

Flora nickte. »Ich weiß«, sagte sie sanft. »Geheime Wünsche haben oft einen hohen Preis.«

Albert kehrte mit einer Lederbalgpuppe zurück. Es schien Flora, als wäre der Mann geschrumpft, so klein und zerbrechlich wirkte er mit seinen nach vorn gebeugten Schultern. Dann aber dachte sie, dass es wohl nur an ihrem eigenen stürmischen Wachstum lag.

Otto nahm die Puppe und betrachtete sie aufmerksam. Ihre Proportionen waren die eines winzigen Erwachsenen.

»Ist die Zeit der Porzellanpuppen nicht vorbei?«, fragte er seine Eltern. Er wurde von ihnen immer öfter in das Geschäft einbezogen. Otto befand sich jetzt im letzten Ausbildungsjahr an der Industrieschule und stand kurz vor dem Abschluss. »In manchen Fabriken zerschlagen sie schon die alten Porzellanköpfe, um Platz für Moderneres im Lager zu schaffen.«

»Das ist eine Sünd'!«, sagte Mine mit Nachdruck. »So etwas machen wir nicht!«

»Erst wird das, was am Lager ist, verkauft«, gab Albert ihr recht. »Danach müssen wir über billigere Materialien nachdenken. Der Schellhorn hat auf geprägte Pappe umgestellt, die geklammert wird.«

»Hast du dir so eine Puppe mal angesehen, Vater? Das ist Schund. Die Klammern rosten, und manchmal sitzen die Halbteile schief aufeinander, oder der Spalt ist nicht ordentlich verklebt.«

»Im Grunde wird es egal sein, woraus unsere Puppen

sind«, seufzte Albert. »Ich glaub, auf der ganzen Welt will jetzt niemand mehr deutsches Spielzeug kaufen. Wo wir es uns am Ende auch noch mit den Amerikanern verdorben haben.«

Kurze Zeit später war Albert heilfroh, dass er die Porzellanköpfe nicht vernichtet hatte. Zu seinem großen Erstaunen kamen nämlich die Einkäufer aus Amerika in bester Vorkriegslaune zu ihm.

Mine führte sie durch das Blumenzimmer, in dem nun frostsichere Alpenveilchen standen. Albert schenkte den Amerikanern in der guten Stube ein Gläschen Hagebuttenwein ein. Die Herren prosteten ihm zu und versicherten, man wäre schließlich nicht nachtragend, und sie hätten doch immer beste Geschäfte gemacht.

»Aber werden die Kunden denn überhaupt deutsche Puppen wollen?«, wagte Albert nachzufragen.

Die Einkäufer lachten einander verschwörerisch zu. Dann klärten sie ihn auf, dass es gar keiner merken würde. Die Puppen kämen einfach in Kartons mit französischem Aufdruck und würden als Spielzeug aus Frankreich ausgegeben.

Die Amerikaner nahmen die gesamten Lagerbestände ab und stellten neue große Aufträge in Aussicht. Die nostalgisch wirkenden Porzellankopfpuppen waren in den Vereinigten Staaten gerade sehr begehrt. Albert ließ sich vor Glück so herunterhandeln, dass er die Puppen zu einem Spottpreis hergab, der durch den Tiefstand der Währung einen noch geringeren Profit brachte.

Aber sie konnten wieder anfangen zu produzieren, holten ihre Näherinnen zurück und alle Arbeiter, die wenigstens noch eine Hand und ein Auge hatten. Bald drang durch den Garten wieder das sanfte Rattern der Nähmaschinen.

Die Sonneberger Fabrikanten wurden so mit Aufträgen der Amerikaner überschwemmt, dass sie kaum mit der Fertigung hinterherkamen. Überall wurde an die alten Fabriken angebaut, um die Produktionsstätten zu vergrößern, und Neubauten aus rotem Backstein schossen empor.

Auch Albert Langbein ließ zwei neue Geschäftshäuser errichten. Er wählte diesmal eine strategisch bessere Lage und kaufte ein Grundstück in der Robertstraße. An dieser Zufahrt zum Güterbahnhof hatten sich bereits zahlreiche Spielzeughersteller mit ihren Fabriken und Wohnhäusern angesiedelt. Außerdem gab es dort Kartonagenmacher, Kistenschreiner, Fuhrunternehmer und Werkstätten kleiner Handwerker.

Albert verlegte Lager, Versand und Musterzimmer der Puppenfabrik Langbein in die Robertstraße. Im Innenhof, der die beiden über Eck stehenden Häuser verband, gab es eine Packstation mit Verladerampe.

Die alten Verpackungsräume im Stammhaus wollte er zu Wohnraum umbauen lassen. Damit würde genug Platz sein für Else, ihren Mann und die Kinder, auf die Mine und Albert hofften.

Nach dem Mittagessen sprachen sie immer über das Geschäft. Da das alte Pferd nicht aus dem Krieg zurückgekehrt war, hatten sie Transportprobleme.

»Wir brauchen wieder ein Pferd«, stellte Albert fest.

»Jetzt wo die Benzinrationierung aufgehoben ist, könnten wir uns vielleicht einen Lastkraftwagen anschaffen«, schlug Otto vor.

Albert sah fragend zu Mine.

»Vielleicht hat Otto ja recht«, überlegte sie. »Das Mäxle hat uns die Haare vom Kopf gefressen. So ein Automobil dagegen fährt von ganz allein durch die Gegend.« Sie verstand nicht, warum alle lachten.

Sie kauften einen alten dunkelgrünen Benz mit Holzspeichenrädern und Vollgummireifen und stellten einen Fahrer ein. Der holte nun jeden Tag die Puppen aus der Fabrik in der oberen Stadt und rumpelte damit über das Katzenkopfpflaster der Robertstraße zum neuen Comptoir. Nur nicht, wenn es regnete.

Dann forderte Mine nämlich: »Wir müssen das Automobil schonen!« Sie war der Meinung, so ein teurer Gegenstand dürfe unter keinen Umständen nass werden. Deshalb erfolgte die Auflieferung eine Zeit lang nur bei trockenem Wetter.

Sie richteten in der unteren Stadt ein größeres Musterzimmer ein. Auf den Regalen an den Wänden reihten sich die verschiedenen Puppen aneinander, mit Hochsteckfrisuren, Zöpfen und Haarkränzen, in Reformkleidchen und Rüschenröcken, mit Schlafaugen und beweglichen Gelenken. Das Prächtigste am Musterzimmer war das große Schaufenster zur Straße. Mine setzte eine der Puppen hinein, aber sie wirkte kläglich darin.

»So sieht es nach nichts aus«, sagte Otto zu seinen Eltern. Und dann bat er: »Lasst mich eine Schaufensterdekoration bauen!«

Die Warenhäuser der großen Städte verführten ihre Kunden mit prächtigen Szenerien zum Eintreten und Kaufen. Selbst in dem kleinen Tabakladen in der Bahnhofstraße saß eine Tierkapelle im Schaufenster. Die Leute blieben davor stehen und warteten darauf, dass das Äffchen endlich wieder die Tschinellen aneinanderschlug.

Albert winkte ab. »Ein paar Puppen tun es auch. Solche großen Dekorationen brauchen viel Material und Arbeitszeit.«

»Aber sie sind kunstvoll!«, rief Otto. »Erinnerst du dich noch, wie wir im Berliner Comptoir von Borgfeldt & Co. waren? Da hatten sie im Schaufenster vom Kaufhaus Tietz eine riesige Karawane aufgestellt. Mit Gold und Teppichen beladen, und die Köpfe der Kamele haben sich bewegt.«

»Das sind doch Fantastereien«, wehrte Albert ab.

Ottos Wangen glühten, und er fühlte nach seinen Pflastern. Noch immer klebte ihm Mine jeden Morgen mit resolutem Griff die Ohren an den Kopf. »Aber wir könnten damit auf der Messe einen Preis gewinnen!«

»Ich will keine Preise gewinnen«, erklärte Albert. »Ich will, dass die Firma Bestand hat und uns ernährt.« Er legte Otto den Arm um die Schulter. »So leid es mir tut, mein Junge, wir können uns keine Kunst mehr leisten.«

»Dann mach ich es als Abschlussarbeit in der Industrieschule«, entschied Otto trotzig.

Sie sprachen nicht mehr über die Dekoration, aber Flora wusste, dass in Ottos Kopf eine Idee wuchs. Zum einen fiel ihr auf, dass er noch selbstvergessener als sonst am Morgen Salz auf die schlierige Mehlsuppe streute. Zum anderen schüttelte sie in seinem Zimmer die Decken aus und trat dabei auf die Ecke eines Zeichenblocks, der unter dem Bett hervorlugte. Ein monströses Skelett war darauf gezeichnet, das aufrecht wie ein Mensch stand und doch nichts Menschliches besaß. Jeden Tag sah sie nun unter dem Bett nach. Dem Skelett wuchsen Muskelstränge, sie fand Skizzen von einem Gebiss mit riesigen Hauern und Farbproben von Fellstrukturen.

Dann war der Block verschwunden, und sie wusste, dass Otto mit der Arbeit begonnen hatte. Wenn er aus der Industrieschule kam, waren seine Hände rissig, und weißer Ton hatte sich in den Furchen abgesetzt. Einige Tage später bemerkte sie eine Verletzung an seinem Unterarm, als ob er schwere Arbeiten verrichtet hätte. Irgendwann sah sie tiefe Einstiche in seiner Daumenkuppe. Er musste mit einer groben Ahle Leder oder Fell genäht haben.

Zwei Wochen später verkündete Otto, dass er seine Abschlussprüfung bestanden habe. Aus diesem Anlass kaufte Mine im Kolonialwarenladen Schokolade und Zucker. Kurz darauf aß Flora den ersten Pudding ihres Lebens. Otto stäubte Salz über seine Portion.

»Ich würd dann die Dekoration aus der Schule holen und ins Schaufenster vom Musterzimmer stellen«, sagte er und blickte seinen Vater an. »Vielleicht könnt' mir jemand helfen?«

Albert war überrascht. »Ich dachte, du hättest den Gedanken fallen gelassen und für die Prüfung ein neues Puppenmodell geschaffen?«

Otto schüttelte den Kopf und streute etwas mehr Salz nach.

»Ich kann helfen«, bot Flora schnell an.

Noch einmal sah Otto zu seinem Vater. Dann zuckte er enttäuscht mit den Schultern und nickte.

Sie holten den großen Leiterwagen aus der Fabrik, mit dem sie in Kriegszeiten die Waren zum Bahnhof gefahren hatten, und zogen ihn zusammen in die Beethovenstraße. Beide sagten keinen Ton dabei.

Der neubarocke Massivbau der Industrieschule wirkte wie ein Palast, mit der gnädig dreinblickenden Büste des Herzogs von Sachsen-Meiningen über dem Eingang.

Flora sah sich verschüchtert in der riesigen Säulenhalle um. »Hier hast du gelernt?«, fragte sie ehrfürchtig und senkte ihre Stimme zu einem Flüstern ab.

Otto nickte. Neben kunstgewerblichen Techniken hatte er Modellieren und Holzschnitzen gelernt und Unterricht in Physiognomie, Perspektive und Schattenlehre bekommen. »Anatomisches Zeichnen hatte ich am liebsten«, erklärte er.

Flora sah ihn aufmerksam an. »Warum?«

Er hob seine Hand und bewegte anschaulich die Finger. »Unter unserer Haut sind Muskeln und darunter Knochen. Ich möcht schon immer wissen, was sich unter der Oberfläche verbirgt. Du nicht?«

Flora schauderte und schüttelte den Kopf. »Nää«, sagte sie. »Lieber net.«

Sie gingen zusammen in ein lichtdurchflutetes Atelier. In der Ecke stand eine riesige, abgedeckte Figur.

Otto dachte, es wäre ein Spaß, dieses Kind, das er in Flora sah, zu erschrecken. Er bat sie, die Augen zu schließen, und zog das Tuch ab.

»Bereit?«, fragte er.

Flora nickte.

Otto betätigte einen Schalter und sagte: »Dann Augen auf.«

Direkt vor Flora stand ein riesiger Bär. Sein Kopf bewegte sich auf sie zu. Aus seinem aufgerissenen Maul drang ein Brüllen.

Flora schrie. Dennoch hatte sich Otto ihre Reaktion anders vorgestellt. Der Aufschrei wirkte eher verwundert als entsetzt.

»Hast du keine Angst?«, fragte er enttäuscht.

Sie schüttelte den Kopf. »Ich hab Schlimmeres gesehen.« Sie ging um den Bären herum und berührte das Fell. »Wie hast du das gemacht?«, flüsterte sie heiser. »Wie konntest du ihn lebendig werden lassen? So was ist doch gar net möglich?« Vor Aufregung sah sie halb an ihm vorbei. Aber das andere Auge strahlte ihn an, als wäre er der Magier Houdini, von dem Fritz in einem seiner Briefe berichtet hatte. »Sind im Inneren die Knochen verborgen?«, fragte sie.

Otto schüttelte den Kopf. »Horch mal«, forderte er sie auf.

Sie legte ihr Ohr an den Körper aus Pappmaché. Das Fell roch nach Ziege. Er betätigte wieder den kleinen Hebel, und schon setzte sich die Mechanik im Inneren in Bewegung. Zahnräder griffen klickend ineinander, der Blasebalg für die Stimme wurde wie mit einem tiefen Seufzer aufgebläht, und dann erst ertönte das Brüllen.

Sie bugsierten den verhüllten Bären in das Musterzimmer in der Robertstraße. Flora verhängte das Schaufenster mit dem Laken, damit von draußen niemand sehen konnte, was sie da herrichteten.

Bald versammelten sich ein paar Kinder davor und warteten neugierig. Kurz darauf erschienen auch Mine und Albert. Es hatte sich bis in die obere Stadt herumgesprochen, dass im Schaufenster der Langbeins etwas los war.

Als das Laken weggezogen wurde, schrien die Kinder vor freudigem Entsetzen auf. Im Schaufenster stand aufrecht der riesige Braunbär, angekettet mit einem Ring durch seine Nase. Die Glasaugen funkelten, und die Pfote bewegte einen Leierkasten. Dann drehte der Bär den Kopf zur Straßenseite und brüllte so furchterregend, dass die Glasscheibe zitterte. Die Kinder stoben kreischend auseinander und kamen gleich darauf zurück, um das Wunder noch einmal zu sehen. Inzwischen hatte sich eine große Menschentraube vor dem Comptoir der Langbeins gebildet. Es wurde applaudiert, und alle beglückwünschten Albert zu der gelungenen Werbung.

Der Fabrikant selbst war beeindruckt von dem Bären und seiner Wirkung auf die Menschen.

»Vielleicht hast du ja gar net so unrecht, Otto«, sagte er nachdenklich zu seinem Sohn. »Man weiß nicht, wie lang sich das mit den Porzellanpuppen hält.«

Auf Ottos Wangen bildeten sich hektische Flecken.

»Meinst du, wir sollten auf Dekorationen umstellen? Ich hab schon so viele neue Ideen. Mir ist eine Löwengruppe in den Sinn gekommen, mit einer Wasserstelle aus einem Spiegel!«

»Vielleicht muss es net gleich so gewaltig sein, Otto«, wehrte Albert ab. »Aber wenn du es etwas kleiner machst, einen Teddy, das wär was. Da müssen wir nichts umstellen in der Herstellung. Wir haben die Näherinnen und die Stopfer. Und ein Teddy braucht auch nicht ständig neumodische Kleider. Also wenn du willst, probier es und überzeug mich.«

Albert klopfte Otto auf die Schulter und nickte ihm anerkennend zu. Ganz offensichtlich schien er zu glauben, seinem Sohn damit eine große Freude gemacht zu haben. Für Otto aber fühlte es sich an, als wäre gerade Chagall beauftragt worden, die gute Stube zu malern.

Otto saß auf dem Dielenboden der Knabenkammer, die Arme um den Oberkörper geschlungen. Er sah nicht einmal auf, als Flora eintrat.

»Ich dacht, ich bring dir ein Wasser.« Sie stellte das Glas vorsichtig auf den Nachttisch.

»Ich brauch nix.«

Flora blieb unschlüssig stehen. »Was ist mit dir?«, fragte sie schließlich behutsam. »Bist du net glücklich, dass du so ein großes Kunstwerk geschaffen hast?«

»Was nützt mir das? Ich werd den Rest meines Lebens unsinnige Teddybären entwerfen«, gab er patzig zurück.

»Wie kann man in diesem schönen Zimmer so schlecht gelaunt sein«, versuchte Flora ihn zu necken.

Otto versetzte den Globus mit einer wütenden Bewegung in Schwung und sagte bitter: »Es ist nur noch ein leerer Raum.«

Abwartend blieb Flora stehen und dachte nach. Dann stellte sie fest: »Der Fritz fehlt dir.«

Abrupt wurde der Globus abgebremst. »Was weißt du schon von meinem Bruder!«

»Nicht viel«, gab sie zurück. »Aber ich hab meine Brüder auch hergeben müssen.«

Sie setzte sich neben ihm auf den Holzboden, und er ließ es zu. Eine Weile saßen sie schweigend nebeneinander.

»Musst du dir auch immer vorstellen, wie sie gestorben sind?«, flüsterte er plötzlich.

Flora, die offensichtlich über wenig Fantasie verfügte, schüttelte den Kopf: »Das ist nicht mehr wichtig, denn jetzt geht es ihnen gut.«

»Der Fritz hatte einen Bauchschuss. Stirbt man da schnell? Tut es schrecklich weh? Hatte er Angst?«

»Ach, Otto.« Flora nahm seine Hand. Sie war schweißnass. Er wollte sie zurückziehen, aber sie ließ nicht los. »Lass Fritz seinen Frieden.«

»Und wenn ich selbst keinen Frieden find?«

Er wandte ihr das Gesicht zu und bemerkte, dass sie ihn aufmerksam ansah. Noch immer hatte sie dieses eifrige Kindergesicht. Es fühlte sich so vertraut an, und plötzlich konnte er ihr von dem dummen Streich erzählen und von der Salzsuppe, die Fritz an seiner statt gegessen hatte.

»Machst du deshalb an alles immerzu so viel Salz? Willst du dich bestrafen?«, fragte sie, und er nickte.

»Das würde der Fritz net wollen«, sagte sie sanft.

»Aber er ist zu Unrecht abgestraft worden«, schluchzte Otto. »Ich ring jeden Tag mit mir, ob ich es nicht doch dem Vater gestehen soll.«

»Tu das nicht«, beschwor Flora ihn. »Es wär schlimm für deinen Vater. Du würdest deine Last dann ihm aufbürden. Du hast es mir gebeichtet, das muss genügen.« Sie wischte ihm mit der Schürze das Gesicht sauber und versuchte seine Ohren zu richten. Otto fühlte den Druck ihrer Finger. Diese Berührung war ganz anders als der resolute Griff seiner Mutter. Die Pflaster hatten durch Schmutz und Schweiß ihre Klebkraft verloren. Kurzerhand zog sie beide ab. »Das brauchst du nicht mehr, Otto«, sagte sie entschieden. »Man muss das lieben, was man hat.«

Dann stand sie auf.

In der Tür blieb sie noch einmal stehen und sagte: »Otto? Bestraf dich nur net zu sehr. Von zu viel Salz kann man sterben.«

»Wirklich?«, wunderte er sich. »Woher weißt du das?«
»Das steht in eurem Konversationslexikon.«

Otto sah sie überrascht an. Meyers großes Konversationslexikon umfasste einundzwanzig Bände. »Die sind in der guten Stube. Wie bist du da rangekommen? Hast du die etwa alle gelesen?«

Flora musste lachen. »Nein. Ich hab nur beim Staubwischen in Band 17 nachgeschaut. Bei S wie Salz.«

Den letzten Rest von Trübsal, der noch im Haus der Langbeins hing, vertrieb Victor Pulvermüller. Er hatte Fritz nicht gekannt, und niemand konnte ihm seinen Frohsinn übelnehmen, im Gegenteil. Alle hielten sich daran fest wie an einem Rettungsseil. Wenn er Mines Küche betrat, tänzelte er ein paar Steppschritte vor und zurück, und sogleich verbreitete sich der Duft seiner Rasiercreme. Immer brachte er kleine Geschenke mit, mal war es ein Tütchen Konfekt, ein anderes Mal Blumen und dann wieder Zigaretten. Sein Lächeln wurde von dem nach oben gezwirbelten Schnurrbart aufgegriffen. Selbst Hilda, die jeden Tag auf den Friedhof zu Fritz ging, konnte in seiner Gegenwart nicht mehr ganz so traurig sein.

Else versuchte, die Schwester von ihrem Kummer abzulenken. Bei allen Unternehmungen, zu denen das junge Ehepaar ausschwärmte, nahmen sie Hilda mit.

Sie gingen zusammen in die Kammerlichtspiele, wo sie sich eng aneinandergedrängt im Stummfilm *Die Augen der Mumie Ma* gruselten.

Beim Vogelschießen, dem Sonneberger Volksfest, fuhr Victor mit den Schwestern auf der Schiffsschaukel so wild, dass ihre Röcke nach oben flogen.

Sie überredeten die Eltern, das Grammofon in das Blumenstübchen räumen zu dürfen, besorgten eine neue Platte und brachten sich gegenseitig Foxtrott bei.

Albert nahm keinen Anstoß an dem munteren Treiben in seinem Vorzimmer. Sie hatten nun eine Republik, und da war vieles anders als im Kaiserreich. Dass Frauen mittlerweile wählen durften, störte Albert nicht im Geringsten. Er hatte ohnehin immer Mine gefragt, wem er seine Stimme geben sollte.

Kurze Zeit später wollte Else nicht mehr tanzen und auch nicht mehr auf der Schiffsschaukel fahren, denn sie war guter Hoffnung. Und so bat sie ihren Mann, allein mit Hilda auszugehen, um sie aufzuheitern.

»Ich erfüll dir jeden Wunsch«, versicherte Victor Pulvermüller seiner Frau. »Mach dir keine Sorgen um deine kleine Schwester, ich kümmere mich um sie.«

Flora wurde abgestellt, Else zu versorgen, an die sich mit fortschreitender Schwangerschaft niemand mehr so recht heranwagte, wie an einen grimmigen Tiger. Else hatte üble Laune, weil nicht nur ihr Leib, sondern auch ihre Knöchel anschwollen und ihre ehemals schönen Beine unförmig wirkten.

»Du musst die Füße hochlegen. Dann wird es besser«, versicherte Flora und brachte ihr kühlende Umschläge.

Irgendwann beklagte sich Else bei Flora: »Warum siehst nur du immer nach mir? Warum kommt meine Schwester nie?«

Flora machte eine hilflose Handbewegung. »Ich glaub, sie trauert wieder so stark.«

Else zog einen Morgenrock über und schleppte sich hinauf in die Wohnung ihrer Eltern, von einem Zimmer ins nächste bis zur Mädchenkammer. Hilda lag auf dem Bett und starrte an die Decke.

»Ach, Schwesterlein«, sagte Else und setzte sich zu ihr. »Das würd' der Fritz nicht wollen, dass du so leidest. Guck, er ist ein Held. Da sollst du stolz sein und nicht traurig.«

Hilda flüsterte: »Es ist ja nicht wegen dem Fritz. Du wirst mir nicht verzeihen können.«

»Aber was hast du denn?«, fragte Else erstaunt und strich ihrer Schwester die nassen Haarsträhnen aus der Stirn. »Mir kannst du alles anvertrauen.«

Hilda hielt vor lauter Scham den Kopf gesenkt. Ihre Stimme war nur noch ein Hauch und kaum zu verstehen. »Einen schlimmen Fehltritt hab ich begangen. Ich bin in anderen Umständen.«

Verwundert schüttelte Else den Kopf. »Das ist überhaupt nicht möglich. Wir haben dich doch nie allein ausgehen lassen. Victor war immer bei dir.«

Bei der Erwähnung des Schwagers zuckte Hilda zusammen, wie ein Schulmädchen, das den Rohrstock erwartete.

Elses Mund öffnete sich vor Entsetzen. »Victor?«, fragte sie ungläubig, und dann schien ihr Gesicht zu versteinern. Langsam erhob sie sich und sah über ihren gewaltigen Bauch hinweg auf die Schwester herab. Dieser Blick zeigte Hilda, was für einen furchtbaren Fehler sie begangen hatte.

»Ich erzähl es keinem«, flüsterte sie unter Tränen. »Ich sag, es war einer von den Vertretern aus Amerika. Einer, der sich absentiert hat. Es tut mir so leid, aber ich kann es nicht ungeschehen machen.«

»Doch«, sagte Else eisig. »Das musst du.«

Flora erhielt von Else den Auftrag, Hilda zum Haus der alten Frau Euler am Oberen Graben zu bringen.

»Du siehst zu, dass sie reingeht, doch du bleibst draußen und holst sie nur am Abend wieder ab.«

»Aber warum?«, fragte Flora verwundert. »Kann Hilda die paar Schritte net allein gehn?«

»Sie muss da was erledigen, und ich will sichergehen, dass sie ankommt«, sagte Else ungehalten. »Du weißt ja, sie ist so in Trauer. Und jetzt frag nicht rum, sondern geh.«

Flora nickte und machte sich mit Hilda auf den Weg. Hilda sah so blass aus, dass Elses Bitte gar nicht so ungewöhnlich erschien.

»Was tun wir hier?«, fragte Flora, als sie vor dem Haus der Frau Euler standen, aber sie erhielt keine Antwort.

In dem windschiefen Lehmhaus stank es nach Plumpsklo und Leim. Sie gingen direkt in die Wohnküche.

Die alte Frau Euler schimpfte: »Wen bringst du da mit? Ich hab der Else gesagt, sie soll dich allein herschicken.«

»Geh«, flüsterte Hilda. Ihre Fingerspitzen waren blau angelaufen, so stark presste sie die Hände zusammen. Ihre Nägel schnitten tief ins Fleisch.

Flora stand neben dem Herd. Auf der heißen Platte brodelte Wasser in einem großen Topf, und sie wunderte sich, warum jemand Stricknadeln kochte. Flora musste an die Fronfestung denken, in der es sonntags eiserne Klöße mit Stecknadelsbrühe gab, und ein Schauer rann ihr über den Rücken.

Die alte Frau Euler zeterte, dass sie gleich alle beide rausschmeißen würde, wenn Flora nicht verschwände.

»Geh«, drängte Hilda noch einmal. »Und hol mich am Abend ab.«

Verstört wandte sich Flora zur Tür. Beim Hinausgehen konnte sie hören, wie Hilda zu schluchzen begann. Daraufhin schimpfte die alte Frau Euler: »Das hättest du dir vorher überlegen sollen. Du musst stillhalten, sonst geht was schief, und du stirbst. Und net drüber reden, oder wir wandern beide in die Fronfeste.«

Die unerklärliche Krankheit, mit der sich Hilda eine Zeit lang herumplagen musste, verwunderte ihre Eltern zwar, aber sie schöpften keinerlei Verdacht. Selbst Flora stellte keinen Zusammenhang zu der alten Engelmacherin am Oberen Graben her, weil sie nichts von dem verstand, was sie dort gesehen hatte. Jeden Tag holte sie der fiebernden Hilda aus dem kleinen Medizinschrank im Blumenzimmer einen Teelöffel Hienfong-Essenz, denn Mine war der Meinung, dass diese Kräutertinktur gegen alles helfe.

Als es Flora so vorkam, als hätte sich die Kranke selbst aufgegeben, sagte sie: »Du kannst jetzt nicht sterben, Hilda. Weißt du nicht mehr? Du hast dich so geärgert, weil du zu den Wahlen im Januar noch net volljährig warst. Du musst doch wenigstens einmal gewählt haben. Und im Turnverein gibt es jetzt eine Frauengruppe. Das Leben ist nicht nur Leid. Es ist manchmal auch schön.«

Am nächsten Morgen aß Hilda drei ganze Löffel von der Mehlsuppe, die Flora ihr einflößte.

An dem Tag, an dem Hilda zum ersten Mal wieder aufstand, brachte Else einen gesunden Jungen zur Welt.

Mine war entzückt von ihrem ersten Enkelkind. Sie hörte gar nicht auf, Hilda von dessen Näschen vorzuschwärmen, und drängte sie, hinunter zu der jungen Familie zu gehen.

Als alle Gratulanten die untere Wohnung verlassen hatten, huschte Hilda wie ein Schatten zum Wöchnerinnenbett. Victor saß neben seiner Frau auf einem Stuhl, und während sich in die Gesichter der Schwestern Anstrengung und Qualen eingegraben hatten, war seines makellos wie ein Gemälde.

»Ich wollt gratulieren«, sagte Hilda stockend. Schüchtern spähte sie zu dem Steckkissen, in dem der Säugling lag.

Else presste ihn instinktiv an sich, als fürchtete sie, die Schwester würde ihn ihr wegnehmen. »Wie konntest du mir das antun, Hilda!«, stieß sie hervor und langte besitzergreifend nach Victors Hand.

Er fuhr mit dem Finger in seinen Kragen, als wäre der ihm plötzlich zu eng. »Wir sollten das nun vergessen«, fand er. »Es ist doch alles wieder in guter Ordnung.«

Der kleine Junge gab einen wimmernden Laut von sich und befreite eines seiner Händchen aus dem Steckkissen. Hilda starrte auf die winzigen Fingernägel, die an eine Puppenhand aus Biskuitporzellan erinnerten. Sie ertrug es nicht mehr, drehte sich um und ging.

Als die jungen Eltern wieder allein waren, schluchzte Else: »Ich kann hier nicht mehr wohnen. Lass uns weggehen.«

Überrascht fragte Victor: »Aber wohin denn?«

»Irgendwohin. Vielleicht in die Landeshauptstadt. Lass uns nach Weimar gehen.«

Victor dachte nach, lächelte dann und sagte: »Weimar ist eine schöne Stadt. Und um einiges größer als Sonneberg. Wir gehen, wo immer du hinwillst, mein Engel.«

Albert Langbein kaufte seiner Tochter ein Haus im Asbachviertel. Und so zogen sie nach Weimar, wo Victor Pulvermüller sein Tätigkeitsfeld als Charmeur beträchtlich erweitern konnte.

9

Das Blumenzimmer

Eva stand vor der oberen Wohnung. Sie streckte den Arm aus und tastete auf dem Türrahmen nach dem Vierkantschlüssel. Sie musste sich nicht einmal auf Zehenspitzen stellen. Die Türöffnungen waren ebenso niedrig wie die Decken.

Metall schepperte auf die Dielen. Sie hob den Schlüssel auf und horchte. Nur das ferne Rauschen des Flusses war zu hören. Wie oft hatte sie in diesem dunklen Flur gestanden, mit dem Schnappschlüssel in der Hand, darauf hoffend, dass alle schliefen und niemand merkte, wie spät sie von der Disco im Gesellschaftshaus zurückgekommen war.

Diesmal wollte sie nur ein paar Minuten allein in der Wohnung haben, bevor die anderen mit ihrer Anwesenheit den Zauber zerstören würden.

Die Rillen des Türknaufs fühlten sich vertraut an. Eva steckte den Vierkantschlüssel in die Öffnung darunter. Das Schloss klackte, die Tür sprang auf.

Es war früher Morgen, und ohne die Scheibengardinen fiel das Licht ungefiltert ins Blumenzimmer und ließ es winzig und trostlos erscheinen. So hatte sie es nicht in Erinnerung gehabt. Dieser Raum war für sie immer der Inbegriff von Vorfreude gewesen.

Gleich hinter der Tür mussten die Schuhe ausgezogen und in eine Abtropfschale gestellt werden. An der Wand war noch immer das Brettchen mit dem Haken angeschraubt, an dem die Schlüssel zur Fabrik gehangen hatten. Im unbeheizten Blumenzimmer hatte sich der Duft von Alpenveilchen und Azaleen mit den Essensdünsten aus der angrenzenden Küche vermischt. Jetzt lag ein muffiger Geruch im Raum.

Überall standen Gestelle aus ummanteltem Draht, die früher einmal Blumentöpfe präsentiert hatten und nun wie Werke eines kubistischen Künstlers wirkten. Von der Decke hingen leere Gefäße in ungeschickt geknüpften Halterungen. In der Ecke hockte eine mumifizierte Grünlilie, die offensichtlich vergessen worden war, und auf dem Fensterbrett stand der Blumensprüher. Evas Großmutter hatte die Azaleen jeden Morgen damit eingenebelt. Die Alpenveilchen bekamen ihre Wasserration ausschließlich in den Untersetzer gegossen.

Neben der Tür befand sich ein Verbandskasten, eingelassen ins Mauerwerk. Wie oft waren sie mit Blessuren nach Hause gekommen, meistens vom Rollschuhlaufen auf der kaum befahrenen Straße. Manchmal hatten Eva und Jan Kunststücke geübt, Flieger oder Pirouetten, wie die Eiskunstläufer im Fernsehen. Aber am liebsten rasten sie in ihren ausgebeulten Rundstrickhosen die abschüssige Straße hinab, Hand in Hand. Wer hinfiel, riss den anderen mit. Dann waren sie nach Hause gelaufen und in dieses Zimmer gehinkt, wo gleich hinter der Tür die Rettung gewartet hatte.

Das vergilbte Türchen mit dem roten Kreuz hatte einen kleinen Knauf. Vorsichtig zog Eva daran. Auf der Ablage konnte sie einen gelbbraunen ringförmigen Abdruck der Jodflasche sehen. Einmal war Jan beim Rollschuhlaufen so gestürzt, dass die Hose ein Loch hatte und das Blut am Knie hinunterlief. Ihre Großmutter tupfte die Wunde mit Jod ab, und Jan sagte keinen Mucks, obwohl es schrecklich brannte. Er hatte von der Großmutter Schokolade zur Belohnung bekommen, die sie später geteilt hatten.

Eva holte ein Päckchen Papiertaschentücher und eine kleine Tube mit Reinigungsgel aus ihrer Handtasche und legte beides auf das Brettchen. Es fühlte sich besser an, wenn der Rettungsschrank nicht gänzlich leer war.

Die Tür hinter ihr öffnete sich, Jan kam herein. »Ich dachte mir doch, dass sich hier oben etwas tut. Warum hast du dich an meiner Tür vorbeigeschlichen?«

Hinter Jan kam auch schon Iris. »Weil sie zuerst allein gucken will, was sie haben möchte.«

Eva ging auf diese spitze Bemerkung nicht ein. »Ist euch jemals aufgefallen, wie klein und eng die Räume hier sind?«

»Ich hatte das auch alles größer in Erinnerung«, stimmte Jan ihr zu.

Iris schüttelte den Kopf. »Kann ich nicht sagen. Als ich zum ersten Mal hier war, fand ich alles so ärmlich. Und grau. Eigentlich war alles bei euch graubraun. Das Haus, die Straße, die Leute, die Kleider.«

»Der Wald nicht«, bemerkte Jan. »Und der Garten auch nicht.«

Eva warf ein: »Und ich hatte einen quietschgelben Rock.«

»Der mal mir gehört hat«, erinnerte Iris sie. »Zählt also nicht.«

Empört stützte Eva die Hände in die Hüften und nahm eine Verteidigungshaltung ein. »Und wir mussten ganz allein die Reparationen an die Sowjetunion zahlen. Nicht, dass ich es ungerechtfertigt finde. Aber wenn wir stattdessen ein Wirtschaftswunder von den Amerikanern gekriegt hätten, wär's bei uns auch bunt gewesen.«

Iris warf einen belustigten Blick auf ihre Cousine.

»Und von Rechts wegen wärst du auch hier aufgewachsen«, fand Jan. »Dann hättest du statt einer Levis eine blöde Wisent-Jeans wie ich getragen, die sich ums Verrecken nicht auswaschen ließ.«

»Tja«, sagte Iris und reckte sich. Wenn sie sich auf Zehenspitzen stellte, konnte sie mit dem ausgestreckten Arm beinahe die Decke berühren. »Mein Vater war eben cleverer als ihr.«

»So kann man das auch nennen.« Jan warf einen leeren Plastiktopf quer durch den Raum in den Müllsack.

Eva versuchte zu vermitteln. »Das hat doch nichts mit uns zu tun. Was immer unsere Eltern getan haben ... oder auch nicht getan haben.«

»Ich kann diese ständigen Anspielungen nicht mehr ertragen!«, rief Iris und zerrte demonstrativ ein Taschentuch hervor.

Eva versicherte eilig: »Ich wollte damit nur sagen, es ist vorbei, und Jan kann endlich auch eine echte Jeans tragen.«

»So sieht es aus«, sagte er und klatschte sich auf den Schenkel. »Was andres kommt mir auch nicht mehr an den Körper.«

Er nahm einen Topf mit Erde vom Fensterbrett und wollte ihn in den Müllsack werfen, aber Eva hielt ihn zurück.

»Wart mal.« Sie suchte etwas in ihrer Jackentasche. »Ich will diesen Kern aus der Dachkammer aussäen. Vielleicht wächst ja was draus.«

»Den musst du vorher in warmen Tee einweichen«, behauptete Iris. »Falls da noch Leben drin ist, kommt es schneller wieder raus.«

»Wirklich?« Eva sah auf den Kern in ihrer Hand. »Oder sagst du das nur, weil du glaubst, ayurvedischer Tee besitzt Zauberkräfte?«

»Der hat keine Zauberkräfte, sondern dient dem Energieaustausch zwischen Körper, Seele und Geist.«

»Dann bin ich ja mal gespannt, was für ein Geist aus diesem Kern rauskommt«, spottete Jan.

Eva kochte Tee. Jan schaffte die alten Drahtgestelle auf den Müllhaufen hinter dem Haus. Iris holte aus dem Fach des Blumentischs eine Gartenschere und eine Rolle mit säuberlich aufgewickelten Schnurstücken.

»Das Ding ist verrostet, das kommt weg«, entschied sie und ließ die Gartenschere in den Müllsack fallen.

»Nicht die Bindfäden«, sagte Eva, die mit den Teetassen zurückkam. »Die sind von euren Paketen. Oma hat die alle aufgehoben, und das sollten wir auch tun. Eine Schnur kann man immer gebrauchen.«

Iris nahm die Blumenampeln ab. Mit spitzen Fingern ließ sie das staubige Gewirr aus Stricken in den Müllbeutel fallen. Sie musste sich strecken, um an die letzte Ampel zu kommen. Etwas knackte.

»Das war meine Hose«, bemerkte Iris. »Amüsier dich ruhig.«

Die Seitennaht war aufgeplatzt.

Eva holte ein kleines Etui mit Nähzeug aus ihrer Handtasche und gab es ihrer Cousine. »Die Farbe passt nicht ganz, aber das wird man nicht sehen.«

Befremdet betrachtete Iris das Etui. »Was soll ich damit? Ich könnte nicht mal einen Knopf annähen.«

»Das ist nicht dein Ernst. Zieh die Hose aus.«

Iris gehorchte. Jan kam zurück und fragte überrascht: »Was machen wir? Strippoker?«

Aber da war Eva mit der kleinen Reparatur schon fertig.

»Das ist nur passiert, weil ich diese blöden Hängetöpfe abnehmen musste«, sagte Iris zu ihrer Verteidigung.

»Die stammen aus meiner Makramee-Phase«, gestand Eva. »Du hast mir mal eine Anleitung für ein Armband geschickt, weißt du noch? Damit hast du in Sonneberg die Makramee-Welle ausgelöst.«

»Oh ja«, stöhnte Jan. »Das war der schreckliche Sommer, in dem sämtliche Mädchen mit Schnüren herumgeknotet haben.«

Iris stieg wieder in ihre Hose. »Ihr habt recht! Das hatte ich verdrängt. In unserem Wohnzimmer hing auch so eine hässliche Makramee-Eule.«

»Nicht nur in eurem.« Jan grinste.

»Wir haben den ganzen Sommer im Garten gesessen, und ich musste allen Mädchen aus der Schule zeigen, wie so ein Armband geht. Ich glaub, ich kann das immer noch«, sagte Eva und holte die Garnrolle.

Iris freute sich. »Ja! Wir knüpfen Freundschaftsarmbänder.«

»Klar«, sagte Jan höhnisch. »Und bei der nächsten Erbenversammlung tragen wir die und demonstrieren Einigkeit.«

Eva machte eine Schlaufe aus zwei Schnüren, hängte sie an den Fensterhaken und begann zu flechten. Iris griff immer wieder dazwischen, dann nahm sie sich selbst ein paar Schnurstücke und knüpfte ihr eigenes Armband.

»Denkt ja nicht, dass ich den Quatsch mitmache«, stellte Jan klar. »Das hat mich damals schon genervt. Ich war froh, als diese Phase vorbei war.«

Die Cousinen steckten die Köpfe zusammen und knoteten sich gegenseitig die Armbänder um.

Verlegen flüsterte Eva Iris zu: »Ich hab bei meinem Auszug ein bisschen Besteck und Handtücher mitgenommen. Es war ja das, was wir immer benutzt haben. Aber wenn es dich stört, dann kannst du es gern haben.«

»Unsinn«, machte Iris klar. »Ich wollte dich nur ärgern. Übermäßige Bescheidenheit fällt mir nur auf die Nerven.«

»Ich werd dann mal arbeiten«, sagte Jan demonstrativ. »Ihr könnt ja weiterbasteln.«

Er schaffte den Tisch auf den Dachboden und fegte danach das Zimmer aus.

Iris sah sich suchend um. »Sind wir dann fertig?«

Eva blickte in ihre Teetasse. Es war noch ein kleiner Rest von kaltem Tee darin. Sie warf den Kern aus ihrer Jackentasche hinein und stellte die Tasse aufs Fensterbrett.

Iris sah ihr dabei zu. »Glaubst du an Reinkarnation?«

Eva und Jan tauschten einen Blick.

Iris fuhr fort: »Wenn wir sterben, werden unsere Atome zu etwas Neuem zusammengesetzt. Vielleicht zu einem Samenkorn, aus dem eine Pflanze wächst.«

»Du willst jetzt aber nicht behaupten, dieser Hasenköttel war mal Oma Flora?«, erkundigte sich Jan.

Iris schüttelte resigniert den Kopf. »Nein. Ich wollte damit nur sagen, nichts geht verloren.«

Sie blickten sich in dem leeren Blumenzimmer um.

»Es sieht schrecklich aus«, fand Eva. »So kahl und verlassen.«

Sie sah auf die vielen Haken an der Decke, die früher von einer überquellenden Blumenpracht verborgen worden waren.

Jan folgte ihrem Blick. »Ja, wie beim Fleischer.«

»Jetzt müssen wir uns entscheiden, in welchen Raum wir als Nächstes gehen«, überlegte Iris. »Einen schaffen wir heute mindestens noch. Nach links oder nach rechts? Gute Stube oder Küche?«

10

Die Millionäre

Juni 1923 – Der Horch holperte auf einem Forstweg durch die Tiefen des Thüringer Waldes, immer den Schildern nach in Richtung Rennsteig. Am Wegesrand leuchteten die hohen Blütenstände des Fingerhuts. Zwischen den Bäumen blitzte das Licht hindurch und malte Muster auf Floras Haut. Sie hielt ihr Gesicht an die Scheibe gepresst. Flora war jetzt siebzehn Jahre alt, und sie hatte noch nie eine Reise unternommen. Sie war auch noch nie in einem Automobil gefahren.

Otto hatte es sich vor einiger Zeit gekauft und die Fahrprüfung abgelegt, die ihn nun ermächtigte, einen Kraftwagen mit Motor zu führen. Neben ihm saß sein Vater, der sich an die lederne Halteschlaufe klammerte.

»Du rast wie ein Verrückter!«, beklagte er sich immer wieder.

Otto klopfte auf das Glas des runden Tachometers am Armaturenbrett. »Der Wagen schafft achtzig Kilometer pro Stunde, und wir fahren nur dreißig.«

»Nein«, widersprach Albert, »wir fahren zu schnell. Du bringst uns noch alle um!«

Mine hatte die letzten Nächte nicht geschlafen, denn sie hatte noch nie einen freien Tag gehabt oder gar Ferien gemacht. Sie war sicher, dass in der Zwischenzeit die Fabrik abbrennen und das Haus einstürzen würde. Auch einen Unfall zog sie in Betracht. Deshalb hatte sie sich auf der Rückbank in die Mitte gequetscht, weil sie diesen Platz für den sichersten hielt. Auf dem Katzenkopfpflaster der Sonneberger Straßen wurden sie ordentlich durchgeschüttelt, und auch auf den unbefestigten Feldwegen zwischen den Dörfern wurde es nicht besser.

»Wir hätten daheim bleiben sollen«, erklärte sie in regelmäßigen Abständen.

Hilda sah gelangweilt nach draußen. »Wir hätten lieber in eine Großstadt fahren sollen.« Dabei fand der Ausflug nur ihretwegen statt, damit sich ihre angegriffene Gesundheit erholen konnte.

Der Wagen legte sich leicht in die nächste Kurve. Dahinter öffnete sich der dichte Wald und gab den Blick auf eine Lichtung frei, an deren Ende ein Waldhotel stand. Es war nicht so massiv und zweckdienlich wie das Stammhaus der Langbeins und wirkte fast elegant mit dem vorgesetzten Erker, der in einem Türmchen endete. Fachwerk wechselte sich mit bläulich schimmernden Schuppen aus Schiefer ab. Auf der Turmhaube mit dem Wetterhahn flatterte die schwarzrotgoldene Fahne der Weimarer Republik.

Otto lenkte den Wagen geschickt auf den gepflasterten Wendekreis vor dem Haus und stoppte.

Flora sprang als Erste heraus. Unter ihren Füßen knisterten Fichtennadeln. Sie atmete tief ein. Es duftete nach Harz und moderndem Laub. Noch nie hatte Flora eine so klare Luft gespürt. Sie war praktisch nicht vorhanden, und man konnte sogar in großer Entfernung die Zuckmücken darin tanzen sehen. Dann besann sie sich und half ihrer ächzenden Patentante aus dem Wagen.

Mine tappte ein paar unsichere Schritte und stöhnte auf. Schnell löste Flora die hintere Schnürung am Kleid, und Albert fächelte ihr Luft zu.

Mine atmete ein paarmal tief durch und erklärte: »Es liegt am Automobil.«

»Nein, es liegt am Korsett«, stellte Hilda richtig. »So was ist völlig aus der Mode, Mama. Das solltest du nicht mehr tragen.«

»Unter keinen Umständen«, wehrte Mine ab. »Das ist mein Staatskleid, ohne Schnürung pass ich nicht mehr rein.«

»Der Vater sagt immer, wie prächtig die Geschäfte laufen. Kauf dir halt ein anderes«, schlug Hilda vor.

»Ein zweites Kleid?«, fragte Mine entsetzt.

»Oder ich näh dir eins«, bot Flora an. »Du könntest ein Reformkleid tragen wie ich.«

»Ich zieh gewiss keinen Kartoffelsack an«, empörte sich Mine. Und auch Albert bekundete, dass ihm die neue Mode nicht behage.

Hilda lehnte sich an die Autotür, zündete eine Zigarette an und blies elegante Rauchringe in die Luft. Nun roch es nur noch nach Salem. Sie trug einen Bubikopf und ihr Kleid bedeckte die Knie nur, wenn sie kerzengerade stand. Die britischen Seidenstrümpfe raschelten bei jeder Bewegung und ließen ihre Beine nahezu nackt erscheinen. Albert hatte es aufgegeben, sich daran zu stören.

Hilda war nun vierundzwanzig und würde nach Ansicht ihres Vaters als alte Jungfer enden. Diese Meinung hatte sich in seinem Kopf festgesetzt, weil sie in die SPD eingetreten war, sich im Frauenturnverein die Glieder verrenkte und für ihre Arbeit im Versand der Fabrik einen Lohn verlangte. Hilda brauchte keinen Mann. Seltsamerweise regte das Albert nicht auf, sondern es beruhigte ihn. Kein neuer Schwiegersohn war besser als ein zweiter Victor Pulvermüller. Der schrieb nämlich mindestens einmal im Monat wortreiche Briefe mit Komplimenten, die damit endeten, dass er Geld brauche. Natürlich nicht geschenkt, es solle auf Elses Erbe angerechnet werden. Albert ließ sich jedes Mal darauf ein, seiner Ältesten zuliebe.

Ein kleiner Drahthaarfox sprang über die Lichtung. Flora stürzte sich begeistert auf ihn, und er begann ihre Hände abzuschlecken. Hinter ihm her lief seine Besitzerin, die sich als Direktorin des Hotels Waldeshöh vorstellte. Die resolute Frau undefinierbaren Alters zeigte ihnen die Zimmer. »Essen gibt's um sechs im Speisesaal. Wer beim Rauchen Gesellschaft haben möchte, kann in den grünen Salon gehn. Und wir haben heute einen Tanzabend auf der großen Veranda.«

Die Räume waren blitzsauber und luxuriös ausgestattet, jedes mit einem großen Spiegel über der Marmorplatte des Waschtischs. Neben den Betten standen furnierte Nachtschränkchen mit Messingknauf.

Flora teilte sich mit Hilda ein Zimmer. Sie legten nur ihre Sachen ab und liefen auf die Veranda. Dort standen Liegestühle mit gestreiften Bezügen, die sie gleich in Beschlag nahmen. Der Sohn der Besitzerin ging von einem zum anderen und bot eiskaltes Himbeerwasser an.

Vorsichtig streckte sich Flora auf einem der Stühle aus und blinzelte in die Sonne. Aus einem Zweig über ihr trat Harz aus. Der große Tropfen war in die Länge gezogen und doch fiel er noch nicht herab, als hätte jemand die Zeit angehalten. Wie hektisch und laut war Sonneberg gegen den Rennsteig!

»So stell ich mir den Himmel vor«, flüsterte Flora und musste an ihre Mutter denken. Sie war gestorben, ohne dass Flora sie noch einmal hatte sehen dürfen, wegen der Ansteckungsgefahr.

Mine rutschte in ihrem schwarzen Staatskleid unruhig hin und her und fragte schließlich: »Und was soll ich hier machen? Ich hab ja gar nix zu tun.«

»Darum geht's doch, Mama«, erklärte Hilda.

Mine sah ihre Tochter verständnislos an. Dann marschierte sie in die Küche, um der Frau Direktorin zu helfen.

Auch Albert war die Freizeit nicht gewohnt und konnte das Geschäftemachen in der Sommerfrische nicht ganz lassen.

Der Markt hatte sich verändert. Nach dem Krieg war das Geld nicht mehr von der Goldmark gestützt und sein Wert verfiel rasant. Albert fragte sich, ob sie sich unter diesen Umständen den Luxus eines Ferienwochenendes überhaupt leisten konnten. Aber es war lange geplant gewesen, und Albert hasste es, wenn sich die Pläne änderten.

So lag er also mit geschlossenen Augen auf dem Liegestuhl und machte sich Gedanken. Die Auftragsbücher waren voll. Aber eine Dollarpuppe war inzwischen fünfundsiebzigtausend Mark wert, und täglich wurde der Kurs erbärmlicher. Ein Brot kostete fünftausend Mark. Noch konnte er die Rohstoffe einkaufen und seinen Arbeitern den Lohn zahlen, aber wie lange würde das noch gut gehen?

Um die Produktionskosten zu senken, ließen die Langbeins jetzt bei Armand Marseille Gussköpfe aus Papiermaché herstellen. Es konnten dieselben Formen benutzt werden wie für das Porzellan, aber die Köpfe waren billiger, zudem leichter, und sie zerbrachen nicht so schnell, sodass Hilda im Versand am Verpackungsmaterial sparen konnte. Albert spielte mit dem Gedanken, vollständig auf die Plüschtierproduktion umzustellen. Er hatte Otto gebeten, sich die Teddybären von Steiff anzusehen und ein paar ähnliche Modelle zu entwerfen. Davon hatte er eine kleine Versuchsreihe für die Einkäufer nähen lassen. Der Testlauf war erfreulich angelaufen, weil Albert die etablierten Firmen im Preis unterbot.

Er öffnete die Augen und wandte sich an Flora, die neben ihm lag: »Womit würdest du lieber spielen, mit einer Lederbalgpuppe oder einem Plüschbären?«

Flora richtete sich auf. Sie sah zu Otto, der nicht zugehört hatte. Auf seinen Knien lag eine Zeichenmappe, er fertigte anatomische Skizzen an. Sie antwortete Albert verlegen: »Ich spiele ja nicht mehr. Ich kann das nicht wissen.«

Hilda hatte einen Sonnenhut über ihr Gesicht gelegt und ihre Stimme klang gedämpft. »Kluges Mädchen. Will keinem auf die Füße treten.«

Am Abend wurde auf der Veranda getanzt. Die Liegestühle waren verschwunden, an den Rändern standen Bänke, und um die weißen Holzsäulen, die den Außenbereich abgrenzten, wanden sich Girlanden aus Weidenröschen. Die Frau Direktorin lehnte an der Hauswand und spielte auf dem Akkordeon *Ausgerechnet Bananen*.

Alfred, der dem Text aufmerksam zuhörte, fragte: »Und was ist mit dem Einfuhrverbot? Der arme Kerl kann ihr ja gar keine Bananen besorgen.«

Mine schwitzte in ihrem schwarzen Kleid und litt sichtlich. Flora hatte einen Fächer aufgetrieben und wedelte ihrer Patentante Luft zu.

Hilda hatte sich für den Tanzabend umgezogen und trug ein Kleid in schillernden blaugrünen Tönen. An ihrem Hals klimperten lange Ketten, sie trug kunstvolle Silberohrringe, die kurz über ihren nackten Schultern pendelten und an deren Ende jeweils ein Aquamarin funkelte. Um die Stirn hatte sie ein perlenbesticktes Band mit einer ausladenden Feder geknüpft. Das veranlasste ihren Vater zu der Bemerkung: »Wie ein gerupfter Pfau.«

Hilda lachte nur, griff sich ihren Bruder und tanzte mit ihm einen Shimmy. Dabei zeigte sich, warum ihr Rock so kurz sein musste.

Flora stand als Zaungast am Rand und beobachtete Otto,

der seine Schwester selbstvergessen herumwirbelte. Sie hatte noch nie einen erwachsenen Mann gesehen, der sich aus reiner Freude bewegte. Es kam ihr ungehörig vor, ihn so anzustarren, aber sie konnte nicht wegsehen. Ungeschickt wippte ihr Fuß zur Musik, sie fand den Takt nicht.

Als ein langsamer Tango begann, klatschte Hilda in die Hände und rief: »Partnertausch!« Sie hatte offensichtlich keine Lust, Wange an Wange mit ihrem verschwitzten Bruder zu tanzen, und reichte ihn an die erschrockene Flora weiter. Deren Gesicht lief tiefrot an, und sie wehrte entsetzt ab.

Otto setzte sich zu seinem Vater und lachte. »Die Flora ist ein Kindskopf.«

Eins der Dienstmädchen stolperte, Gläser stürzten vom Tablett. Sofort sprang Flora hinzu und half die Scherben aufzulesen.

Albert schüttelte nachdenklich den Kopf. »Ein Kindskopf ist die Flora ganz sicher nicht.«

Als es dunkel wurde, ließ die Frau Direktorin Harzfackeln entzünden und schenkte dunkelroten Hagebuttenwein ein. Aus dem offenen Fenster des grünen Salons wehten Tabakschwaden und Walzerklänge herüber. Ab und zu war Stille, dann ging eines der Dienstmädchen nach innen, drehte an der Kurbel und legte eine neue Platte auf. Manchmal war es auch zu bequem, dann folgte noch einmal dasselbe Lied.

Hilda schmeckte der Hagebuttenwein prächtig. Immer wieder stieß sie mit der Frau Direktorin an und drängte ihr Zigaretten auf. »Eine moderne, unabhängige Frau wie du sollte unbedingt rauchen.«

Hilda betrachtete alle Frauen als ihre Schwestern und duzte sie demzufolge. Die Direktorin war bereits in einem solchen Zustand, dass sie nichts mehr verwunderte. Sie fühlte sich offensichtlich geschmeichelt, dass eine Städterin sie für modern hielt, und griff nach Hildas Zigarette. Diese steckte in einer eleganten Spitze aus Elfenbein und trug Spuren von Hildas Lippenstift. Die Direktorin sog ordentlich daran und musste husten. Hilda winkte ab. »Daran gewöhnst du dich.«

Als die beiden die nächste Flasche Hagebuttenwein geleert hatten, stellte Hilda die Frau Direktorin vor die Wahl: »Entweder du trittst jetzt in die SPD ein, oder du lässt dir von mir die Haare kurz schneiden.«

Flora war etwas früher zu Bett gegangen und erwachte, als ihre Zimmerkameradin hereingepoltert kam. Hilda warf ihre Sachen über den Stuhl und schlüpfte in Unterwäsche ins Bett. Einen Moment später kroch Flora zu ihr unter die Decke. Hilda, ein wenig benebelt vom Wein, ließ es zu.

Nach einer Weile flüsterte Flora: »So etwas Schönes erleb ich gewiss nur einmal im Leben.«

Hilda versprach: »Ach, Unsinn. Wir werden jetzt jedes Jahr in die Sommerfrische fahren. Und beim nächsten Mal bringen wir dir das Tanzen bei.« Sie nahm Flora in den Arm, so wie ihre Schwester Else sie immer in den Arm genommen hatte, und murmelte: »Verlieb dich nur nie in den Falschen.«

Sie schliefen eng umschlungen, wie früher mit ihren Geschwistern, und erwachten beide getröstet.

Als die Frau Direktorin ihnen im ockerfarbenen Speisesaal das Frühstück servierte, hatte sie ganz glasige Augen und einen Bubikopf.

Auf der Heimfahrt nach Sonneberg musste Flora in der Mitte sitzen. Von links drückte sich die schwitzende Patentante an sie heran, von rechts stach ihr eine Überdosis Chanel N° 5 in die Nase. Flora konnte sich keinen Millimeter bewegen und fühlte sich geborgen wie ein Säugling im Steckkissen.

Erleichtert stellte Mine ein ums andere Mal fest: »Ich bin froh, dass es wieder heimgeht.«

Flora beobachtete von hinten Ottos rasierten Nacken. Die längeren Kopfhaare hatte er mit Pomade zurückgestrichen. Durch seine Ohren schien rötliches Licht.

Plötzlich beugte sich Mine vor und rief: »Nun sag einmal, Otto! Seit wann trägst du denn deine Pflaster net mehr?«

Hilda winkte ab. »Also Mama! Du brauchst wirklich eine Brille! Die Ohren klebt er sich doch schon ewig nicht mehr an.«

Otto drehte den Kopf nach hinten und rief: »Man muss das lieben, was man hat.«

»Guck auf die Straße«, schrie Albert und klammerte sich an den Haltegriff.

Es sollten die letzten unbeschwerten Tage sein.

Zum Ende des Monats brachte eine Dollarpuppe schon mehr als einhundertfünfzigtausend Papiermark, und im Herbst waren es mehr als vier Billionen. Dafür kriegte Mine beim Fleischer nicht einmal mehr ein Kilo Rindfleisch. Für die Ersparnisse der vielen Arbeitsjahre, die noch auf der Sparkasse lagen, bekam sie gerade mal eine Semmel. Aber Mine klagte nicht. Sie mischte das Mehl mit Gips und buk ihr Brot selbst. Es schmeckte scheußlich, aber es lag wenigstens schwer im Magen.

Die Preise stiegen so schnell, dass Albert mindestens einmal in der Woche die Löhne erhöhen musste. Die Verhandlungen darüber liefen zwischen Hilda und ihrem Vater am Küchentisch ab. Sie war die Vertrauensobmännin der Packer und drohte ständig mit Gewerkschaftsstreik. Dann rechnete

Albert vor, was ihn die Herstellung kostete, und Hilda zählte auf, wie viel für die Versorgung einer Familie nötig war. Am Ende einigten sie sich immer auf eine Summe, die für beide Seiten nicht zum Leben und nicht zum Sterben reichte. Und Mine sagte jedes Mal zu ihrer Tochter: »Mir wär's ja lieber, du würdst in einer anderen Fabrik die Gewerkschaft machen, net grad in unsrer.«

Die Löhne ließ Albert Langbein den Arbeitern nun täglich in der Mittagszeit auszahlen. Während es früher genügt hatte, wenn Otto die Lohngelder in seiner Aktentasche abholte, musste er jetzt mit dem Lastwagen zur Sparkasse fahren. Sobald alles ausgezahlt war, unterbrach Albert kurz die Produktion. Dann rannten die Arbeiterinnen mit Wäschekörben und Handwagen voller Geld in die Läden, um einzukaufen, denn am Abend war es nur noch die Hälfte wert. Am Ende kostete ein Brot beim Bäcker Pechtold am kleinen Markt zweihundert Milliarden Papiermark. Wer konnte, rettete sich mit Tauschgeschäften, und wer nichts zum Tauschen hatte, musste hungern. Die Stadt war voll verzweifelter Millionäre.

Im November kam die Währungsreform, und die Notenpresse, die ununterbrochen Geld gedruckt hatte, stand endlich still. Mit der neuen Rentenmark wurden auf den Zahlungsmitteln ganze zwölf Nullen gestrichen und man konnte eine Billion Papiermark gegen eine Rentenmark einwechseln. Albert war das gleichgültig, denn er besaß kein Geld mehr zum Umtauschen.

Aber sie hatten die Häuser und die Fabrik, die Maschinen und Werkzeuge und arbeiteten einfach weiter. Mine und Flora saßen nun jeden Tag bei den wenigen Näherinnen, die sie noch beschäftigten, und Hilda verpackte unten in der Robertstraße die Waren. Es gab noch genug Aufträge aus Übersee, die sie abfertigen mussten. Die Reichsmark kam, die Preise in den Läden blieben stabil, und das Brot beim Bäcker Pechtold kostete bescheidene einunddreißig Pfennige.

Eines Tages ging Flora mit ihrer Tante zum Kolonialwarenhändler und entdeckte merkwürdig gebogene, gelbe Früchte. Mine klärte sie auf, dass dies Bananen seien. Das Einfuhrverbot für frische Südfrüchte war aufgehoben worden.

Überrascht nahm Flora eine Banane in die Hand und sang: »Ausgerechnet Bananen«. Dann lachte sie. »Und ich dacht immer, in dem Lied geht's um ein paar ganz besondere Blumen!«

Sie kauften aber trotzdem keine Bananen, sondern nur den Pfeifentabak für Albert, so wie sie es sich vorgenommen hatten.

Es wurde nur eine kurze Atempause. Die Sonneberger Fabrikanten konnten die Weltmarktpreise nicht mehr unterbieten. Die ausländischen Kunden, denen die Schleuderpreise während der Inflation ausnehmend gut gefallen hatten, nahmen plötzlich keine Waren mehr ab. Die Fabrikanten saßen auf Bergen von unverkäuflicher Ware. Ein Sonneberger Geschäftsmann nach dem anderen musste aufgeben.

Jeden Mittag nach dem Essen las Albert sorgenvoll aus der Zeitung vor. »Jetzt hört euch das an. Der Greiner hat auch Konkurs anmelden müssen.«

»Und seine Arbeiterinnen sitzen nun alle auf der Straße«, sagte Hilda. Feinfühlig verzichtete sie an diesem Tag darauf, das Gespräch auf eine Lohnerhöhung zu bringen.

»Kämmer & Reinhardt in Waltershausen haben überlebt«, stellte Otto fest. »Die machen Zelluloidpuppen. Wir sollten unsere Produktion umstellen.«

»Aber für Zelluloid braucht es teure Metallformen und neue Maschinen. Wollen wir nicht lieber ein zweites Standbein mit den Plüschbären aufbauen?«, fragte Albert. »Der

Probelauf war doch vielversprechend. Da könnten wir niedrige Preise bieten. Und wir haben die doppelte Zahl Kunden. Bären sind auch etwas für Buben und nicht nur für Mädchen.«

Otto atmete tief durch. »Ich weiß, Vater. Du willst das Bewährte.« Er schickte einen verzweifelten Blick in die Runde.

Flora platzte heraus: »Und wenn man nun etwas Neues aus dem Bewährten macht?« Erschrocken schlug sie sich auf ihren vorlauten Mund.

»Schon gut«, sagte Albert. »Red weiter, was meinst du damit?«

Flora erklärte schüchtern: »Ich mein, wenn der Otto nun ein ganz neuartiges Tier entwirft? Eins, das noch keiner anbietet?«

»Sie hat recht«, sagte Otto nachdenklich. »Ich überleg mir was. Etwas Neues, Überraschendes.«

Albert nickte. »Und zur Sicherheit stellen wir noch die Bären her.« Zufrieden zündete er sein Pfeifchen an.

»Aber egal ob wir Bären oder andere Tiere machen, wir werden dafür Material kaufen müssen«, wandte Otto ein. »Plüsch ist teuer.«

Albert paffte ein paarmal. Dann sagte er: »Wir haben ein paar kleinere Geldreserven in Amerika. Die könnten wir einsetzen.«

»Und wer soll uns die Bären und Ottos Fabelwesen abnehmen?«, fragte Hilda. »Daran krankt ja alles derzeit.«

Albert dachte nach. Schließlich sagte er: »Ich schreib meinem alten Geschäftsfreund Steinfeld von der *American Wholesale Company*. Ich denk, er wird uns helfen. Schon allein wegen Fritz. Oder denkt ihr, das wär net recht?«

Einen Moment lang war Stille. Dann entschied Mine: »Du solltest ihm schreiben. Vielleicht sind wir Fritz auf die Weise wieder ein bisschen näher.«

Otto saß am Küchentisch und begann Entwürfe für ein neuartiges Plüschtier zu zeichnen. Nun, wo er nicht nur etwas nachempfinden sollte, machte ihm das Herantasten und Ausprobieren sogar Spaß. Flora wusch währenddessen das Geschirr in einer Schüssel ab.

Otto hatte verschiedene Tiere probiert, einen Elefanten, eine Giraffe, sogar ein Zebra, aber er war nicht zufrieden.

»Ich dachte, es müsste ein exotisches Tier sein«, überlegte er laut. »Aber die gefallen mir alle nicht. Ich brauche eine famose Idee.«

Flora goss das Wasser in den Abfluss, trocknete ihre Hände an der Schürze ab und sah ihn erwartungsvoll an. Zum ersten Mal fiel ihm auf, dass Flora kein Kind mehr war. Verglichen mit den Frauen, mit denen er ab und zu ausging und oben auf dem Schlossberg tanzte, war sie nicht schön. Keine ihrer zielgerichteten Bewegungen war grazil, und doch ging etwas von Flora aus, das ihn berührte. Sie sah ihn so voller Zuversicht an. Sie glaubte nicht nur, dass er gleich eine famose Idee haben würde, sie wusste es. Und plötzlich schoss ihm tatsächlich ein neuer Gedanke durch den Kopf.

Otto suchte aus seiner Mappe eine Skizze hervor, die er von dem kleinen Drahthaarfox im Waldhotel gemacht hatte. Er zeichnete den Hund noch einmal von allen Seiten und Perspektiven, gab ihm dunkle Knopfaugen und machte das Fell um die Schnauze herum ein wenig wolliger. Dann versah er den Hund noch mit einem Gurtband und zeigte Flora seine Zeichnung.

»Der ist allerliebst!«, rief sie und klatschte in die Hände. »So einen hab ich noch in keinem Musterzimmer gesehen.«

»Der kann aber mehr, als nur nett aussehen«, versicherte Otto. »Ich werd ein Brett entwerfen mit Rädern und Stiften, wo sich der Hund draufstecken, aber auch abnehmen lässt.

Dann können die Kinder ihren Hund an der Leine hinter sich herziehen und ihn trotzdem abends mit ins Bett nehmen. Bewegliche Glieder braucht er und eine Stimme! Das Fell machen wir aus Filz, das ist billiger. Nur die Schnauze vorn, dafür nehmen wir teuren Mohairplüsch, damit sie schön flauschig wird.«

»Aber die Tiere sind doch immer entweder aus Filz oder aus Pelz? Niemals aus beidem.«

»Dann sind wir die Ersten, die das machen!«

Otto suchte sich Lieferanten. Er kaufte Filz und Mohairplüsch ein, außerdem ging er zu einem Brettchenmacher. Die Räder besorgte er vom Drechsler. In Lauscha kam er mit einem Glasaugenmacher ins Geschäft, und zum Schluss sprach er mit einem der Stimmenmacher in Neufang. Der Stimmenmacher hatte Mamastimmen, Löwenbrüllen, Vogelpiepsen, Pferdewiehern, Teddybrummen, Schweinequieken, aber ein Hundebellen war nicht dabei. Doch der Mann besaß einigen Ehrgeiz und wollte den Auftrag haben. Er erzeugte die Töne, indem er ein Messingplättchen auf eine Metallhülse band und Luft hindurchblies. Immer wieder bog er das Messingplättchen auf und zu, er probierte herum, aber nie klang es wie ein Bellen, die Töne waren dafür zu lang gezogen. Schließlich kam er darauf, dass ein Hund auch winseln konnte. Mit diesem Klang war Otto zufrieden, und der Stimmenmacher baute die Stimme in eine Röhre mit Gewicht und Blasebalg.

Otto bat Flora ins Modellierzimmer und schloss hinter ihr die Tür ab.

»Ich brauch deine Hilfe«, erklärte er. »Ich will meinem skeptischen Vater keine halbfertigen Sachen vorweisen.«

Flora betrachtete den Drahthaarfox aus Ton, der auf dem Modelliertisch stand. »Er sieht gespenstisch aus, so ganz ohne Fell«, sagte sie.

»Ich hab davon das Schnittmuster abgenommen«, erklärte Otto. »Und du musst mir den Stoffverbrauch ausrechnen. Der Vater wird als Erstes nach den Kosten fragen.«

Flora ordnete die Holzschablonen für die Schnittteile so auf der Stoffbahn an, dass kaum Reste entstanden. Sie maß, rechnete und notierte. Dann zeichnete sie die Teile auf, schnitt sie zu und zählte dabei laut.

»Was tust du da?«, fragte Otto verwundert. Flora schüttelte nur den Kopf und zählte weiter. Bei der Zahl Siebenundachtzig war der Zuschnitt beendet und sie notierte das.

»Du willst deinem Vater die Kosten vorlegen«, sagte sie. »Aber es kostet ja nicht nur Material.«

Flora zählte die Sekunden, während Otto den Hund nähte, die Glieder stopfte und zwischendurch immer wieder mit dem Fleischhammer darauf schlug, um die Holzwolle zu verfestigen. Sie zählte, als er den Hund mit Gelenken versah, die Stimme einsetzte, wieder stopfte und am Ende den Bauch zunähte.

Otto betrachtete den beinahe fertigen Hund. »Jetzt muss er nur noch garniert werden!« Er nähte die Ohren an, setzte die Augen ein, stickte die Nase auf, frisierte die Schnauze und band dem Plüschhund zum Schluss ein Gurtband um. Dann steckte er ihn auf das Holzbrettchen. »Wie lange hab ich gebraucht?«, wollte er wissen.

Flora zeigte ihm die Zahlen und meinte: »Wir können ein wenig Zeit abziehen. Die Arbeiter haben mehr Routine als du.«

Otto legte seinem Vater eine Liste mit der Kostenaufstellung sämtlicher Materialien und Arbeitszeiten vor. Für einen Hund, für ein Dutzend Hunde und für tausend Stück.

Überrascht las Albert und sagte dann: »Das hast du gut gemacht, Junge.«

»Das Lob ist unverdient«, gab Otto zu. »Ich hatte Hilfe. Flora rechnet besser als ich.«

Albert nickte. »Das war klug. Man muss immer wissen, was man nicht kann. Und jetzt zeig uns das neue Tier.«

Hilda war von dem kleinen Hund ebenso entzückt wie Mine. Und auch Albert zeigte sich überzeugt. »Wir sollten ein Patent anmelden. Ich sag euch, diesen Hund werden sie uns noch alle nachmachen!«

»Er braucht einen Namen!«, stellte Mine fest. Alle Muster erhielten einen Markennamen, unter dem sie dann bestellt und vertrieben wurden. Sie beschlossen, ihn Fritz zu nennen, und Flora schrieb den Namen mit einem Lackpinsel in akkurater Sütterlinschrift auf das Brettchen.

Otto leitete die Arbeiter an, die ein zweites Muster fertigten. Ein Hund kam auf das Regal ins Musterzimmer. Den anderen nähte Hilda in einen Karton ein, verpackte ihn und schickte ihn zur *Wholesale Company* nach New York.

Sechs endlos lange Wochen später, sie glaubten alle schon nicht mehr daran, erreichte sie eine große Bestellung von der *Wholesale Company*. Sie wollten den Foxterrier gern vertreiben und wünschten sich noch einen Dackel und einen Pudel in der gleichen Art.

11

Die gute Stube

Als Eva die gute Stube betrat, schien es ihr, als hätte sie einen heftigen Sprung zurück in die Vergangenheit gemacht. Alles war wie damals. Die dunklen Möbel aus Kirschbaumholz, dessen glatt verschliffene Astlöcher unheimliche Muster bildeten. Die Vitrine, die das gute Rosenthalservice beschützte. Das kleine Wandschränkchen, das den Hagebuttenwein verbarg, den sie mit Jan einmal heimlich probiert hatte und der ihnen damals nicht schmeckte, das war erst später gekommen.

Die Großeltern hatten dieses Zimmer irgendwann Evas Mutter Anita zur Benutzung überlassen, aber daran die Bedingung geknüpft, dass nichts verändert werden durfte. Und deshalb sah der Raum nun nicht viel anders aus als zu den besten Zeiten von Mine und Albert Langbein.

Die gute Stube war ein musealer Repräsentationsraum gewesen, der Ort für feierliche Anlässe und wichtige Gespräche. Eva konnte sich an kein einziges angenehmes erinnern. Wenn sie außerhalb von Weihnachten, Ostern oder einem Westbesuch in die gute Stube zitiert worden war, war es immer ernst gewesen.

Sie bemerkte, wie Jan instinktiv die Arme hinter dem Rücken verschränkte.

»Ist das bei dir auch noch so drin?«, rief sie. »Hände auf den Rücken! Nichts anfassen!«

Verlegen steckte Jan seine Hände in die Hosentaschen und brummte: »Ich koch uns in der Küche Tee.«

Iris reckte ihr Kinn nach oben. »Also mir hat nie einer Vorschriften gemacht, wie ich mich hier drin verhalten soll. Ich durfte mir hier alles ansehen.«

»Du warst ja auch nur zu Gast«, gab Eva zurück.

»Das ist nicht wahr«, erwiderte Iris gekränkt. »Ich bin eine geborene Langbein.«

»Ich auch«, sagte Eva. »Bis meine Mutter auf die glorreiche Idee kam, einen Herrn Schulze zu heiraten. Wisst ihr, dass ich überlegt habe, meinen Geburtsnamen wieder anzunehmen?«

»Ist ziemlich teuer«, gab Iris zu bedenken und tat besorgt. »Du hast schon die Puppe gekauft.«

Sie hatten entschieden, die Runde der Zimmer entgegen dem Uhrzeigersinn zu beginnen. Es erschien ihnen leichter, einen Raum auszuräumen, an dem nicht so viele Erinnerungen hingen.

Dennoch schossen Eva Bilder durch den Kopf. Sie sah ihren Großvater mit einem anderen Fabrikanten am Tisch sitzen, Hagebuttenwein trinkend und übers Geschäft schwadronierend. Sie sah den Christbaum in der Ecke stehen, mit schwerem Zinnlametta behangen, sodass sich die Zweige nach unten bogen. Und dann die letzte Erinnerung an diesen Raum, die ganze Familie um den Tisch aufgereiht, steif wie die Ritter der Tafelrunde. Sie sah sie wieder alle dort sitzen, nur Iris fehlte. Eva hatte Kaffee bringen wollen und befand sich plötzlich im Auge des Sturms. Wie gut, dass ihre Großmutter diesen Streit nicht mehr erlebt hatte. Auf der anderen Seite hätte wohl niemand gewagt, so etwas zu sagen, wenn eine Flora Langbein noch in der Welt gewesen wäre.

Die gute Stube wirkte größer als die anderen Räume, weil sie nicht so vollgestopft war. Das Zentrum bildete ein runder dunkler Tisch mit Intarsien, die durch eine Glasscheibe geschützt wurden. Jan kam mit drei Teebechern zurück und stellte sie dort ab.

»Das geht nicht!«, machte ihm Eva klar und räumte die Becher auf die Kommode. »Wir sind nur drei im Haus.«

Iris bedachte ihre Cousine mit einem zweifelnden Blick und wurde aufgeklärt: »Wenn jemand etwas verschüttet, müssen wir die Glasplatte anheben. Ich weiß nicht, ob wir das zu dritt hinbekommen. Es waren immer vier.«

Sie zog das obere Kommodenfach auf und holte zum Beweis vier Gummisaugnäpfe heraus. »Siehst du? Vier Saugnäpfe, vier Personen.«

So selten an diesem Tisch auch gegessen und getrunken worden war, kam es dennoch immer wieder vor, dass etwas verschüttet wurde und unter die Glasplatte lief. Dann herrschte große Aufregung, weil die Flüssigkeit die Intarsien zerstören konnte. In Windeseile musste der Tisch abgeräumt werden, auf das Glas wurden die Saugnäpfe geklebt, in die Flora Langbein der besseren Haftung wegen noch schnell hineingespuckt hatte, und dann hoben vier Personen auf Floras Kommando die schwere Glasplatte an. Die Intarsien wurden getrocknet, die Platte gereinigt, und dann konnte sie zurück auf den Tisch gelegt werden.

Iris nahm ihren Becher von der Kommode und setzte sich damit dennoch an den Intarsientisch. »Ich bin schon groß«, versicherte sie. »Ich kleckere nicht mehr.«

Der Tee war heiß, und sie tranken in winzigen Schlucken. Jan sah sich um und unterteilte die Möbel in Kategorien. »Ich denke, den Tisch können wir zum Trödler geben. Die Stühle auch.«

Sie waren der Stolz von Flora Langbein gewesen und besaßen verschnörkelte Holzlehnen, mit denen ein bequemes Sitzen unmöglich war.

Iris stand auf und fotografierte alles. Sie beschlossen, die schweren Holzschränke lediglich zu leeren und im Zimmer stehen zu lassen, bis sie von einem Antiquitätenhändler abgeholt würden.

Eva sah in den Kanonenofen neben der Tür. Auf dem Rost im Inneren lagen ordentlich aufgeschichtete Holzscheite und Kohle. Sie fragte sich, wer alles für ein Feuer vorbereitet hatte, das nie angezündet worden war.

»Meyers großes Konversationslexikon in einundzwanzig Bänden«, las Jan vor, der sich das Wandregal vorgenommen hatte.

»Ist fast schade, das wegzugeben«, wandte Eva ein. »Das haben die Großeltern immer benutzt, wenn sie beim Kreuzworträtsel nicht weitergekommen sind.«

Jan legte ihr die Hände auf die Schultern. »Eva. Alles, was sich in diesem Haus befindet, haben unsere Großeltern benutzt. Wenn du kein Museum aufmachen willst, müssen wir uns von einigen Sachen trennen.«

Iris bemerkte: »Du wolltest in diesem Zimmer weitermachen, weil hier angeblich nichts wäre, woran dein Herz hängt.«

Eva atmete tief durch. »Ihr habt ja recht.« Sie half Jan dabei, die Bände des Lexikons auf dem Intarsientisch zu stapeln.

Sie begannen die Vitrine auszuräumen. Neben wertlosem Nippes und ein paar Heiligenbildchen befand sich das gute Rosenthalporzellan darin.

»Ich würde das gern haben«, teilte Iris mit.

Eva, die das Geschirr ebenfalls gern genommen hätte, befürchtete: »Du wirst es in den Geschirrspüler stellen, und dann verschwinden die Goldränder. Und bei der nächsten Gelegenheit fällt dir das Milchkännchen runter.«

»Dann ist es wenigstens mit der Zuckerdose vereint«, gab Iris patzig zurück.

Jan schlug vor, alle Dinge, für die es mehr als einen Bewerber gab, in einem Karton zu sammeln und am Ende auszulosen. »Dann streiten wir uns nur einmal und nicht jedes Mal«, sagte er und grinste.

Iris durchsuchte die Fächer der Kommode und fand eine Zigarrenkiste mit alten Stiften. Sie sah kurz hinein und entdeckte Radiergummis, abgekaute Bleistifte, Kugelschreiber aus Plastik, die sich in Selbstauflösung befanden, und ein abgeschabtes blaues Kästchen mit einem uralten schwarzen Füller. Iris klappte die Zigarrenkiste wieder zu und warf sie in den Müllsack. Der Deckel rutschte dabei auf, und die Stifte schlitterten zwischen alte Zeitungsausschnitte und eine mottenzerfressene Pfauenfeder.

Eine Weile war nur Rascheln und Klappern zu hören. Eva sortierte alte Häkeldeckchen aus.

»Jetzt hab ich aber tatsächlich den Familienschmuck gefunden«, rief Iris plötzlich. »Leider ziemlich dürftig. Vermutlich hat die Kiste größeren Wert als der Inhalt.«

Sie sahen zusammen in die Schatulle, die mit Perlmuttplatten besetzt war. Es lagen Ketten aus unechten Perlen darin, billige Ohrklipse, Eheringe, die vom jahrzehntelangen Tragen hauchdünn geworden waren, ein perlenbesticktes Stirnband, das einmal weiß gewesen sein musste, ein Papiertütchen und silberne Art-Deco-Ohrringe. Iris nahm sie, stellte sich vor den spiegelnden Glasschrank und hielt sich einen davon an. An seinem unteren Ende pendelte ein Aquamarin wie eine Träne.

Eva beobachtete ihre Cousine. »Du solltest sie nehmen. Sie stehen dir, und ich hab keine Ohrlöcher.«

»Seid ihr sicher?«, fragte Iris und betrachtete die kunstvoll verschlungene Silberfassung der Steine. »Die könnten wertvoll sein.«

»Behalt sie«, versicherte Eva. »Vielleicht finde ich ja auch etwas für mich.«

Sie zog das Papiertütchen heraus und ließ den Inhalt in ihre Hand gleiten. Zum Vorschein kam ein blausilbernes Band, an dem ein Kreuz mit emaillierten Balken hing. In der Mitte stach ein Hakenkreuz heraus.

»Meine Güte, ein Naziorden!«, sagte Jan erschüttert, und Eva ließ die Medaille vor Schreck fallen, als wäre sie giftig. Iris hob das Ehrenband auf und betrachtete es.

»Wer hat sich denn in unserer Familie bei den Nazis verdient gemacht?«

Jan zog die Schultern hoch. »Das kann eigentlich nur der Opa gewesen sein. Aber sosehr ich ihn auch immer gedrängt habe, über den Krieg wollte er nie erzählen.«

Iris steckte den Orden zurück in die Tüte und legte sie auf die Lexikonbände. »Das geht mit zum Trödler. Es gibt Leute, die stehen auf so was.«

Eva nahm das Tütchen und warf es in den Müllsack. »Ja, und das muss man nicht noch unterstützen.«

Jan holte es wieder heraus. »Das ist ein historisches Dokument. So was wirft man nicht weg.«

Er legte die kleine braune Papiertüte zurück auf den Tisch.

In der Kommode kam noch ein Album mit bunten Reklamemarken zum Vorschein und ein Stapel alter Postkarten aus dem New Yorker Zoo.

»Seht euch das an«, rief Eva. »Fällt euch etwas daran auf?«

Jan nahm die Karten, drehte sie um und las. Kurze Botschaften eines großen Bruders an seinen kleinen Bruder, über Wolkenkratzer und Kunstausstellungen, und am Ende immer das Versprechen, irgendwann alles gemeinsam anzusehen.

»Die hat Opa Otto bekommen«, sagte Jan. »Hatte sein Bruder nicht eine Ausbildung in Amerika gemacht?«

Eva riss die Karten weg und versetzte ihm damit einen leichten Schlag auf den Kopf. »Das mein ich nicht. Die muss Opa als Vorlage für seine Zoomodelle genommen haben. Erkennt ihr die nicht?«

Die Haltung des Nashorns, die Musterung der Giraffe, die Kopfdrehung des Bären, alles war so wie in der Serie kleiner Tierfiguren, die die Firma Langbein hergestellt hatte.

Jetzt fiel es auch Jan auf. Mit diesen Pappmachétieren hatten sie früher draußen im Garten einen Zoo aufgebaut. Mit einer Weide für die Zebras und einer Sandwüste für die Kamele. Die Elefanten ließen sie im Fluss baden, aber dort war die Papiermasse aufgeweicht, und sie waren unansehnlich geworden.

»Die heben wir auf«, beschloss Eva. »Die nehmen keinen Platz weg.«

Sie fanden in der Kommode noch das Familienbuch der Langbeins, ein paar alte Urkunden zu Grundstück und Fabrik und einen Ausweis ihres Großvaters, von dem eine Ecke abgeschnitten worden war. Es fühlte sich unerlaubt an, dieses Dokument in der Hand zu halten. Sie betrachteten das vertraute Gesicht mit den abstehenden Ohren, die kaum Platz auf dem kleinen Passbild fanden.

»Er hat immer behauptet, er hätte Modell für mein Filzäffchen gesessen«, bemerkte Jan. »Da können wir wohl von Glück sagen, dass sich Oma trotzdem in ihn verliebt hat.«

Iris lachte. »Na ja, sie hat dafür zum Ausgleich geschielt!«

Empört verteidigten Eva und Jan ihre Großmutter. »Was erzählst du da? Sie hatte ganz normale Augen!«

»Aber nein«, beteuerte Iris. »Sie hatte einen ordentlichen Silberblick. Besonders, wenn sie sich aufgeregt hat.«

Vergeblich durchforsteten sie die Kommode nach einem Beweis für diese Behauptung und fanden nichts.

Iris blieb beharrlich. »Irgendwo werden wir ja wohl ein Bild von ihr haben, und dann zeige ich es euch.«

Iris und Jan schafften alle Dokumente in die Dachkammer. Eva nutzte den unbeobachteten Moment und nahm das Papiertütchen mit dem Hakenkreuz vom Tisch. Sie stopfte es unten in den Müllsack, erfühlte dabei eine längliche Schachtel und zog sie neugierig heraus. Das blaue Papier des Deckels war abgeschabt, sie öffnete ihn. Auf fadenscheinigem Satin lag ein schwarzer Füllhalter. Fassungslos starrte sie darauf.

Als die anderen zurückkehrten, streckte sie ihnen ihren Fund entgegen.

»Wer hat das in den Müll geworfen?«, rief sie empört.

»Der Füllhalter!«, sagte Jan überrascht. »Der gute New Yorker Sicherheitsfüllfederhalter vom Opa.«

Eva war außer sich vor Entrüstung. »Wir durften den nicht mal berühren! Und jetzt liegt er im Müllsack?«

Verlegen presste Iris die Lippen aufeinander. »Tut mir wirklich leid, das wusste ich nicht.«

»Weil du nichts von uns weißt!«, platzte Eva heraus und war den Tränen nah. All die Dinge, die für sie eine Verbindung zu ihrer Kindheit herstellten, waren für Iris offensichtlich nur Gegenstände.

Gekränkt bat Iris: »Dann erzählt mir davon.«

»Der Füller steckte immer in der Brusttasche vom Arbeitskittel unseres Opas«, erklärte Jan. »Später hatte den mein Vater, und irgendwann war er weg.«

Eva atmete tief durch. Ihre Stimme klang wieder normal. »Damit sind alle Einträge ins Hauptbuch gemacht worden.«

Sie berührte den Stift kurz und hatte das Gefühl, ihrem Großvater Otto ganz nah zu sein, als wäre der New Yorker Sicherheitsfüllfederhalter ein Verbindungsglied zu ihm.

Iris wollte den Füller aufschrauben.

»Nicht!«, riefen Eva und Jan gleichzeitig. »Dann läuft die Tinte raus!«

»Aber die ist doch längst eingetrocknet«, war Iris sicher.

»Nicht bei diesem Füller«, behauptete Jan.

»Wollt ihr nicht aufschrauben und nachsehen?«, wunderte sich Iris.

»Nein!«

Im Deckel der Schachtel klemmte ein Papier. Jan legte den Füller vorsichtig auf die Kommode, weit nach hinten, damit er nicht herunterrollte. Sie falteten den Zettel auseinander, es war eine englischsprachige Gebrauchsanweisung. Jan legte sie zurück und wollte den Füller nehmen, aber er hatte sich in dem Spalt zur Wand verklemmt.

»Der darf nicht runterfallen!«, rief Eva hektisch und schob ihn nur noch weiter in den Spalt hinein.

Vorsichtig rückten sie die Kommode von der Wand ab, der Stift rutschte ein Stück tiefer und blieb an einem Vorsprung in der Rückwand hängen. Eva nahm ihn schnell, legte ihn in das schützende Kästchen und das wiederum in den Karton zum Rosenthalservice. Sie brauchte gar nicht zu fragen, den Füller würden alle haben wollen.

Hinter der Kommode lagen Staub und Flusen. Der rettende Vorsprung an der Rückwand war ein großes, eingeklemmtes Stück Pappe. Jan löste es ab und drehte es um. Es war das Gemälde einer nackten Frau im Stil der neuen Sachlichkeit.

»Sieh mal an«, sagte Iris überrascht. »Das ist nicht unsere Großmutter.«

Die Frau auf dem Bild hatte unnatürlich weiße Haut, bläuliche Adern schimmerten hindurch. Mit der einen Hand hielt sie ihr rötliches Haar zur Seite, als wollte sie verhindern, dass es ihre bloße Brust verdeckte. Ein provokanter Blick blitzte unter halb geschlossenen Lidern hervor. In einer Ecke bildeten schwungvolle Pinselstriche die Initialen Otto Langbeins.

»Vielleicht hat ihm diese Frau einfach Modell gesessen?«, überlegte Eva.

Jan grinste. »Offensichtlich.«

»Ich meine an der Industrieschule.« Eva hatte das Gefühl, die Liebe ihrer Großeltern verteidigen zu müssen. »Vermutlich steht in den Häusern seiner Kommilitonen überall so ein Bild.«

Jan zog skeptisch die Augenbrauen hoch. »Du meinst, die haben alle hinter ihren Kommoden so ein Bild versteckt?«

»Unser naives Evchen«, stichelte Iris. »Sie hat sich vermutlich auch nie über die vielen Überstunden ihres Mannes gewundert.«

»Ist Vertrauen so falsch?«, wollte Eva wissen. »Unsere Großeltern haben sich innig geliebt, von Kindheit an, bis zum Tod.«

»Sie waren gute Menschen«, versicherte Jan.

Aber Iris wagte zu fragen: »Vielleicht waren sie einfach keine Heiligen?«

12

Die Ahnung

September 1929 – Lautlos wie ein Geist glitt der Zeppelin über den Schlossberg. Als sein Schatten Flora erreichte, duckte sie sich instinktiv und versuchte lachend auszuweichen. Otto richtete seine Agfa Billy zum Himmel und brachte sie in Position. Er drückte auf eine Taste, die Frontklappe öffnete sich, der Balg faltete sich auseinander, und das Objektiv fuhr heraus. Angestrengt starrte Otto durch den seitlichen Sucher der Klappkamera, betätigte den Auslöser, drehte den Film weiter und schoss ein neues Bild.

Flora riss ihre Cloche mit der asymmetrischen Krempe vom Kopf und schwenkte sie in wilder Begeisterung. Ihr Körper warf ungelenkige Schatten.

Spöttisch rief Otto ihr zu: »Du bist für die da oben bloß ein Mückenschiss. Und hören können die dich gleich gar nicht.«

»Ist mir egal! Solange ich sie sehen kann!«, rief Flora und winkte noch heftiger.

Otto knipste ein Bild von ihr. Er unternahm in letzter Zeit viel mit Flora. Seine Schwester Hilda hatte zur Überraschung des Vaters doch einen Ehemann bekommen und wohnte jetzt in der Robertstraße über dem Versand. Aber weil sie aus der Kirche ausgetreten war und nur standesamtlich geheiratet hatte, galt es für Albert nicht so recht.

Otto kurbelte den Film weiter. »Ist es nicht fantastisch?«, fragte er Flora. »Wie in einer Utopie von Jules Verne.«

»Ja!«, pflichtete sie ihm atemlos bei. »Und wir haben überall Elektrizität und einen Fernsprechapparat und den Pritschenwagen mit Gummireifen! Wir sind in der Zukunft angekommen, Otto!«

Sie standen in einer Gruppe von Schaulustigen. Es schien, als hätte die ganze Stadt versucht, den Platz mit der besten Aussicht zu ergattern. Überall waren Trauben von Menschen, die in die Luft starrten, nicht nur oben auf dem Schlossberg, auch auf der Wehd, auf dem Stadtberg und dem Schönberg.

»Ich glaub, deine Eltern sind die Einzigen, die noch unten in der Stadt hocken«, stellte Flora fest.

Aber Albert und Mine Langbein versäumten nichts, denn der Zeppelin schwebte so weit oben, dass er weder durch Fabrikschornsteine noch durch das höchste Gebäude der Stadt verdeckt werden konnte. Das Luftschiff schwamm über den Himmel, und seine glänzende Außenhaut spannte sich wie die eines Fisches über das Aluminiumskelett.

»Ich würde gern wissen, wie Sonneberg von oben aussieht«, überlegte Flora. »Ob man die prächtigen Gebäude am Bahnhof sieht? Den Glockenturm vom neuen Rathaus? Die großen Handelshäuser der Amerikaner? Das neue Gesellschaftshaus? Und die Sternwarte in Neufang?«

»Alles«, versicherte Otto. »Und auch unsere Fabrik. Ach, könnt ich nur mitfliegen. Ich würd sie so viel lieber von oben sehen als von hier unten.«

»Aus der Ferne sieht man immer nur den Glanz«, sagte Flora nachdenklich.

Wer über die Stadt hinwegflog, konnte tatsächlich nicht bemerken, dass sie bankrott war und unter Zwangsverwaltung stand. Auf dem Bahnhofsplatz waren in den letzten Jahren Gebäude emporgeschossen, und es schien, als ob die Stadt

Sonneberg, deren Ausbreitung durch das enge Tal beschränkt wurde, zum Ausgleich in die Höhe wachsen wollte. Die amerikanische Firma Halbourn hatte am Bahnhof ein sechsstöckiges Handelshaus errichtet und der Kaufhauskonzern Woolworth ein Lagerhaus mit eigenem Gleisanschluss gebaut. Wenn die Händler nach den weiten Anreisen in der Weltspielwarenstadt eintrafen, sollten sie einen gebührenden Empfang bekommen. Die Kommune hatte dafür keine Kosten gescheut. Nun waren die Kassen leer und die Stadt zahlungsunfähig. Aber jeder, der aus dem Bahnhof kam und auf den Platz trat, sah als Erstes die imposante, elfachsige Front des Rathauses, das von einem Glockenturm gekrönt wurde. Und auf dem Friedhof gab es ein prächtiges Kriegerdenkmal für die gefallenen Söhne der Stadt. In meterlangen Reihen standen die Namen auf einer Betonwand, ein eiserner Buchstabe über dem anderen, einer neben dem nächsten, und irgendwo zwischen all den verlorenen Söhnen, Vätern, Brüdern und Freunden der Name Fritz Langbein.

»Bestimmt gibt es bald einen Zeppelinhafen in Sonneberg«, rief einer der Umstehenden und erntete Zustimmung. »Dann kommt wieder Geld in die Stadtkasse.«

»Bald können wir von Sonneberg nach Amerika fliegen. Das dauert nur drei Tage!«, rief ein anderer.

Otto ließ die Kamera sinken. Flora hörte auf, ihren Hut zu schwenken. »Ich bin sicher, dass es der Fritz sieht, so weit oben, wie das Schiff fliegt. Es ist dem Himmel ja ganz nah«, sagte sie zuversichtlich.

»Und wenn da oben nichts ist?«, fragte Otto. »Nichts außer dem Luftschiff und ein paar Krähen?«

»So ist die Welt nicht eingerichtet«, stellte Flora klar. »Das wär ja trostlos.«

Ihre Stimme hatte einen so überzeugenden Klang, dass sie

ihm plötzlich Sicherheit gab. In Floras Nähe lösten sich all seine komplizierten Überlegungen und Zweifel auf.

Schweigend sahen sie dem majestätischen Luftschiff nach, das in Richtung Bamberg schwebte.

Das Luftschiff blieb für die nächsten Tage das Gesprächsthema in der Fabrik Langbein. Keine Näherin gab es, die es nicht gesehen hatte, und auch die Männer an den Stopftischen sprachen darüber.

Mine rollte wie immer um die Frühstückszeit einen Kessel mit Kräutertee für die Belegschaft in die Werkhalle. »Guckt auf eure Arbeit und net in die Gegend«, schimpfte sie und schüttelte den Kopf. »Was ist das für eine verrückte Zeit, wo die Leut in der Luft rumfliegen.«

Auch in der Schreibstube sprach Otto mit seinem Vater über das Ereignis und schwärmte: »Der Graf von Zeppelin, der hat was Neues gewagt!«

»Der konnte sich's auch leisten, weil er die Zeppelinspende des deutschen Volkes gekriegt hat«, sagte Albert. »Wenn das deutsche Volk uns eine Langbeinspende gibt, dann mach ich ebenso Experimente in meiner Fabrik. Bis dahin bleibts bei den Dollarpuppen, Bären und Plüschhunden.«

»Wär jetzt nicht eine gute Zeit, um auch mal in Werbung zu investieren? Wir haben seit sechs Jahren den Bären im Fenster vom Musterzimmer. Ich könnt ein silbernes Luftschiff für unser Schaufenster bauen.«

Albert klappte das Auftragsbuch zu und schraubte sorgfältig die Hülle auf den New Yorker Sicherheitsfüllfederhalter.

»Du siehst ja, was bei Höhenflügen rauskommt«, sagte er zu seinem Sohn. »Die werden die Stadt noch zugrunde richten mit ihren Protzbauten. Ich geh keine Risiken ein. Unser Kapital liegt in Amerika. Da ist es weit weg und sicher.«

Als Flora Otto zum Essen holen wollte, lag das Knabenzimmer in einem merkwürdigen Dämmerlicht, obwohl draußen die Sonne schien.

»Was tust du da?«, fragte sie erschrocken und schaltete das Licht an. »Willst du etwa in ewiger Finsternis leben?«

Otto musste lachen. »Ach, Unsinn. Ich bau mir nur eine Dunkelkammer.«

»Wofür ist die gut?«, fragte Flora neugierig. »Ich hätte lieber eine Lichtkammer für die trüben Tage im Herbst.«

»Ich will hier meine Filme entwickeln. Und die Fotos dann natürlich auch. Die vom Zeppelin zum Beispiel. Dafür braucht es absolute Dunkelheit.«

»Warum?«, wunderte sich Flora.

»Das Licht würde das unsichtbare Bild auf dem Film zerstören. Wenn ich schon sonst keine Kunst machen kann, will ich wenigstens das gern probieren.«

Während er sprach, brachte er weitere Papierlagen auf dem Fensterglas auf.

Als Flora auf seinen Befehl das Licht wieder ausdrehte, ließ das Fenster nicht einmal mehr den kleinsten Schimmer hindurch. Flora verlor die Orientierung und stolperte über einen Stuhl.

»Ich find den Schalter nicht. Ich weiß überhaupt net mehr, wo ich bin«, klagte sie.

Otto streckte die Arme aus und tastete sich vorwärts. Plötzlich berührte er Flora. Ihr Haar duftete nach Hefe und Milch. »Keine Angst«, flüsterte er. »Das bin nur ich.«

»Ich hab keine Angst«, sagte Flora entrüstet.

Aber da hatte Otto schon die Klinke gefunden und riss die Tür auf. Helles Licht flutete aus dem Elternschlafzimmer herein.

Flora zeigte auf das verdunkelte Fenster. »Es sieht ein wenig trübsinnig aus.«

Otto öffnete es. Dahinter konnte man den sanft geschwungenen Schlossberg sehen. Die Herbstsonne vergoldete die Baumspitzen, über ihnen ragte die Turmhaube hervor.

»Ich könnt ein Bild an das blinde Fenster malen«, überlegte Otto. »Die Illusion einer Aussicht. Worauf würdest du aus deinem Fenster sehen wollen, wenn du es dir aussuchen dürftest?«

Flora wurde verlegen. Sie war bereits an dem Ort, an dem sie immer hatte sein wollen. Dann fiel ihr aber doch etwas ein. »Euer Blumenzimmer mit den roten Vögeln, das vermisse ich.«

Otto holte Farben und Pinsel und begann seine Erinnerungen an das exotische Paradies zu malen, das es längst nicht mehr gab.

Am nächsten Tag schleppte Otto Entwicklerdosen und Chemikalien heran. Er hatte eine Petroleumlampe mit rotem Glas und Lichtabdeckung besorgt und holte aus der Küche seiner Mutter ein paar Bratformen. Otto entwickelte die Filme und machte dann unter einer Glasplatte Kontaktabzüge.

Flora hatte den Auftrag, für die Belichtungszeiten die helle Deckenlampe kurz anzuschalten und zu zählen.

Danach landete das kleine Fotopapier in der Schale mit dem Entwickler. Gebannt sahen sie im Schein der roten Lampe zu, wie aus dem Nichts Umrisse auftauchten. Der Schlossberg mit dem Türmchen erschien, und darüber schwebte der Zeppelin.

Flora murmelte: »Als hättest du die Zeit angehalten.«

Sie standen im Dämmerlicht, lehnten die Köpfe aneinander und betrachteten das Wunder. Als alles deutlich zu sehen war, holte Otto das Papier heraus und legte es in die nächste Schale, um den Vorgang zu stoppen. Wieder zählte Flora in der Dunkelheit. Sie flüsterte dabei, als ob es Nacht wäre und sie keinen wecken wollte. Das Papier kam ins Fixierbad, zum Schluss wurde es gewässert, und dann machten sie vom nächsten Negativ einen Kontaktabzug.

Flora starrte auf das neue Foto, das im rötlichen Dämmerlicht in der Schale schwamm.

»Wer ist das da auf dem Bild?«, fragte sie überrascht.

Otto lachte: »Na, du bist das! Erkennst du dich nicht?«

»So sehe ich aus der Ferne aus?« Noch nie war Flora fotografiert worden. Sie kannte nur ihr Spiegelbild, das der stockfleckige Handspiegel in ihrer Dachkammer wiedergab. Manchmal erhaschte sie einen flüchtigen Blick auf sich in einem Ladenschaufenster. Aber so hatte sie sich nie gesehen. Die Flora auf dem Bild stand da, in einer Hand den Hut, die andere Hand über den Augen, und sah nach oben, dem Zeppelin nach. Ihr Körper war sehnig und schmal, und ihr Haar fiel in weichen Wellen auf die Schultern.

»Ich dacht, ich wär hässlicher«, stellte sie überrascht fest.

Otto amüsierte sich über sie. Im blassrötlichen Licht konnte er sehen, dass ihre Lippen aufgebissen waren.

Bald genügten Otto die kleinen Kontaktabzüge nicht mehr. Freunde von ihm, die ebenfalls fotografierten, nutzten das Labor im Keller der Industrieschule und nahmen ihn mit. Sie experimentierten dort mit einfachsten Kameras, an denen sich nicht mehr als Schärfe und Belichtungszeiten einstellen ließen, tauschten sich über Entwicklungstechniken aus und fotografierten in den Atelierräumen alles, was herumstand, Plastiken, Staffeleien und Bücher.

Eines Tages sah eine junge Frau bei ihnen im Keller vorbei. »Wollt ihr nicht mal ein lebendes Objekt fotografieren?«, fragte sie. Sie hatte gerade oben beim anatomischen Zeichnen

Modell gesessen und war auf der Suche nach einer weiteren Einnahmequelle.

Die Fotoamateure waren begeistert und legten zusammen. Die junge Frau zählte nach und verkündete: »Das reicht für zehn Minuten.«

Otto hatte sie noch nie gesehen. Eine Sonnebergerin hätte ihren guten Ruf sicher nicht riskiert.

Sie nahm auf einem Schemel in der Mitte zwischen den Staffeleien Platz und ließ ihren Überwurf fallen. Ihre Haut war puppenweiß. Sie erinnerte Otto an die Zirkustänzerin aus der Figurengruppe für die Weltausstellung in Brüssel. Das rötliche Haar hielt sie mit einer lässigen Handbewegung nach oben gesteckt, sodass man den dunkelblonden Flaum unter ihren Armen sehen konnte. Er betrachtete die Sommersprossen und die Adern auf ihrer hellen, fast durchscheinenden Haut.

Links und rechts von ihm klickten erregt die Auslöser. Das Modell sah an Otto vorbei auf einen schwebenden Punkt in der Luft. Dann schien ihr bewusst zu werden, dass Otto als Einziger nicht durch den Sucher der Kamera blickte. Ohne eine Faser ihres Körpers zu bewegen, veränderte sie den Fokus und sah Otto direkt an. Dann sprang sie vom Schemel und bekleidete sich wieder. Otto hatte kein einziges Bild von ihr gemacht.

Sie verabschiedete sich bei jedem mit einem Kuss. Auch bei Otto. Dabei leckte sie an seinem Zahnfleisch, was ihn erst schockierte und ihm dann gefiel. Er war sicher, dass sie das bei den anderen nicht getan hatte, wollte aber nicht nachfragen.

Von da an ging er beinahe an jedem Abend in die Industrieschule. Manchmal lungerte er auch einfach nur in der Beethovenstraße herum, gab vor, beschäftigt zu sein, und hoffte darauf, das junge Modell wiederzusehen. Bei einer dieser Begegnungen erfuhr er, dass sie Cecilie hieß und in Coburg wohnte.

Otto hatte sich zum ersten Mal verliebt, stürmisch und haltlos.

Dreimal im Jahr stellten die Langbeins Musterkoffer mit den Neuheiten zusammen und fuhren zu den Messen nach Nürnberg und Leipzig.

Bisher hatten das Vater und Sohn gemeinsam getan, aber diesmal sagte Albert: »Du könntest allein fahren, Otto. Das Reisen ist mir schon recht beschwerlich, und in der Fabrik ist viel zu arbeiten.«

Otto freute sich, dass sein Vater ihm vertraute, und berichtete Cecilie davon.

»Du musst mich mitnehmen!«, forderte sie.

»Aber das geht nicht!«, wehrte Otto erschrocken ab. »Ich muss dort Geschäfte abschließen.«

Sie zog eine Augenbraue hoch und sagte: »Dann stellt sich mir die Frage: Bist du ein Künstler oder ein Krämer?«

Otto hatte die Musterkoffer mit den Neuigkeiten in seinem Auto verstaut. Puppen mit Flirtaugen, die den Blick zur Seite drehen konnten, Trachtenpuppen fremder Völker und Modepuppen, die nach dem Vorbild amerikanischer Schauspielerinnen gekleidet waren. Auch die neuen Modelle der Nachziehhunde hatte er dabei, Dackel, Foxterrier, Boxer, Pinscher und einen Mops. Und sie hatten zum ersten Mal Kataloghefte mit Fotos drucken lassen.

»Geh's mit Geschick an«, ermahnte ihn der Vater. »Lass dich nicht zu sehr im Preis drücken. Aber grad so, dass du noch verkaufst.«

»Du musst vorsichtig fahren!«, trug ihm seine Mutter auf. »Es ist eine weite Fahrt nach Leipzig.«

Und Flora bat ihn: »Gehst du in den Zoo? Die haben dort Elefanten und Löwen. Sei so gut und mach für mich Fotos!«

Flora saß schon den ganzen Nachmittag am Fenster, direkt über dem Schriftzug *Puppenfabrikant Albert Langbein*. Sie sah auf das vom Regen glänzende Straßenpflaster und wartete darauf, dass Otto von seiner Reise zurückkehren würde. Unten rannten die Kinder barfuß durch die Pfützen und schrien vor Vergnügen. Sie musste daran denken, wie sie als Kind immer zu diesem Fenster hochgeschaut hatte, in der Hoffnung, Otto zu sehen.

Ein Horch kam die Straße heraufgefahren. Flora rannte nach unten und verlor auf der Treppe beinahe ihre Schuhe.

Otto stieg aus und streckte sich von der langen Fahrt. Sie half ihm beim Ausladen des Gepäcks.

»Erzähl mir vom Leipziger Zoo«, bestürmte Flora ihn. »Haben sie dort auch Kamele?«

»Dafür war keine Zeit«, sagte Otto gereizt.

Sie hielt inne und sah ihn aufmerksam an. Das Weiß seiner Augen war von winzigen roten Äderchen durchzogen. Sein Atem roch merkwürdig.

»Ich nehm die Musterkoffer«, entschied sie.

Als sie die hintere Wagentür öffnete, hingen Schwaden von Zigarrenqualm in der Luft. Aber darunter lag ein anderer Geruch, ein schwerer blumiger Duft. Flora warf Otto einen schnellen Blick zu. Er fuhr sie an, sie solle mit den Koffern aufpassen.

Ein merkwürdiger Schmerz schoss Flora durch den Bauch, der sie nach Luft schnappen ließ. Längst hatte sie die kleinen Veränderungen an ihm bemerkt. Er trug seit Kurzem ein

Einstecktuch, und er war öfter in der Industrieschule als zu der Zeit, in der er dort studiert hatte.

Flora ärgerte sich über sich selbst und gab sich einen Ruck. Die Zeit ihrer kindlichen Schwärmerei für Otto war vorbei. Sie nahm den Koffer, trug ihn hinein und setzte Wasser für den türkischen Kaffee auf.

Mine hatte Albert aus der Fabrik geholt. Sie umarmte Otto zur Begrüßung und sein Vater sagte: »Komm erst einmal ordentlich an. Und nachher setzen wir uns zusammen in die gute Stube und bereden alles.«

Als Otto gewaschen und mit einem frischen Hemd ins Repräsentationszimmer kam, saß sein Vater schon erwartungsvoll da und wollte die Auftragsbücher sehen.

»Die Preistreiberei von den Amerikanern ist ungeheuerlich«, berichtete Otto. »Ich weiß nicht, was heuer los war. Ins Ausland konnte ich nur verkaufen, wenn ich es fast zum Herstellungspreis abgegeben hab.«

Albert nickte. »Ich denk, der Tiefpunkt der Auslandskonjunktur ist noch nicht erreicht.«

Er stand auf und holte den Hagebuttenwein aus dem kleinen Wandschrank.

»Lass uns auf die Abschlüsse trinken!«

Otto stöhnte und wehrte ab. »Bloß keinen Alkohol.«

Albert wackelte mit dem Kopf. Er trank sein Glas aus und kündigte an: »Ich muss noch eine andere Sache mit dir bereden.«

Otto fiel auf, wie laut das Pendel des Regulators tickte, und er musste an die peinlichen Befragungen seiner Kindheit denken, die immer in diesem Raum stattgefunden hatten. Nun griff er doch nach dem anderen Glas und stürzte den Wein herunter, nahezu ohne ihn zu schmecken.

»Es ist so«, sagte Albert ohne Umschweife. »Du solltest dir eine Braut suchen und eine Familie gründen.«

»Aber Vater ...« Mehr fiel Otto nicht dazu ein.

»Siehst du«, erklärte Albert, »ich hab deiner Schwester Else schon mehrfach geschrieben, dass sie zurückkehren soll, jetzt wo da noch mehr Kinder bei den Pulvermüllers sind. Ich versteh nicht, warum es die Else so gar nicht zurück in die Heimat zieht.«

»Es geht ihr halt gut dort. Vor allem jetzt, wo ihr Mann im Landtag in Weimar sitzt.«

Albert winkte ab. »Die nationalistischen Splitterparteien werden da schnell wieder draus verschwinden.«

»Aber was hat das mit mir zu tun?«, wollte Otto wissen.

Albert zeigte mit dem Finger auf den Dielenboden der guten Stube. »Da hab ich nun extra unten ausbauen lassen, und die Wohnung steht leer. Bei der Hilda tut sich auch nix. Zwei Jahre ist sie verheiratet, und nichts ist unterwegs. Ich denk, das verhindert der liebe Gott, sie hätt halt kirchlich heiraten müssen. Also, Otto. Such dir eine Braut und zieh mit ihr in die untere Etage. Ein Haus muss mit Leben erfüllt sein.«

Mit diesen Worten war Otto entlassen. Er stand verdattert auf und schlich in die Küche.

Seine Mutter saß am Tisch und schälte Kartoffeln.

»Wo ist Flora?«, fragte Otto. Er wollte sich vergewissern, dass sie bei diesem peinlichen Gespräch, das er vorhatte zu führen, nicht hereinplatzte.

»Die hilft drüben bei den Friseusen aus«, sagte seine Mutter verwundert.

Otto setzte sich zu ihr und begann verlegen: »Mal angenommen, Mama, es gäbe da jemanden ...«

Ohne mit dem Kartoffelschälen aufzuhören, unterbrach sie ihn: »Junge, ich bin zu alt für den Kladderadatsch. Werd konkret.«

Otto atmete tief durch. »Es wär Zeit für mich zum Heiraten, sagt der Vater.«

Mine schien nicht überrascht zu sein. »Und?«, fragte sie und nahm die nächste Kartoffel. »Wirst du heiraten?«

Er zuckte mit den Schultern und griff reflexartig an seine Ohren. »Da ist so ein Mädchen, ein Modell von der Industrieschule.«

Die Kartoffelspirale wuchs nicht mehr weiter, sondern pendelte zitternd in der Luft. Schließlich sagte Mine: »Um eine Spielzeugfabrik am Laufen zu halten, braucht es eine Frau, die ordentlich mit anpackt und Geschmack besitzt.«

»Cecilie hat Geschmack!«, versicherte Otto eifrig. Er beschrieb die junge Frau mit wachsender Begeisterung und merkte dabei nicht, wie das Gesicht seiner Mutter immer mehr einer Wachspuppe ähnelte. »Meinst du, ich soll sie fragen?«, wollte er abschließend wissen.

»Ich kann dir nichts raten«, sagte Mine zögernd und nahm ihre Arbeit wieder auf. »Das ist allein deine Entscheidung.«

»Aber hast du nicht vielleicht eine Ahnung für mich? Stell dir vor, ich heirate Cecilie, was siehst du dann?«

Mine seufzte und legte die Kartoffel endgültig weg. Dann tat sie etwas Merkwürdiges. Sie sah in die Ferne, hob abwehrend die Hände nach vorn und schien von überirdischen Gedanken heimgesucht zu werden. Nach einem Moment schüttelte sie den Kopf. »Armer Junge. Da seh ich nur Katastrophen.«

Otto sah zu Boden.

Seine Mutter sagte behutsam: »Ich dacht ja immer, du magst die Flora. Weil ihr so viel zusammen unternehmt.«

Nun hob er den Blick und sah sie überrascht an. »Die Flora? Die mag ich auch. Nicht so wie Cecilie. Aber ich hab sie von Herzen gern.«

Ganz automatisch ging Otto hinüber in die Fabrik. Erst als er in der Frisierstube stand und Floras Rücken sah, wurde ihm klar, dass er dieses Problem nicht mit ihr besprechen konnte. Dabei hatte er, seit sie im Haus der Langbeins lebte, über alles mit ihr geredet. Außer über Cecilie.

In einer langen Reihe saßen Arbeiterinnen, eine neben der anderen. Sie bewegten sich schnell und rhythmisch. Flora stach heraus mit ihrer kerzengeraden Haltung. Otto hatte in dem Leipziger Hotel Cecilie bei der Morgentoilette beobachtet. Gegen ihre lasziven Bewegungen erschienen ihm Floras Handgriffe grob und wie im Zeitraffer.

Über einer Gasflamme lagen Brennscheren in verschiedenen Größen. Flora stülpte eine Puppenperücke über einen Holzkopf und kämmte einzelne Strähnen. Dann tauchte sie die Brennschere in Bienenwachs und brannte damit geschickt Locken in das Puppenhaar. Das heiße Wachs, das zum Festigen der Frisur diente, tropfte ihr auf die Finger, sie zuckte nicht einmal. Sie nahm eine Schere und schnitt die Haare geschickt in Form, dann hob sie die Perücke vorsichtig vom Holzkopf und reichte sie weiter an den nächsten Tisch, wo sie auf einen der Köpfe aufgeklebt wurde.

Flora blickte flüchtig auf. Als sie sah, wer den Schatten auf ihre Arbeit warf, fragte sie: »Ist alles gut, Otto?«

Statt einer Antwort stellte er fest: »Jede dieser Puppen frisierst du mit einer Sorgfalt, als wär's ein Kind.«

»Das muss auch so sein«, versicherte sie ihm. »Alles, was man tut, soll man mit Liebe tun. Oder es sein lassen.«

Otto ging zurück zu seiner Mutter. Die Kartoffeln kochten inzwischen auf dem Herd, und sie putzte Pilze.

»Mama?«, fragte er und setzte sich wieder zu ihr. »Was siehst du, wenn du an mich und Flora denkst?«

Mine atmete tief durch. Diesmal ließ sie das Schauspiel. Ihre Stimme klang fest und vollkommen überzeugt: »Nur Gutes, mein Junge. Sie wird dich glücklich machen. Und sie wird dich der Mann sein lassen, der du sein willst.«

Am nächsten Tag trennte sich Otto von Cecilie. Sie wirkte kurz überrascht. Immerhin waren sie gerade zusammen in Leipzig gewesen. Sie hatten im Krystallpalast Absinth getrunken und einem Afrikaner im Lendenschurz dabei zugesehen, wie er eine Trommel schlug und mit Kokosnüssen jonglierte. Nun wickelte sie eine Haarsträhne um den Finger und sagte gelassen: »Ist vielleicht besser so.«

Da Flora das Mündel von Ottos Eltern war, brauchte er nicht bei ihnen um sie anzuhalten. Er wollte sie einfach selbst fragen.

Es geschah nach dem Abendessen. Mine spülte Geschirr, und Flora trocknete die Teller ab. Die Dämmerung ließ die Konturen verschwimmen, es roch nach Alberts Pfeifenrauch, seine Zeitung raschelte, und das Porzellan klapperte gedämpft im Spülbecken.

Plötzlich unterbrach Otto die Stille. Völlig unfeierlich, im selben Tonfall, in dem er sie sonst nach einem Glas Wasser fragte, sagte er zu Flora: »Ich möcht dich um deine Hand bitten.«

Vor Schreck ließ sie den Teller fallen.

Otto sprang hinzu. Gemeinsam lasen sie die Scherben auf. Floras Gesicht war feuerrot, aber sie sagte keinen Ton. Verunsichert blickte sie erst zu Mine und dann zu Albert, um herauszufinden, was von ihr erwartet wurde. Mine lächelte hoffnungsvoll, Albert nickte ihr aufmunternd zu.

»Und?«, drängte Otto. »Was sagst du dazu?«

Flora richtete sich auf und stotterte: »Aber warum denn?«

Otto wurde verlegen und tastete nach seinen Ohren. Er schien nachzudenken. Endlich antwortete er: »Weil du mir gut bist. Weil du fleißig bist und sparsam und rechnen kannst.« Er zögerte kurz und setzte dann leiser hinzu: »Und weil du an mich glaubst.«

Flora nickte sehr ernst und sagte: »Gut. Dann ist es beschlossen.«

Albert lehnte sich zufrieden nach hinten und sagte: »So ist es recht.«

Mine suchte in den Falten ihres langen Rockes nach einem Schnupftuch und wischte sich die Tränen der Rührung ab. Dann stellte sie einen Teller mit vier Schokoladentrüffeln auf den Tisch, obwohl sie an einem Wochentag sonst nie Zuckerzeug servierte. »Die hab ich im Kolonialwarenladen geholt«, erklärte sie. »Ich hatte so eine Ahnung, dass es heut was zu feiern gibt.«

In der Nacht lag Flora oben in ihrer Dachkammer noch lange wach. Die Gardine filterte den Mondschein. Ein Netz aus fahlem Licht fiel auf ihre Bettdecke und bewegte sich bei jedem Luftzug. Unten rauschte der Fluss. Flora horchte in sich hinein und versuchte zu ergründen, warum sie sich nicht freute. Alles fühlte sich falsch an. Sie wünschte, Otto hätte sie nicht in der Küche in Gegenwart seiner Eltern gefragt. So war ihr gar keine andere Antwort geblieben.

Es war ein Arrangement. Das hatte sie an der Art von Ottos Frage begriffen und an dem Blick ihrer Patentante. Es war ein gutes Arrangement, daran gab es keinen Zweifel. Und mit jedem anderen wäre sie es gern eingegangen, nur nicht mit Otto.

Eine Arbeiterin am Frisiertisch in der Fabrik hatte Flora verraten, dass sie sich mit einem verheirateten Mann treffe. Sie war der Überzeugung, nichts sei schlimmer als eine heimliche

Liaison. Flora hingegen kam in dieser Nacht der Gedanke, wie viel lieber sie mit Otto eine verbotene Affäre haben würde, als mit ihm verheiratet zu sein und zu wissen, dass er eigentlich eine andere wollte.

Die Verlobungsfeier fand am Wochenende nach dem schwarzen Donnerstag statt. An der New Yorker Börse waren die Kurse ins Bodenlose gestürzt.

Die Stimmung in der unteren Stadt, dort, wo die meisten Fabrikanten wohnten, war eigenartig. Die Markisen vor den Geschäften in der Bahnhofstraße blieben eingerollt, als würde ein Sturm aufziehen. Die großen Konfektionsläden waren leer, keiner wagte, etwas nicht Lebensnotwendiges zu kaufen. Niemand hatte Ahnung, wie lange das Geld noch reichen würde.

Die Langbeins mussten sich darum keine Gedanken machen. Sie wussten, dass sie nichts mehr besaßen. Sämtliche ihrer Rücklagen hatten sich auf amerikanischen Konten befunden und damit in Luft aufgelöst.

Mine hätte die kleine Familienfeier gern verschoben, aber Albert mochte es nicht, wenn sich die Pläne änderten.

»So hast du dir das sicher nicht vorgestellt, Kind«, sagte Mine zu Flora. »Du hättest ein bisschen Pracht verdient.«

Flora schüttelte den Kopf. »Ich häng nicht an den Dingen. Ich häng an euch.«

Mine hatte wie zum Trotz das Rosenthalgeschirr in der guten Stube eingedeckt und weiße Chrysanthemen mit schweren Köpfen aus dem Garten geholt. Winzige Wegameisen turnten zwischen den Blütenblättern herum und ließen sich in einem günstigen Moment auf den Kuchen fallen.

Hilda und ihr Mann waren eingeladen worden, und sie argwöhnte sofort: »Vermutlich will dich der Otto bloß nicht mehr bezahlen, Flora.«

»Aber ich bekomm doch so oder so keinen Lohn«, erklärte Flora überrascht. »Sonst könnten deine Eltern ja auch neue Arbeiter einstellen.«

Hilda schickte einen resignierten Blick an die Zimmerdecke.

»Mehr Angestellte können wir uns nicht leisten«, schaltete sich Albert ein. Er nahm den Zwicker ab und rieb sich die Augen. »Die Fabrik ist das Herz«, sagte er. »Sie muss doch laufen.«

Mine griff beruhigend nach seiner Hand.

»Es wird alles gut«, versprach sie. »Ich weiß es. Wir fangen einfach wieder von vorn an.«

»Also so wie immer«, ergänzte Hilda trocken.

13

Das Mädchenzimmer

Wenn man durch die hintere Tür der ehrwürdigen guten Stube trat, gelangte man vom Düsteren ins Helle, die Farbtöne wechselten von Sepia zu Neon, die Goldenen Zwanziger wurden von den Achtzigern abgelöst.
»Davon krieg ich Augenschmerzen«, stellte Jan fest.
»Früher warst du neidisch drauf«, gab Eva zurück.
Iris setzte mit großer Geste eine Sonnenbrille auf. Es schien, als hätte sie für diesen Auftritt extra ein Requisit mitgebracht.
Der kleine Raum war einmal das romantische Mädchenzimmer von Hilda und Else gewesen.
»Tante Hilda würde vermutlich einen Schock bekommen, wenn sie das hier sehen könnte«, behauptete Jan.
»Sie hätte es toll gefunden«, versicherte Eva.
Mit sechzehn hatte sie die psychedelische Glasfasertapete in ihrem Zimmer weiß überstrichen und darauf Symbole in Pink, Gelb und Neongrün gepinselt. Dabei hatte sie eine viel zu ordentliche Latzhose getragen und gehofft, möglichst große Farbtropfen darauf zu kleckern. Dazu hörte sie in Dauerschleife die Spider Murphy Gang, deren Hit sie in *Skandal im Sperrgebiet* umgedichtet hatte, und fiel sämtlichen Hausbewohnern damit auf die Nerven.
Zu diesem Zeitpunkt waren die Pakete mit Kleidung aus Neustadt eine Seltenheit geworden. Iris wuchs nicht mehr,

und Eva bekam die Sachen der Cousine nun erst, wenn sie Iris nicht mehr modern genug erschienen. Und während Iris ihren Blick auf die Models in New York und London richtete, orientierte sich Eva an ihrer Cousine aus Neustadt. Jedes Foto, das sie von ihr geschickt bekam, betrachtete sie mit einer Mischung aus Neid und Bewunderung. Sie ließ sich die Haare ähnlich wie Iris schneiden, und als sie bei ihr eine pastellfarbene Leinenhose mit asiatischen Schriftzeichen entdeckte, versuchte sie die nachzuschneidern. Eva färbte ein altes Laken rosa, legte eine Hose von sich darauf und schnitt die Umrisse aus. Mit Stoffmalfarbe zeichnete sie asiatisch anmutende Fantasiezeichen auf den Stoff. Nie bekam sie die selbst genähten Sachen originalgetreu hin. Immer blieb sie eine Kopie von Iris, ein bisschen blasser, ein wenig hässlicher, so wie die Abzüge, die sie mit Fleckenwasser von Bandfotos aus Illustrierten machten. Die ferne, schöne Cousine war Evas Leitstern gewesen, und noch immer achtete sie darauf, was Iris für Schuhe trug, wie sie sich frisierte und wie ihre Hosen geschnitten waren.

Im Moment stand Iris auf einem Bein, während sie den anderen Fuß an die Innenseite ihres Schenkels legte und versuchte, die Balance zu halten. Daneben fühlte sich Eva plump.

Ihr fiel auf, dass am Handgelenk der Cousine das Makrameearmband fehlte.

»Warum hast du es abgemacht?«, fragte Eva.

Ihr eigenes Armband klebte, nass vom Duschen, unangenehm auf der Haut.

»Ich dachte nicht, dass du das ernst nimmst«, sagte Iris und lachte sie durch die großen Sonnenbrillengläser hinweg an.

»Wir haben immer alles ernst genommen«, antwortete Eva. Dieser Satz wirkte wie ein Rundumschlag. Es ging nicht mehr um ein Armband aus Paketschnüren.

Iris löste sich aus der einbeinigen Haltung. »Wenn du auf die Firma anspielst, mein Vater hat sich für euch verschuldet, nur um die Fabrik zurückzubekommen.«

»Für uns?«, empörte sich Eva. »Das hat er in erster Linie für sich selbst gemacht. Er wollte sein Gewissen bereinigen und ein großes Geschäft machen. Ständig hat er so getan, als wüsste er alles und wir hätten keine Ahnung.«

»Hattet ihr ja auch nicht«, schoss Iris zurück. Sie rückte die Brille gerade, Eva sah ihre Augen nicht mehr.

Jan schaltete sich ein. »Dass mein Vater nach vierzig Jahren sozialistischer Planwirtschaft nicht mit dem freien Markt klarkam, dafür konnte er nichts«, verteidigte er seine Familie.

»Aber wie kann man so dumm sein und den Angestellten garantieren, dass die Betriebszugehörigkeit übertragen wird?«, regte sich Iris auf.

»Das war nicht dumm. Das war anständig.«

Eva begann Sachen zu sortieren. Sie musste sich abreagieren und warf alles in den Müllsack, was ihr zwischen die Finger kam, ohne hinzusehen. Sie war damals fluchtartig ausgezogen und hatte nur die Dinge mitgenommen, die ihr wirklich etwas bedeuteten. Es war bequem gewesen, einfach alles zurückzulassen, was ihr überflüssig erschienen war. Sie hatte es seitdem nicht gebraucht, sie würde es also nie wieder brauchen.

Iris verschränkte die Arme. Die Sonnenbrille verbarg ihren Ärger nur dürftig. »Und dann hatten wir kaum Aufträge und konnten keinen entlassen ohne monatelange Lohnfortzahlungen. Das hat uns das Genick gebrochen.«

Sie schwiegen einen kurzen Moment. Eva hörte auf, mit dem Müllsack zu rascheln. »Irgendwie kannten wir die wirkliche Welt gar nicht.« Ihre Stimme wirkte erstaunt, als sei ihr das bis heute unerklärlich.

Auch Jan klang nun versöhnlicher. »Unsere Väter sind von ihren Eltern immer auf eine Nachfolge als Fabrikanten vorbereitet worden. Das hat sie geprägt.«

»Die Fabrik ist das Herz«, sagte Eva, mehr zu sich selbst. Sie erinnerte sich an die vielen Mahlzeiten zu Hause, als sie noch klein gewesen war und mit ihrer Mutter bei den Großeltern gewohnt hatte. Es wurde immer über die Arbeit geredet, das sogenannte Geschäft war wichtiger als Abendbrot und Schulnoten gewesen. Eva versuchte, sich an ihre Mutter bei diesen Diskussionen zu erinnern. Aber sie blieb ein blasser Schemen. »Meine Mutter ist von ihren Brüdern nie als gleichwertig betrachtet worden«, stellte sie fest. »Sie wurde bei der Prophezeiung der Großmutter nicht erwähnt.«

»Wie hätte sie auch erwähnt werden sollen?«, fragte Jan erstaunt. »Sie war doch damals noch gar nicht geboren.«

»Ich denke ja«, überlegte Iris, »es war eine selbsterfüllende Prophezeiung. Sie wurde nicht genannt, also hat sie auch nicht darum gekämpft, weil es ihr von vornherein aussichtslos erschien.«

Eva versuchte, sich an die Mutter ihrer Kindheit zu erinnern. Eine schöne Frau, an der alles weich zu sein schien, die Körperform, das Haar, die Gesichtszüge, die Stimme, und auch der Charakter nachgiebig und unstet. Anita pfiffen die Männer von der Stadtreinigung hinterher. Während sich die Tochter dafür stets schämte, hatte es die Mutter genossen.

»Manchmal habe ich das Gefühl, dass alles mit dem großen Feuer angefangen hat«, sagte Iris.

Jan zuckte wenig überzeugt mit den Schultern. »Ich denke, wir wären auch ohne den Brand irgendwann verstaatlicht worden.«

Iris hatte die Sonnenbrille mittlerweile abgenommen und kaute nun auf einem der Bügel herum. »Aber er hängt auf irgendeine Weise mit der Flucht meines Vaters zusammen. Und es hat die Lage bei der Rückübertragung verschlechtert.«

Eva hatte immer das Gefühl gehabt, durch den Brand wäre noch etwas anderes zerstört worden. Ihre Generation hatte die Katastrophe nicht selbst erlebt. Aber sie waren mit der Furcht vor Feuer aufgewachsen, mit dem zwanghaften Überwachen von Herd und Kerzen und mit einem unterschwelligen Verdacht über die Ursache, mit Vermutungen, die nie laut ausgesprochen wurden, weil ihre Großeltern sie nicht hatten hören wollen.

»Mein Vater ist gestorben, ohne dass sich einer entschuldigt hat«, beklagte sich Iris.

Wieder zuckte Jan mit den Schultern. »Warum auch. Niemand hat gesagt, er wär's gewesen«, stellte er klar.

»Oh nein, natürlich nicht. Dein Vater hat es nur ständig angedeutet und seinem Bruder gleich noch Diebstahl unterstellt!« Iris lehnte sich wütend nach vorn. »Dabei war er es doch, der auf eine staatliche Beteiligung gedrängt hat!«

Jan schwoll eine Ader an der Schläfe. Er wurde lauter. »Dein Vater hat immer versucht, Evas Mutter zu bestechen und auf seine Seite zu ziehen, mit Westklamotten und Parfüm!«

Iris machte eine abfällige Handbewegung.

Eva empörte sich: »Und ihr lasst ständig durchblicken, meine Mutter wäre eine Stadtmatratze gewesen!«

Sie sahen einander an, atemlos und voller Entrüstung.

»Ich habe das Gefühl, diese Tapete macht aggressiv«, sagte Jan schließlich.

Erst begann Iris zu lachen, dann konnte auch Eva nicht mehr ernst bleiben.

»Soll ich euch was gestehen?«, fragte Iris. »Ich hab schon mal gedacht, es wär besser gewesen, die hätten die Mauer nicht aufgemacht.«

»Sehen wir doch das Gute an der Sache«, schlug Eva vor. »In dem Fall hätten wir drei erst wieder zusammensitzen und streiten können, wenn Jan und ich Rentner wären.«

»Hättet ihr keinen Ausreiseantrag gestellt?«, wollte Iris wissen.

»Nein!«, sagte Jan sehr überzeugt.

Und auch Eva erklärte: »Warum sollten wir? Es fühlte sich nicht so an, als ob etwas fehlt. Wir hatten hier unsere Familie, Freunde, Arbeit, eine Wohnung im Stammhaus. Und du hast uns Schokolade geschickt.«

»Vergiss nicht den guten Westempfang«, ergänzte Jan.

»Und was ist mit Freiheit?«, wollte Iris wissen.

»Davon hatten wir nicht den Hauch einer Ahnung.«

Eva sah sich in ihrem alten Zimmer um. »Ich bin jetzt in der richtigen Stimmung, alles wegzuschmeißen«, gestand sie.

»Dann schnell«, rief Iris. »Das müssen wir ausnutzen!«

Sie begannen, die alten Regale auseinanderzunehmen, bei denen überall die Bodenträger herausgebrochen waren.

Sie fanden Bücher, die sie ins Antiquariat geben wollten, die Gartenlaube, Robinson Crusoe, die Tarzan-Reihe, Nesthäkchen.

Eva drehte die Bücher um und schüttelte sie, damit vergessene Fotos oder Zettel herausfallen konnten. Ein gepresstes Blümchen segelte nach unten. Sie hob es auf und legte es zurück zwischen die Seiten.

Jan schlug mit einem Hammer den alten Sprelacartschrank zusammen und schaffte die Teile in den Hof.

Iris stellte sich neben Eva. »Es tut mir leid, dass ich das Armband abgemacht hab.«

»Hast du es weggeworfen?«, wollte Eva wissen.

Iris schüttelte den Kopf und holte es aus ihrer Tasche, in die sie es achtlos hineingestopft hatte. »Ich hab es nicht bös gemeint. Mir war nicht klar, dass es dir was bedeutet.«

»Ich weiß.« Eva knotete ihr das Armband fest. »Uns hat es immer die Welt bedeutet, und du hattest es längst wieder vergessen.«

»Was willst du damit andeuten?«

Eva tauschte einen kurzen Blick mit Jan, der gerade zurückkam, und wandte sich dann wieder an Iris: »Du hattest Jan versprochen, ihm zu schreiben.«

Iris guckte verdutzt. »Hab ich das wirklich? Ich kann mich überhaupt nicht erinnern.«

Wieder tauschten die anderen beiden Blicke.

»Wir haben uns alle möglichen Ausreden für dich ausgedacht«, erzählte Eva. »Dass die Post von dir verloren gegangen ist oder du grad keine Briefmarken hattest.«

Iris wurde verlegen. »Nein, ich hab es einfach vergessen. Ich hielt es wohl nicht für wichtig.«

»Jan hat zwei Jahre gebraucht, bis er begriffen hat, dass kein Brief von dir kommen wird«, sagte Eva.

»Warst du etwa verliebt in mich?«, zog Iris ihren Cousin auf.

Jan grinste. »Inzwischen bin ich drüber hinweg.«

»Aber es war ein weiter Weg bis dahin«, behauptete Eva und lachte.

Iris lachte mit und wurde wieder ernst. »Es tut mir leid, Jan.«

Mit einer verlegenen Handbewegung strich er seine Haare zurück. »Das ist längst vergeben«, versicherte er.

Eva musste daran denken, wie sehr er um diese Haarlänge gekämpft hatte, wie er sich gefreut hatte, als sie endlich über seine Ohren reichten. Zu Hause hatte er sie mit einem nassen Kamm zurückgekämmt, damit sein Vater nicht sah, wie lang sie schon waren, weil er sonst höchstpersönlich die Schere angesetzt hätte. Später als Jugendliche, wenn sie zusammen in die Disco wollten, kam er rauf zu Eva, deren Mutter jede Art von Modeentgleisung tolerierte. Eva nähte für ihn aus alten Jeans eine Weste und bastelte ihm Halsbänder aus Sicherheitsnadeln. Und sie hatte immer Zuckerwasser gekocht, das sie sich gegenseitig in die toupierten Haare sprühten, bevor sie in Richtung Stadtpark losgezogen waren. Jetzt wirkten seine Haare dünner und grau.

»Was ist mit uns passiert?«, fragte Jan und sah die Cousinen erstaunt an, als wäre ihm gerade erst in diesem Moment aufgegangen, dass sie keine Kinder mehr waren.

Sie nahmen seine Hände, eine die linke, die andere die rechte.

Er sah die Makramee-Armbänder an ihren Handgelenken und sagte: »Jetzt will ich auch so ein Scheißarmband. Zeigt ihr mir, wie's geht?«

14

Spielzeug ist Volkserziehungsmittel

März 1933 – Als Otto erwachte, schien es ihm, als würde Flora noch schlafen. Sie lag auf dem Bauch und verbarg das Gesicht in ihrer Armbeuge.

Seit zwei Jahren wohnten sie in der unteren Etage des Stammhauses und hatten sich mit ein paar alten Möbeln der Eltern eingerichtet.

Seine Mutter hatte recht gehabt mit ihrer Ahnung. Jeden Morgen stellte Flora ihrem Mann mit einem Lächeln den Tee und eine Scheibe Marmeladenbrot hin. Und wenn Mines Stimme abends schon wieder durch das Sprachrohr quäkte, weil sie ihre Lupe nicht fand oder den Stickfaden nicht ins Nadelöhr bekam, eilte Flora mit dem gleichen Elan wie die anderen fünfmal zuvor nach oben. Sie sprang in der Fabrik ein, wo immer jemand gebraucht wurde. Einmal hatte sie einer Näherin geholfen, ein Kind zu entbinden. Danach hatte sie die Frau und das Neugeborene in den Handwagen gesetzt, die beiden rauf nach Grüntal zu ihrer Familie gezerrt, und als sie zurückkehrte, setzte sie sich ohne große Worte an die freie Maschine und nähte den Bären weiter, den die Wöchnerin begonnen hatte.

Jeden Abend fand Otto in seinem Bett eine Wärmflasche, und Flora steckte ihm als Gutenachtgruß eine Salmiakpastille in den Mund. Mit Flora gab es keine Überraschungen. Es schien, als ob ihr Wesen klar bis zum Grund war, wie der große Scherfenteich.

Und doch war etwas entschieden anders zwischen ihnen seit dem Tag, an dem Otto sie gefragt hatte, ob sie ihn heiraten würde.

Ihr Kopf bewegte sich. Sie drehte sich um und zupfte schnell den Ausschnitt des Nachthemds zurecht, der verrutscht war.

»Du beobachtest mich«, sagte sie verlegen. »Bedrückt dich etwas?«

Er ließ sich nach hinten ins Kissen fallen. »Ich bin den ganzen Tag nur noch mit der Buchhaltung befasst.«

Früher hatte er ihr alles erzählt, ohne Rücksicht. Jetzt ging es immer nur ums Geschäft.

Flora setzte sich auf und strich sich die Haare aus der Stirn. »Ich weiß, wie sehr dir das zuwider ist. Ich hingegen rechne wirklich gern. Und ich mach keine Fehler. Ich könnt es dir abnehmen.«

Er zögerte. Sie versuchte, ihn zu beruhigen. »Wir müssen es dem Vater auch nicht sagen. Und ich werd auch niemals den guten New Yorker Sicherheitsfüllfederhalter anrühren«, versicherte sie eifrig und brachte ihn für einen winzigen Moment zum Lächeln.

Um dem Konkurs zu entgehen, hatten sie Kredite für die Rohstoffe aufnehmen müssen und arbeiteten jeden Tag bis in die späten Abendstunden in der Fabrik.

Seit dem schwarzen Donnerstag hatte sich Albert verändert. Er war kurzatmig geworden, saß am liebsten auf dem Schemel neben der Fabriktür und beschwerte sich.

»Es sind die Japaner«, schimpfte er im Gespräch mit Otto. »Die machen unsere Sachen nach und verkaufen sie für einen Spottpreis.«

»Die haben halt riesige Werke und die neuesten Technologien. Und wir stellen noch immer fast alles in Handarbeit her.«

Um die Kosten zu senken, hatten sie entschieden, keine Gussköpfe mehr einzukaufen, sondern die Teile selbst aus Papiermasse zu gießen. Diese Technik hatte den Vorteil, dass sie dafür die Porzellanformen nutzen konnten, die Masse aber nicht gebrannt werden musste. Albert suchte das alte Papiermasserezept heraus. Es stammte aus einer Zeit, in der die Langbeins zusammen mit Kindern und Großeltern in der Wohnküche Puppenteile gedrückt hatten. Das Gemisch aus Papierfasern, Tonerde und Kleister versetzten sie mit mehr Wasser, damit es dickflüssig wurde. Sie gossen die Formen mit dem Schlick aus, der sich in einer dünnen Schicht an den Innenwänden absetzte.

Auf diese Weise wollten sie nicht nur die Köpfe, sondern auch die Körper herstellen. So sparten sie sich das Stopfen. Einer der Arbeiter sollte das Einhängen der Glieder über eine Kreuzverbindung mit elastischem Gummiband testen.

Der Angestellte war routiniert. »Ärmle, Beinle, Wänstle, fertig ist das Ernstle«, kommentierte er und reichte die zusammengesetzte Puppe an Otto.

»Das spart viel an Zeit und Material«, stellte Albert beeindruckt fest.

Otto besah sich die Puppe von allen Seiten und bewegte prüfend die Glieder. »Wir brauchen unbedingt eine Grundierung. Und wir müssen besonderen Wert auf die Lackierung legen. Nicht dass sich die Farbe abgreift.«

Aber Albert hatte ein gutes Gefühl. »Wenn die Puppen fertig sind, wird man sie von den teuren nicht unterscheiden können.«

Als Otto mit Flora allein im Modellierzimmer war, sagte er zu ihr: »Diese ganzen billigen Materialien und veralteten Techniken, die werden uns nicht retten. Wer jetzt nicht auf

Kunststoff umstellt, ist verloren. Aber das bedeutet wieder investieren.«

»Vielleicht hilft uns ja die Spielzeugschau, die sie vorbereiten? Du musst dir etwas Famoses einfallen lassen, was wir dort zeigen können.«

Sie stellte ihm eine Tasse mit Tee hin, legte kurz ihre Hand auf seine Schulter und schaltete beim Hinausgehen das Licht ein.

Otto setzte sich an den Modelliertisch. Er machte Skizzen, zerknüllte das Papier, entwarf neu und zerriss alles.

Irgendwann fiel ihm auf, dass es draußen stockdunkel und in der Fabrik still war. Otto sah zur Glastür. Er hoffte, Floras Schatten würde dort auftauchen. Immer, wenn er früher verzweifelt war, war Flora mit einem Glas Wasser als Vorwand gekommen und hatte ihm seinen Glauben an sich selbst zurückgegeben. Aber nun waren sie verheiratet, und alles war anders.

Otto ging hinüber ins Stammhaus, holte die Flasche Hagebuttenwein aus dem Schrank in der guten Stube seiner Eltern und nahm sie mit ins Modellierzimmer.

Der Wein brachte ihm keine neuen Erkenntnisse. Er starrte nur weiter auf die Tür.

Gegen Mitternacht senkte sich behutsam die Klinke. Flora huschte im hochgeschlossenen Nachthemd mit einem Glas herein. »Ich wollt nicht stören. Ich dacht nur, vielleicht brauchst du ein Wasser.« Sie sah auf das zerknüllte Papier am Boden, dann entdeckte sie die leere Weinflasche. »Aber ich sehe, du hast schon ein Getränk.«

»Ich bring nichts zustande«, sagte er verzweifelt.

Sie zog sich einen Hocker heran, setzte sich neben ihn und nahm seine Hand. »Man muss nicht immer etwas zustande bringen«, erklärte sie sanft.

»Doch!« Otto war laut geworden. Flora zuckte nicht einmal mit den Wimpern. »Wenn wir und unsere Leute in der Fabrik nicht hungern wollen, muss man das.«

Sie nickte, sagte aber nichts dazu.

»Glaubst du noch an mich?« Sein Tonfall wirkte fordernd und fremd.

Sie runzelte nur die Stirn.

»Du kannst ruhig antworten. Ich bin betrunken und weiß morgen sowieso nicht mehr, was du gesagt hast.«

Flora musste lachen. »Da war nur noch ein Viertel drin. Ich weiß es genau. So betrunken kannst du gar net sein.«

Otto betrachtete sie aufmerksam und kam ihrem Gesicht ganz nah. Sie senkte den Kopf und ließ das Haar über ihr linkes Auge rutschen.

Seine Stimme klang plötzlich wieder ganz nüchtern. »Ich hätte dich nicht fragen dürfen, Flora. Jedenfalls nicht im Beisein meiner Eltern und nicht zu diesem Zeitpunkt.«

Floras Atem ging schneller, und sie zog ihre Hand weg. Aus dem Auge, das ihn fixierte, löste sich eine Träne, ihre Oberlippe zitterte. »Ich weiß überhaupt nicht, was du mir damit sagen willst.«

»Seit ich dich gefragt hab, ist alles anders zwischen uns. Ich hab wohl etwas kaputt gemacht. Und ich weiß nicht einmal, was es war.« Er klang plötzlich wie ein bockiger kleiner Junge, der über ein zerbrochenes Spielzeugauto lamentierte.

Sie wischte mit dem Zipfel des Nachthemds ihr Gesicht sauber und schlüpfte zurück in die Rolle der Trösterin. »Du hast nichts kaputt gemacht«, sagte sie behutsam.

»Aber was ist dann los mit uns? Sag mir ehrlich, Flora, wenn wir allein gewesen wären, als ich dich gefragt hab, hättest du Ja gesagt?«

Langsam schüttelte Flora den Kopf.

»Ich wusste es«, sagte er resigniert.

Sie schüttelte wieder den Kopf. »Lass mich den Grund sagen. Ich hätte keinen Mann heiraten wollen, der eigentlich eine andre liebt.«

Ottos Gesicht wurde rot. »Das ist nicht so«, protestierte er heftig. »Das ist nicht wahr!« Er wischte mit der Hand die restlichen Zeichnungen vom Tisch. »Wenn es das ist, was zwischen uns steht, ist es nichts. Oder ist da mehr?«

Flora sah zu, wie die Blätter in eleganten Bögen zu Boden segelten. Sie bohrte einen Finger in die kleine Grube über ihrem Brustbein, als könnte ihr das beim Nachdenken helfen. Endlich sagte sie: »Wir sind von Kinderfreunden zu Eheleuten geworden. Wir haben wohl das, was dazwischen liegt, übersprungen.«

Otto sank in sich zusammen. Einen Moment war Stille. »Und was wird jetzt?«, flüsterte er schließlich.

»Lass uns noch einmal anfangen«, bat sie. »Lass uns zurückgehn und so tun, als wären wir nicht verheiratet.«

»Aber wir schlafen in einem Bett!«

Sie griff nach seinem Handgelenk und strich behutsam über den Knöchel.

»Das tun Geschwister auch.«

Niemand außer Flora und Otto bemerkte die winzigen Veränderungen. Sie hatten beschlossen, ihre Eheringe weiter zu tragen, um die Eltern nicht zu beunruhigen. Sie gingen sich in der Fabrik weder aus dem Weg noch suchten sie die Nähe des anderen. Aber wenn Otto bei den Arbeitern über sie sprach, nannte er sie nicht mehr seine Frau, sondern Flora.

Sie gab ihm zu Hause in der unteren Wohnung keine flüchtigen Begrüßungsküsse mehr, dafür sah sie wieder auf jede seiner Bewegungen und registrierte mit seismografischem

Gespür die Stimmungsschwankungen, wie sie es früher getan hatte, als sie noch Kinder gewesen waren.

Er saß am Küchentisch mit dem Zeichenblock und zerknüllte schon wieder ein Blatt. »Wenn mir nichts Gescheites einfällt, dann haben wir nichts, was wir auf der Spielzeugschau ausstellen können.«

Flora stand am Waschtisch. Sie hatten ihn zur Hochzeit geschenkt bekommen. Er war hochmodern mit seinen herausnehmbaren Stahlbecken, die sich einfach in den Küchenabfluss ausschütten ließen. Nun drehte sie sich zu ihm um und trocknete die Hände an der Schürze ab.

»Ich erinnere mich, dass du mir früher immer von Robinson Crusoe erzählt hast. Weißt du noch? Wir haben nach Unterrichtsschluss vor der Schule auf der kleinen Steinmauer gesessen.«

Er starrte sie an und überlegte angestrengt. »Ich weiß nur, dass ich dort immer gelesen hab.«

Sie setzte sich auf den Stuhl und baumelte erwartungsvoll mit den Beinen. Plötzlich erinnerte er sich an ihre Schuhe von damals. Sie hatten wie die einer Marionette gewirkt, weil sie mehrere Nummern zu groß und vorn mit Holzwolle ausgestopft gewesen waren. Das Mädchen, das in diesen Schuhen steckte, hatte begierig darauf gewartet, von ihm alle Einzelheiten über die Palmeninsel mit den Papageien und Wilden zu erfahren.

Wie von selbst begann Ottos Hand erste Skizzen auf das Papier zu werfen. Flora rückte näher und beobachtete mit heiliger Ehrfurcht seine Hand, die ihm dadurch plötzlich selbst so begnadet erschien, dass er in zehn Minuten einen kompletten Plan für ein Diorama mit Wasserfläche, Insel, Kannibalen, Robinson, Papageien und exotischen Pflanzen gezeichnet hatte.

»Es wird wundervoll«, flüsterte Flora.

Behutsam strich er ihre Haarsträhne zurück hinter das Ohr. »Ich mag es so gern, wenn dir dein Auge vor Aufregung wegrutscht. Dann weiß ich, ich hab etwas Bedeutsames getan.«

Verlegen steckte sie ihre Haarklemme neu. »Weißt du, was mein Vater bei meiner Geburt gesagt haben soll?« Sie ahmte seine schwere Zunge nach. »Ach Gott nää, scho wieder a Mädle. Und noch dazu eins, wo schielt. Die kriegt einmal kein' Mann.«

Erst lachte er, dann wurde er verlegen. Wieder war eine merkwürdige Stimmung zwischen ihnen entstanden. Schnell fragte er: »Warum musste ich dir eigentlich immer von Robinson erzählen? Du konntest doch längst selbst lesen?«

»Ja, schon. Aber bei uns zu Haus gab es doch kein einziges Buch.«

Sie begannen in der Fabrik das Diorama für die Spielzeugschau zu bauen. Albert lobte Ottos Pläne: »Das hast du geschickt gemacht. Da sind unsere beiden Produktionszweige verbunden, die Puppen und die Plüschtiere. Damit zeigen wir dem Land, was die Fabrik Langbein kann. Ich bin sicher, das wird das Geschäft ankurbeln.«

Je näher der Tag der Eröffnung rückte, umso nervöser und aufgeregter wurden alle.

Flora versuchte Mine davon zu überzeugen, dass sie sich für diese Feierlichkeit endlich ein neues Kleid zulegen müsse. Sie passte wirklich nicht mehr in ihr gutes Schwarzes, und das Schnüren verbot sich seit einiger Zeit, weil Mine kurzatmig geworden war. Alle redeten auf sie ein, Hilda, selbst Albert und Otto sowieso.

Am ersten Sonnabend im April hatten sie Mine endlich so weit. Flora kam in die obere Wohnung und teilte ihrer

Schwiegermutter mit: »Wir gehn heut in die Bahnhofstraße und kaufen dein Kleid.«

Das untere Ende der Straße hieß jetzt Adolf-Hitler-Platz, was aber niemanden interessierte.

»Warum müssen wir denn bis da runter laufen?«, jammerte Mine, der gerade jeder Schritt zu viel war.

Flora hakte sich bei ihr unter und erklärte: »Im Konfektionshaus Speyer haben sie die größte Auswahl. Außerdem gibt es da beim Einkauf von fünf Mark ein Kuvert mit prachtvollen Reklamemarken gratis.«

»Fünf Mark?«, fragte Mine entsetzt. »Ich will kein so teures Kleid.«

»Aber Mama. Möchtest du vielleicht, dass sich dein Mann auf der Spielzeugschau für dich schämt?«

»Der schämt sich für nix«, keuchte Mine, die schon am oberen Markt völlig außer Atem geraten war. »Und was wird mit dem teuren Kleid, wenn ich sterb?«

Als sie endlich das Kaufhaus erreichten, versperrten zwei SA-Männer in brauner Uniform und mit Hakenkreuz-Armbinde den Eingang. Einer von ihnen sagte: »Das Kaufhaus ist besetzt.«

»Ja, wie kann denn ein Kaufhaus besetzt sein?«, fragte Flora verblüfft. »Es ist doch kein Abort.«

Der andere SA-Mann zeigte auf ein Schild, das in der Tür klemmte. *Deutsche! Kauft nicht bei Juden!*

Mine guckte entgeistert das Plakat an. »Was soll denn der Quatsch?«, fragte sie aufgebracht. »Jetzt bin ich extra die ganze Straß' runtergelaufen, und ihr lasst mich net rein?«

Flora erinnerte daran, dass Herr Speyer ein angesehener Mann sei. »Das ist doch ein Sonneberger wie du und ich.«

»Das verbitte ich mir!«, empörte sich der SA-Mann. »Wer beim Juden kauft, ist ein Volksverräter.«

»Das erzähl ich deiner Mutter«, versprach Mine, die jeden in Sonneberg kannte. »Die wird dich schön zusammenstauchen.«

Es half aber alles nichts, sie wurden nicht eingelassen.

In heller Aufregung eilten sie hinüber in die Robertstraße, um Hilda von diesem unerhörten Ereignis zu berichten.

Hilda sah schmaler aus als sonst, und ihre Nase wirkte noch länger. Sie wusste schon Bescheid. »Die haben heut früh um zehn alle jüdischen Geschäfte besetzt, nicht nur hier, im ganzen Land.«

Ein paar der Packer drehten sich zu ihr um und wurden von ihr angefaucht: »Ja was? Habt ihr nix zu tun?«

»Ein Arbeiter aus Judenbach hat erzählt, die denken ernsthaft drüber nach, den Ort umzubenennen«, berichtete Flora.

Hilda winkte ab. »Regt euch nicht auf. Die Wichtigtuer kann ja keiner ernst nehmen. Nächste Woche wird alles wieder geöffnet sein.«

»Aber heut wohl net mehr«, seufzte Flora.

Mine schnaufte beim Aufstehen. »Das ist ein Zeichen vom Himmel. Ich soll mir kein neues Kleid holen. Komm, Mädle, dann können wir noch ein wenig oben in der Fabrik schaffen.«

»Ihr arbeitet zu viel und solltet endlich in die Gewerkschaft eintreten«, drängte Hilda.

Flora fragte verwundert: »Was soll ich denn in der Gewerkschaft?«

»Beitrag zahlen«, gab Mine zurück. »Aber das kommt gar net infrage!«

Ein Eintritt hätte sich aber ohnehin nicht mehr gelohnt, denn kurze Zeit später wurden die freien Gewerkschaften verboten.

Und dann begannen im ganzen Land große Werbeaktionen zur Rettung der Spielzeugindustrie in Thüringen. Überall hingen Reklametafeln: *Kauft Spielwaren! Ihr schafft Familienglück! Spielzeug ist Volkserziehungsmittel!*

Glanzpunkt des Feldzuges war die Sonneberger Spielzeugschau. In der ganzen Stadt flatterten Werbebanner und Hakenkreuzfahnen, denn organisiert hatten diese Aktion die Nationalsozialisten. Um die Laternen waren Blumengirlanden gewunden, und am Bahnhof traf ein Sonderzug nach dem anderen ein. Auf dem Platz vor dem neuen Rathaus war ein monumentales Holzpferd aufgebaut worden, das Sonneberger Reiterlein, das anstelle eines Schweifes eine Pfeife hatte, weshalb es von den Einheimischen das Pferdlein mit dem Pfeiflein im Ärschlein genannt wurde.

Die Menschenmenge wälzte sich in Richtung Stadthalle, wo im Dezember Adolf Hitler eine flammende Rede vor seinen immer zahlreicher werdenden Parteigenossen gehalten hatte. Im Eingangsbereich der Spielzeugschau hing ein übergroßes Bild des Führers.

Hunderte Aussteller aus der Region zeigten ihre Erzeugnisse. Die Industrieschule war mit Arbeiten ihrer talentiertesten Schüler vertreten, das Deutsche Spielzeugmuseum präsentierte seine Schätze, und es gab eine Ausstellung mit Werken von bedeutenden Künstlern und Architekten. Die Spielzeugschau sollte bis zum Herbst zu sehen sein, und im Anschluss würde sie nach Berlin und Oberschlesien reisen.

Bei der Eröffnung wurde von der wertvollen Spielzeugindustrie gesprochen, die es zu retten galt, und von der sangesfreudigen Thüringer Waldbevölkerung, die man unterstützen müsse. Mine und Albert waren gleich nach der Rede wieder gegangen, weil ihnen das Gedränge zu viel gewesen war. Hilda hatte sich geweigert, überhaupt erst mitzukommen.

»Wie kannst gerade du dir die Rede von diesem Reichsminister anhören, der die Bilder von Klee und Kokoschka aus den Weimarer Sammlungen verbannt hat?«, fragte sie ihren Bruder.

»Mir gefällt der auch nicht«, versuchte sich Otto zu verteidigen. »Dennoch tun sie was für uns. Wir brauchen die Teilnahme an der Schau.«

»Das versteh ich ja«, hatte Hilda eingelenkt. »Aber anhören muss ich mir das Gewäsch über unsre Rettung durch die Volksgenossen noch lang nicht.«

So schlenderten Flora und Otto allein über das riesige Gelände und bewunderten die Arbeiten der Konkurrenten und Geschäftsfreunde.

Wie auf einem Rummel dröhnte aus jeder Ecke eine andere Drehorgelmusik, und es schien, als wäre die Welt auf ein Miniaturformat geschrumpft worden. Kleine Tänzer mit Zelluloidfrisuren drehten sich im Kreis, ein voll besetzter Zug umkurvte winzige Hochhäuser, Puppensekretärinnen saßen telefonierend vor klappernden Schreibmaschinen, ein Ford Cabriolet fuhr jubelnde Puppen zu einem Berg aus Lauschaer Glasschmuck, und der Klapperstorch holte eine Babypuppe nach der anderen aus einem Teich. Alles bewegte sich und tönte, Schafe nickten mit den Köpfen, Uhren tickten, Glocken bimmelten von Miniaturkirchtürmen. Glasbläser führten ihre Künste vor, Holzschnitzer ließen die Späne fliegen, und Modelleure formten aus Ton ideale Gesichter.

Flora und Otto orientierten sich an dem Plan im Ausstellungsführer, damit sie durch das Gewirr zu ihrer eigenen Präsentation fanden.

Endlich standen sie vor dem großen Diorama der Spielzeugfabrik Langbein. Robinson Crusoe hockte auf seiner

Insel, hob sein Fernrohr ans Auge und ließ es resigniert wieder sinken. Um ihn herum bewegten sich exotische Puppen im Kreis. Zwischen Bananenstauden und blühenden Zuckerbüschen wippten krächzende Papageien. Eine wilde Ziege meckerte daneben, wackelte empört mit dem Kopf und betrachtete sich im Wasser, das aus einem riesigen Spiegel bestand.

Es war die prächtige Illusion einer Südseeinsel, alles stimmte daran, und doch waren Flora und Otto enttäuscht. Vor ihrem Exponat blieben längst nicht so viele Besucher stehen, wie sie es sich erhofft hatten.

»Lass uns nachsehen, was sie dort drüben ausstellen«, schlug Otto vor und zog Flora hinter sich her. Sie hatte das Gefühl, in dem Gedränge nicht mehr atmen zu können. Die Luft fühlte sich an wie in einer überfüllten Zirkusarena, staubig und voller Ausdünstungen.

Sie zwängten sich zu einer Ecke der Halle hindurch, immer den marktschreierischen Rufen nach, dorthin, wo das dichteste Gewimmel herrschte.

»Nur ein Groschen«, schrie ein Händler und wedelte mit einer Puppe. »Ein Groschen für einen kleinen SS-Mann! Auch in der Ausführung mit SA-Uniform. Eure Buben werden begeistert sein!«

Kleine und große Hände streckten sich aus, die Puppen wurden dem Verkäufer nur so von der Verkaufstheke gerissen. Die Leute klatschten und jubelten.

Flora zog Otto weiter. Überall an den Ständen waren diese neuen Symbole. Es gab Puppen in den Uniformen der Hitlerjugend mit Zugschnur am Rücken, die »Heil Hitler!« plärren konnten. Es wurden Plastikpistolen ausgestellt und Bleisoldaten, Kanonen, Panzer, Kinderstahlhelme und kleine Uniformen. Selbst die renommierten Hersteller wie Steiff und Käthe Kruse sprangen auf diesen gewinnträchtigen Zug auf.

»Überall Soldaten und Gewehre«, sagte Otto enttäuscht zu Flora. »Das ist der neue Geist der Zeit. Die machen ja alle mit, wohin man sieht. Wir hätten auch so etwas bauen sollen.«

»Nein«, widersprach Flora entschieden und dachte an ihre Brüder. »Der Krieg gehört nicht ins Kinderzimmer.«

Otto brauchte sich nicht lange über die verpasste Chance zu ärgern. Bald darauf wurde ein Gesetz zum Schutz der nationalen Symbole erlassen, das Anti-Kitsch-Gesetz. Und das verbot es, den Führer als Hampelmann der Lächerlichkeit preiszugeben.

Während der Spielzeugschau nahmen die Bestellungen im Sonneberger Raum zu, auch bei den Langbeins. Albert ließ sich von Otto alles genau diktieren und trug es ins Hauptbuch ein. Seine Schrift war zittrig geworden, und manchmal musste er nachdenken, als wisse er nicht mehr, wie man die Worte schrieb.

Eines Tages, als sie damit fertig waren, schraubte Albert seinen New Yorker Sicherheitsfüllfederhalter zu und überreichte ihn Otto. »Nimm du ihn von jetzt an, mein Junge.«

»Aber Vater!«, rief Otto erschrocken. »Das geht nicht!«

Albert sah ihn an und streckte sich, um das Ohr seines Sohnes zu erreichen. Er zog ein klein wenig daran und schmunzelte vergnügt. »Wenn du die Segelohren nicht hättest, würd ich dich vielleicht gar net mehr erkennen«, sagte er. Dann wurde er wieder ernst. »Du hast dich schon lang deines Bruders würdig erwiesen. Ich konnt wohl nur net loslassen. Aber jetzt ist es Zeit.«

Otto nahm den Füllfederhalter aus der Hand des Vaters und steckte ihn behutsam in die Brusttasche seines Kittels. »Ich werd dich nicht enttäuschen, Papa. Nicht in diesem Leben und auch nicht im nächsten.«

Am Sonntag rupfte Flora tief gebückt Unkraut hinter dem Eisenzaun des kleinen Vorgartens und befreite den Rhabarber von seinen Konkurrenten. Brennnesseln bissen in den schmalen Streifen Haut, der zwischen den Handschuhen und ihren Leinenärmeln hervorblitzte. Wenn sie eine Löwenzahnwurzel herausstach, verbreitete sich roter Staub.

Aus der unteren Stadt näherte sich ein Knattern. Flora sah erst auf, als es direkt neben ihrem Vorgarten anhielt und der Motor provozierend aufjaulte.

»Otto!«, rief sie überrascht.

»Ich hab mir ein Motorrad geliehen. Ich will in den Röthengrund. Kommst du mit?«

Flora sah kurz auf die Arbeit, die noch vor ihr lag, dann warf sie Handschuhe und Werkzeug hin, raffte ihren Rock und sprang hinter Otto auf den Gepäckträger. Es war eine schwarze Triumph, mit Signalhorn und Bakelitgriffen. Insekten knallten gegen Floras Gesicht, das Eisen drückte ihr bei jeder Bodenwelle ein Muster ins Hinterteil, und sie musste die Beine während der Fahrt ausgestreckt nach oben halten. Der Wind riss an ihren Haaren, ihr Kragen flatterte, und ein kalter Luftzug fuhr unter ihre Bluse.

Unterhalb des Schleifenbergs hielt Otto an. Flora stieg ab, und er bockte die schwere Maschine auf.

»War es sehr unbequem?«, fragte er.

Flora schüttelte den Kopf und versuchte nicht einmal ihr Haar zu ordnen. »So muss es sich anfühlen, wenn man mit einem Zeppelin fliegt!«, rief sie ganz außer Atem. Sie breitete die Arme aus und drehte sich im Kreis. Ihr Rock schwang und gab die blassen Schenkel frei, irgendwann taumelte sie, und er hielt sie fest.

Jetzt, wo der Motor nicht mehr röhrte, konnten sie die Vögel und das Plätschern des Wassers hören. Der ganze Grund war mit blühenden Pestwurzen überzogen.

»Es ist so leicht, glücklich zu sein!«, rief sie und strahlte ihn an. Er konnte ihre winzigen ebenmäßigen Zähne sehen. Ihre Nase war gerade und ohne Schwung und ihre Lippen ein wenig aufgeworfen. Vor Begeisterung rutschte ihr Auge weg, und als er es bemerkte, musste er sie einfach küssen. Es war ein ganz anderer Kuss als der, den er ihr bei der Hochzeit gegeben hatte. Mit seiner Zunge tastete er ihre kleinen Zähne ab, und sie ließ es zu.

Danach standen sie ganz lange auf dem Weg, hielten einander an den Händen und sahen sich nur an.

Irgendwann läuteten Kirchenglocken aus der Ferne und durchbrachen den Zauber.

»Mein Gott!«, rief sie erschrocken und sah auf seine Armbanduhr. »Ich hab ja ganz vergessen, das Suppenfleisch anzusetzen. Das krieg ich bis heut Abend nimmer weich, das wird zäh sein wie damals deine Krähe.«

Er fragte im Scherz: »Hast du mich damals schon leiden können?«

Flora blieb ernst und sagte: »Ich hab dich schon immer geliebt.« Es war eine sachliche Feststellung, und sie schien mit keiner Entgegnung zu rechnen, denn sie stieg wieder auf den Gepäckträger und wartete darauf, dass Otto zu ihr kam und den Motor startete.

Stattdessen riss er ein Wiesenschaumkraut aus, kniete vor ihr nieder und fragte: »Willst du meine Frau werden, Flora?«

Sie sah ihn überrascht an und wollte wie beim ersten Mal wissen: »Aber warum?«

Diesmal kam seine Antwort schnell und ohne Zögern: »Weil ich ohne dich nicht sein kann.«

Sie beugte sich zu ihm hinunter, nahm die blassrosa Blume, und diesmal küsste sie ihn.

Der Kaiserbaum im Garten trug ein Meer von Blüten, und wenn der Wind durch die Zweige strich, regnete es blaue Glocken herab.

Flora hatte den Gartentisch mit dem Steingutgeschirr eingedeckt und schenkte Zichorienkaffee ein. Ihre Wangen waren leicht gerötet, und wenn ihr Blick den von Otto traf, lächelte sie. Albert und Mine saßen erwartungsvoll auf ihren Stühlen und freuten sich auf das Kompott, das Flora versprochen hatte. Hilda war ebenfalls mit ihrem Mann vorbeigekommen. Bevor irgendjemand eines der schweren Themen, die in der Luft lagen, aufgreifen konnte, verkündete Otto: »Wir haben eine Neuigkeit. Flora ist guter Hoffnung.«

Mine suchte in den tiefen Falten ihres langen Rocks nach einem Schnupftuch. Albert sah höchst zufrieden aus und gratulierte.

Hilda sagte nur: »Es ist keine gute Zeit, ein Kind in die Welt zu setzen.«

Otto wollte seine Schwester zurechtweisen, doch Flora kam ihm zuvor. »Ich weiß«, sagte sie. »Aber so schlimm wird es schon nicht kommen.«

Und Otto bemerkte: »Hauptsache das Kind kriegt nicht meine Ohren. Alles andre ist egal.«

15

Die Dunkelkammer

Eva saß vor dem Spiegel und dachte, dass sie kein altes Foto in die Bewerbungsmappe hätte legen dürfen. Sie schaffte es nicht, ihr Gesicht in einen Zustand zu versetzen, der dem Bild ähnelte. Andererseits wäre sie mit einem realistischen Passfoto vermutlich gar nicht eingeladen worden. Unzählige Male hatte sie sich beworben und nie eine Antwort erhalten, nicht einmal eine Absage.

Aber an diesem Tag würde sie nach Nürnberg fahren, zu einer kleinen Firma, die Spielzeug für lernbehinderte Kinder entwickelte. Eva hatte den Internetauftritt des Unternehmens genau studiert und die Texte nahezu auswendig gelernt. Sie hatte sich sogar eins der kleinen, teuren Spielzeuge bestellt, damit sie mit den Produkten vertraut war.

Im Moment vermisste sie ihre Großeltern noch ein wenig stärker als sonst. Wie gern hätte sie sich mit ihnen darüber unterhalten, was sie anziehen sollte, wie sie auftreten musste, welche Fragen und Forderungen sie stellen durfte.

Manchmal wünschte sie sich die Gabe ihrer Urgroßmutter Mine. Sie wollte nicht wie Iris im Kopf alle Wahrscheinlichkeiten durchrechnen und dann mit viel Getöse in fünfzig Prozent der Fälle richtig liegen. Sie hätte nur gern am Studienende gewusst, dass dies die einzige Gelegenheit ihres Lebens sein würde, um in ihrem Beruf zu arbeiten. Und wenn sie geahnt hätte, dass ihr Mann sie eines Tages für eine jüngere

Kollegin verlassen würde, wäre sie wie Iris regelmäßig zum Yoga gegangen und hätte ihre Freundschaften nicht so sträflich vernachlässigt.

Eva hätte auch gern gewusst, ob dieser Tag der Beginn von etwas Neuem sein würde, nur um gelassen in das Vorstellungsgespräch gehen zu können.

Ihr Alter wurde nicht durch Erfahrung aufgewogen. Sie beschloss, die offensichtlichen Defizite durch ihre persönliche Geschichte und stürmische Begeisterung auszugleichen. Sie wollte erzählen, dass Spielzeug immer ihr Leben bestimmt hatte und sie mit dem Gedanken aufgewachsen war, irgendwann einmal für die Fabrik, das Herz, Verantwortung zu tragen. Sie würde von ihrer Faszination für Pappmaché erzählen und dem alten Familienrezept der Drücker, das wie ein Schatz gehütet worden war und nach dem man einen perfekten Werkstoff herstellen konnte: leicht, mit ökologisch herausragenden Eigenschaften, biologisch abbaubar, ohne Schadstoffe. Sie wollte erzählen, dass sie, nachdem die Fabrik versiegelt worden war, immer auf der Suche nach einer neuen Lebensaufgabe gewesen sei, und dass sie vorhatte, genau die in diesem Betrieb zu finden.

Eva erhielt keine Gelegenheit, ihren flammenden Vortrag zu halten. Sie scheiterte schon an den ersten Fragen zu digitalem Marketing und 3D-Druck. Der Interviewpartner war ein junger, kluger Mann, der ihr das Gefühl gab, sie hätte lieber einen Rentenantrag stellen sollen.

Diese Erfahrung machte Eva in letzter Zeit häufiger. Es fühlte sich merkwürdig an, wenn die Ärzte jünger waren als sie selbst, und es trug nicht zu ihrem Vertrauen in deren Fähigkeiten bei.

Als Eva wieder im Zug nach Sonneberg saß, stützte sie ihr

Gesicht in eine Hand, als wäre sie müde, und wandte sich dem Fenster zu, um während der Fahrt ungestört weinen zu können. Sie überlegte, ob sie bei ihrer Mutter vorbeisehen sollte, damit sie sich trösten lassen konnte. Aber sie wusste nie, wie diese auf etwas reagierte. Es konnte sein, dass sie voller Verständnis war und sie in den Arm nahm. Es war aber auch möglich, dass sie ihr die Leviten las, weil sie nichts zustande bekam.

Als Eva aus dem Zug stieg, hoffte sie darauf, niemanden zu treffen, der sie in ein Gespräch verwickeln wollte.

Sie kaufte noch schnell im Supermarkt in der Unteren Marktstraße ein. Weil die Kassiererin sehr freundlich war, fragte Eva spontan, ob sie Verstärkung an den Kassen brauchten, und hinterließ ihre Telefonnummer.

Ganz automatisch lief sie an ihrem Wohnhaus vorbei, und erst, als sie die Klinke des Stammhauses berührte, wurde ihr bewusst, wo sie sich befand. Eigentlich wollte sie wieder umkehren, dann drückte sie doch die Tür auf. Sie sehnte sich nach jemandem, der sie als Kind gekannt hatte, mit all ihren Hoffnungen und Illusionen.

Jan und Iris standen in der Dunkelkammer. Die Tür war weit geöffnet, und sie hatten das kleine Fenster mit dem merkwürdigen Gemälde, das alles Licht am Eindringen hinderte, aufgerissen. Eva merkte gleich, dass sie den Tag bisher mit dem Anschauen von Fotos und nicht mit Aufräumen verbracht hatten.

»Sieh dir das an, Eva!«, rief Iris ohne ein Wort der Begrüßung. »Ich hatte recht!«

Sie wedelte mit einem Schwarz-Weiß-Foto herum. Es zeigte ihre Großmutter als blutjunge Frau mit einem Kind auf dem Schoß.

»Ist das dein Vater?«, fragte Eva. »Onkel Hugo war ein niedliches Kind!«

»Jaja«, sagte Iris, »aber schau dir Omas Gesicht an!«

Das Haar war kinnlang geschnitten und floss in weichen Wellen um ihre Wangen. Flora Langbein zeigte ein glückliches Lächeln. Aber sie blickte nur mit einem Auge in die Kamera.

»Hab ich es euch gesagt?«, triumphierte Iris.

»Da ist sie in einem unglücklichen Winkel erwischt worden«, behauptete Eva. »Das ist Zufall.«

»Hab ich auch gedacht.« Jan zeigte auf die unzähligen Fotos, die am Boden lagen. »Aber dann sind die ganzen Bilder hier auch alle Zufall.«

Eva hob ein Porträt auf. »Mir ist das nie aufgefallen.«

Sie dachte an ihre Großmutter, mit der sie oft stundenlang in ein Fragespiel vertieft gewesen war, bei dem man sich gegenübersaß und im Sprechtakt der Antworten klatschen musste. Das Spiel wurde im fränkischen Dialekt gesprochen, begann mit der Frage »Wie häßt denn du?« und setzte eine gute Merkfähigkeit voraus. Stundenlang hatten sie sich dabei fest in die Augen geblickt.

»Ich fand immer, sie hatte ein vollkommenes Gesicht«, sagte Eva leise und starrte auf das Foto.

»Das hatte sie auch«, versicherte Iris. »Es sah dadurch immer besonders aus.« Und dann setzte sie schnell hinterher: »Aber dennoch hatte ich recht.«

Eva hielt den Kopf gesenkt und sah auf die Bilder am Boden. Ein Tropfen fiel.

»Weinst du etwa?«, fragte Jan.

Sie winkte ab und sagte: »Ich hab bloß eine Absage gekriegt. Und wenn ich die Bilder unserer Oma sehe ... Sie hatte zwei Kriege durch, und dennoch war sie so zufrieden. Was für ein erfülltes, glückliches Leben. Mir rinnt es irgendwie durch die Finger.«

Sie ließ sich auf das Bett ihrer Mutter fallen. Iris setzte sich neben sie, Jan kam auf die andere Seite.

»Was ist passiert?«, fragte Iris und strich ihrer Cousine eine Haarsträhne aus der Stirn. Ihr Parfüm war verflogen. Sie roch nur noch nach Waschmittel und Kaugummi. Plötzlich war sie Eva so vertraut.

»Ich konnte nichts von dem, was die wollten. Manchmal hab ich das Gefühl, in der Steinzeit studiert zu haben«, klagte sie. »Ich hätte im Großhandel nicht kündigen dürfen. Das war eine gute Stelle, nicht aufregend, aber sicher. Ich hab's nur nicht mehr ausgehalten, jeden Tag der neuen Frau meines Mannes zu begegnen. Also hab ich das Feld geräumt.«

Iris streichelte sie, was bewirkte, dass sie noch heftiger schluchzte. »Ist dir schon mal aufgefallen, Eva, dass du immer das Feld räumst, wenn etwas schiefläuft? Vielleicht solltest du endlich anfangen zu kämpfen.«

Eva nickte. »Und auf dem Rückweg hab ich mich im Supermarkt beworben, in der Unteren Marktstraße. Der ist genau an der Stelle, an der früher die Sonni gestanden hat. Im VEB Vereinigte Sonneberger Spielwarenwerke hätte ich nach dem Babyjahr meinen ersten Arbeitsplatz bekommen sollen. Ich hatte schon einen Vertrag.«

»Ach Eva«, sagte Iris mitfühlend. »Und ich hab nach der Rückübertragung der Fabrik meine Entlassung aus dem Beamtenverhältnis beantragt. Weil wir alle zusammen eine erfolgreiche Spielwarenfirma aufbauen wollten.«

»Sieht so aus, als hätten wir alle den Hauptgewinn gezogen«, stellte Jan fest.

»Können wir irgendetwas tun, um dich zu trösten?«, fragte Iris.

Eva suchte nach einem Taschentuch. »Kommt ihr morgen früh mit in den Wald?«, erwiderte sie mit kläglicher Stimme. »Die drei Tage sind um.«

Während Iris irritiert guckte, wusste Jan sofort, was sie meinte. »Na klar«, versicherte er. »Wir müssten ordentlich Pilze finden.«

»Kennst du dich denn damit aus?«, fragte Iris.

Ihre unverhohlene Furcht brachte Eva wieder zum Lächeln. »Natürlich. Wir können uns auch auf Steinpilze und Pfifferlinge beschränken, wenn dir dabei wohler ist.«

»Allerdings«, bestätigte Iris. »Mein Vater hat mir immer diese Nahtodgeschichte erzählt. Nicht, dass unsere Familie am Ende doch noch komplett ausgelöscht wird.«

Eva ging in die Küche, um sich das Gesicht zu waschen. Jan sammelte die Fotos in einen großen Karton.

»Den Vergrößerungsapparat müssen wir vermutlich von der Wand abschrauben«, überlegte Iris.

»Lass ihn doch erst mal dran«, schlug Jan vor. »Vielleicht bringt uns das sogar Pluspunkte auf dem Wohnungsmarkt. Haus mit Dunkelkammer zu vermieten.«

Iris grinste. »Das könnte die falschen Mieter anziehen.«

Jan zögerte kurz und gab dann zu: »Ich wollte das Ding einfach gern mal ausprobieren.«

Als Eva zurückkam, erzählte Jan, er habe noch eine weitere Woche Urlaub genommen. Für seine Frau sei es in Ordnung gewesen. Es war schließlich abzusehen, dass sie es in dieser kurzen Zeit nicht schaffen würden, das Haus leer zu räumen.

Jan streckte sich zufrieden. Er konnte wieder besser schlafen. Keine Optimierungsdiskussionen am Morgen, die abends vorbereitet werden mussten. Keine Hahnenkämpfe mit den Kollegen. Die einzige Frage, die ihn nachts beschäftigte, war die nach dem Verbleib seiner PIKO-Eisenbahn. Hatte sein Vater sie verschenkt oder weggeworfen? Oder tauchte sie noch irgendwo auf? Er war enttäuscht gewesen, als er sie weder auf dem Dachboden noch in der Dachkammer gefunden hatte. Aber das Haus besaß viele Räume. Dieser Gedanke hatte ihn anfangs geängstigt. Jetzt fühlte es sich an wie damals, zu Beginn der Sommerferien, wenn er gewusst hatte, dass acht herrliche Wochen vor ihm lagen.

»Keine Ahnung, was mit mir los ist«, sagte er zu seinen Cousinen. »Ich hab jahrelang studiert, und plötzlich finde ich es befriedigend, Schränke zu zertrümmern.«

»Wenn du einen guten Psychologen brauchst ...«, begann Iris.

»Brauch ich nicht«, gab Jan zur Antwort. »Ich zerschlage lieber Schränke.«

Er holte weit aus und ließ den Vorschlaghammer auf einen wackeligen Nachttisch sausen. Das Sperrholz splitterte, und auf Jans Gesicht breitete sich ein seliges Grinsen aus.

Eva öffnete einen Kleiderschrank und stellte fest, dass noch Sachen ihrer Mutter darin lagen.

»Was machen wir damit?«, fragte sie hilflos.

»Das hat sie zehn Jahre nicht gebraucht. Kannst du guten Gewissens wegwerfen«, war Jan überzeugt.

Iris schüttelte verwundert den Kopf. »Zehn Jahre ist das jetzt schon wieder her?«

Jan kratzte sich am Kinn. »Mein Vater hat übrigens auch mich vertrieben, nicht nur euch. Heut weiß ich auch, warum er so wütend war.«

Eva warf die Sachen ihrer Mutter in den Müllsack. Sie überlegten, ob sie den maroden Kleiderschrank noch losbekommen würden, aber Jan stand so sehnsüchtig mit dem Vorschlaghammer daneben, dass sie ihn zuschlagen ließen.

Eva wollte die Decken zusammenpacken und musste feststellen, dass ihre Mutter beim Auszug nicht einmal das Bett abgezogen hatte.

»Guck bloß nicht unters Kissen«, warnte Iris sie.

Sie warf weitere Fotos in einen großen offenen Karton, wollte damit rausgehen und setzte noch einmal ab. »Habt ihr was dagegen, wenn ich ein paar Bilder von meinem Vater mitnehme?«

Sie sahen ihr über die Schulter. Der kleine Hugo stand im sommerlichen Garten, barfuß und mit aufgeschlagenen Knien. Von hinten umschlang ihn seine Mutter. Eine junge Frau und ihr erstes Kind. Egal wie viele nachfolgten, so wie beim ersten würde es nie wieder sein.

»Es muss schlimm für die beiden gewesen sein, als sie sich plötzlich nicht mehr sehen durften«, vermutete Eva.

Iris nickte. »Da war ständig diese Sehnsucht. Er hat immer gehofft, ihr kommt nach.«

»Hast du dir als Kind manchmal vorgestellt, wie dein Leben verlaufen wär, wenn dein Vater hiergeblieben wäre?«

Erstaunt schüttelte Iris den Kopf. »Nein. Nie. Habt ihr euch das damals vorgestellt? Wie es gewesen wäre, wenn alle zusammen nach Neustadt gegangen wären?«

Eva und Jan nickten einträchtig. »Ständig. Das war unser Was-wäre-wenn-Spiel. Dann hätten wir Bonanza-Räder gehabt und Levis-Jeans. Und Apfelseife und bunte Plastiktüten. Und natürlich sämtliche Schallplatten von Suzie Quatro! Und dich, Iris. Dich hätten wir jeden Tag gehabt.«

16

Der weiße Jahrgang

Juli 1940 – Hugo sauste barfuß über die kleine Brücke vorm Haus, nur mit Unterhosen bekleidet. Flora jagte ihm mit einem Seifenlappen hinterher und rief: »Halt an! Du bekommst auch einen Zucker!«

Sie scheuchten die Hühner auf, die in der Sommerhitze des Gartens vor sich hin gedöst hatten. Endlich erwischte Flora den Jungen und zog ihn zu der Waschschüssel, die schon im Gras auf ihn wartete. Er musste sich davorhocken, die Füße ins Seifenwasser stecken und sich von Flora mit einer Wurzelbürste schrubben lassen, wobei er laut zeterte.

Hugo war sechs Jahre alt und hatte zu seinem Glück nicht die Segelohren des Vaters geerbt, sondern wohlgeformte, am Kopf anliegende Ohren.

Unter dem Kirschbaum stand eine braunweiße Ziege und fraß in systematischen Runden das Gras ab. Jeden Morgen molk Flora sie und steckte den Pflock um, damit an einer anderen Stelle kahle Kreise entstehen konnten. Die Ziege zerrte am Strick und versuchte an die Seifenschüssel zu gelangen.

Hugo beschwerte sich: »Die Ziege stinkt!«

»So riechen Ziegen halt«, sagte Flora. »Sei froh, dass wir sie haben, ich mach aus der Milch feine Sahne und Butter.«

»Die stinkt auch«, behauptete Hugo.

Flora gab ihm erst einen Klaps auf den Schlüpfer und umschlang ihn dann. Hugo versuchte, sich aus ihren Armen zu winden. »Ich will zu den Hasen!«, schrie er, aber Flora ließ nicht zu, dass er seine Füße wieder schmutzig machte.

Otto hatte aus Brettern und einem Drahtnetz Kaninchenställe gebaut. Darin saßen sieben Kaninchen, und es war Hugos Aufgabe, sie jeden Morgen zu füttern. Der kleine Junge liebte die flauschigen Tiere, obwohl ihm natürlich bewusst war, dass sie irgendwann geschlachtet werden mussten.

Flora hatte jede freie Stelle des Gartens in ein Feld verwandelt, überall wuchsen Kartoffeln und Gemüse. Sie hatte eine Schubkarre voll Kohl geerntet und hobelte mit ihrer Schwiegermutter seit Tagen Kraut. Mine hatte schon wieder einen Berg auf dem Tisch angehäuft, fegte ihn mit dem Handrücken in eine Zinkwanne und schüttete Salz darauf.

»Es geht los!«, rief sie ihrer Schwiegertochter zu.

Flora hob Hugo aus der Seifenschüssel und ließ ihn ein bisschen abtropfen. Mine kam mit einer Gießkanne und goss klares Wasser über die strampelnden Füße. Dann stellte Flora den Jungen in die Wanne mit dem Kraut.

»Und jetzt ordentlich stampfen, bis der Saft austritt«, befahl die Großmutter.

Hugo begann zu trampeln, seine Mutter hobelte weiter Kraut, und Mine streckte ächzend ihren Rücken durch.

»Wie schön der Junge das macht!«, lobte sie ihren Enkel. Hugo trampelte gleich noch eifriger. »Ach, wie schad«, klagte Mine. »Wenn das mein Albert nur sehen könnt. Er war immer so stolz auf das Kind.«

Albert war kurz vor Kriegsausbruch gestorben. Es geschah während des Mittagsschläfchens auf seinem geliebten Küchensofa, mit der Zeitung als Lichtschutz auf dem Gesicht, sodass Mine es erst am späten Nachmittag gemerkt hatte. Seitdem sprach sie jeden Tag davon, dass sie nun aber auch endlich an der Reihe wäre und wieder zu ihrem Albert und ihrem Fritz wolle. Aus diesem Grund sah sie nicht mehr nach links und rechts, wenn sie über die Straße ging. Aber in der oberen Stadt fuhren überhaupt keine Autos, sodass die Chance auf einen Unfall äußerst gering war.

Als der Saft aus dem Kraut ausgetreten war, büxte Hugo aus. Flora ging ins Haus, um ihm das versprochene Stück Zucker zu holen.

In diesem Moment flog die Haustür von der Straßenseite her auf, und Hilda stürzte in den Flur. Seit Hugo zur Welt gekommen war, ließ sie sich nicht mehr so oft blicken. Flora hatte ihre Schwägerin seit Wochen nicht gesehen. Und trotzdem grüßte die nicht einmal, sondern drückte ihr nur einen schmalen Packen Papier in die Hand. »Versteck das, schnell!«

Flora dachte keine Sekunde nach, guckte nicht auf das Bündel, rannte reflexartig nach oben in die Wohnung der Schwiegereltern und hörte unten schon eine fremde Männerstimme durchs Haus hallen.

Dann kamen harte Stiefeltritte die Holztreppe herauf, die Wohnungstür wurde aufgerissen, und ein Mann von der Sturmabteilung stand im Blumenzimmer.

Flora kam aus der Küche und tat so, als würde sie sich gerade die Hände abtrocknen.

»Wer ist diese Frau?«, fragte der SA-Mann und zeigte auf Hilda. »Ist sie bekannt? Hat sie hier im Haus was zu suchen?«

»Ja, du kennst uns doch«, fauchte Flora ihn an. »Das ist meine Schwägerin.«

»Sie steht unter Verdacht, kommunistische Hetzblätter in der unteren Stadt verteilt zu haben. Vermutlich will sie sich hier verstecken.«

»So ein Unsinn«, empörte sich Flora. »Wir waren hier verabredet. Wegen Sauerkraut.«

»Ich werd mich hier mal umsehen«, erklärte der SA-Mann.

»Da hol ich lieber meine Schwiegermutter«, sagte Flora, aber der Mann hielt sie fest. »Hiergeblieben. Hier wird nichts weggeschafft. Was ist da unter der Schürze?«

Flora starrte den SA-Mann entgeistert an. Dann riss sie wütend ihr Kleid hoch und entblößte ihren Bauch. »Ein Kind ist da!«

Der formlose Schlüpfer war ein wenig herabgerutscht, der Strumpfhalter ebenfalls. Die Haut von Floras Bauch glänzte in einer bläulichen Wölbung.

Der SA-Mann wurde verlegen und wiederholte stotternd: »Dann werd ich mich hier mal umsehen.«

Er ging von Raum zu Raum, zog die Schubladen auf, öffnete die Vitrine, rührte zum Glück das gute Porzellan nicht an, sah unter die Betten und gelangte schließlich in das ehemalige Jungenzimmer.

»Warum ist es hier so dunkel?«, wollte er wissen.

»Weil es eine Dunkelkammer ist. Darum. Warten Sie, ich mach Licht«, erklärte Flora.

Der SA-Mann sah sich auch hier um, roch an den Chemikalien und betrachtete die Kontaktabzüge, die an einer Schnur zum Trocknen hingen. Es waren alles Fotos von Flora und Hugo. Otto wurde nicht müde, die beiden beständig zu fotografieren.

Der Mann zog das Tischfach auf und holte eine große Pappschachtel mit dem Firmenschriftzug von Agfa heraus.

»Da ist Fotopapier drin«, sagte Flora. »Wenn Sie das aufmachen, belichten Sie alles.«

»Das weiß ich, bin ja nicht dämlich.«

»Ja, dann müssen Sie uns ein neues Pack kaufen, oder ich beschwer mich über Sie«, erklärte Flora.

»Beim Bürgermeister, beim Dr. Zogbaum«, pflichtete

Hilda ihr bei. »Wir sind eine angesehene arische Geschäftsfamilie in der Stadt.«

Der SA-Mann zögerte und ließ schließlich die Finger davon. »Scheint hier ja alles in Ordnung zu sein«, murmelte er und ging.

Flora und Hilda hörten, wie die Haustür zugeschlagen wurde. Die untere Wohnung hatte ihn offensichtlich nicht interessiert.

Minutenlang blieben sie in der Dunkelkammer stehen, ohne etwas zu sagen. Dann rannte Flora hinunter. Sie sah in die Abstellkammer in der Nische unter der Treppe und in ihre Wohnung. Es war niemand mehr da.

Als sie zurück nach oben kam, stand Hilda noch immer unbeweglich in der Dunkelkammer.

»Ich wär fast gestorben«, flüsterte sie. »Ich hab das Gleiche gedacht wie das Braunhemd, als ich deinen runden Bauch gesehen hab. Du hättest es mir erzählen sollen.«

»Ich wollt dich nicht wieder traurig machen«, sagte Flora leise.

Hilda lächelte und strich ihrer Schwägerin übers Haar. »Du hast ein fabelhaftes Talent für den falschen Zeitpunkt.«

»Ach, Hilda, ich bin sicher, du wirst auch noch ein Kind bekommen.«

Hilda schüttelte nur den Kopf und sah Flora nachdenklich an. Dann fragte sie: »Wo hast du es hingetan?«

Flora öffnete den Karton mit dem Fotopapier und holte die weißglänzenden Bögen heraus. Darunter lagen die Flugblätter und ein Kartonstreifen mit aufgeklebten Buchstaben aus Linoleum. *Schluß mit dem sinnlosen Krieg!*

Resigniert zuckte Flora mit den Schultern. »Ich hab das Papier vorhin selbst belichtet, beim Verstecken. Der Otto wird schön schimpfen.«

»Erzähl ihm besser nichts davon«, bat Hilda. »Ich versuch, neues Papier zu besorgen.« Sie gab der Schwägerin einen Kuss auf die Wange. »Flora? Du hast nicht eine Sekunde überlegt. Ohne zu wissen, worum es geht.«

Wieder zuckte Flora mit den Schultern. »Aber das bist doch du. Was gibt's da zu überlegen.«

Unten im Haus war eine Kinderstimme zu hören. »Mama? Ich sollte doch einen Zucker kriegen!«

Hilda legte Flora den Finger auf die Lippen und steckte die Flugblätter schnell unter ihren Rock.

»Ich leg sie in ein sicheres Versteck im Haus«, sagte sie. »Besser du kommst nicht mit. Was du nicht weißt, bringt dich nicht in Gefahr.«

Zum Abendessen gab es Kartoffeln mit Ziegenbutter und Salbeiblättern. Sie aßen ständig entweder Kohl oder Kartoffeln, und Flora versuchte, durch variierende Kräuter Abwechslung in den Speiseplan zu bringen.

Mine kam immer zum Essen herunter und blieb dann oft sitzen, bis es Zeit war, ins Bett zu gehen.

Flora berichtete, dass Hilda kurz vorbeigesehen habe, nur für den Fall, dass Frau Uhl von gegenüber sie beobachtet hatte. Von dem tatsächlichen Vorfall erzählte sie nichts.

»Wie hat sie es aufgenommen?«, fragte Otto und deutete mit dem Gabelgriff auf Floras Bauch.

»Recht tapfer«, befand Flora.

»Ich hoff ja, dass es diesmal ein Mädchen wird«, bemerkte Mine. »In diesen unruhigen Zeiten.«

Flora fing einen eifersüchtigen Blick von Hugo auf.

Schnell sagte sie: »Ich hoff das auch. Ein anderer Junge könnte mit Hugo ja gar net mithalten.«

Hugo drückte sich an seine Mutter, und sie strich ihm durchs

Haar. Eine Weile aßen sie schweigend. Dann wurde Hugo geschickt, der Großmutter einen alten Brotrand aus dem Kasten zu holen, damit sie die restliche Butter auftunken konnte.

»Heut waren wieder welche von irgendeiner Kommission bei uns in der Fabrik«, erzählte Otto. »Nun sind die letzten vernünftigen Arbeiter abgezogen. Die schaffen jetzt in den Rüstungswerken. Und sie wollen uns eine Fremdfirma reinsetzen.«

»Dann verkaufen wir eben erst einmal die Lagerbestände«, schlug Flora vor.

»Es geht sowieso alles den Bach runter«, brummte Otto.

»Du bist eine Unke«, sagte Flora scherzhaft, und Hugo kicherte. Er selbst hätte sich eine solche Ungehörigkeit dem Vater gegenüber niemals herausgenommen. Aber dass seine Mutter so etwas sagte, amüsierte ihn sehr.

»Die für die Rüstung schaffen, kriegen alles. Maschinen, Arbeiter, Aufträge, Geld«, erzählte Otto weiter.

Flora nickte. Beim Bäcker Pechtold hatte sie gehört, dass in der Spielzeugfabrik Hartwig jetzt militärische Lastensegler gebaut würden. Und einer der größten Sonneberger Puppenfabrikanten, die Firma Cuno & Otto Dressel, hatte seine gesamte Produktion umgestellt und nähte nun Uniformen für die Wehrmacht.

Ein Rüstungsbetrieb nach dem anderem entstand in Sonneberg. Sie produzierten Zahnräder für Flugzeuge, Kettenräder für Panzer, Bordinstrumente für die Luftwaffe, Fallschirme und Munitionskisten.

Am nächsten Tag zogen die Fremdfirmen in die Arbeitsräume der Fabrik ein. Sie stellten Höhenmessgeräte her. Und im Versand der Langbeins saß nun eine Pharmaziefirma, die Päckchen mit Verbandszeug und Medikamenten für die Front zusammenstellte.

Im Wohnhaus hörten sie seitdem beständig das Geräusch einer Stanze und die Rufe der Arbeiter.

Mine sagte zu Flora: »Ich bin nur froh, dass mein Albert so was net mehr erleben muss.«

Flora nahm sie in den Arm und versuchte sie zu trösten. »Wenn der Krieg endlich vorbei ist, wird es weitergehen wie zuvor, Mama. Den Otto werden sie uns jedenfalls nicht wegholen.«

»Ach«, sagte Mine, und in ihrer Stimme schwangen traurige Ahnungen. »Wie kannst du da so sicher sein? Der Hilda ihren Mann haben sie doch auch eingezogen.«

»Weil Otto zu den weißen Jahrgängen gehört«, erklärte Flora. »Er war ja zu jung beim letzten Krieg und hat nicht gedient. Und für den Wehrdienst danach war er denen zu alt. Er weiß also nix von der Kriegsführung. So einen wie unseren Otto können die nicht brauchen.«

Im Herbst wurden die ersten Männer der weißen Jahrgänge einberufen. Ohne militärische Erfahrung und Ausbildung wurden sie nur mit einem Schnellkurs für den totalen Krieg ertüchtigt.

Otto zogen sie mitsamt dem Pritschenwagen ein, der bisher Spielzeug transportiert hatte und nun Munition fahren sollte.

Mine polierte das dunkelgrüne Auto noch einmal gründlich. Zitternd fuhr ihr Schnupftuch über die Schrift am Kühlergrill des Opel Blitz.

»Ach, Mama«, sagte Otto. »Der wird bald durch Schlamm und Schützengräben fahren.«

»Was sollen die Leut denn sonst von uns denken«, erklärte Mine und umarmte ihren Sohn. Er roch nach Pomade und Benzin.

Otto sah fremd aus in der dunklen Filzuniform. Flora versuchte, das Käppi mit Gewalt über seinen Ohren zurechtzuziehen.

Er hielt ihre Hände fest und küsste sie auf das linke Auge. Vor lauter Verzweiflung war es ihr völlig weggerutscht. »Versprich mir eins«, sagte er. »Ich hatte eine so schöne Kindheit. Verschaff das unsern Kindern auch. Sie sollen mich nicht vermissen. Du musst fröhlich sein. Und voller Zuversicht.«

Flora steckte ihm ein schmales Fotobüchlein zu, in das sie Kontaktabzüge gelegt hatte. Und obwohl Hugo quengelte, dass er es haben wolle, und Otto ihm sonst jeden Wunsch erfüllte, schob er es in die Innentasche seiner Uniform.

Er stellte sich noch einmal vor dem Pritschenwagen in Position, damit Flora ein Foto machen konnte, und dann fuhr er davon.

Drei Tage später brachte Flora den kleinen Fred im Bett ihrer Schwiegermutter zur Welt, während Hugo nebenan in der alten Mädchenkammer schlief.

Sie blieben auch danach oben bei Mine. Ohne Otto war es unten nicht auszuhalten. Am meisten vermisste Flora ihn abends, wenn sie zu Mine ins Bett kroch und sich eine Salmiakpastille in den Mund steckte.

Die beiden Frauen hielten sich an den Händen, über den schlafenden Hugo hinweg. Flüsternd erzählten sie einander von der Sehnsucht nach ihren Männern, bis Fred weinte und gestillt werden musste.

Der Mond tauchte den Raum in ein blasses Licht. Von unten hörte man die Röthen rauschen. Es war so kalt, dass ihr Atem kleine Wölkchen bildete. Mine beobachtete den Säugling ganz genau, wackelte mit dem Kopf und sagte: »Wenn du zeitig genug anfängst mit den Pflastern, legen sie sich vielleicht noch an.«

Flora schüttelte den Kopf. »Ich hab seine Öhrchen so lieb. Die erinnern mich an Otto.«

Flora machte Fotos vom kleinen Fred und entwickelte die Kontaktabzüge in der Dunkelkammer. Wenn die rötliche Lampe aufleuchtete und sie darauf wartete, dass ein Bild in der Entwicklerschale erschien, konnte sie Ottos Atem in ihrem Nacken fühlen. Sie schickte die Fotos an die Front und beteuerte in dem beigelegten Brief, dass Fred in Wahrheit viel niedlicher aussähe und ihm die Segelohren ausgezeichnet stünden.

Im Jahr darauf kam Hugo in die Schule. Mine holte Ottos alte Schultüte vom Dachboden. Flora beklebte sie mit bunten Papierresten und stopfte sie unten mit Holzwolle aus. In einer Pfanne schmolz sie Ziegenbutter und Zucker und machte daraus Karamellbonbons, die sie alle einzeln in Silberpapierfetzen wickelte. Außerdem hatte sie ein Paar neue Holzschuhe besorgt. Weil Hugo in den steifen Schuhen schlecht laufen konnte, hatte sie die Sohle durchgesägt, glatt geschliffen und ein Scharnier aus Leder eingeklebt. Die Zuckertüte gab Flora in der Schule ab, und am ersten Schultag schaukelte sie im Herbstwind an einem Zuckertütenbaum, der im Schulgarten wuchs.

Aufgeregt klapperte Hugo in seinen Holzschuhen mit Scharnier zum Schulgebäude. Vor der Eingangstür begrüßte er die Lehrerin mit einem erwartungsvollen »Guten Tag!«

Das Fräulein legte ihre Hand auf seinen Kopf und erklärte nachsichtig: »Weißt du, mein Junge, man sagt nicht mehr Guten Tag. Das muss Heil Hitler heißen.«

Als Hugo heimkam und seine Mutter mit »Heil Hitler« begrüßte, brachte die ihm mithilfe einer Kopfnuss bei, dass man bei den Langbeins zu Hause immer noch »Guten Tag« sagte.

Nun, wo in der Fabrik und im Versand die Fremdfirmen arbeiteten, war an ein Verpacken und Verschicken der Lagerware nicht mehr zu denken. Aber es gab ohnehin keine Aufträge mehr.

Ihr ganzes Leben spielte sich in der oberen Küche ab. Dort stand auch der Volksempfänger, den sie sich angeschafft hatten, damit sie über die Front auf dem Laufenden waren. Flora holte sich eine Nähmaschine aus der Fabrik herüber, trennte ihre alten Kleider auf, wusch und bügelte die Stoffteile und schnitt daraus Sachen für Hugo zu. Der Junge saß dann immer dicht gedrängt an seine Mutter und durfte die Stoffe auswählen, die ihm gefielen. Für die Hemden wollte er jedes Mal unbedingt eine Brusttasche haben, damit er einen Stift hineinstecken konnte, so wie er es bei seinem Vater gesehen hatte. Flora gab ihm einen Bleistift dafür. Den guten New Yorker Sicherheitsfüllfederhalter hatte sie vorsichtshalber im Tresor eingeschlossen.

Wenn die Nähmaschine schnurrte, schlief Fred immer selig, und Mine band Schleifen. Sie hatte sich an der Tischkante mit ein paar Kerben die Längen markiert, und wenn die Bänder zurechtgeschnitten waren, legte sie immer eins davon abwechselnd über Daumen und Zeigefinger, nähte dazwischen einige Stiche und hatte am Ende eine perfekte Rosette. Unaufhörlich band Mine Schleifen, als würden sie davon satt werden.

»Wofür bindest du denn die ganzen Schleifen?«, wollte Flora wissen.

»Wenn der Krieg vorbei ist und es weitergeht, brauchen die Teddybären doch einen Schmuck um den Hals. Und ihr alle zusammen könnt nicht so perfekt Schleifen binden wie ich«, erklärte Mine stolz.

»Aber musst du das grad jetzt machen?«, fragte Flora und sah auf die Kartons, die sich in der Küche stapelten. »Ich weiß gar net mehr wohin mit dem Zeug. Du könntest die Schleifen doch auch binden, wenn die Produktion wieder anläuft.«

Mine schüttelte den Kopf und lächelte. »Weißt, mein Mädle, ich hab so eine Ahnung, dass ich das nicht kann.«

Hugo hatte ständig Hunger. Flora war heilfroh, dass sie genug Milch bildete und wenigstens Fred satt bekam. Jeden Tag machte sie Brot aus Mehl, das sie mit Puppenmasse streckte. Ein Laib aus diesem Brei wäre sofort breit gelaufen, deshalb buk sie es in einer Kastenform. Das fertige Brot maß sie mit dem Zollstock ab und teilte es mit Kerben in drei Teile. Das waren die Tagesrationen für jeden von ihnen. Wenn sie aßen, steckte Mine heimlich unter dem Tisch Hugo ein Stück von ihrem Anteil zu. Flora tat auf der anderen Seite ganz diskret das Gleiche, und so wurde Hugo in der Mitte immer halbwegs satt.

Abends, nach den Nachrichten um sieben, lief meistens Musik im Volksempfänger. Dann räumten sie die Arbeit weg, wischten den Tisch blank und brachten Hugo das Rommeespielen bei. Immer wenn im Radio *Ich brauche keine Millionen* kam, griff Flora nach Hugos Händen und tanzte mit ihrem Jungen wild durch die Küche. Mine klatschte den Rhythmus dazu und sagte: »So eine Freude! Gut, dass ich meinen Unfall noch net hatte.«

Zum Erntedankfest sollte Mine während einer Feierstunde vom NSDAP-Kreisleiter das Mutterkreuz in Bronze überreicht bekommen, als Lohn für vier Kinder.

Nun rächte es sich, dass sie noch immer kein neues schwarzes Kleid besaß. Flora setzte in das alte Oberteil Keile ein und schwärzte die Einsätze mit Puppenfarbe. Das Kleid passte nun wieder einigermaßen, was für Mine der Beweis war, dass sie kein neues gebraucht hatte. Sie bat Tochter und Schwiegertochter, sie an diesem Ehrentag ins Rathaus zu begleiten.

Mine hatte noch nie in ihrem Leben einen Orden bekommen. Nun fühlte sie beinahe Ehrfurcht vor sich selbst. Die Feierstunde ging recht flott vonstatten, und Mine erhielt, wie Dutzende andere Frauen, ihr Mutterkreuz in die Hand gedrückt, verpackt in eine schlichte Papiertüte.

Für den Heimweg hängte sie sich den Orden mit dem Hakenkreuz um, damit es die Sonneberger Klatschbasen alle sehen konnten. Ihre alten Schulkameradinnen hatten diese Auszeichnung schon am Muttertag verliehen bekommen. Beim letzten Handarbeitskränzchen war spekuliert worden, wieso Mine ausgelassen worden war. Hatte sie jemand als unwürdig denunziert? Oder war es, weil sich Else scheiden lassen wollte? Jede Mutter und ihre Kinder wurden genauestens durchleuchtet, bevor diese Auszeichnung infrage kam.

»Wenn das dein Papa noch erlebt hätte«, sagte Mine auf dem Heimweg ergriffen zu ihrer Tochter. Sie streckte die Brust ein wenig heraus, damit der Orden an dem blausilbernen Band auch richtig zur Geltung kam.

»Was hast du von so einem Kreuz?«, fragte Hilda.

»Da müssen sie die Mama auf den Behörden bevorzugt abfertigen«, erklärte Flora. »Und in den öffentlichen Verkehrsmitteln hat sie Anspruch auf einen Sitzplatz«.

»Aber ich will doch gar net mit dem Omnibus fahren!«, rief Mine entsetzt.

»Das musst du auch nicht«, beruhigte Flora sie. »Ich mein nur, es bringt dir schon ein paar Vorteile.«

»Aber deine Söhne, die bringt es nicht zurück«, sagte Hilda bitter, und damit endete der Höhenflug ihrer Mutter.

Mine nahm zu Hause das kostbare Kreuz wieder ab. Sie steckte es zurück in die Papiertüte und legte es in die

Schublade der Kredenz in der guten Stube. Die stand an der Wand unter dem Hitlerbild, gegen das nicht einmal Hilda etwas sagte, weil man nie wusste, wer vorbeikommen würde.

Wenn das Wetter am Sonntag schön war, ging es raus in den Wald. Der Herbst war von Licht durchflutet, die Bäume am Schlossberg leuchteten rotgelb, und die Luft war mild.

Flora packte den kleinen Fred warm ein und schickte Hugo voraus, damit er den Nachbarn Bescheid sagen konnte.

Der Junge trommelte an das Tor des Nachbarhauses.

»Seid ihr fertig? Es geht los!«

Dann lief er zum nächsten Haus, und wenn er die ganze Nachbarschaft abgeklappert hatte, stellte er sich erwartungsfroh und breitbeinig auf die Straße.

Vor dem Haus der Langbeins sammelte sich eine ansehnliche Menschenmenge. Es waren die Nachbarinnen von unterhalb, oberhalb und schräg gegenüber mit ihren Kindern unterschiedlichen Alters. Sie hatten sich mit Trinkflaschen und Brotdosen bewaffnet. Kleine Leiterwagen standen bereit. Das aufgeregte Stimmengewirr und die durchdringenden Zurechtweisungen der Mütter erinnerten an einen Schulausflug.

Die Kinder, die noch nicht laufen konnten, wurden gleich in die Wagen verfrachtet. Flora stopfte Fred Kissen hinter den Rücken und Decken an die Seiten, damit er auf den holperigen Wegen nicht umfiel. Der Kleine hatte sich zu einem pausbäckigen Wesen entwickelt, mit Speckfalten am Hals, in denen sich ständig der Dreck sammelte.

Mine und sämtliche Großmütter der Straße winkten oben aus den Fenstern. Dann zog die Karawane lärmend los, Richtung Grüntal, immer den ansteigenden Hang rauf, aus der Stadt hinaus. Die Wanderung führte an der Hößrichsmühle vorbei durch das Tal der Röthen. In sanften Bögen schlängelte sich der weite Röthengrund zwischen Kaiser-Wilhelm-Höhe und Schleifenberg entlang. Die Kinder pflückten unterwegs Springkraut und ließen sich die Samen unter großem Geschrei gegenseitig in die Gesichter schnellen. Die ganze Zeit begleitete sie das Murmeln des Wassers. Die Röthen hatte sich links des Weges tief in den breiten Sumpfstreifen gegraben, riesige Pestwurzblätter verbargen den trügerischen Boden. Wenn eins der Kinder nach unten stieg, entstand jedes Mal helle Aufregung, aber alle kamen wieder heil nach oben. Es hatte lange nicht geregnet, und der Boden war fest.

An den Rändern der Bergwiesen mengten sich immer mehr Fichten unter die rot leuchtenden Laubbäume. Das Rauschen des Waldes mischte sich mit dem Knirschen der Holzräder. Ein Eichelhäher schimpfte über etwas, das sie nicht sehen konnten.

Bald kamen die Höhenzüge der Oberschaar in Sicht. Längst waren auch die größeren Kinder müde und durften sich zu den Kleinen in die Wagen setzen. Die Mütter hatten nun schwer zu ziehen. Flora befühlte ihren Nacken, er war schweißnass.

Auf der letzten Strecke des Weges wurde der Wald dichter und angenehm schattig. An der Röthenquelle machten sie endlich Rast. Sie setzten sich auf das weiche dunkelgrüne Waldgras, die Ziegenbutterbrote wurden ausgepackt und mit Genuss verspeist. Die Mütter pflückten Brombeeren, die Jungen bewarfen sich mit Fichtenzapfen, und die Mädchen spielten Blumenladen. Sie bastelten Friedhofsgestecke aus dicken Moospolstern und bunten Wiesenblumen und verkauften sie sich gegenseitig.

Flora beobachtete die eifrigen Kinder und sagte zu ihren Nachbarinnen: »Man könnt' meinen, es wär Frieden.«

17

Das Schlafzimmer

Eva mochte die diesigen Tage, an denen die Feuchtigkeit wie Watte zwischen den Bäumen hing. Sie trafen sich kurz nach Sonnenaufgang, als das Licht noch milchig trüb war.

Jan sah zerknautscht aus, als hätte er auf dem Gesicht geschlafen. Iris hingegen versprühte eine geradezu unanständige Energie. Sie war Frühaufsteherin und hatte schon fünf Sonnengrüße hinter sich, wie sie betonte.

»Wollen wir den alten Lieferweg von Oma nehmen?«, fragte Eva.

Ihre Großmutter hatte ihnen immer erzählt, wie sie von Neufang heruntergelaufen war, mit dem voll beladenen Korbwagen, den der alte Rottweiler hatte ziehen müssen. Irgendwann war er so gebrechlich gewesen, dass sie ihn auf dem Rückweg in den leeren Wagen gesetzt und den Berg hinauf gezerrt hatte.

Eva trug einen großen Henkelkorb, dessen Boden mit alten Zeitungen ausgeschlagen war.

»Du bist ja optimistisch«, bemerkte Jan.

Iris hatte sich dem Anlass entsprechend verkleidet. Sie trug eine Öljacke und kniehohe britische Gummistiefel. Ihr Haar war hochgesteckt und wurde von einem Bandana zusammengehalten.

»Ich hab mir ein Pilzerkennungsprogramm runtergeladen«, berichtete sie stolz. »Man macht ein Foto von dem Pilz, und die App sagt, ob man den essen kann.«

Sie stiegen den Stadtberg über die Steinersgasse hinauf, die sie im Winter als Kinder immer hinuntergerodelt waren. Manchmal hatten sie dabei Passanten umgefahren, einmal waren sie in der Röthen gelandet, die dort die Straße unterquerte.

Vom Berlagrund aus bogen sie in den Philosophenweg ein. Die dicke Laubschicht federte ihre Schritte ab, zwischen den braunen Blättern schob sich Sauerklee heraus. Sie kamen an den Schieferbruch, von dem sie immer Maltafeln und Griffel geholt hatten. An einer Steinbank machten sie eine kurze Rast. Eva hatte Butterbrötchen und Kaffee für alle mitgenommen. Sie setzten sich, frühstückten und sahen hinunter zur Altstadt. Die rote Backsteinfassade der Fabrik überragte alle Häuser.

Eva ließ ihren Blick weit in die Ferne wandern. »Hier haben wir manchmal mit dem Fernglas gestanden. Wir haben geguckt, wo Neustadt ist, und uns vorgestellt, was du gerade machst.«

»Stimmt«, gab Jan ihr recht. »In unserer Vorstellung bist du übrigens ständig in Plateauschuhen Süßigkeiten kaufen gegangen.«

»Wir waren auf dem Mupperg wandern«, erzählte Iris, »und haben Ausschau nach Sonneberg gehalten. Ich hab mir vorgestellt, dass ihr in der Fabrik seid, in der die Spielsachen hergestellt werden. Und ich dachte immer, die sind zu zweit, und ich bin allein.«

Eva hakte sich bei Iris unter und bemerkte, dass ihre Cousine tapfer das Makrameebändchen trug, obwohl es kein bisschen zu ihrer Aufmachung passte.

Sie nahmen dann nur Pfifferlinge mit, weil Iris sich vor allen anderen Pilzen fürchtete und weder ihrem Telefon noch Eva traute.

In der Küche im Stammhaus breiteten sie die Pfifferlinge auf Zeitungspapier aus und gingen ins Schlafzimmer.

Die Fabrik verschluckte das Licht und versetzte den Raum in einen Dämmerschlaf. Der Müllberg unten im Garten wirkte weit weg.

Hinter den Glastüren der großen Wäscheschränke hingen gemusterte Jacquardstoffe; sie verhinderten den Blick ins Innere.

Auf dem Boden lag noch immer der zerbrochene Ast mit den ausgestopften Vögeln, den Jan hatte fallen lassen. Eva holte neue Müllsäcke, Iris hielt einen davon auf. Sie brachte es nicht über sich, die toten Tiere zu berühren.

Eva zog Gummihandschuhe über. Sie nahm einen der Vögel behutsam in die Hand und entdeckte, dass es ein Dompfaff gewesen sein musste.

»Sollten wir sie beerdigen?«, fragte sie verunsichert.

»Jetzt ist es aber genug«, schimpfte Jan und stopfte die Vögel in den Sack. Millionen von Staubpartikeln wirbelten auf, blassrote Federchen segelten durch die Luft.

Der Ast mit dem Vogelpärchen hatte immer auf dem Schlafzimmerschrank gestanden, sodass man ihn nur vom Bett aus hatte sehen können.

Wenn Eva krank gewesen war, hatte sie in diesem Bett liegen dürfen. Während ihre Mutter eine natürliche Abneigung gegen Masernpusteln verspürte, besaßen ihre Großeltern keinerlei Berührungsängste, und die Großmutter salbte mit Hingabe die nässenden Flecken. Überhaupt hatte ihre Großmutter alles ohne Scheu angefasst. Sie holte zu Hunderten fleischige Engerlinge aus der Erde, die sich auf die Wurzeln des Kirschbaums gestürzt hatten, sie zog Zecken aus der Haut, die sich nach den Wanderungen im Röthengrund in ihre Haut gebohrt hatten und blutgefüllte Leiber, dick wie

Kirschkerne, besaßen. Sie steckte den Hühnern ihren Finger ins Hinterteil, um zu prüfen, ob sie bald legen würden. Wenn sie ein Ei spüren konnte, sperrte sie das Huhn ein, damit es auf keinen Fall beim Nachbarn legte. Nach all diesen Tätigkeiten schrubbte sie sich die Hände gründlich mit Kernseife, und dann war der Kuchenteig geknetet worden.

Jan stieg auf den Hocker, über den Flora Langbein immer ihre Kleider gelegt hatte, guckte auf den Wäscheschrank und verkündete: »Hier steht auch noch einiges.«

Er reichte Koffer und Kartons herunter. Eva öffnete den ersten und war entzückt. »Unsere Puppenstubenmöbel! Und die kleinen Ari-Püppchen!«

Eva holte sie aus dem Karton. Iris machte einen spitzen Mund, weil manche von ihnen angeknabberte Füße hatten. Alle trugen schrillbunte Sachen. Eva hatte sie aus einem Papierkleid ihrer Mutter genäht, das diese von ihrem Bruder geschickt bekommen hatte und gleich beim ersten Tanzabend zerrissen war.

Jan machte sich an den eingerosteten Schlössern eines Holzkoffers zu schaffen. Schließlich versuchte er es mit seinem Taschenmesser, dann endlich schnappte der Verschluss auf.

In dem Koffer lagen sorgsam in Zeitungspapier eingewickelte Teile, in Reih und Glied. Sofort wusste Jan, was das war, die Züge und Waggons seiner H0-Modelleisenbahn.

Ein Päckchen nach dem anderen wickelte er aus, überwältigt wie ein kleiner Junge bei der Bescherung. Die Schätze seiner Kindheit kamen zum Vorschein, die er seit Jahrzehnten nicht gesehen hatte: Dampflokomotiven, Schnelltriebwagen der Deutschen Reichsbahn, Personenwagen, Kesselwaggons. Ganz unten lag ein Pappkasten mit dem Aufdruck *PIKO Modellbahn*.

Fassungslos reckte er einen weinroten Speisewagen mit dem Mitropa-Zeichen hoch. »Die hat mein Vater immer zu Weihnachten aufgebaut!«

Es hatte eine kleine Platte gegeben mit zwei Bahnstromkreisen, Häusern und Landschaft. Sie passte in der guten Stube genau in die Lücke zwischen Sekretär und Wand.

»Wie geht es deinem Vater inzwischen?«, erkundigte sich Iris.

»Ich besuch ihn nicht so oft«, sagte er verlegen. »Ich hab es die Tage noch nicht geschafft hinzugehen.«

Iris sah ihn skeptisch an, und er gestand: »Ich komme nicht klar damit. Aber ihr habt recht, ich muss endlich hin.«

Er holte eine rotweiße sechsachsige Diesellokomotive aus dem Koffer und stand auf. »Die nehm ich mit. Baureihe V 180.2. An die muss er sich erinnern. Das war die erste, die er mir geschenkt hat. Dann haben wir wenigstens was, worüber wir reden können.«

Eva sah Jan nach und hätte nicht mit ihm tauschen wollen. Sein Vater war seit einiger Zeit demenzkrank. Das hatte Fred Langbeins Charakter verändert. Zunächst schleichend, dann radikal.

Sie stand auf. »Dann machen wir wohl allein weiter hier.«

Sie packte die Puppenstubensachen ein und erklärte, sie wolle sie mitnehmen. Sie hoffe, es gebe in ihrer Familie irgendwann ein Kind, das damit spielen werde.

»Geht es dir heut besser?«, wollte Iris von Eva wissen.

Eva nickte und fragte zurück: »Hast du wirklich noch Resturlaub?«

Iris grinste. »Ich hab einen schlechten Einfluss auf dich. Zu Beginn unserer Räumaktion hast du mir das noch geglaubt. Ich hab meinen Jahresurlaub genommen. Was soll ich sonst damit anfangen? Und es tut mir gut, über meinen Vater reden zu können.«

»Du vermisst ihn sehr«, stellte Eva fest. »Ein bisschen beneide ich dich drum. Ich hab leider kein heiles Bild von meiner Mutter.«

»Mein Vater hatte sie unheimlich gern«, erzählte Iris. »Er hat immer gesagt, sie wär weit geflogen, hätte man ihr nicht die Flügel gestutzt.« Sie öffnete den Wäscheschrank. »Sieht aus, als wäre sie recht überstürzt ausgezogen.«

»Sie hat alles mitgenommen, was sie mit einem Mal weggekriegt hat, und ist nie zurückgekommen. Wenn Onkel Fred noch hier wäre, hätte ich auch keinen Fuß mehr ins Haus gesetzt.«

Sie begannen, die Wäsche aus dem Schrank zu holen, säuberlich geflickte Laken, Bettwäsche mit handgestickten Initialen, gestärkte Tischtücher. Die tadellosen Stücke sortierten sie aus und rissen aus den anderen Putzlappen. Die meisten Stoffe waren fadenscheinig und vergilbt.

»Bei Geld hat die Freundschaft eben aufgehört«, griff Iris das Thema wieder auf. »Selbst unter Geschwistern.«

Eva schüttelte den Kopf. »Die Ehre zu verlieren ist schlimmer, als Geld zu verlieren.«

»Och«, sagte Iris. »Ist Ansichtssache. Aber vielleicht kann ich da nicht mitreden.«

Eva zerriss mit Nachdruck ein widerspenstiges Laken. »Nein. Das kannst du tatsächlich nicht. Du kennst das Gefühl nicht, plötzlich minderwertig zu sein, weil du im falschen Teil des Landes geboren wurdest.«

»Also, Eva, das hat sich doch längst verwachsen«, fand Iris. »Immerhin hat Jan eine Führungsposition bei seiner Bank.«

Eva sah ihre Cousine spöttisch an. »Warst du mal in der Behelfsbaracke, in der er arbeitet? Er sitzt in einer Dorfaußenstelle. In die Chefbüros der großen Filialen kommen Herren aus Frankfurt am Main oder Hannover, und nicht aus Sonneberg oder Leipzig.«

»Ich dachte immer, Jan wäre der Glückliche von uns dreien«, sagte Iris nachdenklich. »Er hat eine nette Frau, einen guten Job, soweit ich weiß keine Schulden.«

Eva schüttelte den Kopf. »Nein, ich glaube nicht, dass er glücklich ist. Und wenn du ihn fragst, wird er dir keine ehrliche Antwort geben.«

Als Jan zurückkam, ging er schnurstracks auf Evas Thermoskanne mit dem Kaffee zu, goss sich etwas in den Schraubdeckel und stürzte es hinter.

»Lieber was Stärkeres?«, erkundigte sich Iris.

»Im Haus ist bloß klebriger Hagebuttenwein, hab gestern Abend schon alles abgesucht.«

Iris öffnete den Verschluss ihrer Handtasche. Mit der verheißungsvollen Bewegung einer Zaubererassistentin holte sie eine kleine Schluckflasche mit Magenbitter heraus.

»Du hast Schnaps in deiner Handtasche?«, fragte Eva entgeistert.

»Rein medizinisch«, versicherte Iris. »Flüssigkräuter. Ich hab manchmal Sodbrennen.«

Jan leerte die kleine Flasche, ohne abzusetzen.

»War es so furchtbar im Heim?«

»Es ist schlimmer geworden«, erzählte Jan. »Er hat mich gar nicht erkannt. Die Lok ja, mich nicht. Irgendwie hab ich das Gefühl, er geht in der Zeit zurück. Er hat viel vom Krieg erzählt.«

Er lehnte sich aus dem Fenster und sah hinaus. Fahrig strich er die Haare aus der Stirn und kratzte über die stopplige Haut am Kinn. Sie hatten zu früh aufstehen müssen. Ihm war keine Zeit geblieben, sich zu rasieren. Schließlich drehte er sich wieder zu ihnen um.

»Ich weiß nicht, ob ich euch das erzählen sollte«, druckste er herum.

»Jetzt musst du«, bestimmte Eva.

»Er hat über seinen großen Bruder erzählt«, berichtete Jan. »Und dann hat er was Merkwürdiges gesagt.«

»Was denn?«, fragte Iris. »Ist es wieder eine Gehässigkeit über meinen Vater? Die mag ich heute nicht hören.«

Jan schüttelte den Kopf. Er holte sein Telefon heraus und legte es auf die Kommode. »Ich hab ihn aufgenommen, als er von früher angefangen hat. Ich wollte etwas zur Erinnerung an ihn. Ich dachte, bald kann er gar nichts mehr erzählen.«

Er spielte die Aufnahme ab. Die Stimme war kaum zu erkennen, sie klang rau und besaß eine kindliche Anmutung. Sie hatte nichts mit dem Mann zu tun, der Eva in der guten Stube angebrüllt hatte.

»Wir mussten immer in den Keller«, sagte die Stimme und bekam einen unterschwelligen Anflug von Trotz. »Immer, wenn die Sirenen losgingen, mussten wir in den Keller, und es war so kalt und feucht dort. Und einmal war Hugo weg, und meine Mutti hat geweint. Aber sie hätte nicht weinen müssen, ich war ja noch da.«

Iris zog eine Augenbraue hoch und holte Luft.

Jan hob die Hand. »Wartet, jetzt kommt es!« Er stellte etwas lauter.

Die weinerliche Stimme sagte: »Und dann kam immer ein fremder Mann und hat sich zu Mutti ins Bett gelegt. Und immer wenn er kam, musste ich raus aus dem Bett und zu Hugo. Ich kann den fremden Mann nicht leiden. Er soll wieder weggehen.«

18

Stadt in Feuer und Licht

Februar 1945 – Flora drehte den Volksempfänger lauter. Angespannt lauschte sie mit ihrer Schwiegermutter Mine den Berichten über den Kriegsverlauf. Noch war es ruhig in Sonneberg, die Jagdbomber hörten sie nur aus weiter Ferne, und das Sirenengeheul hatte bisher lediglich Probealarme angekündigt. Und doch konnten sie fühlen, wie der Krieg näher und näher kam. Die Krankenhäuser, die Schulen und selbst das mondäne Autoparkhotel waren in Lazarette verwandelt worden. Die Gefallenenanzeigen mit dem Balkenkreuz machten inzwischen den Hauptteil der Sonneberger Zeitung aus, und die Stadt quoll über von Flüchtlingen aus dem Rheinland, die Schutz vor den Bomben suchten.

Mit optimistischer Stimme schmetterte der Sprecher die Nachrichten heraus: »Unsere neuen überlegenen Waffensysteme werden in Kürze eine glückliche Wendung im Kampfgeschehen herbeiführen!«

»Ach, erzähl uns doch keinen Quatsch!«, schimpfte Flora zum Radio gewandt. »Das sind doch alles Lügen!«

Entsetzt fuhr Mine auf: »Aber Flora! Bist du still! Was soll denn der Mann von uns denken?«

Sie schien überzeugt zu sein, dass er sie hören konnte. Schließlich hörten sie ihn ja auch.

Jedes Mal, wenn die Postfrau den Kopf in die Küche steckte, schraken die Frauen zusammen. Sie fürchteten, es könnte eine schlimme Nachricht sein. So eine, wie sie Hilda vor Kurzem erhalten hatte. Ihr Mann galt als vermisst.

An diesem Tag brachte die Postfrau nur einen Brief von Else. Weimar sei ein Trümmerfeld, die Stadt sehe furchtbar aus, schrieb sie. Aber sie hätten Glück gehabt und ihnen gehe es gut. Sie vertrauten auf den Führer, und wie ihr Victor immer sage: Lieber tot als Sklav'.

Als die Postfrau ihre Neugier gestillt hatte und verschwunden war, fragte Mine: »Warum schreibt sie denn so was?«

»Sie hat sicher Angst, dass jemand mitliest.«

Alle Frauen, die eine Betreuung für ihre Kinder hatten, wurden verpflichtet, für die Rüstungsindustrie zu arbeiten. Flora ging nun tagsüber zu Solmonit in die Köppelsdorfer Straße und stanzte große Zahnräder aus Pertinax. Einmal brachte sie eins mit nach Hause, weil sie fand, das gebe einen guten Untersetzer für die heißen Töpfe ab.

Die Arbeit bei Solmonit war kräftezehrend und schwer, aber wenigstens fror man dabei nicht so. Wenn Flora auf dem Hinweg durch die Bahnhofstraße ging, musste sie sich durch endlose Menschenströme kämpfen, die der Bahnhof ausspuckte. Sie kamen aus Schlesien und Ostpreußen. Auch im Haus der Langbeins wohnten Flüchtlinge. Flora hatte ihre Sachen aus der unteren Etage geräumt und war vollständig bei ihrer Schwiegermutter eingezogen.

Mine kümmerte sich tagsüber um den kleinen Fred. Sie erzählte ihm von der Zeit, in der ihr Albert noch gelebt und es einen Kaiser gegeben hatte. Fred war nun vier Jahre alt und hörte am liebsten die Geschichten von der prachtvollen Jahrhundertwende.

»Stell dir nur vor, Fred«, erzählte Mine oft. »Chinesische Feuerkunst hatten sie da. Die Funken sind nur so gesprüht und in die Luft emporgesaust. Freudenböller krachten und bengalische Flammen brannten. Und auf dem Markt vor dem alten Rathaus stieg eine leuchtende Fontäne in den Himmel. Um Mitternacht war die ganze Stadt in Feuer und Licht gehüllt!«

Hugo war inzwischen schon so selbstständig, dass er sich nach der Schule allein beschäftigen konnte. Am liebsten fuhr er mit den Nachbarskindern Schlitten. Sie rasten die abschüssige Straße hinab, und wer gegen eine Laterne krachte, hatte verloren. Wenn das Schneetreiben zu ungemütlich wurde, rannten sämtliche Straßenkinder in den großen Hausflur der Langbeins, weil sich dort besonders gut Ballschule spielen ließ. Sie brachten Schneematsch und Lärm herein. Der Ball prellte an die Wand, auf den Boden, durch das Bein hindurch, an die Decke, so lange, bis Mine von oben schimpfte.

Auf dem Heimweg von ihrer Arbeit bei Solmonit ging Flora am Verlagshaus der Sonneberger Zeitung vorbei. Vor dem Schaukasten standen jeden Abend große Menschentrauben, und wenn sich Flora endlich bis zum Aushang vorgedrängt hatte, konnte sie nichts Erfreuliches lesen.

Jeden Sonntagfrüh, mit der Morgendämmerung, zogen Flora und die Jungen mit dem Handwagen und der Leseholzkarte los, um über den Röthengrund ins Holz zu kommen. Es mangelte nicht nur am Essen, es gab auch nichts mehr zum Heizen. Der ganze Wald war voll frierender Menschen. Wer einen guten Draht zu den Holzfällern besaß, hatte die beste Chance, den Wagen vollzukriegen. Alle anderen klaubten mühselig abgebrochene Äste und kleine Stöcke zusammen. Der Wald war wie ausgekehrt.

Immer öfter heulten die Sirenen, aber abgesehen vom kleinen Fred ängstigten sie keinen. Außer dem Lärm geschah nichts. Sie gingen jedes Mal in den Keller, warteten, bis Entwarnung kam, und dann machten sie einfach da weiter, wo sie unterbrochen worden waren.

Die Aufenthalte im klammen Keller brachten Mine eine schwere Erkältung. Sie wurde bettlägerig, und Flora durfte bei ihr und den Kindern bleiben. Es fand kein Unterricht mehr statt. Die Jungen der höheren Klassenstufen der Oberrealschule wurden zu den Flakhelfern geschickt. Hugo trug die Uniform des Jungvolks mit dem schmucken Ledergurt, um den er von Fred glühend beneidet wurde. Für die Arbeit in den unterirdischen Rüstungswerken in Kahla war Hugo zum Glück noch zu jung.

Der 14. Februar war ein klarer Wintertag mit strahlend blauem Himmel und Sonnenschein. Früh am Morgen wurde Flora von den Sirenen geweckt. Sie schlich zum Fenster, um die anderen nicht zu wecken. In großer Höhe konnte sie einen Verband von Bombern und Kampfjägern sehen. Der Himmel war voller Kondensstreifen.

Gegen zehn Uhr, die Kinder waren inzwischen aufgestanden, beobachtete sie, wie die Kampfmaschinen über ihnen zurückflogen. Beunruhigt fragte sich Flora, wo sie in der Zwischenzeit gewesen waren.

Wenig später hörte sie im Volksempfänger, dass die Stadt Dresden vollständig zerstört worden war.

Danach bauten Hugo und Fred im Garten einen Schneemann, bis am späten Mittag erneut die Sirenen losgingen. Aus Richtung Kronach dröhnte ein Bomberverband heran.

Wieder rannten alle in den Keller, und kaum hatten sie die Tür verschlossen, hörten sie aus der Ferne ein tiefes Grollen, wie Gewitter.

»Das war ganz in der Nähe«, flüsterte jemand in der Dunkelheit des Kellers.

Nach der Entwarnung wagten sie sich nicht mehr nach oben. Aber irgendwann wurden die Kinder so unruhig, dass sie doch den Keller verließen. Sie gingen hinauf in die Küche, und Flora guckte vorsichtig aus dem Fenster. Die Obere Marktstraße sah aus wie immer. Auf dem Schlossberg glänzte die weiße Mütze des Turms in der Sonne. Alles sah friedlich aus, aber ein undefinierbarer Geruch lag in der Luft.

Jemand kam von der unteren Stadt heraufgerannt und schrie: »Von Köppelsdorf bis Bettelhecken ist alles kaputt! Die Gleisanlagen! Die Fabrik vom Heubach! Die Robertstraße! Alles schwer getroffen!«

Voller Angst sprang Flora die Treppe hinunter und rannte in Richtung Bahnhof, auf der Suche nach Hilda. Am Unteren Markt lief ihr die Schwägerin in die Arme. Sie hatte einen Koffer dabei, und als Flora ihr vor Erleichterung um den Hals fiel, spürte sie, dass Hilda am ganzen Körper zitterte.

Flora wischte ihr den Schmutz aus dem Gesicht und küsste sie links und rechts auf die Wangen.

»Oh, Flora«, schluchzte Hilda. »Da muss hier irgendwo bei uns ein Lager sein!«

»Was meinst du? Wovon redest du? Sind wir ausgebombt?« Flora zog ihre Schwägerin mit sich. Sie mussten von der Straße verschwinden.

»Unsere Häuser stehen. Und auch der Bahnhof ist unversehrt. Aber die Robertstraße sieht schlimm aus. Oh, Flora, ich hab das nicht gewusst.« Völlig verstört berichtete Hilda, dass Zwangsarbeiter in ihrer Straße den Schutt und die Trümmer wegräumten. »Wenn du die Leut gesehen hättst, in dünnen Häftlingssachen, nur Haut und Knochen. Wir sind losgerannt und wollten ein paar Decken bringen, aber man durfte sich denen gar nicht nähern, da wurde man gleich von den Aufsehern mit der Pistole bedroht. Ach, Flora«, sagte sie erschüttert und schüttelte immer wieder den Kopf. »Da hab ich mein Maul gehalten und bin hier herauf zu euch gekommen, damit ich es nicht mehr sehen muss.«

Danach heulten fast täglich die Luftschutzsirenen. Wenn sie ertönten, hatte jeder seine Aufgabe. Hugo und Fred schnappten sich jeweils ein Federbett. Flora und Hilda hievten die bettlägerige Mine die Treppen hinab. Die Flüchtlinge aus dem unteren Stockwerk kamen mit in den Keller und ein paar Nachbarinnen von der anderen Straßenseite mit ihren Kindern ebenfalls. Sie hatten einen Bergkeller und fürchteten, in der Falle zu sitzen, sollte dort der Eingang verschüttet werden.

Unten wickelten sie immer zuerst die hustende Mine ins Federbett und danach den kleinen Fred. Im Keller herrschten Minusgrade, und es war feucht, weil das Wasser vom Fluss hereindrückte. An den Wänden hatte sich eine glitzernde Reifschicht gebildet. Das Licht der Kerzen funkelte in den Eiskristallen, und Flora las den Kindern das Märchen von der Schneekönigin vor.

Wenn das Signal für die Entwarnung kam und sie wieder nach oben durften, hatten sie blaugefrorene Lippen. Dann kochte Flora für die ganze Nachbarschaft Tee aus Brombeerblättern, und die Kinder kriegten heiße Wärmflaschen auf ihre mageren Bäuche gedrückt.

Der Frühling kam zögernd, und als Flora die ersten Blattknospen am Kaiserbaum entdeckte, brach sie in Tränen aus und streichelte sie. Sie hatte befürchtet, es könnte nie wieder grün werden und die Stadt würde grau bleiben.

Plötzlich stürmten die Jungs aus dem Haus, und Hugo schrie außer sich vor Aufregung: »Es gibt was!«

Überrascht wollte Flora wissen, was es denn gebe.

Der kleine Fred machte eine ausgreifende Handbewegung, weil er keine Worte fand, und rief schließlich: »Na alles!«

»Ja!«, bestätigte Hugo. »Die räumen die Ausweichlager und verteilen die Waren. Guck nur vorn auf die Straße, Mutti, die ganze Stadt ist unterwegs.«

Flora lief ins Haus, verschwendete keine Zeit mit einem Blick durchs Fenster, griff nach dem Rucksack und rannte los. Dabei rief sie den Kindern noch zu: »Sagt Tante Hilda Bescheid!«

Die Bahnhofstraße war schwarz vor Menschen. Überall standen endlose Schlangen, die Leute kauften, was sie bekommen konnten und so lange entbehren mussten. Flora ließ sich mitreißen, sie hamsterte einfach alles, was sie in die Finger bekam: Zwieback, Waschpulver, eine Wolldecke. Sie schaute nicht auf Schuhgrößen, irgendeinem würden sie schon passen, und ergatterte zehn Päckchen Tabak, obwohl sie gar nicht rauchte. Als wieder die Sirenen aufheulten, weigerten sich die Leute, ihre Plätze in der Schlange aufzugeben, und mussten vom Luftschutz und der Polizei halb weggetragen werden. Kaum ertönte die Vorentwarnung, stürzten schon alle wieder auf die Straße und in die Läden.

Zu Hause sortierte Flora ihre Schätze, und auch Hilda schleppte Sachen an, die sie erobert hatte. Die Schuhe passten ausgerechnet Mine, die sich weigerte, sie anzuziehen. »Die sind viel zu schad für meine krummen Füß«, beteuerte sie.

Also wurden die Spitzen der Schuhe mit Zeitungspapier ausgestopft und Hugo kriegte sie. Den Tabak bekam Hilda.

Den restlichen Tag saßen sie in der Küche. Flora verarbeitete die ergatterte Wolldecke bis auf den letzten Schnipsel zu Kleidern für die Kinder. Jeder Junge bekam eine Hose, eine Mütze und Handschuhe. Der Stoff war recht kratzig, und sicher würden bald die ersten Maschen laufen, aber er wärmte herrlich. Hilda wickelte den Tabak in Zeitungspapier und rauchte eine nach der anderen. Sie hatte viel nachzuholen. Fred saß auf dem Schoß der Großmutter und lutschte selig das erste Pfefferminzbonbon seines Lebens. Mine lauschte dem Rattern der Nähmaschine, das an vergangene Zeiten erinnerte. Hugo probierte überglücklich in seinen neuen Schuhen zu laufen und spazierte wie ein Storch im Salat herum. Und weil der reguläre Radiobetrieb eingestellt worden war, sangen sie einfach selbst *Ich brauche keine Millionen* und tanzten und waren für einen Augenblick glücklich.

Die Sirenen tönten nun fast ununterbrochen, Tag und Nacht, und über den Himmel dröhnten beständig Jagdbomber. Oben in der Altstadt fiel keine einzige Bombe, aber man wusste nie, was beim nächsten Alarm geschehen würde.

Sie begannen, sich im Keller einzurichten. Freds Kinderbett wurde nach unten geschafft, Kissen und Deckbetten, ein Tauchsieder, Stühle, Geschirr und Lebensmittel ebenso.

Wenn Entwarnung ertönte, öffneten sie schnell die Kellertür, damit Sauerstoff hereinströmen konnte, und schlossen sie wieder, sobald die Sirenen Fliegeralarm verkündeten. Der Raum hatte keine Fenster, und die Luft darin war so stickig und zäh, dass man meinte, sie anfassen zu können.

Manchmal ging Hilda hinaus, um die Nachttöpfe in den Fluss zu leeren, und wenn sie wiederkam, brachte sie Neuigkeiten mit. »Es hängt wieder ein rotes Plakat draußen. Die haben den alten Siegfried wegen Plünderei erschossen.«

Allen lief ein kalter Schauer über den Rücken.

»Ja, aber was sollen wir denn machen?«, fragte Flora. »Jetzt lassen sie uns die Wahl: verhungern oder vors Standgericht.«

Auch über die Lage an der näher rückenden Front konnte Hilda berichten. Suhl war von den Amerikanern eingenommen. Schmiedefeld brannte. In Arnstadt wurden die weißen Flaggen gehisst. Jagdbomber hatten den Personenzug von Sonneberg nach Eisfeld beschossen. Hildburghausen wurde von Brandbomben und Artilleriegeschossen getroffen. Neuhaus am Rennweg stand in Flammen. Steinheid war unter Beschuss.

Sie hockten im Keller, wussten selbst nicht mehr, worauf sie warteten, und froren schrecklich. Der kleine Fred hatte einen Schiefergriffel mit nach unten genommen und kritzelte die Wände voll.

Je näher die Front rückte, umso gesprächiger wurde Mine, als wollte sie noch schnell ihre gesammelten Ahnungen loswerden. »Es wird immer auf und ab mit der Fabrik gehen«, sagte sie zu Flora. »Aber du wirst sie sicher durch alle Zeiten steuern. Die Fabrik wird es noch in hundert Jahren geben.«

Fred wurde hellhörig. »Ich find es so schad, dass ich die Jahrhundertfeier verpasst hab. Das ist net gerecht.«

Mine prophezeite ihm: »Du wirst eine viel schönere Feier erleben, mein Junge. Nämlich die Jahrtausendfeier. Dann bist du der Direktor der Puppenfabrik Langbein, zusammen mit Hugo.«

Fred war sehr zufrieden mit diesen Zukunftsaussichten. Aber als er bei seinem Bruder damit angeben wollte, stellten sie fest, dass er fehlte. Flora rief nach ihm, der Keller wurde abgesucht, in allen Ecken geguckt, die Kinder der Nachbarinnen durchgezählt, Hugo blieb verschwunden. In ihrer Verzweiflung rannte Flora nach draußen und schrie nach ihm. Hilda suchte oben in den Wohnungen. Als wieder die Sirenen schrillten, tauchte Hugo endlich auf. Er kam aus der Fabrik.

Flora erlitt einen Heulkrampf, packte Hugo und schüttelte ihn durch. »Ich hätt' einen Herzschlag kriegen können!«

Sie zerrte ihn hinunter in den Keller, denn die nächsten

Flieger kamen. »Was hattest du in der Fabrik zu suchen?«, rief sie. »Wie bist du da überhaupt reingekommen?«

»Ich hab mir den Schlüssel vom Brettchen im Blumenzimmer geholt«, erklärte Hugo stolz und bekam dafür eine Ohrfeige von der Mutter. Dann zog sie ihn schluchzend an sich, um seine Wange zu streicheln, auf der sich ihre Finger abzeichneten.

»Ich wollte doch bloß mal von der oberen Etage nach draußen gucken«, heulte Hugo. »Der Himmel ist glutrot. Die untere Stadt leuchtet!«

Fred wurde hellhörig. »War so die schöne Jahrhundertfeier von Sonneberg, Großmama? Als die Stadt in Feuer und Licht getaucht war?«

Mine wollte antworten, aber Flora kam ihr zuvor. »Ja, mein Junge«, sagte sie. »Ganz genau so war es.«

Zufrieden kuschelte sich Fred in den Arm seiner Großmutter.

Hilda kam in den Keller zurück und war erleichtert, dass sich Hugo wieder angefunden hatte. In ihren Kleidern brachte sie Brandgeruch mit.

»Das war kein Luftangriff«, erzählte sie flüsternd. »Das war der Volkssturm. Die haben das schöne Woolworth-Haus selbst angezündet. Die ganze Stadt ist voller Qualm. Und das Stellwerk haben sie auch gesprengt und die Gleisanlagen und den Viadukt am Scherfenteich dazu.«

»Die verwüsten die eigne Stadt«, sagte Flora fassungslos. »Warum können wir uns denn nicht ergeben?«

Die Luftangriffe hatten aufgehört. Die Sirenen heulten im fünfminütigen Dauerton. Panzeralarm.

Mit Sack und Pack zogen sie wieder hinauf in die Küche. Flora stürzte in die gute Stube und riss das Führerbild ab.

Sie zertrümmerte es auf ihrem Knien, stopfte es in den Eisenofen und zündete es an.

Die Sirenen verstummten. Die Frauen setzten sich zusammen mit den Kindern in die Küche, drängten sich eng aneinander und warteten auf das, was nun kommen musste.

Schreie unterbrachen die gespenstische Stille. »Die Amerrkaner kommen! Die Amerrkaner kommen!«

Flora riss das Fenster auf. Ziellos wie Karnickel rannten die Nachbarinnen auf der Straße herum und wussten nicht wohin mit sich. Direkt unter dem Haus errichtete der Volkssturm eine Panzersperre aus dicken Langholzstämmen. Der Bataillonsführer des Sturmtrupps befahl, dass die Häuser links und rechts der Sperre geräumt werden müssten. »Die Türen offen lassen!«, brüllte er. »Wir werden aus den Fenstern schießen und die Amerikaner zum Rückzug zwingen!«

Flora schrie zurück: »Wo sollen wir denn hin mit den Kindern?«

Und Hilda empörte sich: »Das hat doch keinen Zweck mehr!«

Es half aber alles nichts, sie wurden mit vorgehaltener Pistole gezwungen, das Haus zu räumen.

»Wir sollten keine Wertsachen hierlassen«, flüsterte Hilda ihrer Schwägerin zu.

Flora lief schnell hinüber in die Fabrik, um den New Yorker Sicherheitsfüllfederhalter aus dem Tresor zu holen. Die Werkhalle war wie leergefegt, als wäre die Fremdfirma nur ein Spuk gewesen, der sich aufgelöst hatte. Die Arbeiter der Höhenmessgerätefirma waren ebenso verschwunden wie deren Maschinen und Werkzeuge. Die Kisten und Rohstoffe fehlten ebenfalls. Der Abzug musste erfolgt sein, als sie im Keller gewesen waren.

Hugo packte auf Hildas Geheiß schnell eine Tasche mit

dem Nötigsten, und Fred steckte seinen Kreisel ein. Flora belud den kleinen Leiterwagen mit den Federbetten und setzte Mine obendrauf. Hilda nahm Fred an der Hand, und zusammen rannten sie los, über die Steinersgasse den Stadtberg hinauf, zur Dreh. Die Frauen zerrten gemeinsam an der Deichsel. Immer wieder fürchteten sie, das schwere Gefährt nicht halten zu können, sodass es den Bergweg zurückrollen würde. Irgendwie bekamen sie den Wagen aber doch nach oben. Die Angst verlieh ihnen ungeahnte Kräfte.

Von der Dreh aus beobachteten sie das Treiben auf der gegenüberliegenden Seite des Tals. Wie auf einer Ameisenstraße rannten dort die Menschen den Zickzackweg am Hang des Schlossbergs hinauf und hinunter, manche zerrten Handwagen, andere waren gänzlich ohne Gepäck.

Plötzlich tauchte oben ein amerikanischer Jeep auf und fuhr den steilen Weg herunter, sogar das letzte Stück mit den holperigen Stufen.

»Da!«, rief Hugo plötzlich. »Noch mehr Amerrkaner!«

Gleich mehrere Jeeps kamen über die Fahrstraße von unten aus der Stadt. Wohin sie auch sahen, von allen Seiten rückten amerikanische Militärfahrzeuge vor.

»Dann sind die Panzersperren offen!«, rief Hilda. »Der Krieg ist aus!«

»Nichts wie heim!«, befahl Flora, und so zerrten sie den Wagen mit den Federbetten und der darauf thronenden Mine wieder nach unten. Das letzte steile Stück mussten sie sich mit ganzer Kraft dagegenstemmen, um nicht mitsamt dem Wagen hinunterzurauschen.

Aus allen Fenstern hingen weiße Tücher und Bettlaken. In der Oberen Marktstraße überholte sie ein offener Jeep der Amerikaner. Eine Meute kleiner Jungs rannte ihm nach und rief im Chor: »Tschoglett! Tschoglett!«

Hugo und Fred stürmten hinterher und schrien mit, ohne die Bedeutung des Wortes zu kennen.

Ein amerikanischer Soldat warf etwas in die Menge, und die Kinder balgten sich darum.

Siegreich kehrten Hugo und Fred mit einem Schokoladenriegel zurück. Den teilten sie feierlich in der Küche in genau fünf Teile, obwohl Mine meinte, es wäre Verschwendung, ihr etwas abzugeben.

Mine hatte die Zeit im eisigen Keller nicht gutgetan. Ihr Atem rasselte, und sie hatte sich eine Lungenentzündung zugezogen.

Flora und Hilda wechselten sich an ihrem Bett ab. Mines Erinnerungen glitten immer weiter zurück. Sie sprach viel von Fritz, der in ihren Erzählungen wieder ein kleiner Schlawiner war, und von Albert, den sie im musischen Salon ihres Vaters kennengelernt hatte. Ihre Stimme war nur noch ein heiseres Flüstern.

»Jetzt wo wir keinen Krieg mehr haben, kann es weitergehen mit der Fabrik«, sagte sie zu Flora. »Versprich mir nur, dass du sie aufrechterhältst. So hat die Familie immer ein Auskommen und ein Zuhaus. Egal wie schlecht die Zeiten sind. Es kommt jedes Jahr wieder ein Weihnachten, an dem die Kinder spielen wollen.«

Draußen vor der Zimmertür, als sich die Frauen mit der Wache abwechselten, sagte Flora leise zu ihrer Schwägerin: »Wenn nur der Otto käm. Ich glaub, sie macht es net mehr lang.«

»Ich hab's dir nie erzählt«, flüsterte Hilda, »aber als der Otto in den Krieg gezogen ist, hatte die Mama eine Ahnung. Sie war sicher, ihn zum letzten Mal gesehen zu haben. Ich dacht ja immer, der arme Otto bleibt wohl im Feld. Aber jetzt glaub ich, sie hat gewusst, dass sie den Frieden nicht mehr erlebt.«

»Davon will ich nix hören«, sagte Flora entschieden und holte Kohlsuppe.

Mit endloser Geduld versuchte sie, die ihrer Schwiegermutter einzuflößen.

»Weißt«, sagte Mine plötzlich unvermittelt und schob den Löffel beiseite, »ich bin recht froh, dass der Otto dich genommen hat und nicht die Cecilie.«

Und damit starb sie.

Weimar war ebenfalls von den Amerikanern besetzt worden, sodass Else und ihr Mann Victor nicht zur Beerdigung anreisen konnten. Aber im Kondolenzbrief wies Victor Pulvermüller darauf hin, dass seine Frau als Erbin zukünftig auf dem Firmenbriefkopf aufgeführt werden müsse.

Zwei Tage nach der Beerdigung kam ein Fremder die Obere Marktstraße herauf. Er trug zerlumpte Bauernkleider und schob einen uralten Kinderwagen aus der Kaiserzeit vor sich her, beladen mit Rucksäcken. Hugo spielte am Straßenrand und lauerte auf amerikanische Soldaten, von denen er sich Schokolade erbetteln wollte. Fred saß auf dem Rhabarber im Vorgärtchen und buddelte selbstzufrieden im Dreck.

Der Fremde sah sich suchend um, blieb vor dem Haus der Langbeins stehen und sprach Fred an. Als sein Bruder das aus der Ferne bemerkte, kam er angerannt, und der Fremde ging weiter.

»Was wollte der Mann von dir?«, fragte Hugo seinen Bruder.

Der streckte ihm ein kleines, abgeschabtes Fotoalbum entgegen und sagte: »Das soll ich der Mutti geben.«

Hugo riss ihm das Büchlein weg und öffnete es. »Das sind ja unsre Bilder! Das ist Vatis Fotoalbum! Schnell, wir müssen hoch zur Mutti!«

Die Kinder stürmten die Treppe hinauf und präsentierten Flora das Album. Sie wurde weiß wie eine Wand.

»Was bedeutet das, Mutti?«, fragte Hugo. »Warum hat ein Fremder Vatis Album? Warum hat es der Vati denn hergegeben?«

»Ich weiß es nicht«, flüsterte Flora. Tränen liefen ihr übers Gesicht. »Was hat der Mann gesagt, Fred? So erinner dich doch! Du musst dich doch erinnern!«

Aber Fred hatte keine Ahnung, was der Fremde ihm sonst noch erzählt haben könnte.

Flora wollte nach draußen, dem Mann hinterherlaufen, aber als sie oben am Treppenabsatz war, öffnete sich unten mit einem Knacken die Tür. Die Kinder hinter Flora konnten zuerst nicht sehen, wer da kam. Dann aber knickten ihr die Beine weg, und sie setzte sich einfach auf den Treppenabsatz. So etwas hatte sie noch nie getan.

»Wer ist der Mann?«, fragte Fred.

Aber da schubste ihn sein Bruder schon zur Seite und stürmte die Treppe hinunter.

»Vati! Mein Vati!«

Er stürzte sich auf Otto, sprang an ihm hoch und wollte ihn gar nicht mehr loslassen. Otto half Flora auf. Sie blieben in einer endlosen Umarmung stehen und hielten sich aneinander fest, während Hugo an den Beinen seines Vaters hing.

»Ach, meine Flora«, sagte Otto und küsste sie auf das linke Auge. »Und dabei hab ich extra noch einen Kameraden vorausgeschickt. Damit du Bescheid weißt und dich net der Schlag trifft, wenn ich so einfach in der Tür steh.«

Fred hockte währenddessen verschüchtert auf dem Treppenabsatz.

Otto legte die Hand auf seinen zerzausten Kopf und fragte: »Du bist der kleine Fred, nicht wahr?«

Der Junge schüttelte empört den Kopf. »Ich bin schon vier!«

»Weißt du«, sagte Otto, »ich hab deine Mutti getroffen, da war sie grad so groß wie du jetzt. So lang kenn ich sie schon.«

Fred schüttelte wieder den Kopf. »Nää. Ich kenn die Mutti viel länger. Schon die ganze Zeit. Und du bist grad erst gekommen.«

Am Abend wurde es für Fred noch schlimmer. Der fremde Vater nahm seinen Platz im Bett der Mutter ein, und Fred wurde zusammen mit dem Bruder ausquartiert.

Zwei Tage nach seiner Rückkehr ging Otto hinüber in die Fabrik und schloss das Kontor mit der Milchglasscheibe auf. Er ließ sich von Flora den New Yorker Sicherheitsfüllfederhalter geben, schraubte ihn auf und schrieb ein neues Datum ins Hauptbuch. Die Tinte floss tadellos aus der Feder. So als hätte jemand die Zeit seiner Abwesenheit ausgelöscht. Als wäre er nur ein paar Tage mit einem mittelschweren Leiden im Krankenhaus gewesen und nun zurückgekehrt. Ein wenig blass noch, aber wieder völlig hergestellt.

Otto sprach nie über den Krieg, und Flora fragte nicht.

Nur ein einziges Mal, als sie erfuhren, dass sie nun unter sowjetischer statt unter amerikanischer Besatzung stehen würden, sagte Otto zu ihr: »Wenn uns die Russen das antun, was wir ihnen angetan haben, dann Gnade uns Gott.«

19

Die Küche

Draußen war es inzwischen dunkel. Durchs offene Fenster drängte Feuchtigkeit herein, es roch nach geschmorten Pfifferlingen und Tee. Der Schatten des Stadtbergs war bedrohlich nah gerückt, nur oben auf der Höhe blinzelten die Lichter des Turms durch die Bäume.

Eva hatte aus ihrer Wohnung alles geholt gehabt, was sie für die Zubereitung der Pilze brauchten. Jan hatte den Kühlschrank wieder in Gang gebracht, der zwar laut brummte, aber die gewünschte Temperatur längst nicht erreichte. Iris hatte aus dem Gewirr im Garten Petersilie gefischt.

Sie saßen vor ihren leer gegessenen Tellern, und Jan kratzte den letzten Rest Soße mit seinem Brötchen zusammen.

Wenn sich Eva ein wenig vorbeugte, konnte sie bei den Leuten gegenüber auf den Fernseher gucken. Die Uhr mit dem blauen Strohblumenmuster tickte vertraut, Eva hatte sie aufgezogen. An der Wand hingen Bilder, auf einem Eva und Jan, auf dem anderen Iris. Dicke Kinder mit polierten Wangen und weit aufgerissenen Augen.

Das Sofa stand in der Mitte zwischen den beiden Fenstern. Es war ein wenig durchgesessen, der rote Plüsch hatte an den Lehnen kahle Stellen, und Iris beanspruchte es für sich. Sie versank förmlich darin und schnupperte an der Lehne.

Eva versicherte: »Das ist sauber! Jeden ersten Sonnabend im Monat haben wir abends das Küchensofa mit Natronpulver eingestäubt. Und am Sonntagmorgen, bevor die anderen aufgestanden sind, wurde das wieder abgesaugt.«

Sie ging zum Küchenschrank und öffnete eine der unteren Türen. Es waren keine Lebensmittel mehr darin, aber ganz hinten standen zwei große Behälter mit Natron. Einen davon streckte sie wie zum Beweis hoch. »Unsere Großmutter hatte einen unglaublichen Verbrauch an Natron. Das war ihr Allheilmittel, und es gab nichts, was sie nicht mit Natron wieder in Ordnung bringen konnte.«

Flora Langbein hatte damit geputzt, es als Treibmittel zum Backen genommen, Limonade daraus gemacht, es dem Großvater bei Sodbrennen verabreicht und es gegen die Ameisen eingesetzt, die an der Hauswand emporkletterten und unter der Lücke am Fensterbrett hereindrängten.

Jan grinste. »Her mit dem Natron. Wir essen einen Löffel davon, und schon ist alles wieder gut.«

»Ich krieg nichts mehr runter«, wehrte Eva spöttisch ab. »Das muss von allein werden.«

Iris fing an, auf dem Sofa zu wippen. Staub tanzte im Schein der Zuglampe, ihre Haare wippten mit.

Jan warf ihr einen skeptischen Blick zu. »Ich glaube nicht, dass die Federung nach all den Jahren noch sonderlich stabil ist.«

»Mich hält sie aus«, versicherte Iris. »Wollen wir wirklich noch mit der Küche anfangen? Es war ein langer Tag heute. Im Grunde müsste man hier alles wegwerfen.«

»Wir könnten wenigstens die Schränke leer räumen«, schlug Jan vor, aber niemand machte Anstalten aufzustehen. Die Pilze lagen ihnen schwer im Magen, und eine angenehme Faulheit breitete sich aus.

»Als ich zum ersten Mal in diese Küche kam, fand ich es äußerst bedeutsam, dass hier ein Plüschsofa steht«, gestand

Iris. »Und auch noch ein Fernseher. So was hatten bei uns die Leute im Wohnzimmer.«

Das gesamte Leben der Langbeins hatte sich in der Küche abgespielt. An diesem Tisch waren die Kartoffeln für die Thüringer Klöße gestampft worden, Hausaufgaben wurden gemacht, Briefe geschrieben, Kreuzworträtsel gelöst, genäht, gestopft, Plätzchen ausgestochen. Es war der Tisch, auf dem Eva zum ersten Mal ihren neugeborenen Sohn gewickelt hatte. Und immer lief im Hintergrund nahezu lautlos der Fernseher. Das bläuliche Flackern war ihr Fenster in den Westen gewesen. Wenn Eva die Ariel-Werbung mit der properen Klementine geguckt hatte, hatte sie gewusst, dass Iris auf der anderen Seite der Linder Ebene das ebenfalls gerade sah.

»Ich finde meine aktuelle Küche auf jeden Fall furchtbar unvollständig, ohne Sofa und ohne Fernseher«, fand Jan.

Eva strich über den Rand der Tischplatte, fuhr mit dem Daumennagel in die vertrauten Kerben, deren Herkunft sie nicht kannte.

»Wenn die Fabrik wirklich das Herz war, dann war die Küche die Seele des Hauses«, stellte sie fest. »Und deswegen kommt das Sofa nicht auf den Müll.«

»Und wo soll das Ding hin?«, wollte Iris wissen. »Das können wir doch nicht hoch in die Abstellkammer schleppen.«

»Vielleicht nehme ich es mit zu mir«, sagte Eva trotzig.

Es klang, als rede sie von einem herrenlosen Hund, der auf jeden Fall untergebracht werden müsse, damit er nicht unter die Räder geriet. Sie fand den Gedanken unerträglich, dass dieses Möbelstück, auf dem ihr Großvater so gern gelegen hatte, weggeworfen wurde. Genauso unerträglich wie der Gedanke, dass bald ein Fremder in dieser Küche wohnen würde.

»Wir können die Wohnung sowieso nicht so schnell vermieten«, sagte sie. »Guckt euch doch mal um. Hier muss erst mal renoviert werden.«

Auf den Wandfliesen hinter dem Spülbecken hafteten Aufkleber mit bunten Blumen. Eva stand auf und versuchte mit dem Fingernagel unter den Rand zu gelangen. Iris hatte sie damals geschickt, und sie klebten überall im Haus, wo es Fliesen gab, auch in der unteren Wohnung.

»Ob man die wieder abkriegt?«, überlegte Eva.

»Ich bring morgen einen Föhn mit«, versprach Iris. »Die lösen sich mit Wärme. Ich hatte die auch.«

Plötzlich sagte Jan: »Warum schieben wir die Küche nicht auf und räumen sie als Allerletztes aus? Könnte doch sein, dass wir noch mal Pfifferlinge braten wollen?«

Eva griff sofort nach diesem Rettungsanker. »Ich würde von den Küchenmöbeln ohnehin nichts wegwerfen oder verkaufen. Das sind stabile Holzschränke, so was bekommt man heute nicht mehr.«

Sie standen auf und begutachteten den Schrankaufsatz. Er hatte Glastüren mit eingeschliffenen Jugendstilornamenten und im Inneren Schütten aus Bleikristall.

Prüfend strich Jan über die rissige Oberfläche. Auf dem hölzernen Einlegeboden war ein klebriger Ring.

»Hier stand immer der Honig«, erinnerte sich Iris.

»Wir wollten Oma in den Achtzigern überreden, sich eine neue, moderne Küche anzuschaffen. Wir hatten damals für den Ehekredit eine aus Pressspan erwischt«, erzählte Jan.

Eva hatte genau die Gleiche besessen, mit aufgeklebtem Papierfurnier und Plastikgriffen.

»Zufall oder Absicht?«, erkundigte sich Iris.

»Weder noch«, klärte Eva sie auf. »Es gab keine Auswahl.«

Jan öffnete und schloss einen Schrank, strich über die Messingscharniere, befühlte die Schmuckleisten. »Und Oma hatte recht, die Holzküche zu behalten. Die ist unverwüstlich. Bei uns sind die Scharniere schon rausgebröselt, bevor der Ehekredit zurückgezahlt war.«

»Du hattest es ziemlich eilig mit dem Heiraten«, fand Iris.

Er zuckte mit den Schultern. »Wir wollten bloß auf die Warteliste für eine Wohnung kommen.«

»Du etwa auch?«, fragte Iris und sah ihre Cousine an.

Die schüttelte mit dem Kopf. »Nein, bei mir war Liebe der Grund. Ich wollte unbedingt, dass es bei mir genauso wird wie bei den Großeltern. Hat nicht geklappt.«

»Mein Plan ist auch nicht aufgegangen«, versicherte Iris.

Eva suchte nach ihrer Hand.

»Ist schon gut«, wehrte Iris ab. »Der Unfall ist jetzt drei Jahre her. Ich habe die innere Balance wiedergefunden. Außerdem war ich darauf vorbereitet. Ich hab es immer gewusst, dass ich meinen Mann früh verliere. Vom ersten Tag an.«

Eva nahm die Ahnungen ihrer Cousine zur Abwechslung ernst und fragte: »Aber ist es nicht schlimm, wenn man schon vorher weiß, was nachher passiert?« Sie war nicht sicher, ob sie eine so sorglose Kindheit gehabt hätte, wenn sie damals alles gewusst hätte. »Es muss für die Urgroßmutter doch schrecklich gewesen sein, zu ahnen, wen sie niemals wiedersehen würde.«

Iris wandte ein: »Aber es beruhigt doch auch, wenn man weiß, dass alles gut wird.«

Urgroßmutter Mine hatte vorher gewusst, dass ein Duell für ihren Albert gut ausgehen würde und dass sie selbst das Kindbettfieber überstehen würde.

»Sie wusste auch, dass Onkel Fred und Onkel Hugo irgendwann die Direktoren der Fabrik sein würden«, sagte

Eva. »Daran hat sich unsere Oma immer festgehalten. Also ich hätte nur die Sachen vorausahnen wollen, die gut werden.«

»Aber wenn man schlimme Dinge vorher weiß, nutzt man die verbleibende Zeit besser«, fand Iris. »Als ich mich damals von unserer Oma verabschiedet hab, wusste ich, dass wir uns nie wiedersehen würden.«

Eva stöhnte. Es war schon wieder vorbei mit ihrer Nachsicht für die Ahnungen der Cousine. »Dafür musste man im Kalten Krieg wirklich kein Prophet sein.«

Sie setzten sich wieder an den Küchentisch und tranken ihren Tee. Weder Iris noch Eva machten Anstalten, nach Hause gehen zu wollen.

»Es fühlt sich seltsam an, wenn wir drei hier sitzen«, überlegte Jan. »Ohne unsere Eltern, meine ich. Wir waren sonst nur auf dem Dachboden allein.«

»Es ist auf jeden Fall wesentlich harmonischer. Wir streiten kaum«, fand Eva.

Iris grinste. »Nur das Nötigste.«

Eva dachte daran, wie ihre Gegenwart aussehen würde, wenn sie nicht Insolvenz hätten anmelden müssen. Würden sie dann jetzt alle zusammen in diesem Haus wohnen? Wäre es renoviert und voller Leben? »Hätte es funktionieren können?«, fragte sie ihre Cousine, die Betriebswirtin war.

Iris überlegte: »Ich weiß nicht, es war eine Goldgräberzeit. Vielleicht.«

Jan war vom Gegenteil überzeugt. »Nicht in der Spielzeugbranche. Die war da im Grunde schon tot. Wir hatten das bloß noch nicht mitgekriegt auf unserer Insel der seligen Planwirtschaft.«

Iris spielte mit dem Makrameearmband. »Sicher hast du recht. Ich wollte wohl diese Zeit zurückhaben, den Sommer, in dem wir durch die Fabrik geschlichen sind, obwohl es verboten war.« Sie holte aus ihrer Handtasche eine kleine speckige Groschenmaus, öffnete den Reißverschluss und nahm einen merkwürdigen, gelben Plastikvogel in Tankwartuniform heraus. Auf seinem Bauch stand Minol. »Du glaubst zwar, mir hätte es nichts bedeutet, aber das stimmt nicht, Eva. Den hab ich immer noch.«

»Der Minol-Pirol!«, rief Eva begeistert.

»Stets dienstbereit zu unserm Wohl, ist immer der Minol-Pirol«, zitierte Jan.

Eva nahm die kleine Werbefigur und strich über den abgegriffenen blauen Hut.

Jan gähnte, streckte sich und warf einen Blick auf die Uhr seines Telefons. »Ich geh dann mal schlafen. So früh aufstehen ist nichts für mich. Und der Besuch bei meinem Vater hat mir den Rest gegeben.«

Iris tippte auf das Telefon. »Tun wir jetzt so, als hätten wir das nicht gehört, was du von ihm aufgenommen hast?«

»Ich hab versucht rauszufinden, wen er mit dem fremden Mann bei unserer Oma meint, aber es kam nur wirres Zeug«, sagte Jan.

Noch einmal lauschten sie Freds Stimme, die zusammenhanglose Dinge behauptete und Jan verdächtigte, dass er nur ans Erbe wolle und ihn deshalb für dement erklärt habe.

Sie beschlossen, die Aufnahme zu löschen.

»Ihr glaubt doch nicht etwa auch, dass ich bloß erben will, oder?«, fragte Jan verunsichert.

»Also für ein Zwölftel der maroden Langbeinhäuser würde sich sogar ein Mord lohnen«, sagte Iris spöttisch.

Eva war nachdenklich geworden. »Ich frag mich, wann das bei ihm angefangen hat. Wann haben wir zum ersten Mal gemerkt, dass was nicht stimmt?«

Iris war der Meinung, er habe sich schon beim Rückübertragungsverfahren der Fabrik merkwürdig verhalten. »Er war so misstrauisch. Aber vielleicht gehörte das auch zu seinem Charakter.«

Eva versuchte, sich an ihren Onkel Fred zu erinnern. Sie wollte krampfhaft an den Mann denken, der in der Weihnachtszeit ihre Puppenstube aufgebaut hatte, der ihr Fahrrad repariert und sie nachts von der Disco mit dem Auto abgeholt hatte. Es gelang ihr nicht. Konnte man den Eindruck, den man in der Welt hinterließ, tatsächlich auf den letzten Metern komplett ruinieren?

»Ob dieser große Ausbruch in der guten Stube vielleicht schon ein Anzeichen dafür gewesen ist?«, fragte sie nachdenklich.

Jan hob abwehrend die Hände. »Ich weiß nicht, was da in ihn gefahren war. Bestimmt hast du recht, vielleicht war er da wirklich schon nicht mehr ganz richtig im Kopf und hat Sachen gesagt, die man nicht mal denken sollte.«

Iris sah sie fragend an. »Ich bin nicht dabei gewesen. Jetzt verratet doch endlich, was er Eva an den Kopf geworfen hat.«

»Ich wollte zwischen den Brüdern schlichten«, erzählte Eva. »Und meine Mutter hat nach Auswegen gesucht, wie die Firma doch noch zu retten wäre. Und da schlug Onkel Fred vor, sie könnte ja mit dem Bankdirektor schlafen, das sei schließlich ihre bewährte Methode.«

Ungläubig blickte Iris sie an und Eva fuhr fort: »Und dann meinte er noch, dass sie dafür wohl inzwischen zu alt wäre. Da könnte man ja mich stattdessen schicken.«

20

Ans andere Ende der Welt

Mai 1947 – Flora stand in der Küchentür. Sie trug ein Paar von Ottos schwarzen Hosen, hatte sie mit einem Strick in der Taille zusammengeschnürt und unten ein wenig hochgekrempelt.

Hugo konnte sich über ihren Anblick gar nicht beruhigen. »Wie siehst du denn aus, Mutti!«, gackerte er.

Auch Fred gluckste. »Ich hab noch nie eine Frau in Hosen gesehen!«

Flora trug sonst wadenlange Röcke. Aber zum Hamstern brauchte man Hosen mit praktischen Taschen.

»Eure Mutti sieht immer schön aus«, sagte Otto mit gespielter Strenge und meinte es dennoch ernst.

Sofort verkroch sich Fred unter dem Tisch.

Otto zog Flora den Strick ein wenig enger. »Sonst verlierst du meine schöne Hose noch.«

Für einen flüchtigen Moment kreuzten sich ihre Blicke. Sie teilten das grenzenlose Erstaunen darüber, dass sie einander nicht verloren hatten. Otto steckte ihre Haarklemme neu. Flora ordnete seinen Kragen, an dem es nichts zu richten gab. Mehr Zeit für Gefühlsduseleien blieb ihnen nicht.

Den ganzen Tag war Flora damit beschäftigt, Essen, Kleidung oder Feuerholz zu organisieren. Die Tauschgeschäfte, die das Überleben sicherten, waren Frauensache. Sie erforderten große Geschicklichkeit, damit man von den Schiebern nicht übers Ohr gehauen wurde.

Die Schieber kannten sämtliche Schleichwege über die unbefestigte Grenze ins bayrische Neustadt bei Coburg. Sie schmuggelten aus der amerikanischen Besatzungszone bitter benötigte Lebensmittel nach Sonneberg und verkauften sie auf dem Schwarzmarkt am Bahnhof. Dorthin wollte Flora, und falls sie da kein Glück haben sollte, würde sie weiter zu den Bauern in der Umgebung laufen.

»Was könnt ich bloß zum Tauschen mitnehmen?«, überlegte sie.

Otto schlug vor: »Wir haben noch immer das Rosenthalgeschirr.«

Entrüstet wehrte Flora ab. »Das wär Frevel! Und wenn wir verhungern, das wird nicht angerührt. Das war deiner Mama Heiligtum.«

»Es sind noch zwei Dosen mit Nägeln im Lager«, meinte Otto daraufhin. »Die brauchen wir nicht für die Produktion. Und nimm ein paar von den Teddyaugen mit, die kann man gut als Knöpfe nutzen. Aber lass genug übrig. Irgendwann muss es doch weitergehn mit dem Spielzeug.«

Flora packte alles in ihren Rucksack. »Dafür bekomm ich sicher Mehl. Vielleicht auch Streichhölzer. Und ich brauch unbedingt Natron.«

»Und Zucker!«, rief eine kleine Stimme unter dem Tisch hervor.

Flora bückte sich, um nach Fred zu sehen. Dem schien allein bei dem Gedanken an Zucker das Wasser im Mund zusammenzulaufen. Als Otto unter den Tisch guckte, rückte der Junge weiter nach hinten und quetschte sich in die dunkle Ecke.

Flora zog die Riemen des Rucksacks straff. Otto strich ihr eine Strähne aus dem Gesicht. Wieder tauschten sie einen kurzen Blick, noch ein winziger Moment der Überraschung, als könnten sie es nicht glauben, dass sie einander tatsächlich gegenüberstanden.

»Lass dich bloß nicht von den Russen erwischen«, sagte er.

Die Rote Armee war nicht mit Jeeps und Schokolade gekommen, sondern in Planwagen, gezogen von kleinen Panjepferdchen. Aus den Lautsprechern vor der Industrie- und Handelskammer dröhnten schwermütige russische Lieder, und Transparente mit Stalins Bild flatterten an der Fassade. Die Bernhardstraße war in Stalinstraße umbenannt worden, aber das beachtete niemand.

An allen Zufahrtsstraßen gab es plötzlich Schlagbäume. Am Linder Hügel, in Sonneberg West und auch an der Gebrannten Brücke, auf der Straße nach Neustadt, hatten sich sowjetische Soldaten postiert. Die amerikanische Besatzungszone begann hinter dem Schlagbaum, der sich nur öffnete, wenn man einen Interzonenpass vorweisen konnte.

Unter den Straßennamen hingen nun Schilder mit kyrillischer Schrift. Überall tauchten diese mysteriösen Buchstaben auf, die Flora an kleine Käfer erinnerten. Alles war plötzlich zweisprachig, die Interzonenpässe, die neuen Ausweise, die das Bürgermeisteramt ausgab, und sogar die Fahrradkarte, die sie beim Radfahren bei sich tragen mussten.

Zum Abschied gab Flora ihren beiden Jungen einen Kuss. »Hört mal«, sagte sie. »Das erzählt ihr aber nicht Tante Hilda, falls sie zufällig vorbeikommt.«

Hugo nickte und Fred wollte wissen: »Warum nicht?«

»Guck doch, wie ich ausseh. Du hast mich schon ausgelacht. Ich möcht nicht, dass mich auch noch Tante Hilda auslacht.«

Hilda war als Mitglied der KPD sofort in die neu gegründete Sozialistische Einheitspartei Deutschlands übergewechselt. Voller Euphorie hatte sie dem Parteibüro die Schreibmaschine der Langbein-Versandabteilung geschenkt und daraufhin die Buchhaltung übertragen bekommen. Sie war nun bei der Partei angestellt und wohnte wieder in der Robertstraße über dem Versand.

Die Partei hatte den illegalen Grenzhandel strengstens untersagt, und Hilda hielt sich daran. Manchmal schien es Flora allerdings, als wäre sie die Einzige in der Stadt. Alle anderen kauften bei Schiebern oder waren selbst welche. Nicht einmal für Zigaretten wurde Hilda schwach. Sie schlich lieber auf der Straße Rauchern nach, wartete darauf, dass sie einen Stummel fallen ließen, und bückte sich blitzschnell danach. Sie fand, als Mitarbeiterin der Partei müsse sie mit gutem Beispiel vorangehen, und verlangte von ihrer Familie das Gleiche.

Hilda hatte in der großzügig angelegten unteren Stadt aber auch nicht so stark gegen Versuchungen zu kämpfen wie Flora. Da die Häuser in der engen Altstadt dicht beieinanderstanden, konnte sie der alten Frau Uhl von gegenüber auf den Küchentisch gucken. Frau Uhl hatte eine späte Karriere als Schieberin gemacht, und Flora sah genau, wenn dort die Heringe sortiert und abgewogen wurden. Wie sollte sie im Angesicht von Heringen standhaft bleiben, die man weder für Geld noch für Lebensmittelkarten bekam?

Flora schaffte es an diesem Tag, auf dem Schwarzmarkt neben Mehl, Zucker und Natron tatsächlich einen Hering einzutauschen, und deshalb würde es am Abend ein Festmahl geben. Räucherfisch mit Kartoffeln.

Sie trauerte der Ziege nach, die sie im letzten Kriegswinter hatten schlachten müssen, bevor sie ihnen verhungert wäre. Seitdem gab es keine Butter mehr, nur noch Margarine, die nach Schmieröl schmeckte. Zum Glück besaßen sie den Garten, und darin fand ein wundersamer Kreislauf statt. Flora pflanzte dort Kartoffeln an, die nach der Ernte komplett verwertet wurden. Die meisten aßen sie, ein paar, die schon keimten, hob sie für die nächste Saat auf. Die getrockneten Kartoffelschalen zerkleinerte sie in der Kaffeemühle zu Pulver und nahm sie als Kaffeersatz. Die Schalen der Pellkartoffeln verfütterte sie an die Karnickel, und wenn es Zeit zum Düngen war, holte Flora mit einem Schöpfeimer eine Portion aus der Abortgrube, und der Kreislauf schloss sich.

Kartoffeln gab es also meistens, aber einen Hering dazu seit Ewigkeiten nicht. Fred konnte sich nicht erinnern, jemals im Leben so ein Tier gesehen zu haben. Den letzten Hering hatten sie ergattert, da war er zwei Jahre alt gewesen.

Als sich alle zum Festmahl an den Tisch setzen wollten, kam Hilda herein.

Flora stellte schnell einen weiteren Teller hin und teilte den kleinen Hering durch fünf statt durch vier. Es blieb für jeden ein fingerdicker Streifen. Hugo und Fred warfen sich verzweifelte Blicke zu.

»Wo habt ihr denn den Fisch her?«, wollte Hilda misstrauisch wissen.

Fred machte den Mund auf und bekam von seinem Bruder einen harten Tritt unter dem Tisch.

»Den hab ich geangelt«, behauptete Otto schnell. »Aus dem Scherfenteich.«

Daraufhin langte Hilda tüchtig zu, ohne sich zu wundern, wie ihr Bruder einen geräucherten Meeresfisch hatte angeln können.

Der Hering bestand hauptsächlich aus Gräten, aber er hatte ein starkes Räucheraroma, das den Kartoffeln Geschmack verlieh.

»Seht ihr?«, sagte Hilda zufrieden. »Man bekommt auch ohne Schieberei etwas zu essen. Wenn alle so anständig wären wie wir, dann wären wir schon viel weiter.«

In einer Schüssel auf dem Tisch sammelten sie die Abfälle, Flora wollte daraus einen Sud kochen. Es landete nicht allzu viel darin.

Am Sonntagnachmittag marschierten die Langbeins in die untere Stadt. Hilda hatte sie eingeladen, sie wolle sich für den Fisch revanchieren und habe eine Überraschung. Unter dem Arm trug Otto zwei Holzscheite, das war die übliche Aufmerksamkeit und willkommener als Blumen.

Fred und Hugo rätselten den ganzen Weg über, worum es sich bei der Überraschung handeln könne, und kamen zu den abenteuerlichsten Vermutungen. »Vielleicht hat sie ein Knackwürstchen für uns!«

»Ich denk, es ist ein Stück Zucker! Oder gar Tschoglett?«

Hilda öffnete ihnen die Tür ungewohnt schwungvoll und rief: »Kommt rein! Wchoditje! Merkt ihr was? Ich lerne jetzt Russisch!« Beglückt klatschte sie in die Hände.

Die Tür ihres Wohnzimmers öffnet sich, und ein kleines Mädchen sah durch den Spalt hindurch. Sie hatte Zöpfe, die von riesigen roten Schleifen gehalten wurden. Flora erkannte den Haarschmuck sofort. Diese Schleifen hatte ihre Schwiegermutter Mine noch auf Vorrat gebunden gehabt.

Das Mädchen schnitt Grimassen und versteckte sich schnell hinter dem Rock ihrer Mutter. Die junge Frau winkte Fred ins Zimmer. Hugo fühlte sich für diesen Unsinn zu erwachsen. Er setzte ein beleidigtes Gesicht auf, denn er hatte Knackwürstchen und keine Spielkameradin erwartet.

Hilda ging in die Küche voran. Sie nahm die Holzscheite entgegen und schürte Feuer im kleinen Kanonenofen, auf dem schon der Wassertopf bereitstand. »Das Gas ist wieder abgestellt«, sagte sie entschuldigend, und dann erklärte sie:

»Das ist meine neue Einquartierung. Den alten Offizier haben sie versetzt, und stattdessen sind die Selkows gekommen.«

Da Hildas Wohnung nahe der sowjetischen Kommandantur lag, hatte man eine junge Offiziersfamilie aus Nowgorod bei ihr einquartiert. Die belegte nun Hildas Wohnzimmer, während sie selbst sich auf das Schlafzimmer beschränkte. Küche und Toilette teilten sie miteinander.

»Habt ihr das kleine Mädchen gesehen?«, fragte Hilda, vor Glück ganz atemlos. Ihre herben Gesichtszüge wirkten weich, und ihre Wangen waren gerötet. »Seit einer Woche sind sie da. Ich könnt das Kind den lieben langen Tag nur ansehen. Ich dacht, ich bin für immer allein.«

»Sag doch net so was«, wehrte Flora ab.

»Bei dem Frauenüberschuss im Land?« Hilda lachte übermütig. »Wie soll ich da in meinem Alter und mit der langen Nase noch mal einen Mann finden? Aber jetzt hab ich die kleine Sofia und ihre Mamutschka!« Sie schüttelte den Kopf, als könnte sie es nicht fassen, und umarmte ihren Bruder. »Weißt, Otto, diesmal hat es das Schicksal gut mit mir gemeint.«

»Wollen wir uns nicht zu ihnen ins Wohnzimmer setzen?«, fragte er.

»Besser nicht. Die dürfen keine Kontakte mit der Bevölkerung haben«, erklärte Hilda. »Das ist nicht erwünscht. Es gab schon Ärger, weil ich der Kleinen die Schleifen und eine Puppe geschenkt hab. Und einen von den Nachziehhunden.«

Otto zog die Augenbrauen hoch. Flora legte schnell ihre Hand auf seinen Arm und beteuerte: »Das freut uns recht, dass unser Spielzeug zu einem Kind gekommen ist.«

Seit dem Kriegsende stellten die Langbeins, ohne einen Angestellten, in der Fabrik Gebrauchsgegenstände her. Aus Gasmaskenbehältern fertigten sie Milchkrüge, und aus dem Leder der Stahlhelme nähten sie Taschen. In Sonneberg war eine

Geschäftsstelle der Handelsverwaltung der Sowjetarmee errichtet worden, und die kauften alles auf, was im Kreis produziert wurde. Nur für Spielzeug hatte niemand Verwendung.

Sie setzten sich an den Küchentisch, und Hilda goss den Tee ein. Er roch nach Wiesenkräutern und hatte eine grünliche Farbe. Vor Hugo legte sie ein Stück Zucker hin, das sofort in seinem Mund verschwand und ihn versöhnte.

»Und jetzt kommt für euch noch eine gute Nachricht«, erklärte Hilda. »Der Chef der Militäradministration, ihr wisst schon, der Generalmajor, hat das Spielzeug bei Sofia gesehen. Und er war hellauf begeistert. Ich hab ihm ebenfalls was gegeben, damit er es in die ferne Heimat schicken kann. Zwei Plüschhunde und eine von den weichen Werfpuppen. Seine Enkelin ist grad erst geboren.«

»Das war jetzt die gute Nachricht?«, fragte Flora verwundert.

»Du verschenkst das halbe Lager«, stellte Otto fest. »Und dann stimmen die Bücher nicht mehr.«

Hilda lachte übermütig. »Ich hab die Sachen einfach auf die Liste mit der Fehlproduktion gesetzt.«

Otto zog die Augenbrauen nach oben. »Ist das dein vielgepriesener Kommunismus?«

»Warum denn nicht?« Sie beugte sich begeistert vor, um ihrem Bruder direkt in die Augen blicken zu können. »Wir bauen ein neues Land auf! Eins, in dem alle Menschen gleich sind, egal wo sie herkommen oder wie sie aussehen. Ein Land, in dem Frieden ist. Ein Land, in dem allen alles gehört.«

Otto sah sie aufmerksam an. »Weißt du etwas, was wir nicht wissen? Sind wir jetzt auch dran mit der Enteignung?«

Hilda schüttelte entschieden den Kopf. »Das passiert nur den Bonzen, den Kriegsgewinnlern. Und denen, die Zwangsarbeiter beschäftigt haben.«

Die Sowjetische Militäradministration hatte das Zahnradwerk demontiert und aus der Köppelsdorfer Fallschirmfabrik eine Sowjetische Aktiengesellschaft gemacht. Die arbeitete nun für die Wiedergutmachung. Und die Spielzeugbetriebe, die sich auf Rüstungsproduktion umgestellt hatten, waren erst unter Zwangsverwaltung gestellt und dann in Volkseigene Betriebe umgewandelt worden.

»Geschieht denen ganz recht, den strammen Nazis«, sagte Hilda. »Aber ihr habt euch nix zuschulden kommen lassen.«

»Es sind schon genug denunziert worden, weil sie einem im Weg waren«, brummte Otto.

»Ihr macht euch umsonst Gedanken«, versicherte Hilda. »Der Generalmajor war so angetan von dem Spielzeug, dass ich ihm gesagt hab, ihr könntet doch für die Sowjetunion produzieren. Ich hab ihm das Musterbuch gegeben, und wir haben zusammen eine Auftragsliste mit den Preisen gemacht.«

Sie nahm ein Papier aus dem Küchenschubfach und zeigte ein unübersichtliches Gewirr zweier Sprachen.

»Wie viel bekommt man denn für einen Rubel?«, wollte Otto wissen.

»Die haben grad Inflation«, musste Hilda verlegen zugeben.

»Das ist net wichtig«, sagte Flora entschieden. »Die Preisdrückerei kennen wir doch schon von den Amerikanern. Dann machen wir eben keine Dollarpuppen mehr, sondern Rubelpuppen. Schau dir doch die Stückzahlen an, Otto! Der Vater wär so stolz.«

»Ja, und wie soll das gehen? Fünfzig Dutzend Nachziehhunde. Das haben wir doch niemals am Lager.«

»Dann macht halt welche«, erwiderte Hilda.

»Und woraus?«

»Aus dem, was da ist«, sagte Flora resolut. »Wir finden schon irgendwas.«

Nach der Inventur im Lager stand fest, dass sie knapp drei Dutzend Nachziehhunde hatten, solide Vorkriegsproduktion.

»Das ist ein Anfang«, fand Flora.

Otto zuckte mit den Schultern und war weniger begeistert als Flora. »Aber wir machen erneut nur das Bewährte.«

»Verstehst du denn nicht?«, rief sie. »Es geht wieder los, Otto! Auf das Bewährte können wir aufbauen, damit du etwas Neues schaffen kannst!« Ihre Wangen röteten sich vor Aufregung. »Schnell! Hol den guten New Yorker Sicherheitsfüllfederhalter und schreib den Auftrag ein!«

Mit großem Eifer erstellte Flora eine Materialliste.

Das Lager auf dem Dachboden war geplündert. Otto zählte die Knopfaugen durch. »Die sind alle verschieden. Wenn die Stückzahlen reichen sollen, dann werden manche Hunde riesige Augen haben.«

»Dann nennen wir die halt *Staunende Hunde*«, befand Flora. »Stickgarn für die Nasen haben wir jedenfalls noch genug in dunklen Farben.«

»Aber es fehlen die Brettchen, auf die wir die Hunde aufstecken müssen.«

»Die haben wir zu Schneidbrettern verarbeitet«, erinnerte ihn Flora.

Sie entschieden, die Räder direkt an die Beine zu machen, Splinte und Scheiben hatten sie reichlich. Es gab noch Holzwolle, und wenn sie die Hunde nicht allzu fest stopften, musste sie genügen. Nur das Wichtigste fehlte, der Filz.

Stoffe waren in den schlechten Zeiten die gefragtesten Tauschmittel.

Flora verzweifelte. »Ich hätte nicht alles verschieben dürfen«, schluchzte sie. »Das ist meine Schuld! Ich hab den Jungen auch noch Mäntel draus gefertigt und Schuhsohlen.«

Sie durchsuchten das ganze Haus nach etwas, das es wert sein konnte, gegen eine große Menge Filz eingetauscht zu werden. Wieder war das gute Rosenthalporzellan ein Kandidat, und wieder wurde es verworfen.

Flora trauerte dem Volksempfänger nach, für den sie sicher etwas bekommen hätten. Aber wer ein Radio versteckte, riskierte die Todesstrafe. Sämtliche Rundfunkgeräte hatten sie nach Kriegsende an die Rote Armee abgeben müssen. Ein Sowjetsoldat hatte die Goebbelsschnauze, wie Flora ihr Radio nannte, mit Schwung auf einen Lkw geschmissen, zu all den anderen Rundfunkempfängern der Sonneberger.

Sie beschlossen, das Grammofon und die dazugehörigen Schallplatten als Tauschobjekte mitzunehmen.

Alles wurde in einem kleinen Leiterwagen verstaut, und dann klapperten sie sämtliche Werkstätten der Hausindustriellen ab. Als sie in Sonneberg kein Glück hatten, liefen sie hoch nach Neufang, dann weiter nach Hüttengrund und Blechhammer. Otto zog vorn den Wagen, und Flora hielt hinter ihm das Grammofon, damit es nicht beschädigt wurde. Sie beobachtete, wie er seinen Körper nach vorn neigte, um den Hang auszugleichen, und war glücklich. Sie sah seine sehnigen Unterarme, das zurückgekämmte Haar, das auf dem Kragen aufsaß, und seine Ohren, durch die das Sonnenlicht hindurchschien. Bis nach Steinach liefen sie und fanden tatsächlich einen Hersteller von Holzschiffchen, in dessen Bergkeller Uniformmäntel lagerten, aus schwerem graugrünem Filz.

»Die könnt ihr haben«, versprach der Meister. »Aber das Grammofon nützt mir nix. Ich brauch Draht.« Damit wurden die Segel der Spielzeugschiffe an den Masten befestigt.

Sie machten sich auf die Suche nach jemandem, der Draht übrighatte. In Judenbach wurden sie von ein paar jungen Mädchen angehalten, die großes Interesse an dem Grammofon zeigten. Sie organisierten einen Ringtausch, bei dem es in erster Linie um Nägel und Schrauben ging und an dem ein Hersteller von mechanischem Blechspielzeug, ein Holzpferdschnitzer und ein Trommelmacher beteiligt waren.

Als es Abend wurde, lag auf dem Leiterwagen der Langbeins ein Berg Uniformmäntel. Sie zogen nun zusammen, und Flora hatte Mühe, mit Ottos ausgreifenden Schritten mitzuhalten. Aber sie wollten vor der Dunkelheit die Waldwege hinter sich gelassen haben.

»Meinst, es macht was, wenn die Hunde dann grün sein werden?«, sorgte sich Otto, aber Flora lachte. »Wir sagen halt, es sind noch unreife Hunde!«

»Die wollen fünfzig Dutzend in zwei Wochen«, überlegte Otto. »Und durch die Suche nach dem Filz und die Tauscherei ist uns viel Zeit flöten gegangen.«

Aber Flora war zuversichtlich. »Das schaffen wir. Wir haben doch schon einen Teil fertig im Lager stehen.«

Als sie endlich das Stammhaus erreichten, standen die Kinder bereits freudestrahlend vor der Tür. Ungeduldig sprangen sie in die Höhe, als hätten sie seit Stunden gewartet.

»Heut ist unten im Gemüseladen ein Großhändler gewesen! Ich hab uns Erbsen erhandelt!«, rief Hugo ihnen entgegen und führte sie stolz in den Keller. In dem ansonsten leeren Vorratsregal standen säuberlich aufgereiht zwölf Büchsen mit eingekochten Erbsen.

»Das ist ja prächtig«, lobte Flora ihren Ältesten. »Ich weiß schon gar net mehr, wie Erbsen schmecken.«

»Ich hätt ja noch mehr erhandeln können!«, spreizte sich Hugo, »aber mehr wollt der Händler für die Hunde net rausrücken.«

Flora erstarrte. »Was meinst du damit? Wogegen hast du die Erbsen eingetauscht?«

»Gegen die Nachziehhunde!«, erklärte Hugo, und Fred nickte eifrig. »Der Händler hat gemeint, das ist ein gutes Geschäft, und er macht dabei Verlust.«

Otto wurde laut. »Wir haben einen großen Auftrag für die Russen! Wenn wir den nicht erfüllen, können wir die Fabrik gleich dichtmachen. Dann sind diese Erbsen das Letzte, was wir überhaupt zum Essen kriegen.«

Hugo fing an zu heulen, und Fred weinte vorsichtshalber mit.

»Die Kinder helfen uns bei der Arbeit«, entschied Flora. »Dann schaffen wir die Hunde, auch ohne die verlorenen. Und vorher essen wir Erbsen, damit wir genug Kraft haben für die Arbeit.«

Jeden Abend saßen sie zusammen in der Küche und fertigten Nachziehhunde. Flora nähte hintereinander weg, ohne abzusetzen. Fred sollte die Fäden abschneiden. Hugos Aufgabe war es, die Tiere umzuwenden. Bei den dünnen Beinen musste er den Quirl zu Hilfe nehmen. Er durfte nicht zu fest drücken, damit der Stiel den Filz nicht durchstieß.

Otto stopfte die Tiere aus und brachte Beine und Räder an. Zum Schluss band Flora den grünen Filzhunden die Schleifen um, die Mine noch gebunden hatte. Sie reichten genau für die fünfzig Dutzend, als hätte sie es geahnt.

Flora brachte die Nachziehhunde zur Verpackung in die Robertstraße. Hilda, die im selben Haus wohnte, kam herunter, um ihr zu helfen. Die beiden Frauen sortierten die Kartons in eine große Holzkiste, die sie für den weiten Transport zu Land und zu Wasser mit Ölpapier ausschlugen. Die wertvolle Ware durfte nicht durch Feuchtigkeit beschädigt werden. Sie legten die Frachtpapiere bei, verschlossen die Kiste und setzten sich darauf, um auf das bestellte Fuhrwerk für den Transport zum Güterbahnhof zu warten. Der Spediteur Baufeld hatte sein Geschäft nicht weit entfernt in der Bahnhofstraße, sodass mitten in bester Innenstadtlage ein riesiger Misthaufen vor sich hin stank.

Die Tür öffnete sich, aber es war nicht der Spediteur.

Überrascht sprang Flora von der Kiste auf. Hilda erhob sich mit langsamen Bewegungen, wie unter Wasser, als müsste sie gegen einen starken Widerstand ankämpfen.

»Was tust du hier, Victor«, fragte sie, und ihre Stimme klang dünn.

»Es ist lang her, Hilda«, sagte Victor Pulvermüller und ignorierte Flora.

Seine Haare zeigten an den Schläfen Silberfäden, und die Gesichtszüge hingen müde herab. Aber noch immer hatte er diese tiefdunklen Augen und eine besondere Eleganz, mit Hut und Spazierstock und seinem sorgfältig gewachsten Bart. In Anbetracht des Elends überall erschien das merkwürdig unpassend.

»Ich hab gehört, ihr seid jetzt in Jena?«, fragte Hilda.

Er nickte. »Aber deine Schwester ist nicht glücklich da. Ich dachte, vielleicht tät es ihr gut, wenn wir zurückkämen.«

Verwundert sah sie ihn an. »Ihr wollt wieder nach Sonneberg?«

Victor Pulvermüller legte eine säuberlich gefaltete Pappe auf die Transportkiste. »Else ist ja Teilhaberin hier, und ich dacht, wir könnten zu dritt die Firma führen, der Otto, du und ich als Schwager.«

Weil Hilda schwieg, fuhr er fort: »Und da die Russen alle überprüfen, dacht ich, du könntest mir vielleicht ein Leumundszeugnis ausschreiben. Ich hab hier mein Curriculum Vitae. Da kannst du doch sicher was dazutun, nicht wahr? Um der alten Zeiten willen.«

Hilda wollte die Mappe nehmen, aber Victor ergriff ihre Hand. »Es tut mir leid, Hilda. Else vermisst dich.«

Dann drehte er sich um und ging. In der Tür stieß er gegen den Spediteur.

»Was habt ihr denn mit so einem zu schaffen?«, fragte der Fahrer, nachdem Victor Pulvermüller außer Hörweite war.

Flora erklärte, dass sie verwandt seien, und bekam zu hören: »Der war in Weimar ein ganz Eifriger bei der NSDAP. Den suchen die dort sicher und wolln ihm den Prozess machen.«

Hilda öffnete Victors Mappe. Sie überflog die Zeilen und sagte: »Wenn man seinen Lebenslauf liest, könnte man fast meinen, er wär ein Widerstandskämpfer gewesen.«

Der Spediteur winkte ab. »Die schönen doch jetzt alle ihre Lebensläufe. Glaub's mir nur, der hat's dort zu was gebracht bei den Nazis.«

Der Spediteur lud die Kiste auf und fuhr damit zum Güterbahnhof. Und wieder gingen die Spielsachen der Firma Albert Langbein in die Welt, wenn auch diesmal an das andere Ende.

Hilda griff nach einem alten Stofffetzen und wischte die Hand ab, die Victor berührt hatte. Der Lappen war benutzt worden, um die Klebebänder für die Wellpappekisten anzufeuchten, und stank nach Leim.

»Ich würde den zu gern melden«, flüsterte sie.

Flora wandte ein: »Aber es ist doch der Mann deiner Schwester.«

»Das macht seine Lügen nicht ehrenwerter. Was soll ich nur tun, Flora? Ich will, dass er bezahlt. Aber ich will nicht die Verräterin sein.«

Flora nahm Victors Mappe in die Hand und betrachtete das Bild darin. »Ich bin sicher, es klärt sich auch ohne dein Zutun«, sagte sie. »Geh heim und lass dich von deiner russischen

Einquartierung aufmuntern. Verstehst du, was ich meine?«
Sie wedelte bedeutsam mit der Mappe.

Hilda küsste ihre Schwägerin innig auf die Wange. Sie hatte ihr eine Lösung aufgezeigt, mit der sie sich selbst betrügen konnte.

Als sie heimkam, huschte sie mit Victors Mappe ins Wohnzimmer zu Mamutschka und schilderte, natürlich unter dem Siegel der Verschwiegenheit, ihre Notlage: Ausgerechnet sie habe einen Nazi in der Familie!

Mamutschka erzählte das noch in der Nacht brühwarm ihrem Gatten, selbstverständlich ebenfalls im Vertrauen.

Der sowjetische Offizier ging am nächsten Morgen gleich in die Kommandantur und meldete es, diesmal offiziell.

Am Abend sollte Victor Pulvermüller verhaftet werden. Aber da war er schon zusammen mit Else nach Nürnberg geflohen, in den amerikanischen Sektor.

Es wurde ein Jahrhundertsommer. Das Getreide auf den Feldern vertrocknete, bevor es reifen konnte. Im Röthengrund warfen die Laubbäume schon im August die Blätter ab, und das Gras am Wegrand war trocken wie Zunder.

Flora schickte die Kinder jeden Tag in den Wald, mit dem Auftrag, irgendetwas Brauchbares zu finden. Der Wald war voller Suchender. Sie durchkämmten ihn nach Heidelbeeren, Walderdbeeren, Himbeeren und Brombeeren. Und immer schienen Hugo und Fred zu spät zu kommen. In ihrer Verzweiflung pflückten sie unreife Beeren, damit sie wenigstens etwas in ihren Eimerchen mit heimbrachten.

Als der Herbst kam, schwärmten die Brüder nach Bucheckern und Eicheln aus, die Flora in der Kaffeemühle zu Mehl verrieb. Nach dem ersten Regen brachten sie sogar Pilze mit, aber nie waren essbare darunter. Es schien, als ob im Wald nur noch giftige Pilze wuchsen. Nicht einmal gelbe Täublinge gab es, die sonst wegen des bitteren Geschmacks stehen gelassen wurden.

Eines Tages stürmte Hilda in die Küche der Langbeins und wedelte mit einem kleinen Heftchen herum.

»Schnell!«, rief sie. »Ihr müsst im Wald Pantherpilze suchen!«

Flora lachte und zeigte auf einen Korb unter dem Fenster.

»Die müssen wir net suchen. Die haben die Kinder heut haufenweise mitgebracht. Ich wollt die grad in den Fluss schmeißen, sie sind ja giftig.«

Hilda schlug die Broschüre auf. »Eben nicht. Das sind die neuesten Erkenntnisse der Wissenschaft«, verkündete sie in einem Tonfall, als hätte sie das soeben selbst erforscht. »Guck! Hier steht's.« Ihr Finger tippte auf die Beschreibung neben einem Bild. »Pantherpilz. Essbar nach Abzug der Oberhaut sowie zwanzig Minuten Kochen.«

Otto kam zum Pilzbraten aus der Fabrik herüber. Bei der neuen Generation der Langbeins gab es die Mahlzeiten so wie bei der vorangegangenen immer genau Punkt zwölf und sechs, aber es durfte dabei gesprochen werden. Otto lobte die Kinder, die für den Schmaus gesorgt hatten, und Flora, die den Schwammbraten besser als seine Mutter zubereitet habe.

Seit langer Zeit wurden sie wieder richtig satt und beschlossen, gemeinsam einen kurzen Verdauungsschlaf zu halten, bevor die Arbeit weiterging.

Irgendwann erwachte Otto und wusste nicht, wo er war. Fred übergab sich auf das Betttuch, und Hugo fantasierte von lila Riesenheuschrecken. Otto schüttelte die apathische Flora.

Sie machte nur eine unwillige Bewegung und sagte: »Ja, dann sterben wir halt.«

Otto taumelte hinüber in die Fabrik zum Telefon.

Da es wegen des Informationsblättchens in der ganzen Stadt Vergiftungen gab, waren sämtliche Krankenwagen unterwegs. Otto lud seine Familie in den großen Leiterwagen. Die Nachbarn guckten verwundert zu. »Seit wann trinkt denn der Langbein zur Mittagszeit?«

Otto zerrte den Leiterwagen zum Krankenhaus in die untere Stadt und war froh, dass es bis dahin nur bergab ging. Dort wurde ihnen mit einer Art Gartenschlauch der Magen ausgepumpt.

Als es Otto besser ging, suchte er nach Flora und fand sie auf einer Pritsche im Gang, in Tränen aufgelöst. Er hockte sich vor sie auf den welligen Linoleumboden, umarmte sie und versuchte sie zu trösten.

»Unseren Jungen geht es gut! Ich hab mich erkundigt, auch du kommst völlig in Ordnung!«

»Ach, Otto!«, schluchzte Flora. »Ich wollt auf einen schönen Moment warten, um es dir zu sagen. Ich bin wieder schwanger. Was ist, wenn ich das Kind verlier? Was ist, wenn es einen Schaden genommen hat?«

21

Der Abort

Obwohl sie die Aufnahme auf Jans Telefon gelöscht hatten, war sie nicht aus Evas Kopf verschwunden. Sie lag im Bett und konnte noch immer die Stimme ihres Onkels Fred hören, weinerlich, anklagend, boshaft. Unruhig warf sie sich hin und her. Schließlich stand sie auf und buk einen Rhabarberkuchen, um sich abzureagieren. Backen durfte sie nachts. Nur nicht duschen, baden oder Wäsche waschen. Dann beschwerte sich die Mieterin unter ihr. Wie frei sie im Stammhaus gewesen war, wusste sie erst, seit sie zur Miete wohnte.

Als es draußen hell wurde, rief sie Jan an.

Er meldete sich mit einer müden, kratzigen Stimme. »Bist du irre? Hast du mal auf die Uhr geguckt?«

»Ich wollte nur fragen, ob du was dagegen hast, wenn ich deinen Vater besuche. Die Sache lässt mir keine Ruhe.«

»Solang ich nicht mitmuss, kannst du besuchen, wen du magst.«

Einen Moment war es still in der Leitung, und sie glaubte, er hätte aufgelegt. Aber dann sagte er noch: »Willst du da wirklich hingehen, Eva? Tu dir das nicht an.«

Eva blieb bei ihrem Vorhaben, wollte aber nicht vor dem Frühstück im Annastift erscheinen. Also duschte sie in aller Ruhe, las die Nachrichten, machte sich ein Marmeladenbrot, trank Kaffee, zog sich ordentlich an und packte den frischen

Kuchen ein. Sie wollte Haltung bewahren und nicht mit leeren Händen kommen.

In scharfem Tempo ging sie los, bergab, Richtung Innenstadt.

Die Morgensonne war gerade über den Stadtberg gestiegen, die Luft fühlte sich kühl und klar an. Sie ging am Haus ihrer Mutter Anita vorbei und blickte hinauf, aber die Gardinen waren zugezogen.

Die Berge hinter den Häusern wellten sich. Nirgendwo gab es schroffe Kanten oder kahle Stellen, überall wuchsen Bäume und verliehen den Konturen einen Eindruck von Samt.

Sie meldete sich im Annastift als Verwandte von Fred Langbein und bekam den Weg gewiesen. Im Flur roch es säuerlich. Eine tüchtige Pflegekraft war gerade dabei, mit Essig ein mittleres Drama zu beseitigen.

Zögernd drückte Eva die Klinke herunter. Die Luft im Zimmer war zum Schneiden. Fred Langbein saß eingewickelt in eine Decke auf dem Sessel und schien zu frieren. Er starrte auf den Fernseher, der ausgeschaltet war. Seine Hände lagen im Schoß, und Eva hoffte, dass es Schokolade war, was daran klebte.

Angesichts seines Elends löste sich all ihre Wut auf.

»Onkel Fred?«, fragte Eva leise. Da er nicht reagierte, rief sie ihn etwas lauter und trat in sein Blickfeld.

Jetzt sah er auf. Ein schmallippiges Lächeln. Er schien sie zu erkennen. »Anita!«

»Nein, Onkel Fred, ich bin es, Eva. Anitas Tochter.«

Er nickte. »Anita, ja, ja. Das wurde Zeit, dass du mich holst.«

Eva gab es auf, ihn zu verbessern. Es berührte sie unangenehm, dass sie ihrer Mutter offensichtlich so ähnlich sah. In dem Moment war sie froh, wenigstens ein Grübchen im Kinn zu haben, das sie deutlich unterschied. Sie zog einen Stuhl heran und stellte den Teller mit dem Rhabarberkuchen auf den Tisch. Interessiert betrachtete er, wie die Silberfolie abgewickelt wurde. Als der Kuchen zum Vorschein kam, wollte er danach greifen.

»Wir müssen erst Hände waschen, Onkel Fred.«

Folgsam ließ er sich zum Bad führen, das entgegen ihren Befürchtungen sauber war. »So ist es besser, Onkel Fred«, versicherte sie und trocknete seine Hände. Sie waren knorrig wie alte Wurzeln.

»Warum sagst du immer Onkel zu mir, Anita?«, wunderte er sich.

»Entschuldige, Fred«, sagte sie. »Ich hab nur Spaß gemacht.«

Er kicherte, setzte sich und kostete den Kuchen. »Der schmeckt gut.« Für einen Moment kam er ihr völlig klar vor.

»Hast du was zu rauchen?«, fragte er plötzlich.

Überrascht antwortete sie: »Aber du rauchst doch gar nicht?«

Er rückte näher und verriet mit wichtiger Stimme: »Wir rauchen immer auf dem Abort.« Für einen Wimpernschlag glaubte sie ihm, aber dann fuhr er fort: »Die Mutti hängt den Huflattich immer oben an der Küchendecke auf, zum Trocknen. Wenn der bröselig wird, dann wickeln wir den in Zeitungspapier und rauchen heimlich draußen auf dem Abort, der Hugo und ich.«

Sie lächelte. »Dann lasst euch nur nicht erwischen.«

»Wir passen auf.« Er zwinkerte ihr zu und ließ keinen Zweifel daran, dass er ein geschickter Heimlichtuer sein konnte.

»Ich möchte dich was fragen, Fred«, sagte Eva und verschluckte rechtzeitig das Wort Onkel. »Du hast von einem fremden Mann erzählt, der immer zu deiner Mutti kam.«

Freds Gesicht verdüsterte sich, er kaute stumm und nickte nur.

Eva fragte weiter. »Weißt du, wer das war?«
»Nää. Ein Fremder halt. Den kannte ich net.«
»Aber kennst du seinen Namen?«
Fred grübelte nach, zuckte dann mit den Schultern und gab es auf. »Fällt mir net mehr ein.«
»War er nur nachts da?«, drängte Eva weiter in ihn.
»Nää. Die ganze Zeit. Der war dann immer da.« Fred schüttelte empört den Kopf über diese Zumutung.
Plötzlich begriff Eva. Erleichtert fragte sie: »Hieß der Fremde vielleicht Otto?«
»Ja!«, rief Fred glücklich. »Das war der Name!«
»Ach, Onkel Fred!«, murmelte Eva traurig und streichelte ihm über die kahle Stirn. »Otto ist doch dein Vater!«
»Nää«, sagte Fred entrüstet. »Mein Vati ist im Krieg.«
Eva blieb noch einen Moment sitzen und sah zu, wie der Kuchen im Mund ihres Onkels verschwand. Dann stand sie auf.
»Ich werd jetzt gehen, Fred. Aber ich besuch dich wieder und bring neuen Kuchen«, versprach sie.
»Den Kuchen hast du gut gemacht«, versicherte er, »aber das andre war net recht, Anita.«
Sie setzte sich noch einmal. »Was meinst du?«
Er senkte die Stimme. Sie klang jetzt tief und klar. »Ich weiß, dass du es warst. Du hast denen gesagt, dass sie alles mitnehmen sollen. Die Maschinen und alles.«
Eva spürte, wie ihr das Blut aus dem Gesicht wich. Ihr Hals wurde trocken, und sie bekam kaum ein Wort heraus. »Was sagst du da?«
Er beugte sich nah zu ihr herüber. »Du hast die Fabrik schließen lassen. Das war net recht. Aber ich verrat es der Mutti nicht.«

Eva lief über den Friedhof zurück nach Hause. Kurz blieb sie am Familiengrab mit der großen schwarzen Granitplatte stehen. Sie legte einen Finger auf die goldenen Furchen, die die Namen ihrer Großeltern bildeten. Dann zupfte sie ein paar Unkräuter von der weißen Kiesfläche davor und ging den Kirchweg in Richtung obere Stadt entlang.

Am Haus ihrer Mutter blieb sie stehen und klingelte. Sie wollte wissen, was ihr Onkel gemeint hatte, und war dennoch erleichtert, als niemand öffnete.

Eva beschloss, den anderen erst einmal nichts von der Bemerkung ihres Onkels zu erzählen. Zuerst wollte sie mit ihrer Mutter sprechen. Sicher gab es dafür eine ebenso harmlose Erklärung wie für den fremden Mann. Denn je länger sie darüber nachdachte, umso ungeheuerlicher erschien ihr der Vorwurf.

Als sie das Stammhaus betrat, hörte sie Jan schon im Treppenhaus rascheln und fluchen. Die Tür zu der kleinen Toilette, die einmal das Plumpsklo gewesen war, stand offen. Als Fred in den späten Siebzigern bei sich ein Bad eingebaut hatte, konnte er seine Eltern lediglich zu einem Wasserklosett mit Spülung überreden. Jeden Tag hatte er im Baustoffhandel nachgefragt und, als endlich eine Lieferung in Aussicht gestellt wurde, früh um vier auf der Straße danach angestanden. Wer erst zur Ladenöffnungszeit kam, ging leer aus. Fred erwischte die letzte Toilettenschüssel und baute sogar ein kleines Waschbecken in den engen Verschlag ein. Dennoch blieb der Abort ein ungemütlicher, zugiger Ort, in dessen Wände sich der Gestank gefressen hatte. Daher wuschen sie sich weiter in der Küche. Diese Praxis war erst angezweifelt worden, als Evas Jungs in die Pubertät gekommen waren.

Eva stieg die Treppe hinauf. Merkwürdigerweise hatte der

dumpfe Geruch, der durch die offene Tür in den Flur drang, etwas Tröstliches.

Jan sah das offensichtlich anders. »Das ist so eklig«, teilte er ihr mit.

Eva holte Gummihandschuhe aus der Küche. Mit resolutem Griff räumte sie alles aus dem Toilettenraum in einen Müllsack. Neben dem Rollenhalter war ein Haken in der Wand verschraubt. Daran hatten ihre sparsamen Großeltern meistens klein geschnittenes Zeitungspapier gehängt. Wesentlich lieber hatte Eva das weiche Apfelsinenpapier gehabt, aber das gab es mitsamt der darin eingewickelten Apfelsinen nur gelegentlich in der Weihnachtszeit.

Nicht nur ihr Onkel Fred hatte heimlich in dieser kleinen Zelle geraucht. Auch sie hatte dort ihre erste Zigarette probiert. Vielleicht lag es an der ungemütlichen Umgebung, dass es ihre letzte geblieben war. Eva hatte sich bei Liebeskummer hierher verkrochen, um ungestört weinen zu können. Es war der einzige Raum im Haus, der sich abriegeln ließ. An der Innenseite der Tür baumelte ein Haken, den man in eine Öse am Türrahmen hängen konnte. Aber ein kleiner Spalt nach außen war immer geblieben, durch den Jan sie manchmal geärgert hatte.

»So was kann man doch nicht vermieten«, sagte Eva. »Wer würde heute eine Wohnung ohne Bad nehmen, mit der Toilette im Treppenhaus? Wir müssen erst renovieren.«

»Das kannst du bei der nächsten Versammlung den Pulvermüllers sagen.«

»Ist schon wieder eine anberaumt?«

Jan nickte. »Ich hatte heute Post, ihr sicher auch. Da ist irgendeiner gestorben, und die neuen Erben drängen drauf.«

Eva lachte. »Was haben sie geerbt? Ein Neunundvierzigstel?«

Sie hörten das Knacken der Haustür.

»Oh Gott«, rief Iris schon von unten. »Es stinkt!«

»Wir sind gleich fertig«, versicherte Eva.

Iris kam herauf und griff sich an die Kehle, als würde sie keine Luft mehr bekommen.

Eva stopfte alles aus dem kleinen Wandschränkchen in den Müllsack. Dann nahm sie den Schrank ab und warf ihn hinterher.

»Wie war es eigentlich bei meinem Vater?«, wollte Jan wissen.

»Entwarnung«, sagte Eva und gab ihrer Stimme einen unbeschwerten Klang. »Wisst ihr, wer der fremde Mann war?«

Die anderen beiden sahen sie gespannt an.

»Unser Großvater. Du hast die falschen Fragen gestellt, Jan.«

Er wurde nachdenklich. »Mein Vater kam zur Welt, kurz nachdem der Opa eingezogen worden war. Und als er aus dem Krieg zurückgekehrt ist, war mein Vater fast fünf.«

»Ich bin ziemlich erleichtert, dass es im Leben unserer Oma keinen ominösen Fremden gegeben hat«, beteuerte Eva.

Iris grinste. »Das glaub ich. Denn wenn man das in aller Konsequenz durchdenkt ... Dann wäre deine Mutter vielleicht gar nicht die Tochter von unserem Opa. Und du hättest kein Langbeinblut.« Iris amüsierte sich über diese Idee.

»Oh Gott!«, rief Eva. »So weit hatte ich gar nicht gedacht!«

Sie warf die letzten Gegenstände in den Müllsack, eine Schale mit einem vor Trockenheit rissig gewordenen Seifenstück. Der Raum war leer.

»Können wir bitte das Klo verlassen?«, jammerte Iris. »Mir tränen schon die Augen.«

In der Küche schrubbten sich Eva und Jan die Hände. Iris holte aus ihrer Handtasche wieder Kräuterbitter. Diesmal hatte sie für jeden eine Schluckflasche eingepackt. »Zum innerlichen Desinfizieren!« Nachdem sie getrunken hatte, erklärte sie: »So. Jetzt bin ich wieder in der Lage, Mitgefühl zu entwickeln.«

»Meint ihr, sie sind sich immer fremd geblieben?«, überlegte Eva. »Das wäre traurig. Für beide.«

»Mich hat es oft gestört, welchen Ehrgeiz mein Vater entwickelt hat, um den Opa zu beeindrucken«, erzählte Jan.

Iris suchte in ihrer Handtasche herum und schnüffelte an einem kleinen Parfümspray. »Ich krieg den Geruch nicht aus der Nase«, sagte sie entschuldigend.

Sie hatte Kaffeepulver mitgebracht und kramte in den Fächern nach einem Sieb.

»Ich mach türkischen Kaffee«, verkündete sie. »Das hab ich damals bei Oma zum ersten Mal gesehen. Wir hatten zu Hause eine Kaffeemaschine. Ich fand es lustig, wie am Ende der Kaffeesatz aus der Tülle kam und sich im Sieb gekringelt hat wie ein Hundehäufchen.«

Eva hatte seit Ewigkeiten keinen türkischen Kaffee mehr getrunken.

Vorsichtig schüttete Iris das Kaffeepulver in die Kanne und goss kochendes Wasser darüber. Der Deckel ließ sich einrasten. Aus der Tülle quoll Dampf.

»Wenn wir den Kaffee nach Art unserer Oma aufbrühen, sollten wir vielleicht auch das Rosenthalgeschirr benutzen?«, fragte Eva.

Iris grinste. »Ah! Die Hüterin des Schatzes gibt ihn frei!«

Jan holte den Geschirrkarton und wischte die Tassen mit einem Handtuch aus. Er deckte den Tisch und nahm eine Milchflasche aus dem Kühlschrank.

»Wo kommt die Milch her?«, wunderte sich Eva.

»Hab ich mitgebracht«, erklärte er. »Für mein Müsli.«

Sie wussten nicht genau, wie lange der Kaffee ziehen musste, und füllten die Tassen. Durch das Sieb gelangte etwas Kaffeestaub hindurch, der sich am Boden sammelte.

Jan goss Milch dazu und umschloss das hauchdünne Porzellan mit beiden Händen, als wäre ihm kalt.

»Es war eine kluge Entscheidung, die Küche erst mal zu verschonen«, fand er.

Iris gab ihm recht. »Wir brauchen einen Rückzugsort.«

Eva nickte und hatte das Gefühl, dass sich dies nicht nur auf das Haus, sondern auf ihr aller Leben bezog.

Versehentlich trank sie den letzten Schluck mit dem Kaffeesatz und verzog das Gesicht.

Jan lachte. »Das macht schön, hat Oma immer gesagt.«

Daraufhin trank auch Iris den Kaffeesatz mit, bereute es aber im gleichen Moment. Sie beobachtete Eva, deren Zeigefinger den goldenen Linien auf der Tasse folgte, als wollte sie das Porzellan streicheln.

»Also von mir aus kannst du das Service haben, Eva. Ich nehm lieber das Küchengeschirr mit den blauen Strohblumen.«

Überrascht sah Eva ihre Cousine an. »Bist du sicher?«

»Was soll ich mit einem Service, bei dem die Zuckerdose fehlt?«

22

Die Zuckerdose

Februar 1950 – Otto konnte nicht aufhören, seine Tochter zu betrachten, sie ließ ihn die verlorenen Kriegsjahre vergessen. Die kleine Anita saß beim Abendessen auf Floras Schoß und zappelte herum. Das Haar des Mädchens war auf der Stirn zu einer Tolle gedreht und mit einer Klemme festgesteckt.

Und während Hugo und Fred ordentlich am Tisch hockten und ihr Schmierwurstbrot aßen, schlenkerte ihre Schwester mit den Beinen und streckte sich nach dem Wasserglas. Flora hielt sie zurück. »Du verdirbst dir den Appetit!«

Anita versuchte, wie ein Aal durch die Arme ihrer Mutter hindurch zu glitschen. Die Kleine war zart für ihre zwei Jahre und bewegte sich wie Quecksilber.

Flora sorgte sich deshalb. »Sie hält keine Sekunde still, Otto. Die Jungen waren ganz anders. Ob das an den Pantherpilzen liegt?«

Otto lachte ihre Sorgen weg. »Sie ist völlig normal. Ich hab nie ein hübscheres Kind gesehen.«

Anita hatte weder Floras Silberblick noch Ottos Ohren geerbt, und ihre Nase besaß einen entzückenden Schwung.

Eifersüchtig schmiegte sich Fred an seine Mutter.

»So hübsch ist sie auch wieder net«, hielt Flora dagegen. »Nicht dass sie uns noch eingebildet wird.«

Hugo und Fred tauschten befriedigte Blicke.

»Ich werd eine Plastik von ihr anfertigen«, erklärte Otto.

»Wir müssen auf der Messe Neuigkeiten anbieten. Anita wird unser neuer Modellkopf.«

Die erste Lieferung in die Sowjetunion hatte weitere Aufträge nach sich gezogen und große Zahlungseingänge gebracht. Dieses riesige Land verspürte eine kaum stillbare Sehnsucht nach Plüschtieren und Puppen. Die Langbeins konnten wieder Arbeiter einstellen. Die ersten Anschaffungen nach dem Krieg waren ein moderner Kompressor mit Spritzpistole und schnelltrocknende Nitrolackfarben gewesen. Die Arbeiter bemalten die Puppenköpfe nicht mehr mit der Hand, sondern sprühten sie frei im Raum. Zum Feierabend sah man an ihren Unterarmen Streifen, dort wo der Handschuh aufhörte und der Ärmel noch nicht begann.

Otto arbeitete im Modellierzimmer an neuen Entwürfen und war unzufrieden. Anita hatte nicht stillgehalten, als er sie zeichnen wollte. Das Tonmodell sah niedlich aus, aber es fing nichts von ihrem Wesen ein. Sie war ein helles Irrlicht, das sich nicht in Ton pressen ließ.

Wie bitter war es für Otto gewesen, als er feststellen musste, dass sein kleiner Sohn Fred in ihm einen Fremden sah. Alle Bemühungen Floras waren vergebens. Sie hatte die beiden zum Holzsammeln in den Wald geschickt und zum Forellenfang an den Bach zwischen den Scherfenteichen. Fred kam brav allen Aufforderungen des Vaters nach, wie man die Anweisungen eines Polizeibeamten befolgte. Aber wenn sie von ihren Ausflügen zurückkehrten, fiel er jedes Mal erleichtert seiner Mutter in die Arme. Otto hatte es unerträglich gefunden, den Jungen so zu quälen, und nichts mehr mit ihm allein unternommen. Sobald Hugo dabei war, schien alles anders zu sein, er wurde zum Bindeglied zwischen ihnen.

Während Hugo gern die gelassenen Bewegungen seines Vaters imitierte, um erwachsen zu wirken, und Fred versuchte, keine Aufmerksamkeit zu erregen, war ihre Schwester Anita ebenso quirlig wie zutraulich.

Es war um die Mittagszeit, und die Kleine sollte schlafen. Durch die Wand des Modellierzimmers konnte Otto hören, welches Drama sich im Stammhaus abspielte. Irgendwann setzte Ruhe ein, die ihn erst recht nervös machte.

Er ging hinüber ins Schlafzimmer. Vor Erschöpfung war Anita im Arm ihrer Mutter eingeschlafen.

»Sie sieht so friedlich aus«, flüsterte Otto.

»Als könnte sie kein Wässerchen trüben!«, hauchte Flora, um die Kleine nicht zu wecken.

Otto holte schnell den Modellkopf, den er mit feuchten Tüchern umhüllt hatte, damit der Ton nicht austrocknete. Er setzte sich neben das Bett und nahm Änderungen vor. Endlich verstand er, was seine Tochter ausmachte.

Die verkleinerte Ausgabe von Anita bekam einen Ausdruck von Schüchternheit und Neugier zugleich. Sie war hinreißend und besaß doch eine solche Normalität, als wäre sie ein Kind von der Straße.

Otto stellte eine Mutterform vom neuen Puppenkopf her, und sie gossen die ersten Muster aus Papiermasse, die zu den Puppenkörpern passten, die sie bisher verwendeten.

Um eine Idee für die Kleider zu bekommen, besuchte Flora ihre Schwägerin Hilda. Sie ließ sich von der Einquartierung aufzeichnen, wie die Trachten der Sowjetvölker aussahen, russische, kirgisische, ukrainische, tadschikische. Sogar ein volkstümliches Kleid der kleinen Sofia durfte Flora ausleihen.

Für den Messekatalog fotografierte Otto seine Tochter zusammen mit ihrem winzigen Ebenbild. Beide trugen eine russische Tracht. Flora hatte das Puppenhaar aus Mohair genau wie Anitas Haar frisiert, mit einer festgesteckten Haartolle auf der Stirn.

Nach der Messe war das Hauptbuch der Langbeins mit zahlreichen neuen Aufträgen gefüllt. Die unterschiedlichen Trachten und ein großes Plakat mit Anita und ihrer Puppe hatten Aufmerksamkeit erregt.

Die Belegschaft in der Fabrik wuchs. Die Angestellten der Langbeins brachten Angehörige mit, die ebenfalls hier arbeiten wollten. Jeden Morgen rollte Flora für alle einen großen Kessel mit Kräutertee heran, denn die Arbeit in der staubigen Fabrik machte durstig.

Otto bezog seinen Ältesten mit ins Geschäft ein. Hugo war jetzt sechzehn Jahre alt, überragte den Vater, befand sich mitten im Stimmbruch und ging zwei Tage in der Woche in eine kaufmännische Berufsschule. An den restlichen Tagen lernte er in der Fabrik die Praxis der Spielzeugherstellung.

Außerdem hatte der Junge von Flora das Talent für Zahlen geerbt. An dem Tag, an dem er zum ersten Mal unter den wachsamen Augen seines Vaters den New Yorker Sicherheitsfüllfederhalter auftanken durfte, war beschlossen, dass er später die Geschäftsleitung übernehmen würde.

Oft steckten Otto und Hugo die Köpfe über dem Hauptbuch zusammen und sahen die Kalkulationen durch.

»Es läuft doch prächtig! Warum bist du net zufrieden?«, wollte Hugo wissen.

»Das Problem sind die Stopppreise und die Materialbeschaffung«, erklärte Otto.

Noch immer galten die unveränderten Preise von 1944, aber die Arbeiter bekamen mittlerweile höhere Löhne und mehr Urlaub.

»Im Grund geht alles, was reinkommt, für die Löhne drauf. Wenn das so weiterläuft, müssen wir einen Kredit aufnehmen, nur für die Lohnzahlungen.«

Hugo nickte. »Das muss uns mal Tante Hilda erklären, wie die Gleichung aufgehen soll. Die versteht sich doch so gut mit den Russen.«

Seit die Offiziersfamilie mit der kleinen Sofia bei Hilda wohnte, kam sie seltener in die Obere Marktstraße herauf. Fred erwartete sie jedes Mal sehnsüchtig, weil sie ihm immer ein Stück Konfekt mitbrachte.

»Ich kann jetzt schon viel besser Russisch!«, berichtete er ihr stolz. »Da können wir uns in Geheimsprache unterhalten, Tjotja!«

Hilda lächelte. »Aber nimmer lang, Maltschik. Bald kann die ganze Welt Russisch sprechen.«

Flora hatte den Tisch gedeckt, es gab Zichorienkaffee und Zuckerbrot. Anita leckte den Zucker ab und wollte gleich mehr haben.

»Mehr gibt es nicht«, stellte Flora klar.

Das Mädchen zog ein Gesicht und drückte seine Puppe an sich.

Otto sprach die Sorgen in der Fabrik an.

Hilda hörte aufmerksam zu und wandte ein: »Zum ersten Mal geht's den Heimarbeitern besser.«

Insgeheim musste Flora ihr recht geben. In welcher Armut hatte ihre Familie gelebt, und in welchem Elend war sie zugrunde gegangen.

Hilda fuhr fort: »Das Volk entscheidet jetzt. Es ist ein gutes System, das da entsteht, ein gerechtes.«

»Aber wo bleibt die Gerechtigkeit, wenn wir nur noch draufzahlen?«, wollte Otto wissen, und das Blut stieg ihm in die Ohren. »Nach der Währungsreform ist uns nix mehr geblieben. Wovon sollen wir dann leben?«

Hugo kam seinem Vater zu Hilfe. »Wenigstens für das neue Puppenmodell hat die Preiskommission in Leipzig einen halbwegs realen Wert angesetzt. Aber für alle alten Produkte gelten die Vorkriegspreise.«

»Ihr solltet in die Einkaufs- und Liefergenossenschaft eintreten«, schlug Hilda vor. »Da werdet ihr bei Materialien bevorzugt und könnt sie vergünstigt über den Großhandel beziehen.«

»Das ist Erpressung«, stellte Otto fest.

»Nein«, widersprach Hilda. »Das ist gegenseitige Hilfe. Ihr dürft nicht immer nur ans Ich denken, sondern mehr ans Wir.«

Ottos Hände begannen zu zittern. »Du weißt genau, unser Vater hat sehr auf die Arbeiter geguckt, und ich tu das auch. Wir wollen doch keinen Reichtum. Wir möchten nur ein Auskommen haben für uns und unsre Leut.«

Flora legte ihre Hand in Ottos, und er griff so fest zu, dass seine Fingerknöchel weiß hervortraten. Sie gab keinen Mucks von sich.

»Du musst dich nicht aufregen, Otto«, sagte Hilda. »Niemand wird gezwungen, in die ELG einzutreten. Alles ist freiwillig. Ulbricht hat auf der Wirtschaftskonferenz ausdrücklich gesagt, das Prinzip der Freiwilligkeit darf nicht angetastet werden.«

Ottos Hand entkrampfte sich. »Ich will mein eigner Herr bleiben.«

»Otto hat seine Kunst für die Fabrik aufgegeben«, sagte Flora. »Er könnt jetzt Bildhauer in Berlin sein. Dann wär ja alles umsonst gewesen.«

Hilda nickte. »Ich hab mir das schon gedacht, und vermutlich hätte der Vater das auch so gewollt. Aber ich will keine

Kapitalistin mehr sein, die Privateigentum besitzt. Ich übertrag dir meinen Anteil, Otto. Ich hab schon mit einem Notar gesprochen.«

Otto guckte entgeistert. Dann sagte er: »Tu mir das net an, Hilda.«

Sie machte eine gleichmütige Handbewegung. »Dann schenk ich es eben dem Staat.«

»Aber wie sollen wir dich denn auszahlen?«, fragte Flora. Ottos Gesicht war kalkweiß geworden. »Dann müssten wir die Fabrik ja verkaufen oder einen Kredit aufnehmen.«

Hilda lachte und schüttelte den Kopf, dass ihre kurzen Haare aus der Stirn rutschten und ins Gesicht fielen. In diesem Moment ähnelte sie Fritz noch stärker als sonst. »Was denkst du nur von mir, Otto? Ich will keine Ausbezahlung. Ich hab doch gesagt, ich übertrag dir meinen Anteil.«

»Was ist mit Else?«, wollte er wissen.

»Entweder du allein oder der Staat kriegt es«, entschied Hilda.

Verunsichert sah Otto seine Frau an. »Aber das ist net recht, so ganz ohne Gegenwert.«

»Ich will ja einen Ausgleich von dir.« Hildas Gesicht zerschmolz in winzigen Glücksfältchen. »Ich möcht im Gegenzug eine der neuen Puppen.« Sie zeigte auf Anitas Spielgefährtin. »Für meine kleine russische Sofia.«

Als sämtliche Formalitäten erledigt waren, gehörte die Firma zu zwei Dritteln Otto.

Das löste allerdings weder das Problem der Materialbeschaffung noch das der gestiegenen Kosten.

»Und wenn wir in den Westen nach Neustadt gehen?«, fragte Hugo seinen Vater. »Es sind schon so viele rüber. Erst im letzten Jahr, an der Gebrannten Brücke. Beim nächsten

Mal könnten wir mit. Und dann fangen wir in der amerikanischen Zone von vorn an.«

Auf der Straße zwischen Sonneberg und Neustadt bei Coburg hatte es Ende des Vorjahres massenhaft Grenzübertritte gegeben. Nahezu fünfundzwanzigtausend Menschen waren in die amerikanische Zone gestürmt, vorbei an den hilflosen Grenzposten der Besatzungsmächte. Sie hatten Lebensmittel gekauft und ein Wiedersehensfest mit der Verwandtschaft aus dem Nachbarort gefeiert. Hugo und Fred hatten am Schlagbaum nur mal gucken wollen, und plötzlich befanden sie sich im Westen. Die meisten waren danach in ihre Heimatorte zurückgekehrt, aber nicht alle.

Es war so einfach gewesen, in dieser sicheren Menschenmenge hinüberzugelangen. Otto war dennoch dagegen. »Schlag dir das aus dem Kopf, Hugo. Wir geben doch hier nicht alles auf, wegen so einer Übergangsgeschichte. Lasst uns lieber gucken, wie wir einsparen können.«

Zusammen inspizierte er mit Hugo die Fertigungsabteilungen der Fabrik. In Ermangelung von Plüsch hatten sie ihre Produktion auf kleine Tiere aus Papiermasse erweitert. Otto hatte alle Postkarten seines Bruders aufgehoben, auch die aus dem Bronx Zoo in New York. Nach diesen Vorlagen modellierte er Tiere, die er noch nie im wirklichen Leben gesehen hatte: Zebras, Elefanten, Giraffen, Nashörner, Krokodile. Sie ließen sich mit einfachsten Mitteln herstellen, allerdings benötigten sie viele Arbeitsgänge.

»Wir setzen den Maßstab der Tiere herunter«, überlegte Otto laut. »Wir machen einfach kleinere Viecher, statt 1:25 nur noch 1:32. Dann sparen wir Material.«

»Und wir könnten liegende Tiere herstellen«, schlug Hugo vor. »Dann ist kein Draht mehr nötig für die Stabilität.«

Otto nahm eins der filigranen Zebras hoch. Die Beine

waren feingliedrig, und die Fellstruktur wurde durch Patina und weiße Lichtreflexe hervorgehoben. Ein liegendes Zebra würde an Ausdruckskraft einbüßen.

Hugo machte weitere Vorschläge: »Bei den Affen könnten wir die Arme anlegen, dann brauchen wir keine Ansatzteile. Die Patina lassen wir weg, und statt dreizehn Farben nehmen wir eben nur noch fünf.«

Otto nickte. »Es wird uns wohl nichts anderes übrig bleiben. Ich schaff neue Modelle mit einfacheren Formen. Nur für den Übergang. Ich denk, das mit den Preisen wird sich bald wieder ändern.«

In der heiligen Mittagspause wurden sie von einem der Arbeiter alarmiert, dass jemand von der Volkskontrolle in der Fabrik herumgeistere und alles inspiziere.

Sie eilten in die Werkhalle und sprachen den Fremden an: »Sind Sie der Herr vom Volkskontrollausschuss?«

»Ich bin kein Herr, ich bin ein Genosse«, berichtigte sie der Mann und zeigte seinen Ausweis. »Ich bin beauftragt, in diesem Betrieb zu kontrollieren, ob die Beschlüsse der Partei und der Staatsorgane ordentlich ausgeführt werden.«

»Ja, dann«, sagte Otto zu dem Prüfer und hob hilflos die Hände. »Wonach suchen Sie denn?«

»Vor allem Materialüberplanbestände.«

Otto winkte ab. »Da finden Sie hier nichts. Bei uns herrscht Mangel.«

Der Prüfer wollte sich selbst davon überzeugen und entdeckte in einem Regal Drahtrollen. »Besitz von Nichteisenmetallen ist verboten.«

Otto versuchte einen Scherz zu machen. »Da haben wir ja Glück. Das ist Eisendraht. Der rostet schon, sehen Sie? Den brauchen wir für die Produktion, zum Stabilisieren der Formen.«

Flora kam auf die Idee, dem ungebetenen Besuch etwas anzubieten, um ihn milde zu stimmen. Sie brachte ein Tablett mit Ersatzkaffee und hatte, der Bedeutsamkeit des Gastes angemessen, das Rosenthalgeschirr genommen.

Überrascht sah der Prüfer auf. »Was wird das? Eine Bestechung?«

»Ich dachte nur, bei der anstrengenden Arbeit«, stotterte Flora hilflos.

Der Prüfer nahm die Kaffeekanne und goss den Inhalt in den Abfluss im Boden. Dann konstatierte er: »Horten von Luxusgütern ist in einem gewerblichen Betrieb nicht gestattet.«

»Aber das ist unser Hochzeitsgeschirr, unser privates. Das hat ja nix mit dem Geschäft zu tun«, erklärte Flora.

Der Prüfer, der ansonsten nichts beanstanden konnte, holte sich einen Pappkarton und verstaute das Service darin. Er griff seine Aktentasche und hatte daraufhin Schwierigkeiten, den Karton mit der anderen Hand anzuheben. »Den tragen Sie mal bittschön raus, zum Auto«, forderte er Flora auf.

Sie nahm ihr Geschirr und lief hinter dem Prüfer her. Am liebsten hätte sie alles fallen lassen, aber das brachte sie dann doch nicht übers Herz.

Auf dem Weg zurück in die Fabrik rannen ihr schon die Tränen herunter.

»Ich blöder Hornochse«, schluchzte sie.

Otto zog sie auf seinen Schoß und versuchte sie zu trösten. »Es ist ja nur ein Geschirr. Bitte beruhige dich doch.«

»Aber es war doch das Heiligtum von der Mama!«, schluchzte Flora. »Das hat den Krieg und die schlechte Zeit überstanden. Nie hab ich's angerührt. Und jetzt das. Was muss ich so einem Schweinstreiber auch was anbieten!«

»In der Dachshöhle haben sie erzählt, es wurden schon

Gastwirte verhaftet, weil sie angeblich Kartoffeln gehortet hätten.«

Flora sah ihn entsetzt an. »Aber die müssen doch ihre Gäste versorgen.«

»Das mein ich ja.« Er senkte die Stimme, damit ihn die Arbeiter nicht hören konnten. »Erinnerst du dich an den Gramatke mit der Textilfabrik? Den hat der eigne Betriebsratsvorsitzende angezeigt. Er hätt angeblich hohe Stückzahlen von Kinderwäsche net gemeldet und versteckt. Dabei hat er sie gegen Kohle eingetauscht, damit sie weiterproduzieren konnten. Seine Arbeiter haben eine Petition an die Partei geschrieben, weil sie ihn wiederhaben wollten. Dennoch sitzt der jetzt im Gefängnis und ist enteignet, sogar das Privatvermögen. Ich hab das Gefühl, die suchen bei den Privaten mit ihren Kontrollen nur nach Gründen. Es hätt also schlimmer kommen können.«

Aber Flora wollte sich keinesfalls beruhigen. »Jetzt dreht sich die Mama im Grab rum!« Sie hatte ihr Auge nicht mehr unter Kontrolle.

Mit einem Ruck stand Otto auf, sodass Flora ihm vom Schoß rutschte. »Bist du jetzt bös?«, jammerte sie unglücklich.

»Nicht auf dich«, sagte Otto und ging zum Telefon.

»Mach keinen Unsinn«, rief Flora und lief ihm nach. »Du hast recht. Es ist bloß Geschirr. Was hast du denn vor?«

»Ich ruf Hilda an. Die ist auch Mitglied in diesem Volkskontrollausschuss.«

Die neubarocke Villa mit den extravaganten Türmchen und Balustraden lag am Fuß des Schönbergs. Vom Fenster aus hatte Hilda einen herrlichen Blick über den riesigen parkähnlichen Garten mit seinen Skulpturen und dem Buchsbaum, der allmählich die ehemals akkurat geschnittene Kugelform verlor.

Hildas Büro war das private Entree des größten Spielzeugfabrikanten Sonnebergs gewesen. Aus seiner Fabrik in der Unteren Marktstraße war der VEB Vereinigte Spielzeugfabriken Sonneberg geworden, und in dem über der Stadt gelegenen Wohnpalast residierte die Kreisparteischule. Wegen seiner Rolle als kriegswichtiges Unternehmen fand Hilda diese Enteignung absolut angemessen. Aber beim Service ihrer Mutter hörte für sie der Kommunismus auf. Nach Ottos Beschwerdeanruf machte sie sich sofort auf den Weg ins Büro der Volkskontrolle.

Bei ihrer Ankunft war der Genosse, der zuvor bei den Langbeins gewesen war, im Innenhof damit beschäftigt, sein Auto mit Säcken und Kisten zu beladen.

»Genosse!«, rief sie aufgebracht.

Der Angesprochene schrak zusammen.

»Was war das grad in der Spielzeugfabrik Langbein für eine Beschlagnahme?«, wollte sie wissen.

»Eine ganz normale. Die Kapitalisten horten halt Luxusgüter. Die haben's nicht besser verdient.« Er grinste und suchte in ihr eine Verbündete.

Hilda war viel zu sehr in Fahrt, um Feinheiten zu bemerken. »Du hast das Privatservice einer Arbeiterin gestohlen, die noch dazu aus einer Drückerfamilie stammt«, schimpfte sie. »Als Kind schon Vollwaise, nebenbei bemerkt! Und einen Augenfehler hat sie!«

Der Genosse straffte empört die Schultern. »Ich stehle nichts. Das ist eine üble Verleumdung, dagegen verwahre ich mich!«

»Da kannst du dich verwahren, wie du willst, Genosse. Ich verlange das Service meiner Mutter zurück, sonst melde ich den Vorfall. Und dann meld ich auch gleich noch mit, dass du beschlagnahmte Güter in dein Auto lädst.«

Der Genosse lief rot an und fing an zu herumzustammeln. »Ich wusste ja nicht, dass es deiner Familie gehört.«

»Dann weißt du es jetzt. Ich will es wiederhaben. Auf der Stelle!«

Er stotterte noch mehr: »Da war vorhin der Generalmajor von der sowjetischen Kontrollkommission da, dem hat das Service so gefallen.«

Hilda sah ihn entgeistert an. »Jetzt sag nicht, der hat es mitgenommen.«

»Nur die Zuckerdose. Der Rest steht noch nebenan. Er wollte erst seine Frau fragen, ob es recht ist.«

Hilda stürmte in das Nachbarzimmer, das wie ein Warenlager aussah.

Er rief ihr nach: »Stell dir doch die Ehre vor, Genossin, wenn der sowjetische Gardegeneralmajor aus eurem Service trinkt!«

Als Hilda das Rosenthalgeschirr zurück ins Stammhaus brachte, fiel ihr Flora um den Hals.

»Wie hast du das angestellt?«, wollte sie wissen und begann schon wieder zu weinen, diesmal vor Freude.

»Da ist gehörig was schiefgelaufen«, versicherte ihre Schwägerin. »Ein Einzelfall, und ich werde das melden. Da gibt es offensichtlich einen Genossen, der hortet Rohmaterial, das an anderen Stellen dann fehlt. Und der reißt sich auch Privatsachen von den Leuten unter den Nagel, die ihm grad gefallen.«

»Das war keine Volkskontrolle, das war Schikane«, stellte Otto fest.

»Aber eine Ausnahme«, versicherte Hilda.

Otto wandte ein, dass er Ähnliches schon von anderen Fabrikanten gehört habe, aber seine Schwester wollte nichts davon wissen. »Es gibt immer einen Gauner unter hundert ehrbaren Menschen. Die Volkskontrollen an und für sich sind wichtig. Wir müssen doch was tun gegen Saboteure. Ich war schon in Betrieben, da hab ich die schlimmsten Schiebereien und dunklen Geschäfte aufgedeckt.«

Plötzlich stellte Flora erschrocken fest: »Die Zuckerdose fehlt!«

Hilda erklärte wortreich und unglücklich, wie das passiert sei, aber Flora unterbrach sie: »Es hätt schlimmer kommen können. Anderen haben sie mehr genommen. Besser die Zuckerdose als das Leben.«

Und dennoch ging es aufwärts. Mit den Einsparungen schafften es die Langbeins, die von der Partei geforderten Zahlen für den Fünfjahrplan zu erfüllen.

Es dauerte nicht lang, und sie konnten sich wieder ein kleines Radio zulegen.

Otto fand außerdem, es sei an der Zeit, nun auch für sich selbst einen Feierabend einzuführen. Von da an wurde nach dem Abendessen nicht mehr gearbeitet, sondern Rommee gespielt und bayerischer Rundfunk gehört. Flora machte Natronwasser, und jedes Kind bekam ein Stück Zucker. Hugo mischte, weil er am geschicktesten war, und teilte aus. Die kleine Anita merkte schnell, dass man die Karten nicht zeigen sollte, und hatte großes Vergnügen daran, alles aufzudecken.

»Warum macht sie das nur immer?«, stöhnte Hugo und begann erneut zu mischen.

Fred erklärte: »Sie kann nichts dafür. Es liegt an den Pantherpilzen.«

Eines Morgens rief Hilda in der Fabrik an. Vor lauter Schluchzen war nichts zu verstehen. Flora ließ alles stehen und liegen und rannte in die untere Stadt.

Die Wohnungstür über dem Versand in der Robertstraße stand offen, und die junge Offiziersfamilie lief aufgeregt diskutierend durch die Räume. Hilda warf sich tränenüberströmt in Floras Arme.

»Was ist passiert?«, fragte Flora, die nichts von dem russischen Wortschwall verstand.

»Die Einquartierung ist aufgelöst«, sagte Hilda und musste sich an Flora festhalten, sonst wäre sie umgefallen.

Sie sah um Jahre gealtert aus, ihre Wangen waren eingesunken, und die Augen lagen tief in den Höhlen. »Sie werden zurückbeordert in die Heimat. Wir haben es grad erst erfahren. Ihr Zug geht in einer Stunde.«

Sie brachten die sowjetische Familie zum Bahnhof. Der junge Offizier hatte die Koffer und Kisten in den Gepäckwagen verladen. Hilda küsste Mamutschka und Sofia, links, rechts und auf den Mund. Alle drei weinten hemmungslos.

Als der Zug anfuhr, lief Hilda nebenher, bis zum Ende des Bahnsteigs. Dann blieb sie stehen und sah ihnen nach, obwohl der Zug längst verschwunden war. Flora trat zu ihr und legte den Arm um ihre Schulter.

»Oh, Flora«, flüsterte Hilda. »Es war grad wie damals, als ich Fritz Lebewohl gesagt hab. Als wär's ein Abschied für immer.«

Flora versuchte sie aufzumuntern. »Jetzt übertreibst du aber. Mamutschka und Sofia ziehen nicht in den Krieg. Sie sind gesund, und ihr werdet euch schreiben. Du wirst sie besuchen können, und sie besuchen dich. Sie bleiben ein Teil von dir.«

Hilda nahm das Taschentuch, das Flora ihr hinhielt. Dann lächelte sie unter Tränen. »Du hast ja recht. Besser die Zuckerdose als das Leben.«

23

Die Abstellkammer

Versteckt unter den Stufen, die sich von oben herunter wendelten, befand sich eine schmale Tür. Sie war in der Wandfarbe gestrichen und nahezu unsichtbar. Iris war schon mehrmals daran vorbeigelaufen, wenn sie Müll nach unten gebracht und in den Garten geschafft hatte.

Den ganzen bisherigen Tag waren sie damit beschäftigt gewesen, den Zwischenboden im Treppenhaus auszumisten, wo hauptsächlich alte Tapetenrollen gelegen hatten.

Die Tür hatte eine unregelmäßige Form, sie nahm die Schräge der Treppe auf und besaß keine Klinke. Eva löste einen unauffälligen Haken an der oberen Kante, und die Tür schwang von selbst auf.

»Nein«, rief Iris entgeistert. »Ist da etwa noch ein Raum?«

»Aber nur ein ganz kleiner«, beschwichtigte Jan.

In der Abstellkammer befanden sich Putzmittel, ein uralter Omega-Staubsauger, Eimer, Besen und Schaufeln.

Jan stieß sich den Kopf, als er versuchte, eine Kehrmaschine zu befreien, die sich verhakt hatte. »Das Haus ist zu klein für mich.«

»Für mich ist es zu groß«, behauptete Iris. »Wir haben noch nicht mal die untere Wohnung geräumt.« Sie zog vergeblich an einem langen Stiel. »Was hängt da nur dran?«

»Eine Bohnerbürste, aus Gusseisen«, erklärte Eva. »Damit haben wir immer den Flur unten gewienert.«

Als die Reinigungsgeräte endlich sortiert und weggebracht waren, kamen ganz hinten noch zwei Kartons zum Vorschein.

»Da brauchen wir gar nicht erst reinzugucken«, behauptete Iris. »Eva wird es sowieso wieder auf den Eventualitätenhaufen legen.«

Sie trugen die Kartons nach oben in die Küche.

Es duftete nach schwarzem Tee, auf dem Tisch stand eine Schale mit Äpfeln. Eva hatte die Uhr schon aufgezogen, und der Kühlschrank brummte verzweifelt, um die ideale Temperatur zu erreichen.

»Dieses Monstrum hat vermutlich einen enormen Stromverbrauch«, bemerkte Jan.

Iris winkte ab. »Soll sich doch die Fraktion Pulvermüller darüber ärgern. Ich habe übrigens auch eine Einladung bekommen. Sie wollen mit uns Unstimmigkeiten wegen der Erbanteile regeln und über die Vermietung des Stammhauses sprechen.«

Eva setzte das Geschirr mit den blauen Strohblumen auf den Tisch und zögerte kurz. »Das ist jetzt deins, Iris. Können wir es trotzdem noch benutzen?«

Iris grinste. »Nein, du musst aus deiner eigenen Rosenthaltasse trinken.«

Eva guckte verunsichert, deckte aber weiter auf.

Jan holte eine Müslipackung aus dem Vorratsschrank. »Hat jemand Honig mitgebracht?«, wunderte er sich.

Eva hob die Hand. »Mein Nachbar züchtet Bienen.«

Er öffnete den Brotkasten, es lag ein frisches Landbrot darin.

»Meint ihr, man bekommt den alten Lack von den Küchenmöbeln ab?«, überlegte Eva. »Wenn man die mit Kreidefarbe streicht, sehen die sicher gleich ganz anders aus.«

Jan fuhr mit der Hand über eine abgeplatzte Kante. »Ich

denke, die kann man abbeizen. Ich guck nachher mal in der unteren Wohnung, was mein Vater an Werkzeug dahat.«

Iris schnitt eine Avocado auf, die sie mitgebracht hatte, Jan briet Eier, Eva kurbelte an der Brotschneidemaschine herum. Feierabendstimmung breitete sich aus.

Während sie aßen, begann Iris die Pappkartons zu öffnen. Beide Kisten waren mit einem Namen beschriftet: Hilda.

Im ersten Karton befand sich alles, was von ihr geblieben war. Ausweise, die meisten davon zweisprachig in Russisch und Deutsch, ein Parteiabzeichen, ein Umschlag mit Dokumenten, Geburtsurkunde, Heiratsurkunde, Hefter mit Arbeitsunterlagen, ein paar Feldpostbriefe, verblasste Fotos von Menschen, die sie nicht kannten, und ein amtliches Schreiben, mit dem Hildas im Krieg vermisster Mann für tot erklärt worden war.

Eva und Jan wechselten die Plätze. Sie setzten sich links und rechts neben Iris auf das Sofa, sahen zusammen den Inhalt des ersten Kartons durch und dachten an ihre Großtante.

»Ich wusste gar nicht, dass sie mal verheiratet war«, wunderte sich Iris.

»Sie hatte doch einen anderen Namen«, erklärte Eva.

»Das wusste ich ja auch nicht. Kinder gab's aber wohl keine?«

Jan schüttelte den Kopf. »Sonst hätte sie wohl nicht unserem Opa ihre Anteile vererbt.«

Sie betrachteten das Passbild auf einem großformatigen Ausweis in kyrillischen Buchstaben, dessen Bedeutung sie nicht enträtseln konnten. Hilda trug darauf ein Barett, schräg in die Stirn gezogen. Auf einer Seite quollen ihre Locken darunter hervor.

»Sie hat noch mit über siebzig Italienisch gelernt«, erzählte Eva. »Nur weil ihr jemand eine Puccini-Platte geschenkt hatte und sie den Text verstehen wollte.« Sie nahm das Parteiabzeichen und spielte damit. »Seltsam, dass sie das aufgehoben hat. Dabei hatte sie sich doch so mit der Partei überworfen.«

»Mein Vater ist der Meinung, sie war bei der Stasi und hat uns alle bespitzelt«, erzählte Jan ohne rechte Überzeugung.

»Ach, Unsinn«, rief Eva. »Genauso ein Unsinn, wie dass du ihn beerben willst.«

Jan verzog das Gesicht und begann verlegen an seinem Ehering herumzudrehen.

»Habt ihr eure Stasi-Akten nicht angefordert?«, wollte Iris wissen. »Da müsste es doch drinstehen.«

Jan schüttelte den Kopf. »Ich weiß gar nicht, ob es von mir eine gibt. Ich würde das sowieso nicht lesen wollen. Mir hat keiner geschadet.«

Auch Eva lehnte es ab. Sie fürchtete, sie könne etwas darin erfahren, was sie nicht wissen wolle.

Iris schoss ein Foto von dem Passbild und legte den Ausweis zurück in den Karton. »Was machen wir mit all dem?«

»Ich denke, das meiste kann weg«, fand Jan.

»Bis auf die Mappe mit den Dokumenten«, entschied Eva. »Die legen wir in die Abstellkammer.«

Iris nahm sich den zweiten Karton vor und öffnete den Deckel. »Eine Kiste in der Kiste«, stellte sie überrascht fest.

Tatsächlich lag nichts außer einem ordentlich verschnürten Päckchen darin, versehen mit Hildas Absender. Als Empfängeradresse stand darauf: Sofia Selkowa, Nowgorod. Und darunter kyrillische Zeichen, vermutlich bedeuteten sie dasselbe.

Da sie keinerlei Erklärung dafür hatten, beschlossen sie, das Päckchen zu öffnen. Es lag eine runde Spandose darin, sorgsam mit einer großen Seidenschleife verschnürt, unter die ein Brief gesteckt war. Sie zogen das Band auf. Im Inneren der Dose lagen kleine Tiere.

»Die Zootiere!«, rief Jan begeistert. »Das sind sie! Mit denen haben wir im Sandkasten gespielt! Kann ich die haben?«

»Klar«, sagte Iris sofort, aber Eva fand: »Wollen wir nicht erst mal rausfinden, für wen das bestimmt war?«

»Die sind doch sicher alle tot«, behauptete Iris und nahm den Brief. Er war in akkuraten kyrillischen Buchstaben verfasst.

»Russisch!«, sagte Eva überrascht. »Ich hätte nicht gedacht, dass sich der Russischunterricht jemals als nützlich erweisen könnte.«

Vierzehn Jahre lang hatte sie diese Sprache gelernt und nie in ihrem Leben mit einem Russen gesprochen.

»Die Einzige, mit der wir Russisch reden konnten, war Tante Hilda«, erzählte Eva.

»Sie war auch die Einzige, die vor dem Fernseher sitzen geblieben ist, wenn im Kessel Buntes ein russisches Volkskunstensemble aufgetreten ist«, bemerkte Jan.

Er versuchte, den Brief zu entziffern, stellte fest, dass er nicht einmal mehr die Buchstaben lesen konnte, und reichte ihn an Eva weiter.

Die verstand immerhin so viel, dass diese Sofia von Hilda sehr geliebt worden war und sie ihr ein Geschenk machen wollte.

»Alles begreif ich nicht«, sagte sie. »Aber Tante Hilda schreibt etwas von Dotsch und Vnutschka, und das heißt, wenn ich mich recht erinnere, Tochter und Enkelin.«

»Ich denke, sie hatte keine Kinder?«

Eva zuckte ratlos mit den Schultern.

»Frag doch einfach deine Mutter«, schlug Iris vor. »Müsste sie das nicht wissen?«

Eva versuchte anzurufen, aber Anita ging nicht ans Telefon.

Sie spülten das Geschirr in dem alten Waschtisch, der weder einen Wasserhahn noch einen Anschluss an eine Abwasserleitung besaß. Eva merkte, dass sie den Gesprächen nicht folgen konnte, weil sie nachgrübelte, ob mit ihrer Mutter alles in Ordnung war. Also beschloss sie, bei ihr vorbeizuschauen. Sie hatten eine komplizierte Beziehung, dennoch sorgten sie sich umeinander.

Sie brauchte nur ein paar Minuten, bis sie in der Breiten Straße mit Blick auf die neugotische Fassade des alten Rathauses ankam. Das Haus, in dem ihre Mutter wohnte, war früher eine Gastwirtschaft gewesen. Es wirkte geduckt, wie viele Häuser in der Altstadt, und hatte nur zwei Stockwerke. Eva klingelte. In der oberen Etage öffnete sich ein Fenster. Ihre Mutter sah heraus, auf dem Kopf einen Frotteeturban.

»Du gehst nicht ans Telefon«, rief Eva nach oben.

Ein Auto fuhr vorbei. Ihre Mutter winkte, dass sie raufkommen solle.

Die Wohnung von Anita hatte kleine Zimmer und niedrige Decken. Die großflächigen Gemälde von Kirmesszenen an den Wänden wirkten dadurch noch größer und bunter, als sie ohnehin schon waren. Anitas Vater hatte sie gemalt, Otto Langbein. Eine Tänzerin auf einem Zirkuspferd, ein afrikanischer Trommler, ein Bärenführer mit seinem Tanzbären und ein Karussell mit vorbeirasenden, verwischten Figuren. Es waren Szenen aus der Schaugruppe für die Weltausstellung in Brüssel. Der Geruch nach Badeschaum, die Gemälde und der Zigarettenrauch, der in der Luft stand, gaben dem Raum das Flair einer Künstlerhöhle. Nur die Besitzerin passte nicht in dieses Bild.

Sie trug einen alten Bademantel und ausgetretene Hausschuhe, ihr graues Haar war feucht und kringelte sich. Die Haut wirkte vom Dampf ein wenig aufgequollen.

»Ich war in der Badewanne«, entschuldigte sie sich. Ohne zu fragen, stellte sie für beide einen Kaffeebecher hin. Ihre Finger waren schmal, und große Adern quollen auf den Handrücken hervor.

»Wir räumen das Stammhaus aus«, berichtete Eva. »Also Jan räumt, und wir helfen ihm.«

Ihre Mutter verzog den Mund und trank einen Schluck Kaffee.

»Ach Mutti«, sagte Eva. »Betreib keine Sippenhaft. Jan kann nichts für alles, was passiert ist. Iris ist übrigens auch dabei.«

Anitas Gesicht wurde weicher. »Geht ihr auch zu dieser albernen Erbenversammlung? Bist du deshalb gekommen?«

Eva winkte ab. »Red bloß nicht davon. Weißt du, wir haben etwas gefunden beim Räumen, die alten Sachen von Tante Hilda.«

»Ich hab sie geliebt«, erklärte Anita schlicht.

Es war einer der seltenen Momente, in denen Eva ihr glaubte und nicht das Gefühl hatte, es könnte noch etwas anderes dahinterstecken.

Sie berichtete ihrer Mutter von dem versandfertigen Paket, auf dem nur die Adresse gefehlt habe, und zeigte ein Bild davon auf ihrem Telefon. »Sagt dir der Name was?«

Anita dachte kurz nach. »Die kleine russische Offizierstochter, ja. Die waren bei Tante Hilda einquartiert. Aber ich kann mich nicht mehr an sie erinnern, ich war damals erst zwei. Es wurde nur viel von ihnen erzählt.« Sie betrachtete den Namen auf dem Paket und überlegte. »Sofia und ihre Mamutschka. Sie waren wie eigene Kinder für die arme Tante Hilda.«

»Was ist passiert?«, wollte Eva wissen.

»Sie mussten zurück in die Sowjetunion und durften keine Kontakte zu Deutschen halten. Tante Hilda hat nie wieder was von ihnen gehört. Irgendwann ist sie deshalb sogar nach

Berlin gefahren, ins Ministerium für auswärtige Angelegenheiten. Sie wollte doch bloß wissen, ob es ihnen gut geht, mehr nicht. Aber die haben sie gar nicht vorgelassen.«

Sie stand auf, ging zum Schrank und suchte herum. Etwas fiel herunter, Eva eilte ihr zu Hilfe. In dem Fach lagen Papiere aufeinandergetürmt, und eine Zeugnismappe war heruntergerutscht. Eva schob sie auf den unregelmäßigen Haufen zurück. Überrascht bemerkte sie, dass es Kinderzeichnungen waren. Unzählige Bilder von Spielsachen, die Eva immer gemalt hatte, wenn sie etwas testen durfte. Ungeschickte Zeichnungen von einer Laufpuppe in Aktion, von einem Tretauto, einem Postspiel mit sämtlichen Stempeln und Telefon und von Plüschtieren in allen Varianten. Sie hatte jedes Mal akribisch aufgemalt, was ihr gefiel und wo sie Schwachpunkte gesehen hatte. Die Schlagseite erhielt der Stapel durch kleine Basteleien, gefaltete Himmel-und-Hölle-Fingerspiele, Collagen aus Glanzpapieren und bunte Papierblumen, die Eva im Kindergarten für den Frauentag gebastelt hatte.

Es verwirrte sie, dass ihre Mutter alles aufbewahrt hatte. Anita war überstürzt mit wenigen Habseligkeiten aus dem Stammhaus ausgezogen und nie zurückgekehrt. Und ausgerechnet Evas Kinderzeichnungen hatte sie dabei mitgenommen?

»Da ist es«, sagte Anita plötzlich. Sie hielt ein Fotokästchen in der Hand. »Das hab ich als Andenken an Tante Hilda aufgehoben«, erklärte sie.

Die Bilder darin waren unsortiert, hauptsächlich von Versammlungen und Kundgebungen. Dann kam ein größeres Bild von Hilda zum Vorschein, im Hosenanzug mit Pagenschnitt und Zigarette.

»Sie war immer mein Vorbild«, murmelte Anita. »Ihretwegen hab ich mir das Rauchen angewöhnt.«

Eva dachte, wie typisch das für ihre Mutter war. Tante Hilda hatte so viele nachahmenswerte Eigenschaften gehabt und nur ein einziges Laster. Und genau das guckte sich ihre Mutter ab.

Anita hatte das Foto gefunden, das sie suchte. Abgebildet war eine junge Familie, der Vater in der Uniform der Sowjetarmee, auf dem Schoß der Frau saß ein Kind. Es hatte riesige Schleifen im Haar.

Eva fotografierte das Bild mit ihrem Telefon, um es den anderen zeigen zu können. »Wie alt wird diese Sofia jetzt sein?«

Anita überlegte. »Sie war etwas älter als ich, zwei oder drei Jahre. Vielleicht ist sie jetzt fünfundsiebzig? Auf jeden Fall jünger als Fred.«

»Ich war gestern früh bei ihm«, sagte Eva, ohne nachzudenken.

»Aha.«

»Und er hat etwas Merkwürdiges gesagt, Mutti.«

»Er sagt viele merkwürdige Dinge.«

Eva lächelte gequält. »Ich weiß, er hat uns beide verwechselt.«

Anita lachte. Es klang erleichtert, ihr ganzes Gesicht verwandelte sich und löste sich in Fältchen auf. Dann wurde sie wieder ernst und stellte klar: »Du bist so viel besser als ich.«

Eva schloss aus dieser Bemerkung, dass sie einen selbstkritischen Tag hatte. Eine gute Gelegenheit, um ihr zu sagen, wie es sich angefühlt hatte, eine Mutter zu haben, über die jeder redete. Die ihren Mann nur aus Berechnung geheiratet hatte und sich von ihm scheiden ließ, als er ihr nichts mehr nützte. Aber Eva war von ihrer Großmutter zu Respekt erzogen worden. Eine solche Bemerkung wäre in Flora Langbeins Augen absolut ungehörig gewesen.

Also beschränkte sich Eva darauf, über ihren Besuch im Annastift zu reden. »Onkel Fred hat außerdem gesagt«, fuhr sie fort, »du wärst für die Schließung der Fabrik verantwortlich.«

Anitas Gesicht erstarrte. Alle Leichtigkeit verschwand daraus. Ihre bläulichen Lider zitterten. Müde sagte sie: »Es war das kleinere Übel. Ich hatte keine Wahl.«

24

Zelluloid

März 1953 – »Komm schnell! Schick dich!«, rief Flora. Sie zerrte Otto in die Küche. »Kinder, zieht die Vorhänge zu!«

Fred sprang sofort hin und machte sich an den Gardinen zu schaffen. »Auch die Verdunklung?«, fragte er.

»Ja freilich!«, rief Flora. Sie wartete, bis die Fenster abgedichtet waren, und dann drehte sie den Knopf des Fernsehgeräts an. Es war ein hölzerner Kasten der Marke Rembrandt, mit stoffbespannter Front, in der eine Bildröhre saß, nicht viel größer als Hugos Hand.

Die Rembrandt-Fernseher hatten eigentlich als Reparationsleistung in die Sowjetunion gehen sollen, waren aber aus unerfindlichen Gründen abgelehnt worden. Auf diese Weise gelangten die ersten Fernsehgeräte in die DDR. Hilda, als Mitarbeiterin der Partei, hatte einen ergattern können und ihrem Bruder überlassen. Sie fand, ein Fernseher für eine einzelne Person sei dekadent und kam lieber abends zum Gucken vorbei.

Die Langbeins setzten sich auf das Küchensofa, und zwar der Größe nach gestaffelt, damit alle etwas sahen, denn der Fernseher stand an der seitlichen Wand.

Ein bläulich flackerndes Bildchen kündigte ein lustiges Fragespiel an: *Wo blieb deine Schulweisheit?*

Musik erklang. Flora sprang auf und drehte mit einem schnellen Handgriff leiser.

Anita hüpfte aufgeregt in die Höhe und wurde von ihren Brüdern zurechtgewiesen, die nichts mehr sahen.

Im gleichen Moment, in dem Hans Joachim Kulenkampff auf dem winzigen Bildschirm auftauchte, öffnete sich die Küchentür. Es war die alte Frau Uhl von gegenüber.

In der oberen Stadt war es üblich, einfach in die Wohnungen der Nachbarn hereinzukommen.

Zufrieden setzte sich Frau Uhl an den Küchentisch. »Ich hab doch gleich gewusst, dass ihr fernguckt, wo ihr die Vorhänge zugemacht habt.«

»Schscht!«, rief Fred, aber da ging die Tür schon wieder auf. Es waren die Nachbarn von unten. Sie setzten sich ebenfalls an den Küchentisch. »Wie wir die Frau Uhl haben rüberkommen sehen, dachten wir, die geht sicher zum Fernsehen. Ihr habt doch nix dagegen.«

Otto, der schon Luft holte, erhielt einen Stupser von Flora.

Es kamen dann noch die Nachbarn von schräg gegenüber, und die brachten ein paar Verwandte mit, die noch nie einen Fernseher erlebt hatten. Am Ende saß die halbe Nachbarschaft in der Küche und trank den Kräutergeist leer, den die alte Frau Uhl verlangt hatte, um sich damit von Flora das Kreuz einschmieren zu lassen.

Niemand sah etwas auf dem winzigen Bildschirm, keiner verstand ein Wort, obwohl Flora längst lauter gedreht hatte, weil ohnehin alle wussten, dass die Langbeins wieder fernguckten.

Als die Sendung vorbei war und die Nachbarn hinauskomplimentiert worden waren, entschied Otto: »Das Fernsehgerät kannst du wieder mitnehmen, Hilda. Man hat ja keinen einzigen freien Abend mehr!«

Von da an waren sie es, die zu Besuch gingen, wenn sie fernsehen wollten. Überhaupt trieb es sie oft zu Hilda in die untere

Stadt, vor allem, wenn sie Hunger hatten. Hilda gab ihnen Brot ab, und manchmal erwischte sie etwas Gutes auf der Freibank. Dort gab es Fleisch ohne Lebensmittelmarken, und es stammte von notgeschlachteten Tieren. Es war also nichts Ungesundes, man musste sich nur rechtzeitig und lange dafür anstellen. All diese Eroberungen teilte Hilda mit ihrer Verwandtschaft und lud sie immer wieder zum Abendessen ein.

»Aber wir sind fünf Leute«, gab Flora zaghaft zu bedenken. »Wir fressen dir noch die Haare vom Kopf.«

Hilda behauptete dann, sie habe von allem zu viel, das könne einer gar nicht allein essen.

Ohne Hilda und ohne den Garten hätten sie hungern müssen. Als selbstständige Unternehmer bekamen sie keine Lebensmittelmarken mehr zugeteilt. Die gab es nur für die Werktätigen, nicht für Privatbesitzer.

»Da haben wir jetzt die Wahl, Verhungern oder Verstaatlichen. Und krankenversichert sind wir auch nicht mehr«, stellte Hugo fest.

Hilda hob hilflos die Hände. Sie hatte sich abgewöhnt, die Maßnahmen der Politik zu verteidigen, und versuchte stattdessen, die Folgen für ihre Familie zu mildern.

»Ich hab immer Angst, dass wir die Planforderungen nicht erfüllen können und in einen Engpass geraten«, sagte Otto besorgt.

»Noch nicht mal eine Rentenversicherung haben wir«, platzte Hugo heraus, den diese Ungerechtigkeiten empörten.

»Wir sind zu einem guten Essen eingeladen«, unterbrach ihn Flora streng. »Lasst es uns nicht durch Diskussionen verderben. Bisher stimmen unsre Planzahlen immer. Und keiner von uns hat jemals einen Tag krank gemacht. Warum sollte das ausgerechnet jetzt passieren? Und die Rente ist bei uns allen noch lang hin!«

Immer öfter wurden in der Fabrik Kontrollen durchgeführt. Die Abgabepflichten stiegen stetig, während die Rohstofflage für die Privatunternehmer katastrophal blieb. In ihrer Verzweiflung schrieben die privaten Spielzeughersteller an den Wirtschaftsberater in Berlin und baten um Unterstützung.

Flora nahm die Buchhaltung übergenau und zahlte im Zweifel vom privaten Konto drauf, damit es auch wirklich keine Beanstandungen geben würde. Otto hatte einen Meisterlehrgang ablegen müssen, und nun hing an der Wand im Kontor neben dem Bild von Fritz eine Urkunde, ausgestellt auf Otto Langbein, Meister im Spielwarenhersteller-Handwerk.

Oft saßen sie alle im Büro hinter der Milchglasscheibe zusammen, wenn die Arbeiter längst gegangen waren, und diskutierten. Flora brachte Tee und stellte eine Schale mit Naschwerk hin. Hilda hatte ihr eine kleine Tüte Zucker geschenkt, die sie in Schaumbaisers verwandelt hatte.

»Das ist gut fürs Gehirn«, behauptete sie, woraufhin Anita als Erste zugriff.

Anita war inzwischen fünf Jahre alt und besuchte die Vorschule. Sie hockte merkwürdig steif auf ihrem Stuhl, und immer wieder rieb sie sich an den Beinen. Die Strümpfe, die an ihrem Leibchen befestigt waren, fühlten sich so kratzig an, als wären sie aus Holzwolle.

»Kann ich net endlich barfuß laufen?«, bettelte sie.

»Nein«, bestimmte Flora. »Erst nach dem ersten Maigewitter.«

Hugo sprach über das Verkürzen von Arbeitsschritten. Sie zahlten inzwischen einen Steuersatz von neunzig Prozent und machten sich Sorgen, wie lange sie das durchhalten würden.

Fred versuchte immer wieder, seinem Bruder ins Wort zu fallen.

»Jetzt sei einmal still, wenn die Erwachsenen reden«, wies Hugo ihn zurecht.

»Das ist ja unverdient, dein Erwachsensein«, empörte sich Fred. »Das bist du ja nur, weil sie die Volljährigkeit auf achtzehn Jahre heruntergesetzt haben.«

»Genau.« Hugo grinste. »Dann wart noch fünf Jahre und du kannst mitreden.«

Aber Flora wollte hören, was Fred zu sagen hatte.

»Bei uns in der Schule sind ein paar, deren Eltern in der Einkaufs- und Liefergenossenschaft sind«, erzählte der Junge.

Otto winkte ab. »Fang du net auch an. Die drängen uns ständig, in ihren Verein einzutreten.«

»Aber bei denen geht es aufwärts«, versicherte Fred eifrig. »Die produzieren in den eignen Werkstätten, leiten die auch eigenständig, und die ELG vertreibt nur deren Sachen und liefert Material. Die haben schon im ersten Geschäftsjahr gute Gewinne gemacht und sind privat und nicht staatlich.«

Otto schüttelte den Kopf. »Mein Vater wollte seine Waren damals schon nicht zu den Verlegern geben. Da ist man immer abhängig.«

»Die ELG ist der erste Schritt«, gab Hugo ihm recht. »Wenn sie uns erst einmal da drin haben, sind wir bald staatlich. Du siehst doch, was ringsum passiert.«

»Was passiert denn da?«, fragte Anita und holte sich noch ein Baiser.

»Da verschwinden Leute.«

»Erzähl deiner Schwester net so ein Zeug, du machst ihr ja Angst«, schimpfte Flora.

»Es ist aber wahr«, wehrte sich Hugo. »Und dann kommt der Staat und nimmt deren Zeug in Besitz.«

»Die sind alle in den Westen abgehauen, haben sie in der

Schule erzählt«, behauptete Fred. »Und dass es denen recht geschieht.«

»Wir sollten auch in den Westen gehen«, drängte Hugo. »Solang es noch möglich ist. Die bauen jetzt schon Zäune an der Grenze, mit Stacheldraht, und es wird geschossen.«

»Ich bin bloß froh, dass uns die neue Polizeiverordnung nicht betrifft«, sagte Otto.

Vor Kurzem war eine Verordnung über die grenznahen Gebiete erlassen worden. Diese sah einen fünfhundert Meter breiten Schutzstreifen und ein fünf Kilometer breites Sperrgebiet entlang der Grenze vor. Beides durfte nur noch mit einem Passierschein betreten werden.

»Ich wollt gestern Morcheln suchen«, erzählte Hugo. »Ich hab da meine Stelle im Wald, wo ich immer welche find, im Föritzgrund. Stellt euch vor, mich hat unterwegs ein Polizist angehalten und wollt meinen Passierschein sehen. Jetzt brauch ich wohl eine Erlaubnis, um Morcheln zu sammeln?«

»Dürfen wir denn noch in den Röthengrund?«, fragte Flora entsetzt.

»Natürlich«, antwortete Fred. »Du musst einmal auf die Karte gucken, Mutti. Der liegt ja nördlich. Nur im Westen, Süden und Osten sind für uns verbotene Gebiete.«

»Da bin ich recht froh«, sagte Flora, die mit Anita jeden Tag in den Wald lief, um alles Mögliche zu sammeln. Brunnenkresse, jungen Löwenzahn für Salat, Brombeerblätter für Tee, und aus dem Sumpfstreifen neben dem Fluss holten sie Kalmuswurzeln gegen Magenbeschwerden, die sie zu Hause in Zucker einlegten und kandierten.

»Solang ich für die Stadt und den Röthengrund keine Erlaubnis brauch, soll mir alles recht sein«, stellte Flora zufrieden fest.

Otto winkte ab. »Das ist ohnehin nur ein Übergang. Wenn die Besatzer abziehen, sind wir wieder ein Land. Stand sogar in der Zeitung.«

»Und warum haben sie dann die Gleise in Richtung Coburg abgebaut?«, wollte Hugo wissen. »Jetzt sind wir Endstation. Umschlossen von verbotenen Zonen. Ich sag euch, wir sollten verschwinden, solang das noch geht. Wir könnten die Firma drüben neu aufbaun. Ich kenn einen Judenbacher Fabrikanten, der ist auch rüber.«

Otto schlug mit der Faust auf den Arbeitstisch. Fred und Anita zuckten zusammen.

»Ich will davon nichts mehr hören!«, rief Otto. »Hier bin ich groß geworden, hier steht die Fabrik meines Vaters, hier sind meine Leut, hier bleib ich, hier sterb ich.«

»Die Fabrik ist das Herz!«, beteuerte Flora. »Die werden wir nicht verlassen!«

Noch zweimal versuchte Hugo, seinen Vater davon zu überzeugen, die DDR zu verlassen. Dann gab er es auf und konzentrierte sich auf Gespräche über Einsparungen und Neuentwicklungen.

Auf ihren Verkaufsschlagern durften sie sich nicht ausruhen, denn ständig wurden von den Kunden modernere Produkte verlangt.

Selbst Anita spielte zwar noch immer mit ihrer Anita-Puppe, aber in der Vorschule waren neue Begehrlichkeiten geweckt worden.

»Die Marion hat eine Puppe mit festen Haaren. Können wir nicht auch solche machen?«, quengelte sie.

»Das ist eine aus Kunststoff mit modellierten Haaren. Die ist der letzte Schrei«, bestätigte Fred. »So was haben alle Schwestern meiner Freunde.«

»Die werden aus Zelluloid sein«, vermutete Otto. »Ich hab mir das Material früher schon einmal angesehen, hochmodern und das Beste, was es geben kann. Leicht, unzerbrechlich, farbecht und abwaschbar.«

Auch Hugo war von diesem Material begeistert. »Daraus lassen sich sogar Badepuppen machen!«

Alles sprach für Zelluloid, das nicht mehr so teuer war wie in den Anfangsjahren. Durch die modellierten Haare konnten sie außerdem die Perücken sparen.

»Der größte Haken sind die teuren Metallformen, die wir dann zur Herstellung brauchen«, gab Otto zu bedenken.

Beim einfachsten Verfahren wurden zwei erwärmte Kunststoffplatten an den Rändern miteinander verschweißt und in einer Metallform mit Wasserdampf zu einem Hohlkörper aufgeblasen.

Und auch Flora hatte Einwände, sie hing an der Anita-Puppe. »Ich fänd es schon schad, wenn wir ausgerechnet diesen Puppenkopf nicht mehr herstellen würden.«

»Den könnten wir ja anpassen«, versprach Hugo. »Warum lassen wir die Metallformen nicht nach diesem Modell bauen? Wenn du erlaubst, Vati, würd ich mich einmal dran probieren.«

Hugo war gerade mit der Ausbildung fertig geworden, und er brannte darauf, sein Wissen und seine Fähigkeiten in der eigenen Fabrik einzusetzen.

Otto war einverstanden. »An Kunststoff führt über kurz oder lang kein Weg vorbei.«

Er erlaubte Hugo, die Mutterform der Anita-Puppe für Abgüsse und Abwandlungen zu nutzen. Er selbst wollte sich um das Material kümmern und hoffte, über Hilda an Zelluloidplatten heranzukommen.

Otto suchte seine Schwester in der Kreisparteischule auf. Die Natur hatte sich den einstmals prächtigen Garten der Villa endgültig zurückerobert, die Figuren waren überwuchert und die Buchsbaumkugeln zur Unkenntlichkeit zerflossen.

Hilda hockte im Eingangsportal und dekorierte eine Ecke. Der alles bestimmende Grundton war Rot. Eine Sowjetfahne war über ein Podest drapiert, darauf stand ein großes Bild von Lenin, umkränzt mit roten Nelken.

Otto berichtete seiner Schwester, dass sie auf Zelluloid umstellen wollten. Hilda war sicher, ihm bei der Materialbeschaffung helfen zu können. Die Filmfabriken verwendeten das Material nicht mehr und stießen ihre Lagerbestände ab.

Hilda streckte sich und versuchte, einen roten Stern oben an der Wand anzubringen.

Otto nahm ihr den Hammer ab und nagelte das Symbol mit drei kräftigen Schlägen an.

In dem Moment öffnete sich eine Tür, und ein Mitglied des Landesvorstandes der Partei kam heraus. Zunächst nickte er beifällig, dann veränderte sich sein Ausdruck. »Genossin! Was erlaubst du dir! Damit verletzt du meine Anweisungen. Ich hatte eindeutig gesagt, dass hier eine Stalinecke eingerichtet werden soll.«

Hilda lächelte höflich. »Ich denke, es ist nichts gegen eine Ehrenecke für Lenin und einen Sowjetstern einzuwenden.«

Das Gesicht des Genossen nahm die Farbe der Leninecke an. »Dieses Widersetzen einer parteilichen Anweisung ist eine Bedrohung der Einheit der Arbeiterklasse!«

»Ich kann nicht erkennen, inwiefern die Ehrung des Begründers des Sowjetstaates und großen Praktikers der Lehren von Marx und Engels die Einheit der Arbeiterklasse bedroht«, sagte Hilda kühl und betonte jede einzelne Silbe des langen Satzes.

Der Genosse klappte das Leninbild um und rief: »Ich werde das dem zuständigen politischen Offizier der Sowjetischen Kontrollkommission melden!«

Er versuchte den Sowjetstern abzureißen, war allerdings kleiner als Otto und sprang mehrmals vergeblich hoch. Otto verschränkte die Arme und dachte gar nicht daran, ihm zu helfen. Schließlich holte der Genosse aus dem Nebenraum einen Stuhl, stieg hinauf und riss den Stern ab. Sämtliche Bestandteile der Leninecke wickelte er in die Sowjetfahne.

»Das nehme ich mit zum Beweis!«, verkündete er. »Der Kreisparteivorstand wird sich mit deinem ideologischen Niveau beschäftigen, Genossin Hilda. Wir werden dich auf einen Lehrgang der Landesparteischule in Bad Berka schicken. Dort kannst du dich mit den marxistischen Grundsätzen der SED vertraut machen!«

Hilda ließ diesen Erguss mit gestraffter Haltung und erhobenem Haupt über sich ergehen. Als er fertig war, reckte sie die rechte Faust und sagte: »Rot Front, Genosse.«

Sie hatten die Parteischule verlassen, ohne eine Erwiderung abzuwarten. Hilda trug wie immer einen Hosenanzug und konnte damit so ausgreifende Schritte machen, dass Otto kaum nachkam.

»Der wird sein blaues Wunder erleben, wenn er den Russen meldet, dass er den Sowjetstern abgerissen hat«, versuchte er, seine Schwester aufzumuntern.

»Das wird er nicht melden. Er wird einen Bericht abgeben, in dem steht, dass ich mich geweigert hab, eine Stalinecke aufzubauen. Ach Otto, da sind nur noch Funktionäre in der Partei. Das ist doch keine Arbeiterklasse mehr«, empörte sie sich. Und dann sagte sie: »Ich geh jetzt runter in die Bahnhofstraße, zum Drogisten Bix. Kommst du mit?«

In der Drogerie Bix konnte man tagsüber einen Schnaps trinken, natürlich aus rein medizinischen Gründen.

Kurze Zeit später standen sie in der Drogerie am Verkaufstresen und kippten einen klaren Schnaps hinunter.

»Ich kann ja noch verstehn, wenn ich laufend kontrolliert werde als Privatunternehmer«, sagte Otto. »Da geht es zwar nie um die Produktion, sondern nur um Spitzfindigkeiten und Rechthabereien, aber ich weiß ja warum. Ich bin ein Kapitalist und damit der Feind. Aber du? Jetzt wenden die sich sogar gegen ihre eigenen Leute?«

»Es sind nicht alle so«, sagte Hilda müde. »Wir haben viele anständige Genossen.«

»Die werden ihr blaues Wunder erleben bei den nächsten Wahlen«, prophezeite Otto.

Hilda verlangte einen weiteren Schnaps.

»Lass lieber gut sein«, bremste Otto sie. »Ich bring dich nach Hause.«

»Die Wohnung ist mir ganz kalt und leer, seit Mamutschka und Sofia nicht mehr da sind.«

»Hast du denn immer noch nichts von ihnen gehört?«

Hilda schüttelte den Kopf und klagte: »Ich war sogar bei einem Offizier der Sowjetischen Kontrollkommission. Ach Otto, ich weiß ja nicht einmal, ob sie überhaupt angekommen sind. Das ist, als hätt mir jemand das Herz rausgerissen.«

Im Sonneberger Gesellschaftshaus fand die Abschlussfeier von Hugos Berufsschulklasse statt. Flora und Otto begleiteten voller Stolz ihren Sohn.

Sie lehnten sich oben auf der Galerie über die Brüstung und beobachteten die Jugend unten auf dem Tanzboden. Dort wirbelte Hugo gerade ein hübsches Mädchen herum.

Die Wärme stieg zu ihnen herauf, und Flora fächelte sich Luft zu. Auf der gesamten Galerie drängten sich besorgte Eltern. Sie beobachteten, wer mit wem tanzte und wie oft. Eine ältliche Matrone, die sich bemühte, Hochdeutsch zu sprechen, hatte sogar ein Opernglas dabei, das ihr aber nichts nützte, weil es ihr ständig aus der Hand gerissen wurde. Währenddessen beratschlagten die Mütter, wer am besten mit wem zusammenkommen sollte. Immer wenn dabei Hugos Name fiel, errötete Flora und sah Otto verschwörerisch an.

»Dass Hugo den Abschluss so gut bestanden hat, macht mich froh«, sagte sie. »Deine Eltern wären so stolz auf ihn.«

Otto gab ihr recht. »Weißt du, was ich mir überlegt habe? Ich würd das Geschäft gern gemeinsam mit dem Jungen führen. Er braucht sicher noch ein paar Jahre, aber einiges könnt ich schon gleich an ihn abtreten.«

Flora sah ihn überrascht an, und Otto lächelte.

»Damit wir zwei noch ein bisschen was vom Leben haben«, erklärte er. »Bisher war es nur Arbeit und Krieg.«

Unten spielte das Tanzorchester einen Foxtrott. Plötzlich packte Otto ihre Hand. »Komm, Flora. Lass uns zwei tanzen. Bevor es zu spät für uns ist.«

Obwohl Flora protestierte, zog Otto sie die Treppe hinunter.

Sie musste achtgeben, dass sie nicht stolperte, denn sie trug ein Kleid von Hilda, das ihr etwas zu lang war.

Das Orchester auf der Bühne spielte inzwischen eine Habanera. Otto legte den Arm um Floras Taille und ergriff ihre Hand. Er zog sie an sich und flüsterte ihr ins Ohr: »Das fühlt sich an, als ob ich mit einem Besenstil tanz.«

Sie schien die Schritte nicht zu kennen, denn sie trat ihm mehrmals auf die Füße. Ihr Gesicht glühte, vor Aufregung sah sie wieder mit einem Auge an ihm vorbei. Aber das andere

Auge strahlte ihn mit einer solchen Bewunderung an, dass er sich für einen großen Tänzer hielt.

Als die Musik aufhörte, küsste er sie auf die Lippen. Dann sah er nach oben zum Rang und lachte. »Guck, Flora, wie die aus der Drachenschlucht zu uns runterglotzen! Das gibt ein tüchtiges Gerede.«

Auf dem Heimweg hängte er ihr sein Jackett um, weil sie fror. Sie besaß keinen ordentlichen Mantel und hatte den eleganten Eindruck von Hildas Kleid nicht ruinieren wollen.

Flora und Otto gingen allein, Hugo brachte seine Tanzpartnerin nach Hause, wie es sich gehörte.

»Ich glaub, Hugo ist verliebt«, stellte Flora fest. »So innig, wie er mich vorhin beim Abschied gedrückt hat, muss er recht aufgeregt gewesen sein.«

Otto lachte. »Na, das kann ja was werden. Da müssen wir wohl in Zukunft öfter ins Gesellschaftshaus. Aber dann solltest du vorher ein bisschen üben. Du hast dich angestellt, als ob du zum ersten Mal im Leben tanzen wärst«, zog er sie auf.

Sie verteidigte sich: »Das war ich ja auch!«

Otto blieb stehen. »Ist das dein Ernst?«

»Ja, wann sollte ich denn tanzen gewesen sein? Einmal war ich kurz davor. Als wir am Rennsteig waren. Weißt du noch? Aber da hat mich der Mut verlassen«, sagte sie verlegen.

»Am Rennsteig?«, fragte er verwundert.

»Das Waldhotel«, erinnerte sie ihn. »Der Tanz auf der Veranda.«

Plötzlich fiel es ihm wieder ein. »Ich hab geglaubt, wir würden nun jedes Jahr einen Ausflug in die Sommerfrische machen. Und jetzt darf man gar nicht mehr dorthin, weil es in der Sperrzone liegt.«

Sie lief weiter und raffte dabei ihren Rock. Er konnte sehen, dass sie auf ihre nackten Waden eine Strumpfnaht gemalt hatte.

»Flora?«

Sie drehte sich um.

»Es ist so viel Zeit verloren. Durch Krieg und durch Dummheit.«

Sie machte einen Schritt auf ihn zu und lächelte. »Jetzt haben wir uns doch.«

»Nächsten Sonnabend gehen wir ins Kino«, bestimmte er und legte den Arm um sie. »Im Kino warst du aber schon?«

Sie nickte. »Als du im Krieg gewesen bist. Wir sind alle zusammen in *Quax, der Bruchpilot* gegangen.«

»Wirklich? Und du hast die Mama ins Kino gekriegt? Wie gern wär ich dabei gewesen.«

»Sie hat da schon geahnt, dass ihr euch nie mehr wiederseht«, sagte Flora traurig.

»Ja«, erinnerte sich Otto. »Sie hatte immer recht mit ihren Ahnungen.«

Eine Weile liefen sie schweigend nebeneinander her.

Plötzlich fragte Flora: »Wer ist Cecilie?«

Überrascht blieb er stehen. Dann antwortete er: »Eine, die dir nicht das Wasser reichen kann.«

Zu Hause in der Oberen Marktstraße sahen sie als Erstes nach den Kindern. Anita schlief, und Fred las noch in einem Buch.

Flora sah auf die Wanduhr mit dem blauen Strohblumenmuster. »Müsste der Hugo net auch langsam kommen?«

Aber Otto lachte. »Der lässt sich Zeit mit seiner schmucken Tänzerin.«

Er zog Flora ins Schlafzimmer und half ihr, das Kleid auszuziehen. Er strich über ihre Haut, die winzigen Härchen richteten sich unter seiner Berührung auf.

»Du hast noch nie ein böses Wort zu mir gesagt«, flüsterte er ihr ins Ohr.

»Warum sollte ich denn?«, fragte sie verwundert.

Und dann sagte Otto seiner Frau, dass er sie liebte. Oft hatte er es in der Feldpost geschrieben, aber noch niemals ausgesprochen.

Mitten in der Nacht schreckte Flora hoch. Der Fluss unten murmelte beruhigend, aber sie spürte, dass etwas nicht stimmte. Sie richtete sich auf und begann nach ihrem Nachthemd zu suchen.

»Was hast du?«, fragte Otto verschlafen.

»Ich weiß nicht«, sagte sie. »Ich will einmal nach Hugo sehn. Ich hab ein dummes Gefühl.«

Otto zog sie auf. »Hat dir die Mama ihre Ahnungen vererbt?«

Sie ging durch die Dunkelkammer, stieß sich an der Schulter, weil sie in der Finsternis die Türöffnung verfehlte, und fühlte sich zu den Betten vor. Im Mondlicht sah sie Anita und Fred, schlafend. Sie ging zu Hugos Lager und tastete nach ihm. Er war nicht da.

»Ist alles gut?«, hörte sie Ottos Stimme hinter sich flüstern.

»Er ist nicht da!«, rief sie lauter als beabsichtigt. »Wie spät haben wir es?«

»Es fängt schon an zu dämmern«, sagte Otto und schaltete das Licht an.

Anita richtete sich verschlafen auf. Fred zerrte sein Kissen über den Kopf.

Flora zog die Decke von Hugos Bett und fand einen zerknickten Zettel. Otto faltete ihn auseinander und sie lasen. Es war ein Abschiedsbrief. Fassungslos setzte sich Flora aufs Bett ihres Ältesten und begann zu weinen.

»Warum hat er das gemacht?«, fragte Otto. »Was will er denn im Westen? Da wird er doch nicht glücklich.«

»Kommt er jetzt nie mehr wieder?«, fragte Fred mit dünner Stimme.

Anita wurde bockig. »Ich möcht aber nicht ohne Hugo sein. Können wir net auch dorthin, wo er ist?«

»Nein«, sagte Otto entschlossen. »Wir bleiben hier. Ich lass mich von keinem zu was zwingen. Schon gar nicht von meinem eigenen Sohn.«

»Oh, Otto!«, sagte Flora. »Wir wissen gar nicht, ob er es überhaupt geschafft hat. Wenn er nur gesund ist. Alles andere wird wieder.«

Wenige Tage später wurde eine große Menge Zelluloidplatten geliefert. Von Hugo kam keine Nachricht. Sie drängten Hilda, ihre Kontakte zu nutzen, aber auch sie konnte nichts herausfinden.

»Wenn sie ihn verhaftet haben, dann erfahren wir das nicht«, sagte sie. »Aber angeschossen worden ist er nicht. Das wäre durchgesickert.«

»Wenn er nur am Leben ist«, schluchzte Flora. »Wieso hören wir denn nichts von ihm?«

Hilda hob hilflos die Schultern. »Seit der Sache mit der Leninecke erzählen sie mir nicht mehr viel. Ihr müsst euch drauf einrichten, dass ihr befragt werdet. Ich hab das schon hinter mir.«

»Nun werden die Kontrollen noch ärger«, schimpfte Otto. »Wie konnte er uns das antun! Ich hab mich auf ihn verlassen.«

»Ich wünschte, die Mama wär hier, mit ihren Ahnungen«, jammerte Flora. »Die könnt mir ein bisschen meine Ruhe zurückgeben.«

»Die Großmama?«, fragte Fred. »Die hat damals gesagt, ich erleb die Jahrtausendfeier und dass ich da mit Hugo zusammen Direktor von der Fabrik bin.«

»Oh, Fred!«, rief Flora glücklich. »Du hast ja recht! Das hat sie gesagt! Dann kann ihm nichts passiert sein.«

Hilda guckte zweifelnd.

»Lass mir meinen Glauben«, bat Flora. »Es bedeutet, dass Hugo lebt. Und entweder er kommt zurück, oder die machen recht bald diese unsinnige Grenze wieder weg.«

Am nächsten Tag hatte Flora Geburtstag und weigerte sich zu feiern. Trotzdem stellte Otto ihr einen blühenden Magnolienzweig hin, den er in der unteren Stadt von einem Straßenbaum abgeschnitten hatte. Anita flocht ihr im Garten einen Kranz aus Gänseblümchen, und Flora versprach: »Den setze ich auf, wenn Hugo wieder da ist.«

Und dann bat sie darum, ihren Geburtstag einfach nicht mehr zu beachten. Es wurde ein merkwürdiger Tag, und alle waren froh, als er endlich vorbei war und sie ins Bett gehen konnten.

Seit Hugo weg war, schlief Anita schlecht. Ihr großer Bruder hatte von Leuten erzählt, die verschwanden, und nun war er selbst verschwunden. Sie warf sich im Bett hin und her und sah zu Fred hinüber. Er schlief tief und fest.

Von der Gartenseite her erklang ein leises Klirren. Anita stand auf, klemmte ihre Puppe unter den Arm und schlich barfuß hinüber in die Fabrik.

»Hugo?«, fragte sie in die Dunkelheit. »Bist du das?«

Eine Gestalt richtete sich vor ihr auf. Anita ließ vor Schreck ihre Puppe fallen. Sie rannte durch den Durchgang, zurück ins Kinderzimmer und kroch mit klopfendem Herzen unter ihre Decke.

Irgendwann in der Nacht wurde Flora von merkwürdig knisternden Geräuschen geweckt. Zuerst dachte sie, da wäre eine Maus im Zimmer. Dann sah sie den Lichtschein.

Sie sprang auf und sah verwundert aus dem Fenster. In diesem Moment gab es eine Verpuffung in der Fabrik, dort wo das Zelluloid lagerte. Die Flammen schlugen aus den zerborstenen Scheiben heraus und leckten an den Dachbalken.

»Raus hier!«, schrie Otto, der ebenfalls wach geworden war. »Hol die Kinder! Wir müssen alle Fenster schließen! Ich ruf die Feuerwehr und sag den Mietern unten Bescheid.«

Wenige Minuten später rannten sie, barfuß und in Nachtkleidern, in den Garten und warteten dort auf Hilfe.

»Meine Puppe!«, schrie Anita plötzlich. »Die ist noch in der Fabrik!«

Sie wäre am liebsten in die Flammen gestürzt, um sie zu retten. Otto konnte sie gerade noch zurückreißen.

Sie standen alle vier Arm in Arm da und klammerten sich aneinander fest. Das Feuer erzeugte unheimliche Geräusche, es scharrte und fauchte wie ein wildes Tier. Die grellen Flammen blendeten, und doch konnte keiner von ihnen den Blick abwenden. Obwohl sie sich in die hinterste Ecke des Gartens geflüchtet hatten, war die Hitze so groß, dass sie ihre Gesichter versengte.

Als endlich die Feuerwehr kam, gelangten die Männer zunächst nicht an den Anbau, der hinter der Straße lag. Sie mussten den Schlauch durch die schmale Reihe zwischen den Häusern ziehen. Als das Wasser endlich auf die Flammen schoss, ruinierte es alles, was das Feuer noch nicht vernichtet hatte.

Irgendwann qualmte es nur noch. Durch die Luft segelten Ascheflocken. Es stank nach geschmolzenem Kunststoff und verkohltem Holz. Die Mauern standen, doch das Dach und einer der Schornsteine waren eingestürzt. Aber das Feuer hatte nicht auf das Stammhaus übergegriffen, es war unversehrt.

Otto zitterte am ganzen Körper und sagte immer wieder: »Der Vater dreht sich grad im Grab rum.«

Fred legte ihm den Arm um die Schulter, als wäre er der Vater und nicht Otto. »Wir sind heil geblieben, Vati. Es ist nur der Anbau. Den richten wir wieder auf.«

»Der Vater hat so oft vor dem Nichts gestanden«, sagte Flora. »Und doch hat er sich immer wieder aufgerappelt. Das werden wir auch tun.«

25

Die untere Wohnung

Eva und Iris warteten vor der verschlossenen Tür im Hochparterre des Stammhauses. Unter der Klingel, auf die Iris schon mehrmals gedrückt hatte, stand der Name *Fred Langbein*.

Endlich rührte sich etwas im Inneren. Jan blinzelte im Schlafanzug durch den Türspalt. »Wie spät ist es?«

Eva hielt ihm ihre Armbanduhr hin. »Du hast definitiv verschlafen.«

Er starrte sie entsetzt an. Dann drehte er sich um und verschwand wortlos im Bad.

Seine Cousinen betraten den Flur. Die Wohnung strahlte den flippigen Charme der späten Siebzigerjahre aus, als Fred Langbein sie mit großem Elan renoviert hatte. Die Zeit, in der ihnen die Fabrik nicht gehörte, war die einzige Phase in seinem Leben gewesen, in der er etwas für sich hatte tun können. Davor war es immer um die Fabrik gegangen. Danach drehte sich alles um deren Rückübertragung, den Neuanfang und die Insolvenz.

Es gab mit Holz vertäfelte Wände, die inzwischen nachgedunkelt waren und je nach Lichteinfall traurig oder bedrohlich wirkten. Ständig knackte etwas, und man wusste nicht, ob es vom Fichtenholz oder von einer Maus rührte. An der Decke pendelte eine mehrflammige Lampe, von einem Kunstschmied mit wenig Fantasie zurechtgebogen. Das Sofa war durchgesessen, der Teppich fleckig, überall lagen Stapel von Zeitungen.

»Jetzt guck dir das an«, sagte Iris zu Eva und zeigte auf den Wohnzimmertisch.

Dort war ein ovaler Schienenkreis aufgebaut, auf dem ein Triebwagen stand. Überall lag zerknülltes Zeitungspapier. Der Koffer mit den PIKO-Modellzügen war zur Hälfte ausgepackt.

»Hat er heut Nacht gespielt und die Zeit darüber vergessen?«, wunderte sich Eva.

Die Badtür öffnete sich. Jan kam heraus, frisch geduscht, rasiert und fertig angezogen.

»Ich wollt bloß mal gucken, ob noch alles in Ordnung ist«, brummte er verlegen. »Die müssen alle gereinigt werden. Ich pack sie gleich wieder weg.«

»Brauchst du nicht«, versicherten seine Cousinen.

Aber es schien ihm unangenehm zu sein, dass sie ihn beim Spielen erwischt hatten. Die Züge verschwanden wieder im Koffer.

Die Cousinen wirkten, als machten sie sich für einen Operationssaal bereit. Sie zogen Einmalhandschuhe über, schlüpften in Wegwerfkittel und nahmen sich das Bad vor. Radikal warfen sie alles weg.

Eva hatte dieses Badezimmer geliebt. Damals kam es ihr so modern wie eine Mondrakete vor, mit dem stromlinienförmigen Badeofen, der mit Kohlen beheizt werden musste. Die Rohrleitungen unter der Wanne wurden von einem Rundumvorhang versteckt, der mit Kreisen in Orange und Braun bedruckt war. Da Evas Großeltern die Meinung vertreten hatten, ein Bad im Haus sei mehr als ausreichend, hatten Eva und ihre Mutter Anita in die untere Etage betteln gehen müssen, wenn sie Haare waschen wollten. Das Bad war ihr damals so prächtig erschienen mit den bunten Farben, und nun sah sie, wie ärmlich es war.

Jans Eltern hatten sein Kinderzimmer in ein Arbeitszimmer verwandelt gehabt. Außer seiner Gitarre erinnerte nichts mehr an den jungen Rebellen, der hier gewohnt hatte. Auf einem Fachbuch über Kunststoffverarbeitung thronte ein kleines Filzäffchen mit Latzhose.

»Oh!«, sagte Eva begeistert. »Du hast das noch?«

Es hatte zu einer Dreierbande von Filztieren gehört, alle mit Kleidern ausgestattet und hart mit Holzwolle ausgestopft.

»Meins war ein Kätzchen«, rief Iris. Das Glück der Erinnerung ließ ihr Gesicht leuchten. »Ich muss das noch irgendwo haben.«

Eva nahm den kleinen Affen. Aus einem Bein quoll die Füllung, und die Hose war fadenscheinig geworden. Mit Jan und diesem Äffchen hingen ihre allerersten Kindheitserinnerungen zusammen.

»Du hattest ein Ferkel«, sagte Jan. »Du hast ständig auf ihm rumgekaut.«

Eva erinnerte sich an den Geschmack der Brühe, die aus dem rosa Ohr gekommen war, eine Mischung aus Spucke und Holzaroma.

»Mein Ferkel ist nicht mehr da«, erklärte sie. »Als meine Mutter die glorreiche Idee hatte, Dieter Schulze zu heiraten, sind wir in diese blöde Neubaubauwohnung gezogen. Den wunderschönen Namen Schulze gab's für mich gratis dazu.«

»Ach komm, du warst doch trotzdem immer hier«, rückte Jan die Fakten zurecht.

Tatsächlich war Eva nur am Anfang bei der neuen Familie am Wolkenrasen geblieben. Bald begann sie, nach der Schule wieder in die Obere Marktstraße zu gehen, und erbettelte sich Tag für Tag eine neue Erlaubnis. Eva brauchte den Großvater, der ihr zeigte, wie man Körperhaltungen und Pflanzen zeichnete, genauso wie die Großmutter, die mit ihr die Hausaufgaben machte. Eva wollte abends einen Gutenachtkuss und eine Salmiakpastille bekommen, und ohne das nächtliche Plätschern der Röthen konnte sie nicht einschlafen. Irgendwann kam Eva nur noch an den Wochenenden zu ihrer Mutter und verschwand Sonntagfrüh wieder, damit sie die Thüringer Klöße nicht verpasste und Jan beim Gitarrenspiel zusehen konnte.

Iris machte ein nachdenkliches Gesicht. »Aber als wir die Fabrik zurückbekommen haben, hat deine Mutter doch wieder hier gewohnt?«

Eva nickte. »Sie hat sich ziemlich bald nach der Maueröffnung scheiden lassen.«

»Logisch«, sagte Jan. »Da hat er nichts mehr genützt, der Absolvent der Parteihochschule.«

Schon oft hatte Eva etwas Ähnliches gedacht. Und doch verletzte es sie immer, wenn es jemand aussprach.

»Unsere Eltern hatten wohl alle ihre Leichen im Keller«, sagte sie. »Onkel Fred konnte wirklich bösartig sein mit seinen Anschuldigungen und Unterstellungen.«

»Mein Vater hat das Feuer in der Fabrik nicht gelegt«, stellte Iris mit Nachdruck fest.

»Aber mein Vater hat das schon vermutet, bevor er wirr im Kopf wurde«, gab Jan zu bedenken. »Er meinte, Onkel Hugo hätte alles zerstören wollen, damit es keinen Grund mehr für die anderen gab, im Osten zu bleiben.«

»Nein«, beharrte Iris. »Ich kannte meinen Vater. Er hätte seine Familie niemals gefährdet.«

»Und was ist mit der Form?«

»Welche Form?«, fragte Iris verwundert.

»Es gab so eine besondere Puppe«, erklärte Eva. »Die hat Opa nach dem Vorbild meiner Mutter modelliert gehabt. Aber dein Vater soll die Mutterform dafür mit in den Westen genommen haben.«

»Gut, dass du mich dran erinnerst.« Jan war etwas eingefallen. Er holte sein Telefon aus der Hosentasche und zeigte seinen Cousinen eine Nachricht. »Ich habe eine merkwürdige Mail bekommen, aus Cincinnati. Da sucht eine Antiquitätenhändlerin eine Anita-Puppe.«

»Wie haben die dich gefunden?«, wunderte sich Eva.

»Über den Namen Langbein? Ich glaube, da war schon mal eine ähnliche Anfrage, aber ich hatte nicht geantwortet.«

Aufmerksam lasen sie die Mail. Jemand bot sehr viel Geld für eine echte Anita-Puppe, und falls keine vorhanden wäre, hatte man auch Interesse an Repliken. Am Ende der Nachricht hing ein Bild. Es war ein altes Werbefoto, auf dem die kleine Anita Langbein mit ihrer Puppe zu sehen war.

»Kannst du mir das bitte weiterleiten?«, bat Eva. Dieses Bild ihrer Mutter kannte sie nicht. So unschuldig und lieb sah sie darauf aus, und wie fürsorglich sie ihr verkleinertes Ich an die Hand nahm.

»Die Puppe ist wundervoll«, fand Iris. »Dieses Charaktergesicht!«

»Und sie scheint jemandem richtig was wert zu sein«, warf Jan ein.

Sie sahen sich alle drei nachdenklich an.

»Schade«, fand Eva. »Soweit ich weiß, gibt es kein einziges Exemplar mehr davon. Die letzte Puppe ist bei dem Brand zerstört worden. Ich selbst hab sie nie gesehen. Wenn wir wenigstens die Mutterform hätten …« Sie beendete den Satz nicht.

Jan vergrößerte das Bild, sah noch einmal genauer hin und

sagte: »Du hast doch die Wohnung deines Vaters ausgeräumt, Iris. War da nicht irgendwas dabei?«

Sie versuchte, sich zu erinnern. Es war eine typische Altherrenwohnung gewesen: spartanisch, alte Möbel, abgetragene Sachen. Das Modernste war eine Mikrowelle gewesen, um die Gerichte aufzuwärmen, die sie für ihn vorgekocht hatte. Sie schüttelte den Kopf. »Ich schwör's euch, da war nichts. Er hat sie nicht mitgenommen.«

»Dann muss sie noch hier im Haus sein«, sagte Eva, und ihre Stimme rutschte vor Aufregung etwas höher.

Iris und Jan sahen sich verwundert an. »Aber wir haben doch schon alles sortiert, Dachboden, Zwischenboden, die hätten wir längst gefunden.«

»Aber sie muss da sein!«, rief Eva und sprang auf. »Es liegen noch ein paar Räume vor uns. Vielleicht ist sie sogar hier in eurer Wohnung, Jan!«

Die anderen beiden standen ebenfalls auf.

»Was würde uns diese Form überhaupt nützen?«, wunderte sich Iris.

»Die wollen das Original oder eine Replik!« Eva war vor Aufregung so warm geworden, dass sie ihre Strickjacke ausziehen musste. Sie klammerte sich an eine fixe Idee, die sich in ihrem Kopf allmählich in einen Plan verwandelte. »Ich kenn mich damit aus. Ich hab das studiert. Ich weiß, wie die Puppen damals gemacht wurden!«

Ihre Großeltern hatten diese Serie in der Nachkriegszeit mit den allereinfachsten Mitteln hergestellt, aus Papiermasse und Leinen.

»Wir würden nicht mal Maschinen brauchen, um so eine Replik herzustellen«, erklärte sie. »Nur die zweiteilige Mutterform und das Masserezept. Und das liegt auf dem Dachboden beim Hauptbuch.«

Sie rannte nach oben, voller Furcht, jemand könnte es versehentlich weggeworfen haben, aber es war noch da. Eva fotografierte es zur Sicherheit sofort und schickte das Bild an Iris und Jan.

Als sie wieder nach unten stürmte, lasen die beiden schon das Rezept.

Sie beschlossen, dass Jan die Interessentin hinhalten sollte und sie nach der verschollenen Mutterform suchen mussten.

Sie brauchten Stunden, um sich durch die Wohnung zu arbeiten, aber nichts, was sie fanden, war brauchbar. Der Haufen hinter dem Haus wuchs: Kleider, Möbel, Teppiche, alles dünstete einen unangenehmen Geruch aus. Sie fanden keine einzige Form.

Jan nahm sich den Aktenschrank vor und versuchte herauszufiltern, was aufbewahrt werden musste, weil es sein Vater noch brauchen könnte. Es war ein schwieriges Unterfangen, denn Fred Langbein hatte das Ordnungssystem aufgelöst und überall Randnotizen hingekritzelt. Jan bündelte die Versicherungsunterlagen.

Plötzlich sagte er irritiert: »Ich hab hier was gefunden.«

Eva und Iris hatten auf die Form gehofft, aber er hielt nur eine Mappe in der Hand. »Mein Vater hat offensichtlich seine Stasiakte angefordert.«

Eva tauschte mit Jan einen unentschlossenen Blick.

»Ich würd sie gern lesen«, sagte Iris. »Vielleicht steht was über meinen Vater drin. Ich kann es mir auch allein ansehen.«

Sie ging nach oben in die Küche. Die untere Wohnung schien ihr unerträglich, und sie wollte bei der Gelegenheit gleich für alle Kaffee kochen. Jan und Eva räumten weiter das Wohnzimmer aus, stumm, ohne sich zu unterhalten. Eva fragte sich, ob in der Akte auch ihre Mutter erwähnt war.

Schließlich sagte Jan: »Komm, Cousinchen. Wenn wir hier die ganze Zeit drüber nachgrübeln, was da drinsteht, können wir auch rauf zu Iris gehen und mitlesen.«

Die Akte war dick, und die Randbemerkungen von Fred, so boshaft sie bisweilen waren, halfen Iris, sich zurechtzufinden. Er hatte Vermutungen notiert, wer sich hinter bestimmten Decknamen verbergen könnte.

Als die anderen zu ihr in die Küche kamen, hob sie den Kopf und sagte: »Dein Vater hatte wohl recht, Jan. Jedenfalls was Tante Hilda betrifft.« Iris zeigte auf ein paar Schreibmaschinenzeilen. »Hier wird ein geheimer Informator mit dem Decknamen Coppelia erwähnt. Könnte das Tante Hilda sein?«

»Coppelia, wie die Puppe? Ja, ich fürchte, das ist sie.« Eva seufzte und dachte an Tante Hilda, die dieses Ballett so geliebt hatte. »Ach, ich möcht es gar nicht lesen.«

»Fünf Jahre lang hat sie das gemacht«, berichtete Iris. »Es steht nicht viel drin. Nur Bagatellen. Sie hat euch nicht geschadet.«

Jan atmete enttäuscht aus. »Sie hat dennoch unsere Großeltern hintergangen.«

Hilflos zog Eva die Schultern hoch. »Ich hab sie noch immer so gern. Ich kann das kaum glauben.«

»Von dem Brand oder den Formen steht nichts Offizielles drin«, sagte Iris. »Nur die wirren Randnotizen von Onkel Fred. Aber mein Vater hätte das gar nicht machen können. Er war zu dem Zeitpunkt doch schon in einem Auffanglager in Bayern.«

Jan zog die Akte zu sich heran und versuchte, die Schrift seines Vaters zu entziffern. »Er hat immer behauptet, sein großer Bruder wäre noch mal zurückgekommen. Als ihm klar wurde, die Familie kommt nicht nach.«

»Und wenn alles ganz anders war?«, überlegte Iris. »Mein Vater hat erzählt, dass Onkel Fred die Fabrik am liebsten als Produktionsgenossenschaft des Handwerks gesehen hätte. Wenn er es nun selbst war?«

Eva seufzte. »Im Grunde kann es außer uns jeder gewesen sein oder keiner. Ein Unglücksfall ist ja auch möglich.«

Eine Weile saßen sie reglos zusammengequetscht auf dem Plüschsofa, tranken Kaffee und dachten nach. Niemand hatte das Bedürfnis, wieder nach unten in die verwahrloste Wohnung zu gehen.

»Wir werden das wohl nicht mehr herausfinden«, sagte Jan schließlich.

Iris stützte den Kopf in die Hände. »Wer weiß schon, was unsere Eltern bereit waren zu tun, um die Fabrik zu schützen.«

Eva nahm die Akte und schleuderte sie mit einem gezielten Wurf in den Kohlenkasten. »Ich frage mich: Wie weit darf man gehen, um eine Tradition aufrechtzuerhalten?«

26

Das Spielzeugdokument

September 1961 – »Rettet die Kartoffeln!«, schrie Flora. Ihre Stimme hallte durch den Hausflur. Oben flog eine Tür auf. Anita stürmte aus der Wohnung, sie trug ein hauchdünnes Nachthemd, das Haar war unordentlich zu einem Knoten aufgetürmt. An der Treppe verlor sie ihre Schlappen. Sie sprang die Kellerstufen hinunter und patschte im Dunkeln in eisiges Nass.

Die Röthen führte Hochwasser. Das schmale Flüsschen hatte sich in einen reißenden Strom verwandelt und sämtliche Brücken im Grund überspült. Vorn auf der Straße strömte das Wasser und schwemmte Holz und Schlamm die Stadt hinunter.

Von allen Seiten drückte der Fluss in den Keller herein, und die Kartoffeln schwammen herum. Flora und Anita wateten durch das schmutzige Wasser und fischten nach ihnen.

Es begann zu gewittern. Blitze zuckten durch die Nacht.

Als alle Kartoffeln eingefangen waren, stellten sie die Eimer in den trockenen Flur. Anita zitterte und verkündete: »Ich frier! Ich geh zurück ins Bett!«

Ihre Mutter hielt sie fest. »Bist du noch gescheit? Die Federn ziehen den Blitz an!«

Da schrie auch schon Otto von draußen. »Kommt raus da! Wenn der Blitz einschlägt!« Er schleppte mit Fred Sandsäcke heran und dichtete damit die Fugen unter den Eingängen der Fabrik ab.

Flora griff schnell eine der alten Pferdedecken vom Kellerregal und warf sie Anita über.

Das Mädchen wand sich unter der kratzigen Decke und beklagte sich: »Die stinkt erbärmlich!«

»Erfroren sind schon viele, erstunken ist noch keiner. Jetzt lauf!«

Anita rannte maulend mit ihrer Mutter im strömenden Regen durch den Garten. Auch hier machte sich der Fluss schon breit und hatte die Beete überschwemmt. Sie liefen weiter, weg vom Wasser, weg von den Bäumen, und kletterten hinauf zum Oberen Graben. Otto streckte seine Hände aus und zog Flora zu sich herauf. Innerhalb von Sekunden waren sie alle bis auf die Unterwäsche durchnässt.

Im nächsten Moment rannten auch die Nachbarn von der unteren Etage aus dem Haus, wie Ameisen aus einem überfluteten Bau. Im aufflackernden Blitzlicht sahen sie, dass überall auf dem Oberen Graben Leute wie die Hühner hockten und das Wetterspektakel beobachteten.

Anita zog die Beine an und fror. Flora legte den Arm um sie und versuchte, sie warm zu reiben.

»Was hast du auch für einen Fetzen an«, schimpfte Fred mit seiner kleinen Schwester. »Du bist ja halb nackt.« Er zupfte ihr das Nachthemd am Ausschnitt zurecht.

Anita war dreizehn Jahre alt und besaß schon weibliche Formen. »Das ist ein Babydoll«, erklärte sie. »Hugo hat es mir geschickt. Das tragen jetzt alle im Westen.«

»Wir sind aber nicht im Westen.« Er wandte sich an seine Mutter: »Kann er ihr nicht was Ordentliches schicken? Der Hugo verdirbt sie uns.«

»Es ist ja nur ein Nachthemd«, versuchte Flora zu schlichten. »Im Bett kann man tragen, was man will. Auch gar nix.«

Die Geschwister tauschten einen angewiderten Blick und schienen sich wieder einig zu sein.

Das Gewitter war inzwischen direkt über ihnen. Ein greller Blitz beleuchtete das Stammhaus und den Anbau daneben. Der Donner kam zeitgleich und ohrenbetäubend.

»Wenn es nur nirgends einschlägt«, schrie Otto. »Wenn bloß die Fabrik diesmal verschont bleibt!«

In den kurzen Momenten der Helligkeit sah der Fabrikanbau aus, als wäre niemals ein Unglück geschehen. Fast sieben Jahre hatte es gedauert und all ihre Kraft und ihr ganzes Geld gekostet. Die Produktion war für die Bauzeit ins Stammhaus verlegt worden. Jeden Tag nach der Arbeit hatten sie gemeinsam Trümmer geräumt, Material gerettet, Steine von Mörtel gesäubert. Sie brauchten einen neuen Schornstein, ein neues Dach, eine neue Heizung, neue Maschinen. Die Versicherung hatte nicht gezahlt und es damit begründet, dass der Verdacht bestünde, ein Familienmitglied sei für den Brand verantwortlich. Ein Kredit war ihnen verweigert worden. Es blieb nur ein Weg, wenn im Garten kein Trümmerhaufen bleiben sollte. Die Puppenfabrik Albert Langbein war jetzt eine Kommanditgesellschaft mit staatlicher Beteiligung. Ihr Kommanditist war die Sonni, der VEB Vereinigte Sonneberger Spielwarenwerke Sonneberg.

Die Sonni hatte sich als hilfreich erwiesen. Sie sorgte für die Renovierung der Fabrik und unterstützte sie bei der Materialbeschaffung für die Produktion. Der Absatz in den staatlichen Warenhäusern war gesichert, und um den Export kümmerte sich die Demusa, die deutsche Musikinstrumenten- und Spielwaren Außenhandelsgesellschaft. Die Langbeins waren aufgrund der staatlichen Beteiligung wieder kranken- und rentenversichert, bekamen Gehalt und sogar einen Gewinnanteil, der bei dem hohen Steuersatz zu vernachlässigen war.

Doch sie trugen auch das volle Risiko und hafteten unbeschränkt. Zudem mussten sie dem übermächtigen Teilhaber ständig Berichte schreiben und waren vom staatlichen Planungssystem abhängig. Otto brauchte eine Genehmigung, wenn er Arbeiter einstellen oder eine neue Maschine anschaffen wollte. Bei der Zulieferung des Materials wurden sie benachteiligt, weil es volkswirtschaftlich bedeutsamere Betriebe gab. Was Otto aber am meisten schmerzte, war, dass er bei der Entwicklung neuer Modelle alles beantragen sollte. Er, der nie hatte abhängig sein wollen, musste jetzt um Erlaubnis fragen, wenn er eine Idee hatte. Das verleidete ihm das Ideenkriegen.

Und doch stand die Fabrik wieder, und die Blitze schlugen zum Glück oben in den Schlossberg ein, wo es einen Blitzableiter gab.

Als der Donner mit einiger Verspätung grollte und die ersten Nachbarn den Oberen Graben verließen, wateten auch die Langbeins zurück ins Haus.

Sie waren so durchgefroren, dass sie gemeinsam in das große Bett im Schlafzimmer krochen, in das Flora Wärmflaschen gelegt hatte. Dann hörte man nur noch das Rauschen des Regens, das sich mit dem Gurgeln des Flusses vermischte.

Flora blieb lange wach. Die Welt fühlte sich unvollständig an ohne Hugo. Seit über acht Jahren hatte sie ihren ältesten Jungen nicht mehr gesehen. Sie konnten einander nur schreiben, und irgendwann hatte sie das Gefühl gehabt, er sei in Wirklichkeit tot und jemand anderes verfasse die Briefe. Sie fand die Formulierungen darin seltsam fremd. Aber dann war ein Bild gekommen von seiner Hochzeit, und sie glaubte wieder daran, dass er lebte und sie sich irgendwann wiedersehen würden. Schon mehrmals war sie von der Bezirksparteileitung aufgefordert worden, keine Briefe mehr in den Westen zu schicken. Flora schrieb dennoch. Jede Woche.

Am nächsten Morgen ging das Wasser zurück. Flora lief schon im Morgengrauen los, um Schwemmholz zu sammeln. Sämtliche Nachbarn schwärmten ebenfalls aus und lasen von den Straßen und den umliegenden Wiesen das Holz auf, das angespült worden war.

Am Kaiserbaum im Garten war ein Streifen aus Schmutz zu sehen, der zeigte, wie hoch das Wasser gestanden hatte. Eine ganze Woche dauerte es, bis man nicht mehr bis zu den Knien im Schlamm versank. Danach begannen sie mit den Aufräumarbeiten. Otto und Fred schaufelten den angeschwemmten Schmutz weg. Die Frauen kümmerten sich um die Pflanzen. Sie richteten umgeknickte Sträucher auf und stützten sie mit Stöcken. Sie befreiten den immergrünen Rhododendron von einem Panzer aus getrocknetem Lehm und schnitten die Stauden kurz über dem Boden ab. Als sie fertig waren, sah der Garten trostlos und krank aus, aber Flora war zuversichtlich, dass er sich erholen würde. »Im Frühjahr wird man nix mehr davon sehen.«

Die Sandsäcke hatten das Wasser davon abhalten können, in die neuen Fabrikräume einzudringen. Hier arbeiteten jetzt siebenunddreißig Angestellte, und es roch nach Leim und Lösungsmitteln und nicht mehr nach dem Brand. Flora hatte überall kleine Schälchen mit Kaffeesatz aufgestellt, weil die alte Frau Uhl von gegenüber behauptet hatte, Kaffeepulver ziehe den Rauchgeruch an.

Zelluloid war mittlerweile wegen der hohen Entflammbarkeit für die Spielzeugherstellung verboten worden, und sie waren zur Papiermasse zurückgekehrt.

Das Telefon hatten sie ihnen während der Bauzeit abgestellt. Ein neues bekamen sie nicht. Es gab nicht genug Anschlüsse, und um überhaupt erst einmal auf die Warteliste zu kommen, musste man ein sogenanntes berechtigtes Interesse vorweisen.

Anita behauptete zwar, sie hätte ein äußerst berechtigtes Interesse, weil sie mit ihren Freundinnen telefonieren wolle, aber es zählte nicht.

Anita lernte in der achten Klasse der polytechnischen Oberschule August Bebel, und wo sie lief, schien die Sonne. Sie hatte unzählige Freundinnen, die sich ständig bei den Langbeins in der Küche trafen und Malzkaffee mit Zucker tranken. Sie verglichen ihre Schätze, all die bunte aufregende Kleidung, die sie aus dem Westen geschickt bekamen. Die meisten Mädchen hatten Verwandtschaft auf der anderen Seite der innerdeutschen Grenze. Wenn Fred seinen Kopf nichtsahnend in die Küche steckte, kreischten sie und warfen sich auf den Kleiderhaufen, denn es lag immer Unterwäsche dabei.

Die Bedauernswerten unter ihnen, die keine Westverwandtschaft hatten, organisierten sich Stoffe. Anita erbettelte sich bei ihren Eltern die Erlaubnis, die Nähmaschinen benutzen zu dürfen. Nach Arbeitsschluss schwärmten die Mädchen in die Fabrik hinüber und nähten sich Kleider. Anita und ihre beste Freundin Renate waren am geschicktesten im Umgang mit der Nähmaschine. Die beiden besaßen einen überraschenden Sinn für Farben und befeuerten sich gegenseitig. Sie färbten fade Stoffe ein, stickten Pailletten auf, änderten und kürzten Säume. Es wurde aufpoliert, anprobiert und dabei viel herumgehüpft.

Flora sorgte sich, die wilden Mädchen könnten in der Fabrik etwas beschädigen, aber Otto winkte ab. »Ach, lass sie nur ihr Leben genießen. Wer weiß, ob es net morgen schon verboten ist.«

Im Sommer war der Stacheldraht, der Ostberlin von Westberlin getrennt hatte, durch eine Mauer ersetzt worden. Auch in Südthüringen hatten die Bauarbeiten zur verstärkten Grenzsicherung begonnen, und Sonneberg wurde zum Sperrgebiet erklärt. Jetzt brauchten sie für jeden, der sie besuchen wollte, einen Passierschein. Wenn sie die Stadt verließen und wieder zurückwollten, wurden sie kontrolliert. Dann mussten sie ihren blauen Wohnrechtsstempel im Ausweis zeigen, sonst kamen sie nicht mehr nach Hause.

Den Ärger mit den Einkäufern, die nicht mehr nach Sonneberg gelassen wurden, hatte die Außenhandelsgesellschaft Demusa auszubaden. Sie mussten sich eine Zweigstelle außerhalb des Sperrgebiets einrichten und empfingen die ausländischen Kunden nun in Steinach.

Dafür hatte es für die Sonneberger in der letzten Woche als Entschädigung Apfelsinen im Konsum gegeben. So etwas Besonderes bekamen die Steinacher nicht. Und für die Umstände, die die Leute im Sperrgebiet hatten, gab es einen Lohnzuschuss, und deshalb war sich die Belegschaft in der Fabrik einig, dass es nicht ganz so schlimm sei und man es aushalten könne.

Eines Tages kam die Kriminalpolizei zu den Langbeins und überprüfte sämtliche Fabrikgebäude. Auslöser war ein Vorfall in der Spedition.

Die Exportkisten mussten für den Zoll immer mit einer Plombe versehen werden. Der Arbeiter, der für die Verplombung zuständig war, hatte am Vorabend länger gearbeitet und wollte zum Ausgleich am nächsten Tag ein wenig später kommen. Nachdem er aber auch am übernächsten Tag nicht erschien, stellte sich heraus, dass er sich selbst in einer der Spielzeugkisten nach Hamburg verschickt hatte.

Die Polizei versuchte die Frage zu klären, wer sein Helfer gewesen war. Allein konnte er schlecht von außen die Plombe angebracht haben. Die Beamten befragten alle Mitarbeiter im Lager und in der Spedition. Dann kamen sie in die Fabrik.

Als Flora hörte, dass die Polizei da war, versteckte sie vorsichtshalber das Rosenthalgeschirr unter ihrem Bett.

Otto wurde gebeten, im Wohnhaus zu warten. Man wolle allein mit der Belegschaft sprechen. »Ihr Sohn ist schließlich auch ein Republikflüchtling. Und wer weiß, was hier noch alles nicht stimmt. Es gibt genug Privatbetriebe, wo verkompensiert und verschoben wird.«

»Aber nicht bei uns, da können Sie jeden Buchprüfer dran setzen, das hat alles seine Richtigkeit.«

Damit schien Otto die Herren auf eine Idee gebracht zu haben. Wenige Tage später erschien ein Buchprüfer. Er verglich sämtliche Lagerbestände mit den Büchern und den gemeldeten Stückzahlen, konnte aber nichts Unrechtmäßiges finden.

Danach schlief Flora nicht mehr gut, vor lauter Angst, irgendwann in der Buchhaltung einen Fehler zu machen.

Anita kam nicht nur zu ihrem Vergnügen in die Fabrik. Sie übernahm oft Botengänge, brachte die Geschäftspost weg und erledigte Anrufe.

Einmal am Tag lief sie hinunter zum Postamt, die Bahnhofstraße entlang, die jetzt Karl-Marx-Straße hieß, was außer der Briefträgerin niemanden interessierte.

Anita nahm immer eigene Briefe mit zur Post, denn auch sie schrieb Hugo. Er hatte sich für sie längst von einer realen Person in etwas Göttliches verwandelt, dem sie all ihre geheimen Gedanken beichtete, vom ersten Verliebtsein bis zu verpatzten Klassenarbeiten. Sie betete Hugo an und erhielt dafür Absolution und überirdische Geschenke.

Auf der Post stellte sie sich in die endlose Reihe geduldig

Wartender vor den Telefonkabinen. Überall gab es Schlangen, beim Fleischer, beim Bäcker, am Fischladen. Anita unterhielt ihre Leidensgenossen mit Tanzschritten und erzählte alles, was ihr in den Sinn kam, über die Schule, die Fabrik, die Kleider, die Hugo schickte. Sofort beteiligten sich die anderen Wartenden an dem Gespräch, erfreut über die Verkürzung der Zeit.

Auf dem Fernamt vermittelten Telefonistinnen mit uralter Technik aus den Zwanzigerjahren, und entsprechend lange dauerte es. Die Verbindung war oft katastrophal, weswegen sie einmal vom Großhändler statt einem Sack Tonerde einen Eimer Mohnkörner geliefert bekommen hatten.

Es kostete Fred einige Anstrengungen, das zu bereinigen, und er beklagte sich darüber bei seiner Mutter: »Anita sollte ernsthafter werden. Außerdem erzählt sie jedem alles und ist schrecklich leichtgläubig.«

Flora strich ihrem Sohn über das Haar und bat: »Dann musst du auf sie achtgeben, dass ihr nichts passiert.«

Fred besuchte seinen Vater im Modellierzimmer. Er arbeitete an den Feinheiten des Faltenwurfs am Kleid einer kleinen Frauenfigur.

Otto sah auf und sagte: »Ich muss irgendwas Neues machen, sonst werd ich blöd. Was hältst du von diesen Märchenfiguren? Deine Mutter liest so gern Märchen. Meinst, die werden genehmigt?«

Fred betrachtete das Aschenputtel, auf dessen Schultern winzige Täubchen geflattert waren.

Er hob abwehrend die Hände. »Willst du net Hugo danach fragen? Hier wird doch bei allem nur er gefragt.«

Überrascht sah Otto ihn an. Dann sagte er: »Nein. Ich frag lieber den Sohn, der mich nicht im Stich gelassen hat.«

Im Vorjahr war das Spielzeugdokument beschlossen worden, eine Richtlinie für die traditionelle Spielzeugindustrie. Und diesmal hatten keine fachfremden Politiker Parolen aus dem Boden gestampft, sondern Handwerker, Künstler und Kindergärtnerinnen den Zustand der Spielzeugindustrie beschrieben.

Flora war sehr bewegt von dieser neuen Art der Betrachtung. So gern hätte sie Hugo davon berichtet, aber sie wagte es nicht, weil sie fürchtete, es könnte ihr als Industriespionage ausgelegt werden.

Otto las nur einen Fakt aus dem Spielzeugdokument heraus: »Wir entsprechen nicht dem Weltniveau.«

Fred schnaufte resigniert. »Aber es ist die Wahrheit. Es gibt keine gescheite Ausbildung, und wir nutzen veraltete Technologien.«

Fred war jetzt einundzwanzig und hatte Modellbauer gelernt. Die neuartigen Kunststoffe und die unbegrenzten Möglichkeiten bei ihrer Verarbeitung faszinierten ihn. Für einen ihrer kriegsversehrten Arbeiter hatte er eine Presse gebaut, mit der dieser ohne großen Kraftaufwand und einarmig kleine Zootiere aus Papiermasse drücken konnte. Seine Eltern bezogen Fred bei allen Entscheidungen in der Fabrik ein. Gemeinsam hatten sie am Küchentisch das Spielzeugdokument gelesen.

»Sie schreiben über neue Wege«, versicherte Flora. »Und den Privatunternehmern werden darin Entwicklungsmöglichkeiten versprochen. Wir müssen uns nur an das Dokument halten, dann wird alles gut.«

»Ach Flora«, sagte Otto und strich ihr das Haar aus dem Gesicht. »Du glaubst immer so gern. Aber das Spielzeugdokument ist nicht die Bibel.«

Eine Folge des Spielzeugdokuments war, dass sämtliches in der DDR produziertes Spielzeug auf seinen technischen, künstlerischen und pädagogischen Anspruch geprüft werden musste.

Auch im Musterzimmer der Spielzeugfabrik Langbein erschien eine Prüfungskommission. Flora und Otto hatten sämtliche Puppen und Plüschtiere aufgereiht, die kontrolliert werden sollten.

Der Leiter nahm ein Spielzeug nach dem anderen aus dem Regal und sagte jedes Mal bedauernd nur ein Wort: »Durchgefallen.«

Nicht eine ihrer Puppen bestand, ebenso wenig wie die Plüschtiere.

Während Otto kreideweiß wurde, fragte Flora sachlich: »Und warum? Das möchten wir schon gern wissen. Dann machen wir es besser und bestehen beim nächsten Mal.«

Das schien dem Prüfer zu gefallen, denn er nahm sich Zeit für sie. »Euer Spielzeug kann in keinen Kindergarten gehen. Ihr müsst Kunststoff nehmen. Das ist sicher und hygienisch. Es lässt sich abwaschen und weicht auch nicht auf, wenn die Kinder darauf herumkauen.«

»Wenn wir Kunststoff einsetzen wollen, brauchen wir entsprechende Maschinen«, forderte Otto.

»Die müsst ihr in eurem Leitbetrieb beantragen. Oder ihr lasst euch verstaatlichen. Für die volkseigenen Betriebe wurde sogar eine Gelieranlage aus dem kapitalistischen Ausland eingekauft.«

Flora und Otto tauschten einen nervösen Blick.

Der Prüfer nahm einen der Teddybären und begann zu Floras Entsetzen an dem Knopfauge zu drehen, bis es abriss.

»Durchgefallen. Wenn das ein Kind verschluckt? In unseren volkseigenen Betrieben würde es so was nicht geben. Ihr braucht Sicherheitsaugen, die nicht angenäht werden.«

»Ich kümmere mich darum«, versprach Otto.

Der Prüfer wandte sich den kleinen Zootieren aus Pappmaché zu. Er holte aus seiner Aktentasche eine merkwürdig geformte Plastikröhre und stellte sie auf den Tisch.

»Das ist ein Kinderhals«, erklärte er und begann die Tierchen hineinzustopfen. »Passt. Passt. Passt nicht. Nur was da nicht durchpasst, ist sicher. Das kann ein Kind nicht verschlucken.«

Als die Prüfungskommission verschwunden war, stand Otto völlig benommen da und starrte angewidert auf den künstlichen Hals.

Flora umarmte ihn und sagte: »Ich treib Sicherheitsaugen auf, und du beantragst die neuen Maschinen.«

Es gab zahlreiche Hausgewerbetreibende, die sich in eine Produktionsgenossenschaft des Spielzeughandwerks hatten umwandeln lassen. Überall entstanden PGHs, in Steinach und Judenbach, in Effelder, Oberlind und Schalkau, im Sonneberger Kreis und überhaupt im ganzen Land. Für viele Kleinstfirmen, die bis dahin in heruntergekommenen Scheunen unter Bedingungen wie vor hundert Jahren gearbeitet hatten, war das die Rettung. Es brach die goldene Zeit der PGHs an.

Doch nachdem Otto mit Genossenschaftsarbeitern gesprochen hatte, befand er, dass es für ihn nicht das Richtige war. Es gab Spielzeugmacher, die in die PGH eingetreten waren und plötzlich ihre gut geführten Werkstätten verlassen mussten und in andere Betriebsteile verfrachtet wurden.

Da arbeitete Otto doch lieber in der Fabrik seines Vaters und war sein eigener Herr, wenigstens zur Hälfte.

Wenn Anita einen Botengang in die Packerei der Fabrik Langbein erledigte, traf sie immer auf ihre Tante. Seit Hilda bei der Partei in Ungnade gefallen war, arbeitete sie wieder im Versand.

Anita bewunderte ihre Tante, die einen Kurzhaarschnitt trug, rauchte und immer extravagant gekleidet war. Auch sie nähte selbst. Oft blätterten sie die Modekataloge durch, die Hugo geschickt hatte, und schneiderten die Modelle daraus nach.

»Warum gibt es bei uns in den Läden nicht solche schönen Sachen?«, beschwerte sich Anita bei ihrer Tante.

»Nicht immer nur klagen, sondern selbst etwas verändern«, sagte Hilda.

Anita staunte ihre Tante an. Sie hatte nicht mit einer solchen Antwort gerechnet, sondern gedacht, sie würden nur ein wenig über die altbackenen Sachen im HO-Warenhaus lästern. »Aber das kann ich doch nicht verändern?«

»Doch, das kannst du.« Hilda holte eine Broschüre aus dem kleinen Rollschrank des Packtisches.

»Die Frau – der Frieden und der Sozialismus«, las Anita laut vor und sah ihre Tante verwundert an. »Was soll ich damit?«

»Das ist ein Kommuniqué!«

Anita zog ein dummes Gesicht, um klarzumachen, dass ihr das nicht weiterhalf.

»Es geht um die Gleichberechtigung, Anita. Noch nie hatten Frauen in Deutschland diese Chancen. Wir können am gesellschaftlichen Leben teilnehmen, studieren, Leitungspositionen in Betrieben und in der Politik einnehmen. Das ist wahrhaft revolutionär. Ich bin ja mit vielem nicht einverstanden, was hier geschieht. Aber das da, Anita, dafür hat es sich gelohnt.« Hilda wedelte mit dem Heft, dass die Seiten nur so flatterten. »Lies es. Dann hast du die Gewissheit, dass du alles erreichen kannst. Werde Modegestalterin und schaff für alle Frauen hier bei uns Mode, schöner als im Westen. Mach unser Leben bunt.«

Am nächsten Tag studierte Anita zusammen mit ihrer Freundin Renate begeistert die Broschüre. »Hier steht sogar, dass sich die Männer uns gegenüber höflich verhalten müssen!«
Sie unterstrichen Sätze, die sie für bedeutsam hielten.
Das Programm des Kommunismus eröffnet den Frauen eine schöne Zukunft. Gleicher Lohn für gleiche Arbeit. Entfaltung der Fähigkeiten und Talente der Frau.
Als sie fertig mit der Lektüre waren, entschieden Anita und Renate, dass sie sich auch entfalten mussten, und schlossen einen Pakt. Sie wollten gemeinsam nach dem Zehnklassen-Abschluss Modegestaltung studieren.

Einige Zeit später wurde ihnen vom Leitbetrieb eine Maschine geliefert. Zu Ottos Enttäuschung war es kein Spritzgießautomat, sondern ein Apparat, mit dem sie ihre Pappmachétiere in Zukunft beflocken und nicht mehr bemalen sollten.
In den Kasten wurde Textilstaub gefüllt, der durch elektrostatische Aufladung an leimbestrichene Spieltiere sprang. Wie durch Zauberei bekamen die nackten Tierchen auf Knopfdruck ein Fell.
Die anfängliche Begeisterung für den Wunderkasten flaute schnell ab. Es zeigte sich, dass man dafür nichts weiter können musste, als den Stab mit dem aufgesteckten Tierchen hineinzuhalten und einen Fußhebel zu drücken.
Deshalb durfte Anita die Maschine bedienen. An den Nachmittagen beflockte sie ein Schaf nach dem anderen. Manchmal wurden braune Flocken in den Kasten geschüttet, dann beka-

men Häschen ein Fell. Otto fertigte Modelle für Katzen, Frösche und Küken. Den bunten Kunststoffstaub dafür schickte der Leitbetrieb in riesigen Zweihundert-Liter-Fässern.

Anita wurde nicht müde, dem Zauber der springenden Flocken zuzusehen, und träumte dabei von ihrer Entfaltung. Sie musste nur aufpassen, dass sie ihre Hand nicht zu tief in den Kasten hielt. Dann nämlich sprang der Funke über und versetzte ihr einen ordentlichen Schlag.

Hilda kam immer zum Sonntagsessen vorbei, und sie sprachen dann meistens über die Sorgen im Geschäft, Anitas Fortschritte in der Schule und Freds hochfliegende Pläne zur Modernisierung der Produktion.

Je älter Hilda wurde, desto mehr ähnelte sie ihrem verstorbenen Bruder. Unwillkürlich griff Otto nach dem Salzstreuer und schüttete die weißen Körnchen auf die Pilze.

»Denkst du noch manchmal an Fritz?«, wollte er von Hilda wissen.

Sie nickte. »Jeden einzelnen Tag.«

»Ich frag mich immer, wie es um uns bestellt wäre, wenn wir unseren Bruder noch hätten.«

Flora mischte sich ein. »Ihr beide habt eine Schwester. Und sie lebt, sie ist nicht tot. Wollt ihr euch denn net mit ihr vertragen?«

Otto antwortete nicht. Stattdessen stand er auf und kramte im Schubfach des Küchenschranks. »Ich hab euch den Brief nicht gezeigt, weil ich mich so geärgert hab.«

Er legte ein gefaltetes Papier auf den Tisch. Es war Post von Victor Pulvermüller.

»Hört euch das an«, sagte Otto. »Er schreibt, sie hätten seit einer Weile in Nürnberg Fuß gefasst.«

Die Schwägerinnen tauschten einen Blick.

Otto erzählte weiter: »Er will die Abrechnungen von der Fabrik sehen. Nun, wo sie wieder aufgebaut ist und produziert, müssten ja Einnahmen da sein.«

»Jetzt kommt der an?«, schimpfte Fred. »Und wo die Fabrik abgebrannt ist, da haben wir nix von ihm gehört.«

»Es wird noch besser«, versicherte Otto und las vor: »Da es einen neuen Mieter im Stammhaus gibt, müssen die Gelder nur so fließen.«

»Der hat wohl noch nie was von der Preisanordnung gehört«, empörte sich Hilda.

Flora versuchte, die Wogen zu glätten. »Der weiß einfach net, dass wir hier so geringe Mieten haben. Die reichen ja nicht mal für die Dachreparatur. Außerdem geht sein Drittel doch sowieso auf ein Sperrkonto, da kommt ja keiner ran.«

Hilda winkte ab. »Was hab ich für ein Glück, dass es mich nicht mehr betrifft. Nur die Besitzlosen sind wahrlich frei.«

»Woher weiß der überhaupt von dem neuen Mieter?«, wollte Otto wissen. Seit einiger Zeit war im alten Pferdestall hinter dem Haus eine Schusterwerkstatt eingezogen.

»Ich hab das in einem Nebensatz der Else berichtet«, gab Flora schuldbewusst zu.

Otto ärgerte sich. »Du schreibst meiner Schwester in Zukunft nix mehr.«

»Kann ich wenigstens schreiben, wie wir den Garten nach der Überschwemmung wieder hergerichtet haben?«, fragte Flora kleinlaut.

»Nein«, sagte Otto entschieden. »Aus allem versucht der Lackaff' seinen Gewinn zu ziehen. Nachher will der sein Drittel von der Petersilie haben.«

Alle lachten, nur Hilda blieb ernst. Sie knackte mit den Fingern und wirkte seltsam bedrückt. Flora schickte Fred und Anita unter einem Vorwand aus der Küche.

»Was hast du, Hilda?«

Hilda lehnte sich nach vorn, sodass sie ihren Bruder beinah berührte. »Zuerst einmal müsst ihr mir zusagen, dass ihr euren Kindern nichts von diesem Gespräch erzählt«, bat sie. »Ich hab mich mit meiner Unterschrift zu Stillschweigen verpflichtet und werde bei Zuwiderhandeln bestraft.«

Verunsichert sah Flora Otto an. Sie suchte nach seiner Hand und sagte: »Du machst mir Angst, Hilda.«

Otto versicherte: »Natürlich werden wir schweigen. Was ist passiert?«

Hilda zögerte erst und sagte dann: »Das Ministerium für Staatssicherheit ist an mich herangetreten.«

»Ach, Gott«, rief Flora erleichtert. »Und ich dacht schon, du hast eine schlimme Krankheit!«

Aus dem Sprachrohr neben dem Herd war ein leises Geräusch zu hören. Hilda stand auf und verschloss es mit dem Stöpsel. Mit unterdrückter Stimme fuhr sie fort: »Sie haben mich gefragt, ob ich als Geheimer Informator für sie tätig sein würde.«

Flora begriff nicht. »Was bedeutet das?«

»Die Partei hat überall Spitzel, die ihnen berichten!«, erklärte Otto ihr. »Geht es um die Fabrik?« Auch er sprach nun sehr leise.

»Es geht um euch, Otto«, sagte Hilda. »Ich soll denen Informationen über euch beschaffen. Der Auftrag lautet, über eure Beziehung zu Hugo als Republikflüchtling und über eure Arbeitsweise in einer Privatfirma zu berichten.«

Floras Auge rutschte vor Nervosität zur Seite. Entsetzt sah Otto seine Schwester an. »Aber warum?«

»Zur Verhinderung einer möglichen Republikflucht eurerseits und um Grundlagen für eine Enteignung zusammenzutragen.«

Otto schwieg fassungslos.

»Du hast natürlich abgelehnt?«, vergewisserte sich Flora.

Hilda schüttelte langsam den Kopf. »Ich hab die Verpflichtungserklärung unterschrieben.«

Ottos Gesicht verfärbte sich. Er wollte aufspringen, aber der Tisch war zu eng an das Sofa herangerückt. Beinahe hätte er die Möbel umgeworfen. »Wie konntest du das tun, Hilda?« Er war laut geworden, und es schien ihm egal zu sein, ob seine Kinder es hörten.

»Ich hab lange drüber nachgedacht, Otto.« Hildas Stimme klang müde, als hätte sie in den letzten Tagen wenig Schlaf gefunden. Sie strich die Falten ihres Hosenanzugs glatt und las ein paar helle Fusseln von dem dunklen Stoff ab. »Wenn ich es nicht mache, wird es ein anderer tun, und ihr werdet nicht wissen, wer. Es wird jemand sein, dem ihr vertraut und dem ihr womöglich Gründe für eine Enteignung liefert. Wenn ich es mache, wisst ihr wenigstens, wem ihr nicht trauen dürft.«

Flora schlang die Arme um Hilda. Sie küsste sie auf die Wange und flüsterte ihr ins Ohr: »Ich trau dir immer. Du würdest uns niemals schaden. Das weiß ich ganz gewiss.«

Otto sah Hilda mit einem zweifelnden Blick an und sagte: »Die Welt ist verrückt geworden.« Dann legte er seine Hand auf ihre.

27

Das Musterzimmer

Eva saß am Fenster in der Küche des Stammhauses und lackierte sich die Fingernägel. Acetongeruch stieg ihr in die Nase. Sie beugte ihr Gesicht nach unten und schloss die Augen.

Plötzlich war sie wieder in der Fabrik, die Nähmaschinen ratterten, und sie schlich hinter Jan her zu den Arbeitsplätzen, an denen mit Lösungsmitteln Plastikteile verbunden wurden. In unbeobachteten Momenten hatten sie ihre Nasen über die Acetonflasche gehalten und den Dampf eingesaugt. Wie damals versetzte der Geruch Eva in einen Rausch, der sie glauben ließ, alles wäre möglich.

Sie öffnete die Augen. Das Gefühl der Euphorie hielt an, lange nachdem der Lackgeruch verflogen war. Dabei hatte sich an ihrer Situation nichts verändert. Sie war immer noch zweiundfünfzig, ihre Kinder studierten nach wie vor in Barcelona und München, sie war weiterhin geschieden, und sie hatte immer noch keinen besseren Arbeitsplatz in Aussicht. Und dennoch hatte ihr Leben Glanz bekommen. Es gab etwas, das es wert war, sich die Nägel zu lackieren. Sie würde neben ihrer Cousine Iris nicht mehr wie ein Mauerblümchen wirken.

Eva hatte ihren Computer mitgebracht und schrieb darauf eine Nachricht an den Suchdienst vom Roten Kreuz. Sie tippte vorsichtig mit weit auseinandergespreizten Fingern, weil der Lack noch nicht vollständig ausgehärtet war. An die Anfrage hängte sie das Bild der russischen Familie und schrieb die wenigen Fakten dazu, die sie von ihrer Mutter über Sofia Selkowa erfahren hatte.

In einer anderen Nachricht stellte sie sich bei der amerikanischen Antiquitätenhändlerin als die Spielzeugdesignerin vor, die die Repliken anfertigen könnte, ohne zu erwähnen, dass sie überhaupt keine Vorlage hatte.

Sie notierte sich eine Liste, die sie abarbeiten wollte. Schon das Ziehen der Tabelle mit dem zerfurchten Holzlineal ihrer Großmutter fühlte sich befriedigend an. Sie holte aus der Dachkammer vom Stapel der Eventualitäten die alten Lehrbücher ihres Großvaters, schrieb sich Arbeitsweisen und einzelne Schritte der Herstellung heraus. Sie legte sich eine Mappe an und skizzierte darin Vorschläge für Materialien, Farben und Verbindungsmöglichkeiten der Gliedmaßen.

Die Küchentür öffnete sich. Der Duft von frischen Brötchen quoll herein. Jan kam vom Bäcker, Iris hatte ihn unterwegs aufgelesen.

Sie setzte Wasser auf, um Kaffee zu kochen, und prüfte im Kühlschrank, was alles vorhanden war. Erfreut nahm sie eine kleine Flasche mit Ingwersaft heraus.

»Ist für dich«, sagte Eva. »Ich dachte, so was magst du.«

Iris lächelte, stutzte und sah plötzlich an Eva vorbei. »Hast du den Fernseher in die Küche gestellt?«

In der Ecke hinter Eva, in der sich früher der riesige Röhrenfernseher breitgemacht hatte, stand nun ein flacher Bildschirm.

»Ich dachte, wenn wir wieder irgendwelche Papiere sortieren, könnten wir eine Sendung nebenbei gucken«, sagte Eva verlegen.

»Find ich großartig«, ließ sich Jan vernehmen.

Er wollte den Brötchenkorb hinstellen, aber auf dem Tisch lag ein Paket.

Iris warf einen Blick auf den Absender und fragte überrascht: »Ist sie das?«

»Ich glaub schon!«, sagte Eva und rutschte vor Aufregung auf ihrem Stuhl herum. »Ich wollte es mit euch zusammen öffnen!«

Jan schlitzte den Karton mit seinem Taschenmesser auf. Er enthüllte eine Lage Zeitungspapier, danach kam Luftpolsterfolie, dann Seidenpapier, und darunter lag die Puppe, um die sie bei der Auktion gekämpft hatten.

Behutsam nahm Eva sie heraus und stützte ihren Kopf, wie bei einem Säugling. Sie legte die Puppe auf den Tisch, auf dem ihr damals der kleine Otto Langbein verbotenerweise ein Gesicht gemalt hatte. Die Puppe schloss ihre dunklen Schlafaugen. Der Mund war leicht geöffnet, und man sah die weißen Zähnchen. Sie trug ein Leinenkleid mit Lochstickerei und Lederschuhe.

»Sie ist wunderschön«, flüsterte Iris. Vorsichtig berührte sie das verfilzte, braune Mohairhaar.

Jan bewegte eines ihrer Knie, das über einen komplizierten Mechanismus den Oberschenkel mit dem Unterschenkel verband. »Seht euch diese Gelenke an!«

Eva drehte die Puppe um und drückte den Lederansatz am Rücken ein wenig herunter, um an den Porzellannacken zu gelangen. Die Initialen von Albert Langbein kamen zum Vorschein. Sie legte einen Finger darauf, als könnte sie damit eine Verbindung zu ihren Vorfahren herstellen.

»Musstest du Zoll bezahlen?«, fragte Iris.

Eva seufzte. »Nicht zu knapp. Dummheit muss bestraft werden.«

Sie setzten die Puppe auf den Tisch, betrachteten sie, tranken türkischen Kaffee, schluckten tapfer den Bodensatz und aßen Honigbrötchen.

An diesem Tag nahmen sie sich das alte Musterzimmer vor.
Es war fast dunkel in dem kleinen Raum. Durch eine wandhohe Gardine sickerte Dämmerlicht. Iris schaltete die Deckenlampe an. Die Seidentapete war in dem lichtlosen Zimmer kaum verblasst, auf Augenhöhe befand sich ein glänzender Fries.

Das Musterzimmer war von Jans Vater als praktisches Lager genutzt worden, weil überall an den Wänden Regalbretter hingen. Vorher war es das Wohnzimmer einer Familie aus Schlesien gewesen, die nach dem Krieg hier gestrandet war und in Sonneberg eine neue Heimat gefunden hatte. Und noch weiter davor war es für kurze Zeit die Vorratskammer von Else Pulvermüller und ihrem Mann gewesen. Sie alle hatten ihre Spuren hinterlassen: tiefe Schrammen in den Dielen, Unmengen von Kartons, verhüllte Möbel.

Aber in seinen Anfangszeiten war dieser Raum das Musterzimmer gewesen, in das Albert Langbein die Einkäufer geführt hatte. Die Regale hatten sich unter den unzähligen Puppen gebogen. In einer Vitrine waren die kleinen Massepüppchen für die Puppenstuben drapiert gewesen. Von jedem Spielzeug, das die Langbeins herstellten, hatte es in diesem Raum ein Muster gegeben.

Jan zog den schweren Vorhang zur Seite, und durch die langen Spalten der Fensterläden fielen helle Strahlenbündel.

Das Fenster war ungewöhnlich tief, bot auf dem Sims eine breite Ablagefläche und ließ sich nicht öffnen. Es war ein Schaufenster.

Sie gingen nach draußen und rüttelten an den hölzernen Läden. Die Scharniere waren rostig, das Holz morsch, Feuerkäfer rannten hektisch darüber und schienen sich gestört zu fühlen.

»Mir ist nie bewusst gewesen, dass es hier so ein großes Fenster gibt«, sagte Eva erstaunt.

Jan gab ihr recht. »Für mich war es einfach nur eine Holzwand neben dem Vorgarten.«

Bei Tageslicht verlor die kleine Kammer ihren Zauber und zeigte Schäbigkeit.

Auf den Regalbrettern lagerten Werkzeuge, Leim, Schrauben, Nägel, Farben, Verdünnung, Schleifpapier, einfach alles, was Fred Langbein zum Basteln und Bauen gebraucht hatte.

Sie durchsuchten die zu hohen Stapeln aufgetürmten Kartons, guckten in alle Tüten und hofften bei jeder neuen Kiste, die Mutterform würde zum Vorschein kommen. Sie fanden alte Glühbirnen, Konserven, Fliesen, Teppichreste, eine defekte Christbaumbeleuchtung, kiloweise alte Zeitungen, kleine Plastiktiere und ein paar Osterhasen zum Befüllen, aber keine Formen. Sie schafften alles nach draußen. Der Müllberg wuchs, und Jan bestellte einen Container.

Eva holte Wassereimer und Fensterleder, Jan kehrte die Wände und Dielen ab, und Iris schaffte die letzten Müllsäcke in den Garten.

Als sie fertig waren, gingen sie nach draußen vor das kleine Schaufenster, sahen ins Innere und versuchten sich vorzustellen, wie es einmal ausgesehen haben mochte.

Jetzt wo der Raum leer war, besaß er einen traurigen Charme. »Das kann man nicht ertragen«, rief Eva.

Sie rannte hinauf in die Küche, holte die Porzellanpuppe und setzte sie auf eines der Regale.

»Sie ist einsam«, behauptete Jan und grinste. »Ich hol den Affen.«

Im Musterzimmer hatten sie Spachtel und Abbeizer gefunden. Jan wollte nur kurz probieren, ob sich damit der Lack von den Küchenschränken entfernen ließ. Am Ende hatte er sie in sämtliche Einzelteile zerlegt und pinselte den Abbeizer darauf. Iris stand die ganze Zeit wie ein Nummerngirl mit Klarsichtfolie daneben, um alles einzuwickeln, damit das Lösungsmittel einwirken konnte.

»Wir legen uns ganz schön ins Zeug für einen wildfremden Mieter«, merkte Jan an.

»Wir sollten die ganzen Mängel im Haus fotografieren«, schlug Iris vor. »Und die Bilder nehmen wir mit zur Erbenversammlung.«

Eva war von dieser Idee begeistert. »Geld für eine Renovierung wollen die Pulvermüllers bestimmt nicht ausgeben. Das verschafft uns noch ein bisschen Zeit.«

»Zeit wofür?«, fragte Jan und erhielt keine Antwort.

Iris begann zu fotografieren. Sie knipste die herabhängende Tapete in der Ecke, die alten Deckenhaken, an denen einmal Kräuter getrocknet worden waren, und den großen Fleck an der Küchendecke.

»Vergiss nicht die Fensterrahmen.« Eva fuhr mit dem Fingernagel unter den Lack, der abblätterte und das Holz darunter freigab.

Sie gingen von Raum zu Raum, von einer Etage in die nächste, und fotografierten das ganze Haus. Iris gab sich Mühe, die maroden Rohrleitungen im ungünstigsten Licht erscheinen zu lassen. Sie nahm die alten Sanitäreinrichtungen ebenso akribisch auf wie die Aufputzleitungen, die vergilbten Lichtschalter und den Badeofen.

Als sie wieder in die Küche kamen, hatte Jan sämtliche Einzelteile gestrichen und verpackt.

»Wir sollten mit den Bildern eine Präsentation erstellen«, schlug Iris vor. »Die nehmen wir morgen mit zu der Erbenversammlung. Die Pulvermüllers lieben Präsentationen. Und Diagramme lieben sie auch.«

Sie übertrug die Bilder auf Evas Computer.

»Kommt deine Mutter morgen auch zu der unsäglichen Versammlung?«, erkundigte sich Jan bei Eva.

»Bestimmt hat sie an einem Sonnabend was Besseres vor«, war Iris überzeugt. »Kaffeetrinken mit den Freundinnen.«

»Meine Mutter hat keine Freundinnen«, stellte Eva klar.

Iris hatte in der Zwischenzeit die Präsentation zur Unvermietbarkeit der Wohnungen in der Oberen Marktstraße erstellt.

»Ich wusste gar nicht, dass du so was kannst«, wunderte sich Eva.

Iris machte eine lässige Handbewegung, schickte die Datei an sich selbst und schloss das Programm.

Dahinter kam das Werbebild der Anita-Puppe zum Vorschein.

Jan beugte sich vor und betrachtete es eingehend. »Hat sie aufgemalte Augen?«

Eva stimmte ihm zu. »Es sieht so aus. Das vereinfacht die Sache gewaltig.«

Sie klappte ihre Mappe mit den Notizen auf und zeigte sie den anderen. »Ich hab ein bisschen was ausprobiert.«

Iris betrachtete die Skizzen und Farbproben. »Ich dachte, das mit der Replik ist einfach ein Gedankenspiel?«

Eva lachte. »Du weißt doch, ich mein immer alles ernst.«

»Aber wenn wir die Form für den Kopf nicht finden, ist das hier vergebens«, erinnerte Jan sie an ihr Problem.

Iris setzte große Hoffnungen auf die Kellerräume, die noch vor ihnen lagen.

Eva hatte herausgefunden, dass die Anita-Puppe einen Körper aus Leinen gehabt hatte. »Ich möchte ein Muster des Puppenkörpers anfertigen. Der Kopf allein nützt ja nichts. Wenn ich nur wüsste, wie groß die Puppe war.«

Wieder betrachteten sie das Werbebild. Die kleine Anita Langbein hielt ihr Püppchen darauf an der Hand, als wären sie zwei Freundinnen.

Plötzlich wusste Eva, wie sie die Größe bestimmen konnte. Sie sprang auf, kniete sich in den Türrahmen und begann zu suchen.

»Was machst du da?«, fragte Jan verwundert.

»Ich will wissen, wie groß meine Mutter im Jahr 1950 war«, erklärte Eva.

Iris beobachtete sie amüsiert. »Für so eine wichtige Information kann man schon mal in der Küche auf dem Bauch rumkriechen.«

Eva ließ sich nicht beirren. Sie suchte die Bleistiftstriche im Türrahmen ab, neben die ihre Großmutter Namen und Jahreszahlen geschrieben hatte. Immer im Frühling war gemessen worden, und fünf Namen wechselten einander ab. Hugo, Fred, Anita, Jan und Eva.

Ziemlich weit unten fand sie, was sie suchte.

»Da ist es!«, rief sie begeistert und setzte das Lineal an.

Sie stürzte zurück zum Computerbildschirm, maß Puppe und Kind und stellte eine Verhältnisgleichung auf.

»Es muss eine Vierunddreißiger gewesen sein!«

28

Sortimentsbereinigung

Februar 1966 – Auf Anitas Knien lag ein Zeichenheft, sie kritzelte Skizzen. Miniröcke, Blockfarben, A-Linie. Neben ihr lagen Papierbögen, ein Kopierrädchen, und um ihren Hals hing ein Maßband.

Flora betrat das Zimmer, das Anita nun für sich allein hatte.

Fred war inzwischen verheiratet und in die untere Wohnung gezogen. Das alte Ehepaar, das immer noch dort lebte, begnügte sich mit anderthalb Zimmern und einer Teilhauptmiete. Die andere Hälfte der Wohnung hatten sie an Fred abgetreten. Sie waren nun eine Hausgemeinschaft der Nationalen Front. Fred führte das Hausbuch, in das jeder Besucher eingetragen werden musste, der über Nacht blieb. Es kam aber keiner, wegen der Passierscheine.

Flora setzte sich zu Anita und betrachtete die Zeichnungen. »Mit diesen Modellen wirst du großen Erfolg haben«, versicherte sie.

Anita hatte eigenständig eine ganze Modelinie entworfen, die Muster genäht, die Schablonen für den Zuschnitt gefertigt, und sie kontrollierte die Endprodukte.

»Ja«, sagte Anita gedehnt und ohne großen Enthusiasmus. »Das wird unseren Puppen stehn.«

Anita befand sich im zweiten Jahr einer Schneiderlehre und stand kurz vor dem Abschluss. Sie schien erwachsen geworden zu sein.

Manchmal vermisste Flora das fröhliche Gedränge von Anitas Freundinnen, die nach Feierabend über die Nähmaschinen der Fabrik herfielen. Aber Anitas Freundschaft zu Renate war zerbrochen, und Flora konnte sich nicht erklären warum.

Nach der Beflockungsmaschine war ein Vollautomat für Plastikgranulat in die Fabrik eingezogen. Damit stellten sie Miniaturhohltiere her. Zwanzigtausend Seepferdchen, dann wurde die Form gewechselt. Zwanzigtausend Pudel, danach kamen die Bärchen. Es gab kleine Boxhandschuhe als Anhänger für den Autorückspiegel, Tierchen für Kinderwagenketten und Teddyanhänger, verbunden mit einer Plastikschnur. Alle hatten den Test im künstlichen Kinderhals bestanden.

Für die Puppen wurden ihnen jetzt Kunststoffhalbteile aus Hartplastik zugeliefert, die sie weiterverarbeiteten. Der Kunststoff war so hart, dass die Puppenköpfe wie Bälle zurücksprangen, wenn sie auf den Boden fielen.

Nun, wo die Arbeiter und Angestellten jede zweite Woche einen freien Sonnabend hatten, waren die Planvorgaben eine Herausforderung geworden. Flora und Otto versuchten die verlorene Zeit auszugleichen, indem sie selbst bis in die Abendstunden arbeiteten. Sie setzten kleine schwarze Knopfstifte als Augen in die Plastiktiere ein. Zwanzigtausend Stück, vierzigtausend, hunderttausend. Wenn sie den neuen Plattenspieler in der Küche nicht gehabt hätten, und vor allem eine Schallplatte des Komikerduos Herricht & Preil, wären ihnen die Abende lang geworden.

Sämtliche Plüschtiere nach Ottos Entwürfen, die sie der Spielzeugkommission vorgestellt hatten, waren durchgefallen. Erst wirkten sie zu naturalistisch, dann wieder zu unnatürlich.

»Vielleicht haben die ja recht«, sagte Otto unglücklich zu Flora. »Vielleicht bin ich zu alt und weiß nicht mehr, was die Kinder heutzutage wollen. Vielleicht bin ich eben ein Krämer und kein Künstler.«

»Das ist Unsinn«, stellte Flora mit Nachdruck klar.

Sie schrieb Hugo von ihren Sorgen, und er schickte Pixibücher zur Inspiration. Die Heftchen legte sie Otto auf den Zeichentisch. Auf den Bildern waren Teddys, kleine Mäuse, Kätzchen, ein Ferkel, ein Reh.

»Du meinst, ich soll das Gängige machen?«, fragte er entmutigt.

Flora strich ihm über den Nacken, den sie ihm einmal in der Woche mit einer Schermaschine ausrasierte. »Das kannst du gar net. Du wirst den Tieren einen ganz eignen Charakter geben. Deine Entwürfe würd ich überall auf der Welt herausfinden.«

Flora bereitete mit ihrer Tochter das Musterzimmer für die nächste Prüfungskommission vor. Anita zog jeder Puppe, die sie ins Regal setzte, ein anderes Kleid aus ihrer Kollektion an. Wie bei den großen Modenschauen baute sie eine Garderobenstange auf und hängte daran die restlichen Kleidermuster. Flora drapierte in dem anderen Regal das von Otto neu entworfene Plüschspielzeug, niedliche Tiere aus Filz, mit unnatürlich großen Köpfen und Kulleraugen, nach den Vorbildern in den Kinderbüchern von Hugo.

Um die Prüfer milde zu stimmen, servierte Flora Westkaffee, in einfachen Steinguttassen.

Die gesamte Familie Langbein stand zum Empfang der Kommission bereit.

Die Herren lobten den Kaffee und plauderten mit ihnen über die Kommanditgesellschaft.

»Die halbstaatlichen Unternehmen sind uns die liebsten«, beteuerte der eine.

»Ja«, pflichtete ihm der andere bei. »Man hat die Privatinitiative und die Vielfalt, aber das Unternehmen handelt nicht mehr kapitalistisch.«

Dann nahmen sich die Prüfer das erste Plüschtier vor. Egal wie sie an den Sicherheitsaugen und Beinen herumzerrten, es löste sich nichts. Die Kommission war auch von der Optik und der Beweglichkeit der Tiere angetan.

»Die sind euch gelungen«, wurden sie gelobt. »Das könnte sogar in den Export gehen.«

Flora suchte nach Ottos Hand. Auch er hatte hinter seinem Rücken schon die Finger ausgestreckt. Sie fanden einander und drückten sich.

»Und was ist mit den Puppen?«, wollte Anita wissen.

Der Kommission gefielen Anitas Puppenkleider, aber die Puppen selbst, die die Kleider trugen, fielen durch.

»Puppen mit modellierten Haaren oder aufgeklebten Perücken könnt ihr nicht mehr anbieten«, stellte einer der Prüfer fest. »Eine kindgerechte Puppe muss aus Weich-PVC sein. Geht mal runter in euern Leitbetrieb Sonni und guckt euch die Haarsteppmaschinen an. Da wird das Kunsthaar direkt in den Puppenkopf eingesteppt.«

Die Prüfer überschlugen sich vor Begeisterung über die technischen Möglichkeiten des volkseigenen Betriebs.

»Die haben pneumatische Augeneinsetzgeräte!«

»Und die Endfertigung wird am Fließband gemacht!«

»Aber das können wir doch unmöglich alles anschaffen«, sagte Fred entsetzt.

Die Prüfer nahmen noch einen Schluck Kaffee, und einer von ihnen empfahl: »Ihr müsst Sortimentsbereinigung machen. Stellt komplett auf Plüschtiere um.«

Der andere stimmte zu: »Plüschtiere könnt ihr. Aber die Puppen, das wird nichts mit eurer veralteten Technologie.«

Als die Kommission weg war, fragte Anita: »Und was wird mit mir? Wofür soll ich Puppenkleider entwerfen, wenn wir keine Puppen mehr herstellen?«

Otto zog die Schultern hoch und ließ sie resigniert wieder nach unten sacken. Die Freude über den Erfolg seiner neuen Tierkollektion war verflogen.

Flora holte die Kinderbüchlein hervor. »Guck doch, Anita. Die Tierchen in den Heften tragen auch alle Kleider. Du könntest für die neuen Tiere die Mode entwerfen.«

Das Heft handelte von einem kleinen Ferkel. Es trug ein blaues Jäckchen und einen kecken Matrosenhut, und es war nicht zu erkennen, ob es überhaupt eine Hose anhatte.

»Wir haben uns beworben«, sagte Anita plötzlich. »Renate und ich. An der Ingenieurschule für Bekleidungstechnik in Berlin. Für ein Studium der Modegestaltung.«

Fred, der bis dahin nur halb zugehört hatte, sah empört auf. »Du willst nach Berlin? Nachdem schon Hugo weg ist?«

»Du musst dich nicht aufregen, Fred. Renate ist angenommen worden. Mich haben sie nicht mal zur Eignungsprüfung eingeladen. Weil ich ein Kapitalistenkind bin«, klärte Anita ihn auf.

»Was hast du grad gesagt?«, fragte Flora entgeistert.

»In der Absage stand, dass bei ihnen Mode für den sozialistischen Menschen gemacht wird und sie mich unter Berücksichtigung meines sozialen Status nicht einladen können«, erzählte Anita. »Es las sich so, als wären wir Gesindel. Das wollt ich klären. Also war ich auf der Post und hab in Berlin angerufen. Die meinten, sie dürften mich nicht einladen, weil ich die Tochter von Kapitalisten wär.«

Flora und Otto sahen sich entsetzt an.

Resigniert zuckte Anita mit den Schultern. »Irgendwie hab ich das geglaubt, mit den gleichen Chancen für alle.«

»Aber das dürfen wir nicht hinnehmen!«, empörte sich Otto.

»Du musst denen sagen, dass du ein Drückerkind bist. Ich war Lohnarbeiterin. Das wär nicht gelogen!« Flora sah vor Aufregung an ihrer Tochter vorbei.

Anita schüttelte den Kopf. »Die Demütigung spar ich mir. Wenn die mich nicht wollen, lassen die mich einfach durch die Eignungsprüfung fallen.«

Otto nahm seine Tochter in den Arm. »Glaub mir, Anita, ich weiß, wie du dich fühlst. Ich wollte riesige Tierskulpturen machen, und dann sind es nur Teddys geworden. Dennoch bin ich glücklich.«

Und Flora sagte: »Man muss immer das Beste aus allem machen, Anita.«

Ohne große Begeisterung holte Anita einen Affen vom Regal und nahm einen Schreibbogen. Während sie Kleider skizzierte, kehrte ein wenig Lebendigkeit in sie zurück. »Ich würde der Katze ein gepunktetes Kleid geben. Und dem Affen eine Lederhose.«

Fred wandte sofort ein: »Lieber keine Lederhose. Das sieht zu sehr nach Bayern aus. Das bekommen wir nicht durch die Abnahmekommission.«

»Wir haben auch gar kein Leder da«, warf Flora ein. »Du solltest lieber erst gucken, was am Lager ist.«

Wegen der Planwirtschaft mussten die Materialien und Rohstoffe meistens ein Jahr im Voraus kalkuliert und beim Versorgungskontor bestellt werden. Wenn sie geliefert wurden, waren sie eigentlich schon wieder aus der Mode.

Anita zeichnete weiter.

Fred bremste sie erneut. »Und auch keine Nietenhosen!«

Sie legte den Stift weg.

»Sei nicht traurig, Anita«, versuchte Flora sie zu trösten. »An deiner Kollektion hat es nicht gelegen, du kannst stolz auf dich sein.«

Anita sah ihre Mutter an und sagte bloß: »Ich entwerfe jetzt Mode für Schweine und Affen.«

Wütend lief Anita in die untere Stadt. Sie wollte ihre Tante Hilda zur Rede stellen. Sie hatte ihr das Kommuniqué gegeben und den Floh ins Ohr gesetzt, dass alle Menschen gleich wären.

Am Stadtpark saßen ein paar Gammler mit einem Stern-Kofferradio und hörten Musik von den *Rolling Stones*. Sie schnorrten Anita um Zigaretten an, und sie setzte sich zu ihnen auf die Bank.

Die Jugendlichen wollten nach Gotha, weil dort die *Wostoks* spielten, wobei alle wussten, dass es eigentlich *The Polars* waren. Die Behörden hatten vergebens versucht, die Beat-Band zu verbieten, und ihnen dann wenigstens einen russisch angehauchten Namen verpasst.

Einer hatte noch Platz auf seinem Moped und fragte Anita: »Kommst du mit?«

Verunsichert sagte sie: »Ich müsst halt erst meinen Eltern Bescheid sagen.«

»Wie alt bist du denn?«

Als Anita erklärte, dass sie achtzehn sei, lachten die Jungs und ließen ihre Mopeds laut aufknattern. »Da brauchst du doch keinen zu fragen. Los, spring auf.«

Anitas Eltern warteten die ganze Nacht auf sie.

»Die Ablehnung aus Berlin hat sie schwer enttäuscht«, sagte Otto, und Flora erwiderte: »Da behaupten die nun, alle können studieren und die Frauen werden gefördert, und dann gilt es doch wieder net für alle. Da muss man ja verzweifeln.«

Gegen Morgen wollte Otto in die untere Stadt auf die Polizeiwache gehen, weil er davon überzeugt war, Anita hätte sich etwas angetan.

Flora hielt ihn zurück. »Und wenn das in ihrer Akte vermerkt wird? Vielleicht ist sie bloß zum Tanz.«

Otto stand dennoch auf und zog sich an. »Dann frag ich wenigstens bei Hilda nach. Wir können doch net untätig sein. Sie hat sonst immer Bescheid gesagt! Da stimmt was nicht.« Flora eilte ihm nach.

Unten im Treppenhaus stießen sie fast mit Anita zusammen. Sie war müde und unterkühlt vom Fahrtwind. Otto wollte ihr Vorwürfe machen, aber dann bemerkte er, wie glücklich sie aussah.

Erleichtert schloss Flora sie in die Arme.

Otto gab ihr einen Kuss auf die zerzausten Haare und versprach: »Es wird alles wieder gut, mein Kind.«

»Ach Vati«, sagte Anita und hüpfte die Treppe nach oben. »Das ist es schon.«

Anita tanzte in ihr Zimmer hinter der Dunkelkammer zum Rhythmus der *Wostoks* in ihrem Kopf. Im Bett dachte sie an die stundenlange Fahrt, das wilde Konzert und an diesen Jungen aus Gotha. Er hatte braune Haare gehabt, die ihm über die Ohren reichten, und ein Grübchen am Kinn. Sie hatten getanzt und waren wie berauscht, nur ohne Aceton. Das Gras war nicht so weich gewesen wie im Röthengrund, aber er hatte seine Jacke untergelegt, damit es ihren Rücken nicht zerkratzte. Sie traute sich nicht zu sagen, dass es ihr erstes Mal war. Er hatte ihr versprochen, dass sie sich keine Sorgen machen müsse, weil er aufpassen würde.

Hilda war die Erste aus der Familie, der sich Anita anvertraute. Nicht einmal Hugo hatte sie gewagt zu schreiben, dass sie schwanger sei. Hilda nahm ihre Nichte in den Arm und strich ihr übers Haar. »Wolltest du denn mit dem Mann zusammen sein?«

»Ja«, sagte Anita wahrheitsgemäß. »Aber jetzt bereu ich's.«

»Du solltest nur Dinge bereuen, die gegen deinen Willen geschehen.«

»Aber ich möcht kein uneheliches Kind, Tante Hilda«, sagte Anita und weinte.

»Zuerst einmal, es gibt keine unehelichen Kinder mehr. Und das hab ich nicht aus einer Broschüre, das steht im Familiengesetzbuch der DDR.« Hilda holte ein Taschentuch aus ihrer Jacke und wischte Anitas Gesicht sauber, vergebens, denn es quollen schon neue Tränen hervor.

Anita schluchzte: »Eine meiner Freundinnen hat gesagt, ich soll mir entweder einen zum Heiraten suchen oder in eine Klinik gehen. Sie kennt eine Ärztin, die mir vielleicht eine Indikation wegen meines jungen Alters schreiben wird.«

Hilda dachte nach. Ganz in Gedanken zog sie eine Zigarette aus der Packung und zündete sie an. »Bei uns sind die Frauen unabhängig. Im Familiengesetzbuch …«

»Aber die Leut!«, unterbrach Anita sie heftig. »Die intressiert das Gesetzbuch nicht. Was werden die Leut sagen?« Sie war untröstlich. »Meine Eltern werden sich zu Tode schämen.«

Hilda streichelte Anitas Hand. »Ich unterstütze jede Entscheidung, die du triffst. Aber es muss deine Entscheidung sein und nicht die der Leut.«

Anita hatte sich ein wenig beruhigt. »Also heiraten will ich keinen«, sagte sie. »Ich wüsst ja gar net, wen.«

Hilda nickte. »Und was ist mit einer Klinik?«

Anita dachte nach und biss sich auf die Lippen. Zaghaft schüttelte sie den Kopf. »Das wär net recht.«

Hilda nahm ihre Nichte in den Arm. Eine ganze Weile saßen sie einfach da und hielten sich aneinander fest.

Weil sich Anita nicht allein nach Hause traute, begleitete Hilda sie. Die Langbeins setzten sich zusammen an den großen Holztisch in der Küche, und Hilda vermittelte.

Nach der ersten Aufregung entschied Flora: »Wir haben schon ganz andre Sachen zusammen geschafft!«, und wandte sich praktischen Überlegungen zu. Wieder einmal wurde die Aufteilung der Räume geändert. Die werdende kleine Familie sollte das Mädchenzimmer, die Dunkelkammer und die gute Stube bekommen. Die Küche würden sie gemeinsam nutzen.

Obwohl ihr niemand, außer Fred, Vorwürfe gemacht hatte, weinte sich Anita in dieser Nacht in den Schlaf. Sie sorgte sich um ihre Eltern, die nun dem Tratsch ausgesetzt sein würden.

Am nächsten Morgen bereitete Flora für Anita eine warme Milch statt eines türkischen Kaffees, damit sich das Kind nicht aufregte.

Sie wollten gerade mit dem Frühstück anfangen, als die alte Frau Uhl von gegenüber hereinkam. Sie setzte sich einfach an den Tisch und guckte auf die Teller der Langbeins. Inzwischen kam sie nahezu jeden Tag vorbei, da sie nicht mehr so gut laufen konnte und eine Quelle für Neuigkeiten und Tratsch brauchte. Wenn sie bei den Langbeins genug gehört hatte, ging sie runter zum Schuster und gab haarklein alles weiter, was sie erfahren hatte.

Flora erkundigte sich, ob sie mitessen wolle, aber die alte Frau Uhl sagte: »Ach nää. Bei euch gibts früh immer bloß Marmeladenbrot.«

Die Langbeins begannen zu essen und beachteten sie nicht weiter. Nach einer Weile wandte sich Frau Uhl an Flora: »Ich hab gehört, die Anita wird heiraten?«

Flora schüttelte unwillig den Kopf und verneinte das.

Frau Uhl ließ nicht locker: »Ich hab gehört, die Anita *muss* heiraten?«

Anita lief dunkelrot an. Schützend legte Flora den Arm um ihre Tochter, und Otto platzte der Kragen: »Anita *muss* überhaupt net heiraten. Die kann machen, was sie will. Das ist ein kluges Mädle, das einen Beruf hat und net in andern Leuten ihrer Küch' sitzt und tratscht.« Schimpfen konnte Otto nur im Dialekt.

Frau Uhl bewahrte Haltung und wartete stumm, bis die Langbeins fertig mit ihren Marmeladenbroten waren. Erst dann stand sie auf, und einen Moment später konnten sie hören, wie unten die Tür zur Schusterwerkstatt ging.

Am nächsten Tag lief Otto in die untere Stadt zum Eisenwarengeschäft Bley. Er besorgte eine Klingel und einen Türknauf, den er gegen die Klinke austauschte.

»Das können wir doch net machen!«, sorgte sich Flora. »Was sollen die Leut denken? Was wird die Frau Uhl sagen?«

In der oberen Stadt waren Klingeln absolut unüblich. Jeder konnte zu jedem in die Wohnung gehen, wann immer er wollte.

Doch was Flora befürchtet und Otto gehofft hatte, trat nicht ein. Nach einem Anstandstag kam Frau Uhl wieder, als wäre nichts gewesen, und auch die anderen Nachbarn ließen sich von Klingel und Knauf nicht aufhalten. Der Unterschied war nur, dass Flora nun jedes Mal zur Tür laufen musste, um die Tratschtanten persönlich einzulassen.

Das erste Enkelkind von Flora und Otto wurde nicht in Sonneberg geboren, sondern in Neustadt bei Coburg. Eines Tages erreichte sie ein Telegramm. Die kleine Iris hatte das Licht der Welt erblickt. Eine Woche später kam ein Brief mit den ersten Fotos.

»Ach Gott!«, rief Flora und ließ die Bilder erschrocken fallen, sodass sie zu Boden segelten. »Die sind ja bunt!«

Sie hatte noch nie ein Farbfoto gesehen.

»Jetzt geht es Schlag auf Schlag«, prophezeite Otto.

Kurz nach der Familienzusammenkunft wegen Anitas Schwangerschaft hatten sie erfahren, dass auch Fred und seine Frau Nachwuchs erwarteten. Der Gedanke an ein Haus voller Kinder bereitete Otto sichtliches Behagen.

Flora lehnte sich an seine Schulter und wurde wehmütig. »Ob wir die kleine Iris jemals sehen werden?«

»Das können sie uns ja nicht verwehren, aber wer weiß, wann das sein wird. Vielleicht kann sie da schon laufen.«

»Wenn wir in Rente sind, dürften wir sie besuchen«, hoffte Flora, aber Otto sagte unwillig: »Ich werd im Leben nicht nach Neustadt gehen. Nachher lassen die uns nicht wieder zurück, weil sie unsere Fabrik wollen.«

Hugo hatte einen Brief beigelegt, in dem er schrieb, er wolle seiner kleinen Tochter immer abends Geschichten von der fernen Puppenfabrik der Familie Langbein in Sonneberg erzählen.

»Sie wird die Fabrik nie sehen können, jetzt wo wir im Sperrgebiet sind«, wurde Flora bewusst.

Otto nahm ihre Hand. »Wir müssen alles für sie fotografieren. Und dann entwickeln wir wieder zusammen Bilder in der Dunkelkammer.«

Er küsste sie ganz behutsam in den Nacken. Ihr Haar war dort schlohweiß.

Flora lachte und zog ihren Kopf ein. »Zu dumm. Jetzt hat Anita dort ihr Schlafzimmer.«

Der kleine Jan wurde im Sonneberger Krankenhaus geboren, so wie Eva, die dort drei Wochen später zur Welt kam. Da war das Jahr schon fast vorbei und die Tage so kurz, dass die schmale Schlucht der Oberen Marktstraße in ständigem Dämmerlicht zu liegen schien. In allen Häusern wurde geheizt, und es roch nach Braunkohle. Auf den Dächern und Baumspitzen lag der erste schüchterne Schnee.

Anita war aus dem Krankenhaus zurückgekehrt und lag im Wochenbett. Ihre Mutter hatte ihr am Morgen ein Marmeladenbrot geschmiert und Fencheltee hingestellt, der die Milchbildung anregen sollte. Dann war sie hinüber in den Anbau gegangen. Wie aus weiter Ferne hörte Anita die Geräusche aus der Fabrik.

Die kleine Eva quengelte. Sie war gestillt, gewickelt, hatte ein Bäuerchen gemacht, aber sie fand einfach nicht in den Schlaf.

Auf wackeligen Beinen ging Anita mit ihr hinüber in die Fabrik. Erstaunt bemerkte sie, dass sich ihre Mutter einen Platz an den Arbeitstischen gesucht hatte und dort die Schreibarbeiten erledigte. Als Anita näher kam, entdeckte sie eine große Kiste mit Holzwolle neben ihr. Darin lag Jan auf einer Babydecke und schlief.

Eva schrie inzwischen aus Leibeskräften und hatte einen krebsroten Kopf. Schnell wollte Anita wieder hinausgehen, um den Jungen nicht zu wecken, als einer der Arbeiter ihr zurief: »Lass die kleine Chefin doch da, Anita. Die kriegen wir auch noch ruhig. Was denkst du, wie der kleine Chef zuerst gebrüllt hat.«

Auch Flora drängte ihre Tochter, sich auszuruhen. Sie nahm ihre Enkelin behutsam auf den Arm und wiegte sie.

In der Fabrikhalle roch es nach Holz und Leim. Staub und Plüschfussel schwebten durch die Luft, Arbeiter schoben Transportwagen vorbei, eine Stanze knallte in regelmäßigen Abständen, die alten Nähmaschinen ratterten. Sie waren mit Antriebsmotoren aufgerüstet worden und konnten über ein Fußpedal gesteuert werden. Alles Restliche war Handarbeit geblieben, wie zu den Zeiten von Albert Langbein.

»Ich bin wirklich schrecklich müde«, gestand Anita und zog den Bademantel über der Brust zusammen. In einem ihrer Augen war ein Äderchen geplatzt. Sie trug dicke Stilleinlagen, und ihr Bauch hatte sich noch nicht zurückgebildet. Das verlieh dem Körper unter diesem zarten Kopf etwas Unförmiges.

»Sag mir Bescheid, wenn sie Hunger hat«, bat sie ihre Mutter und schlich zurück in die Wohnung.

Flora gab Eva einen Kuss auf das kahle Köpfchen und legte sie neben Jan. Sofort entspannte sich die Kleine und wurde still. Die Kinder wirkten in der großen Kiste mit Holzwolle wie Puppen, die gegen Stöße beim Transport gesichert werden mussten. Flora gab ein Zeichen, dass die beiden schliefen.

Die Arbeiterin an der Stanze hielt inne und blickte sie fragend an. »Soll ich Mittagspause machen?«

»Um Himmels willen! Bloß keine Veränderung!«

Flora war mit Jan schon sämtliche Räume durchgegangen. Sie hatte es nebenan in der Küche des Stammhauses probiert, aber das Protestgeschrei war bis ins Modellierzimmer zu hören gewesen. Sie versuchte es im stillen Kontor, im Gang, sogar im dunklen Keller, aber nichts davon hatte Jan gefallen. Seitdem galt es als erwiesen, dass ein Langbeinkind nur in der lauten Fabrikhalle zur Ruhe kommen konnte, eingehüllt in den Dunst der Spielzeugherstellung.

Evas Lider begannen zu flattern. Um ihren winzigen Mund zuckte es. Sie streckte ein Ärmchen nach oben und berührte Jan dabei.

»Weiterstanzen, weiterstanzen!«, befahl Flora hastig.

Die Arbeiterin zerrte Körperteile eines Plüschferkels aus der Kiste neben ihrem Arbeitsplatz und brachte das erste Bein an. Die Stanze knallte und zischte. Evas Arm sank langsam wieder nach unten. Ihr Gesicht entspannte sich.

Erneut knallte die Stanze. Als das Ferkel einen Kopf und vier Beine hatte, wurde es mit leerem Bauch auf einen Haufen anderer Schweinchen geworfen, ging zurück in die Stopferei und danach zum Garnieren.

Otto sah jeden Tag mehrmals in der Endkontrolle vorbei und machte Stichproben. Dort lagen die fertigen Ferkel, Katzen und Äffchen und trugen die Kleider, die Anita entworfen hatte. Vielleicht wurden sie nur aus diesem Grund in die Sowjetunion, nach Ungarn und sogar ins nichtsozialistische Ausland exportiert, und zwar in solchen Stückzahlen, dass die Langbeins mit der Produktion kaum nachkamen. Ihr Betrieb hatte sich zu einem Devisenbringer entwickelt und seinen Platz im sozialistischen Wirtschaftssystem gefunden.

Otto nahm von jedem Tier eins und ging damit in die Werkhalle, zu der Kiste mit den Kindern. Behutsam legte er den Affen neben Jan. Eva bekam das Ferkel. Das Kätzchen wollte er Iris schicken.

Von diesem Vormittag an verbrachten Eva und Jan jeden Tag in der Fabrik, zwischen den Nähmaschinen und dem Arbeitsplatz ihrer Großmutter. Während Kinder, deren Eltern in den volkseigenen Betrieben arbeiteten, schon mit sechs Wochen in Krippen untergebracht wurden, wuchsen Eva und Jan zwischen den Plüschtieren in der Fabrik auf. Wenn Flora keine

Zeit hatte, kümmerte sich die Sekretärin, und wenn die etwas Dringendes zu erledigen hatte, übernahm eine der Arbeiterinnen. Die Fabrik hatte inzwischen dreiundfünfzig Angestellte. Viele von ihnen hatten schon vor dem Krieg für den Firmengründer gearbeitet. Sie waren mit Flora und Otto alt geworden und fühlten sich der Fabrik verbunden.

Noch immer kochte Flora jeden Morgen Tee für die Arbeiter. Seit die Lebensmittelmarken weggefallen waren, stellte sie sogar eine Schale mit Zucker auf den Teetisch. Und am Sonnabend brachte sie Natronplätzchen in einem roten Blechcontainer mit der Aufschrift *Kaffee-Groß-Rösterei*. Ihr Mittagessen bekamen die Mitarbeiter von der Küche der Volkssolidarität.

Obwohl Jan der Ältere war, lernte Eva gleichzeitig mit ihm krabbeln. Es dauerte nicht lange, und sie unternahmen erste Erkundungstouren auf dem riesigen Abenteuerspielplatz der Fabrik. Sie krochen unter den Tischen entlang und hofften wie kleine Hunde darauf, dass sie jemand streichelte oder etwas herunterfiel. Alles, was sie auf dem Boden fanden, wurde auf Genießbarkeit geprüft. Unter jedem Arbeitsplatz gab es andere Köstlichkeiten. Bei den Zuschneidern lagen kleine weiche Stofffetzen, die nach Hustenbonbons schmeckten. Bei den Näherinnen flogen Fadenreste herum, und in der Stopferei gab es würzige Holzwollekringel, die über einen Trichter mit weiter Öffnung in die Tierkörper gestopft wurden.

Die älteren Frauen, die das Schnäuzchen aufstickten und die Schleifen banden, zogen der Bequemlichkeit halber gern die Schuhe aus. Die Kinder schnupperten mit Vorliebe an deren Wollsocken. Wenn es besonders deftig roch, quietschten sie vor Vergnügen.

Im letzten Raum staubte es gewaltig, dort wurden die fertigen Plüschtiere mit rotierenden Bürsten gereinigt, und Eva musste jedes Mal niesen. Dann nestelte eine der Arbeiterinnen ein altes Taschentuch aus ihrer Schürze und putzte die kleine Nase.

Irgendwann verkündete einer der Arbeiter: »Der Chef in spe hat ein Gerüchlein produziert!«

Sofort sprang eine der Frauen auf und beseitigte das Problem. Immer war jemand da, der den Kindern ein Bonbon in den Mund schob, sie unter einem Stuhl hervorzerrte, wenn sie sich verklemmt hatten, oder den Schnürsenkel band. Und wenn sie Unsinn machten, durfte auch jeder mit ihnen schimpfen.

Irgendwann gelangten die Kinder bei ihrer Entdeckungsreise immer in die obere Etage zum Modellierzimmer. Dort arbeitete ihr Großvater Otto an neuen Figuren.

Wenn Eva und Jan auftauchten, legte er sofort seine Arbeit nieder und ließ sie mit dem Modellierton spielen. Sie durften damit kneten und sein Brillenglas verschmieren. Er erlaubte ihnen sogar, auf dem Titelblatt des Hauptbuchs herumzukrakeln, wofür er Ärger mit Flora bekam.

»Du erlaubst den Kindern aber auch alles!«, behauptete sie.

Doch das stimmt nicht. Als Jan nämlich einen glänzenden Stift in des Großvaters Brusttasche entdeckte, durfte er nicht darauf herumkauen. Jan brüllte wie am Spieß, und Eva stimmte ein, ohne zu wissen warum.

Der New Yorker Sicherheitsfüllfederhalter war das einzige Ding in der ganzen Fabrik, das die Kinder nicht haben durften.

29

Die alte Robertstraße

Die Straße der Spielzeugfabrikanten, die mittlerweile Cuno-Hoffmeister-Straße hieß, war menschenleer und so still, dass selbst das Sirren einer Tannenmeise zu hören war. Vorn glänzten die repräsentativen Gründerzeitvillen der Fabrikanten. Geschwungene Walmdächer, Gauben und Dachreiter über Fassaden mit allegorischen Figuren in Klinkernischen. Hinten fand man die schlichten Fachwerkfronten der Produktionsstätten. Manche zerfielen, andere waren schon abgerissen worden und hatten verwilderten Gärten Platz gemacht. Das alte Katzenkopfpflaster lag längst unter einer dicken Asphaltschicht begraben. An den Villen hingen die Firmenschilder von Rechtsanwaltskanzleien, Arztpraxen und eines Seniorenzentrums.

Die ehemaligen Gebäude für Lager und Versand der Fabrik Albert Langbein waren nichts Besonderes. Schlicht gehaltene Zweckbauten mit verputzter Fassade vorn und Fachwerk auf der Rückseite, nachträglich angesetzte Metallbalkone, ein Schaufenster, hinter dem sich eine Computerfirma eingemietet hatte, und eine schmale Toreinfahrt, die auf Pferdefuhrwerke ausgelegt worden war.

Die Räume im ehemaligen Versand wurden zum Teil als Lager genutzt, und in den oberen Etagen gab es ein paar Wohnungen. Sie waren alle vermietet in dieser idealen Lage, so nah an Zentrum und Bahnhof.

Die Versammlung der Langbein-Erben fand in der ehemaligen Verpackungshalle statt, die jetzt für Tagungen gebucht werden konnte. Der Raum war mit einem Konferenztisch, einer großen weißen Tafel, einem von der Decke hängenden Projektor und zahlreichen Stühlen ausgestattet. Auf dem Tisch standen grüppchenweise Gläser, aber keine Getränke.

Eva und Jan waren gemeinsam mit Anita gekommen. Iris erschien kurz nach ihnen. Sie mussten sich in eine Liste eintragen und suchten einen Platz, möglichst weit von der Tafel entfernt. Eva kannte kaum jemanden. Sie waren so weitläufig verwandt, dass sie durch keine einzige Erinnerung verbunden wurden, lediglich durch eine homöopathisch verdünnte Blutlinie.

Wortführer der Nürnberger Fraktion war Vincent Pulvermüller. Mit seinen dreiundsiebzig Jahren war er das jüngste Kind von Else und Victor Pulvermüller, damit ein Cousin von Evas Mutter, und er schien Abstimmungen zu lieben. Er ließ über seine Wahl als Sprecher abstimmen, außerdem über das Aufstellen eines Fahrradständers im Innenhof und darüber, ob man ein Fenster öffnen könne.

Die Fraktion aus Sonneberg und Coburg beteiligte sich an keiner Abstimmung, aber es fiel den Nürnbergern nicht auf, weil sie mit Feuereifer bei der Sache waren.

Vincent Pulvermüller verkündete mit Grabesstimme den Tod eines Verwandten seiner Seite, bat um eine Schweigeminute und stellte im gleichen Atemzug die neuen Erben vor. Es waren zwei alte Damen, die nach Jans flüsternd mitgeteilter Ansicht nicht lange Freude an ihrem Erbe haben würden.

Dann übergab Vincent Pulvermüller das Wort an Pulvermüller junior, und der malte auf die weiße Tafel bunte Kreisdiagramme, welche die Erbanteile darstellen sollten. Die blaue Fraktion waren die Pulvermüllers und die rote die Nachfahren von Flora und Otto.

»Warum kriegen wir jedes Mal die rote Farbe?«, flüsterte Jan.

»Weil die Mehrzahl von uns aus dem Osten ist«, erklärte Eva.

Iris grinste. »Dafür wären die winzigen Tortendiagrammstücke der Pulvermüllers maximal für eine Diät geeignet.«

»Wie kann das denn sein?«, meldete sich eine der neuen Erbinnen empört zu Wort. »Wieso müssen wir uns ein Drittel teilen, und die da haben zwei Drittel gekriegt? Es waren doch mal drei Geschwister.«

Sie wurde von mehreren Seiten mit der Mitteilung unterbrochen, dass es vier Geschwister gewesen seien. Die Erbin machte eine neue Rechnung auf mit den vier Kindern von Mine und Albert Langbein. Wieder wurde sie unterbrochen, weil Fritz verstorben war, bevor er hatte erben können. Sie rechnete erneut und begriff die Aufteilung noch immer nicht.

Anita stand auf und versuchte, sich Gehör zu verschaffen: »Tante Hilda hat meinem Vater zu Lebzeiten ihren Anteil geschenkt. Das heißt, er konnte zwei Drittel vererben, ihr teilt euch ein Drittel.«

Nun drehte sich bei der Gegenfraktion die Frage nach dem Grund für dieses großzügige Geschenk, das die Pulvermüllers benachteiligte.

»Das kann wohl nur Tante Hilda beantworten. Ich könnte eine Séance anbieten«, schlug Iris spöttisch vor, aber niemand hörte ihr zu.

Vincent Pulvermüller fand, dass Tante Hilda nichts hätte erben dürfen, wo sie doch Kommunistin gewesen sei und für die Stasi ihre Familie ausspioniert habe.

Anita sprang auf. »Ich lasse nicht zu, dass jemand schlecht über Tante Hilda redet! Sie hatte ihre Gründe für die Überschreibung der Fabrik auf meinen Vater.«

»Ja, die Gründe kennen wir«, behauptete Vincent Pulvermüller und grinste anzüglich. »Liegt bei euch offensichtlich in der Familie.«

Während Eva spürte, wie sich ihr Puls beschleunigte, blieb ihre Mutter beherrscht. Sie schien Sticheleien gewohnt zu sein. »Dein Vater hat sich ständig Vorauszahlungen aufs Erbe seiner Frau geben lassen«, sagte sie kühl zu Vincent Pulvermüller. »Und der Großvater hat ihr das Haus in Weimar gekauft. Das sollten wir mal alles gegenrechnen!«

Vincent Pulvermüller gab zurück: »Davon wissen wir nichts. Damit haben wir nichts tun.«

Die Pulvermüllers beschlossen per Abstimmung, dass sie dieses angebliche Schenkungsdokument von Hilda sehen wollten. Der Hinweis von Iris, dass es einen amtlichen Grundbuchauszug gebe, wurde ignoriert.

Pulvermüller junior begann Balkendiagramme und dramatisch gezackte Kurven zu zeichnen, die ins Bodenlose stürzten. »Unsere Immobilie in der Oberen Marktstraße reißt ein gewaltiges Loch in die Einnahmen«, erklärte er. »Hier muss eine schnelle Vermietung erfolgen.«

Auf dieses Stichwort erhob sich Iris. Der Projektor an der Decke besaß ein drahtloses Übertragungssystem. Iris verband ihr Telefon damit und startete die Präsentation. Überzeugend legte sie dar, dass die Wohnungen im derzeitigen Zustand nicht vermietet werden konnten. »Hier müssen wir erst einmal ordentlich investieren«, beendete sie ihren Vortrag und zeigte zum Abschluss ein vielfarbiges Balkendiagramm mit den geschätzten Renovierungskosten.

Mit ihrer Präsentation hatte sie alle überzeugt.

Vincent Pulvermüller beriet sich kurz mit seinem Junior. »Die Immobilie in der oberen Stadt ist ein wahrer Klotz am Bein«, verkündete dieser. »Unser Vorschlag: Wir lassen abreißen und verwandeln das Grundstück in Parkflächen. Die obere Stadt ist eng, und Parkplätze sind dort rar.«

Er wollte zur Abstimmung übergehen, aber Eva stand auf und protestierte. »Das Haus wird nicht abgerissen!«

Auch Anita erhob sich. »Interessiert euch eigentlich, was unsere Vorfahren wollten?«

»Wer tot ist, hat kein Mitspracherecht«, erklärte Vincent Pulvermüller.

»Aber wir haben Mitspracherecht«, rief Jan, und Iris erinnerte lautstark daran, dass sie eine Zweidrittelmehrheit besaßen und deshalb die Pulvermüllers immer überstimmen würden.

Die einsetzende heftige Diskussion über die Ungerechtigkeit der Erbanteile endete darin, dass man erst einmal die Schenkungsurkunde sehen wolle, und dann würde man erneut abstimmen. Damit war die Zusammenkunft der Erben ohne nennenswertes Ergebnis beendet.

»Ich liebe diese Erbenversammlungen!«, verkündete Iris vor dem Haus. »Wenn es gegen die anderen geht, sind wir uns immer einig!« Sie streckte sich, als wollte sie ein unangenehmes Gefühl abschütteln.

Gemeinsam gingen sie den Weg in die obere Stadt zurück und ärgerten sich zusammen über die fordernde Art der Nachkommen ihrer Tante.

»Wie war Tante Else überhaupt?«, wollte Eva von ihrer Mutter wissen. »Ich hab sie nur ein einziges Mal gesehen, und da gab es Streit zwischen den Schwestern.«

Aber auch Anita hatte die Tante aus Nürnberg kaum gekannt. »Ich kann mich nur an zwei Besuche der Pulvermüllers erinnern. Er war ja nett, aber sie hat ihn ständig überwacht. Ich hab mich ganz normal mit ihm unterhalten, da ist sie dazwischengefahren, als hätte ich versucht, ihn ihr abspenstig zu machen. Dabei war ich siebzehn und er ein alter Mann.«

Iris erzählte von dem Bild der Schwestern Hilda und Else, das sie gefunden hatten, und spekulierte über die Gründe des Zerwürfnisses.

»Ich denke, es lag daran, dass Elses Mann ein strammer Nazi war und Hilda eine überzeugte Sozialistin«, vermutete Anita. »Sie war anständig. Mit unanständigen Menschen konnte sie wohl nicht auskommen.«

Sie gingen die Untere Marktstraße entlang, vorbei an dem Platz, an dem einst die Sonni gestanden hatte. Wieder fühlte Eva diesen ziehenden Schmerz und atmete scharf ein. Sie lief so oft hier vorbei, doch selbst nach so vielen Jahren hatte sich der Schrecken nicht abgenutzt, es tat immer noch weh.

Auch Jan schien an den weit zurückliegenden Tag zu denken, der sich tief in das Gedächtnis aller Sonneberger eingegraben hatte. »Ich weiß noch, wie wir die Rauchwolken von oben gesehen haben«, erinnerte er sich. »Wir waren auf dem Schlossberg mit den Großeltern wandern.«

Sie blieben stehen und sahen auf den Supermarktflachbau, in dem Eva bald anfangen würde zu arbeiten. Er wirkte verloren auf der riesigen kahlen Fläche. Sie war eine Narbe in der Stadt, eine Verletzung, die nicht heilen konnte, weil es den volkseigenen Spielzeugbetrieb Sonni nicht mehr gab.

»Wir haben so geweint.« Evas Stimme klang dünn.

»Die ganze Stadt hat geweint«, sagte Anita.

Eva sah sich wieder mit Jan auf dem Berg stehen und wegen der armen Spielsachen heulen, die da unten im Tal verbrannten, zusammen mit ihrem Kindergarten.

»Die Hitze war wie damals, als unsere Fabrik gebrannt hat«, erzählte Anita, die das Feuer in der unteren Stadt miterlebt hatte. »Alle haben gehofft, dass es vielleicht nicht so schlimm ist. Aber dann sind die schweren Maschinen durch die Decken nach unten gestürzt.« Anita schüttelte den Kopf, als könnte sie es noch immer nicht glauben.

Sie liefen weiter, passierten den oberen Markt und standen kurz darauf vor Anitas Wohnhaus.

»Möchtest du nicht mit ins Stammhaus kommen, Tante Anita?«, fragte Iris. »Du musst auch nicht mit ausräumen, wenn dir das zu beschwerlich ist.«

Anita schüttelte den Kopf. »Dort hinein setz ich keinen Schritt mehr.«

»Aber Onkel Fred ist nicht mehr dort. Und es ist doch dein Elternhaus«, sagte Eva.

»Vielleicht war ich dort nicht so glücklich wie du«, erklärte Anita und verschwand in der Eingangstür.

Eva, Iris und Jan gingen weiter die Straße hinauf, entlang der Röthen, die ab und zu von kleinen steinernen Brücken überspannt wurde, über die man in die Häuser hinter dem Flüsschen gelangte. Iris hakte sich auf der einen Seite bei Eva unter und Jan auf der anderen. Und plötzlich spürte sie, dass sie auch ohne die Anwesenheit der Pulvermüllers eins waren.

30

Die Auszeichnung

März 1972 – Bunte Wimpelketten überspannten die breite Straßenschlucht der Petersstraße in Leipzig. Riesige blaue Stoffbanner mit dem Zeichen der Mustermesse wehten von den Fassaden und bauschten sich im Frühlingswind. Die Fahnen der Sowjetunion, Ungarns und Rumäniens knatterten an hohen Masten, auf der anderen Seite die Jugoslawiens, Kubas und Frankreichs, dazwischen immer wieder die Flagge der Deutschen Demokratischen Republik. An jeder Ecke prangte die frohe Botschaft: *Alle machen mit*!

An der klassisch-modernen Fassade des Messehauses ragten allegorische Gestalten auf. Flora und Otto standen schwer beladen vor dem Petershof, und es schien ihnen, als befänden sie sich im Zentrum der Welt. Um sie herum ertönte ein Gewirr fremder Sprachen. Männer mit Turban eilten vorbei, Frauen mit grellbunten Tüchern und dunkler Haut. Auf dem Weg zum Messehaus waren die Langbeins an exotischen Autos vorbeigegangen, Mercedes, Citroën, Fiat, mit Kennzeichen aus Frankreich, Italien und der Schweiz. Sie hatten reich dekorierte Schaufenster entdeckt, mit Schuhen, Kleidern und Mänteln aus echtem Pelz. Und über allem stach das schwindelerregende Hochhaus der Karl-Marx-Universität in den Himmel.

Flora klopfte Otto den Kragen sauber und drehte das Messeabzeichen am Revers gerade.

»Wir sind da!« Anita drängte sich durch die Menschenmassen zu ihnen und zog Eva mit sich, die sich an Jans Hand klammerte.

Sie trugen Kartons mit Mustern und Aufsteller in die Halle hinein. Fred schleppte eine schwere Schreibmaschine, damit Flora gleich die Auftragsverträge tippen konnte. In dem ganzen Durcheinander am Eingang schafften sie es, die Kinder hineinzuschmuggeln.

»Ihr bleibt immer bei uns, rennt net durch die Halle, brüllt net rum und seid quasi unsichtbar«, legte Fred fest. »Und wenn einer im Anzug vorbeikommt, versteckt ihr euch«, schärfte Anita ihnen ein.

Eva und Jan sahen sich um. Alle Männer trugen Anzüge.

Nachdem Freds Frau, die Krankenschwester war, plötzlich eine Doppelschicht übernehmen musste, hatten sie die Kinder einfach mitgenommen. Sie waren jetzt fünf Jahre alt, und als sie das letzte Mal eine Stunde allein im Haus bleiben sollten, hatten sie in den Tiefen des Plumpsklos nach Schätzen geangelt.

Die Langbeins bekamen eine Ecke zugewiesen, im Ausstellungsbereich ihres staatlichen Teilhabers, dem VEB Kombinat Puppen und Plüschspielwaren Sonni. Auf der anderen Seite befand sich der Stand eines volkseigenen Kartonagenherstellers, der die Verpackungen für das Spielzeug lieferte.

Der Stand der Spielwarenfabrik Langbein bestand aus einem Stück nacktem Fußboden und einem Streifen Wand. Sie hatten zwar Aufsteller für die Kleinteile mitgenommen, aber Bretter konnten sie nicht transportieren. Die Kollegen von der Sonni sahen das Dilemma, sagten aber nichts dazu. Die Langbeins versuchten zu improvisieren. Dann verschwand die Betriebsparteileitung des Hauptstandes zu einem Termin. Als hätten sie nur darauf gewartet, kamen die Kollegen von der Sonni mit Regalen und halfen beim Aufstellen.

Als die ersten Messegäste durch die Gänge strömten, standen auf den Regalbrettern der Spielwarenfabrik Langbein bunte Plastikautos, an deren Steuer eine Maus in Latzhosen saß. Das Besondere an der Plüschmaus war ihr Gesicht aus Weichplastik. Es gab noch eine dazugehörige Puppenwiege und ein Häuschen sowie zahlreiche Kleider, alles genau passend für die Maus.

Die Langbeins hatten sich mit einem Hersteller aus Judenbach zusammengetan, der ihnen die Halbfabrikate aus Plastik zulieferte. Außerdem verwendeten sie für die Füllung zerhackte Schaumstoffreste, die in der Möbelindustrie abfielen, sodass sich die Maus weich und kuschelig anfühlte.

Auf dem Umschlag ihres Musterblättchens mit dem Titel *Spielwelten* hatten sie Eva mit dem Auto fahren lassen, und Jan schaukelte seine Maus in der Wiege. Darunter stand: *Moderne Puppenmuttis sind gleichberechtigt beim Spiel.*

Die Langbeins profitierten von dem Andrang, der am Stand der Sonni herrschte. Dort wurden große schlanke Weichplastikpuppen mit langen Haaren ausgestellt, außerdem Sprechpuppen, Laufpuppen, Pullerpuppen und ein unüberschaubares Sortiment an Kuscheltieren.

Der Betrieb rechts neben den Langbeins hatte eine Kartonfaltmaschine entwickelt. Eva und Jan beobachteten aus ihrer Ecke diesen Zauberkasten. Es war ein riesiges Ungetüm, das kleine Pappkisten ausspuckte, in die nur noch Puppen hineingelegt werden mussten. Die Maschine sparte Arbeitskräfte und Zeit und hatte dafür Messegold bekommen.

Am Stand der Sonni ging das Gerücht um, dass sich Erich Honecker, der neue Staatsratsvorsitzende der DDR, höchstpersönlich diese Maschine ansehen wolle. Für den Nachmittag sei eine Vorführung mit Pressevertretern geplant.

»Die Kinder!«, fiel Flora plötzlich ein. »Das gibt doch Ärger, wenn nachher auf einem Zeitungsfoto unsre Kinder drauf sind.«

Sie lieh sich vom Kartonagenstand einen großen Pappkarton und stülpte ihn kurzerhand über Eva und Jan. Der Junge schnitzte sofort mit seinem Taschenmesser Gucklöcher hinein, damit ihm nichts entgehen würde.

Unter den Sonni-Mitarbeitern herrschte mittlerweile Aufregung, weil sie gleich ihr Staatsoberhaupt von Nahem zu sehen bekommen würden. Die Kollegen vom volkseigenen Kartonagenwerk waren noch viel nervöser, denn ihre Maschine funktionierte plötzlich nicht mehr. Die Mitarbeiter schraubten an der Steuerung, suchten nach verklemmten Pappresten, aber sie konnten den Fehler nicht finden. Ihr Betriebsleiter sank neben Otto zu Boden. Sein synthetischer Präsent-20-Anzug zog sämtliche Fussel der Umgebung an. Mit gläsernem Blick stammelte er: »Das ist mein Ende. Diese Blamage.«

Fred sah sich die Maschine an, steckte den Kopf ins Innere und erklärte: »Das muss ein elektronischer Fehler sein.«

Schon kündigte sich die Delegation der Politiker durch das Näherkommen der Presseblitzlichter an.

Arbeiter und Betriebsleiter der Verpackungsfabrik waren sich einig, dass sie sich nur noch einen Strick nehmen konnten.

Plötzlich rief Anita: »Zieht den Stecker raus! Schnell!«

Der Betriebsdirektor sah sie verwirrt an, gehorchte aber. Er schien nach jedem noch so dünnen Strohhalm greifen zu wollen.

»Eva!«, befahl Anita und zog ihre Tochter unter dem Pappkarton hervor. »Fix! Steig rein in die Maschine! Und wenn die Pappe kommt, faltest du sie.«

Ohne zu zögern kletterte Eva in den Innenraum der Maschine. Einer der Arbeiter gab ihr noch schnell eine Taschenlampe und verschloss die Klappe.

Und dann schritt Erich Honecker, umringt von seinem Gefolge, an den Stand.

Es wurde eine Rede gehalten, zur sozialistischen Volkswirtschaft im Allgemeinen und zur Steigerung der Verpackungsmittelproduktion entsprechend den Beschlüssen des VIII. Parteitages der SED durch Standardisierung im Besonderen. Danach sollte die Vorführung stattfinden. Der Betriebsdirektor steckte mit zitternden Händen eine Pappe in den Einfüllschlitz der Maschine. Es rumpelte im Inneren, und einen Moment später schob sich auf der anderen Seite ein säuberlich gefalteter Karton heraus. Beifall brandete auf. Erich Honecker staunte hinter seiner großen Brille. Und schon zog die Karawane weiter zum nächsten Programmpunkt.

Der Direktor des Kartonagenwerks holte Eva persönlich aus ihrem Versteck und umarmte sie mit Tränen in den Augen. Danach schickte er jeden Besucher zum Stand der Langbeins und hielt sogar ausländisch wirkende Messebesucher an, um sie gegen ihren Willen dorthin zu zerren. Flora konnte zahlreiche Verträge tippen, und Otto notierte eine Bestellung nach der anderen mit seinem New Yorker Sicherheitsfüllfederhalter ins Hauptbuch. Sogar aus den Niederlanden war eine Bestellung dabei.

Mindestens genauso schön war, dass am Ende der Messe ein Vertreter der Industrie- und Handelskammer der DDR an ihren Stand kam und ihnen feierlich eine Urkunde überreichte. Die Firma Albert Langbein Kommanditgesellschaft erhielt für ihr pädagogisch wertvolles Spielsystem eine Auszeichnung. Und die ganze Standreihe freute sich mit, als hätten sie dieses Lob gemeinsam bekommen.

Die Urkunde erhielt einen goldenen Rahmen und wurde im Kontor aufgehängt, neben Ottos Meisterbrief und dem Bild von Fritz. Jeder Lieferant, der in die Fabrik kam, wurde von Otto erst einmal zu der Urkunde geführt und musste sie bewundern.

Am Freitag nach der Messe machten die Langbeins einen kleinen Umtrunk für die Belegschaft. Jemand hatte gehört, dass es im Restaurant im neuen Landratsamt Pilsner Urquell aus der Tschechoslowakei geben sollte. Die Kinder wurden mit Milchkrügen hinunter in die Bahnhofstraße geschickt und ermahnt, sie müssten sich beeilen, damit das Bier unterwegs nicht warm wurde. Natürlich kosteten sie davon, aber es schmeckte ihnen nicht.

Flora verteilte zur Feier des Tages Milka-Schokolade, die Hugo geschickt hatte, und dann stießen sie mit den Arbeitern auf die Aufträge und die Urkunde an.

»Das haben wir alle zusammen geschafft!«, sagte Otto feierlich.

Das Bier war schnell getrunken, und die Langbeins erzählten von der Großstadt, in der nachts bunte Neonreklame leuchtete, und von Erich Honecker, der einen merkwürdigen Hut getragen habe, obwohl es in der Halle so warm gewesen sei. Und alle waren sich einig, wie gut es wäre, dass die Kinder bei Hilda so gut das Kartonfalten gelernt hätten.

Als sie abends im Bett lagen, schwärmte Otto: »Die Mama wär so stolz. Eine Urkunde, auf der Albert Langbein steht!«

»Warum ist der Hugo nicht hiergeblieben«, seufzte Flora. »Es ginge ihm so viel besser bei uns.«

»Ja«, fand auch Otto. »Der Staat respektiert uns, sonst hätten wir nicht die Urkunde gekriegt.«

Flora holte die Salmiakpastillen aus der runden Dose und steckte erst ihm und dann sich selbst eine in den Mund.

»Weißt du, was das Schönste an dem Tag war?«, fragte sie. »Dass wir ihn zusammen erlebt haben.«

In der folgenden Woche begannen sie mit dem Abarbeiten der vielen Messeaufträge. Fred hatte längst die Hauptverantwortung für die Fabrik übernommen. Aber Otto, der eigentlich schon im Rentenalter war, hing an seinen Leuten und an den Spielwaren. Er konnte sich einfach nicht zur Ruhe setzen. Jeden Morgen schloss er die Fabrik auf und ging kerzengerade in seinem weißen Modellierkittel durch die Gänge, die Hände auf dem Rücken. Oben aus der Brusttasche guckte der New Yorker Sicherheitsfüllfederhalter raus. Er lief vorbei am Kontor, ein kleiner Fingergruß zum Bild seines gefallenen Bruders Fritz, ein kurzer Schwatz mit den Arbeitern, dann hinauf in das Modellierzimmer. Dort dachte er sich neues Spielzeug aus und wartete auf Eva und Jan.

Wenn er auf der Treppe die schnellen Kinderschritte hörte, rief er jedes Mal: »Ah! Da kommen meine Experten.«

Sie sollten immer seine Modelle und Zeichnungen ansehen und sagen, was sie sich anders wünschten. Außerdem durften sie alle neuen Spielsachen testen. An diesem Tag bekamen sie einen Hasen und mussten ausgiebig damit spielen. Bei Eva bedeutete es, dass sie das Häschen im Arm wiegte, weil es so niedlich aussah. Jan hingegen wusste, was sein Großvater von ihm erwartete. Er fasste mit jeder Hand ein Ohr und zerrte daran. Weil seine Armspanne nicht breit genug war, stellte er sich auf ein Ohr und zog so lange an dem anderen, bis es abriss. Stolz überreichte er dem Großvater sein Werk.

»Sehr gut«, lobte Otto die Kinder. »Design hervorragend, Stabilität mittelprächtig. Ihr seid eine ausgezeichnete Fachgruppe.«

Am Samstagmorgen bereiteten Flora und Anita wie immer Thüringer Klöße für das Wochenende zu. Sie hatten Unmengen von Kartoffeln geschält. Der eine Teil kochte schon, den anderen Teil rieben sie. Otto drückte das Kartoffelwasser durch ein Tuch aus und ächzte: »Das ist schwerer, als einen Bären zu stopfen.«

Anita röstete in Würfel geschnittene alte Brötchen in reichlich Butter. Im Ofen briet ein Blech mit Pilzhackbraten.

Die Kinder spielten in der Küchenecke mit ihren Filztieren.

In diesem Moment hörten sie ein Hämmern.

»Das war am Fabriktor«, wunderte sich Flora, und Otto stand auf. Das Klopfen wurde ungeduldiger.

»Ich komm ja, ich komm ja«, rief Otto und fragte sich, wer am freien Sonnabend in die Fabrik wollte.

Draußen standen zwei Herren in Anzügen. Sie spazierten ohne Aufforderung herein und sagten, sie kämen vom Wirtschaftsrat des Bezirkes.

Otto rief sofort nach Fred. Flora kam ebenfalls herbeigeeilt. Anita blieb mit den Kindern in der Küche und bewachte die Klöße.

Die Männer hielten sich nicht in der Werkhalle auf, sondern ließen sich den Weg zum Büro zeigen.

»So«, sagte einer von ihnen zu Flora. »Jetzt hocken Sie sich mal an die Schreibmaschine.«

Gehorsam setzte sich Flora an ihre Erika-Schreibmaschine und sah die Männer fragend an.

»Da spannen Sie mal ein Blatt mit Durchschlag ein und tippen Sie.«

»Und was soll ich tippen?«, wollte Flora wissen.

»Schreiben Sie: Bereitschaftserklärung.«

Flora suchte Halt in Ottos Blick. Dann tippte sie langsam und mit zwei Fingern, sie hatte nie eine Ausbildung als

Sekretärin gehabt. Sie war so nervös, dass sie mit dem einen Auge immer an den Tasten vorbeisah und kaum die richtigen Buchstaben fand.

Der Mann vom Wirtschaftsrat diktierte weiter: »Den Erfordernissen der weiteren sozialistischen Entwicklung der DDR Rechnung tragend, erkläre ich mich bereit, meine Geschäftsanteile der Firma Albert Langbein KG, Sonneberg, an den Staat zu verkaufen.«

Flora hörte auf zu tippen. »Das schreib ich nicht.«

Der zweite Mann, der bisher nichts gesagt hatte, beugte sich über die Maschine und tippte einfach weiter, über ihre Schulter hinweg, wobei er laut vorlas: »Ich verbinde damit den Wunsch, dass meine Familie entsprechend ihren Fähigkeiten am weiteren Aufbau des Sozialismus an verantwortungsvoller Stelle im Betrieb teilnehmen kann.«

Der Mann zog mit einem Ratschen die Bögen aus der Maschine und legte sie auf den Tisch. »Otto Langbein? Hier unterschreiben.«

»Das geht nicht«, mischte sich Fred ein. »Mein Vater besitzt nur zwei Drittel an der Firma. Die andere Teilhaberin sitzt in der BRD.«

»Das ist zu vernachlässigen. Unterschreiben Sie.« Der Mann zog den New Yorker Sicherheitsfüllfederhalter aus der Brusttasche des völligen erstarrten Otto und wollte ihn aufschrauben.

Wie eine Furie warf sich Flora dazwischen und riss den Füller an sich. »Rühren Sie den net an!«

Verstört zeigte Otto auf die Urkunde an der Wand und stammelte: »Aber ... Wir haben doch die Auszeichnung bekommen!«

»Und wenn mein Vater nicht unterschreiben will?«, fragte Fred.

»Dann gibt es Gewerbeentzug«, erklärte der erste Mann.

Und der zweite sagte: »Und am Montag geht's zum Finanzamt zur Tiefenprüfung. Da kann Ihr Vater gleich die Zahnbürste mitnehmen.«

»Aber wenn Sie unterschreiben«, sagte wieder der erste, »ändert sich außer der Besitzform nicht viel für Sie.«

»Wir dürften hier weiter wohnen und als Betriebsleitung arbeiten?«, fragte Fred verunsichert.

»Wir müssen natürlich vorher die Belegschaft befragen, ob dieser Wunsch Zustimmung findet.«

»Geben Sie uns eine Stunde Zeit«, bat Fred.

»Eine halbe Stunde!«

In der Küche im Stammhaus jagten Eva und Jan einander ausgelassen quietschend um den Tisch herum.

»Was ist passiert?«, fragte Anita. »Ihr seht aus wie Gespenster.«

Fred legte den maschinengeschriebenen Papierbogen auf den Tisch, und sie las.

Eva und Jan hörten auf herumzurennen. In der Luft lag eine solche Anspannung, dass es selbst die Kinder zu spüren schienen. Nur noch das Ticken der Wanduhr war zu hören.

»Die wollen, dass wir uns freiwillig enteignen lassen?«, fragte Anita.

»Es wird spätestens im Sommer hier keine Privatbetriebe mehr geben, haben die gesagt. Die machen den Mittelstand kaputt«, erklärte Fred.

»Aber die brauchen uns doch«, sagte Flora erschüttert. »Die exportieren unsere Sachen, wir haben einen Kundenstamm aufgebaut, wir bringen Devisen!«

Ottos Gesicht war rotfleckig. Plötzlich ließ er seine Faust auf den Tisch krachen und schrie: »Das werde ich nicht unterschreiben!«

Erschrocken starrte Eva ihren sonst so heiteren Großvater an. In diesem Moment tropfte etwas auf ihren Kopf. Sie sah verwundert nach oben. An der Farbschicht der Decke hatte sich eine Blase gebildet, aus der Tropfen fielen, erst langsam, dann begann es herunterzulaufen.

»Die Waschmaschine!«, rief Fred erschrocken. »Die hab ich ganz vergessen.« Er rannte nach oben, um das Wasser abzustellen, das man über einen Schlauch in die Maschine einfüllen musste.

Anita griff nach den Henkeln des Spülbeckens, riss Eva unter dem Wasserfall weg und fuhr sie an: »Nun geh doch zur Seite!«

Die Tropfen erzeugten ein helles Klopfen in der Stahlschüssel.

Eva begann zu weinen. Das Wasser, das von ihren Haaren herunterlief, vermischte sich mit ihren Tränen. Flora versuchte sie mit dem Zipfel ihrer Dederonschürze zu trocknen. Das synthetische Material saugte allerdings nichts auf und schmierte nur den Rotz breit.

»Wenn die eine Tiefenprüfung machen und was finden wollen, dann finden die was«, sagte Flora. Sie hatte ihr Auge nicht mehr unter Kontrolle.

Fred kam mit nassen Ärmeln zurück. »Eh die uns Gewerbeverbot erteilen und alles stillliegt, lass dich drauf ein, Vati.«

Otto schüttelte den Kopf wie ein kleiner unglücklicher Junge, dem ein übermächtiger Erwachsener seinen Willen aufzuzwingen versucht.

»Vielleicht ändert sich ja gar nicht so viel für uns«, redete Anita auf ihren Vater ein. »In dem Schreiben steht nichts von unserem Haus, es geht nur um die Firma und den Anbau.«

»Nur?«, fragte Flora. »Die Fabrik ist das Herz!« Ihre Lippen zitterten.

»Nachher sperren sie ihn ein! Ihr habt es doch grad gehört«, rief Fred. »Seid doch vernünftig!«

Otto blickte auf Eva und Jan. Sie saßen jetzt ganz still auf dem Boden in der Ecke und beobachteten die seltener werdenden Tropfen, die von der Decke in die Schüssel platschten.

»Es kam doch ohnehin nie viel Geld für uns raus«, sagte Anita und strich ihrem Vater über die Wange. »Es ging doch immer alles gleich wieder ins Geschäft.«

»Anita hat recht«, stimmte ihr Bruder zu. »Dann sind wir wenigstens das Risiko los.«

Für einen Moment sagte niemand etwas. Schließlich richtete sich Otto auf und fragte: »Hat jemand einen Stift? Den Wisch unterschreibe ich nicht mit dem guten New Yorker Sicherheitsfüllfederhalter meines Vaters.«

Die Verstaatlichung war in weniger als vierundzwanzig Stunden erledigt: die Bestandsaufnahme, die Bilanz, die Betriebsübergabe. Am längsten schien dabei die Findung eines neuen Namens zu dauern.

Flora war den ganzen Sonntag damit beschäftigt, die Betriebsunterlagen bereitzustellen und die Inventur zu überwachen. Und erst, als die Fremden endlich gegangen waren, fiel ihr auf, dass sie Otto schon eine Weile nicht mehr gesehen hatte.

Sie befragte Fred und Anita. Sie suchten zusammen in allen Räumen der Fabrik, in den Wohnungen, auf dem Dachboden, im Garten, er war verschwunden.

Flora sah ihre Kinder mit bangem Blick an. Niemand sprach den furchtbaren Verdacht aus, der plötzlich in der Luft lag.

»Ich such im Röthengrund«, sagte Anita und rannte los. Fred wollte in der unteren Stadt bei Tante Hilda nachsehen.

Flora begann, nach Otto zu rufen. Voller Angst schrie sie seinen Namen. Eva und Jan kamen angerannt und erklärten:

»Der Opa ist nicht da. Der wollte vorhin runter zum Bahnhof.«

Flora rannte die Straße hinunter. Sie sah niemanden, sie hörte nichts, ihr Atem ging stoßweise.

Menschen strömten in den Bahnhof, der Schnellzug aus Leipzig sollte in wenigen Minuten ankommen. Wieder rief Flora verzweifelt nach Otto. Die Leute drehten sich nach ihr um, halfen ihr beim Suchen, jemand ließ ihn über den Lautsprecher ausrufen, vergeblich. Flora eilte zum Ankunftsgleis, und plötzlich sah sie weit entfernt auf den Gleisen eine Gestalt im weißen Kittel entlang spazieren.

Otto ging hochaufgerichtet, die Hände auf dem Rücken, so wie er immer seine Inspektionsrunde durch die Fabrik machte. Vom Zug war noch nichts zu sehen, aber Flora konnte das Knistern und Summen in den Schienen schon hören.

»Otto!«, schrie Flora. Dann rannte sie los.

Im selben Moment, in dem der Zug hinten an der Biegung auftauchte, erreichte sie ihn. Sie zerrte ihn zur Seite, auf die Böschung, und einen Augenblick später donnerte der Zug an ihnen vorbei.

Sie saßen nebeneinander im Gras. Flora keuchte von der Anstrengung so sehr, dass es sich anhörte, als müsste sie ersticken.

»Wie kann ich irgendwann meinem Vater gegenübertreten?«, flüsterte Otto so leise, dass sie ihn kaum verstand. »Er wird bitter enttäuscht von mir sein.« Tränen liefen ihm herunter. »Ich versteh es einfach nicht. Wir haben doch alles richtig gemacht. Wir haben die Pläne erfüllt. Wir haben sogar eine Auszeichnung bekommen!«

Flora legte ihr Gesicht an seins und sagte leise: »Die Zeiten werden sich wieder ändern. Stell dir einmal vor, dein Vater hätte sich entleibt, als er alles verloren hat. Weißt du noch? Am Tag unsrer Verlobung.«

Mutlos schüttelte Otto den Kopf. »Uns wird man keine neue Chance lassen. Alles, wofür wir gekämpft haben, gehört uns nicht mehr.«

»Ich bin sicher, die werden merken, dass es falsch war. Ohne den Wettbewerb strengt sich doch keiner mehr an. Du wirst sehen, die werden es rückgängig machen.«

»Das glaubst du doch selbst nicht.« Ottos Stimme war voller Bitterkeit.

Flora ergriff seine Hände. »Aber ist es denn so wichtig, wem die Fabrik gehört? Hauptsache sie besteht, und wir sind ein Teil davon. Wir haben schon Schlimmeres durch.«

»Ich wollt meinen Kindern etwas hinterlassen. So wie es mein Vater gemacht hat.«

Flora legte den Arm um ihn und zog ihn noch näher an sich heran. »Das hast du auch, Otto. Sie haben ein Zuhause, und sie haben eine Familie.«

»Es tut mir leid, Flora«, flüsterte er.

»Wir machen das Beste draus«, sagte sie. »Die Fabrik ist das Herz. Und es schlägt noch.«

Am Montagmorgen hieß die Puppenfabrik Albert Langbein VEB Spielwelten Sonneberg. Die Belegschaft setzte sich einstimmig dafür ein, dass die Langbeins an ihren angestammten Positionen im Betrieb bleiben sollten. Flora machte weiter die Buchhaltung und Plätzchen, Anita war für die Plüschtiermode verantwortlich, und Otto trat die Position des Direktors nun auch offiziell an Fred ab. Er wollte lieber im Hintergrund bleiben und einspringen, falls er gebraucht wurde.

Eine Woche lang wagte es Otto nicht, hinüber in die Fabrik zu gehen.

Dann erzählte ihm Flora: »Die Arbeiterinnen fragen jeden Tag nach dir. Heut gab's ein Problem mit dem Nähgarn, das reißt immer. Du kennst doch jemanden in der Zwirnerei Oederan. Und die junge Frau Uhl meint, wenn du nicht da bist, hat sie keinen, bei dem sie mal so richtig über ihren Alten schimpfen kann.«

Von da an schloss Otto wieder jeden Tag die Fabrik für die Angestellten auf, spazierte in seinem weißen Kittel durch die Gänge, kontrollierte, guckte, machte Schwätzchen und dachte sich neue Spielsachen aus.

Flora erzählte niemandem von dem Vorfall am Bahnhof. Als ihr die alte Frau Uhl brühwarm erzählen wollte, wer sich alles nach der großen Enteignungswelle erhängt habe, hielt sie sich einfach die Ohren zu.

Abgesehen von der finanziellen Seite änderten sich nur wenige Dinge in der Fabrik der Langbeins. Es kam ein Handwerker vom VEB Kombinat Puppen und Plüschspielwaren Sonni, dessen selbstständiger Betriebsteil sie jetzt waren. Er brachte eine lange Leiter mit und nahm die Buchstaben von der Fassade ab. Der Putz war im Laufe der Jahrzehnte nachgedunkelt, sodass die Schrift nun hell herausstach. Deshalb stand noch immer deutlich lesbar am Stammhaus *Puppenfabrikant Albert Langbein*. Im Kontor hing jetzt ein Bild von Erich Honecker statt von Fritz. Außerdem bekamen sie einen Telefonanschluss, und Fred wurde angeraten, in die Partei einzutreten, wenn er seinen Posten behalten wolle. Ein Leiter eines volkseigenen Betriebs könne schließlich vor der Belegschaft nicht als politisch neutrale Person dastehen.

Und die letzte Veränderung war, dass Eva und Jan aus Arbeitsschutzgründen nicht mehr in der Fabrik herumspringen durften. Sie bekamen einen Platz im Betriebskindergarten der Sonni.

Und während Otto betrübt war, weil ihn nun am Vormittag keiner mehr im Modellierzimmer besuchte, gefiel es Eva und Jan im Kindergarten. Dort gab es andere Kinder und mehr als nur Puppen und Plüschtiere zum Testen. Sie durften sich durch das gesamte Sortiment der volkseigenen Spielwarenbetriebe probieren. Es gab Puppenwagen, Registrierkassen, Aufziehautos, Spielzeugapachen mit Häuptling und Wigwam, Puppenwaschmaschinen und Panzer mit Bowdenzug, die auf Knopfdruck erbsengroße Kugeln abschossen. Das Beste aber war ein rotes Tretauto mit Kunstledersitzen. Dieses Fahrzeug verursachte den ersten ernsthaften Streit zwischen Cousin und Cousine, denn sie hatten nur eins bekommen und wollten gleichzeitig damit durch den Garten düsen.

Die Kinder liefen morgens Hand in Hand allein in den Kindergarten. Sie mussten ja nur immer bergab und geradeaus bis in die Untere Marktstraße gehen und kannten alle Leute, die an der Wegstrecke wohnten. Überall wurden sie die Langbein-Zwillinge gerufen, weil sie im gleichen Alter waren, prinzipiell zu zweit auftauchten und einander ähnelten.

Am Nachmittag holte ihr Großvater sie immer ab. Bei dieser Gelegenheit sah er sich im volkseigenen Stammbetrieb um. Er interessierte sich für die technischen Neuheiten, die Fließbänder und besonders für die rotierenden Geliermaschinen, in denen bei zweihundert Grad Hitze die Puppenteile aus zähflüssigem Vinyl gegossen wurden.

Seine Neugier war zurückgekehrt.

Flora und Otto machten oft Ausflüge mit den Kindern. Sie packten einen Rucksack mit Broten, Tee und Pfeffis. Flora hatte immer ein Fernglas dabei, um von einem der Berge hinüber nach Neustadt zu gucken und an Hugo zu denken.

An einem Sommertag im August stiegen sie mit Eva und Jan die steile Himmelsleiter hinauf zur Wehd. Oben setzten sie sich an den Hang und tranken Tee, der nach der Plastikflasche schmeckte, in der er sich befand. Plötzlich sagte Jan verwundert: »Guckt mal, da unten ist lauter Rauch.«

Aus der Stadtmitte erhoben sich riesige Qualmwolken und bedeckten bald das ganze Tal.

Flora sprang auf und wollte gleich hinabstürmen, aber Otto hielt sie fest. »Das ist weiter unten, das ist nicht bei uns.«

Er hob das Fernglas an die Augen, setzte es wieder ab und sagte erschüttert: »Die Sonni brennt.«

31

Der Pferdestall

Der alte Pferdestall war ein kleiner Anbau hinter dem Haus, der zur Hälfte auf der Brücke über dem Fluss stand. Er war aus Backsteinen gemauert, hatte ein Schieferdach und ein zerschlagenes Fenster. Ein Lumpenstück hing zwischen den Scherben und bewegte sich bei jedem Windhauch.

Vor dem Stall stand noch die alte Pferdetränke, ein massiver Trog aus Sandstein. Jemand hatte Erde eingefüllt, und es wucherten Giersch und Vogelmiere darin.

Eva zupfte das Unkraut heraus, aber sie wusste nicht, was sie stattdessen einpflanzen könnte.

Iris sah an den windschiefen Rückseiten der Fachwerkhäuser entlang, die direkt am Flussufer standen. Dahinter gab es einen kahlen Streifen, und dann begannen die Gärten.

»Ich frag mich, wie die mit den Pferdewagen hier durchgepasst haben«, wunderte sich Iris.

»Nur das kurze Stück. Da vorn war ein Durchgang, durch den kam man auf die Straße.«

Iris reckte den Hals. Die Sicht darauf war versperrt, der Nachbar hatte seine Brücke zum Garten mit einem hohen Bretterzaun vernagelt.

»Mit den Lkws sind sie jedenfalls nicht mehr von hinten rangekommen«, erinnerte sich Jan. »Die haben vorn auf der Straße geparkt, und die Lasten mussten umständlich durch den schmalen Durchgang zwischen den Häusern getragen werden.«

Iris stöhnte. »Ich kann's mir vorstellen.«

Der Container war geliefert worden, und sie hatten den ganzen Morgen damit zugebracht, den Müll dort hineinzuwerfen.

Es war ein weit zurückreichender Fehler gewesen, auf dem Standort in der engen oberen Altstadt zu beharren.

»Sie hatten doch Häuser unten am Bahnhof«, wunderte sich Iris. »Warum haben sie die Produktion nicht dorthin verlagert?«

»Weil sie die Fabrik am Wohnhaus haben wollten«, erklärte Eva.

»Sie hätten doch umziehen können.«

Eva blickte in den verwilderten Garten, hinter dem der Stadtberg anstieg. Sie wohnte gern hier, nur ein paar Schritte entfernt vom Röthengrund. In dem tief eingegrabenen Tal war die Stimmung anders als unten in der weiten Ebene. Das Licht war verhangener, der Fluss rauschte, und es fuhren kaum Autos, weil es von hier aus nirgendwo hinging, nur in den Wald, aus dem man den Ruf der Eichelhäher hörte.

»Soweit ich weiß«, erzählte Jan, »wollten sie nicht wegziehen, weil der Urgroßvater schräg gegenüber seinen Gesangsverein hatte. In der Gaststätte zum Röthengrund.«

»Das ist ein Argument«, fand Iris.

Sie versuchten, die Stalltür zu öffnen, aber sie klemmte. Die Feuchtigkeit des Flusses kroch seit über hundert Jahren in das Holz und hatte es aufquellen lassen.

»Hoffentlich steht da keine Pferdekutsche drin«, stöhnte Eva.

Es krachte. Jan hatte die Tür aufbekommen.

Der Schuppen war vollgestellt mit Gartengerätschaften. Aufgewickelte Wasserschläuche, Kabeltrommeln, ein Rasenmäher, ein Zementsack, Sichel, Sense, Rechen, Harke und Schaufeln.

»Haben wir ein Glück«, spottete Iris. »Keine Pferdekutsche.«

»Aber vielleicht finden wir in dem Durcheinander die Mutterform?«, hoffte Eva.

An den Wänden krochen Aufputzleitungen entlang und verschwanden im Haupthaus.

Jan suchte nach dem Lichtschalter. Die Lampe funktionierte.

Die meisten Sachen aus dem Pferdestall konnten sie, ohne zu zögern, in den Container schaffen. Mehrere Hufeisen, zwei Stalllampen und eine Tragekiepe hoben sie auf, weil Iris glaubte, man könnte das verkaufen.

Jan testete den Rasenmäher. Er war nicht mehr funktionstüchtig, also flog er in den Container, und die Sense durfte bleiben.

Einmal schrie Eva auf, weil sie tatsächlich ein paar Gipsformen entdeckt hatte, die zum Beschweren einer Plane dienten. Aber es handelte sich nur um Drückerformen für Puppenbeine.

»Guckt, was ich hier gefunden habe«, rief Iris. Sie hielt ein Album in der Hand. Die Seiten wellten sich von der Feuchtigkeit, und die Buchdeckel waren verzogen.

»Das Brigadetagebuch«, rief Eva überrascht.

»Kurze Pause!«, verkündete Jan. »Da muss ich reingucken!«

Sie setzten sich zusammen draußen auf die Pferdetränke und schlugen das Album auf. Es zeigte Schwarz-Weiß-Bilder von Faschingsfesten, von Pionieren beim Besuch ihrer Patenbrigade, von Kampfgruppenübungen und Weihnachtsfeiern. Farbe brachten bunte DDR-Fähnchen hinein, die wie Streublumen auf den Seiten verteilt worden waren. Rote Nelken aus Papier neben Bildern einer Maidemonstration über die in ungelenker Kinderhandschrift Parolen geschrieben waren. *Planwirtschaft für Volkswohlstand. Wir stärken mit Schöpfertum und revolutionärem Elan unsere DDR. Spielzeug aus Sonneberg ist ein Baustein zum Sozialismus.*

»Das hab ich alles geschrieben, weil Jan so ein Schmierfink war«, erklärte Eva. »Die Tagebücher haben wir zusammen mit den Großeltern gefertigt.«

»Einmal im Monat gab's den Brigadetagebuchbastelabend. Und die Oma hat dafür Natronlimonade gebraut«, erinnerte sich Jan.

Iris blätterte weiter. Das nächste Bild zeigte Evas Mutter Anita, jung, lachend, Wange an Wange mit einem Mann, der durch Brillengläser guckte.

»Blätter schnell um«, rief Eva und lachte. »Das ist Dieter Schulze, mein Stiefvater.«

Es folgte ein Bericht über den Frauentag. Flora und Anita schunkelnd mit Blumen und Sektgläsern an einem Tisch voller angeheiterter Damen.

Eva musste lachen. »Das ist die Feier bei der Sonni. Unsere Oma hat immer so davon geschwärmt!«

»Das war in dem Neubaukomplex, den sie nach dem Brand an einer anderen Stelle gebaut haben«, sagte Jan.

Eva blätterte weiter und betrachtete die Bilder von lachenden Arbeiterinnen in Kittelschürzen an Fließbändern. »Ich hätte mir nie vorstellen können, dass ein solch riesiges, modernes Werk irgendwann die Produktion einstellen muss. Damit hat kein Mensch gerechnet, als die Grenzen aufgingen.«

Nachdenklich schlug Iris das Album zu. Sie sahen in den Garten. Zwischen Brennnesseln und Disteln blitzten überall leuchtende Blütenköpfe hervor.

»Dass die Grenzen aufgehen, damit haben wir ja auch nicht gerechnet«, sagte Jan.

Als der Grenzübergang an der Gebrannten Brücke geöffnet worden war, waren Eva und Jan zwei von vierzehntausend Menschen gewesen, die nach Neustadt gestürmt waren.

Iris ergriff die Hand ihrer Cousine. »Ich weiß noch, wie du an dem Tag immer wieder gesagt hast: Die reden ja alle wie wir.«

Eva lachte verlegen. »Dass du unseren Dialekt sprichst, fand ich normal, weil dein Vater ja aus Sonneberg kam. Aber dass hinter der Grenze eine Stadt ist, in der die Leute ganz genauso reden wie wir, wo sie doch schon in Lauscha und Steinach anders sprechen. Unsere Oma hat immer gesagt, Neustadt ist die Schwesterstadt von Sonneberg. Aber erst an dem Tag hab ich begriffen warum.«

Iris legte ihre andere Hand auf die von Jan. Sie war rau von der Arbeit der letzten Tage und schmutzig vom Pferdestall. Es schien ihr egal zu sein. »Wenn das unsere Oma noch hätte erleben können.«

Flora Langbein hatte die Maueröffnung knapp verpasst. Drei Wochen davor war sie gestorben.

»Sie hat immer gesagt, sie hätte ein Talent für den falschen Zeitpunkt«, sagte Eva. »Das hat sie durchgezogen bis zum Schluss.« Alle drei lachten ein bisschen, aber nicht richtig.

»Sie hätte doch ein ganz klein wenig länger leben können«, sagte Iris, fast bockig. »Wenigstens bis die Rückübertragung abgeschlossen war.«

Flora Langbein hatte es nicht mehr erlebt, dass die Fabrik wieder in Familienbesitz gekommen war. Sie war nicht bei der Jahrtausendfeier in Sonneberg gewesen, als die Silvesterraketen in den Himmel stiegen und ihre Söhne Hugo und Fred die Direktoren der Fabrik waren. Sie erfuhr auch nichts davon, dass ihre Kinder einen heruntergewirtschafteten leeren Betrieb erhalten hatten. Sie bekamen keine Aufträge von den früheren

Hauptkunden, weil es die Sowjetunion nicht mehr gab und Billigprodukte aus dem Fernen Osten den Markt überfluteten. Flora Langbein musste auch den fünfzehn Jahre andauernden Todeskampf der Fabrik nicht miterleben, an dessen Ende ihre Kinder in der guten Stube miteinander abgerechnet hatten.

»Sie hätte nur noch ein paar Monate durchhalten müssen«, sagte Eva traurig. »Nur damit sie voller Hoffnung gehen konnte. Den Rest mit dem Konkurs, den hätt sie sich ja ersparen können.«

Iris holte einen Verdampfer aus ihrer Tasche.

»Heute keine Schluckflaschen?«, fragte Eva.

Iris schüttelte den Kopf. »Nein, heut hab ich nur eine Friedenspfeife dabei.«

Sie inhalierte tief und ließ die anderen beiden auch ziehen. Eva wollte kein Spielverderber sein und paffte ein wenig herum, obwohl sie es scheußlich fand. Der süße Duft von Holunderblüten mischte sich mit dem Geruch nach Tabak und Ahornsirup.

Der Pferdestall war ausgeräumt. Die wenigen Gartengeräte hingen ordentlich an Haken von der Wand, und Eva hatte eins der Hufeisen über die Tür genagelt, natürlich mit der Öffnung nach oben.

»Das wäre eine richtig feine Werkstatt«, bemerkte Jan, als sie die Tür schlossen. »Wisst ihr, was man hier für eine große Eisenbahnplatte aufbauen könnte?«

Sie setzten sich noch für einen Moment in die Küche und warteten darauf, dass die Kaffeemaschine ihr Zischen beendete. Iris hatte sie mitgebracht, weil sie den Kaffeesatz in den Tassen nicht mochte.

Jan befreite die Küchenmöbel von den Folien und spachtelte die alte Farbe ab. Jemand hatte wieder die Uhr aufgezogen. Der Fernseher lief, und sie schauten *Grease* ohne Ton.

»Im Film sieht das immer so leicht aus, wenn sie tanzen«, stellte Iris neiderfüllt fest.

»Ja«, gab Eva ihr recht. »Aber im wirklichen Leben herrscht Schwerkraft.«

Iris goss den Kaffee in Becher, und Eva prüfte die Nachrichten auf ihrem Telefon.

»Ich fass es nicht!«, rief sie. »Ich habe eine Antwort! Die haben diese Sofia gefunden!«

Sie warf ihr Telefon auf den Tisch, sodass es fast zu Boden schlitterte. Die anderen beiden lasen neugierig, während Eva in die Dachkammer eilte, um das Paket zu holen.

Über ein Militärregister, in dem alle in der DDR stationierten Offiziere der Sowjetarmee verzeichnet waren, hatte der Suchdienst des Roten Kreuzes die Frau ermittelt. Sofia, geborene Selkowa, mittlerweile eine betagte Dame, habe zugestimmt, dass Eva ihre Adresse erhalten dürfe.

Eva schrieb sie mit Schönschrift auf das alte Packpapier. Sowohl in kyrillischen Buchstaben als auch in lateinischen.

Sie beschlossen, einen Brief beizulegen. Mithilfe des Wörterbuches schrieb Eva, dass Hilda die kleine Sofia und ihre Mamutschka bis zu ihrem Tode innig geliebt und nach ihnen gesucht habe.

Als das Paket versandfertig auf dem Küchentisch stand, sagte Iris verwundert: »Was ist los mit mir? Ich kannte sie überhaupt nicht, aber ich bin gerade schrecklich rührselig.«

Alle Eleganz fiel von ihr ab. Sie holte ein Taschentuch aus ihrer Jacke und putzte sich die Nase wie ein kleines Mädchen.

»Ich wünschte, Tante Hilda wäre jetzt hier«, sagte Eva und schnitt Iris das Wort ab, die schon Luft holte. »Sag es nicht. Ich spür es auch. Sie ist irgendwie da.«

Es war spät geworden. Sie schalteten den Fernseher aus, nahmen das Paket und gingen durch das Blumenzimmer zur Wohnungstür.

»Nichts vergessen?«, fragte Jan.

Eva drehte sich einmal um sich selbst und sah eine Tasse auf dem Fensterbrett stehen. »Ach herrje, der ominöse Kern! Den hab ich ganz vergessen. Der liegt jetzt schon seit Tagen in der Teepfütze.«

»Da wird er wohl ertrunken sein«, vermutete Iris.

Eva wollte den Inhalt aus dem Fenster hinunter in den dunklen Vorgarten schütten. Im letzten Moment bemerkte sie, dass der Kern gespalten war.

»Seht euch das an!«, rief sie überrascht.

Sie beugten ihre Köpfe über die Tasse. Eine kleine weiße Spitze arbeitete sich aus der dunklen Hülle heraus.

Der Dattelkern begann zu keimen.

32

Der Besuch

Juli 1975 – »Hier können wir sie net reinlassen«, sagte Flora entschieden und knallte die Tür zum Plumpsklo zu. »Was soll Iris denn von uns denken!«

Die Toilette war ein enger Verschlag, in dem ein beständiger Luftstrom aus den stinkenden Tiefen herauf zu dem winzigen Schießschartenfenster zog. Im Winter fror man dort erbärmlich, und im Sommer meinte man zu ersticken.

Otto entschied: »Wir schicken sie einfach nach nebenan zu den Nachbarn.«

Die hatten modernisiert und sich eines der ersten Wasserklosetts in der Straße einbauen lassen. Das WC befand sich im Treppenhaus, und man brauchte nicht einmal zu klingeln, wenn man seinen hohen Besuch für ein Geschäft nach nebenan schicken wollte.

»Wir müssen das Haus auf Vordermann bringen«, ordnete Flora an. »Und den Garten. Da ist eine solche Wirtschaft! Alles muss picobello sein, wenn der Besuch aus dem Westen kommt.«

Die Stadt Sonneberg war, kurz nach der Verstaatlichung der Puppenfabrik Albert Langbein, aus wirtschaftlichen Gründen aus dem Sperrgebiet herausgelöst worden. Die Wohnrechtsstempel und Passierscheine für Besucher fielen danach ebenso weg wie die Sperrzonenvergünstigungen. Fred Langbein brauchte nun selbst einen Passierschein, wenn er etwas von seinen Lieferanten in Neuhaus-Schierschnitz oder Hönbach abholen wollte. Einige Stadtteile von Sonneberg und umliegende Ortschaften waren im Sperrgebiet verblieben.

So viele Jahre hatte Flora gewartet und immer darauf gehofft, ihren erstgeborenen Sohn in die Arme schließen zu können. Nur zweimal hatten sie einander seit seiner Flucht gesehen. In den frühen Jahren wollte es Hugo nicht riskieren, in die DDR zu reisen. Er fürchtete, als Republikflüchtling verhaftet und nicht mehr zurückgelassen zu werden. Sie sahen sich zum ersten Mal in der Mitropa-Gaststätte Eichelborn bei Erfurt wieder. Sie wagten es nicht, einander zu umarmen, und fühlten sich in der Transitraststätte beobachtet. Auf der Leipziger Messe trafen sie sich das zweite Mal. Fred als Leiter eines volkseigenen Betriebes hatte sich die ganze Zeit unbehaglich gefühlt und geahnt, dass er dafür bei der Parteiversammlung Ärger bekommen würde.

Doch nun schien die Zeit der halblegalen Treffen außerhalb Sonnebergs vorbei zu sein. Flora hatte für Hugo sofort nach der Auflösung des Sperrgebiets eine Aufenthaltsbewilligung beantragt. Nach deren Ablehnung hatte sie es beharrlich wieder versucht. Und jetzt war der Besuch genehmigt worden. Zum ersten Mal würden Flora und Otto ihrer Enkelin Iris begegnen.

Seitdem konnte Flora vor Glück kaum schlafen und beschäftigte sich den ganzen Tag mit Verschönerungsarbeiten. Sie hatte alle Teppiche zusammengerollt und sämtliche Dielen mit rotbraunem Bohnerwachs eingeschmiert. Eva und Jan bekamen dicke Wollsocken übergestülpt und sollten die Böden polieren. Mit Anlauf schlitterten sie, wie auf einer Eisbahn, durch sämtliche Räume. Vor die Vitrine in der guten Stube hatte Flora das große hölzerne Kuchenbrett gestellt. Sie fürchtete, eins der Kinder könnte in die Glasscheibe sausen und sich verletzen oder das Rosenthalgeschirr zerschlagen.

Anita nähte aus Malimo neue Übergardinen für die gute Stube und die Küche. Sie dachte sich einen Speiseplan für den Besuch aus und guckte zu diesem Zweck am Mittwochabend im ZDF *Die Drehscheibe* und am Sonnabendnachmittag *Der Fernsehkoch empfiehlt* im Fernsehen der DDR. Nun, wo einige in der Straße einen Fernseher besaßen, hatten sie sich auch wieder einen angeschafft.

Otto reparierte die wackeligen Stühle und lackierte den verrosteten Eisenzaun des Vorgärtchens. Auch den Zaun zum Oberen Graben wollte er erneuern, und die Haustür fiel fast auseinander. Um an Baumaterial zu kommen, überredete er die Nachbarn, sich für den Wettbewerb *Schöner unsere Städte und Gemeinden – Mach mit!* anzumelden. Bei dieser Masseninitiative der Nationalen Front sollten die Bürger in ihrer Freizeit die Wohngegend verschönern. Die teilnehmenden Grundstücke erhielten eine Motto-Plakette, die sie im Haus anbringen mussten, und, was viel wichtiger war, das Baumaterial.

Fred ließ sich ebenfalls von dem allgemeinen Wahn anstecken und beauftragte die Kulturverantwortliche der Fabrik damit, die Werkhalle zu verschönern.

»Und was soll ich hinstellen?«, wollte sie wissen. »Wir haben die Fahnen und Plastenelken vom 1. Mai, die sind hübsch. Und außerdem Wimpelketten mit roten Sternen. Damit dekorier ich immer, wenn eine sowjetische Delegation kommt.«

Verzweifelt tippte sich Fred an den Kopf. »Das kannst du doch nicht hinhängen, wenn uns jemand aus dem Westen besucht!«

»Dann hätt ich bloß noch die Weihnachtsdekoration und die Girlanden vom Fasching.«

Fred kratzte sich am Kinn. Er wollte nicht wie ein Hinterwäldler dastehen, wenn sein Bruder kam. Die Werkhalle musste moderner aussehen. Er holte aus seiner Wohnung einen Plattenspieler der Marke Ziphona Türkis mitsamt Lautsprechern und stellte ihn auf den Teetisch. Zufrieden betrachtete er sein Werk. Die Kugelboxen neben dem Spritzgießautomaten gaben der Halle einen futuristischen Anstrich.

In der Fabrik hatte sich außer dem Namen und den ständigen Berichten, die geschrieben werden mussten, nichts Wesentliches verändert. Otto schloss noch immer jeden Morgen das Tor auf.

Im Gang hing jetzt eine Bildergalerie mit den Werktätigen des Monats, die *Straße der Besten*. Einer der Arbeiter hatte sich zum Alkoholiker entwickelt, und die Pausenzeiten wurden etwas ausgedehnt. Ihren Plan schafften sie trotzdem.

Eva und Jan erledigten die Botengänge für die Fabrik. Sie waren jetzt acht Jahre alt und holten bei den Heimarbeitern in der oberen Stadt die Puppenkleider ab. Wenn es hieß: »Im Gemüseladen gibt's was!«, rannten Eva und Jan mit den Einkaufsnetzen der Arbeiterinnen los. Die Verkäuferin wusste schon, dass sie die ganze Belegschaft versorgten, und gab ihnen mehr, als sie durfte.

Beharrlich nannten die Arbeiterinnen Otto weiterhin Herr Direktor und beklagten sich bei ihm kurz vor Feierabend über ihre Ehemänner. Wenn Otto das Fabriktor abschloss, war es noch immer seine Fabrik. Endlich konnte er Hugo zeigen, wie prächtig sie florierte und was er bei der Flucht aufgegeben hatte.

Einen Tag bevor der Besuch aus Neustadt bei Coburg eintreffen sollte, waren alle Vorbereitungen abgeschlossen. Zaun und Tür waren repariert, das Haus blitzte, der Garten war unkrautfrei, im Kühlschrank lagerten Fleischberge, und Flora hatte zum ersten Mal in ihrem Leben einen Friseur besucht. Sie roch nach Dauerwelle und war sich selbst fremd. Verlegen zog sie die kurzen Spitzen in die Länge.

»Ich seh dumm aus, oder? Wie ein gelackter Aff'«, sagte sie kleinlaut zu Otto.

Er musterte sie eingehend und tröstete sie. »Das verwächst sich wieder.«

Am Abend kam Fred mit seiner Familie noch einmal nach oben. Sie setzten sich alle zusammen in die Küche und besprachen die Verhaltensregeln für die kommenden Tage.

»Niemand macht Hugo einen Vorwurf wegen der Flucht«, legte Flora mit Blick auf Otto fest. Dann sah sie Fred an. »Und von dem Brand und allem anderen will ich auch kein Wort hören.« Sie wandte sich den Kindern zu. »Und ihr schlingt nicht beim Essen und bettelt vor allem nicht rum. Egal was für schöne Dinge Iris auch besitzen mag, ihr fragt nicht, ob ihr sie kriegen könnt.« Abschließend sah sie in die Runde. »Ich will, dass sich alle gut betragen!«

Freds Frau lachte. »Meine Güte. Bin ich froh, dass ich an diesem Wochenende Dienst habe.«

Die gesamte Familie Langbein stand am Bahnhof und wartete. Nur Fred hatte keinen Urlaub bekommen. Sie hatten sich herausgeputzt wie zu einem Sonntagsspaziergang. Anita versuchte, Eva und Jan davon abzuhalten, sich auf dem Bahnsteig schmutzig zu machen.

Der Zug hatte Verspätung.

»Wenn sie ihn nun nicht her zu uns lassen!«, sorgte sich Flora.

»Aber er hat die Reise doch genehmigt bekommen«, versuchte Otto sie zu beruhigen.

»Und wenn sich Iris vor uns fürchtet? Wir sind doch Fremde für sie.«

»Ach Mutti«, sagte Anita. »Du machst dir immer viel zu viele Sorgen. Vor uns kann sich kein Mensch auf der Welt fürchten.«

Endlich fuhr der Zug ein. Aus dem letzten Waggon stieg Hugo mit seiner Tochter. Flora rannte los und fiel ihm in die Arme. Sie hielt sich an ihm fest, weinte und fühlte schon den kommenden Abschiedsschmerz.

»Willkommen daheim, mein Junge«, sagte Otto, als sich Flora von ihrem Sohn gelöst hatte. Behutsam klopfte er ihm auf den Rücken.

Auch Anita umarmte ihren großen Bruder. All die verborgene Sehnsucht drängte aus ihr heraus. Hemmungslos weinte sie und machte Hugo verlegen.

Flora beugte sich zu Iris herab. Sie wagte es nicht, die Kleine zu umarmen, und sagte stattdessen: »Ich bin so froh, dass du da bist.«

»Ich weiß noch nicht, ob es mir hier gefällt«, antwortete Iris.

»Wie war eure Fahrt?«, wollte Otto wissen.

Um von Neustadt ins fünf Kilometer entfernte Sonneberg zu kommen, hatten der verlorene Sohn und seine Tochter zunächst nach Lichtenfels reisen, dort den Interzonenzug bis zum Grenzübergang Probstzella nehmen und dann noch einmal von Probstzella nach Sonneberg fahren müssen.

Hugo schnaufte und öffnete seinen Hemdkragen. »Als wir in Probstzella aus dem Zug sind, da hatten sie Maschinenpistolen, und dann die Sperranlagen, der Stacheldraht, die Hunde!«

Eva und Jan tauschen einen ungläubigen Blick. Wie zufällig kratzte sie sich an der Stirn. Jan nickte und tat es ihr gleich.

Hugo war sichtlich aufgewühlt. »Die haben mich von Iris getrennt und ewig in der Kontrollkabine warten lassen. Das war ein Gefühl ... Ich kann's gar nicht beschreiben. Ich hab mich noch nie so klein gefühlt. Diese Feindseligkeit. Sogar meine Unterhosen haben sie auseinandergenommen. Da war ein Mann, der hat erzählt, dass sie ihm unters Toupet geguckt haben. Als ginge es in den Hochsicherheitstrakt von einem Gefängnis, und sie hätten Angst, dass wir eine Feile reinschmuggeln.«

Vor lauter Aufregung kroch Jan in den Handwagen, den sie mitgebracht hatten, damit die Koffer nicht getragen werden mussten. Eva stand verschüchtert hinter ihrer Mutter und starrte durch deren Beine hindurch auf das fremde Mädchen.

Iris hatte lange braune Haare, die in der Mitte gescheitelt waren, und ihre Zöpfe wurden von Gummibändern mit dicken weißen Plastikkugeln zusammengehalten. Sie trug einen Pulli, der mit einer großen Prilblume bedruckt war. Ihre Jeans hatte einen Schlag, und an der Gürtelschlaufe hing eine Groschenmaus. Das Sensationellste an Iris aber waren ihre Schuhe, rote Lackleder-Clogs mit dicker Holzsohle und silberglänzenden Nieten.

Das Mädchen machte einen flotten Schritt auf Eva zu und streckte ihre Hand aus. »Ich bin Iris. Du bist Eva. Und wo ist Jan?«

Die Begrüßung der Erwachsenen zog sich hin, sodass die Kinder Zeit hatten, einander zu beschnuppern.

Iris redete ununterbrochen. »Im Zug war es komisch. Keiner hat was gesagt, ich durfte auch nichts sagen. Und dann sind alle Sachen kontrolliert worden, sogar meine.« Sie schüttelte ihren kleinen bunten Koffer. »Und mein Papi hat geschwitzt. Deswegen wusste ich, er hat Angst, und dann hatte ich auch Angst. Ist aber nichts passiert. Ich bin froh, dass ich jetzt wieder was sagen darf. Ich sammele die Kaugummibilder von Americana. Sammelt ihr die auch? Ich hab das Tierparade-Album fast voll. Und von der Gruselparade hab ich auch schon ein paar Bilder.«

Iris redete immer weiter. Die Sonneberger Kinder sagten nichts und betrachteten sie wie eine Erscheinung. Eva schlug sich zweimal an die rechte Schulter, woraufhin Jan nickte und grinste. Die beiden hatten eine Geheimsprache entwickelt, um sich immer verständigen zu können, auch wenn sie den Mund halten sollten. Die wichtigsten Zeichen waren ein kurzes Kratzen an der Stirn und das Schulterklopfen. Ersteres bedeutete, dass sie etwas für großen Unsinn hielten, und das zweite war das Zeichen für etwas ganz, ganz Fabelhaftes.

Sie liefen die Stadt hinauf, vorbei am Konsum-Kaufhaus, in dem hübsche Kostüme an Angelschnüren neben Dederonschürzen schwebten. Darüber thronte ein Spruchband: *Alles zum Wohle des Volkes.* Vor dem Gemüseladen standen Kisten mit Weißkohl und Rotkohl. Am leeren Schaufenster klebten Blumen. Sie ähnelten der Prilblume auf dem Pulli von Iris, nur dass sie rot waren und im Zentrum das Emblem der DDR trugen. Im Lebensmittelladen der HO hing ein Schild mit einem Werbespruch. *Gesunde Kost für jeden.* In der Auslage waren Spee-Waschmittelpäckchen zu einer abenteuerlichen Pyramide aufgetürmt worden.

Sie gingen weiter die Stadt hinauf, immer geradeaus, vorbei an der Lücke, an der einmal der volkseigene Spielzeugbetrieb Sonni gestanden hatte.

Schon im Herbst, der auf den Brand folgte, war der erste Spatenstich für einen Neubau in Sonneberg-Oberlind gemacht worden. Ein Jahr später konnte das Gebäude für die Herstellung der Plüschtiere eingeweiht werden. Weitere Betriebe wurden angegliedert, sodass die Sonni beständig wuchs.

Eva und Jan liefen hinter der fremden Cousine her, die mit den Zöpfen wippte. Ihre Clogs klapperten auf dem Straßenpflaster, und sie schien es zu genießen, dass sie Geräusche verursachte, die Aufmerksamkeit erregten.

Anita lief eingehenkelt mit Hugo. »Und, Brüderchen? Wie fühlt es sich an, wieder zu Hause zu sein?«

»Hier hat sich weiß Gott nix und doch alles verändert.«

Sie blieben vor dem Stammhaus der Langbeins stehen. Hugo sah an der vernarbten Fassade empor zu dem fehlenden Schriftzug. »Warum seid ihr nicht mitgekommen«, sagte er und schüttelte den Kopf. »Ich hab es dir vorausgesagt, Vati. Und nun haben sie euch die Fabrik weggenommen.«

»Es fühlt sich gar nicht weggenommen an, solang wir hier arbeiten dürfen«, versicherte Otto, und Flora gab ihm recht. »Es ist nicht so wichtig, wem die Fabrik gehört. Wir wollen nur ein Teil davon sein.«

Hugo ging hinein, um Fred zu begrüßen. Es hatte an einem der neuen Spritzgießautomaten ein Problem gegeben, und Fred war ganz durchgeschwitzt. Die Brüder umarmten sich verlegen.

»Guck dich nur um«, sagte Fred voller Stolz. »Wir produzieren jetzt sogar für das nichtsozialistische Wirtschaftssystem, also auch für euch.«

»Ja«, sagte Hugo. »Ich weiß.«

Fred fuhr fort: »Mit unseren Produkten könnt ihr drüben nicht mithalten!«

Hugo nahm ein Plüschtier aus einer Kiste mit Halbfabrikaten und betrachtete es nachdenklich. »Weißt, was uns den Spielzeugmarkt kaputt macht? Die Billigprodukte aus der DDR.«

Fred sah kurz über seine Schulter. Keiner der Arbeiter stand nahe genug, um ihnen zuhören zu können. »Wir brauchen die

Devisen. Da haben die Preise rein gar nichts mehr mit der Kalkulation zu tun.«

»Die Fabrik für mechanische Spielwaren, bei der ich bald zehn Jahre gearbeitet hab, hat grad dichtgemacht«, erzählte Hugo.

»Du hättest hierbleiben sollen, Hugo. Bei uns gibt es keine Arbeitslosen.«

Hugo winkte ab. »Ich würd nicht tauschen wollen. Bin jetzt in der Spielzeugabteilung vom Kaufhaus Brandt in Coburg.« Er grinste. »Da verdien ich gut. Muss ja auch sein. So ein Auto will gepflegt werden. Und nach Spanien geht es dieses Jahr. Pauschaler Flugurlaub, schon alles bezahlt im Reisebüro. Muss man sich ja leisten können.« Er grinste. »Und die Pakete an euch auch.«

Fred wurde verlegen. »Die brauchst du ja gar nicht zu schicken.« Er nahm einen Plüschhund mit Schlappohren aus der Dekorationsvitrine. Ein rotweißer Anhänger mit dem Firmenlogo der Sonni baumelte von seiner Pfote. »Sachen mit dem Sonnizeichen habt ihr bestimmt auch bei euch im Laden.«

Hugo nickte. »Klar, die verkaufen sich gut. Aber die werden alle umetikettiert. Zeug aus der DDR wolln die Leut bei uns nicht kaufen.«

Fred warf seinem Bruder einen verletzten Blick zu. »Ich geh mich waschen.«

Wie ein Fremder ließ sich Hugo durch das Haus führen. Fred präsentierte seine Schrankwand, die sogar ein Barfach mit Glasboden und Innenbeleuchtung besaß. Er klappte es auf und fragte: »Goldkrone oder Wurzelpeter?«

Es klang selbstverständlich, als hätte er die Flasche mit dem Kräuterlikör einfach im Konsum gekauft und nicht unter dem Ladentisch gegen einen Plüschhasen getauscht.

Die Brüder stießen mit dem Weinbrand an, und Hugo verzog das Gesicht. Dann ließ er sich das frisch mit grellbunt gemusterter Glasfaser tapezierte Kinderzimmer von Eva zeigen.

Sie beendeten den Rundgang durchs Haus in der Küche. Die Uhr mit dem blauen Strohblumenmuster tickte. Der Holztisch trug noch immer die Kerben für die Länge der Schleifenbänder. Nichts war verändert worden seit Hugos Kindheit. In der Ecke hing das kleine Emaillebecken unter dem Wasserhahn, daneben stand der Waschtisch mit den herausnehmbaren Schüsseln, auf dem Plüschsofa saß Otto, und hinter ihm war das Fenster mit dem Blick auf den Schlossberg und seinen spitzen Turm.

Flora füllte den Zucker in eine Glasschale und sagte entschuldigend: »Du weißt ja, die Zuckerdose ist weg. Aber besser die Zuckerdose als das Leben.«

»Ach Mutti«, sagte Hugo und begann zu weinen.

Im Gartenpavillon war das Rosenthalgeschirr eingedeckt. Auf dem Eisentisch standen eine Donauwelle, ein Schokoladenkeksküchen, Schlagsahne, eine Schüssel mit Dosenmandarinen und ein Teller mit Schmalzgebäck. Der Tisch war so überladen, dass Anita einen Hocker holen musste, sonst hätten sie keinen Platz für die Kaffeekanne gehabt.

Auch Hilda kam vorbei und brachte eine Buttercremetorte.

»Man könnt meinen, ihr seid Millionäre«, stellte Hugo fest, und Otto freute sich.

Anita goss den Westbohnenkaffee ein, und Flora schnitt Hildas Torte auf.

Jan nahm die Kuchengabel neben seinem Teller, beäugte sie misstrauisch und griff lieber zum Kaffeelöffel, um sein Tortenstück zu zerteilen. Sie benutzten sonst nie Kuchengabeln, und auch Servietten kamen normalerweise nicht auf den Tisch. Eva gab sich Mühe, nicht allzu begehrlich auf die Jeans von Iris zu starren.

Die Stimmung blieb steif. Die frühere Vertrautheit war der Höflichkeit gewichen.

»Nun erzähl von dir«, bat Flora ihren Ältesten, um das Schweigen zu brechen. »Wie ist es dir ergangen? Wie geht es deiner Frau, was macht sie?«

»Was soll sie machen?«, gab Hugo verwundert zurück. »Sie ist halt Hausfrau.«

Danach war es wieder eine Weile still. Nur der Fluss rauschte, und die Spatzen balgten sich schimpfend um Kuchenkrümel.

»Ich war ja nun ewig nicht mehr in Neustadt«, versuchte Otto das Gespräch wieder in Gang zu bringen. »Wie sieht es denn dort aus? Bei euch ist doch bestimmt viel gemacht worden.«

Hugo winkte ab. »Wir sind genauso angeschmiert wie ihr. Zonenrandgebiet. Früher im Herzen Deutschlands, jetzt am Arsch der Welt.«

Iris begann zu kichern, und plötzlich lachten alle, und die Kluft zwischen ihnen fühlte sich ein wenig kleiner an.

Und noch etwas verband sie. Sie alle mochten Willy Brandt und waren betrübt über seinen Rücktritt.

»Und auch noch wegen einem Spion von euch«, sagte Hugo vorwurfsvoll.

Hilda als Parteimitglied fühlte sich angesprochen und zog ein zerknirschtes Gesicht. »Ja. Das war nicht recht. Aber es ärgert uns mindestens so wie euch.«

Den Kindern wurden die politischen Gespräche schnell langweilig. Iris begann mit ihrem Löffel in der Rosenthaltasse herumzuklappern.

»Vielleicht zeigt ihr Iris, wo ihr schlafen werdet?«, schlug Flora vor.

Die Kinder durften auf dem Dachboden übernachten, denn in den Kinderzimmern war nicht genug Platz für drei Lager. Flora hatte alte Säcke mit Schaumflocken hingelegt und darauf Decken und Kissen ausgebreitet.

Iris klappte ihr Köfferchen auf und holte eine kleine Pepsiflasche heraus. »Die hab ich unterwegs nicht gebraucht. Krieg ich einen Flaschenöffner?«

Jan holte sein Klappmesser aus der Hose und hebelte den Deckel ab. Der Kronkorken flog hoch, und Eva fing ihn geschickt auf. Das Blech war kein bisschen verbogen.

»Brauchst du den noch?«, fragte Jan. »Sammelst du auch Kronkorken?«

Iris schüttelte den Kopf, während sie trank, bis die Flasche leer war. »Wo kann ich das wegschmeißen?«

Eva nahm die Flasche und lief damit nach unten in ihre Wohnung. Auf der Treppe roch sie an der Öffnung und ließ den letzten Tropfen auf ihre Zunge rinnen. Das Glas des Flaschenhalses schmeckte köstlich nach dem Lippenbalsam von Iris. In der Küche spülte sie die Flasche aus und stellte sie zur Dekoration neben eine Fantadose auf ein Regal.

Als Eva wieder nach oben kam, hatte Iris ihre Kleider ausgepackt und auf einen Stapel geworfen. Sie zerknüllte eine Plastiktüte, und Jan fragte schnell: »Kann ich die kriegen?«

Warnend boxte ihn Eva an die Schulter.

»Was denn?«, beschwerte sich Jan. »Sie wollte es doch wegwerfen. Das ist nicht gebettelt.«

Sorgsam glättete er die blauweiße Tüte vom Discounter. Die Plastiktüte war ein Statussymbol und wurde in Sonneberg mit dem gleichen Stolz getragen wie in Neustadt eine teure Designertasche.

Aus den knorrigen Zweigen des Kaiserbaums hingen die Stricke einer alten Schaukel. Eva setzte sich auf das Brett und half Iris, auf ihren Schoß zu klettern, sodass sie einander ansehen konnten. Jan sollte sie anstoßen, und Iris feuerte ihn an. Jedes Mal, wenn Iris schrie: »Höher! Ich will himmelhoch fliegen!«, roch Eva ihren köstlichen Pfefferminzatem.

Die Äste knackten, und die Blattherzen schlugen ihnen ins Gesicht. Die Wangen der Mädchen glühten und waren einander ganz nah.

»Warum sagst du nie was?«, fragte Iris ihre Cousine.

»Was soll ich denn sagen?«, entgegnete Eva schüchtern.

Die Schaukel pendelte langsamer.

»Ich hab keine Lust mehr«, stellte Jan fest und warf sich ins Gras. Die Mädchen lösten sich voneinander. Sie sprangen ab und setzten sich zu Jan. Eva wollte für die Cousine schnell ihre Strickjacke unterlegen, aber Iris winkte ab. »Das ist doch bloß eine alte Jeans.«

Sie zog aus ihrer Hosentasche eine Schnur, an deren beiden Enden jeweils eine große rote Holzkugel hing. »Habt ihr Lust auf Klick-Klack?«

Mit viel Geschick und ohrenbetäubendem Lärm ließ Iris die Kugeln kreisen und aneinanderschlagen.

»Iris!«, ertönte Hugos gereizte Stimme aus dem Pavillon. »Lass den Krach!«

»Ich bin das nicht!«, rief sie, hörte aber trotzdem auf zu klackern. Eva riss die Augen auf, Jan kratzte sich an der Stirn.

Iris sah hinauf zum Anbau. »Ist das die Fabrik? Mein Papi hat mir ganz viele Geschichten von der Fabrik erzählt. Werden da drin auch Barbies gemacht?«

Jan guckte dumm. »Was sind Barbies?«

»Busenpuppen«, erklärte Eva. »Wir machen die nicht, aber die Sonni. Die sind bloß ein bisschen größer und dicker. Wir durften mal eine testen, aber Jan hat sie vorne eingedellt.«

Den Sonnabend verbrachten sie vorwiegend mit Essen. Sie fielen von einer Mahlzeit in die nächste, gingen von Eierkuchen nahtlos zu Thüringer Klößen mit Rotkraut und Rouladen über, nach dem Kuchen kam Toast Hawaii, obwohl es natürlich keine Ananas gab und sie diese Zutat mit süß eingelegtem Kürbis ersetzen mussten. Abends tischten sie Erdnussflips und Puffreis auf.

Am Sonntag fuhr Hugo wieder zurück nach Neustadt und nahm einen früheren Zug als geplant. Man wisse ja nicht, wie lang es diesmal an der Grenze dauern würde, und er wolle seinen Interzonenzug nicht verpassen, erklärte er. Wieder weinte Flora und winkte mit ihrem Taschentuch zu Hugos Abteilfenster hinauf. Als der Zug verschwunden war, begann die Sehnsucht wieder zu wachsen. Zu ihrem Entsetzen merkte sie, dass sie Hugo lieber hatte und besser verstand, wenn er nicht da war.

Iris blieb in Sonneberg. Sie sollte zwei Wochen bei den Großeltern verbringen, zusammen mit Eva und Jan.

Es wurde der Sommer ihrer Kindheit.

Die Sonne weckte Eva früh am Morgen. Auf dem Dachboden gab es keine Gardinen, und nicht einmal der Dreck filterte das Licht, weil ihre Großmutter sogar hier oben die Fenster geputzt hatte. Es roch nach Lösungsmitteln und Flachs, der früher zum Stopfen der Puppen verwendet worden war.

Sie blieb ganz still liegen und betrachtete andächtig die Hände von Iris. Unter den Fingernägeln mit den rosa

Halbmonden schien nie Schmutz zu sein. Das Nachthemd ihrer Cousine war blitzweiß. Noch nie in ihrem ganzen Leben hatte Eva einen derart weißen Stoff gesehen. Ihr eigener Schlafanzug war verblichen und vergilbt.

Nachdem sie alle drei erwacht waren, liefen sie nach unten in die Küche, wo ihre Großmutter Flora schon am Herd hantierte. Der Großvater stand im Unterhemd vor dem kleinen Spiegel über dem Waschbecken. Er seifte sein Kinn mit einem Rasierpinsel ein und schabte die Bartstoppeln mit dem Rasiermesser ab.

Das Frühstück bestand aus Honigbroten und einem Apfel. Als die Kinder in den Garten stürmten, war auf zwei Holzbrettchen jeweils nur noch ein kleiner Apfelstiel übrig. Auf dem dritten lagen ein großräumig umknabbertes Kerngehäuse und Brotrinden.

Flora hatte ihren Enkeln eine Dose mit Salmiakpastillen für unterwegs geschenkt. Das war eine große Ausnahme, denn eigentlich gab es nie mehr als eine Pastille am Tag, und zwar ausschließlich vor der Nachtruhe.

Auf der Wiese öffnete Eva die Dose vorsichtig, und Iris nahm sich gleich ganze sechs Pastillen heraus. Jan guckte Eva an, sie kratzte sich am Kopf.

Iris leckte ihren Handrücken ab und klebte die Pastillen im Kreis darauf, eine neben der anderen, bis sich eine Blume ergab. Sie wartete, bis ihre Spucke getrocknet war und die Pastillen fest auf ihrer Hand hafteten. Dann schleckte sie genüsslich darüber.

Sofort machten es Eva und Jan nach. Danach war die Dose leer.

Überhaupt gab es in diesem Sommer ständig Ausnahmen. Die Kinder bekamen, entgegen der sonstigen Gepflogenheiten, jeden Tag Geld für Moskauer Eis, das Iris besser als das italienische schmeckte. Jeden Morgen holten sie sich für zehn Pfennige eine doppelte Semmel beim Bäcker Pechtold zum teilen, und sie bekamen die Erlaubnis, in den Kirschbaum zu klettern und ihn nach Herzenslust zu plündern. Danach durften sie zwei Stunden lang kein Leitungswasser trinken. In dieser Angelegenheit blieb Flora streng. »Sonst platzt euch der Bauch!«

Wenn es ihnen zu heiß wurde, stellte Flora eine Zinkwanne in den Garten und schöpfte Wasser aus dem Fluss hinein. Im Fluss selbst konnte niemand baden. Darin lag der Unrat der ganzen oberen Stadt von verrosteten Kinderwagen bis zu verfaulten Kartoffeln.

Wenn sich das Wasser in der Zinkwanne halbwegs erwärmt hatte, zogen sich Jan und Eva bis auf den Schlüpfer aus und sprangen mit Anlauf hinein. Iris erschien in einem knallroten Badeanzug. Plötzlich schämte sich Eva für ihre ausgeleierte Rippstrickunterwäsche.

Am Abend durften sie, eingehüllt in von der Sonne steif getrocknete Badetücher, den Abendgruß im Fernsehen gucken. Und das, obwohl alle drei der Großmutter nicht beim Abwasch geholfen hatten.

»Unser Sandmännchen sieht anders aus«, stellte Iris fest. »Aber ihr dürft ja keinen Westen gucken, hat mein Papa erzählt.«

»Quatsch«, sagte Jan und erklärte stolz, dass die Sandmännchenpuppen in Sonneberg hergestellt würden.

»Klar gucken wir Westen«, versicherte Eva. »Wir sollen es bloß keinem erzählen. Aber unser Sandmännchen ist schöner als euers. Das sehen wir lieber.«

Nachts lagen sie auf dem Dachboden, hielten einander an den Händen und flüsterten. Iris war immer in ihrer Mitte, roch nach Apfelseife und Pfefferminz und sollte erzählen, wie es im Westen war.

»Ach sag noch einmal, was es bei euch für Bonbons gibt«, bettelte Eva.

Im Sonneberger Konsum gab es zwei Sorten, und beide waren hart. Iris beschrieb die unvorstellbare Pracht, die in den Neustädter Läden herrschte, weiche Bonbons und feste, bunte und durchsichtige, mit Schokolade und ohne, mit dem Geschmack von Apfel, Erdbeer, Orange und sogar Cola! Vor den Augen von Eva und Jan entstand ein unerreichbares, zuckerwattesüßes Paradies, und es kam ihnen so vor, als wäre Iris die Fee aus dem Zauberland. Auf alle Fälle duftete sie danach.

»Aber so schönes Spielzeug wie hier in Sonneberg gibt es nicht bei uns«, versuchte Iris die anderen beiden zu trösten und gähnte.

Sie nahm ihren Kaugummi raus und klebte ihn unter ein Regalfach. Eva merkte sich genau die Stelle, damit sie ihn wiederfand, wenn ihre Cousine schlief.

Der Sommer verging viel zu schnell.

Sie hatten im Baxenteich gebadet und Iris mit in ihre Schule genommen, wo gerade die Ferienspiele stattfanden.

Sie durften mit den anderen Kindern und der Pionierleiterin ein riesiges Domino aufbauen, das sich später klackend durch die Schulgänge wand.

Nachts schlichen sie heimlich in die Fabrik, geisterten mit ihren Taschenlampen herum und warfen sich jauchzend in riesige Behälter, gefüllt mit weichen Plüschtieren.

Sie waren im Kino gewesen, in das sämtliche Kinder der Stadt ohne Eltern strömten, um *Drei Haselnüsse für Aschen-*

brödel zu sehen. Als vor der Vorstellung das Licht im Saal ausging, fingen alle Kinder an zu schreien. Die Langbein-Kinder hielten sich in der Dunkelheit an den Händen und schrien aus voller Kehle mit, vor lauter Freude und Lust.

Am letzten Abend lagen sie eng beieinander auf den weichen Schaumstoffsäcken.

Längst waren auch die Finger von Iris schmutzig, das blütenweiße Nachthemd hatte gelitten, und sie roch nicht mehr ganz so fremd. Sie rieben ihre schwitzigen Füße aneinander, die Gesichter heiß von der Sonne.

»Es kann doch nicht jetzt schon alles vorbei sein«, sagte Iris plötzlich.

Sie knipste die Taschenlampe an, holte ein Papiertaschentuch aus ihrem gepackten Koffer und schnaubte. Eva und Jan besaßen nur Stofftaschentücher. Selbst wenn sie ihre Nase putzte, war Iris besonders.

»Ich hab noch ein Abschiedsgeschenk für dich«, versuchte Eva ihre Cousine zu trösten. Sie holte eine kleine blaugelbe Werbefigur unter ihrem Kopfkissen hervor.

»Was ist das?«, wunderte sich Iris.

»Natürlich der Minol-Pirol«, sagte Eva, als müsste den eigentlich die ganze Welt kennen.

Jan maulte geknickt: »In ganz Sonneberg gibt es kein Mädchen, das so dufte ist wie du, Iris.«.

Iris versprach: »Ich werde dir doch schreiben. Ganz lange Briefe schreib ich dir.«

Und Eva versicherte: »Sobald wir Rentner sind, kommen wir dich besuchen. Und dann musst du uns alles zeigen, wovon du erzählt hast!«

Eva schlief als Erste ein. Man konnte ihren schweren Atem hören.

»Hast du schon mal geküsst?«, flüsterte Iris unvermittelt in die Dunkelheit hinein.

»Meinst du mich?«, fragte Jan erstaunt. »Nää.«

Iris beugte ihr Gesicht zu ihm rüber und presste einen ungeschickten Kuss auf seine Lippen. »Jetzt hast du.«

33

Der Keller

Der Eingang zum Keller befand sich gleich rechts neben der Tür, die in den Garten hinausführte. Drei Stufen ging es nach unten. Eva rutschte auf einer der rundgetretenen Steinkanten aus und konnte sich gerade noch an Jans Ärmel festhalten.

»Ich habe so eine Ahnung, dass wir die verschwundene Form heute finden werden«, verkündete Iris.

Ein weiterer Schritt führte sie in die Dunkelheit. Der Raum besaß keine Oberlichter.

Iris hielt die Tür auf, damit Eva den Kippschalter finden konnte.

Licht flammte auf, von der Decke pendelte eine nackte Glühbirne. Auf den ersten Blick sahen sie, dass sie die verschwundene Form hier nicht finden würden.

Der Kellerraum schien nahezu leer zu sein. Er war aus Backsteinen gemauert, an denen Salpeter emporkroch und in bizarren Mustern ausblühte. Die Steine glänzten feucht vom Wasser, das vom Stadtberg durch die Grundmauern gedrückt wurde. Bis zur Hüfthöhe befanden sich überall Kritzeleien.

»Habt ihr das gemalt?«, fragte Iris.

Eva schüttelte den Kopf. »Nein, die waren schon da. Keine Ahnung, von wem die sind.«

Ein Kind hatte immer wieder dasselbe Motiv gezeichnet, krakelige Sonnen mit lachenden Gesichtern.

In dem Vorratsraum wurden früher Äpfel und Kohlrüben gelagert, ein paar vergessene Kartoffeln keimten trotz der Dunkelheit.

An der äußeren Wand befand sich ein großes gemauertes Becken, in dem Wasser stand. Das Becken besaß eine Verbindung zum Fluss, und manchmal, wenn es Fisch hatte geben sollen, waren Forellen oder Karpfen bis zu ihrer Schlachtung darin geschwommen. Jetzt trieben nur ein paar tote Laufkäfer an der Oberfläche.

Eva zog Arbeitshandschuhe über und beförderte die Kartoffeln in einen Müllsack.

Erleichtert stellten sie fest, dass auch im angrenzenden Raum das Licht funktionierte. Dort lagerten Kohlen. Jemand hatte sie ordentlich in Reihen an der Wand aufgeschichtet.

»In meiner Erinnerung waren hier unten alte Maßkrüge aus Porzellan, mit silbernen Deckeln«, sagte Eva enttäuscht.

»Die sind auf der anderen Seite, in der alten Waschküche«, erklärte Jan. »Was machen wir mit den Briketts?«

»Wegwerfen«, forderte Iris. »Die Kohlen sind bestimmt überlagert.«

Jan musste grinsen. »Weißt du, wie alt Kohle ist? Fünfundsechzig Millionen Jahre.«

»Sag ich doch«, gab Iris schnippisch zurück. »Eindeutig überlagert.«

Der letzte Kellerraum war mit Gerümpel vollgestellt, und ihre Hoffnung auf die Formen wuchs. Sie fanden die alten Maßkrüge, außerdem Plastikförmchen, Puppengeschirr und andere Dinge, mit denen sie im Sandkasten gespielt hatten. In der Ecke lehnte ein Wigwam aus Leinenstoff, vom Moder zerfressen. Die ethnischen Muster, die sie mit Stofffarben darauf gemalt hatten, waren verblasst. Sie schafften alles nach draußen in den Container.

Der Keller war nun bis auf die Kohlen leer. Iris fotografierte sie und hoffte, einen Abnehmer dafür zu finden. Das Haus wurde inzwischen mit einer Gastherme beheizt.

Jan schloss die Tür zum Keller, es war der letzte Raum des Hauses gewesen. »Dann sag ich mal Bescheid, dass der Container abgeholt werden kann.«

»Aber ich versteh das nicht«, jammerte Eva. »Die Form hätte doch hier irgendwo sein müssen!«

Hilflos zuckte Jan mit den Schultern. »Ich konnte heut Nacht nicht schlafen und war drüben in den Fabrikräumen. Die sind leer, bis auf die alten Holzmöbel. Vielleicht hat sie ja doch Onkel Hugo damals mitgenommen.«

Iris schüttelte den Kopf. Sie hatte längst im Keller ihres Wohnblocks in Coburg gesucht. »Ich hab gestern alle Kartons meines Vaters durchgeguckt.«

»Wenn sie nicht im Garten vergraben ist, ist sie unwiederbringlich weg«, stellte Eva enttäuscht fest.

Sie saßen in der Küche und tranken Tee. Die Schrankteile waren vom alten Lack befreit und geschliffen.

Auf dem Küchentisch sah es aus wie im Modellierzimmer von Otto Langbein. Verschmierte Tonreste klebten auf einem Holzbrett, Skizzenblätter lagen herum, Modellierhölzer, ein Klumpen Ton, in feuchte Tücher gewickelt, und zum Trocknen aufgestellte Puppenarme und Beine.

Eva hatte begonnen, die Einzelteile des Puppenkörpers vorzubereiten.

Iris berührte sie sacht. »Diese kleinen Finger!«

»Vorsicht, der Ton muss noch trocknen.«

Eva hatte nach dem originalen Stoff gesucht, aus dem damals die Puppenkörper genäht worden waren, und auf dem

Dachboden einen alten Leinenballen gefunden. Auch Eimer mit Tonerde und Papierfasern standen dort.

»Alle wichtigen Materialien hätten wir gehabt«, sagte sie enttäuscht. »Und für den Rest wären wir im Baumarkt fündig geworden.«

Iris nahm ihr Telefon aus der Hosentasche. »Und ich hatte den Kleiderstoff gefunden, oder einen, der ähnlich aussieht.« Sie zeigte die Seite von einem Händler, der Folklorestoffe anbot.

Jan amüsierte sich über seine Cousinen. Eva verzog das Gesicht. »Mach dich nicht lustig über uns.«

Er holte ebenfalls sein Telefon und zeigte eine Aufstellung. »Ich lache nur, weil ich schon eine Preiskalkulation gemacht habe.«

»Tja«, sagte Eva. »Wir können die Amerikanerin ja fragen, ob sie uns auch Puppen ohne Köpfe abnimmt.«

»Jetzt brauch ich ein Glas Wein«, verkündete Iris, und Eva stand auf.

Sie kam mit einer Flasche und Kristallgläsern zurück und fragte: »Hat jemand den Weinschrank wieder aufgehängt und befüllt?«

Iris hob die Hand. »Ich hatte so eine Ahnung, dass wir den heute brauchen.«

Jan nahm den Korken aus der angebrochenen Flasche, roch daran und goss ein.

Eva trank einen Schluck und schmeckte dem Wein nach. Er war schwer und süß und erinnerte an die Waldwanderungen, auf denen sie mit den Großeltern eimerweise Hagebutten gesammelt hatten. In diesem Haus hatte es zwei scheinbar unerschöpfliche Dinge gegeben: Natronplätzchen und Hagebuttenwein. Das Gebäck war längst alle, und auch der Wein ging zur Neige.

Eva seufzte gespielt. »Jetzt wird es nichts mit meiner Namensänderung. Die ist nämlich teuer, ich müsste auch alle Dokumente ändern lassen. Wenigstens heiße ich wie mein Ex-Mann und nicht mehr wie mein Stiefvater.«

Iris verzog das Gesicht. »Deinen Stiefvater fand ich unangenehm. Warum heiratet man so einen?«

»Weil man verliebt ist?«, vermutete Jan.

»Oder wenn man vom Fließband weg und in den Modesalon der Sonni will«, bemerkte Eva.

»Da müsste Tante Anita einem fast leidtun«, sagte Iris. »Wer konnte denn ahnen, dass es irgendwann auch andere Möglichkeiten geben würde.«

Eva schob das Brett mit dem Lehmklumpen zur Seite und klappte entschlossen ihren Computer auf.

»Ich schreib jetzt dieser Amerikanerin, dass wir weder die Puppe auftreiben noch eine Replik herstellen können.«

Gemeinsam lasen sie noch einmal die Anfrage durch.

»Ach, verdammt«, ärgerte sich Jan. »Die Frau hat Kunden auf der ganzen Welt.«

»Reiche russische Kunden«, präzisierte Iris. »Da müssen noch weitere Anfragen gewesen sein, wenn sie sich diese Mühe gemacht hat. Und sie schreibt von Repliken, die sie nehmen würde, also in der Mehrzahl.«

»Ich weiß, dass die Großeltern damals unglaublich viel in die Sowjetunion exportiert haben«, erinnerte sich Eva. »Vielleicht sind die dort genauso auf der Suche nach ihrer Kindheit wie wir, als wir uns um die Puppe bei der Auktion gestritten haben.«

Jan machte eine abwehrende Handbewegung, um zu verdeutlichen, dass er daran nicht beteiligt gewesen sei.

Eva begann zu tippen und suchte nach den richtigen englischen Formulierungen.

»Ich hatte die alberne Vorstellung, dass ich auf Messen fahre und Kleiderstoffe aussuche«, gestand Iris. »Kannst du nicht einen neuen Kopf machen, Eva? Finger und Zehen kannst du sehr schön.«

Eva lachte. »Ich bin leider nicht so begabt wie unser Opa. Das würde dauern, und es wäre auf jeden Fall ein völlig anderer Kopf.«

Nach dem dritten Schluck Wein waren sie davon überzeugt, dass der Puppenkopf ihre Rettung gewesen wäre. Sein Nichtvorhandensein ermutigte sie, ihre Zukunftsfantasien auszusprechen.

»Ich wäre diesmal realistisch gewesen«, beteuerte Iris. »Ich hätte nicht gleich wieder meine Stelle gekündigt.«

Jan versicherte: »Ich auch nicht. Wir würden das nebenbei machen und gucken, was draus wird.«

Auch Eva war der Meinung, dass sie es bodenständig angehen würde. »Ich hätte mich auf jeden Fall trotzdem halbtags an die Kasse gesetzt, damit wir nicht abhängig vom Erfolg sind. Es soll uns ja Spaß machen.«

»Richtig«, bestätigte Jan. »Stress haben wir schon genug.«

»Es wäre so aufregend gewesen!«, fand Iris.

Jan grinste. »Die paar Tropfen Wein sind uns ganz schön in den Kopf gestiegen.«

Eva klappte ihren Computer zu. »Ich schreib das lieber morgen.«

Entsetzt guckte Iris auf ihr leeres Weinglas. »Ach, verdammt! Ich bin mit dem Auto da! Kann man nach einem Glas noch fahren?«

»Auf keinen Fall!«, versicherten Eva und Jan fast zeitgleich. »Jetzt musst du hierbleiben. Da sparst du dir den Weg in der Frühe. Morgen ist der Garten dran.«

Iris wühlte in den Tiefen ihrer Handtasche. Sie zog eine

Cremetube und ein Schminketui raus. »Ich hab keine Zahnbürste dabei.«

»Dann lauf ich schnell zu mir rüber und hol eine für dich«, schlug Eva vor. »Schlafanzug bring ich auch mit.«

Sie standen auf und spülten die Gläser ab.

»Aber wir müssen auf dem Dachboden schlafen«, forderte Iris. »Wie damals. Und ich darf in die Mitte!«

Auf dem Dachboden war es ganz still, sie hörten nur den Fluss und das Knacken der Balken. Der Mond warf einen schmalen Korridor aus Licht auf die Holzdielen.

Sie hatten die Säcke mit Holzwolle untergelegt, weil Jan fürchtete, auf den weichen Schaumstoffflocken Rückenschmerzen zu bekommen.

»Es ist genau wie damals«, flüsterte Iris. »Ich hab den Fluss rauschen gehört, und es knackte überall.«

»Und du hast uns vom goldenen Westen erzählt«, erinnerte sich Eva und versuchte, eine halbwegs bequeme Position zu finden. »Was hab ich diese Geschichten geliebt, von Neonreklame und riesigen Kaufhäusern, in denen es alles zu kaufen gab von Glitzersteinen bis zu Flummis in Regenbogenfarben.«

»Ihr habt mich natürlich beflügelt, alles noch ein wenig auszuschmücken«, gestand Iris. »In Wahrheit ist es in Neustadt nicht ganz so glitzerig gewesen.«

»Das haben wir schon gemerkt.«

Jan streckte sich aus und stieß an irgendetwas. Es schepperte.

Eva machte noch einmal Licht, und Jan rieb sich den Ellenbogen. »Ich war damals definitiv kleiner.«

Er hob einen Karton mit Garnrollen auf, der von der Trennmauer heruntergefallen war.

Plötzlich schoss Eva hoch und rief: »Ich brauch einen Hammer! Wir müssen die Mauer einreißen.«

»Eva kriegt keinen Wein mehr«, bemerkte Iris.

»Nein«, rief Eva völlig außer sich. »Diese Steine! Das sind doch alles ausrangierte Formen! Wir müssen die Wände auseinandernehmen!«

Mit Hammer und Meißel klopfte Eva das Mauerwerk auseinander. »Die haben sie zum Glück nur mit Lehm verbunden«, stellte Jan fest.

»Warum sollte hier die Mutterform dabei sein?«, wunderte sich Iris.

»Das ist sie garantiert nicht. Aber das sind alte Arbeitsformen, die nicht mehr verwendbar waren. Wenn wir Glück haben, ist ein Abguss der Anita-Puppe dabei. Wir brauchen nicht unbedingt die Mutterform.«

Die zweiteiligen Formen waren zusammengeklappt verbaut worden, sodass ihr Inneres gut erhalten war. Behutsam wie eine Archäologin befreite Eva den ersten ovalen Stein. Es handelte sich um die Arbeitsform eines Puppenbeins. Das Beinchen erinnerte an eine Banane, die Füße waren kaum ausgearbeitet.

»Das muss eine von den ganz alten Formen sein. Mit denen wurden bei Oma zu Hause die Teile aus Papiermasse gedrückt.«

Sie stellte die Form vorsichtig an die Seite.

»Na los«, feuerte Iris sie an, »klopf weiter!«

Sie verbrachten die ganze Nacht damit, die halbhohen Trennwände einzureißen. Irgendwann wollte Eva sich ablösen lassen, aber die anderen hatten Angst, etwas kaputt zu machen.

»Ein Elefant!«, rief Eva plötzlich. »Wir haben eins der Zootiere gefunden!« In der Vertiefung waren filigrane Details erkennbar: Runzeln im Fell, die Stoßzähne, der geschlängelte Rüssel.

»Meint ihr, wir finden noch die anderen Tiere?«, hoffte Jan. »Die müssen wir auch herstellen.«

»Und wenn die keiner kauft?«, fragte Iris skeptisch.

»Ist mir egal«, erklärte Jan. »Dann spiel ich eben selbst damit.«

Sie legten eine große Anzahl an Formen frei. Alle Modelle dafür hatte ihr Großvater geschaffen. Es kamen Märchenfiguren zum Vorschein, Aschenputtel, Hänsel und Gretel, Schneewittchen. Dann fanden sie weitere Zootiere, Giraffe, Pferd, Zebra, Krokodil, kleine Affen in verschiedenen Haltungen. Viele davon waren doppelt und dreifach verbaut worden. Sie förderten Weihnachtsmänner und Osterhasen zutage und eine unübersehbare Anzahl von Formen für Puppenarme und Puppenbeine. Als sie die erste Form eines Kopfes entdeckten, jubelten sie schon, aber es war ein anderer, zu klein und mit modellierten Haaren.

Und dann, in der vorletzten Reihe einer der hinteren Mauern, stießen sie auf den Abguss eines Puppenkopfes, der die richtige Größe hatte.

Sie drängten sich um die zweiteilige Form und versuchten, die Schrift im vertieften Nacken zu erkennen. Der Teil für den Hinterkopf war mit A. L. und der Jahreszahl 1950 gemarkt.

Eva nahm die andere Hälfte behutsam in beide Hände und pustete den Staub weg.

Das kleine Gesicht wirkte, als ob es schliefe. Es sah empfindsam und trotzig zugleich aus, und plötzlich erkannte Eva ihre Mutter darin.

34

Am laufenden Band

März 1976 – »In der Zeit hätten wir schon achtunddreißig Schnatterinchen geschafft. Oder zweihundertachtundvierzig Sandmännchensäcke, gestopft und zugebunden«, flüsterte Flora Otto ins Ohr.

Vor der Belegschaft in der volkseigenen Werkhalle der ehemaligen Puppenfabrik Langbein stand seit einer halben Stunde ein stämmiger Mann Anfang vierzig und redete. Flora hatte die Werktätigen im Raum gezählt, in Arbeitsbereiche sortiert, mit der Zeit multipliziert, die vergangen war, und die Kosten ausgerechnet. Die Minute der Augeneinsetzer hatte einen anderen Preis als die der Näherinnen. Die Rechenaufgabe fiel ihr leicht, schließlich hatte sie schon so oft mit der Stoppuhr neben den Arbeitern gestanden, die einzelnen Arbeitsgänge gemessen und die Preise und Normen kalkuliert.

»An wen erinnert der mich da vorn bloß?«, flüsterte Otto Flora zu.

»Victor Pulvermüller«, sagte Flora, ohne nachzudenken.

Der Funktionär war natürlich nicht so schön und auch nicht so elegant gekleidet. Er trug ein schlecht sitzendes graues Sakko und eine Brille mit eckigem Kunststoffrahmen. Aber er vermittelte ein Gefühl von Vertrauenswürdigkeit und Überlegenheit.

»Meine Aufgabe ist es«, sagte der Mann, »Konzentration und Spezialisierung der Spielzeugproduktion über Kooperationsbeziehungen mit den übrigen Kombinatsteilen des VEB Kombinat Puppen und Plüschspielwaren Sonni Sonneberg auf die volkswirtschaftlichen Erfordernisse abzustimmen und entsprechend der Planwirtschaft umzusetzen. Fragen?«

Zunächst herrschte verunsichertes Schweigen. Dann stand Fred auf. »Und was heißt das jetzt konkret für uns?«

»Das heißt, dass wir umstrukturieren, überholte Sortimente abstoßen und eine weitestgehende Zentralisierung der Leitungsfunktionen anstreben.«

»Noch konkreter?«, rief einer der Arbeiter.

»Der VEB Spielwelten wird als Betriebsteil 17 an den Stammbetrieb Sonni angegliedert und verliert ab sofort seine Selbstständigkeit. Ich bin der neue Betriebsteilleiter, Dieter Schulze. Genosse Fred Langbein wird von seinem Posten als Direktor entbunden. Ist das konkret genug?«

Dieter Schulze war Absolvent der Parteihochschule, hatte von der Spielzeugproduktion nicht den Hauch einer Ahnung und war klug genug, sich realistisch einzuschätzen. Deshalb verkündete er in die einsetzende Unruhe hinein, dass die Partei selbstverständlich die fachlichen Fähigkeiten von Fred Langbein schätzen würde und er deshalb technischer Leiter bliebe. Die Änderungen seien demzufolge reine Formalien.

»Tja«, sagte Fred zu seiner Belegschaft. »Dann sind wir eben jetzt das Kollektiv vom Betriebsteil 17.«

»Im Grunde«, stellte Dieter Schulze abschließend fest, »ändert sich hier nichts.«

»Und um das zu sagen, hat der jetzt fünfzig Schnatterinchen gebraucht?«, fragte Flora.

»Ist doch egal«, flüsterte Otto ihr erleichtert zu. »Hauptsache es geht weiter wie bisher.«

Es änderte sich aber doch einiges im neuen Betriebsteil 17. Die Verbindungstür zum Stammhaus durfte nicht mehr benutzt werden und wurde versiegelt, weil sie zur Fabrik gehörte und damit staatlich war. Otto störte sich sehr an dieser Änderung seiner Gewohnheiten.

»Soll ich jetzt etwa die Fabrik von außen aufschließen wie ein Fremder?«, klagte er.

Aber Flora meinte: »Du wirst dich dran gewöhnen, Otto. Lieber die Tür versiegelt als das ganze Haus. Besser die Zuckerdose als das Leben!« Sie kannten andere Fabrikanten, die plötzlich ihre eigenen Wohnhäuser nicht mehr betreten durften, weil sich darin Arbeitsräume befanden.

Eine weitere Änderung war, dass die Entwicklung und Herstellung von Kleidern für Plüschtiere als überholt betrachtet und eingestellt wurde. Anita sollte stattdessen eine fehlende Stelle besetzen, in der sie Plüschnähte auskratzen musste, eine Handarbeit, die viel Kraft, aber keine Fantasie verlangte.

»Kannst du mir nicht helfen?«, bat sie ihren Bruder flehentlich. »Du bist ja wenigstens noch technischer Leiter. Da hast du Einfluss.«

»Du hast es doch gemerkt«, sagte Fred und zuckte hilflos mit den Schultern. »Ich hab hier nichts mehr zu melden. Nur die Verantwortung, die hab ich noch. Wenn was schiefgeht, bin ich schuld, wenn es gut läuft, kriegt der Schulze eine Auszeichnung.«

»Warum tun wir uns das an?«, fragte Anita.

»Weil es noch immer unser Betrieb ist. Ich fühl mich dafür genauso verantwortlich wie früher.«

»Aber ich gehör doch auch dazu«, sagte Anita kläglich. »Wo ist mein Platz in der Fabrik? Du weißt, wo meine Talente liegen. Ich will keine Nähte auskratzen.«

Fred ließ die Schultern hängen und atmete aus. »Anita, ich

hab grad ganz andere Sorgen. Guck dir die neuen Planvorgaben an. Die Stückzahlen sind nicht mal theoretisch machbar. Selbst dann nicht, wenn wir genug Material hätten.«

»Wie kann ich helfen?«, wollte Anita eifrig wissen. »Ich tu alles. Nur nicht Nähte auskratzen.«

Fred betrachtete seine Schwester. Sie hatte lange, gebogene Wimpern und unterstrich das mit schwarzer Tusche, die in einem effektvollen Kontrast zu ihrem hellen Haar stand. Ihr Gesicht strahlte eine gewisse Unbedarftheit aus, die ihr Gegenüber verleiten konnte, sich überlegen zu fühlen.

»Jeder von uns muss das tun, was er am besten kann«, sagte Fred zu seiner Schwester. »Du kannst gut mit Männern.«

Anita zog einen weißen Rollkragenpulli über, den sie eigentlich schon aussortiert hatte, weil er ein wenig eng war. Sie schlüpfte in Minirock und Lackstiefel und steckte ihre rote Baskenmütze mit ein paar Haarklemmen fest.

Sie hatte den Auftrag verstanden.

Mit ihrem Motorroller, einer hellblauen Schwalbe, fuhr sie nach Oberlind zum Neubaukomplex des VEB Kombinat Puppen und Plüschspielwaren Sonni Sonneberg, dessen Betriebsteil sie jetzt waren. Sie ging in das Verwaltungshochhaus, marschierte an der verdutzten Chefsekretärin vorbei und betrat das Büro von Dieter Schulze.

Dieter Schulze war überrascht. Angenehm überrascht. Als die Sekretärin aufgebracht hinterhereilte, winkte er ab, und sie schloss die Tür von außen.

»Was gibt es?«, wollte er wissen.

»Sie waren gestern bei uns in den ehemaligen Spielwelten, jetzt Betriebsteil 17.«

»Ah, ja. Die kleine Langbein. Macht ihrem Namen alle Ehre. Wie kann ich helfen?«

»Es geht um die Arbeitsnormen. Sie wissen, wir haben unseren Plan immer erfüllt. Aber jetzt, das können wir nicht schaffen.«

Dieter Schulze zuckte mit den Schultern. »Mit der Frida-Hockauf-Methode ist alles zu schaffen. Dann arbeitet halt in Schichten.«

»Wir haben gar nicht genug Material, und dann die veralteten Maschinen. Bei uns ist seit Jahren nicht mehr investiert worden.«

Er setzte seine Brille ab und polierte die Gläser. »Die Normen sind eine Forderung vom Ministerium. Die Konsumgüterproduktion steht an erster Stelle.«

Es schüchterte sie ein, dass er so viel älter war als sie und lupenreines Hochdeutsch sprach. »Selbstverständlich!«, versicherte sie. »Am Ende muss der Plan stimmen. Aber vielleicht könnte bei uns ja modernisiert werden. Und bis dahin kann man die Planvorgaben ja möglicherweise ein bisschen umverteilen, ein wenig gerechter.«

Vergeblich zog er seinen grauen Anzug zurecht.

Anita dachte, dass nicht alle eine Konfektionsgröße hatten und ihm jemand die Länge der Ärmel anpassen musste. Sie trat einen Schritt an ihn heran und drehte das Parteiabzeichen an seinem Revers in die richtige Position.

Er beugte sich vor, um sich etwas auf einem Zettel zu notieren, und berührte sie dabei. Sie lächelte.

»Also gut«, sagte er. »Ich sehe zu, was ich machen kann, und ihr seht zu, dass ihr so viel wie möglich schafft.«

Sie lächelte noch mehr und entblößte eine Reihe kleiner Zähne. Er beugte sich ein wenig mehr vor. Die Haut seiner Wangen war großporig, aber er war gut rasiert und roch nach Tüff.

»Kann ich sonst noch was für Sie tun?«, fragte Dieter Schulze mit einem Unterton, den sie nicht deuten konnte.

Anita zögerte kurz, dann ergriff sie die Gelegenheit. »Ich würd gern im Modesalon vom Spielzeugkombinat arbeiten. Ich hab Talent. Ich hab bei uns jahrelang die Puppenkleider entworfen.«

»Was haben Sie denn für eine Qualifikation?«, wollte Dieter Schulze wissen.

»Ich bin Schneiderin.«

Er schüttelte den Kopf. »Tja, Mädchen, da hättst du mal lieber studiert. Dafür brauchst du einen Abschluss von einer Ingenieurschule für Bekleidungstechnik.«

An einem Montagmorgen, Otto hatte gerade von der Außenseite die Fabriktür geöffnet, kam Dieter Schulze mit einem Monteur, der die Halle vermaß.

»Was wird das?«, fragte Otto aufgeregt. Er fürchtete, man könnte Umbauten ohne sein Einverständnis vornehmen.

»Herr Langbein, das Werk gehört Ihnen nicht mehr«, wies ihn Dieter Schulze zurecht.

»Mach dir keine Sorgen, Vati«, versicherte Anita und machte ein Gesicht wie zur Bescherung. »Die prüfen nur, ob das Fließband auch reinpasst.«

»Welches Fließband?«, fragte Fred, der ebenfalls hinzugetreten war.

»Da könnt ihr euch bei Anita bedanken«, erklärte Dieter Schulze. »Hier wird modernisiert, damit der Plan erfüllt werden kann. Ihr kriegt auch neue Industrienähmaschinen.«

Wenige Tage später wurde das Fließband geliefert. Die Monteure bauten die Rollunterlage auf, hängten die Metallglieder aneinander, schlossen den Strom an, starteten einen kurzen Testlauf und verschwanden.

Die ganze Belegschaft stand um das Wunderwerk herum,

niemand wagte, es einzuschalten. Schließlich kroch Otto unter das Band, um die Technik zu erkunden. Als er wieder vorkam, strahlte er und sagte zu Flora: »Eine Transportiermaschine in unserer Fabrik! Wenn das der Vater sehen könnte!«

Sie richteten links und rechts des Fließbandes Arbeitsplätze ein. Vieles wurde inzwischen maschinell gemacht, nicht nur das Nähen, auch die Befüllung mit den Schaumstoffflocken und das Zuschneiden der Plüschstoffe. Sie erhielten auch eine Maschine zum Auskratzen der Nähte, und Anita bekam einen Platz am Fließband zugewiesen. Sie wurde zur Fertigung der letzten Naht eingesetzt, die bei allen Plüschtieren mit der Hand erfolgen musste.

Und dann fuhren die ersten Spielsachen über das Band und an den einzelnen Stationen vorbei. Anita war nervös. Sie fürchtete, sie könne nicht schnell genug sein und einen Stau verursachen.

Die Geschwindigkeit war moderat. Anita schloss mit exakten Stichen die kleine Öffnung, die für das Befüllen der Plüschtiere nötig war. Dann warf sie das Tier zurück aufs Band und griff sich das nächste. Auf den anderen Plätzen zu beiden Seiten des Fließbands wurden Augen eingesetzt, versplintet, mit rotierenden Bürsten die Flusen ausgekämmt, Schleifen umgebunden, und am Ende kam die Qualitätskontrolle.

Das gesamte Kollektiv applaudierte, als das erste fertige Plüschtier vom Band lief.

»So«, sagte Fred. »Nun wisst ihr, wie's geht. Bisher habt ihr mit einem Ball gespielt, jetzt müsst ihr jonglieren.«

Flora und Otto standen ergriffen vor dem Fließband und konnten sich nicht sattsehen daran. Sie wagten nicht, sich laut zu unterhalten, als könnten sie den magischen Takt der Bewegungen stören.

»Das ist die Zukunft, Flora«, flüsterte Otto.

Sie lehnte ihren Kopf an seine Schulter. »Und wir sind mit dabei.«

Am Nachmittag kamen Eva und Jan aus der Schule. Sie staunten das Ungetüm in der Werkhalle voller Begeisterung an. Und obwohl sie schon neun Jahre alt waren, durften sie nur aus der Ferne und mit den Händen auf dem Rücken zugucken.

In der Nacht, als alle schliefen, schlichen die Kinder in die Fabrik, und Jan untersuchte das Förderband. Sie wagten es nicht, Licht zu machen, aus Angst, erwischt zu werden. Von draußen schimmerte das Mondlicht herein, und sie hatten ihre Taschenlampen mitgebracht.

Jan machte sich am Schaltkasten zu schaffen und brachte das Band plötzlich zum Laufen. Mit leisen Schleifgeräuschen setzte es sich in Bewegung.

Jan sprang vor Begeisterung hoch. »Irre! Genau so ein Ding hat Rudi Carrell bei *Am laufenden Band!* Los, wir spielen das! Du musst raten!«

Eva zerrte sich einen Stuhl heran. »Ich brauche einen Thron!«

»Trommelwirbel!«, rief Jan und schepperte mit einem Schraubenschlüssel auf Metall. Er warf verschiedene Dinge aus der Werkstatt auf das Band und ließ sie an Eva vorbeifahren.

Die Fabriktür flog auf, das Licht ging an. Otto stürmte herein und schwang die Kohlenschaufel, hinter ihm her kam Flora im Nachthemd angerannt. Die Großeltern hatten den Lärm gehört und Einbrecher vermutet.

»Ja, seid ihr denn verrückt geworden?«, rief Flora.

Eva zog den Kopf ein. Es würde in dieser Woche wohl keine Stammbuchbilder zur Belohnung geben.

»Die gute Transportiermaschine!« Otto suchte verzweifelt nach einem Schalter, um das Band anzuhalten. In diesem Moment kam Fred herbeigeeilt, der dem Spuk ein Ende bereitete.

»Du kannst dich auf was gefasst machen, Eva!«, schimpfte Anita, die der Lärm ebenfalls angelockt hatte.

»Aber nachts braucht das Fließband doch keiner …«, versuchte Jan aufzubegehren.

»Ab ins Bett mit euch!«

Die Kinder rannten ins Haus, und Fred sah nachdenklich auf das Fließband. »Jan hat recht. Nachts braucht das Band keiner, das könnten wir doch nutzen. Ich hab schon die ganze Zeit überlegt, wie ich für den Prototypen von unserem neuen Lauftier einen Zweiundsiebzig-Stunden-Test hinkrieg.«

Diesen Test mussten alle mechanischen Spielzeuge absolvieren, bevor sie in die Produktion gehen konnten.

Fred holte einen kleinen Leoparden, den er entwickelt hatte, und schaltete ihn an. Sofort begannen die Plüschbeine zu strampeln. Die anderen Kontrollen auf Sicherheit, Qualität und Bespielbarkeit hatte der Leopard schon hinter sich. Seine Mechanik hatte sogar Jans Zerstörungsversuche überstanden.

»Wir werden nachts das Förderband einschalten und den Leoparden darauf laufen lassen«, schlug Fred vor. »Wir rechnen die Stunden einfach zusammen, bis wir die zweiundsiebzig voll haben.«

Er schaltete das Fließband wieder an, setzte das Plüschtier darauf, regulierte die Geschwindigkeit, damit der Leopard immer auf der gleichen Höhe blieb, und dann marschierte das Kuscheltier vorwärts und lief und lief, die ganze Nacht.

Am nächsten Morgen erschien Eva mit gesenktem Kopf zum Frühstück in Erwartung einer saftigen Strafpredigt.

Ihre Großeltern sahen sie streng an und Otto sagte: »Wie konntet ihr die teure Transportiermaschine anschalten!«

»Wenn ihr euch nun verletzt hättet«, schalt Flora.

»Wenn ihr sie kaputt gemacht hättet«, schimpfte Otto.

Nur Anita winkte ab und sagte: »Es ist ja nicht mehr unsere Maschine.«

Die Vorabendserie durfte Eva trotzdem nicht gucken, denn das entschieden die Großeltern. Ihre Mutter verschwand abends immer und ging aus. Eva würde in der Schule nicht über das nächste Abenteuer der Melchiors mitreden können.

Doch als Flora ihre Enkelin ins Bett brachte, steckte sie ihr eine Salmiakpastille in den Mund, gab ihr einen Kuss, und alles war wieder gut. So waren ihre Regeln. Man machte Unsinn, bekam seine Strafe, und danach war die Sache aus der Welt, als wäre sie nie passiert.

Einmal im Quartal musste Fred zur Schulung. Zweimal im Monat ging er zu Sitzungen mit der Kombinatsleitung in das Verwaltungshochhaus in Sonneberg-Oberlind. Dann saßen die Leiter aus den Betriebsteilen zusammen, lieferten ihre Berichte und bekamen mitgeteilt, ob sie die Planzahlen erfüllt hatten und wer die Lohnfonds überzogen hatte.

Zusätzlich gab es jeden Monat eine Parteiversammlung. Wenn Fred sich über die Zeitverschwendung ärgerte und fragte, was denn mit der heiligen Planerfüllung sei, bekam er zu hören, im Sozialismus sei nichts heilig, und zuerst müsse doch die ideologische Grundlage stimmen.

Am Ende der Parteiversammlung rief Dieter Schulze Fred zu sich und sagte: »Der IX. Parteitag unserer Partei steht vor der Tür, Genosse.«

Fred wusste, was das bedeutete. Es mussten Sonderschichten gefahren werden, um die Einzel- und Kollektivverpflichtungen einzuhalten, die sie anlässlich des Parteitags hatten abgeben müssen. Er musste eine Stellungnahme und eine Grußadresse an den Parteitag schreiben und hatte dafür eine Grußadressenkonzeption mit klaren Richtlinien erhalten. Fred hatte das Gefühl, dass er nur noch mit markigen Worten und flammenden Formulierungen statt mit der Produktion beschäftigt war. Wenigstens den laufenden Plüschleoparden hatten sie entwickeln dürfen. Das war etwas Reelles – zu Ehren des IX. Parteitags.

»Jaja, Genosse«, sagte Dieter Schulze, »nicht schlecht. Aber darüber darfst du nicht vergessen, du musst noch ein neues Parteimitglied werben. Zu Ehren des IX. Parteitags der Sozialistischen Einheitspartei Deutschlands!«

Am Abend sah Fred nach dem vor sich hin trottenden Leoparden. Er hatte die zweiundsiebzig Stunden fast geschafft.

Das Licht in der Werkhalle lockte Flora an.

»Was guckst du so betrübt?«, fragte sie ihren Sohn. »Ist der Lauftest nicht gut gegangen?«

»Doch«, sagte Fred. »Der kleine Kerl hält sich tapfer. Wenn es in dieser Nacht keinen Zwischenfall gibt, können wir kommende Woche in die Produktion gehen.«

»Worum machst du dir dann Sorgen?«

»Jetzt will die Partei, dass ich ein Mitglied für sie werbe«, stöhnte Fred. »Aber ich kann doch unmöglich zu unseren Mitarbeitern gehn und sie zum Eintritt in die SED überreden. Da verlieren die ja den letzten Rest Respekt vor mir.«

»Kannst du dich da net irgendwie rauswinden?«, fragte Flora.

Fred schüttelte den Kopf. »Dieter Schulze drängt mich jetzt seit Wochen, und ich lass mir jedes Mal eine andre Ausrede einfallen. Wenn ich nicht so an der Fabrik und unseren

Leuten hängen würde, würd ich den Posten einfach hinschmeißen. Dann könnten die Funktionäre mal sehen, wie sie den Betrieb ohne mich am Laufen halten.«

Flora dachte nach. Dann sagte sie: »Weißt du was? Melde mich als neues Parteimitglied. Mir ist das völlig wurscht.«

Der kleine Laufleopard bestand den Langzeittest. Und wenn die Textilstanze für den Zuschnitt nicht ausgerechnet am nächsten Tag kaputt gegangen wäre, hätten sie mit der Produktion beginnen können.

Die dicken Plüschstoffe wurden nicht mehr in riskanter Handarbeit mit einer Bandschneidemaschine zugeschnitten, sondern mehrlagig ausgestanzt, vorausgesetzt die Maschine funktionierte.

Otto, der die Geräusche seiner Fabrik genau kannte, merkte sofort, dass eine der Maschinen im Orchesterklang der Arbeitsgeräusche fehlte, und sah nach, woran es lag.

»Ich hab schon den halben Tag rumtelefoniert, aber keiner hat die passenden Schrauben für eine Reparatur«, klagte Fred sein Leid. »Es kann doch nicht sein, dass so was im ganzen Land nicht aufzutreiben ist. Im Westen haben die sicher genug Schrauben in allen Größen und Gewindearten.«

»Ja, und warum fragst du dann nicht deinen Bruder?«, wunderte sich Otto. »Er kann uns doch welche besorgen!«

Da sie es nicht für klug hielten, vom Diensttelefon beim Klassenfeind anzurufen, um sich über den sozialistischen Materialmangel zu beklagen, ging Flora für das Telefonat zu einem der Nachbarn. Otto trieb in der Zwischenzeit einen Rentner auf, der seine Verwandtschaft in Coburg besuchen wollte und einen Pass mit gültigem Visum besaß. Der Mann fuhr in den Westen, traf sich mit Hugo und brachte die Schrauben am nächsten Tag nach Sonneberg. Fred reparierte die Stanze, und im Orchester der Maschinen war wieder ihr Klang zu hören.

Gerade als Fred zurück an die Arbeit wollte, hielt Otto ihn am Ärmel fest. »Wart einmal.« Otto holte den New Yorker Sicherheitsfüllfederhalter aus seiner Brusttasche und legte ihn Fred in die Hand. »Den hast du längst verdient, mein Junge«, sagte Otto.

In der vollen Werkhalle, unter den Augen der vielen Arbeiterinnen, wollte Fred seinen Vater nicht umarmen. Er legte ihm stattdessen die Hände auf die Schultern und versprach: »Ich werd dir Ehre machen.«

Nach ein paar Tagen ging der Leopardenplüsch zur Neige. Wieder telefonierte Fred herum, sprach mit anderen Kombinatsleitern und technischen Direktoren. Von einem Betrieb hätte er grünen Plüsch kriegen können, aber überall bekam er zu hören, dass in dieser speziellen Musterung nichts da wäre. Endlich erfuhr er von einer Weberei, dass sie tatsächlich gefleckten Mohairplüsch liefern könnten, aber nur in der Theorie, denn Betriebsteil 17 hätte sein Kontingent schon ausgeschöpft. Da sei nichts zu machen.

Erneut standen die Maschinen still, aber Fred beruhigte seinen Vater. »Wir brauchen bloß ein paar Produktionsbeschleuniger. Damit krieg ich das hin.«

Er lud den Kofferraum des Betriebsautos, einen hellgrünen Moskwitsch-Kombi, mit Plüschtieren voll: Bären, Hunde, Katzen, Hasen, eins niedlicher und weicher als das andere. Damit fuhr er zum VEB Möbelstoff- und Plüschwerke in Hohenstein-Ernstthal und tauschte Kuscheltiere gegen Mohairplüsch ein.

Plüschtiere waren eine solidere Währung als die Mark der DDR. Für Plüschtiere bekam Fred alles. Denn das Spielzeug, das volkseigene Betriebe wie Sonni, PIKO oder Plüti in riesigen Stückzahlen und in ausgezeichneter Qualität herstellten, gelangte nur in geringer Zahl in die Kinderzimmer der DDR. Das meiste davon ging in den Export, am liebsten in das nichtsozialistische Ausland, und brachte Devisen. Mit Plüschtierwährung konnte Fred alles für seine Fabrik bekommen, von Ersatzteilen für den Multicar bis zu Plauener Spitze aus Apolda für die Schleifen.

Mittlerweile schickte Hugo seltener Päckchen, dafür öfter Postkarten aus Teneriffa oder Mallorca.

Fred guckte sich die Karten mit gerunzelter Stirn an und fragte jedes Mal: »Macht der das mit Absicht?«

Manchmal kam ein Päckchen von Iris, in der sich verwachsene Sachen für die Cousine befanden, und Eva bekam ihre allererste Levisjeans. Stolz führte sie die ihrem Cousin vor.

Jan fragte hoffnungsvoll: »War da vielleicht ein Brief für mich in dem Päckchen?«

»Nein, diesmal noch nicht!«, bedauerte Eva und versuchte ihn zu trösten. »Aber bestimmt beim nächsten Mal.«

Zum Frauentag musste Fred seine Mitarbeiterinnen in den Stammbetrieb Sonni ausführen, zu einer Betriebsbesichtigung mit anschließender Feierstunde. Der Frauentag war bei jenen männlichen Mitarbeitern, die über wenig Humor verfügten, gefürchtet, und Dieter Schulze versuchte sich an diesem Tag im Hintergrund zu halten.

Wie eine gut gelaunte Schar Hühner wollten die Damen des Betriebsteils 17 nach der Betriebsbesichtigung in den Pausentrakt einfallen. Nach kurzem Zögern gingen sie jedoch noch einmal zurück und traten sich eine nach der anderen säuberlich die Schuhe ab. Werkhallen und Speisesaal waren mit Holzparkett ausgelegt worden.

Flora konnte sich darüber gar nicht beruhigen und sagte zu Anita: »Das ist ja geradezu pompös! Parkett in der Werkhalle! So feinen Fußboden haben wir ja net einmal in der guten Stube.«

Anita gab ihr recht. »Ein Palast für die Arbeiter. Luxus für das Volk. Das hätte Tante Hilda gefallen. Wie traurig, dass sie das nicht mehr sehen kann.«

Hilda war vor einem halben Jahr mit sechsundsiebzig Jahren gestorben. Sie hatte Probleme mit dem Herzen bekommen und war in ihren letzten Wochen von Flora und Anita in Evas Zimmer gepflegt worden, das einmal ihre Mädchenkammer gewesen war. Eines Abends fragte sie nach Sofia und ihrer Mamutschka, schlief spät ein und wachte nicht mehr auf.

In ihrem Testament verfügte sie, dass keiner von der Partei an ihrem Grab Reden schwingen dürfe. Anita hatte das Schriftstück beim Ausräumen der Wohnung gefunden und verschwinden lassen. Ein solcher Affront hätte ihnen nur Ärger bereitet.

Anita gab sich einen Ruck und hakte ihre Mutter unter. »Los, Mutti, amüsieren wir uns! Im Namen von Tante Hilda!«

Die Frauen vom Betriebsteil 17 standen verschüchtert im Speiseraum mit den schick eingerichteten Separees und den vertäfelten Wänden. Die Tische waren mit weißen Tüchern und Geschirr eingedeckt. Es sah aus wie in einer gehobenen Speisegaststätte der HO. Und dort durfte man sich schließlich auch nicht einfach hinsetzen. Da wurde man platziert.

Fred schob sie in eine freie Tischecke. Dort herrschte ein aufgeregtes Durcheinander erwartungsfroher Frauen. Die

Mitarbeiterinnen sämtlicher Betriebsteile kamen an diesem Tag zusammen.

Als Erstes wurden anlässlich des Frauentages Auszeichnungen verteilt und Reden gehalten, ein Kinderchor mit Pionierhalstüchern erklang dünn und schief, sämtliche Frauen bekamen eine Blume geschenkt, und dann kam der gemütliche Teil.

Auf der einen Seite des Saals, wo der Wein schon verteilt worden war, ging es hoch her, und die wenigen Männer wurden angefeuert, schneller auszuschenken. Dann spielte eine Kapelle auf, alle tanzten, und die Luft im Saal erwärmte sich um mehrere Grad. Zum Schluss wurden alle Männer, die noch nicht geflüchtet waren, auf die Fließbänder gesetzt. Die Arbeiterinnen standen rhythmisch klatschend links und rechts vom Band und versuchten, den vorbeifahrenden Männern Küsse aufzudrücken.

Die Frauentagsfeier hatte in der Belegschaft für Katerstimmung und beste Laune gesorgt. Tagelang wurde darüber geredet. Eva sollte im Auftrag der Großmutter den Blechcontainer mit den Keksen auffüllen und belauschte ein solches Gespräch am Fließband.

»Hast du die Anita bei der Frauentagsfeier erlebt? Die hat sich dem Chef ja richtig an den Hals geschmissen.«

»Na ja, die war schon immer recht fidel, die hat ja auch ein uneheliches Kind.«

»Ich sag dir, als Nächstes fährt sie mit dem Schulze auf Dienstreise nach Budapest.«

Eva brauchte einen Moment, bis sie begriff, dass sie das uneheliche Kind war. Voller Scham rannte sie hinaus und verkroch sich in ihrem Zimmer.

Die Produktion lief gut, und es war abzusehen, dass alle ihre Verpflichtungen für den IX. Parteitag erfüllen würden. Aber dann kam die nächste Sitzung mit der Kombinatsleitung, die bis in die Abendstunden dauerte.

Als Fred nach Hause kam, sah er von unten bei seinen Eltern noch Licht durch die Gardinen schimmern und ging zu ihnen hinauf. Sie saßen in der Küche und spielten mit Anita Rommee. Er ließ sich auf einen Stuhl fallen. Seine Schwester brachte ihm ein helles Bier.

»Wisst ihr, was die neue Order von oben ist?«, fragte er. »Jetzt sollen wir den Plan übererfüllen. Mit Sonderschichten. Und dann hab ich auch noch so einen Spezi in der Brigade, der hat schon den dritten Fehltag in Folge ohne Grund.«

»Doch, der hat einen Grund«, versicherte Anita. »Der macht eine Wodka-Bockwurst-Diät.«

»Ja, aber warum drohst du dem denn net mit Entlassung?«, fragte Otto verwundert. »Da musst du doch was machen.«

»Der weiß ganz genau, dass in einem volkseigenen Betrieb keiner entlassen werden kann.«

Der Alkoholiker war nur ein kleiner Fisch in dem Meer von Sorgen, gegen das Fred zu kämpfen hatte. In seinem Betrieb arbeiteten dreiundfünfzig Frauen, und jeder stand ein ganzer Haushaltstag im Monat zu. Außerdem hatte die Betriebskampfgruppe eine militärische Übung anberaumt, die Vorrang vor der Produktion hatte, und zu guter Letzt sollten sie plötzlich Konsumgüter in ihr Sortiment aufnehmen, um die Versorgungslücken zu schließen. »Jetzt müssen wir Hollywoodschaukeln bauen. Ich weiß gar nicht, wie und womit. Und den Plan sollen wir natürlich trotzdem übererfüllen.«

»Da kannst du doch einfach mit denen reden«, war sich Anita sicher. »Das müssen die einsehen, dass so was Unsinn ist.«

Fred sah seine Schwester an. Von ihren Wimpern hatten sich kleine Klümpchen gelöst, die auf den Wangen lagen. Sie hatte zu viel Tusche aufgetragen. »Du meinst, wenn ich mir das Gesicht anmale, dann nehmen sie es nicht so genau?«, fragte er.

»Manche von uns müssen arbeiten, um was zu erreichen.«

Anita biss sich auf die Lippen.

In diesem Moment schlich Eva in die Küche.

»Musst du immer zehnmal aus dem Bett rauskommen?«, fauchte Anita sie an.

Eva, die entgegen der Behauptung nach dem Zubettgehen normalerweise nicht draußen herumgeisterte, verteidigte sich: »Aber ich hab meine Zahnspange vergessen!«

»Dann wirst du wohl später krumme Zähne haben! Ab ins Bett!«

Damit war Anita ihre Entrüstung über den Bruder losgeworden und konnte sich der Lösung seines Problems zuwenden. Sie holte einen Briefbogen und legte ihn auf den Küchentisch.

»Pass auf«, sagte sie zu Fred. »Schreib jetzt auf: zweitausendfünfhundert Leoparden, zweitausendeinhundert Affen, zweitausend Papageien.«

Fred nahm den New Yorker Sicherheitsfüllfederhalter und notierte, was Anita diktierte.

»Und jetzt machst du einen kleinen Strich und schreibst dahinter zweitausend Vögel.«

»Was für Vögel?«, fragte Fred verwundert.

»Genau«, sagte Anita. »Und schon hast du den Plan übererfüllt. Und wenn doch einer nachzählt, dann sagst du, du wolltest nur klarstellen, dass Papageien Vögel sind.«

»Aber das geht doch net«, protestierte Flora, die immer großen Wert auf pedantisch korrekte Bücher legte. »Das ist doch Schwindelei!«

»Mutti, es gibt Leute, die wollen belogen werden«, versicherte Anita.

»Jetzt muss ich bloß noch einen finden, der die Berichte für die Betriebszeitung macht und die Brigadetagebücher schreibt«, seufzte Fred.

»Das machen wir!«, entschied Flora. »Wir haben ja sonst nix mehr zu tun in der Fabrik.«

Genosse Dieter Schulze war sehr zufrieden, als er aus dem Betriebsteil 17 die Meldung von der Übererfüllung des Plans bekam. Er fand allerdings, achttausendsechshundert sei eine krumme Zahl, und meldete stattdessen neuntausend Plüschtiere ans Kombinat. Die wiederum dachten, dass es sich leichter rechnete, wenn man aufrundete, und am Ende bekam Betriebsteil 17 eine Auszeichnung als Kollektiv der sozialistischen Arbeit für die Herstellung von zehntausend Plüschtieren zu Ehren des IX. Parteitags.

35

Der Garten

In den Zweigen des alten Kaiserbaums rief unsichtbar und in regelmäßigen Abständen eine Waldohreule. Eva erwachte aus einem flüchtigen Schlaf. Feuchtigkeit zog unter dem Fensterspalt herein. Es roch nach dem Lehmstaub der zerstörten Zwischenwände.

Behutsam rollte sie sich von ihrem Lager. Jans schwerer Atem setzte kurz aus.

Ihre nackten Füße tasteten nach den vertrauten Ritzen und Wölbungen in den alten Dielen. Sie wusste genau, wie viele Schritte sie vom Fenster aus gehen musste, bis die Treppe kam. Dennoch wäre sie fast gestürzt. Ihre Beine waren länger als zu jener Zeit, in der sie die Nächte auf dem Dachboden verbracht hatte.

Sie zählte die Stufen, erreichte den oberen Flur, holte den Vierkantschlüssel vom Türrahmen und schaltete erst im Blumenzimmer das Licht ein, um die anderen nicht zu wecken.

Die Backofentür stand zur Hälfte offen. Sie holte die beiden Teile der Form heraus und legte sie nebeneinander auf den Küchentisch.

Bevor sie sich schlafen gelegt hatte, hatte sie noch mit einem Pinsel Staub und Lehm entfernt, beide Teile der Gipsform abgespült und in den leicht angewärmten Backofen gelegt, damit sie über Nacht trocknen konnten.

Sie zog die Pendellampe tiefer, um besser sehen zu können. Nur einen guten Abguss brauchte sie, mehr nicht. Sie hoffte, dass die Form nicht zu abgenutzt war.

Eva holte den Schellack, den Jan für die Küchenschränke benutzt hatte. Damit wollte sie die Form für den Abguss vorbereiten. Draußen knackte etwas. Iris kam herein, barfuß und zerzaust.

»Kannst du auch vor Aufregung nicht schlafen?«, fragte Eva.

Iris setzte sich neben sie. »Jan macht Geräusche wie ein alter Mann.«

»Er ist ein alter Mann.«

Iris beobachtete gespannt, wie Eva die Form mit dem Schellack auspinselte. Ganz behutsam ging sie vor, als würde sie das kleine Gesicht mit dem Pinsel streicheln.

Als sie fertig war, fragte Iris: »Und jetzt?«

»Jetzt muss es trocknen. Und dann kommt die nächste Schicht und dann noch eine.«

»Nichts für ungeduldige Leute«, bemerkte Iris.

Eva strahlte. »Das werde ich nach und nach mit allen Formen vom Dachboden machen.«

Iris griff sich die Decke vom Kopfende des Sofas und breitete sie auf dem Küchenboden aus. Eva sah irritiert zu ihrer Cousine hinunter, die mit ausgestreckten Armen auf den Dielen lag. »Was machst du?«

»Ein Krokodil.«

Sie ließ ihre angewinkelten Beine erst zu der einen, dann zu der anderen Seite fallen.

»Ich glaub«, keuchte Iris nach einer Weile, »ich schlafe die nächste Nacht wieder zu Hause. Mein Rücken tut weh.«

»Hilft das?«, fragte Eva. »Ich fühle mich auch wie gekreuzigt.«

Sie legte sich neben Iris und ahmte deren Bewegungen nach.

Die Tür öffnete sich, Jan kam herein. »Was macht ihr da?«, fragte er erstaunt.

»Ein Krokodil«, erklärte Eva.

Jan stellte keine weiteren Fragen. Er ging zur Kaffeemaschine und füllte Pulver ein. »Ich setz mich nicht auf den Boden. Da würde ich nie wieder hochkommen.«

Kurze Zeit später duftete es nach Kaffee. Sie tranken und sahen müde aus.

Iris behauptete, in dieser Nacht hätte sich alles wie früher angefühlt auf dem Dachboden, bis auf ihren Rücken und Jans Geräusche.

»Und du hast damals besser gerochen«, ergänzte Jan. »Nach Kaugummi und Apfel.«

Iris sprang auf und lief nach unten ins Hippiebad. Eva rannte ihr nach. Als sie zurückkehrten, dufteten sie nach Zahnpasta und Parfüm.

Hilflos saß Jan vor Evas aufgeklapptem Computer und beschwerte sich: »Ich weiß dein Passwort nicht. Wir müssen der Antiquitätenhändlerin schreiben.«

Eva loggte sich ein. Dann dachten sie über Formulierungen nach und Jan tippte.

»Haben wir das alles ernst gemeint?«, fragte Iris plötzlich. »Was wir gestern Abend gesagt haben, als wir noch dachten, die Form ist für immer verschwunden?«

»Ja«, sagte Eva sofort, ohne nachzudenken.

»Mehr oder weniger, ja«, bestätigte Jan.

Eva beugte sich noch einmal über die Form. Sie konnte sich nicht daran sattsehen. »Dass wir die tatsächlich gefunden haben«, sagte sie, als könne sie es selbst nicht glauben.

»Ich möchte darauf hinweisen«, bemerkte Iris, »dass ich es geahnt habe.«

Jan hatte in der Zwischenzeit die Nachricht an die Händlerin abgeschickt und verkündete, dass jetzt die Verhandlungen begännen.

»Mir sind die Konditionen egal«, beteuerte Eva. »Ich mach die Puppe so oder so.«

Nach dem Frühstück gingen sie hinter das Haus in den Garten, der im Dornröschenschlaf lag. Efeu kroch am Kaiserbaum hoch und griff nach den Ästen. Geißblatt und Clematis hatten den eisernen Pavillon vollständig überzogen, der von der Last schief gedrückt wurde. Über den feinkörnigen Kies auf den Wegen krochen Hungerblümchen und Giersch. Der Buchsbaum, der das Rondell begrenzte, war völlig aus der Form geraten, und die Blumenmitte wurde von Ackermelde und Kratzdisteln überwuchert. Überall breitete sich Franzosenkraut aus, und die Vogelmiere hatte jedes Stückchen blanker Erde besetzt.

»Hier könnten wir uns eine ganze Woche beschäftigen«, stellte Iris fest, und es klang nicht so, als ob sie das sonderlich störte.

»Ich muss ab Montag wieder arbeiten«, warf Jan ein. »Noch mal kann ich den Urlaub nicht verlängern.«

»Wir haben drei Tage. Lasst uns sehen, wie weit wir kommen«, sagte Iris.

Jeder nahm sich eine Ecke vor. Drei Stunden arbeiteten sie in der prallen Sonne, rissen Brennnesseln raus, stachen Löwenzahn aus und harkten das hohe Gras zusammen, das Jan mit der Sense gemäht hatte. Sie entdeckten verborgene Gemüsebeete, in denen sich Kürbisse vermehrt hatten und Kartoffelkraut wucherte. Sie legten riesige Rhabarberblätter frei und fanden Johannisbeersträucher, die sich unter der Last der Beeren zum Boden bogen und von Ameisen bevölkert waren. Der Zaun zum Oberen Graben war von Brombeerranken überzogen.

Gegen Mittag wurde der Container mit dem Müll abgeholt, und sie machten eine Pause. Sie waren zerkratzt und schmutzig und mussten sich erst einmal waschen.

Eva brachte alte Decken aus dem Haus und legte sie in den Schatten, den die Fabrik warf. Jetzt, wo die Disteln an der Ziegelwand verschwunden waren, sah man die eleganten Malven, die sich schwankend dagegen lehnten.

Iris rannte noch einmal ins Haus und holte Kissen.

Sie tranken Natronwasser und aßen Johannisbeeren und einen Salat vom Vortag.

Iris ließ sich nach hinten fallen und schloss die Augen. Der Fluss rauschte, in den Zweigen über ihnen raschelte es.

»Ich geh nicht wieder weg von hier«, stellte Eva plötzlich fest. »Zur Not miete ich die Wohnung von der Erbengemeinschaft.«

Empört richtete Iris sich auf. »Du willst den Pulvermüllers dein sauer an der Supermarktkasse verdientes Geld in den Rachen werfen? Miete zahlen für das Haus unserer Großeltern?«

Eva zuckte mit den Schultern.

»Als Sensenmann hatte ich grad viel Zeit zum Nachdenken«, erzählte Jan. »Ich hab keine Lust mehr, einer Beförderung hinterherzurennen, die ich vielleicht kriege oder auch nicht. Ich hatte völlig vergessen, wie zufrieden es mich macht, was kaputt zu schlagen, Holz anzufassen, Leim zu riechen, was Neues zu schaffen. Und am Abend muss ich keine Angst haben, dass es sich am nächsten Tag in Luft aufgelöst hat, weil es mit der Cloud Probleme gab.«

Sie schwiegen kurz und hingen ihren Gedanken nach.

Schließlich sagte Iris: »Ich hatte seit ziemlich genau drei Jahren keine so schöne Zeit mehr wie hier, mit euch.«

»Ich will eine Werkstatt haben«, erklärte Jan. »Meine Frau liebt es zu gärtnern. Wisst ihr, dass wir in Gera einen Schrebergarten haben, zu dem wir eine halbe Stunde mit dem Auto fahren müssen?«

»Und was heißt das jetzt?«, fragte Eva. »Wollen wir alle drei das Haus mieten?«

Jan schüttelte entschieden den Kopf. »Wir könnten der Fraktion Pulvermüller ein Angebot machen. Was haltet ihr davon, wenn wir die Erbengemeinschaft splitten?«

Jan schlug vor, die beiden Häuser in bester Innenstadtlage der anderen Hälfte der Erbengemeinschaft zu überlassen und Stammhaus und Fabrik in der oberen Stadt zu behalten. Da die Häuser vor kurzer Zeit wegen Erbstreitigkeiten geschätzt worden waren, kannten sie deren genauen Wert.

»Wir könnten uns den Rest auszahlen lassen oder kleine Anteile an den Häusern in der unteren Stadt behalten«, sagte Jan abschließend.

Eva sah an der Backsteinfassade der Fabrik empor, zum Modellierzimmer. Vom Garten aus hatte sie immer ihren Großvater Otto gesehen, der am Fenster gearbeitet hatte, dort wo das Licht am besten war.

»Wir könnten hier wohnen und in der Fabrik eine kleine Werkstatt für die Puppenmanufaktur einrichten«, sagte sie.

»Aber wir müssten ziemlich viel renovieren«, gab Iris zu bedenken.

»Das machen wir nach und nach. Heizung, Wasser, Strom, Sanitär, alles nicht schön, aber es funktioniert. Mein Vater hat schließlich auch bis vor Kurzem hier gewohnt«, überlegte Jan. »Ich fühle mal bei den Pulvermüllers vor. Und vorher ruf ich meine Frau an.«

Er stand auf und ging ins Haus.

»Ich hoffe, die machen eine Auszahlung, damit wir nie wieder zu diesen blöden Erbenversammlungen müssen«, sagte Iris.

Auch an den nächsten zwei Tagen arbeiteten sie im Garten. Die Pulvermüllers waren sehr an dem vorgeschlagenen Arrangement interessiert und freuten sich darauf, ihren Klotz am Bein loszuwerden. Dazu und wegen der Höhe der Ausgleichszahlungen wollten sie eine interne Abstimmung in Nürnberg einberufen.

Jans Frau hatte gesagt, Banken gebe es überall und sie als Physiotherapeutin würde sicher in jeder Stadt etwas finden.

An den Abenden saßen sie unter dem großen Kirschbaum. Jan spielte Gitarre, Iris erschlug Mücken, und über Evas nackte Füße spazierten Käfer.

Am letzten Tag vor Jans Abfahrt gingen sie ins Modellierzimmer und richteten eine provisorische Werkstatt für die Puppenherstellung ein.

Die Schellackschichten in der Anita-Form waren mittlerweile getrocknet. Eva schloss sie, und Einweckgummis ihrer Großmutter pressten die beiden Hälften fest aneinander. Sie goss die Form mit flüssigem Gips aus, dem sie etwas Salz zugefügt hatte. Dann warteten sie darauf, dass der Gips abbinden würde.

Eva öffnete vorsichtig die Form. Sie löste den Gipskern heraus und legte ihn behutsam auf den Tisch. Erst jetzt war das kleine Gesicht richtig zu erkennen.

»Seht sie euch an«, flüsterte Iris andächtig.

»Er war wirklich ein großer Künstler«, fand Jan.

»Unsere Oma hat immer gesagt, sie würde seine Werke aus

allen Modellen auf der Welt heraus erkennen«, erinnerte sich Eva.

Nun, wo sie den Abguss vor sich hatte, war sie davon überzeugt, dass die Form nicht benutzt worden war. Die Linien wirkten klar, nichts verschwamm. Sie musste nur ein wenig die Konturen nachschärfen. Am Ohr fehlte ein kleines Stück, aber das konnte sie mit Gips wieder aufbauen. Vermutlich hatte ihr Großvater die Form deshalb aussortiert.

»Daraus mache ich uns eine neue Mutterform!«, erklärte Eva feierlich.

In diesem Moment bekam Jan eine Nachricht von den Pulvermüllers, die das Ergebnis ihrer Abstimmung mitteilten. Bevor sie die Höhe der Ausgleichszahlung verhandeln könnten, wollten sie das Schreiben sehen, die Schenkung von Hilda an Otto Langbein betreffend.

»Wenn es da ist, müsste es in einem der Dokumentenordner liegen«, war Eva überzeugt. »Entweder von den Großeltern oder von Tante Hilda.«

Sie stiegen in die Dachkammer und kamen mit mehreren Mappen zurück, die sie auf den großen Küchentisch legten. Jeder nahm sich einen Stapel vor. Sie tranken nebenbei Kaffee und lasen sich fest.

»Ihr könnt aufhören mit Suchen«, verkündete Jan plötzlich. »Hier ist es.«

Iris hob nicht einmal den Kopf. »Wisst ihr, das ist merkwürdig. Da ist eine Durchschrift alter Polizeiakten. Tante Hilda hatte Anfragen geschrieben zum Verbleib meines Vaters nach seiner Flucht.«

Sie nahm ein Foto heraus und legte es auf den Tisch. Es war die Kopie einer handschriftlichen Notiz. »Das ist der Abschiedsbrief von dem Tag seiner Flucht über die Grenze«, sagte sie und schob das Papier zu Eva hinüber.

Liebe Mutti, lieber Vati,
macht euch keine Sorgen, ich bin nach Neustadt vorausgegangen. Und damit ihr mir auch wirklich nachfolgt, hab ich die Mutterform von Anitas Puppe mitgenommen. Wenn das kein guter Grund ist. Wir sehen uns wieder auf der anderen Seite.
Innige Grüße, euer Sohn Hugo. Küsse an Anita, Umarmung für Fred

»Meinst du, der Brief ist echt?«, fragte Eva misstrauisch.

»Ich erkenne seine Handschrift.« Iris wirkte erschüttert. »Ich war so sicher, dass er die Form nicht mitgenommen hat.« Und nach einer Pause fügte sie hinzu: »Vielleicht ist er dann auch für den Brand verantwortlich gewesen.«

Jan, der bisher genau diese Theorie vertreten hatte, behauptete nun das Gegenteil, um Iris zu trösten. »Aber unsere Großeltern haben immer gesagt, es wäre eine Selbstentzündung gewesen. Das hätte sogar im Abschlussbericht der Polizei gestanden.«

Iris fand davon eine Kopie in der Mappe. »Hört mal«, sagte sie und las vor: »Als Zeugen wurden befragt: Nachbarin Martha Uhl und Kind Anita Langbein.«

»Ich wusste gar nicht, dass sie etwas gesehen hat«, wunderte sich Eva.

Darunter wurde vermerkt, das Verfahren sei eingestellt worden, da der flüchtige Hugo Langbein nicht befragt werden konnte und der andere Verdächtige von einem Offizier des Ministeriums für Staatssicherheit entlastet würde. Aus diesem Grund müsste als wahrscheinlichste Ursache die Selbstentzündung in Betracht gezogen werden.

»Ich finde, das klingt merkwürdig«, fand Jan und begann mitzulesen.

»Davon höre ich zum ersten Mal«, sagte Eva überrascht und rückte ebenfalls näher an Iris heran. »Wer war der andere Verdächtige?«

Und dann stießen sie auf die kurze Liste der Tatverdächtigen. Zuerst war Hugo Langbein aufgeführt.

Sprachlos starrten sie auf den zweiten Namen, der darunter stand, denn sie kannten ihn.

36

Das Herz

Dezember 1978 – Riesige Fichten begrenzten die Sicht und lenkten den Blick hinab ins Tal zu den verschieferten Häusern Steinachs, eingebettet in sanft geschwungene Berge. Die Landschaft breitete sich wie das ideale Gelände einer Spielzeugeisenbahn aus. Eine Dampflok kroch hervor und verschwand wieder zwischen den Bäumen.

Flora setzte das Fernglas ab und reichte es Otto. Der Schnee blendete und dämpfte alle Geräusche. Atemwölkchen schwebten vor ihren Gesichtern. Sie hatten Kaiserwetter, und die Luft stand still. Aus den Schornsteinen im Tal stieg Kohlequalm steil nach oben.

Es war der Morgen des Heiligabends. Zu Hause in der Oberen Marktstraße wollte Anita den Baum schmücken. Fred baute Eisenbahn und Puppenstube auf, seine Frau füllte den Kaufladen. Damit die Kinder nicht im Weg waren, hatten Flora und Otto mit ihnen einen Rodelhang suchen wollen. Es war ein ungewöhnlich milder Winter, und in Sonneberg herrschten Plusgrade. Der wenige Schnee im Tal war längst geschmolzen und bedeckte die Straßen mit Matsch. Bis auf den Fellberg hatten sie wandern müssen, um ein Schneegebiet zu erreichen.

Eva und Jan suchten nach einer guten Abfahrtsstrecke. Sie waren inzwischen zwölf Jahre alt und schwankten zwischen Kindheit und Jugend. Manchmal gewann Eva die Oberhand, wenn sie Jans Hosen änderte und unten einen Keil einsetzte, damit sie einen Schlag hatten. Jetzt aber hielt Jan die Zügel in der Hand, denn er steuerte den Schlitten, auf dem sie saßen. Sie rauschten hinab, krachten über einen Erdhügel und hoben kurz ab.

»Die Rakete startet!«, schrie Jan.

Die ganze Republik war im Weltraumfieber, seit Sigmund Jähn ins All geflogen und heil zurückgekehrt war. *Das Neue Deutschland*, das Zentralorgan der Sozialistischen Einheitspartei Deutschlands, hatte sogar eine Sonderausgabe dazu gebracht.

Fred, als technischer Leiter und Genosse, hatte diese Zeitung abonnieren müssen, obwohl sie nie einer von ihnen las. Sie wurde aus dem Briefkasten geholt, das Titelblatt überflogen und gleich in den Kohlenkasten zu den Anzündern geworfen. Manchmal zerschnitt Otto sie zu handlichen Quadraten und hängte sie an den kleinen Haken im Abort. Die Zeitung war insofern ergiebig, als sie ein übergroßes Format und eine bessere Papierqualität hatte als alle anderen Tageszeitungen der DDR.

Das Neue Deutschland wurde ausschließlich mit schwarzer Farbe gedruckt. Aber im Sommer hatte es eine Sonderausgabe mit roter Schlagzeile gegeben. *Der erste Deutsche im All ein Bürger der DDR.*

Es fühlte sich nahezu verboten an, das Wort *Deutsche* zu lesen. Wenn Eva und Jan die polnische Serie *Vier Panzersoldaten und ein Hund* geguckt hatten, hieß es irgendwann immer: *Die Deutschen kommen!* Sie hatten es nie auf sich bezogen, schließlich waren sie DDR-Bürger und keine Deutschen.

Und nun gab es einen deutschen Kosmonauten, und der kam nicht aus München oder Hamburg, sondern aus Morgenröthe-Rautenkranz!

Eva und Jan rannten den Hügel wieder hinauf. Ihre Wollhandschuhe waren nass, und Schneebrocken klebten darin.

Die Großeltern sahen zu, wie der Schlitten mit den Kindern erneut hinabsauste. »Erinnerst du dich an den Zeppelin?«, fragte Otto. »Und jetzt ist einer von uns ins Weltall geflogen.«

Flora berührte seine Wange. Sein linkes Ohr, das nicht unter der Mütze halten wollte, war feuerrot und kalt.

»Es ist schön, dass wir die neue Zeit erleben dürfen«, sagte Flora und hauchte an sein Ohr, um es zu wärmen. »Es sind schon über dreißig Jahre Frieden.«

»Ich hoffe, das bleibt so«, brummte Otto. »Jetzt haben sie an den Schulen Wehrunterricht eingeführt. Kinder sollten nicht lernen müssen, wie man schießt.«

Flora sah auf die Uhr. »Anita ist bestimmt längst fertig und wartet. Es wird schnell dunkel, und der Heimweg ist weit.«

Anita hatte zu diesem Zeitpunkt noch nicht einmal das Lametta gebügelt. Sie war nebenan im Frauenruheraum der Fabrik, und zwar mit dem Betriebsteilleiter Dieter Schulze.

»Ich muss wieder rüber«, sagte sie sanft und stand von der Kunstlederpritsche auf.

»Noch fünf Minuten«, bettelte er. »Wenigstens zwei.«

Sie lachte und zog ihre Polyesterbluse an. Das synthetische Material war statisch aufgeladen und klebte sich sofort an ihren Körper. Als er ihr die Bluse zuknöpfte, knisterte es.

»Hast du endlich deinen Eltern von uns erzählt?«, fragte er.

»Ich hab das Gefühl, es wissen alle außer ihnen.«

»Es gab noch keine gute Gelegenheit«, behauptete sie verlegen.

Er zog sich ebenfalls an. Seine Anzüge saßen inzwischen perfekt, weil sie die für ihn änderte. Als er die Brille aufsetzte, dachte sie, wie gut die ihm stand. Sie war mit ihm beim Optiker gewesen und hatte ein Gestell für ihn ausgesucht. Es war nicht so modern wie das von ihrem Bruder Hugo, aber es hatte einen Metallrahmen und einen Quersteg. »Ich bin nicht sicher, wie es meine Eltern aufnehmen würden«, sagte sie. »Sie kennen dich nicht so, wie ich dich kenne.«

»Wer kennt schon einen anderen Menschen.«

Dieter Schulze zündete sich eine Zigarette an. Anita nahm sie ihm weg und drückte sie aus. Sie deutete auf die Schilder an der Wand: Arbeitsschutzbestimmungen und ein Rauchenverboten-Zeichen.

»Damit musst du warten, bis du draußen bist. Wir hatten schon mal einen Brand, als ich klein war«, erklärte sie.

Ungeschickt ordnete Dieter Schulze ihr zerzaustes Haar. »Kannst du dich noch daran erinnern?«, fragte er.

Anita versuchte, sich die Nacht ins Gedächtnis zu rufen. Am deutlichsten spürte sie die Hitze, die auf den Wangen brannte, und den groben Griff ihres Vaters, der sie nicht in die Flammen hatte laufen lassen, um ihre Puppe zu retten. »Ich hab was in der Fabrik gehört und bin rübergegangen. Da war jemand, und ich hab vor Schreck meine Puppe fallen lassen. Sie ist dort verbrannt.«

»Und wen hast du da gesehen?«

Anita zog ihre Lacklederstiefel an und schloss die Reißverschlüsse. »Keine Ahnung. Einen Schatten. Ich war erst fünf Jahre alt.«

Dieter Schulze steckte seine Zigarette hinter das Ohr.

Sie fand ihn merkwürdig nervös. »Was hast du?«, wollte sie wissen.

»Hör zu, ich darf dir das nicht erzählen, aber ich erzähl dir ja doch alles.«

Anita wurde ungeduldig. »Jetzt red einfach, ich muss wieder rüber. Ewig werden sie mit den Kindern nicht wegbleiben.«

»Sag es bloß keinem«, bat er. »Wir hatten gestern eine Sitzung auf oberster Ebene. Unser Betriebsteil bringt hervorragende Arbeitsleistungen.«

Anita lachte und zog ihn auf. »Kriegen wir wieder mal eine Auszeichnung?« Dann wandte sie sich zur Tür. Sie hatte weder den Baum geschmückt noch die Geschenke aus der Dachkammer geholt.

»Nein«, sagte Dieter Schulze. »Die wollen die Produktion bei uns erweitern.«

Anita drehte sich ratlos zu ihm um. »Aber das ist doch gut, oder?«

Dieter Schulze fuhr fort: »Dafür werden größere Werkhallen benötigt. Euer marodes Wohnhaus nebenan kommt weg, und dafür wird ein Neubau errichtet.«

Anita hielt sich am Türrahmen fest. »Aber das ist unser Haus! Nur die Fabrik ist staatlich.«

»Die Fabrik war auch mal euer. Das ist kein Hinderungsgrund. Es gibt natürlich eine Entschädigung.« Er versuchte, seinen Schlipsknoten zu binden, sie half ihm nicht wie sonst.

Anita setzte sich wieder auf die Pritsche. In ihren Ohren rauschte das Blut.

»Vielleicht ist es gar nicht so schlecht für euch«, versuchte er sie wieder aufzurichten. »Euer Haus ist völlig veraltet, mit den Trockentoiletten und den morschen Balken. Am Ende seid ihr froh, wenn ihr eine ordentliche Wohnung kriegt. Du könntest endlich zu mir ziehen.« Wie betäubt saß sie da. Und weil sie nichts sagte, redete er weiter. »Für die Übergangszeit arbeitet ihr alle im Stammbetrieb in Oberlind. Ich werd mich durchsetzen, dass du in den Modesalon der Sonni kommst. Das wolltest du doch immer.«

Jetzt endlich sah sie auf und sagte: »Das ist mir grad scheißegal!«

Erschrocken zuckte er zurück. »Anita, ich hab mir das nicht ausgedacht. Das hat einer in Berlin am Reißbrett geplant, und ich muss es bloß durchsetzen.«

»Nein«, sagte Anita. Ihre Oberlippe zitterte. »Das musst du verhindern! Meine Familie wohnt seit über hundert Jahren in diesem Haus. Uns schmeißt keiner raus! Und das Haus reißt auch niemand ab!«

Er setzte sich neben sie auf die Pritsche und dachte nach. Schließlich atmete er tief durch und legte den Arm um sie. »Mir wird schon was einfallen. Ich krieg das hin. Du kannst dich auf mich verlassen.«

Als die anderen von der Waldwanderung zurückkehrten, wärmten sie sich zuerst in der Küche auf. Flora legte die nassen Handschuhe und Mützen in die lauwarme Backröhre und verteilte Tee und Natronplätzchen.

Anita war noch nicht fertig mit ihrer Arbeit in der guten Stube und ließ sich nicht blicken.

Als sie endlich erschien, wurde das Weihnachtspaket aus Neustadt geöffnet. Neben Kaffee und Süßigkeiten lag für Eva und Jan eine Musikkassette darin. Laut Hülle und Aufkleber befand sich darauf klassische Musik von Peter Tschaikowsky.

Die Kinder jubelten: »Wir haben sie!« Sie fassten sich an den Händen, tobten durch die Küche und spielten Luftgitarre.

»Könnt ihr damit aufhören?«, schimpfte Anita gereizt. »Ich hab Kopfweh!«

Schnell holte Eva einen nassen Waschlappen und legte ihn ihrer Mutter in den Nacken.

Anita wehrte verärgert ab. »Du machst meine Bluse nass!«

Eva hängte den Lappen über das Waschbecken und summte vor sich hin. Sie kannte die Launen ihrer Mutter schon, die scheinbar aus dem Nichts kamen.

Der Weihnachtsabend bei den Langbeins lief nach festen Ritualen ab, die Otto aus seiner Kindheit übernommen hatte.

Es begann damit, dass es aus dem Sprachrohr pfiff. Eva und Jan sprangen auf. Natürlich glaubten sie längst nicht mehr, dass der Weihnachtsmann oben auf dem Boden war. Und doch stürmten sie zum Herd, drängten ihre Köpfe aufgeregt unter den Trichter und riefen hinein: »Hier sind die Langbein-Kinder! Wir waren artig!«

Es rappelte im Rohr, und dann kamen zwei Schokoladenkugeln heruntergerutscht, in glitzerndes Papier eingewickelt und mit einem Strahlenkranz aus Goldfolie.

Aus der guten Stube erklang ein Lied. *Guten Abend, schön' Abend, es weihnachtet schon.* Das war das Zeichen, dass sie hineindurften.

Der ganze Raum funkelte, die elektrischen Lichter des Weihnachtsbaums spiegelten sich in den Lauschaer Glaskugeln, und oben auf der Spitze thronte ein uraltes Vögelchen mit einem Schwanz aus Glasfäden. Der Baum war so groß, dass der Kopf des Vogels die Decke berührte. Die elektrische PIKO-Eisenbahn drehte ihre Runden in der schmalen Lücke zwischen Sekretär und Wand. Die Glühbirnchen in der Puppenstube flackerten, es duftete nach Fichte und Kaffee, eine große Schale mit Nüssen und Äpfeln stand auf dem Tisch, und der Kanonenofen glühte. Das Weihnachtszimmer hatte keinerlei Ähnlichkeit mit der guten Stube.

Nach der Bescherung tranken alle Kaffee und Kakao aus dem Rosenthalgeschirr, und es gab Weihnachtsstollen. Niemand hielt sich an das Stollenverbot, das erlassen worden war, weil Mandeln, Korinthen und Orangeat gegen teure Devisen aus dem Westen importiert werden mussten. Flora hatte ohnehin ihre eigenen Quellen.

Später am Abend überprüften Eva und Jan mithilfe des Stern-Radio-Rekorders ihrer Eltern, was es mit der Kassette aus Neustadt auf sich hatte. Ihnen war sofort klar gewesen, dass Iris ein unverfängliches Etikett aufgeklebt hatte, damit das Geschenk sie auch erreichte. Sie verkrochen sich in eine Ecke und drückten auf die Abspieltaste. Ein kurzes Gitarrenriff, dann erklang die Stimme von Suzi Quatro. *If you can't give me love.*

Die Temperaturen stiegen nach dem Weihnachtsfest noch weiter. Dauerregen spülte den Schneematsch von den Straßen. Am ersten Feiertag guckten die Langbeins *Zwischen Frühstück und Gänsebraten*, am zweiten Feiertag aßen sie die Reste der Gans und brieten die Klöße, in kleine Stücke geschnitten.

Am Montag nach Weihnachten ging in der Fabrik die Arbeit weiter, und die Kinder hatten Ferien. Sie klebten zusammen mit ihrer Großmutter die Konsummarken für die gesamte Belegschaft ein, weil der Abgabetermin heranrückte. Jede der Fabrikarbeiterinnen brachte einen Karton mit, in dem haufenweise Rabattmarken und die Konsumhefte lagen.

In der Fabrik und im Stammhaus war es im Winter eng wegen der Saisonkräfte. Die Frauen kamen aus der Landwirtschaft, wo es in dieser Jahreszeit nichts zu tun gab, und wurden in der Produktion eingesetzt. Sie waren willkommene Arbeitskräfte, damit das Planziel erreicht werden konnte. Im Gegenzug wurden in der Erntezeit die Mitarbeiter der Verwaltung, die nicht an der Produktion beteiligt waren, auf die Kartoffelfelder geschickt.

In jedem verfügbaren Raum saßen nun Frauen in Dederonkitteln, selbst in der Küche. Sie nähten im Akkord auf den alten Tretnähmaschinen Sandmännchensäcke, Zipfelmützen und Umhänge, wendeten Plüschtiere und stickten Nasen auf. Vor allem aber redeten sie.

Die Kinder wurden zum Bäcker Pechtold geschickt, um zwanzig Brotlaibe zu kaufen. Flora versorgte alle mit heißem Kaffee, Natronplätzchen und Butterbroten und hängte in der oberen Etage Decken vor die Fenster, weil es hereinzog.

Otto schlurfte im weißen Kittel mit den Händen auf dem Rücken von Raum zu Raum und freute sich über das Leben im Stammhaus.

Am Silvestermorgen waren Eva und Jan mit den Vorbereitungen für den Abend beschäftigt. Sie wollten eine Disco auf dem Dachboden veranstalten.

»Wir bauen eine Lichtorgel!«, schlug Jan vor.

Sofort machten sie sich daran, die Einzelteile zusammenzutragen.

Sie strichen kleine Taschenlampenglühbirnen in verschiedenen Farben an, befestigten sie an einem Brett und verbanden sie mit Tastschaltern und zwei Flachbatterien.

Nach Arbeitsschluss bereitete Anita die Bowle vor. Sie hatte Dosenmandarinen und eine Flasche Rotkäppchensekt ergattert, kippte Saft und Wein dazu und bat Eva zu kosten. Bereitwillig schlürfte ihre Tochter und kicherte, weil es prickelte.

»Du kannst doch dem Kind keinen Alkohol geben!«, regte sich Fred auf.

Anita zuckte mit den Schultern. »Heut ist schließlich Silvester.« Sie kostete selbst und kippte einen Schuss Wodka nach, weil sie fand, es schmecke noch nach nichts.

Freds Frau spannte eine Girlande zwischen Lampe und Fenstergriff. Flora schmierte Fettbrote und schnitt Gurken auf. Otto hatte zur Feier des Abends seinen Kittel abgelegt.

Sie hatten es sich gerade vor dem Fernseher gemütlich gemacht, um die Silvestersendung zu gucken, als zum ersten Mal der Strom ausfiel.

Flora wollte keine Kerzen aufstellen, weil sie auch noch nach so vielen Jahren panische Angst vor einem Brand hatte. Zum Glück gab es die Lichtorgel von Eva und Jan und den batteriebetriebenen Stern-Rekorder mit der Kassette von Iris.

Und so tanzten die jungen Langbeins in der Silvesternacht zu Diskomusik im rhythmischen Flackern der Lichtorgel über die Küchendielen.

Flora schüttelte verwundert den Kopf und sagte zu Otto: »Ich wusst gar net, dass der Tschaikowsky so eine Hottentottenmusik gemacht hat.«

Um Mitternacht stießen alle mit Bowle an, auch die Kinder. Fred zündete vor dem Haus ein paar Raketen. Sie wünschten den Nachbarn ein gesundes neues Jahr und rannten schnell zurück ins Haus. Ganz plötzlich war es klirrend kalt geworden und begann zu schneien.

In dieser Nacht gab es einen Temperatursturz von über zwanzig Grad.

Am Neujahrsmorgen war der Strom wieder da, und es schneite noch immer. Anita lag den ganzen Tag auf dem Küchensofa, kurierte ihren Kater aus und sah fern. Am Nachmittag fiel der Strom wieder aus, und diesmal kam er nicht zurück.

Fred beneidete die Kollegen im Stammbetrieb mit ihrer bequemen Fernwärme. Die drehten den Regler auf, und schon wurde es warm, während er im Keller die zusammengefrorenen Kohlen freihacken musste.

Als es Abend wurde und die ganze Straße dunkel blieb, stiegen Flora und Otto in die oberste Etage der Fabrik und sahen in die Richtung der unteren Stadt. Es schien, als wäre die Welt ohne Strom. Überall herrschten Dunkelheit und Stille. Selbst der Fluss klang gedämpft von Eis und Schnee.

Auf Befehl des Ministerrats der DDR war der gesamte Thüringer Raum mit den Bezirken Suhl, Erfurt und Gera vom Stromnetz getrennt worden. Nach den starken Regenfällen und dem darauf folgenden Kälteeinbruch war die Braunkohle in den Tagebaurevieren gefroren, und die Großkraftwerke in der Lausitz bekamen keinen Brennstoff mehr. Damit Berlin erleuchtet und warm blieb, wurde der Süden des Landes abgeschaltet.

Im Schlafzimmer von Flora und Otto wuchsen filigrane Eisblumen an den einfach verglasten Fenstern, und an den Wänden glitzerten Kristalle. Es roch nach der stockigen Feuchtigkeit, die sich seit Ewigkeiten durch das Mauerwerk fraß. Aber unter der Federdecke lagen schon die Wärmflaschen bereit, und Ottos Füße wanderten hinüber zu Flora.

Sie tastete nach den Salmiakpastillen auf ihrem Nachttisch und schob ihm eine in den Mund.

»Diese Dunkelheit ist ganz ungewohnt«, sagte er. »Man hat sich schon so an die Zukunft gewöhnt.«

Sie suchte nach seiner Hand. »Als wir klein waren, hab ich immer von Neufang nach Sonneberg runter geguckt. Da gab es in der Nacht kein einziges Licht. Aber ich wusste, dass du dort bist.«

Der Strom kam erst in der nächsten Nacht wieder, und am folgenden Morgen ging die Arbeit weiter.

Einige der Sonneberger Arbeiterinnen verspäteten sich und berichteten, dass die Busse nicht fahren würden, weil die

Räumfahrzeuge durch die Schneemassen nicht durchkämen. Die Wehd war so stark eingeschneit, dass die Arbeiter nicht von oben herunter gelangten. Am Güterbahnhof brannten die Braunkohlewaggons, weil sich die Kohle unter dem zu großen Druck entzündet hatte. Über dem ganzen Stadtzentrum stand Qualm.

Plötzlich kam ein Anruf von Dieter Schulze. »Wir brauchen eure Hilfe!«, keuchte er. »Bei uns ist die Hölle los! Uns sind die Heizungsrohre eingefroren.«

Im Heizwerk für diesen Betriebsteil hatten sie die Kessel wegen der fehlenden Kohle herunterfahren müssen, und die gesamte Fernwärme war ausgefallen. In einer der Fabrikationshallen waren daraufhin die Rohre eingefroren und geplatzt.

Fred ging mit ein paar Kollegen in den Stammbetrieb nach Oberlind. Notdürftig flickten sie die Heizungsrohre, wischten das Wasser auf und versuchten, das Parkett zu retten. Aber in der Halle konnte trotzdem niemand mehr arbeiten. Es war so kalt, dass den Frauen die Hände zitterten.

Fred schaffte aus seiner Fabrik ein paar elektrisch betriebene Notheizungen heran, wodurch es in der Halle wieder einigermaßen warm wurde, sodass die Frauen weiternähen konnten. Die elektrischen Heizkörper verbrauchten allerdings so viel Energie, dass das Stromnetz gleich wieder zusammenbrach.

Unter diesen Bedingungen war es schwierig, den Plan einzuhalten. Fred nahm einen Teil der Halbfabrikate mit in seinen Betriebsteil, wo die Plüschtiere in Sonderschichten gestopft und fertiggestellt wurden. Nach einer Woche stabilisierte sich die Lage. Die Heizung im Stammbetrieb war repariert.

Dieter Schulze hielt im Namen der Parteileitung eine Dankesrede vor der Belegschaft von Betriebsteil 17.

»Punkt eins: Durch euren persönlichen schöpferischen Einsatz gab es keinen Produktionsstillstand, und wir konnten den Plan erfüllen. Das gesamte Kollektiv wird für eine Auszeichnung vorgeschlagen. Unser wichtigstes Anliegen ist die Verstärkung der Konsumgüterproduktion zum Wohle unseres Volkes. Es hat sich wieder einmal gezeigt, dass wir Problemen mit der Kraft des sozialistischen Kollektivs zu Leibe rücken können.«

Die Rede zog sich hin, und alle schalteten innerlich ab. Otto war in Gedanken schon auf seinem alten roten Küchensofa.

Der Betriebsteilleiter senkte die Stimme und schien zum Ende zu kommen. Die Leute standen auf und wollten zurück an ihre Arbeitsplätze.

»Moment, Genossen und Kollegen«, rief Dieter Schulze. »Ich komme jetzt zu Punkt zwei. Es gibt seit einiger Zeit Beschwerden aus den Nachbarhäusern wegen der Geräusche, die das Fließband in den Abendstunden macht.«

Fred rief verärgert: »Aber ihr habt uns doch erst die Schichtarbeit aufgedrängt!«

An manchen Tagen musste Fred sogar die Kinder der Spätschicht einsammeln fahren, wenn es seine Arbeiterinnen nicht schafften.

Dieter Schulze nickte verständnisvoll. »Die Lage hier in der oberen Stadt ist vom logistischen Standpunkt her einfach denkbar schlecht. Wir werden deshalb den Betriebsteil 17 freisetzen und das Personal nach Sonneberg-Oberlind umquartieren. Dort habt ihr bessere Arbeitsbedingungen, eine Kantine, Arztpraxis und Kinderbetreuung im Haus.«

Es wurde so still, dass man das Rauschen der Röthen draußen hören konnte.

»Was heißt das denn?«, fragte Otto verständnislos.
»Wir stellen die Produktion in dieser Fabrik hier ein.«
»Aber das geht nicht«, sagte Flora mit Nachdruck.
Fred stand auf. Sein Gesicht war hochrot, und an seinen Schläfen quollen die Adern hervor. »Wir haben euch Devisen gebracht, die Pläne übererfüllt, euch in der letzten Woche den Arsch gerettet, und jetzt macht ihr unseren Standort dicht?«
»Das war nicht meine Entscheidung, Genosse«, sagte Dieter Schulze. »Da musst du mit der Kombinatsleitung sprechen.«
Er forderte die Arbeiterinnen auf, sich auf den Weg in die Personalabteilung der Sonni zu machen, damit sie ihre neuen Arbeitsplätze zugewiesen bekämen. Manche gingen sofort und freuten sich auf die modernen Arbeitsbedingungen. Andere, vor allem die Älteren, hingen an ihrer Fabrik, es war ihr Zuhause. Die Langbeins waren Teil der Familie, man lud sich gegenseitig zu Hochzeiten und Jugendweihen ein. Einige hatten noch den Firmengründer gekannt und erlebt, wie Otto aus dem Krieg zurückgekehrt war und mit Flora die Fabrik wieder mühsam in Gang gebracht hatte. Unschlüssig standen sie da, Frauen und Männer, schon fertig angezogen für die Winterkälte. Schließlich nahm der Erste von ihnen seine Mütze wieder ab, ging zu Flora und gab ihr die Hand. Dann wandte er sich zu Otto, machte einen Diener und sagte: »Adieu, Herr Direktor.«
Einer nach dem anderen ging erst zu Flora, dann zu Otto, verneigte sich und sagte »Adieu, Herr Direktor.«
Dieter Schulze bekam einen roten Kopf wegen dieser Provokation, schließlich war er der Leiter des Betriebsteils. Aber was konnte er schon gegen eine solche Aufsässigkeit machen. Entlassen durfte er in einem volkseigenen Betrieb niemanden. Und es waren einfache Werktätige, die konnte er nicht zur Bewährung in die Produktion schicken, dort arbeiteten sie ohnehin schon.

Kurz darauf kamen die Packer. Sie hatten den Auftrag, das Fließband und die Stanzen abzubauen. Sie nahmen die Stühle und die Arbeitstische mit und verluden sie in einen Lkw. Otto versuchte aufzuhalten, was nicht aufzuhalten war.

»Die Tische könnt ihr nicht mitnehmen! Das sind unsre alten Holztische, die hat mein Vater angeschafft!«, rief er und atmete schwer.

Dieter Schulze sagte eindringlich: »Herr Langbein, seien Sie vernünftig. Das ist nicht mehr Ihre Fabrik, und ich mach das hier nicht zum Spaß.«

Eva und Jan wurden von dem Lärm angelockt, aber Anita scheuchte sie sofort wieder hinaus.

Von der Straßenseite her waren krachende und scheppernde Geräusche zu hören. Flora rannte nach draußen. »Die Nähmaschinen! Die schmeißen unsere alten Nähmaschinen weg!«

Fred versuchte, die Männer aufzuhalten: »Aber die Maschinen brauchen wir doch jedes Jahr für die Saisonkräfte!«

»Jetzt nicht mehr.« Die Packer schleppten einen funktionstüchtigen Spritzgießautomaten nach draußen und warfen ihn ebenfalls in den Container.

»Aber ihr müsst die Maschinen doch nicht wegwerfen, lasst die uns doch hier!«, rief Flora. »Und was wollt ihr mit dem schweren Tresor?«

»Anweisung von oben. Damit erfüllen wir auf einen Schlag den Schrottplan.«

Anita lehnte an einer Säule im Inneren der Fabrik. Ihr Gesicht war wie aus Stein. Flora und Otto starrten in die kahle Halle, als wäre es eine Erscheinung.

Dieter Schulze kontrollierte, ob alles erledigt war. Die Geräusche seiner Schritte hallten in der leeren Fabrik von den Wänden wider.

Fred stürmte auf ihn zu. »Ich werd mich beschweren bei der Parteileitung«, rief er. »So könnt ihr nicht mit uns umgehen!«

»Das ist nun mal ein unrentabler Standort. Hier kann nicht mal ein Lkw ordentlich ranfahren«, versuchte Dieter Schulze ihn zu beruhigen. »Du musst dich nicht aufregen, Genosse. Für dich werden wir schon wieder einen Posten finden.«

Fred rannte ins Stammhaus und kam mit seinem Parteiausweis zurück. Er warf ihn Dieter Schulze vor die Füße und schrie: »*Sie* können mich mal.«

Nun wurde der Betriebsteilleiter ebenfalls laut. »Das muss ich mir nicht anhören. Ich hab deiner Schwester einen Gefallen getan.«

Anita wich das Blut aus dem Gesicht. Sie machte einen Schritt auf ihren Bruder zu, aber er schob sie weg. »Ich nehme an, dein neuer Arbeitsplatz ist im Modesalon der Sonni?«

Anita antwortete nicht.

»Und ich hab dich auch noch zu dem hingeschickt«, murmelte Fred.

Er nahm den New Yorker Sicherheitsfüllfederhalter und steckte ihn seinem Vater mit einem groben Griff in die Brusttasche. »Ich hab den nicht verdient«, sagte er und ging.

»Ich brauche den Fabrikschlüssel«, forderte Dieter Schulze ungeduldig.

Behutsam zog Anita den Schlüssel aus der Kitteltasche ihres Vaters. Er schien es gar nicht zu bemerken. Dann ging sie mit ihren Eltern zusammen ein letztes Mal durch die Halle.

Dieter Schulze schloss von außen ab und verließ das Grundstück. Anita zögerte, dann lief sie ihm nach.

Otto lehnte sich draußen an die Fabriktür. Flora stellte sich neben ihn und suchte nach seiner Hand. Unangenehme Nässe kroch in ihre Kleider.

»Die Zeiten werden sich ändern«, versprach Flora. »Zur Jahrtausendwende wird in der Fabrik wieder gearbeitet, so wie es deine Mutter vorhergesagt hat, und Fred und Hugo werden die Direktoren sein.«

In Ottos Brusttasche begann Tinte auszulaufen. Ein dunkelblauer Fleck breitete sich auf dem weißen Kittel aus.

Und das Herz stand still.

37

Die Fabrik

Anita kam über die Gartenseite vom Oberen Graben herunter, als wollte sie auf keinen Fall durch das Haus gehen. Eva beobachtete, wie sie mühsam den Hang herab kletterte. Als sie sich umdrehte, war ihr Gesicht von der Anstrengung gerötet und erwartungsvoll. Fast tat sie Eva leid.

Eine Woche war vergangen, seit sie die Aktenkopien zum Brand in der Fabrik gefunden hatten. Jan war in der Zwischenzeit nach Hause gefahren, und Eva hatte ihre neue Stelle an der Supermarktkasse angetreten. An den Abenden war Iris vorbeigekommen. Sie putzten die Fabrik und liehen sich einen Hochdruckreiniger im Eisenwarengeschäft Bley aus, in dem schon Albert Langbein seine Schrauben und Nägel gekauft hatte. In der großen Werkhalle richteten sie eine Manufaktur ein, um die unzähligen Formen aufzubereiten, die sie in den Zwischenwänden gefunden hatten. Nebenbei tranken sie den letzten Hagebuttenwein und versicherten einander, dass sie im Herbst Hagebutten pflücken und neuen ansetzen würden.

Am Freitagabend war Jan gekommen und hatte den Küchenschrank mit weißer und taubenblauer Kreidefarbe angestrichen und wieder aufgebaut.

Sonnabendfrüh hatte Eva ihre Mutter angerufen und ihr von den russischen Kundinnen erzählt, die auf der Suche nach ihren Kindheitserinnerungen waren. Sie hatte Anita mit der wiederentdeckten Form ihrer Lieblingspuppe hergelockt.

Eva war sicher, wenn sie den wahren Grund genannt hätte, wäre ihre Mutter nicht gekommen.

Anita sah sich staunend um. »Wie ihr den Garten hergerichtet habt! Es ist fast wieder wie früher.«

Das Buchsbaumrondell war in Form geschnitten worden und hielt eine Kaskade von Sommerblühern im Zaum: Ehrenpreis, Schafgarbe, Rittersporn und Sonnenhut. Zu Füßen der Bäume blühte Storchschnabel.

»Meine Mutti hat den Ehrenpreis so geliebt!«, sagte Anita. »Und der Pavillon! Wie gern haben wir darin gesessen.«

Die wilden Ranken des Geißblatts waren gekürzt und an den Eisenstäben festgebunden worden. Der Tisch im Inneren war von Moos befreit und gedeckt.

Anita sah zum Stammhaus, und Eva folgte ihrem Blick auf das Fachwerk, bei dem ihr jeder krumme Balken vertraut war. Das Schlafzimmerfenster im oberen Stock stand offen, und eine Bettdecke war über den Sims gelegt.

Nachdem Otto gestorben war, hatte Flora oft aus diesem Fenster auf die Fabrik geguckt, in der beruhigenden Gewissheit, dass Mine Langbein mit jeder ihrer Ahnungen recht behalten hatte. Flora legte für Otto am Abend immer eine Wärmflasche ins Bett und steckte sich zwei Salmiakpastillen in den Mund, eine für sich und eine für ihn. Den Rest ihres Lebens wartete sie zuversichtlich darauf, dass eine neue Zeit anbrechen und sie Otto wiedersehen würde. Die Wartezeit hatte sich Flora Langbein verkürzt, indem sie mit Eva am Küchentisch Rommee gespielt und ihr Urenkelchen mit der alten Tretnähmaschine in den Schlaf gerattert hatte.

Stimmen näherten sich, Iris und Jan kamen aus dem Haus. Iris balancierte ein Tablett, auf dem eine Kaffeekanne und Tassen standen. Jan brachte kunstvoll bestickte Kissen, die auf der Rückseite schon fadenscheinig geworden waren.

Beide begrüßten ihre Tante. Jan rückte ihr höflich den gusseisernen Stuhl heran, Iris schenkte ihr Kaffee ein und legte dann die alte Mappe von Hilda auf den Tisch.

Anitas Lächeln verschwand. »Ich bin nicht wegen der Puppe hier«, stellte sie fest.

»Wir suchen nur nach Erklärungen«, sagte Eva. »Es ist sonst keiner mehr da, den wir fragen könnten. Es geht um den Brand in der Fabrik.«

Anita nickte. Sie wollte einen Schluck Kaffee trinken, aber ihre Hand zitterte, und sie stellte die Tasse unverrichteter Dinge wieder ab.

Jan schlug die Mappe auf und legte sie so hin, dass seine Tante darin lesen konnte.

»Hast du gewusst, dass es neben meinem Vater noch einen anderen Verdächtigen für den Zelluloidbrand gab?«, wollte Iris wissen.

Anitas Gesicht blieb unbewegt. Sie zupfte Klebkraut von ihren Strümpfen, das sie bei der Kletterpartie aufgelesen hatte. Um sie herum summte es. Die unscheinbaren Blüten der Geißblattranken verströmten Honigduft.

Jan las aus der Akte vor. »Verdächtige: Hugo Langbein, entzog sich durch Republikflucht einer Befragung. Des Weiteren verdächtig ...« Er machte eine Pause und sah seine Tante an. »Dieter Schulze.«

Sie versuchten, in ihrem Gesicht zu lesen. Anita wirkte weder erschrocken noch überrascht.

»Er war nicht nur ein Verdächtiger«, stellte sie fest. »Er ist es tatsächlich gewesen.«

Iris holte scharf Luft und atmete geräuschvoll aus.

»Hast du ihn damals erkannt?«, wollte Eva wissen.

Ihre Mutter schüttelte den Kopf. »Ich habe in der Brandnacht einen Schatten gesehen, mehr nicht.«

Sie nahm die Mappe und las die Protokolle. Die Namen Anita Langbein und Dieter Schulze standen auf demselben Blatt, getippt zu einem Zeitpunkt, als sie einander noch nicht kannten.

»Wann hast du es rausgefunden?«, fragte Eva.

Anita lächelte traurig. »Dieter wollte nach dem Mauerfall seine Biografie verschönern, und ich sollte alle Unterlagen und Dokumente heraussuchen. Dabei hab ich eine Belobigung gefunden, die er als Siebzehnjähriger bekommen hatte. Für seinen beherzten Einsatz gegen die von Profitgier beseelten Kapitalisten. Ich bin über das Datum seines beherzten Einsatzes gestolpert. Es war der Geburtstag meiner Mutter. Die Fabrik ist an ihrem Geburtstag abgebrannt.«

Iris zog die Augenbrauen hoch. »Du meinst, er hatte den Auftrag?«

»Nicht konkret. Er sollte irgendetwas tun, wodurch wir gezwungen waren, eine staatliche Beteiligung aufzunehmen. Ihm ist nichts Besseres eingefallen. Er war ja noch ein halbes Kind. Und danach hat es ihn nicht mehr losgelassen. Es war kein Zufall, dass er unser Direktor geworden ist.«

Anita wagte einen zweiten Versuch mit der Kaffeetasse und trank in winzigen Schlucken.

»Du hast also mit ihm darüber gesprochen«, stellte Eva fest.

Anita hob die Hände in einer hilflosen Bewegung und ließ sie in den Schoß fallen. »Er hat alles sofort zugegeben«, berichtete sie. »Am nächsten Tag habe ich die Scheidung eingereicht. Dabei hatte ich ihn wirklich gern. Er war vermutlich der einzige Mann, der mich geliebt hat.« Sie sah nach oben zur Fabrikfassade. Die Fenster waren geöffnet und geputzt. »Ich bin mit dem Mann zusammengekommen wegen der Fabrik, und ich hab mich wegen der Fabrik von ihm getrennt.«

Eva nahm die Hand ihrer Mutter. Sie war faltig, und die Sommersprossen auf dem Handrücken verschmolzen ineinander.

»Es tut mir so leid, Mutti«, sagte sie.

Anita suchte in ihrer Jacke nach einem Taschentuch und putzte ihre Brillengläser. »Es geht mir gut«, versicherte sie.

Einen Moment war Stille. Nur der Fluss rauschte, und in den Zweigen über ihnen raschelten Amseln bei der vergeblichen Suche nach einer vergessenen Kirsche.

»Die Gussform des Puppenkopfes habt ihr nicht gefunden, oder?«, fragte Anita.

»Doch!«, rief Eva, und Iris sprang auf. »Komm mit! Wir müssen dir alles zeigen!«

Im Gegensatz zum verwinkelten Stammhaus war die Fabrik ein klar strukturiertes Gebäude. Durch die großen Metallsprossenfenster fiel die Nachmittagssonne in einem flachen Winkel herein. Die Zweige des Kaiserbaums warfen unruhige Schatten auf den Steinboden. Der Geruch nach Papiermasse, Kleister und Holzwolle lag in der Luft.

Anita blieb verunsichert in der Tür stehen und schloss kurz die Augen. »Es riecht genau wie damals, als ich ganz klein war.«

Jan erinnerte sich: »Als wir Kinder waren, wurden diese stinkenden Farben benutzt. Da stand in der Halle manchmal ein richtiger Nebel, und es wurde einem so merkwürdig.«

Eva versicherte: »Wir benutzen nur Papierfasern, Tonerde, Zellleim und Naturfarben. Wir machen es wieder wie ganz früher.«

Iris grinste und verriet: »Das kommt Eva entgegen, weil sie keine Ahnung von 3D-Druck hat.«

Anita sah sich um. Die unverputzten Backsteinwände und

die gusseisernen Stützsäulen gaben der Werkhalle einen rohen Industriecharme. Die alten Arbeitstische und Stühle, die Albert Langbein angeschafft hatte, waren alles, was nach der Insolvenz übrig geblieben war. Unter den Fenstern standen zwei Schreibtische mit Computern. Auf dem Nähplatz wartete Evas Overlock-Nähmaschine auf ihren Einsatz. In eine Ecke war der Elektroherd aus der unteren Wohnung gestellt worden, und auf der Abdeckplatte stand die alte Küchenmaschine von Iris, mit der sie die Papiermasse zum Ausgießen der Formen anrührten.

Eva hatte ein paar Grünpflanzen aus ihrer Wohnung einquartiert. Auf dem niedrigen Fensterbrett stand der Topf mit dem Dattelkeimling. Eine winzige grüne Spitze hatte sich aus der Erde gebohrt und streckte sich nach der Sonne.

»Es ist jetzt anders hier«, stellte Anita fest.

Sie hatten auf den Holztischen Plätze für die verschiedenen Arbeitsschritte eingerichtet. Dort konnten sie gießen, trocknen, entgraten, verschleifen, Oberflächen abschließen, bemalen, lackieren.

In einer langen Reihe waren alle Formen ausgebreitet, die sie in den Trennmauern des Dachbodens gefunden hatten. Dann gab es noch einen Tisch, auf dem nur eine einzelne verschlossene Form stand.

Anita machte einen schnellen Schritt darauf zu. »Ist sie das?« Sie betrachtete die Form von allen Seiten, aber von außen war nicht zu erkennen, was sie verbarg.

»Willst du sie sehen?«, fragte Eva, und ihre Mutter nickte ernst, das Gesicht gerötet vor Anspannung.

Am Morgen hatte Eva zum ersten Mal flüssige Papiermasse in die Öffnung der Form gegossen. Der Gips hatte das Wasser aufgesogen, und als Eva kurze Zeit später den überschüssigen Schlick wieder herausfließen ließ, hatte sich schon eine dünne

Schicht an den Innenwänden abgesetzt. Inzwischen war die Masse so weit getrocknet, dass sie herausgenommen werden konnte.

»Halt! Noch nicht anfangen!«, rief Iris und holte ihre Spiegelreflexkamera.

Jan scherzte: »Fürs Brigadetagebuch.«

Iris zog ein beleidigtes Gesicht. »Evas Sohn hat gesagt, die Anita-Puppe muss eigene Accounts auf sämtlichen Social-Media-Plattformen kriegen.«

»Solang ich nicht mit aufs Foto muss«, brummte Jan.

Iris fotografierte die geschlossene Form und Jan, der sich die Hand vors Gesicht hielt. Dabei erzählte sie: »Ich baue außerdem grad eine Webseite für die Bestellungen. Dafür brauchen wir schicke Bilder. So, jetzt darfst du, Eva.«

Eva löste die Gummibänder und öffnete die Form. Sie holte vorsichtig den Puppenkopf heraus und zeigte ihrer Mutter das kleine Gesicht.

»Meine Puppe!«, rief Anita erschüttert. »Das ist sie wirklich!«

»Ich brauch ein Foto mit dem Modell«, rief Iris.

Sie fotografierte Anita, und Eva hielt ihr vergangenes, verkleinertes Ich daneben.

Der Puppenkopf fühlte sich an, als wäre er aus Leder. Er war noch nicht vollständig ausgehärtet, daher stellte Eva ihn in den angewärmten Backofen zum Trocknen.

»Meine Eltern haben damals riesige Stückzahlen in die Sowjetunion geliefert«, erzählte Anita und besah sich den Zuschnitt der Leinenkörper. »Zehntausend Puppen, fünfzehntausend, zwanzigtausend.«

»Wir fangen erst mal klein an und machen zwanzig Puppen«, erklärte Eva. »Und was danach kommt, werden wir sehen.«

Anita war gegangen. Diesmal hatte sie nicht den beschwerlichen Weg über den Oberen Graben gewählt, sondern das Grundstück durch die Eingangstür verlassen.

Eva begleitete sie zur Tür, und als sie sich voneinander verabschiedeten, fühlte es sich anders an als sonst.

Vor der Haustür hatte Anita überrascht nach oben gesehen. An der Fassade hingen wieder die alten Messingbuchstaben. *Puppenfabrikant Albert Langbein.*

Als Eva zurückkam, stand Jan an einer Seite der Werkhalle und starrte auf eine freie Wand.

»Was ist da?«, wollte Iris wissen.

»Eben nichts. Genau da würde dieser Bär aus der Dachkammer hinpassen. Jetzt ärgere ich mich, dass wir den weggeworfen haben.«

»Ich hab's dir gesagt!«, schimpfte Eva.

Iris saß am Schreibtisch und hatte Bilderteile ausgedruckt, die sie wie ein Puzzle zu einem Plakat zusammenklebte.

»Für die Wand hab ich was anderes geplant«, erklärte sie und hängte an die freie Fläche das riesige Bild. Es war das alte Werbeplakat von Anita mit ihrer Puppe. »Ist provisorisch«, sagte Iris. »Ich hab schon einen Großdruck auf Leinwand bestellt.«

Sie standen vor dem Plakat und betrachteten es.

»Unser Opa hat immer erzählt, dass die Puppe nur wegen dieser Werbung so erfolgreich war«, erinnerte sich Jan.

Eva legte den Kopf schief. »Du meinst, weil die Puppe genau wie das Kind aussieht?«

»Meine Lieblingspuppe hatte grüne Augen und braune Haare, wie ich«, verkündete Iris.

»Wir müssen unsere Puppen personalisieren!«, rief Eva. »Haare, Augenfarbe, Hautfarbe, Kleider!« In ihrem Kopf entstanden sofort Farbproben, Skizzen und Modelle.

Jans Telefon gab einen Laut von sich. Er las kurz, grinste und zeigte seinen Cousinen eine Nachricht. »Wir sind uns einig geworden. Das ist die Bestellbestätigung für die ersten zwanzig Sammlerpuppen.«

Sie gingen zusammen ins Kontor. An der Wand hingen die Messeauszeichnung, der Meisterbrief ihres Großvaters und das Foto von Fritz Langbein.

Neben dem Pult standen die alten Hauptbücher in der Vitrine aus der guten Stube. Sie verdeckte die Vertiefungen, die der schwere Tresor in die Holzdielen gedrückt hatte.

Jan holte das letzte Hauptbuch heraus und schlug es auf dem Pult auf. Eva nahm aus der Pultlade den guten New Yorker Sicherheitsfüllfederhalter, den sie gereinigt und mit Tine befüllt hatte.

Sie hielt ihn ganz nach Vorschrift aufrecht, damit die Tinte nicht herauslief, schraubte die Kappe ab und drehte langsam die Feder heraus.

Und obwohl sie alle drei in ihrem Leben viele erstaunliche Dinge gesehen hatten, Windräder, Hochgeschwindigkeitszüge, 3D-Drucker, betrachteten sie mit der gleichen Faszination wie damals Albert Langbein die goldene Feder, die sich aus der Tiefe nach oben wand.

»Du musst schreiben, Eva«, befahl Iris. »Ich hätte den Füller fast weggeworfen, und Jans Handschrift kann niemand lesen.«

Bei jeder Namensänderung hatte der Direktor eine leere Seite gelassen, auf der die aktuelle Bezeichnung und der Grund für die Änderung vermerkt waren. Sie hatten sie beim Einräumen des Kontors alle gelesen.

Im ersten Band hatte Albert Langbein stolz die Gründung des Familienunternehmens verkündet. Dann gab es eine Seite, auf der er seinen Sohn Fritz als Teilhaber eingesetzt hatte. Wenige Jahre später vermerkte er dessen Tod und trug seinen Sohn Otto als Geschäftspartner ein. Dann kam ein Änderungsblatt, auf der die staatliche Beteiligung aufgeführt wurde, es folgte die Umwandlung in den volkseigenen Betrieb, und der neue Name VEB Spielwelten Sonneberg war vermerkt. Als Nächstes kam die Gründung der Langbein GmbH durch Hugo und Fred Langbein und Anita Schulze. Einige Jahre später dann nur noch die hastig hingeschmierte Notiz: Geschäftsaufgabe wegen Insolvenz.

Eva blätterte um. Sie setzte den Füllhalter an und wusste, was sie jetzt schrieb, würden vielleicht irgendwann ihre Enkel und Urenkel lesen.

Die Feder des guten New Yorker Sicherheitsfüllfederhalters glitt über das Papier. Als Eva fertig war, beugten Iris und Jan ihre Köpfe über das Hauptbuch und lasen:

Spielzeugmanufaktur Langbein. Gegründet 1898 – Geschäftswiederaufnahme 2019 in alter Tradition durch die Nachfahren.

Mein Dank gilt

Elisabeth Naumann, meiner Mutter, für wunderbare Episoden aus dem alten Sonneberg, und Martin Naumann, meinem Vater, für zahlreiche Anekdoten am Abendbrottisch. Gemeinsam haben sie unsere Familienchronik festgehalten und damit auch die Geschichte der Puppenfabrik Scherf meiner Urgroßeltern.

Reinhard Bätz, Christine und Siegfried Matz, Klaus Wagner, Sieglinde Häfner, Magdalena Blechschmidt, Gabriele und Karl-Heinz Dietrich, Sabine und Andreas Wittmann, Brigitte und Harry Brückner, Günther Schoenau, A. Häfner, Günter »Rep« Fingerhut, Jo Fingerhut, Bettina Nowitzki und Wolfgang Römisch für Erinnerungen, wichtige Hinweise, Fakten und Informationen über das Sonneberger Spielzeug, dessen Herstellung und Export sowie zu den Enteignungen von Privatbetrieben in der DDR.

Cornelia und Hartmut Volkmar von der Manufaktur Plüti für unzählige Fakten zur Plüschtierherstellung und Evelyn Forkel von der Manufaktur Marolin für wichtige Informationen zur Herstellung von Figuren aus Papiermaché. Diese mit Leidenschaft und großer handwerklicher Fertigkeit geführten Familienunternehmen haben mich beim Schreiben sehr inspiriert.

Historiker Thomas Schwämmlein, Monika Uthe vom Archiv des Spielzeugmuseums Sonneberg, Heike Büttner vom Stadtarchiv Sonneberg, Barbara Wronka, Christine Apel und

Nicole Ullrich von der Stadtbibliothek Sonneberg, Udo Leidner-Haber vom Museum der dt. Spielzeugindustrie Neustadt b. Coburg und Juliane Strauß von der Sonneberger Buchhandlung für Auskünfte, Beratung und die Hilfe bei der Beschaffung von Literatur und Informationen.

Pauline Kingsbury, meiner Tochter, die den Roman als Erste gelesen und beeinflusst hat, dafür, dass ich mit ihr nächtelang darüber diskutieren durfte.

Anja Keil, meiner Agentin, dafür, dass sie mich immer wieder zu neuen Ideen ermutigt und wie eine Löwin dafür kämpft, dass sie als Bücher veröffentlicht werden.

Anna Hoffmann, meiner Lektorin, für das einfühlsame und akribische Lektorat und ihre Begeisterungsfähigkeit, die mich bei der Arbeit an diesem Roman beflügelt hat.

Ganz besonders danke ich meiner Familie für ihre Liebe, die Inspiration und unseren starken Zusammenhalt.

Interview mit der Autorin

Wo wir Kinder waren spielt in Sonneberg in Thüringen. Welche Verbindung haben Sie zu diesem Ort?
Sonneberg ist mein Sehnsuchtsort, eingebettet in einen märchenhaften Wald und voller Erinnerungen an eine glückliche Kindheit. Meine Urgroßeltern führten dort in zweiter Generation eine Puppenfabrik, ganz ähnlich wie die der Familie Langbein. Zusammen mit meiner Schwester habe ich viel Zeit in Sonneberg verbracht. Wie meine Romanheldin Eva hat mich abends das Rauschen der Röthen in den Schlaf gesungen, und von der Küche meiner Großeltern aus konnte ich die Spitze des Turms auf dem Schlossberg sehen. Heute ist dort, wo das Haus meiner Vorfahren und ihre Fabrik standen, eine Lücke, und das Familiengrab auf dem Friedhof verströmt den morbiden Charme der Verlassenheit. Aber der Scherfenteich im Ortsteil Bettelhecken trägt noch immer den Namen meiner Vorfahren.

Sonneberg ist für seine lange Tradition der Spielzeugherstellung bekannt. Gab es reale Vorbilder für die Figuren in Ihrem Roman?
Die Puppenfabrik meiner Urgroßeltern war der Auslöser für diesen Roman. Ich habe beim Schreiben immer ihr altes Fachwerkhaus mit dem parkähnlichen Garten vor Augen gehabt, neben dem die Fabrik stand. Dennoch sind die Figuren im Roman fiktiv. Das Schicksal der Familie Langbein steht stellvertretend für das vieler Sonneberger Familien, die schon seit dem 17. Jahrhundert Spielzeug herstellten. Als Hausgewerbetreibende brachten sie Kindern auf der ganzen Welt Freude, während sie selbst in großer Armut lebten. Für die Recherche habe ich mit vielen Zeitzeugen gesprochen. Dabei habe ich beeindruckende Unternehmerinnen kennengelernt, deren Eltern sich mit Fleiß und Einfallsreichtum aus ärmlichsten Verhältnissen emporgearbeitet hatten, um dann miterleben zu müssen, dass ihre Privatbetriebe in der DDR zwangsverstaatlicht wurden. Heute führen sie die Tradition

ihrer Vorfahren in kleinen Manufakturen fort und stellen wieder Spielwaren nach alten Technologien her, die dem neuen Bedürfnis nach Nachhaltigkeit entsprechen. Ihre handwerklichen Fertigkeiten, ihre Kreativität und ihr Kampf um die eigene Vergangenheit haben mich beim Schreiben sehr inspiriert.

Wie haben Sie die Spielzeugstadt Sonneberg als Kind wahrgenommen?
Ich war stolz darauf, dass jeder meiner Freunde mit einer Eisenbahn aus der Heimatstadt meiner Großeltern spielte. Alle meine Freundinnen besaßen Puppen und Plüschtiere aus dem VEB Sonni, dem größten Spielzeughersteller des Ostblocks. Meine Großtante war in diesem Betrieb angestellt, und deshalb durfte ich manchmal neu entwickeltes Spielzeug testen, eine ebenso aufregende wie verantwortungsvolle Tätigkeit. Die halbe Stadt arbeitete damals für die Spielzeugherstellung. Nicht nur aus diesen Gründen war Sonneberg für uns Kinder das Paradies. Bei jedem Aufenthalt haben wir das Spielzeugmuseum besucht, manchmal sogar mehrmals. Am liebsten ging ich dort in den Keller, in dem damals die Schaugruppe der Thüringer Kirmes ausgestellt war. Ich wurde nicht müde, diese kunstvollen Figuren zu betrachten, von denen es hieß, dass auch mein Urgroßvater eine hergestellt hätte. Den Bau dieser prächtigen Szenerie für die Weltausstellung in Brüssel im Jahr 1910 habe ich an den Anfang des Romans gestellt, denn damit begann der Aufstieg Sonnebergs zur Spielzeugmetropole.

Wie haben Sie für diesen Roman recherchiert, und auf welche Quellen konnten Sie zurückgreifen?
Für den historischen Teil habe ich mich auf Archivdokumente, zeitgenössische Wirtschaftsberichte und Fachbücher gestützt sowie mit einem Regionalhistoriker gesprochen. Außerdem habe ich mir alte Stadtpläne und Informationen über den Straßenzustand und die Energieversorgung Sonnebergs in den unterschiedlichen Epochen besorgt. Für die Zeit des Ersten Weltkriegs konnte ich mir in Zeitungsarchiven und durch Familiendokumente ein Bild von der vorherrschenden Stimmung in der Bevölkerung machen. Mir standen Notizen meiner

Mutter zur Verfügung, die von den Vorkommnissen in der oberen Stadt während des Zweiten Weltkriegs berichten. Außerdem hatte ich das Glück, mit Sonnebergern sprechen zu können, die das Kriegsende miterlebt haben. Für die Zeit der Recherche und des Schreibens habe ich wieder in der Stadt meiner Kindheit gewohnt. Ich konnte mich von den Fachwerkhäusern und den umliegenden Bergen inspirieren lassen, jederzeit die Bibliothek, das Museum oder das Stadtarchiv nutzen und mich mit Zeitzeugen treffen. Von vielen Sonnebergern habe ich dabei Unterstützung erfahren, für die ich sehr dankbar bin. Zahlreiche Erinnerungen von Menschen, die mir ihre Geschichten erzählt haben, sind in den Roman eingeflossen.

Sie beginnen die Geschichte um die Familie Langbein im Jahr 1910. Was war die besondere Herausforderung dabei?
Für die ersten Kapitel konnte ich natürlich keine Gespräche mit Personen führen, die diese Zeit erlebt haben. Zum Glück stand mir ein großer Familienschatz zur Verfügung, der unzählige Dokumente, Briefe, Fotos, Geschäftsbücher und Gegenstände aus der Zeit umfasst, in der meine Urgroßeltern ihre Puppenfabrik in Sonneberg betrieben. Das hat mir eine Tür in die Vergangenheit geöffnet. Es existiert noch ein Hauptbuch der Fabrik aus dieser Zeit, in dem ganz detailliert die Exportpartner in Übersee und alle Einnahmen und Ausgaben verzeichnet sind. In den ersten Kapiteln habe ich Erzählungen meiner Großmutter verarbeiten können, die mich als Kind sehr fasziniert haben. Es sind Geschichten über meine Urgroßmutter, die auch als vermögende Fabrikantin nur ein einziges gutes Kleid besaß, über Schiffsreisen meines Urgroßvaters bei stürmischer See ins ferne Amerika, aber auch vom tragischen Tod der Brüder meiner Großmutter im Ersten Weltkrieg. Es war eine Zeit, in der Glanz und Elend sehr dicht beieinanderlagen.

Wo fanden Sie Informationen über die verschiedenen Technologien der Spielzeugherstellung?
Hierfür habe ich mir Fachliteratur besorgt und bin in die Spielzeugmuseen von Sonneberg und Neustadt bei Coburg gegangen, in denen

die Industriegeschichte der Spielzeugherstellung hervorragend aufbereitet ist. Ich habe mich außerdem mit Arbeitern und Angestellten getroffen, die mir alles über die verschiedenen Materialien, Prozesse und Arbeitsgänge sowie über die zahlreichen Berufe der Spielzeugherstellung erzählt haben. Ich durfte in alten Brigadetagebüchern stöbern, Fotos von Maschinen, Messeständen und Frauentagsfeiern sehen, alte Holzschablonen für den Zuschnitt von Plüschtieren befühlen und den Herstellungsvorgängen beim Gießen von Figuren aus Papiermasse beiwohnen. Dabei habe ich Menschen kennengelernt, die auf sämtliche meiner neugierigen Fragen Antworten wussten und mich mit ihrer Sachkenntnis tief beeindruckt haben. Bei einer dieser Begegnungen habe ich alte Drückerformen geschenkt bekommen, mit denen früher Puppenköpfe hergestellt worden sind. Davon war ich so fasziniert, dass eine solche Form nun eine wichtige Rolle im Roman spielt.

Sie befassen sich auch mit den Verstaatlichungen der Spielzeugbetriebe in der DDR. Was konnten Sie darüber vor Ort in Erfahrung bringen?
In den Jahren der DDR hat sich die Sonneberger Spielzeugherstellung vom kleinteiligen Hausgewerbe zu einem modernen Industriezweig entwickelt. Die Menschen, mit denen ich bei meiner Recherche gesprochen habe, besitzen dazu unterschiedliche Ansichten und Erinnerungen, denen ich in diesem Roman Raum geben wollte. Ich habe mit Leuten gesprochen, deren Eltern als Betreiber von Kleinstfirmen in ihrer Wohnküche zusammen mit den Kindern und Großeltern unter Bedingungen wie vor hundert Jahren gearbeitet hatten. Für sie war die Umwandlung in eine Produktionsgenossenschaft des Handwerks die Rettung. Für viele mittelständische Privatbesitzer hingegen bedeuteten die Zwangsverstaatlichungen der letzten Betriebe 1972 und die vorangehenden Repressalien eine große persönliche Tragödie. Eines eint alle Menschen, die mir von ihren Erinnerungen an die Spielzeugherstellung in Sonneberg erzählt haben: Sie waren eng mit ihren Betrieben verbunden, selbst nach der erzwungenen Verstaatlichung, und sie haben ihre Arbeit leidenschaftlich geliebt.

Zeittafel zur Spielzeugindustrie in Sonneberg

Seit dem 17. Jahrhundert – Die Spielzeugherstellung entwickelt sich zum Haupterwerbszweig der Stadt.

Beginn des 20. Jahrhunderts – Über tausend Spielzeugfirmen und Zulieferer, vom Einmannbetrieb bis zur großen Fabrik, sind in der Stadt ansässig. Das Deutsche Spielzeugmuseum wird gegründet. Die Sonneberger Industrieschule, an der Fachkräfte für die Spielzeugindustrie ausgebildet werden, gewährt erstmalig Frauen Zutritt.

1910 – Die Schaugruppe »Thüringer Kirmes« wird auf der Weltausstellung in Brüssel mit einem »Grand Prix« ausgezeichnet und macht die Sonneberger Spielzeugindustrie in aller Welt bekannt.

1913 – Durch den großen Anteil der Spielwarenproduktion am internationalen Markt wird Sonneberg zur Weltspielwarenstadt.

1914–1918 – Während des Ersten Weltkriegs sinkt die Spielwarenproduktion in Sonneberg auf ein Mindestmaß.

1922–1928 – Sonneberg erreicht mit seinem Spielwaren-Export wieder die Zahlen der Vorkriegsjahre. Große amerikanische Einkaufshäuser siedeln sich an.

1929 – Die Weltwirtschaftskrise erfasst auch die Spielzeugindustrie.

1933 – Sonneberg weist eine Arbeitslosenquote von 50 Prozent auf. Die von den Nationalsozialisten organisierte »Spielzeugschau Sonneberg« soll der Spielzeugindustrie neuen Auftrieb verleihen.

Ab 1935 – Zur Aufrüstung der Wehrmacht siedeln sich Rüstungsfirmen an, und einige Spielzeugfabriken stellen ihre Produktion für die Rüstung um.

1939–1945 – Während des Zweiten Weltkrieges arbeiten Tausende Zwangsarbeiter aus von Deutschland besetzten Nationen in den Sonneberger Rüstungswerken.

1945 – Thüringen wird von den Amerikanern eingenommen und zum Teil der Sowjetischen Besatzungszone erklärt.

1946 – Auf Befehl der Sowjetischen Militäradministration werden Spielwarenunternehmen, die an der Rüstungsproduktion beteiligt waren, beschlagnahmt und in Volkseigentum überführt. Aus der Spielzeugfabrik C&O. Dressel wird der erste VEB Vereinigte Spielzeugfabriken Sonneberg.

1948 – Die ersten Spielzeughersteller schließen sich zu einer Einkaufs- und Liefergenossenschaft zusammen (ELG).

1949 – Am 07. Oktober wird die DDR gegründet.

1951 – Beginn des ersten Fünfjahrplans nach sowjetischem Vorbild. Die Sowjetunion wird zum Hauptabnehmer des Sonneberger Spielzeugs.

1952 – Die Zuggleise auf thüringischer Seite werden zurückgebaut, Sonneberg ist jetzt Endstation.

1953 – In der Spielzeugproduktion beginnt man damit, Kunststoffe zu verwenden.

1956 – Der VEB Sonneberger Spielwarenwerke Sonni wird gegründet. Privatbetrieben wird die staatliche Beteiligung bei volkswirtschaftlichem Interesse angeboten. Die Rechtsform dieser halbstaatlichen Betriebe ist eine Kommanditgesellschaft mit dem Staat als Anteilseigner.

1957 – In Steinach wird die erste Produktionsgenossenschaft des spielwarenherstellenden Handwerks gegründet (PGH). Die erste Spielzeugkonferenz zur Sicherstellung der Versorgung der Bevölkerung und des Spielzeugexports findet statt.

1960 – Das sogenannte Spielzeugdokument wird beschlossen, ein Dokument zur Entwicklung der Spielwarenindustrie im Bezirk Suhl. Ein Exportkontor für die Produktionsgenossenschaften des Handwerks im Raum Sonneberg wird gegründet. Die Deutsche Musikinstrumenten- und Spielwaren Außenhandelsgesellschaft mbH, Berlin (Demusa) zum Ausbau des Spielwarenexports wird gegründet.

1961 – Sonneberg wird zum Sperrgebiet erklärt. Missliebige Bürger aus den grenznahen Gebieten werden zwangsausgesiedelt. Die Spielwareneinkäufer können die Stadt nun nicht mehr ohne Passierschein betreten. Die Außenhandelsgesellschaft Demusa richtet daraufhin für ausländische Kunden eine Zweigstelle außerhalb des Sperrgebiets in Steinach ein.

1967 – Per Regierungsbeschluss wird in der DDR die Fünf-Tage-Woche für die Werktätigen eingeführt.

1971 – Das VEB Kombinat Puppen- und Plüschspielwaren Sonni wird gegründet.

1972 – Die letzten privaten und teilstaatlichen Spielwarenbetriebe sowie die industriell produzierenden Genossenschaften im Kreis Sonneberg werden verstaatlicht. Der erzwungene Verkauf erfolgt zu einem symbolischen Preis und unter großem psychischem Druck. Die nun volkseigenen Betriebe behalten zunächst ihr Produktionsprofil und ihren Kundenkreis bei. Am 20. August brennt das Gebäude des VEB Sonni vollständig ab. Nur kurze Zeit später findet der erste Spatenstich für die neuen Produktionsstätten der Sonni in Sonneberg Oberlind statt. Sonneberg wird aus wirtschaftlichen Gründen aus dem Fünf-Kilometer-Sperrgebiet herausgenommen.

1976 – Die zwangsweise verstaatlichten Spielwarenbetriebe werden dem VEB Kombinat Sonni angeschlossen.

1981 – Der Konzentrationsprozess der Spielwarenindustrie in Sonneberg erreicht seinen Höhepunkt. Das neu gegründete VEB Kombinat Spielwaren Sonneberg besteht aus 23 Betrieben mit ca. 27.000 Beschäftigten in 600 Produktionsstätten, die in 37 Länder exportieren.

1989 – Am 09. November fällt die Mauer. Die innerdeutsche Grenze bei Sonneberg-Hönbach wird geöffnet.

Nach 1990 – Die Treuhand übernimmt den Spielzeughersteller und zerschlägt das Kombinat. Die einzelnen Kombinatsbetriebe werden reprivatisiert oder stillgelegt. Die Tradition der einst weltmarktbeherrschenden Sonneberger Spielzeugindustrie wird von da an nur noch von wenigen Herstellern und Manufakturen fortgesetzt, die nach alten Technologien künstlerisch wertvolles Spielzeug herstellen.

Lesen Sie auch:

Kati Naumann

Was uns erinnern lässt

Roman

€ 12,00 [D] | € 12,40 [A]
ISBN: 978-3-95967-570-3

Copyright © 2019 by HarperCollins
in der HarperCollins Germany GmbH, Hamburg

1

In einem tiefen, dunklen Wald

Milla war vom Weg abgekommen. Der Wald verschluckte den Rest der Welt von einem Moment zum nächsten. Gerade noch schwirrten Gesprächsfetzen und Lachen umher, nun hörte sie nichts außer dem Rascheln ihrer eigenen Schritte. Weit entfernt über ihr glitzerte das Licht durch die Zweige. Es wurde dämmrig, still und kühl. Sie befand sich südöstlich des Rennsteigs, dem Höhenkamm des Thüringer Waldes.

Millas freier Tag war nicht wie geplant verlaufen. Neo hatte sie versetzt, zum allerersten Mal. Da hatte sie ihren Sohn nun endlich so groß gekriegt, dass man etwas mit ihm anfangen konnte, und plötzlich machte er seine eigenen Pläne. Um ihm zu beweisen, dass sie auch ohne ihn Spaß haben und in Gesellschaft sein konnte, hatte sie sich einer Wandergruppe angeschlossen. Keine zehn Minuten später, als einer davon ein fröhliches Wanderlied anstimmte und Milla zum Mitsingen zwingen wollte, bereute sie ihre Entscheidung. Sie war einfach kein Herdentier. Das Tempo, das sie aus Rücksicht auf die Dame mit der künstlichen Hüfte anschlagen mussten, behagte Milla ebenso wenig wie die Gesprächsthemen. Um dem Geschwätz über Besenreiser und Arthritis zu entkommen, ließ sie sich zurückfallen und scherte kurze Zeit später einfach aus. Seitdem lief sie immer weiter in die Tiefe des Waldes hinein, ohne recht zu wissen, wohin.

Irgendwo knackte es im Unterholz. Milla verharrte und schloss die Augen, um besser hören zu können. Die Luft rauschte zwischen den Zweigen. Es duftete nach Fichten und moderndem Laub. Insekten summten, ein Eichelhäher schrie. Hinter ihr raschelte es.

Sie setzte den Rucksack ab und durchwühlte ihn. Milla war gern auf alles vorbereitet. Nicht nur hier im Wald, sondern prinzipiell. Sie arbeitete in einer Anwaltskanzlei als Sekretärin und Mädchen für alles. Beinahe täglich musste sie Gesprächsprotokolle für Scheidungseinigungen anfertigen und war immer wieder überrascht, wie gutgläubig manche Menschen waren.

Sie ertastete das kalte Blech des Lärmsprays, zog es hervor und steckte es griffbereit in ihre Jackentasche.

Es gab wieder Wölfe im Thüringer Wald, hatte sie gelesen, und die verhielten sich nicht nach Lehrbuch. Sie waren kein bisschen scheu, sondern beinahe neugierig und manchmal sogar dreist, als wüssten sie, dass sie vom Gesetz beschützt wurden. Doch in diesem Wald gab es noch etwas, das viel gefährlicher war als Wölfe.

Milla war keine Anfängerin. Sie trug eine gut isolierte Wetterjacke und stabile Laufschuhe mit Profilsohlen. Bei jeder Tour fühlte sich ihr Rucksack schwerer an. Inzwischen schleppte sie immer eine große Wasserflasche und einige Energieriegel mit, außerdem einen Kompass, ein Multiwerkzeug mit Messer und verschiedenen Schraubenziehern, Arbeitshandschuhe, einen Bolzenschneider, ein Vorhängeschloss, ein Stativ, die Taschenlampe, eine dünne Rettungsdecke und ein Notladegerät. Sie verließ sich nie ausschließlich auf den Akku und schon gar nicht auf das Funknetz ihres Telefons. Es fand schon seit einiger Zeit kein Signal mehr. Aber das war normal an den Orten, an denen Milla suchte.

Es fühlte sich befreiend an, einfach nicht mehr erreichbar zu sein. Und auch der Druck, ständig Bilder für ihre Internetgruppe hochladen zu müssen, war verschwunden. Der Wald hatte Milla unsichtbar gemacht. Sie würde allerdings auch keinen Notruf absetzen können.

Milla lief weiter. Plötzlich tauchten zwischen den alten Bäumen Bahnschienen auf. Sie nahm den Deckel vom Objektiv ihrer Kamera. Es war keine Ortschaft in der Nähe, sie kamen aus dem Nichts und führten nirgendwohin, als hätte ein Riese mit ihnen gespielt und sie achtlos liegen gelassen. In der Mitte zwischen den beiden Gleisen wuchsen mächtige Buchen, und dann endeten die Schienen plötzlich wieder. Milla kniete sich auf die weiche Laubschicht und schoss ein paar halbherzige Fotos. Dieses Motiv kannte sie schon von Bildern aus ihrer Gruppe. Sie schien auf der richtigen Spur zu sein, aber es war noch nicht das, was sie suchte. Sie ging weiter und hoffte auf mehr. Die ehemalige innerdeutsche Grenze war voll von verlassenen Truppenübungsplätzen, stillgelegten Kasernen, Bunkern und zerfallenden Wachtürmen.

Millas Schuhe versanken in der federnden Schicht verrottenden Laubs. Eine Zeit lang war es bergab gegangen, jetzt steuerte sie wieder auf eine Anhöhe zu. Beim nächsten Auftreten spürte sie, dass mit dem Boden unter ihr etwas nicht stimmte. Ein halber Meter weiter links, und sie wäre daran vorbeigelaufen. Aber dieser Schritt hatte sich nicht so weich angefühlt wie die vielen Schritte zuvor. Sie verharrte unbeweglich und versuchte sich zu orientieren. Sie war nicht sicher, ob sie das alte Grenzgebiet schon erreicht hatte. Noch immer lauerten im ehemaligen Todesstreifen über dreiunddreißigtausend Landminen unter der Erde. Es war unmöglich gewesen, sie alle aufzuspüren. Deshalb sollte man in dieser Gegend die Wanderwege niemals verlassen. Milla kam zu dem

Schluss, dass sie eine Sprengfalle sicher längst ausgelöst hätte, und bewegte sich vorsichtig weiter. Vermutlich war das unter ihr nur einer der Schieferfelsen, die es hier gab. Sie ging die Umgebung ab und stellte eine merkwürdige Erhebung fest. Mit ihrem Stativ stocherte sie im Gestrüpp herum und spürte, wie der Metallfuß auf etwas Hartes stieß. Sie schnitt die verfilzten Brombeerranken mit dem Bolzenschneider weg und schob altes Laub und lockere Erde zur Seite. Darunter fand sie Dachschiefer, verwittertes Holz und ein paar Ziegel. Vermutlich hatte hier jemand Schutt abgeladen. Außergewöhnlich viel Schutt. Das Trümmerfeld zog sich über die gesamte Anhöhe. Milla stieß auf kleine Mauerstücke, die von Tapete zusammengehalten wurden, auf Putz und zerbröckelnde Schmuckelemente einer Fassade. Die Schicht war nicht dick, als hätte jemand versucht, den Schutt breitzufahren und unauffällig zu verteilen. Sie klopfte den Boden weiter mit ihrem Stativ ab. Plötzlich änderte sich der Klang. Milla atmete schneller. Sie wusste nicht genau, was es bedeutete, aber sie konnte ausmachen, wo es anfing und wo es endete. Es war ein großer Bereich, dessen Eckpunkte sie mit Fichtenzapfen markierte. Sie trat ein Stück zurück und erkannte ein Viereck, gleich einem Grundriss. Der Hausschutt war nicht hier abgeladen worden. Das Gebäude hatte hier gestanden, und es schien, als befände sich unter ihr noch der Keller.

Milla fand die Art der Zerstörung merkwürdig. Sie hatte schon viele verfallende Häuser gesehen. Am Anfang ging immer das Dach kaputt. Sobald der Wind die ersten Dachpfannen weggerissen hatte, drang Wasser ein und zersetzte die Balken. Die Wände hielten viel länger stand. Sie hatte seit Jahrhunderten verlassene Häuser besichtigt, die noch intakte Grundmauern besaßen. Ein Haus stürzte nicht einfach so von allein in sich zusammen. Es sah fast so aus, als wäre dieses hier von einer Bombe getroffen und dem Waldboden gleichgemacht worden.

Milla fand es befremdlich, dass von einem Krieg, der vor über siebzig Jahren geendet hatte, immer noch Spuren zu finden waren. Bei jeder Tiefbaustelle in Nürnberg oder Erfurt musste man damit rechnen, einen Blindgänger auszugraben. Aber hier war keine Großstadt in der Nähe. Wozu sollten die Alliierten über dieser abgelegenen Gegend Bomben abgeworfen haben?

Plötzlich erinnerte sie sich an eine Diskussion in ihrer Internetgruppe. Ein halbes Jahr vor Hiroshima sollten über dem Thüringer Wald zwei kleinere nukleare Sprengsätze gezündet worden sein. Milla setzte auf die imaginäre Ausrüstungsliste in ihrem Kopf einen Geigerzähler. Sollte sie die Gegend nicht lieber schleunigst verlassen?

Sie war unentschlossen. Wenn sie Neo dabeigehabt hätte, wäre sie jetzt umgekehrt. Aber so fühlte sie sich frei von Verantwortung, und ihr Drang herauszufinden, was es mit dem Hohlraum unter ihr auf sich hatte, war stärker als ihre Vorsicht. Sie musste den Eingang finden. Klopfend arbeitete sie sich durch den abgegrenzten Bereich. Und dann hörte sie, dass der Nachhall an einer Stelle viel deutlicher war. Sie räumte die Zweige, das Laub und den Schutt weg und stieß auf eine große, mit Holz verkleidete Klappe im Boden. Sie legte ihre Handfläche auf und versuchte, in die Tiefe darunter zu spüren. Fast kam es ihr so vor, als würde sie ein lebendiges Wesen fühlen, aber es war nur ihr eigener, nervöser Pulsschlag, der in ihrer Hand klopfte.

Die Falltür hatte einen Eisenring, der etwas verrostet war, sich aber trotzdem bewegen ließ. Sie schob Schutt und Steine an den Rändern zur Seite und entdeckte dabei einen Riegel. Er war nur mit einem kleinen Vorhängeschloss gesichert, das sie mit dem Bolzenschneider aufbrach. Dann konnte sie die Tür hochziehen und zur Seite wuchten.

Eine Steintreppe führte hinab, von der nur die obersten Stufen zu sehen waren. Sie verschwanden in einem tiefen, dunklen Loch. Der Geruch nach Moder und Schimmel quoll heraus und nahm ihr den Atem.

Milla setzte sich ein Stück abseits auf den Waldboden. Durch die Baumstämme konnte sie hinüber auf die andere Seite sehen. Dazwischen lag ein tiefes Tal, dessen Grund ihr Blick nicht erreichte. Der Thüringer Wald schien endlos zu sein, egal wohin sie sich drehte, sah sie sanft geschwungene, bewaldete Berge. Es fühlte sich gut an, hier zu sitzen. Sie schob ihre Füße unter das Laub, als wären es Wurzeln, und blieb für einige Zeit unbeweglich, wie einer der Bäume.

STAM
Familie

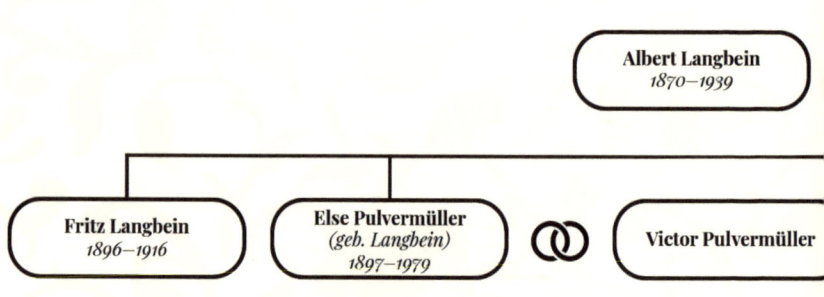

Albert Langbein
1870–1939

Fritz Langbein
1896–1916

Else Pulvermüller
(geb. Langbein)
1897–1979

⚭

Victor Pulvermüller